戴逸如 插图 徐志摩诗文全集

下

北方联合出版传媒（集团）股份有限公司
春风文艺出版社
·沈　阳·

落 叶

前天你们查先生来电话要我讲演，我说但是我没有什么话讲，并且我又是最不耐烦讲演的。他说：你来吧，随你讲，随你自由的讲，你爱说什么就说什么。我们这里你知道这次开学情形很困难，我们学生的生活很枯燥很闷，我们要你来给我们一点活命的水。这话打动了我。枯燥、闷，这我懂得。虽则我与你们诸君是不相熟的，但这一件事实，你们感觉生活枯闷的事实，却立即在我与诸君无形的关系间，发生了一种真的深切的同情。我知道烦闷是怎么样一个不成形不讲情理的怪物，他来的时候，我们的全身仿佛被一个大蜘蛛网盖住了，好容易挣出了这条手臂，那条又叫黏住了。那是一个可怕的网子。

我也认识生活枯燥，他那可厌的面目，我想你们也都很认识他。他是无所不在的，他附在各个人的身上，他现在各个人的脸上。你望望你的朋友去，他们的脸上有他，你自己照镜子去，你的脸上，我想，也有他。可怕的枯燥，好比是一种毒剂，他一进了我们的血液，我们的性情，我们的皮肤就变了颜色，而且我怕是离着生命远，离着坟墓近的颜色。

我是一个信仰感情的人，也许我自己天生就是一个感情性的人。比如前几天西风到了，那天早上我醒的时候是冻着才醒过来的，我看着纸窗上的颜色比往常的淡了，我被窝里的肢体像是浸在冷水里似的，我也听见窗外的风声，吹着一棵枣树上的枯叶，一阵一阵的掉下来，在地上卷着，沙沙的发响，有的飞出了外院去，有的留在墙角边转着，那声响真像是叹气。我因此就想起这西风，冷醒了我的梦，吹散了树上的叶子，他那成绩在一般饥荒贫苦的社会里一定格外的可惨。那天我出门的时候，果然见街上的情景比往常不同了；穷苦的老头、小孩全躲在街角上发抖；他们迟早免不了树上枯叶子的命运。那一天我就觉得特别的闷，差不多发愁了。

因此我听着查先生说你们生活怎样的烦闷，怎样的干枯，我就很懂得，我就愿意来对你们说一番话。我的思想——如其我有思想——永远不是成系统的。我没有那样的天才。我的心灵的活动是冲动性的，简直可以说痉挛性的。思想不来的时候，我不能要他来，他来的时候，就比如穿上一件湿衣，难受极了，只能想

我也认识生活枯燥，他那可厌的面目，我想你们也都很认识他。他是无所不在的，他附在各个人的身上，他现在各个人的脸上。你望望你的朋友去，他们的脸上有他，你自己照镜子去，你的脸上，我想，也有他。

可怕的枯燥，好比是一种毒剂，他一进了我们的血液，我们的性情，我们的皮肤就变了颜色，而且我怕是离着生命远，离着坟墓近的颜色。

法子把他脱下。我有一个比喻，我方才说起秋风里的枯叶，我可以把我的思想比作树上的叶子，时期没有到，他们是不很会掉下来的；但是到时期了，再要有风的力量，他们就只能一片一片的往下落；大多数也许是已经没有生命了的，枯了的，焦了的，但其中也许有几张还留着一点秋天的颜色，比如枫叶就是红的，海棠叶就是五彩的。这叶子实用是绝对没用的，但有人，比如我自己，就有爱落叶的癖好。他们初下来时颜色有很鲜艳的，但时候久了，颜色也变，除非你保存得好。所以我的话，那就是我的思想，也是与落叶一样的无用，至多有时有几痕生命的颜色就是了。你们不爱的尽可以随意的踩过，绝对不必理会；但也许有少数人有缘分的，不责备他们的无用，竟许会把他们捡起来揣在怀里，间在书里，想延留他们幽淡的颜色。感情，真的感情，是难得的，是名贵的，是应当共有的；我们不应得拒绝感情，或是压迫感情，那是犯罪的行为，与压住泉眼不让上冲，或是掐住小孩不让喘气一样的犯罪。人在社会里本来是不相连续的个体。感情，先天的与后天的，是一种线索，一种经纬，把原来分散的个体织成有文章的整体。但有时线索也有破烂与涣散的时候。所以一个社会里必须有新的线索继续的产出，有破烂的地方去补，有涣散的地方去拉紧，才可以维持这组织大体的匀整。有时生产力特别加增时，我们就有机会或是推广，或是加添我们现有的面积，或是加密，像网球板穿双线似的。我们现成的组织，因为我们知道创造的势力与破坏的势力，建设与溃败的势力，上帝与撒但的势力，是同时存在的。这两种势力是在一架天平上比着；他们很少平衡的时候，不是这头沉，就是那头沉，是的，人类的命运是在一架大天平上比着，一个巨大的黑影，那是我们集合的化身，在那里看着，他的手里满拿着分两的砝码，一会往这头送，一会又往那头送，地球尽转着，太阳、月亮、星，轮流的照着，我们的运命永远是在天平上称着。

我方才说网球拍，不错，球拍是一个好比喻。你们打球的知道网拍上哪里几根线是最吃重最要紧，那几根线要是特别有劲的时候，不仅你对敌时拉球、抽球、拍球格外来的有力、出色，并且你的拍子也就格外的经用，少数特强的分子保持了全体的匀整。这一条原则应用到人道上，就是说，假如我们有力量加密、加强我们最普通的同情线，那线如其穿连得到所有跳动的人心时，那时我们的大网子就坚实耐用，天津人说的，就有根。不问天时怎样的坏，管他雨也罢，云也罢，霜也罢，风也罢，管他水流怎样的急，我们假如有这样一个强有力的大网子，哪怕不能在时间无尽的洪流里——早晚网起无价的珍品，哪怕不能在我们运命的天平上重重的加下创造的生命的分量？

所以我说真的感情，真的人情，是难能可贵的，那是社会组织的基本成分。

我可以把我的思想比作树上的叶子，时期没有到，他们是不很会掉下来的；但是到时期了，再要有风的力量，他们就只能一片一片的往下落；大多数也许是已经没有生命了的，枯了的，焦了的，但其中也许有几张还留着一点秋天的颜色，比如枫叶就是红的，海棠叶就是五彩的。这叶子实用是绝对没有的；但有人，比如我自己，就有爱落叶的癖好。

感情，真的感情，是难得的，是名贵的，是应当共有的；我们不应得拒绝感情，或是压迫感情，那是犯罪的行为，与压住泉眼不让上冲，或是掐住小孩不让喘气一样的犯罪。

人在社会里本来是不相连续的个体。感情，先天的与后天的，是一种线索，一种经纬，把原来分散的个体织成有文章的整体。但有时线索也有破烂与涣散的时候。所以一个社会里必须有新的线索继续的产出，有破烂的地方去补，有涣散的地方去拉紧，才可以维持这组织大体的匀整。

初起也许只是一个人心灵里偶然的震动，但这震动，不论怎样的微弱，就产生了及远的波纹；这波纹要是唤得起同情的反应时，原来细的便并成了粗的，原来弱的便合成了强的，原来脆性的便结成了韧性的，像一缕缕的苎麻打成了粗绳似的；原来只是微波，现在掀成了大浪，原来只是山罅里的一股细水，现在流成了滚滚的大河，向着无边的海洋里流着。

比如耶稣在山头上的训道（Sormon on the Mount），还不是有限的几句话，但这一篇短短的演说，却制定了人类想望的止境，建设了绝对的价值的标准，创造了一个纯粹的完全的宗教。那是一件大事实，人类历史上一件最伟大的事实。再比如释迦牟尼感悟了生老、病死的究竟，发大慈悲心，发大勇猛心，发大无畏心，抛弃了他人间的地位，富与贵，家庭与妻子，直到深山里去修道，结果他也替苦闷的人间打开了一条解放的大道，为东方民族的天才下一个最光华的定义。那又是人类历史上的一件奇迹。但这样大事的起源还不止是一个人的心灵里偶然的震动，可不仅仅是一滴最透明的真挚的感情滴落在黑沉沉的宇宙间。

感情是力量，不是知识。人的心是力量的府库，不是他的逻辑。有真感情的表现，不论是诗是文是音乐是雕刻或是画，好比是一块石子掷在平面的湖心里，你站着就看得见他引起的变化。没有生命的理论，不论他论的是什么理，只是拿石块扔在沙漠里，无非在干枯的地面上添一颗干枯的分子，也许掷下去时便听得出一些干枯的声响，但此外只是一大片死一般的沉寂了。所以感情才是成江成河的水泉，感情才是织成大网的线索。

但是我们自己的网子又是怎么样呢？现在时候到了，我们应当张大了我们的眼睛，认明白我们周围事实的真相。我们已经含糊了好久，现在再不容含糊的了。让我们来大声的宣布我们的网子是坏了的，破了的，烂了的；让我们痛快的宣告我们民族的破产，道德、政治、社会、宗教、文艺，一切都是破产了的。我们的心窝变成了蠹虫的家，我们的灵魂里住着一个可怕的大谎！那天平上沉着的一头是破坏的重量，不是创造的重量；是溃败的势力，不是建设的势力；是撒但的魔力，不是上帝的神灵。霎时间这边路上长满了荆棘，那边道上涌起了洪水，我们头顶有骇人的声音，是雷霆还是炮火呢？我们周围有哭声与笑声，哭是我们的灵魂受污辱的悲声，笑是活着的人们疯魔了的狞笑，那比鬼哭更听的可怕，更凄惨。我们张开眼来看时，差不多更没有一块干净的土地，哪一处不是叫鲜血与眼泪冲毁了的？更没有平安的所在，因为你即使忘却了外面的世界，你还是躲不了你自身的烦闷与苦痛。不要以为这样混沌的现象是原因于经济的不平等，或是政治的不安定，或是少数人的放肆的野心。这种种都是空虚的，欺人自欺的理论，说着容易，听着中听，因为我们只盼望脱卸我们自身的责任，只要不是我的分，我就有权利骂人。但这是，我着重的说，懦怯的行为；这正是我说的我们各个人灵魂里躲着的大谎！你说少数的政客，少数的军人，或是少数的富翁，是现在变乱的原因吗？我现在对你说：先生，你错了，你很大的错了，你太恭维了那少数人，你太瞧不起你自己。让我们一致的来承认，在太阳普遍的光亮底下承认，我们各个人的罪恶，各个人的不洁净，各个人的苟且与懦怯与卑鄙！我们是与最肮脏的一样的肮脏，与最丑陋的一般的丑陋，我们自身就是我们运命的原因。

除非我们能起拔了我们灵魂里的大谎，我们就没有救度；我们要把祈祷的火焰把那鬼烧净了去，我们要把忏悔的眼泪把那鬼冲洗了去，我们要有勇敢来承当罪恶；有了勇敢来承当罪恶，方有胆量来决断罪恶。再没有第二条路走。如其你们可以容恕我的厚颜，我想念我自己近作的一首诗给你们听，因为那首诗，正是我今天讲的话的更集中的表现：

毒　药

今天不是我歌唱的日子，我口边涎着狞恶的微笑，不是我说笑的日子，我胸怀间插着发冷光的利刃；

相信我，我的思想是恶毒的因为这世界是恶毒的，我的灵魂是黑暗的因为太阳已经灭绝了光彩，我的声调是像坟堆里的夜鸮因为人间已经杀尽了一切的和谐，我的口音像是冤鬼责问他的仇人因为一切的恩已经让路给一切的怨；

但是相信我，真理是在我的话里虽则我的话像是毒药，真理是永远不含糊的虽则我的话里仿佛有两头蛇的舌，蝎子的尾尖，蜈蚣的触须；只因为我的心里充满着比毒药更强烈，比咒诅更狠毒，比火焰更猖狂，比死更深奥的不忍心与怜悯心与爱心，所以我说的话是毒性的，咒诅的。燎灼的，虚无的；

相信我，我们一切的准绳已经埋没在珊瑚土打紧的墓宫里，最劲冽的祭肴的香味也穿不透这严封的地层：一切的准则是死了的；

我们一切的信心像是顶烂在树枝上的风筝，我们手里擎着这迸断了的鹞线：一切的信心是烂了的；

相信我，猜疑的巨大的黑影，像一块乌云似的，已经笼盖着人间一切的关系：人子不再悲哭他新死的亲娘，兄弟不再来携着他姊妹的手。朋友变成了寇仇，看家的狗回头来咬他主人的腿：是的，猜疑淹没了一切；在路旁坐着啼哭的，在街心里站着的，在你窗前探望的，都是被奸污的处女：池潭里只见些烂破的鲜艳的荷花；

在人道恶浊的涧水里流着，浮萍似的，五具残缺的尸体，它们是仁义礼智信，向着时间无尽的海澜里流去；

这海是一个不安静的海，波涛猖獗的翻着，在每个浪头的小白帽上分明的写着人欲与兽性；

到处是奸淫的现象：贪心搂抱着正义，猜忌逼迫着同情，懦怯狎亵着勇敢，肉欲侮弄着恋爱，暴力侵凌着人道，黑暗践踏着光明；

听呀，这一片淫猥的声响，听呀，这一片残暴的声响；

虎狼在热闹的市街里，强盗在你们妻子的床上，罪恶在你们深奥的灵魂里……

白　旗

来，跟着我来，拿一面白旗在你们的手里——不是上面写着激动怨毒，鼓励残杀字样的白旗，也不是涂着不洁净血液的标记的白旗，也不是画着忏悔与咒语的白旗（把忏悔画在你们的心里）；

你们排列着，噤声的，严肃的，像送丧的行列，不容许脸上留存一丝的颜色，一毫的笑容，严肃的，噤声的，像一队决死的兵士；

现在时辰到了，一齐举起你们手里的白旗，像举起你们的心一样，仰看着你们头顶的青天，不转瞬的，恐惶的，像看着你们自己的灵魂一样。

现在时辰到了，你们让你们熬着，壅着，迸裂着，滚沸着的眼泪流，直流，狂流，自由的流，痛快的流，尽性的流，像山水出峡似的流，像暴雨倾盆似的流……

现在时辰到了，你们让你们咽着，压迫着，挣扎着，汹涌着的声音嚎，直嚎，狂嚎，放肆的嚎，凶狠的嚎，像飓风在大海波涛间的嚎，像你们丧失了最亲爱的骨肉时的嚎……

现在时辰到了，你们让你们回复了的天性忏悔，让眼泪的滚油煎净了的，让嚎恸的雷霆震醒了的天性忏悔，默默的忏悔，悠久的忏悔，沉彻的忏悔，像冷峭的星光照落在一个寂寞的山谷里，像一个黑衣的尼僧匐伏在一座金漆的神龛前；

…………

在眼泪的沸腾里，在嚎恸的酣彻里，在忏悔的沉寂里，你们望见了上帝永久的威严。

婴 儿

我们要盼望一个伟大的事实出现，我们要守候一个馨香的婴儿出世：——

你看他那母亲在她生产的床上受罪！

她那少妇的安详，柔和，端丽，现在在剧烈的阵痛里变形成不可信的丑恶：你看她那遍体的筋络都在她薄嫩的皮肤底里暴涨着，可怕的青色与紫色，像受惊的水青蛇在田沟里急泅似的，汗珠贴在她的前额上像一颗颗的黄豆，她的四肢与身体猛烈的抽搐着，畸屈着，奋挺着，纠旋着，仿佛她垫着的席子是用针尖编成的，仿佛她的帐围是用火焰织成的；

一个安详的，镇定的，端庄的，美丽的少妇，现在在阵痛的惨酷里变形成魔鬼似的可怖：她的眼，一时紧紧的阖着，一时巨大的睁着，她那眼，原来像冬夜池潭里反映着的明星，现在吐露着青黄色的凶焰，眼珠像是烧红的炭火，映射出她灵魂最后的奋斗，她的原来朱红色的口唇，现在像是炉底的冷灰，她的口颤着，噘着，扭着，死神的热烈的亲吻不容许她一息的平安，她的发是散披着，横在口边，漫在胸前，像揪乱的麻丝，她的手指间紧抓着几穗拧下来的乱发；

这母亲在她生产的床上受罪：——

但她还不曾绝望，她的生命挣扎着血与肉与骨与肢体的纤微，在危崖的边沿上，抵抗着，搏斗着死神的逼迫；

她还不曾放手，因为她知道（她的灵魂知道！）这苦痛不是无因的，因为她知道她的胎宫里孕育着一点比她自己更伟大的生命的种子，包涵着一个比一切更永久的婴儿；

因为她知道这苦痛是婴儿要求出世的征候，是种子在泥土里爆裂成美丽的生命的消息，是她完成她自己生命的使命的时机；

因为她知道这忍耐是有结果的，在她剧痛的昏瞀中她仿佛听着上帝准许人间祈祷的声音，她仿佛听着天使们赞美未来的光明的声音；

因此她忍耐着，抵抗着，奋斗着……她抵拼绷断她统体的纤微，她要赎出在她那胎宫里动荡着的生命，在她一个完全美丽的婴儿出世的盼望中，最锐利最沉酣的痛感逼成了最锐利最沉酣的快感……

这也许是无聊的希冀，但是谁不愿意活命？就使到了绝望最后的边沿，我们也还要妄想希望的手臂从黑暗里伸出来挽着我们。我们不能不想望这苦痛的现在，只是准备着一个更光荣的将来，我们要盼望一个洁白的肥胖的活泼的婴儿出世！

新近有两件事实，使我得到很深的感触。让我来说给你们听听。

前几时有一天俄国公使馆挂旗，我也去看了。加拉罕站在台上，微微的笑着，他的脸上发出一种严肃的青光，他侧仰着他的头看旗上升时，我觉着了他的人格的尊严，他至少是一个有胆有略的男子，他有为主义牺牲的决心，他的脸上至少没有苟且的痕迹，同时屋顶那根旗杆上，冉冉的升上了一片的红光，背着窈远没有一斑云彩的青天。那面簇新的红旗在风前料峭的袅荡个不定。这异样的彩色与声响引起了我异样的感想。是腼腆，是骄傲，还是鄙夷，如今这红旗初次面对着我们偌大的民族？在场人也有拍掌的，但只是断续的拍掌，这就算是我想我们初次见红旗的敬意；但这又是鄙夷，骄傲，还是惭愧呢？那红色是一个伟大的象征，代表人类史里最伟大的一个时期；不仅标示俄国民族流血的成绩，却也为人类立下了一个勇敢尝试的榜样。在那旗子抖动的声响里我不仅仿佛听出了这近十年来那斯拉夫民族失败与胜利的呼声，我也想象到百数十年前法国革命时的狂热，一七八九年七月四日那天巴黎市民攻破巴士梯亚牢狱时的疯癫。自由，平等，友爱！友爱，平等，自由！你们听呀，在这呼声里人类理想的火焰一直从地面上直冲破天顶，历史上再没有更重要更强烈的转变的时期。卡莱尔（Carlyle）在他的法国革命史里形容这件大事有三句名句，他说："To describe this Seene trtans ends the talent of mortals. After four hours of world Bed' am it surrenders. The Bastille is down!"他说："要形容这一景超过了凡人的力量。过了四小时的疯狂他（那大牢）投降了。巴士梯亚是下了！"打破一个政治犯的牢狱不算是了不得的大事，但这事实里有一个象征。巴士梯亚是代表阻碍自由的势力，巴黎市民的攻击是代表全人类争自由的势力，巴士梯亚的"下"是人类理想胜利的凭证。自由，平等，友爱！友爱，平等，自由！法国人在百几十年前猖狂的叫着。这叫声还在人类的性灵里荡着。我们不好像听见吗，虽则隔着百几十年光阴的旷野。如今凶恶的巴士梯亚又在我们的面前堵着；我们如其再不发疯，他那牢门上的铁钉，一个个都快刺透我们的心胸了！

这是一件事。还有一件是我六月间伴着泰戈尔到日本时的感想。早七年我过太平洋时曾经到东京去玩过几个钟头，我记得到上野公园去，上一座小山去下望东京的市场，只见连绵的高楼大厦，一派富盛繁华的景象。这回我又到上野去了，我又登山去望东京城了，那分别可太大了！房子，不错，原是有的；但从前是几层楼的高房，还有不少有名的建筑，比如帝国剧场、帝国大学等等，这次看见的，说也可怜，只是薄皮松板暂时支着应用的鱼鳞似的屋子，白松松的像一个烂发的花头，再没有从前那样富盛与繁华的气象。十九的城子都是叫那大地震吞了去烧了去的。我们站着的地面平常看是再坚实不过的，但是等到他起兴时小小的翻一个身，或是微微的张一张口，我们脆弱的文明与脆弱的生命就够受。我们在中国的差不多是不能想着世界上，在醒着的不是梦里的世界上，竟可以有那样的大灾难。我们中国人是在灾难里讨生活的，水、旱、刀兵、盗劫，哪一样没有？但是我敢说我们所有的灾难合起来，也抵不上我们邻居一年前遭受的大难。那事情的可怕，我敢说是超过了人类忍受力的止境。我们国内居然有人以日本人这次大灾为可喜的，说他们活该，我真要请协和医院大夫用X光检查一下他们那几位，究竟他们是有没有心肝的。因为在可怕的运命的面前，我们人类的全体只是一群在山里逢着雷霆风雨时的绵羊，哪里还能容什么种族、政治等等的偏见与意气？我来说一点情形给你们听听，因为虽则你们在报上看过极详细的记载，不曾亲自察看过的总不免有多少距离的隔膜。我自己未到日本前与看过日本后，见解就完全的不同。你们试想假定我们今天在这里集会，我讲的，你们听的，假如日本那把戏轮着我们头上来时，要不了的搭的搭的搭的三秒钟我与你们与讲台与屋子就永远诀别了地面，像变戏法似的，影踪都没了。那是事实，横滨有好几所五六层高的大楼，全是在三四秒时间内整个儿与地面拉一个平，全没了。你们知道圣书里面形容天降大难的时候，不要说本来脆弱的人类完全放弃了一切的虚荣，就是最猛鸷的野兽与飞禽也会在霎时间变化了性质，老虎会像小猫似的挨着你躲着，利喙的鹰鹞会得躲入鸡棚里去窝着，比鸡还要驯服。在那样非常的变动时，它们也好似觉悟了这彼此同是生物的亲属关系，在天怒的跟前同是剥夺了抵抗力的小虫子，这里面就发生了同命运的同情。你们试想就东京一地说，二三百万的人口，几十百年辛勤的成绩，突然的面对着最后审判的实在，就在今天我们回想起当时他们全城子像一个滚沸的油锅时的情景，原来热闹的市场变成了光焰万丈的火盆，在这里面人类最集中的心力与体力的成绩全变了燃料，在这里面艺术、教育、政治、社会人的骨与肉与血都化成了灰烬，还有百十万男女老小的哭嚷声，这哭声本体就可以摇动天地——我们不要说亲身经历，就是坐在椅子上想象这样不可信的情景时，也不免觉得害怕不是？那可不是玩儿的事情。单只描写那样的大变，恐怕至少就须要荷马或是莎士比亚的天才。你们试想在那时候，假如你们亲身经历时，你的心理该是怎么样？你还恨你的仇人吗？你还不饶恕你的朋友吗？你还沾恋你个人的私有吗？你还有欺哄人的机会吗？你还有什么希望吗？你还不搂住你身旁的生物，管他是你的妻子，你的老子，你的听差，你的妈，你的冤家，你的老妈子，你的猫，你的狗，把你灵魂里还剩下的光明一齐放射出来，和着你同难的同胞在这普遍的黑暗里来一个最后的结合吗？

但运命的手段还不是那样的简单。他要是把你的一切都扫灭了，那倒也是一个痛快的结束；他可不然，他还让你活着，他还有更苛刻的试验给你。大难过了，你还喘着气；你的家，你的财产，都变了你脚下的灰，你的爱亲与妻与儿女的骨肉还有烧不烂的在火堆里燃着，你没有了一切；但是太阳又在你的头上光亮的照着，你还是好好的在平定的地面上站着，你疑心这一定是梦，可又不是梦，因为不久你就发现与你同难的人们，他们也一样的疑心他们身受的是梦。可真不是梦，是真的。你还活着，你还喘着气，你得重新来过，根本的完全的重新来过。除非是你自愿放手，你的灵魂里再没有勇敢的分子。那才是你的真试验的时候。这考卷可不容易交了，要到那时候你才知道你自己究竟有多大能耐，值多少，有多少价值。

我们邻居日本人在灾后的实际就是这样。全完了，要来就得完全来过，尽你自身的力量不够，加上你儿子的，你孙子的，你孙子的儿子的儿子的孙子的努力，也许可以重新撑起这份家私，但在这努力的经程中，谁也保不定天与地不再捣乱，你的几十年只要他的几秒钟。问题所以是你干不干？就只干脆的一句话，你干不干，是或否？同时也许无情的运命，扭着他那丑陋可怕的脸子在你的身旁冷笑，等着你最后的回话。你干不干，他仿佛也涎着他的怪脸问着你！

我们勇敢的邻居们已经交了他们的考卷；他们回答了一个干脆的干字，我们不能不佩服。我们不能不尊敬他们精神的人格。不等那大震灾的火焰缓和下去，我们邻居们第二次的奋斗已经庄严的开始了。不等运命的残酷的手臂松放，他们已经宣言他们积极的态度对运命宣战。这是精神的胜利，这是伟大，这是证明他们有不可摇的信心，不可动的自信力；证明他们是有道德的与精神的准备的，有最坚强的毅力与忍耐力的，有内心潜在着的精力的，有充分的后备军的，好比说，虽则前敌一起在炮火里毁了，这只是给他们一个出马的机会。他们不但不悲观，不但不消极，不但不绝望，不但不低着嗓子乞怜，不但不倒在地下等救，在他们看来这大灾难，只是一个伟大的激刺，伟大的鼓励，伟大的灵感，一个应有的试验，因此他们新来的态度只是双倍的积极，双倍的勇猛，双倍的兴奋，双倍的有希望；他们仿佛是经过大战的大将，战阵愈急迫愈危险，战鼓愈打得响亮，他的胆量愈大，往前冲的步子愈紧，必胜的决心愈强。这，我说，真是精神的胜利，一种道德的强制力，伟大的，难能的，可尊敬的，可佩服的。泰戈尔说的，国家的灾难，个人的灾难，都是一种试验：除是灾难的结果压倒了你的意志与勇敢，那才是真的灾难，因为你更没有翻身的希望。

这也并不是说他们不感觉灾难的实际的难受，他们也是人，他们虽勇，心究竟不是铁打的，但他们表现他们痛苦的状态是可注意的；他们不来零碎的呼叫，他们采用一种雄伟的庄严的仪式。此次震灾的周年纪念时，他们选定一个时间，举行他们全国的悲哀；在不知是几秒或几分钟的期间内，他们全国的国民一致的静默了，全国民的心灵在那短时间内融合在一阵忏悔的，祈祷的，普遍的肃静里(那是何等的凄伟!)；然后，一个信号打破了全国的静默，那千百万人民又一致的高声悲号，悲悼他们曾经遭受的惨运；在这一声弥漫的哀号里，他们国民，不仅发泄了蓄积着的悲哀，这一声长号，也表明他们一致重新来过的伟大的决心(这又是何等的凄伟!)。

这是教训，我们最切题的教训。我个人从这两件事情——俄国革命与日本地震——感到极深刻的感想：一件是告诉我们什么是有意义有价值的牺牲，那表面紊乱的背后坚定的站着某种主义或是某种理想，激动人类潜伏着一种普遍的想望，为要达到那想望的境界，他们就不顾冒怎样剧烈的险与难，拉倒已成的建设，踏平现有的基础，抛却生活的习惯，尝试最不可测量的路子。这是一种疯癫，但是有目的的疯癫；单独的看，局部的看，我们尽可以下种种非难与责备的批评，但全部的看，历史的看时，那原来纷乱的就有了条理，原来散漫的就成了片段，甚至于在经程中一切反理性的分明残暴的事实都有了他们相当的应有的位置。在这部大悲剧完成时，在这无形的理想"物化"成事实时，在人类历史清理结账时，所得便超过所出，赢余至少是盖得过损失的。我们现在自己的悲惨就在问题不集中，不清楚，不一贯；我们缺少，用一个现成的比喻——那一面半空里升起来的彩色旗（我不是主张红旗，我不过比喻罢了)，使我们有眼睛能看的人都不由的不仰着头望；缺少那青天里的一个霹雳，使我们有耳朵能听的不由的惊心。正因为缺乏这样一个一贯的理想与标准（能够表现我们潜在意识所想望的)，我们有的那一部疯癫性——历史上所有的大运动都脱不了疯癫性的成分——就没有机会充分的外现，我们物质生活的累赘与沾恋，便有力量压迫住我们精神性的奋斗；不是我们天生不肯牺牲，也不是天生懦怯，我们在这时期内的确不曾寻着值得或是强迫我们牺牲的那件理想的大事，结果是精力的散漫，志气的怠惰，苟且心理的普遍，悲观主义的盛行，一切道德标准与一切价值的毁灭与埋葬。

人原来是行为的动物，尤其是富有集合行为力的，他有向上的能力，但他也是最容易堕落的，在他眼前没有正当的方向时，比如猛兽监禁在铁笼子里。在他的行为力没有发展的机会时，他就会随地躺了下来，管他是水潭是泥潭，过他不黑不白的猪奴的生活。这是最可惨的现象，最可悲的趋向。如其我们容忍这种状态继续存在时，那时每一对父母每次生下一个洁净的小孩，只是为这卑劣的社会

《落叶》封面　闻一多设计

多添一个堕落的分子，那是莫大的亵渎的罪业；所有的教育与训练也就根本的失去了意义，我们还不如盼望一个大雷霆下来毁尽了这三江或四江流域的人类的痕迹！

再看日本人天灾后的勇猛与毅力，我们就不由的不惭愧我们的穷，我们的乏，我们的寒伧。这精神的穷乏才是真可耻的，不是物质的穷乏。我们所受的苦难都还不是我们应有的试验的本身，那还差得远着哪；但是我们的丑态已经恰好与人家的从容成一个对照。我们的精神生活没有充分的涵养，所以临着稀小的纷扰便没有了主意，像一个耗子似的，他的天才只是害怕，他的伎俩只是小偷；又因为我们的生活没有深刻的精神的要求，所以我们合群生活的大网子就缺少最吃分量最经用的那几条普遍的同情线，再加之原来的经纬已经到了完全破烂的状态，这网子根本就没有了联结，不受外物侵损时已有溃败的可能，哪里还能在时代的急流里，捞起什么有价值的东西？说也奇怪，这几千年历史的传统精神非但不曾供给我们社会一个顽固的基础，我们现在到了再不容隐讳的时候，谁知道发现我们的桩子，只是在黄河里造桥，打在流沙里的！

难怪悲观主义变成了流行的时髦！但我们年轻人，我们的身体里还有生命跳动，脉管里多少还有鲜血的年轻人，却不应当沾染这最致命的时髦，不应当学那随地躺得下去的猪，不应当学那苟且专家的耗子，现在时候逼迫了，再不容我们刹那的含糊。我们要负我们应负的责任，我们要来补织我们已经破烂的大网子，我们要在我们各个人的生活里抽出人道的同情的纤维来合成强有力的绳索，我们应当发现那适当的象征，像半空里那面大旗似的，引起普遍的注意；我们要修养我们精神的与道德的人格，预备忍受将来最难堪的试验。简单的一句话，我们应当在今天——过了今天就再没有那一天了——宣传我们对于生活基本的态度。是是还是否？是积极还是消极？是生道还是死道？是向上还是堕落？在我们年轻人一个字的答案上就挂着我们全社会的运命的决定。我盼望我至少可以代表大多数青年，在这篇讲演的末尾，高叫一声——用两个有力量的外国字——

“Everlasting yea!”

青年运动

我这几天是一个活现的Don Quixote，虽则前胸不曾装起护心镜，头顶不曾插上雉鸡毛，我的一顶阔边的“面盆帽”，与一根漆黑铄亮的手棍，乡下人看了已经觉得新奇可笑；我也有我的Sancho Panza，他是一个角色，会憨笑，会说疯话，会赌咒，会爬树，会爬绝壁，会背《大学》，会骑牛，每回一到了乡下或山上，他就卖弄他的可惊的学问，他什么树都认识，什么草都有名儿。种稻种豆，养蚕栽桑，更不用说，他全知道，一讲着就乐，一乐就开讲，一开讲就像他们田里的瓜蔓，又细又长又曲折又绵延（他姓陆名字叫炳生或是丙申，但是人家都叫他鲁滨逊）；这几天我到四乡去冒险，前面是我，后面就是他，我折了花枝，采了红叶，或是捡了石块（我们山上有浮石，掷在水里会浮的石块，你说奇不奇！）就让他扛着，问路是他的分儿，他叫一声大叔，乡下人谁都愿意与他答话；轰狗也是他的分儿，到乡下去最怕是狗，它们全是不躲懒的保卫团，一见穿大褂子的它们就起疑心，迎着你嗥还算是文明的盘问，顶英雄的满不开口望着你的身上直攻，那才麻烦，但是他有办法，他会念降狗咒，据他说一念狗子就丧胆，事实上并不见得灵验，或许狗子有秘密的破法也说不定，所以每回见了劲敌，他也免不了慌忙，他的长处就在与狗子对嗥，或是对骂，居然有的是王郎种，有时他骂上了劲，狗子倒软化了。但是我终不成，望见了狗影子就心虚，我是淝水战后的苻坚，稻草藤儿、竹篱笆，就够我的恐慌，有时我也学Don Quixote那劲儿，舞起我手里的梨花棒，喝一声孽畜好大胆，看棒！果然有几处大难让我顶潇洒的蒙过了。

我相信我们平常的脸子都是太像骡子——拉得太长；忧愁，想望，计算，猜忌，怨恨，懊怅，怕惧，都像魇魔似的压在我们原来活泼自然的心灵上，我们在人丛中的笑脸大半是装的，笑响大半是空的，这真是何苦来！所以每回我们脱离了烦恼打底的生活，接近了自然，对着那宽阔的天空，活动的流水，我们就觉得轻松得多，舒服得多。每回我见路旁的息凉亭中，挑重担的乡下人，放下他的担子，坐在石凳上，从腰包里掏出火刀、火石来，打出几簇火星，点旺一杆老烟，绿田里豆苗香的风一阵阵的吹过来，吹散他的烟氛，也吹燥了他眉额间的汗渍；我就感想到大自然调剂人生的影响；我自己就不知道曾经有多少自杀类的思想，消灭在青天里，白云间，或是像挑担人的热汗，都让凉风吹散了。这是大家都承认的，但实际没有这样容易。即使你有机会在息凉亭子里抽一杆潮烟，你抽完了烟，重担子还是要挑的，前面谁也不知道还有多少路，谁也不知道还有没有现成的息凉亭子，也许走不到第二个凉亭，你的精力已经到了止境，同时担子的重量是刻刻加增的，你那时再懊悔你当初不应该尝试这样压得死人的一个负担，也就太迟了！

我这一时在乡下，时常揣摩农民的生活，他们表面看来虽则是继续的劳瘁，但内里却有一种涵蓄的乐趣，生活是原始的，朴素的，但这原始性就是他们的健康，朴素是他们幸福的保障，现代所谓文明人的文明与他们隔着一个不相传达的气圈，我们的竞争、烦恼、问题、消耗等等，他们梦里也不曾做过，我们的堕落、隐疾、罪恶、危险等等，他们听了也是不了解的，像是听一个外国人的谈话。上帝保佑世上再没有懵懂的呆子想去改良、救渡、教育他们，那是间接的摧残他们的平安，扰乱他们的平衡，抑塞他们的生机！

需要改良与教育与救渡的是我们过分文明的文明人，不是他们。需要急救，也需要根本调理的是我们的文明，二十世纪的文明，不是洪荒太古的风俗，人生从没有受过现代这样普遍的咒诅，从不曾经历过现代这样荒凉的恐怖，从不曾尝味过现代这样恶毒的痛苦，从不曾发现过现代这样的厌世与怀疑。这是一个重候，医生说的。

人生真是变了一个压得死人的负担，习惯与良心冲突，责任与个性冲突，教育与本能冲突，肉体与灵魂冲突，现实与理想冲突，此外社会、政治、宗教、道德、买卖、外交，都只是混沌，更不必说。这分明不是一块青天，一阵凉风，一流清水，或是几片白云的影响所能治疗与调剂的；更不是宗教式的训道，教育式的讲演，政治式的宣传所能补救与济渡的。我们在这促狭的芜秽的狴犴中，也许有时望得见一两丝的阳光，或是像拜伦在Chilion那首诗里描写的，听着清新的鸟歌，但这是嘲讽，不是慰安，是丹得拉士（Tantalus）的苦痛，不是上帝的恩宠；人生不一定是苦恼的地狱，我们的是例外的例外。在葡萄丛中高歌欢舞的一种提昂尼辛的癫狂（Dionysian madness），已经在时间的灰烬里埋着，真生命活泼的血液的循环，已经被文明的毒质瘀住，我们仿佛是孤儿在黑夜的森林里呼号生身的爹娘，光明与安慰都没有丝毫的踪迹。所以我们要求的——如其我们还有胆气来要求——决不是部分的、片面的补苴，决不是消极的慰藉，决不是恇怯的改革，决不是傀儡的把戏……我们要求的是，“彻底的来过”；我们要为我们新的洁净的灵魂造一个新的洁净的躯体，要为我们新的洁净的躯体造一个新的洁净的灵魂；我们也要为这新的洁净的灵魂与肉体造一个新的洁净的生活——我们要求一个“完全的再生”。

我们不承认已成的一切，不承认一切的现实；不承认现有的社会、政治、法律、家庭、宗教、娱乐、教育；不承认一切的主权与势力。我们要一切都重新来过：不是在书桌上治理国家，或是在空枵的理论上重估价值，我们是要在生活上实行重新来过，我们是要回到自然的胎宫里去重新吸收一番滋养。但我们说不承认已成的一切是不受一切的束缚的意思，并不是与现实宣战，那是最不经济也太琐碎的办法；我们相信无限的青天与广大的山林尽有我们青年男女翱翔自在的地域；我们不是要求篡取已成的世界，那是我们认为不可医治的。我们也不是想来试验新村或新社会，预备感化或是替旧社会做改良标本，那是十九世纪的迂儒的梦想；我们也不打算进去空费时间的，并且那是训练童子军的性质，牺牲了多数人供一个人的幻想的试验的。我们的如其是一个运动，这决不是为青年的运动，而是青年自动的运动，青年自己的运动，只是一个自寻救渡的运动。

你说什么，朋友，这就是怪诞的幻想，荒谬的梦不是？不错，这也许是现代青年反抗物质文明的理想，而且我敢说多数的青年在理论上多表同情的；但是不忙，朋友，现有一个实例，我要顺便说给你听听——如其你有耐心。

十一年前一个冬天在德国汉奴佛（Hanover）相近一个地方，叫作Cassel，有二千多人开了一个大会，讨论他们运动的宗旨与对社会、政治、宗教问题的态度，自从那次大会以后这运动的势力逐渐涨大，现在已经有一百多万的青年男女加入——这就叫作Jugendbewegung“青年运动”，虽则德国以外很少人明白他们的性质，我想这不仅是德国人，也许是全欧洲的一个新生机。我们应得特别的注意。“西方文明的堕落只有一法可以挽救，就在继起的时代产生新的精神与生命的势力。”这是浮士德博士说的话，他是这青年运动里的一个领袖，他著一本书叫作Jugendseele，专论这运动的。

现在德国乡间常有一大群的少年男子与女子，排着队伍，弹着六弦琵琶唱歌，他们从这一镇游行到那一镇，晚上就唱歌跳舞来交换他们的住宿，他们就是青年运动的游行队，外国人见了只当是童子军性质的组织，或是一种新式的吉婆西（Gipsy），但这是仅见外表的话。

德国的青年运动是健康的年轻男女反抗现代的堕落与物质主义的革命运动，初起只是反抗家庭与学校的专权，但以后取得更哲理的涵义，更扩大反叛的范围，简直冲破了一切人为的限制，要赤裸裸的造成一种新生活。最初发起的是加尔菲暄（Karl Fischer of Steglitz），但不久便野火似的烧了开去，现在单是杂志已有十多种，最初出的叫作Wandervogel。

这运动最主要的意义，是要青年人在生命里寻得一个精神的中心（the spiritual center of life），一九一三年大会的铭语是“救渡在于自己教育”（Salvation Lies in Self-Education），“让我们重新做人，让我们脱离狭窄的腐败的政治组织，让我们抛弃近代科学家们的物质主义的小径，让我们抛弃无灵魂的知识钻研。让我们重新做活着的男子与女子。”他们并没有改良什么的方案，他们禁止一切有具体目的的运动；他们代表一种新发现的思路，他们旨意在于规复人生原有的精神的价值。“我们的大旨是在离却堕落的文明，回向自然的单纯；离却一切的外骛，回向内心的自由；离却空虚的娱乐，回向真纯的欢欣；离却自私主义，回向友爱的精神；离却一切懈弛的行为，回向郑重的自我的实现。我们寻求我们灵魂的安顿，要不愧于上帝，不愧于己，不愧于人，不愧于自然。”“我们即使存心救世，我们也得自己重新做人。”

这运动最显著亦最可惊的结果是确实的产生了真的新青年，在人群中很容易指出，他们显示一种生存的欢欣，自然的热心，爱自然与朴素，爱田野生活。他们不饮酒（德国人原来差不多没有不饮酒的），不吸烟，不沾城市的恶习。他们的娱乐是弹着琵琶或是拉着梵和玲唱歌，踏步游行跳舞或集会讨论宗教与哲理问题。跳舞最是他们的特色。往往有大群的游行队，徒步游历全省，到处歌舞，有时也邀本地人参加同乐——他们复活了可赞美的提昂尼辛的精神！

这样伟大的运动不能不说是这黑魆魆的世界里的一泻清辉，不能不说是对现代苟且的厌世的生活（你们不曾到过柏林与维也纳的不易想象）一个庄严的警告，不能不说是旧式社会已经蛀烂的根上重新爆出来的新生机、新萌芽；不能不说是全人类理想的青年的一个安慰、一个兴奋，为他们开辟了一条新鲜的愉快的路径；不能不说是一个新的洁净的人生观的产生。我们要知道在德国有几十万的青年男女，原来似乎命定做机械性的社会的终身奴隶，现在却做了大自然的宠儿，在宽广的天地间感觉新鲜的生命的跳动，原来只是屈伏在蠢拙的家庭与教育的桎梏下，现在却从自然与生活本体接受直接的灵感，像小鹿似的活泼，野鸟似的欢欣，自然的教训是洁净与朴素与率真，这真是近代文明最缺乏的原素。他们不仅开发了各个人的个性，他们也恢复了德意志民族的古风，在他们的歌曲、舞蹈、游戏、故事与礼貌中，在青年们的性灵中，古德意志的优美，自然的精神又取得了真纯的解释与标准。所以城市的生活的堕落、淫纵、耗费、奢侈、虚伪，以及危险与恐怖，不论他们传染性怎样的剧烈，再也沾不着洁净的青年，道德家与宗教家的教训只是消极的强勉的，他们的觉悟是自动的、自然的、根本的；这运动也产生了一种真纯的友爱的情谊，在年轻的男子女子间，一种新来的大同的情感，不是原因于主义的刺激或党规的强迫，而是健康的生活里自然流露的乳酪，洁净是他们的生活的纤维，愉快是营养。

我这一点感想写完了，从我自己的野游蔓延到德国的青年运动，我想我再没有加案语的必要，我只要重复一句滥语——民族的希望就在自觉的青年。

话

绝对的值得一听的话，是从不曾经人口说过的；比较的值得一听的话，都在偶然的低声细语中；相对的不值得一听的话，是有规律有组织的文字结构；绝对不值得一听的话，是用不经修炼，又粗又蠢的嗓音所发表的语言。比如：正式集会的演说，不论是运动、女子参政或是宣传色彩鲜明的主义；学校里讲台上的演讲，不论是山西乡村里训阎阉圣人用民主义的冬烘先生的法宝，或是穿了前红后白道袍方巾的博士衣的瞎扯，或是充满了烟士披里纯开口天父闭口阿门的讲道——都是属于我所说最后的一类，都是无条件的根本的绝对的不值得一听的话。历代传下来的经典，大部分的文学书，小部分的哲学书，都是末了第二类——相对的不值得一听的话。至于相对的可听的话，我说大概都在偶然的低声细语中：例如真诗人梦境最深——诗人们除了做梦再没有正当的职业——神魂远在祥云缥缈之间那时候随意吐露出来的零句断片，英国大诗人宛茨渥士所谓茶壶煮沸时嗤嗤的微音；最可以象征入神的诗境——例如李太白的“我醉欲眠卿且去，明朝有意抱琴来”，或是开茨的“Then I shut her wild, wild eyes with kisses four”，你们知道宛茨渥士和雪莱他们不朽的诗歌，大都是在田野间、海滩边、树林里，独自徘徊着像离魂病似的自言自语的成绩；法国的波特莱亚、凡尔仑他们精美无比的妙句，很多是受了烈性的麻醉剂——大麻或是鸦片——影响的结果。这种话比较的很值得一听。还有青年男女初次受了顽皮的小爱神箭伤以后，心跳肉颤面红耳赤的在花荫间在课室内，或在月凉如洗的墓园里，含着一包眼泪吞吐出来的——不问怎样的不成片段，怎样的违反文法——往往都是一颗颗稀有的珍珠，真情真理的凝晶。但诸君要听明白了，我说值得一听的话大都是在偶然的低声和语中，不是说凡是低声和语都是值得一听的，要不然外交厅屏风后的交头接耳，家里太太月底月初枕头边的小噜苏，都有了诗的价值了！

绝对的值得一听的话，是从不曾经人口道过的。整个的宇宙，只是不断的创造；所有的生命，只是个性的表现。真消息，真意义，内蕴在万物的本质里，好像一条大河，网络似的支流，随地形的结构，四方错综着，由大而小，由小而微，由微而隐，由有形至无形，由可数至无限，但这看来极复杂的组织所表明的只是一个单纯的意义，所表现的只是一体活泼的精神；这精神是完全的，整个的，实在的；唯其因为是完全整个实在而我们人的心力智力所能运用的语言文字，只是不完全非整个的、模拟的、象征的工具，所以人类几千年来文化的成绩，也只是想猜透这大迷谜似是而非的各种的尝试。人是好奇的动物，我们的心智，便是好奇心活动的表现。这心智的好奇性便是知识的起源。一部知识史，只是历尽了九九八十一大难却始终没有望见极乐世界求到大藏真经的一部《西游记》。说是快乐吧，明明是劫难相承的苦恼；说是苦恼，苦恼中又分明有无限的安慰。我们各个人的一生便是人类全史的缩小，虽则不敢说我们都是寻求真理的合格者，但至少我们的胸中，在现在生命的出发时期，总应该培养一点寻求真理的诚心，点起一盏寻求真理的明灯，不至于在生命的道上只是暗中摸索，不至于盲目的走到了生命的尽头，什么发见都没有。

但虽则真消息与真意义是不可以人类智力所能运用的工具——就是语言文字——来完全表现，同时我们又感觉内心寻真求知的冲动，想侦探出这伟大的秘密，想把宇宙与人生的究竟，当作一朵盛开的大红玫瑰，一把抓在手掌中心，狠劲的紧挤，把花的色、香、灵肉，和我们自己爱美、爱色、爱香的烈情，搅和在一起，实现一个彻底的痛快；我们初上生命和知识舞台的人，谁没有，也许多少深浅不同，浮士德的大野心，他想“discover the force that binds the world and guides its course”。谁不想在知识界里，做一个龙卷一切的拿破仑？这种想为王为霸的雄心，都是生命原力内动的征象，也是所有的大诗人、大艺术家最后成功的预兆；我们的问题就在怎样能替这一腔还在潜伏状态中的活泼的蓬勃的心力心能，开辟一条或几条可以尽情发展的方向，使这一盏心灵的神灯，一度点着以后，不但继续的有燃料的供给，而且能在狂风暴雨的境地里，益发的光焰神明；使这初出山的流泉，渐渐的汇成活泼的小涧，沿路再并合了四方来会的支流，虽则初起经过崎岖的山路，不免辛苦，但一到了平原，便可以放怀的奔流，成河成江，自有无限的前途了。

真伟大的消息都蕴伏在万事万物的本体里，要听真值得一听的话，只有请教两位最伟大的先生。

现放在我们面前的两位大教授，不是别的，就是生活本体与大自然。生命的现象，就是一个伟大不过的神秘：墙角的草兰，岩石上的苔藓，北冰洋冰天雪地里的极熊水獭，城河边呱呱叫夜的水蛙，赤道上火焰似沙漠里的爬虫，乃至于弥漫在大气中的霉菌，大海底最微妙的生物，总之太阳热照到或能透到的地域，就有生命现象。我们若然再看深一层，不必有菩萨的慧眼，也不必有神秘诗人的直觉，但凭科学的常识，便可以知道这整个的宇宙，只是一团活泼的呼吸，一体普遍的生命，一个奥妙灵动的整体。一块极粗极丑的石子，看来像是全无意义毫无生命，但在显微镜底下看时，你就在这又粗又丑的石块里，发现一个神奇的宇宙，因为你那时所见的，只是千变万化颜色花样各个不同的种种结晶体，组成艺术家所不能想象的一种排列；若然再进一层研究，这无量数的凝晶各个的本体，又是无量数更神奇不可思议的电子所组成：这里面又是一个Cosmos（宇宙），仿佛灿烂的星空，无量数的星球同时在放光辉在自由的呼吸着。

但我们决不可以为单凭科学的进步就能看破宇宙结构的秘密。这是不可能的。我们打开了一处知识的门，无非又发现更多还是关得紧紧的；猜中了一个小迷谜，无非从这猜中里又引起一个更大更难猜的迷谜；爬上了一个山峰，无非又发现前面还有更高更远的山峰。

这无穷尽性便是生命与宇宙的通性。知识的寻求固然不能到底，生命的感觉也有同样无限的境界。我们在地面上做人这场把戏里，虽则是刹那间的幻象，却是有的是好玩，只怕我们的精力不够，不曾学得怎样玩法，不怕没有相当的趣味与报酬。

所以重要的在于养成与保持一个活泼无碍的心灵境地，利用天赋的身与心的能力，自觉的尽量发展生活的可能性。活泼无碍的心灵境界，比如一张绷紧的弦琴，挂在松林的中间，感受大气小大快慢的动荡，发出高低缓急同情的音调。我们不是最爱自由最恶奴从吗？但我们向生命的前途看时，恐怕不易使我们乐观，除了我们一点无形无踪的心灵以外，种种的势力只是强迫我们做奴做隶的势力：种种对人的心与责任，社会的习惯，机械的教育，沾染的偏见，都像沙漠的狂风一样，卷起满天的沙土，不时可以把我们可怜的旅行人整个儿给埋了！

这就是宗教家出世主义的大原因，但出世者所能实现的至多无非是消极的自由，我们所要的却不止此。我们明知向前是奋斗，但我们却不肯做逃兵，我们情愿将所有的精液，一齐发泄成奋斗的汗，与奋斗的血，只要能得最后的胜利，那时尽量的痛苦便是尽量的快乐。我们果然能从生命的现象与事实里，体验到生命的实在与意义；能从自然界的现象与事实里，领会到造化的实在与意义，那时随我们付多大的价钱，也是值得的了。

要使生命成为自觉的生活，不是机械的生存，是我们的理想。要从我们的日常经验里，得到培保心灵扩大人格的资养，是我们的理想。要使我们的心灵，不但消极的不受外物的拘束与压迫，并且永远在继续的自动，趋向创作，活泼无碍的境界，是我们的理想。使我们的精神生活，取得不可否认的实在，使我们生命的自觉心，像大雪天滚雪球一般的愈滚愈大，不但在生活里能同化极伟大极深沉与极隐奥的情感，并且能领悟到大自然一草一木的精神，是我们的理想。使天赋我们灵肉两部的势力，尽性的发展，趋向最后的平衡与和谐，是我们的理想。

理想就是我们的信仰，努力的标准，果然我们能运用想象力为我们自己悬拟一个理想的人格，同时运用理智的机能，认定了目标努力去实现那理想，那时我们在奋斗的经程中，一定可以得到加倍的勇气，遇见了困难，也不至于失望，因为明知是题中应有的文章；我们的立身行事，也不必迁就社会已成的习惯与法律的范围，而自能折中于超出寻常所谓善恶的一种更高的道德标准；我们那时便可以借用李太白当时躲在山里自得其乐时答复俗客的妙句："落花流水杳然去，别有天地非人间！"

我们也明知这不是可以偶然做到的境界，但问题是在我们能否见到这境界。大多数人只是不黑不白的生，不黑不白的死，耗费了不少的食料与饮料，耗费了不少的时间与空间，结果连自己的臭皮囊都收拾不了，还要连累旁人；能见到的人已经不少，见到而能尽力去做的人当然更少，但这极少数人却是文化的创造者，便能在梁任公先生说的那把宜兴茶壶里留下一些不磨的痕迹。

我个人也许见言太偏僻了，但我实在不敢信人为的教育，他动的训练，能有多大的价值。我最初最后的一句话，只是"自身体验去"，真学问、真知识决不是在教室中书本里所能求得的。

大自然才是一大本绝妙的奇书，每张上都写有无穷无尽的意义，我们只要学会了研究这一大本书的方法，多少能够了解它内容的奥义，我们的精神生活就不怕没有滋养，我们理想的人格就不怕没有基础。但这本无字的天书，决不是没有相当的准备就能一目了然的：我们初识字的时候，打开书本子来，只见白纸上画的许多黑影，哪里懂得什么意义。我们现有的道德教育里哪一条训条，我们不能在自然界感到更深彻的意味，更亲切的解释？每天太阳从东方的地平上升，渐渐的放光，渐渐的放彩，渐渐的驱散了黑夜，扫荡了满天沉闷的云雾，霎刻间临照四方，光满大地；这是何等的景象？夏夜的星空，张着无量数光芒闪烁的神眼，衬出浩渺无极的穹苍，这是何等的伟大景象？大海的涛声不住的在呼啸起落，这是何等伟大奥妙的景象？高山顶上一体的纯白，不见一些杂色，只有天气飞舞着，云彩变幻着，这又是何等高尚纯粹的景象？小而言之，就是地上一棵极贱的草花，它在春风与艳阳中摇曳着，自有一种庄严愉快的神情，无怪诗人见了，甚至内感"非涕泪所能宣泄的情绪"。华兹华斯说的自然"大力回容，有镇驯矫饬之功"，这是我们的真教育。但自然最大的教训，尤在"凡物各尽其性"的现象。玫瑰是玫瑰，海棠是海棠，鱼是鱼，鸟是鸟，野草是野草，流水是流水，各有各的特性，各有各的效用，各有各的意义。仔细的观察与悉心体会的结果，不由你不感觉万物造作之神奇，不由你不相信万物的底里是有一致的精神流贯其间，宇宙是合理的组织，人生也无非这大系统的一个关节。因此我们也感想到人类也许是最无出息的一类。一茎草有它的妩媚，一块石子也有它的特点，独有人反只是庸生庸死，大多数非但终身不能发挥他们可能的个性，而且遗下或是丑陋或是罪恶一类不洁净的踪迹，这难道也是造物主的本意吗？

我前面说过所有的生命只是个性的表现。只要在有生的期间内，将天赋可能的个性尽量的实现，就是造化旨意的完成。我这几天在留心我们馆里的月季花，看它们结苞，看它们开放，看它们逐渐的盛开，看它们逐渐的憔悴，逐渐的零落。我初动的感情觉得是可悲，何以美的幻象这样的易灭？但转念却觉得不但不必为花悲，而且感悟了自然生生不已的妙意。花的责任，就在集中它春来所吸受阳光雨露的精神，开成色香两绝的好花，精力完了便自落地成泥，圆满功德，明年再来过。只有不自然的被摧残了，不能实现它自傲色香的一两天，那才是可伤的耗费。

不自然的杀灭了发长的机会，才是可惜，才是违反天意。我们青年人应该时时刻刻把这个原则放在心里。不能在我生命里实现人之所以为人，我对不起自己。在为人的生活里不能实现我之所以为我，我对不起生命——这个原则我们也应该时时放在心里。

我们人类最大的幸福与权利，就是在生活里有相当的自由活动，我们可以自觉的调剂、整理、修饰、训练我们生活的态度，我们既然了解了生活只是个性的表现，只是一种艺术，就应得利用这一点特权将生活看作艺术品，谨慎小心的做去。运命论我们是不相信的，但就是相面算命先生也还承认心有改相致命的力量。环境论的一部分我们不得不承认，但是心灵支配环境的可能，至少也与环境支配生活的可能相等，除非我们自愿让物质的势力整个儿扑灭了心灵的发展，那才是生活里最大的悲惨。

我们的一生不成材不碍事，材是有用的意思；不成器也不碍事，器也是有用的意思。生活却不可不成品、不成格，品格就是个性的外现，是对于生命本体，不是对于其余的标准，例如社会家庭——直接担负的责任；橡树不是榆树，翠鸟不是鸽子，各有各的特异的品格。在造化的观点看来，橡树不是为柜子衣架而生，鸽子也不是为我们爱吃五香鸽子而存，这是它们偶然的用或被利用，物之所以为物的本义是在实现它天赋的品性，实现内部精力所要求的特异的格调。我们生命里所包涵的活力，也不问你在世上做将，做相，做资本家，做劳动者，做国会议员，做大学教授，而只要求一种特异品格的表现，独一的，自成一体的，不可以第二类相比称的，犹之一树上没有两张绝对相同的叶子，我们四万万人里也没有两个相同的鼻子。

而要实现我们真纯的个性，决不是仅仅在外表的行为上务为新奇务为怪僻——这是变性不是个性——真纯的个性是心灵的权力能够统制与调和身体、理智、情感、精神，种种造成人格的机能以后自然流露的状态，在内不受外物的障碍，像分光镜似的灵敏，不论是地下的泥沙，不论是远在万万里外的星辰，只要光路一对准，就能分出他光浪的特性；一次经验便是一次发明，因为是新的结合、新的变化。有了这样的内心生活，发之于外，当然能超于人为的条例而能与更深奥却更实在的自然规律相呼应，当然能实现一种特异的品与格，当然能在这大自然的系统里尽他特异的贡献，证明他自身的价值。懂了物各尽其性的意义再来观察宇宙的事物，实在没有一件东西不是美的，一叶一花是美的不必说，就是毒性的虫，比如蝎子，比如蚂蚁，都是美的。只有人，造化期望最深的人，却是最辜负的，最使人失望的，因为一般的人，都是自暴自弃，非但不能尽性，而且到底总是糟蹋了原来可以为美可以为善的本质。

惭愧呀，人！好好一张可以做好文章的题目，却被你写作一篇一窍不通的滥调；好好一个画题，好好一张帆布，好好的颜色，都被你涂成奇丑不堪的滥画；好好的雕刀与花岗石，却被你斫成荒谬恶劣的怪像！好好的富有灵性可以超脱物质与普遍的精神共化永生的生命，却被你糟蹋亵渎成了一种丑陋庸俗卑鄙龌龊的废物！

生活是艺术。我们的问题就在怎样的运用我们现成的材料，实现我们理想的作品；怎样的可以像密仡郎其罗一样，取到了一大块矿山里初开出来的白石，一眼望过去，就看出他想象中的造像，已经整个的嵌稳着，以后只要下打开石子把他不受损伤的取了出来的工夫就是。所以我们再也不要抱怨环境不好不适宜，阻碍我们自由的发展，或是教育不好不适宜，不能奖励我们自由的发展。发展或是压灭，自由或是奴从，真生命或是苟活，成品或是无格——一切都在我们自己，全看我们在青年时期有否生命的觉悟，能否培养与保持心灵的自由，能否自觉的努力，能否把生活当作艺术，一笔不苟的做去。我所以回返重复的说明真消息、真意义、真教育决非人口或书本子可以宣传的，只有集中了我们的灵感性直接的一面向生命本体，一面向大自然耐心去研究体验审察省悟，方才可以多少了解生活的趣味与价值与他的神圣。

因为思想与意念，都起于心灵与外象的接触：创造是活动与变化的结果。真纯的思想是一种想象的实在，有他自身的品格与美，是心灵境界的彩虹，是活着的胎儿。但我们同时有智力的活动，感动于内的往往有表现于外的倾向——大画家米莱氏说深刻的印象往往自求外现，而且自然的会寻出最强有力的方法来表现——结果无形的意念便化成有形可见的文字或是有声可闻的语言，但文字语言最高的功用就在能象征我们原来的意念，他的价值也止于凭借符号的外形，暗示他们所代表的当时的意念。而意念自身又无非是我们心灵的照海灯偶然照到实在的海里的一波一浪或一岛一屿。文字语言本身又是不完善的工具，再加之我们运用驾驭力的薄弱，所以文字的表现很难得是勉强可以满足的。我们随便翻开哪一本书，随便听人讲话，就可以发现各式各样的文字障，与语言习惯障，所以既然我们自己用语言文字来表现内心的现象已经至多不过勉强的适用，我们如何可以期望满心只是文字障与语言习惯障的他人，能从呆板的符号里领悟到我们一时神感的意念。佛教所以有禅宗一派，以不言传道，是很可寻味的——达摩面壁十年，就在解脱文字障直接明心见道的功夫。现在的所谓教育尤其是离本更远，即使教育的材料最初是有多少活的成分，但经了几度的转换，无意识的传授，只能变成死的训条——穆勒约翰说的“Dead dogma”不是“living idea”。我个人所以根本不信任人为的教育能有多大的价值，对于人生少有影响不用说，就是认为灌输知识的方法，照现有的教育看来，也免不了硬而且蠢的机械性。

但反过来说，既然人生只是表现，而语言文字又是人类进化到现在比较的最适用的工具，我们明知语言文字如同政府与结婚一样是一件不可免的没奈何事，或如尼采说的是“人心的牢狱”，我们还是免不了他。我们只能想法使他增加适用性，不能抛弃了不管。我们只能做两部分的工夫：一方面消极的防止文字障语言习惯障的影响；一方面积极的体验心灵的活动，极谨慎的极严格的在我们能运用的字类里选出比较的最确切最明了最无疑义的代表。

这就是我们应该应用“自觉的努力”的一个方向。你们知道法国有个大文学家弗洛贝尔，他有一个信仰，以为一个特异的意念只有一个特异的字或字句可以表现，所以他一辈子艰苦卓绝的从事文学的日子，只是在寻求唯一适当的字句来代表唯一相当的意念。他往往不吃饭不睡，呆呆的独自坐着，绞着脑筋的想，想寻出他称心惬意的表现，有时他烦恼极了，甚至想自杀，往往想出了神，几天写不成一句句子。试想像他那样伟大的天才，那样丰富的学识，尚且要下这样的苦工，方才制成不朽的文学，我们看了他的榜样不应该感动吗？

不要说下笔写，就是平常说话，我们也应有相当的用心——一句话可以泄露你心灵的浅薄，一句话可以证明你自觉的努力，一句话可以表示你思想的糊涂，一句话可以留下永久的印象。这不是说说话要漂亮，要流利，要有修辞的功夫，那都是不重要的；最重要的是对内心意念的忠实，与适当的表现。固然有了清明的思想，方能有清明的语言，但表现的忠实，与不苟且运用文字的决心，也就有纠正松懈的思想与警醒心灵的功效。

我们知道说话是表现个性极重要的方法，生活既然是一个整体的艺术，说话当然是这艺术里的重要部分。极高的功夫往往可以从极小的起点做去，我们实现生命的理想，也未始不可从注意说话做起。

政治生活与王家三阿嫂

一

从前西方一位老前辈说，“人是一个政治的动物”，好比麻雀会得做窝，蚂蚁会得造桥，人会得造社会、建设政治。这是一个有名的“人的定义”。那位老前辈的本乡，是个小小的城子，周围不过十里，人口不过十万，而且这十万人里，真正的“市民”不过四分之一，其余不是奴隶，便是客民。但他们却真是所谓“政治的动物”：凭他们造社会与建筑政治的天才，和着地理与地势的利便，他们在几千年前，在现代欧美文明没有出娘胎以前，已经为未来政治的（现在不说文艺的或科学的）人类定下了一个最完善的模型，一个理想的标准，也可以说是标准的理想——实行的民主政治，或是实现的“共和国”。我们现在不来讨论他们当时的奴隶问题；我们只在想象中羡慕他们政治的幸福，羡慕他们那座支配社会生活的机器的完美，运转是敏捷的，管理是简单的，出货是干净的——而且又是何等的美观！我们如其借用童话里的那个神奇的玻璃球来看，我们就可以在二千年前时间的灰堆里，掏出他们当时最有趣味的生活的活动写真。我们来看看这西洋镜的玩艺。天气约略是江南的五月初，黄梅潮已经过去，南风吹得暖暖的，穿单衣不冷，穿夹衣也不热。他们是终年如此的，真是“四时常春，风和日丽”，雨水都不常有的，所以他们公共会所如议会、剧场、市场都是秃顶没有盖的。城子中央是一个高岗，天生成花岗石打底高阜，这上面留有人类的一个大纪念：最高明的建筑，最高明的石刻，最高明的美术都在这里；最高明的立法与行政的会场也在这里；最高明的戏剧与最伟大最壮观的剧场也在这里；最高明的哲学家、政治家、艺术家、诗人的踪迹也常在这里。路上行人，很少戴帽的，有穿草鞋式的鞋的，有赤脚的，身上至多裹一块方形的布当衣裳，往往一双臂腿袒露在外，有从市场回家的，有到前辈家里去领教学问的，有到体育场去掷铁饼或赛跑的，有到公共浴所去用雕花水瓶浇身的，有到（如其是春天，是节会与共乐的时候）大戏场上去占座位的，有到某剃头店或某铜匠店铺子里去找朋友闲谈的，有出城去到河沿树荫下散步的，有到高冈上观览美术的，有到亲戚家去的妇女，前后随从有无数男女仆役的，有应召的歌女，身披彩衣手弄弦琴的，有新来客民穿着异样的服装的，有乡下来的农夫与牧童背着遮太阳的大箬笠，掮着赶牲畜的长竿，或是扛着新采的榨油用的橄榄果与橄榄叶（他们不懂得咬生橄榄，广东乡下听说到现在还是不会吃青果的），一个个都像从画图上走下来的……这一群阔额角、阔肩膀、高鼻子、高身材的人类，在这个小小的城子里，熙熙的乐生、活泼、恬愉、闲暇，艺术是他们的天性，政治是他们的本能——他们的躯壳已经几度的成灰成泥，但是他们的精神，却是和他们花岗石的高冈一样的不可磨灭；像爱琴海上的熏风，永远含有鼓舞新生命的秘密。

这不是演说乌托邦，这是实有的史迹。那小城子便是雅典，这人民便是古希腊人，说人是政治的动物的，便是亚里士多德。他们当时凡是市民（即除外奴隶与客民）都可以出席议会，参与政治，起造不朽的巴戴廊（Parthenon）是群众议决的；举菲地亚士（Phidias）做主任是群众决议的；筹画打波斯的海军政策是群众决议的；举米梯亚士做将军是群众决议的。这群众便是全城的公民，有钱人与穷人，做官的与做工的，经商的与学问家，剃头匠与打铁匠，法官与裁缝，苏格拉底斯与阿理士道文尼斯，沙福克利士与衣司沟拉士，柏拉图与绶克士诺丰……都是组成这独一的共和政治的平等的分子，政治是他们的生活，是他们的共同的职业，是他们闲谈的资料，是他们有趣的训练。所以不论是在露天的议会里列席，不论是在杂货铺门口闲话，不论是在客厅里倦倚在榻上饮酒杂谈，不论是在某前辈私宅的方天井里徘徊着讨论学识，不论是在法庭上听苏格拉底士的审判，不论是在大剧场听戏拿橘子皮或无花果去掷台上不到家的演员（他们喝倒彩的办法），不论是在美术厅里参观菲地亚士最近的杰作，不论是在城外青枫树荫下溪水里濯足时（苏格拉底斯最爱的）的诙谐——他们的精神是一致的，是乐生的，是建设的，是政治的。

二

但这是已往的希腊，我们只能如孔子所谓心向往之了。至于现代的政治，不论是国内的与国际的，都不是叫人起兴的题目。我们东方人尤其是可怜，任清朝也好，明朝也好，政治的中国人（最近连文学与艺术的中国人都是）只是一只串把戏的猴子，随他如何伶俐，如何会模仿，如何像人，猴子终究是猴子，不是人，也许他会得穿起大褂子来坐在沙发椅上使用杯匙吃饭，就使他自已是正经的，旁观的总觉得滑稽好笑。根本一句话，因为这种习惯不是野畜生的习惯，他根性里没有这种习惯的影子，也许凭人力选择的科学与耐心，在理论上可以完全改变猴子的气质，但这不是十年八年的事，明白人都明白的。

不但东方人的政治，就是欧美的政治，真可以上评坛的能有多少。德国人太蠢，太机械性；法国人太淫，什么事都任性干去，不过度不肯休；南欧人太乱，只要每年莱茵河两岸的葡萄丰收；拉丁民族的头脑永没有清明的日子；美国人太陋，多数的饰制与多数的愚暗，至多只能造成一个“感情作用的民主政治”（Sentimental Democracy）。此外更不必说了。比较像样的，只有英国。英国人可称是现代的政治民族，这是大家都知道的。英国人的政治，好比白蚁蛀柱石一样，一直啮入它们生活的根里，在它们（这一点与当初的雅典多少相似），政治不但与日常生活有极切极显的关系，我们可以说政治便是他们的生活，“鱼相忘乎江湖”，英国人是相忘乎政治的。英国人是“自由”的，但不是激烈的；是保守的，但不是顽固的。自由与保守并不是冲突的，这是造成他们政治生活的两个原则；唯其是自由而不是激烈，所以历史上并没有大流血的痕迹（如大陆诸国），而却有革命的实在，唯其是保守而不是顽固，所以虽则“不为天下先”，而却没有化石性的僵。但这类形容词的泛论，究竟是不着边际的，我们只要看他们实际的生活，就知道英国人是不是天生的政治的动物。我们初从美国到英国去的，最显浅的一个感想，是英国虽则有一个册名国王，而其实他们所实现的民主政治的条件，却还在大叫大擂的美国人之上——英国人自己却是不以为奇的了。我们只要看一两桩相对的情形，美国人对付社会党的手段，与乡下老太婆对付养媳妇一样的惨酷，一样的好笑。但是我们到礼拜日上午英国的公共场地上去看看：在每处广场上东一堆西一堆的人群，不是打拳头卖膏药，也不是变戏法，是各种的宣传性质的演说。天主教与统一教与清教；保守党与自由党与劳工党；赞成政府某政策与反对政府某政策的；禁酒令与威士克公司；自由恋爱与鲍尔雪微主义与救世军——总之种种相反的见解，可以在同一的场地上对同一的群众举行宣传运动；无论演讲者的论调怎样激烈，在旁的警察对他负有生命与安全与言论自由的责任，他们决不干涉。有一次萧伯纳（四十年前）站在一只肥皂木箱上冒着倾盆大雨在那里演说社会主义，最后他的听众只剩了三四个穿雨衣的巡士！

这是他们政治生活的一斑，但这还是最浅显的。政治简直是他们的家常便饭，政府里当权的人名是他们不论上中下哪一级的口头禅。每天中下人家吃夜饭时老子与娘与儿女与来客讨论的是政治；每天知识阶级吃下午茶的时候，抽着烟斗，咬着牛油面包的时候谈的是政治；每晚街角上酒店里酒鬼的高声的叫嚷——鲁意乔治应该到地狱去！阿斯葵斯活该倒运！等等——十有八九是政治。（烟酒加了税，烟鬼、酒鬼就不愿意。）每天乡村里工人的太太们站在路口闲话，也往往是政治（比如他们男子停了工，为的是某某爵士在议会里的某主张）。政治的精液已经和入他们脉管里的血流。

我在英国的时候，工党领袖麦克唐诺尔，在伦敦附近一个选区叫作乌立克的做候补员，他的对头是一个政府党，大战时的一个军官，麦氏是主张和平的，他在战时有一次演说时脑袋都叫人打破。有一天我跟了赖世基夫人（Mrs. Harold J. Laski）起了一个大早到那个选区去代麦氏“张罗”（Canvassing）（就是去探探选民的口气，有游说余地的，就说几句话，并且预先估计得失机会）。我那一次得了极有趣味的经验，此后我才深信英国人政治的训练的确是不容易涉及的。我们至少敲了二百多家的门（那一时麦氏衣襟上戴着红花坐着汽车到处的奔走，演说），应门的有男有女，有老有小，但他们应答的话多少都有分寸，大都是老练、镇静、有见地的，那边的选民，很多是在乌立克兵工厂里做工过活的，教育程度多是很低的，而且那年是第一次实行妇女选举权，所以我益发惊讶他们政治程度之高。只有一两家比较的不讲理的妇人，开出门来脸上就不戴好看的颜色，一听说我们是替工党张罗的，爽性把脸子沉了下来，把门也关上了。但大概都是和气的，很多人说我们自有主张，请你们不必费心；有的很情愿与我们闲谈，问这样问那样。有一家有一个烂眼睛的妇人，见我们走过了，对她们邻居说（我自己听见）：“你看，怪不得人家说麦克唐诺尔是卖国贼，这不是他利用‘剧泼’（Jap意即日本鬼）来替他张罗！”

三

这一次英国的政治上，又发生极生动的变相。安置失业问题，近来成为英国政府的唯一问题。因失业问题涉及贸易政策，引起历史上屡见不一的争论，自由贸易与保守税政策。保守党与自由党，又为了一个显明的政见不同，站在相对地位；原来分裂的自由党，重复团圆，阿斯葵斯与鲁意乔治，重复亲吻修好，一致对敌。总选举的结果，也给了劳工党不少的刺激，益发鼓动他们几年来蕴涵着的理想。我好久不看英国报了，这次偶然翻阅，只觉得那边无限的生趣，益发对比出此地的陋与闷，最有趣的是一位戏剧家A. A. Milne的一篇讥讽文章，很活现的写出英国人政治活动的方法与状态，我自己看得笑不可仰，所以把他翻译过来，这也是引起我写这篇文字的一个原因。我以为一个国家总要像从前的雅典，或是现在的英国一样，不说有知识阶级，就这次等阶级社会的妇女，王家三阿嫂与李家四大妈等等，都感觉到政治的兴味，都想强勉他们的理解力，来讨论现实的政治问题，那时才可以算是有资格试验民主政治，那时我们才可以希望“卖野人头”的革命大家与做统一梦的武人归他们原来的本位，凭着心智的清明来清理政治的生活。这日子也许很远，但希望好总不是罪过。

保守党的统一联合会，为这次保护税的问题，出了一本小册子，叫作《隔着一垛围墙》（“Over the Garden Wall”），里面是两位女太太的谈话，假定说王家三阿嫂与李家四大妈，三阿嫂是保守党，她把为什么要保护贸易的道理讲给四大妈听，末了四大妈居然听懂了。那位滑稽的密尔商先生就借用这个题目，做了一篇短文，登在十二月一日的《伦敦国民报》——The Nation and the Athenaeum里，挖苦保守党这种宣传方法，下面是翻译。

她们是紧邻；因为她们后园的墙头很低，她们常常可以隔着园墙谈天。你们也许不明白她们在这样的冷天，在园里有什么事情干，但是你不要忙，她们在园里是有道理的。这分明是礼拜一，那天李家四大妈刚正洗完了衣服，在园里挂上晒绳去。王家三阿太，我猜起来，也在园里把要洗的衣服包好了，预备送到洗衣作坊里去了。三阿太分明是家境好些的，我猜想她家里是有女佣人的，所以她会有工夫去到联合会专为妇女们的演讲会去到会，然后回家来再把听来的新闻隔着园墙讲给四大妈听；四大妈自己看家，没有工夫到会。太冷天站在园里当然是不会暖和的，并且还要解释这样回答那样，隔壁那位太太正在忙着洗衣服，她自己头颈上围着她的海獭皮围巾；但是我想象三阿太站在那里，一定不时的哈气着她冻冷的手指，并且心里还在抱怨四大妈的家境太低，或是她自己的太高，否则，她们倒可以舒舒服服，坐在这家或是那家的灶间里讲话，省得在露天冒风着冷，但是这可不成功。上帝保佑统一党，让邻居保留她名分的地位。李家四大妈有一个可笑的主意（我不知道她哪里来的，因为她从不出门），她以为在这个国度里，要是实行了保护政策，各样东西一定要贵，我料想假如三阿太有这样勇气，老实对她说不是的，保护税倒反而可以使东西着实便宜，那时四大妈一定一面从她口里取出一只木钉，把她男人的衬裤别在绳子上，一面回答三阿太说“噢那就好了”，下回她要去投票，她准投统一党了，这样国家就有救了。但是在这样的天气站在园子里，不由得三阿太或是任何人挫气。三阿太哈着她的手指，她决意不冒险。她情愿把开会的情形从头至尾讲一个清楚。东西是不会得认真的便宜多少，但是——呒，你听了就明白了。

我恐怕她过于自信了。

所以三阿太就开头讲，她说外国来的工人，比我们自己的便宜，因为工会（“可不是！”她急急的接着说）一定要求公平的工资，短少的工作时间，以及工厂里的种种设备——她忽然不说下去了，心里在迟疑不知道说对了没有。四大妈转过身子去，这一会儿她像是要开口问什么蠢话似的，可是并不。她转过身去，也就把她小儿子亨利的衬裤，从衣篮里拿了出来。一面王三阿太立定主意把在保护政策的国家的工资、工时、工厂设备等等暂时放开不提，她单是说国家是要采用了保护政策，她们的出货一定便宜得多。结果怎么样呢?“你同我以及所有做工的妇人临到买东西的时候，就拣顶便宜的买，再也不想想——意思说是买外国货。”“不一定不想。”四大妈确定地说。三阿太老实说她的小册子上是什么说。照书上写着，四大妈在这里是不应得插嘴的。这一路的解说都是不容易的。总选举要是在夏天多好！在这样大冷天叫谁用心去？这段话也不容易讲不是？但是她最末了的那句话，至少是没有错儿——这不是在小册子上明明的印着：“你与我以及所有做工的妇人都拣到最便宜的东西买再也不想想。”再也不想想，真是的！一个做工妇人临到买东西不想想，还叫她想什么去?

那是闲话，再来正经，四大妈还不明白大家要是尽买便宜的外国货，结果便怎么样。她要是真不明白，让她别害怕，老实的说就是。三阿太是妇女工会里的会员，她最愿意讲解给她听。

四大妈懂得，结果货物的价钱愈落愈低。

三阿太又着急的翻开了那本小册子来对，但是这一次四大妈的答话没有错。现在来打她一下。

“不，四大妈，平常人的想法就错在这儿。市上要是只有便宜的外国货，我们就没有得钱去买东西，因为我们的丈夫就要没有事情做，攒不了钱了。”四大妈是打倒了。不，她并不是，她亮着嗓音说她的丈夫还是有事情做并没有失业。这女人多麻烦！她的男人是怎么回事？小册子里并没有提起他。三阿太只当作没有听见男人不男人，只当她说（她应该那么说，要是她知道小册子上是这样的派定她），“你倒讲一讲里面的道理给我听听”。三阿太抽了一口长气，讲给她听了。“要是我们都买外国货，那就没有人去买英国本国工人做的东西了；既然没有人买，也就没有人做了，这不是工作少了，我们自己大部分的工人就没有事情做了；这不是我们化了钱让德国、法国、美国的工人吃得饱饱赚得满满的，我们自己人倒是失了业，挨饿，可不是！这你没有法子反驳了不是?”

“这是不一定。”四大妈转过身来说，“你说什么，我的乖?”这一来三阿太可是真不愿意了。她说“噢嘿!”这不是小册子上规定的，但方才不多一忽儿四大妈曾经叹了一声完完全全的“哼呼”！三阿太心里想（我想她想得对的）在这种情形之下，她也应分来一个“噢嘿”!

“你说什么来了？乖呀！这风吹过衣服来把我的头都蒙住了。我像是听你说什么做工。你也说天冷，是不是你哪？天这么冷，你又没有事做，何必跑到园里来冒凉呢?”三阿太顿她的脚。

“有的是。我应该跑出来，把统一党的保护政策的道理讲给你听。我说‘只要你耐心的听一忽儿，我就简简单单的把这件事讲给你听。’可是你又不耐心听，你应该是这么说的：‘可不是，三阿太！够明白了。你这么一讲，我全懂得了。’可是你又没有那么说！你倒反而尽在叫着我乖呀，乖呀。我也说，所以顶好是去做一个统一党联合会的女会员，去到她们的会里，你瞧，什么事你都明白得了。在那儿，我自己就亏到了会才明白。我全懂得怎么样！我们要是一加关税，外国货就不容易进来，我们自己的劳工就受了保护不是？”

“再说他们要是进来，就替我们完税，我们还得让自己属地澳大利亚洲的进口货不出钱，省得自己抢自己的市场；还有什么‘报复主义’，这就是说外国货收税，保护了自己的工人，替我们完了税，奖励了帝国的商业，这就可以利用来威吓外国。我全懂得，顶明白——可是你现在只叫着我乖呀，乖呀，一面我冷得冻冰，我本没有人家那么强壮，我想这真是不公平。”她眼泪都出来了。“得了，得了，我的乖！”四大妈说，“你快进屋子去，好好的喝一杯热茶。……喔，我说我就有一句话要问你。”

“不要太难了！”三阿太哽咽着说。“别急，乖呀，我就不懂得为什么他们叫作统一党员？”三阿太赶紧跑回她的灶间去了。

四

王家三阿太是已经逃回她的暖和的灶间去了；李家四大妈也许还在园里收拾她的衣服，始终没有想通什么叫作统一党，也没有想清楚保护究竟是便宜还是吃亏，也没有明白这么大冷天隔壁三阿太又不晒衣服，冒着风站在园里为的是什么事……这都是不相干的，我们可以不管。这篇短文，是一篇绝妙的嘲讽文章，刻薄尽致，诙谐亦尽致，他在一二千个字里面，把英国中下级妇女初次参与政治的头脑与心理以及她们实际的生活，整个儿极活现的写了出来。王家三阿太分明比她的邻居高明得多，她很要争气，很想替统一党（她的党）尽力，凭着一本小册子的法宝，想说服她的比邻，替统一党多挣几张票。但是这些政治经济政策以及政党张罗的玩意儿，三阿太究竟懂得不懂得，她自己都不敢过分的相信——所以结果她只得逃回去烤火！

这种情形是实在有的。我们尽管可怜三阿太的劳而无功，尽管笑话四大妈的冥顽不灵，但如果政治的中国能够进化到量米烧饭的平民都有一天感觉到政治与自身的关系，也会仰起头来，像四大妈一样，问一问究竟统一党联合会是什么意思——我想那时我们的政治家与教育家（果真要是他们的功劳）就不妨着实挺一挺眉毛了。

守旧与“玩”旧

一

走路有两个走法：一个是跟前面人走，信任他是认识路的；一个是走自己的路，相信你自己有能力认识路的。谨慎的人往往太不信任他自己；有胆量的人往往过分信任他自己。为便利计，我们不妨把第一种办法叫作古典派或旧派；第二种办法叫作浪漫派或新派。在文学上，在艺术上，在一般思想上，在一般做人的态度上，我们都可以看出这样一个分别。这两种办法的本身，在我看来，并没有什么好坏；这只是个先天性情上或后天嗜好上的一个区别；你也许夸他自己寻路的有勇气，但同时就有人骂他狂妄；你也许骂跟在人家背后的人寒伧，但同时就有人夸他稳健。应得留神的就只一点：就只那个“信”字是少不得的，古典派或旧派就得相信——完全相信——领他路的那个人是对的，浪漫派或新派就得相信——完全相信——他自己是对的，没有这点子原始的信心，不论你跟人走，或是你自己领自己，走出道理来的机会就不见得多，因为你随时有叫你心里的怀疑打断兴会的可能；并且即使你走着了也不算稀奇，因为那是碰巧，与打中白鸽票的差不多。

二

在思想上抱住古代直下来的几根大柱子的，我们叫作旧派。

这手势本身并不怎样的可笑，但我们却盼望他自己确凿的信得过那几条柱子是不会倒的。并且我们不妨进一步假定上代传下来的确有几根靠得住的柱子，随你叫它纲，叫它常，礼或是教，爱什么就什么，但同时因为在事实上有了真的便有假的，那几根真靠得住的柱子的中间就夹着了加倍加倍的幻柱子，不生根的，靠不住的，假的。你要是抱错了柱子，把假的认作真的，结果你就不免伊索寓言里那条笨狗的命运：他把肉骨头在水里的影子认是真的，差一点叫水淹了它的狗命。但就是那狗，虽则笨，虽则可笑，至少还有它诚实的德性：它的确相信那河

走路有两个走法：一个是跟前面人走，信任他是认识路的；一个是走自己的路，相信你自己有能力认识路的。谨慎的人往往太不信任他自己；有胆量的人往往过分信任他自己。为便利计，我们不妨把第一种办法叫作古典派或旧派；第二种办法叫作浪漫派或新派。

在思想上抱住古代直下来的几根大柱子的，我们叫作旧派。这手势本身并不怎样的可笑，但我们却盼望他自己确凿的信得过那几条柱子是不会倒的。……但同时因为在事实上有了真的便有假的，那几根真靠得住的柱子的中间就夹着了加倍加倍的幻柱子，不生根的，靠不住的，假的。你要是抱错了柱子，把假的认作真的，结果你就不免伊索寓言里那条笨狗的命运：他把肉骨头在水里的影子认是真的，差一点叫水淹了它的狗命。

里的骨头影子是一条真骨头。假如，譬方说，伊索那条狗曾经受过现代文明教育，那就是说学会了骗人上当，明知道水里的不是真骨头，却偏偏装出正经而且大量的样子，示意与他一同站在桥上的狗朋友们，他们碰巧是不受教育的，因此容易上人当，叫他们跳下水去吃肉骨头影子，它自己倒反站在旁边看趣剧作乐，那时我们对它的举动能否拍掌，对它的态度与存心能否容许?

三

寓言是给有想象力并且有天生幽默的人们看的，它内中的比喻是“不伤道”的；在寓言与童话里——我们竟不妨加一句在事实上——就有许多畜生比普通人们——如其我们没有一个时候忘得了人是宇宙的中心与一切的标准——更有道德，更诚实，更有义气，更有趣味，更像人!

四

上面说完了原则，使用了比方，现在要应用了。在应用之先，我得介绍我说这番话的缘由。孤桐在他的《再疏解辉义》——《甲寅》周刊第十七期——里有下面几节文章——

……凡一社会能同维秩序。各长养子孙，利害不同，而游刃有余，贤不肖浑淆而无过不及之大差，雍容演化，即于繁祉，共游一藩，不为天下裂，必有共同信念以为之基，基立而构兴，则相与饮食焉，男女焉，教化焉，事为焉，涂虽万殊，要归于一者也。兹信念者，亦期于有而已，固不必持绝对之念，本逻辑之律，以绳其为善为恶，或衷于理与否也。……

……此诚世道之大忧，而深识怀仁之士所难熟视无睹者也。

笃而沦之，如耶教者，其罅陋焉得言无；然天下之大，大抵上智少而中才多，宇宙之谜，既未可以尽明。因葆其不可明者，养人敬畏之心，取使彝伦之叙，乃为忧世者意念之所必至，故神道设教，圣人不得已而为之。固不容于其义理，详加论议也。

……过此以往，稍稍还醇返朴，乃情势之所必然；此为群化消长之常，甲无所渭进化，乙亦无所谓退化，与愚曩举辉义，盖有合焉。夫吾国亦苦社会公同信念之摇落也甚矣，旧者悉毁而新者未生，后生徒恃己意所能判断者，自立准裁，大道之忧，孰甚于是，愚此为惧。论人怀己，趣申本义，昧时之讥，所不敢辞。

五

孤桐这次论的是美国田芮西州新近喧传的那件大案；与他的“辉义有合”的是判决那案件的法官们所代表的态度，就是特举的说，不承认我们人的祖宗与猴子的祖宗是同源的，因为圣经上不是这么说，并且这是最污辱人类尊严的一种邪说。关于孤桐先生论这件事的批评，我这里暂且不管，虽则我盼望有人管，因为他那文里叙述兼论断的一段话并不给我他对于任何一造有真切了解的印象。我现在要管的是孤桐在这篇文章里泄露给我们他自己思想的基本态度。

自分是“根器浅薄之流”，我向来不敢对现代“思想界的权威者”的思想存挑战的妄念，《甲寅》记者先生的议论与主张，就我见得到看得懂的说，很多是我不敢苟同的，但我这一晌只是忍着不说话。

同时我对于现代言论界里有孤桐这样一位人物的事实，我到如今为止，认为不仅有趣味，而且值得欢迎的。因为在事实上得着得力的朋友固然不是偶然；寻着相当的敌手也是极难得的机会。前几年的所谓新思潮只是在无抵抗性的空间里流着；这不是“新人们”的幸运，这应分是他们的悲哀，因为打架大部分的乐趣，认真的说，就在与你相当的对敌切实较量身手的事实里：你揪他的头发，他回揪你的头毛，你腾空再去扼他的咽喉，制他的死命，那才是引起你酣兴的办法；这暴烈的冲突是快乐，假如你的力量都化在无反应性的空气里，那有什么意思？早年国内旧派的思想太没有它的保护人了，太没有战斗的准备，退让得太荒谬了；林琴南只比了一个手势就叫敌营的叫嚣吓了回去。新派的拳头始终不曾打着重实的物件；我个人一时间还猜想旧派竟许永远不会有对垒的能耐。但是不，《甲寅》周刊出世了，它那势力，至少就销数论，似乎超过了现行任何同性质的期刊物。我对于孤桐一向就存十二分敬意的，虽则明知在思想上他与我——如其我配与他对称这一次——完全是不同道的。我敬仰他因为他是个合格的敌人。在他身上，我常常想，我们至少认识了一个不苟且、负责任的作者，在他的文字里，我们至少看着了旧派思想部分的表现。有组织的根据论辩的表现。有肉有筋有骨的拳头，不再是林琴南一流棉花般的拳头了；在他的思想里，我们看了一个中国传统精神的秉承者，牢牢的抱住几条大纲，几则经义，决心在“邪说横行”的时代里替往古争回一个地盘；在他严刻的批评里新派觉悟了许多一向不曾省察到的虚陷与弱点。不，我们没有权利，没有推托，来蔑视这样一个认真的敌人，我常常这么想，即使我们有时在他卖弄他的整套家数时，看出不少可笑的台步与累赘的空架。每回我想着了安诺尔德说牛津是“败绩的主义的老家”，我便想象到一轮同样自傲的彩晕围绕在《甲寅》周刊的头顶；这一比量下来，我们这方倚仗人多的势力倒反吃了一个幽默上的亏输！

不，假如我的祈祷有效力时，我第一就希冀《甲寅》周刊所代表的精神“亿万斯年”！

六

因为两极端往往有碰头的可能。在哲学上，最新的唯实主义与最老的唯心主义发现了彼此是紧邻的密切；在文学上，最极端的浪漫派作家往往暗合古典派的模型；在一般思想上，最激进的也往往与最保守的有联合防御的时候。这不是偶然，这里面有深刻的消息。“时代有不同，”诗人勃兰克说，“但天才永远站在时代的上面。”“运动有不同，”英国一个艺术批评家说，“但传统精神是绵延的。”正因为所有思想最后的目的就在发见根本的评价标源，最浪漫（那就是最向个性里来）的心灵的冒险往往只是发见真理的一个新式的方式，虽则它那本质与最旧的方式所包容的不能有可称量的分别。一个时代的特征，虽则有，毕竟是暂时的，浮面的；这只是大海里波浪的动荡，它那渊深的本体是不受影响的；只要你有胆量与力量摸透这时代的掀涌的上层你就淹入了静定的传统的底质。要能探险得到这变的底里的不变，那才是攫着了骊龙的颔下珠，那才是勇敢的思想者最后的荣耀，旧派人不离口的那个“道”字，依我浅见，应从这样的讲法，才说得通，说得懂。

七

孤桐这回还是顶谨慎的捧出他的“大道”的字样来作他文章的后镇，“大道之忧，孰甚于是?”但是这回我自认我对于孤桐，不仅他的大道，并且他思想的基本态度，根本的失望了！而且这失望在我是一种深刻的幻灭的苦痛。美丽的安琪儿的腿，这样看来，原来是泥做的！请看下文。

我举发孤桐先生思想上没有基本信念。我再重复我上面引语的几句：“……兹信念者亦期于有而已，固不必持绝对之念，本逻辑之律，以绳其为善为恶，或衷于理与否也。”所有唯心主义或理想主义的力量与灵感就在肯定它那基本信念的绝对性；历史上所有殉道、殉教、殉主义的往例，无非那几个个人在确信他们那信仰的绝对性的真切与热奋中，他们的考量便完全超轶了小己的利益观念，欣欣的为他们各人心目中特定的“恋爱”上十字架，进火焰，登断头台，服毒剂，尝刀锋，假如他们——不论是耶稣，是圣保罗，是贞德、勃罗诺、罗兰夫人，或是甚至苏格腊底斯——假如他们各个人当初曾经有刹那间会悟到孤桐的达观——“固不必持绝对之念”，那在他们就等于彻底的怀疑，如何还能有勇气来完成他们各人的使命？

但孤桐已经自认他只是一个“实际政家”，他的职司，用他自己的辞令，是在“操剥复之机，妙调和之用”，这来我们其实“又何能深怪”？上当只是我自己。“我的腿是泥塑的”，安琪儿自己在那里说，本来用不着我们去发见。一个“实际政家”往往就是一个“投机政家”，正因他所见的只是当时与暂时的利害，在他的口里与笔下，一切主义与原则都失却了根本的与绝对的意义与价值，却只是为某种特定作用而姑妄言之的一套，背后本来没有什么思想的诚实，面前也没有什么理想的光彩。

“作者手里的题目，”阿诺尔德说，“如其没有贯彻他的，他一定做不好：谁要不能独立的运思，他就不会被一个题目所贯彻。”（Matthew Arnold：Preface to Merope）如今在孤桐的文章里，我们凭良心说，能否寻出些微“贯彻”的痕迹，能否发见些微思想的独立？

八

一个自己没有基本信仰的人，不论他是新是旧，不但没权利充任思想的领袖，并且不能在思想界里占任何的位置；正因为思想本身是独立的，纯粹性的，不含任何作用的，他那动机，我前面说过，是在重新审定，劈去时代的浮动性，一切评价的标准。与孤桐所谓第二者（即实际政家）之用心，“操剥复之机，妙调和之用”，根本没有关连。一个“实际政家”的言论只能当作一个“实际政家”的言论看；他所浮泅的地域，只在时代浮动性的上层！他的维新，如其他是维新，并不是根基于独见的信念，为的只是实际的便利；他的守旧，如其他是守旧，他也不是根基于传统精神的贯彻，为的也只是实际的便利。这样一个人的态度实际上说不上“维”，也说不上“守”，他只是“玩”！一个人的弊病往往是在夸张过分；一个“实际政家”也自有他的地位，自有他言论的领域，他就不该侵入纯粹思想的范围，他尤其不该指着他自己明知是不定靠得住的柱子说“这是靠得住的，你们尽管抱去”，或是——再引喻伊索的狗——明知水里的肉骨头是虚影——因为他自己没有信念——却还怂恿桥上的狗友去跳水，那时他的态度与存心，我想，我们决不能轻易容许了吧！

论自杀

——读桂林梁巨川先生遗书

前七年也是这秋叶初焦的日子，在城北积水潭边一家临湖的小阁上伏着一个六十老人；到深夜里邻家还望得见他独自挑着莹莹的灯火，在那小楼上伏案疾书。

有一天破晓时他独自开门出去，投入净业湖的波心里淹死了。那位自杀的老先生就是桂林梁巨川先生，他的遗书新近由他的哲嗣焕鼐与漱冥两先生印成六卷共四册，分送各公共阅览机关与他们的亲友。

遗书第一卷是“遗笔汇存”，就是巨川先生成仁前分致亲友的绝笔，共有十七缄，原迹现存彭冀仲先生别墅楼中（我想一部分应归京师图书馆或将来国立古物院保存），这里有影印的十五缄；遗书第二卷是先生少时自勉的日记（感叩山房日记节钞一卷）；第三卷侍疾日记是先生侍疾他的老太太时的笔录；第四卷是辛亥年的奏疏与国民初年的公牍；第五卷“伏卵录”是先生从学的札记；末第六卷“别竹辞花记”是先生决心就义前在缨子胡同手建的本宅里回念身世的杂记二十余则，有以“而今不可得矣”句作束的多条。

梁巨川先生的自杀在当时就震动社会的注意。就是倡言打破偶像主义与打破礼教束缚的新青年，也表示对死者相当的敬意，不完全驳斥他的自杀行为。陈独秀先生说他“总算是为救济社会而牺牲自己的生命，在旧历史上真是有数人物……言行一致的……身殉了他的主义”。陶孟和先生那篇《论自杀》是完全一个社会学者的看法，他的态度是严格批评的。陶先生分明是不赞成他自杀的，他说他“政治观念不清，竟至误送性命，够怎样的危险啊”！陶先生把性命看得很重。“自杀的结果是损失一个生命，并且使死者之亲族陷于穷困……影响是及于社会的。”一个社会学家分明不能容许连累社会的自杀行为。“但是梁先生深信自杀可以唤起国民的爱国心”；“为唤醒国民的自杀”，陶先生那篇论文的结论说，“是藉着断绝生命的手段做增加生命的事，岂能有效力吗？”

“岂能有效力吗？”巨川先生去世以来整整有七年了。我敢说我们都还记得曾经有这么一回事。他为什么要自杀？一般人的答话，我猜想，一定说他是尽忠清室，再没有别的了。清室！什么清室？今天故宫博物院展览，你去了没有？坤寿宫里有溥仪太太的相片，长得真不错，还有她的亲笔英文，你都看了没有？那老头多傻！这二十世纪还来尽忠！白白淹死了一条老命！

同时让我们来听听巨川自表的话——

> 我身值清朝之末，故云殉清；其实非以清朝为本位，而以幼年所学为本位。……幼年所闻以对于世道有责任为主义，此主义深印于吾脑中，即以此主义为本位故不容不殉。
>
> 殉清又何言非本位？曰义者天地间不可歇绝之物，所以保全自身之人格，培补社会之元气，当引为自身当行之事，非因外势之牵迫而为也……诸君试思今日世局因何故而败坏至于此极。正由朝三暮四，反复无常，既卖旧君，复卖良友，又卖主帅，背弃平时之要约，假托爱国之美名，受金钱收买，受私人嗾使，买刺客以坏长城，因个人而破大局，转移无定，面目腼然。由此推行，势将全国人不知信义为何物，无一毫拥护公理之心，则人既不成为人，国焉能成为国……此鄙人所以自不量力，明知大势难救，而捐此区区，聊为国性一线之存也。
>
> ……辛亥之役无捐躯者为历史缺憾，数年默审于心，今更得正确理由，曰不实行共和爱民之政（口言平民主义之官僚，锦衣玉食，威福自雄，视人民皆为奴隶，民德堕落，民生蹙穷，南北分裂，实在不成事体），辜负清廷禅让之心。遂于戊午年十月初六夜或初七晨赴积水潭南岸大柳根一带身死……

由这几节里，我们可以看出巨川先生的自杀，决不是单纯的“尽忠”；即使是尽忠，也是尽忠于世道（他自己说）。换句话说，他老先生实在再也看不过革命以来实行的，也最流行的不要脸主义；他活着没法子帮忙，所以决意牺牲自己的性命，给这时代一个警告，一个抗议。“所欲有甚于生者”，是他总结他的决心的一句话。

这里面有消息，巨川先生的学力、智力，在他的遗著里可以看出，决不是寻常的；他的思想也绝对不能说叫旧礼教的迷信束缚住了的。不，甚至他的政治观念，虽则不怎样精密，怎样高深，却不能说他（像陶先生说他）是“不清”，因而“误送了命”。不，如其曾经有一个人分析他自己的情感与思路的究竟，得到不可避免自杀的结论，因而从容的死去，那个人就是梁巨川先生。他并不曾“误送了”他的命。我们可以相信即使梁先生当时暂缓他的自杀，去进大学校的法科，理清他所有的政治观念（我敢说梁先生就在老年，他的理智摄收力也决不比一个普通法科学生差），结果积水潭大柳根一带还是他的葬身地。这因为他全体思想的背后还闪亮着一点不可错误的什么——随你叫他“天理”、“义”、信念、理想，或是康德的道德范畴——就是孟子说的“甚于生”的那一点，在无形中制定了他最后的惨死，这无形的一点什么，决不是教科书知识所可淹没，更不是寻常教育所能启发的。前天我正在讲起一民族的国民性，我说“到了非常的时候它的伟大的不灭的部分，就在少数或是甚至一二人的人格里，要求最集中最不可错误的表现……因此在一个最无耻的时代里往往挺生出一两个最知耻的个人，例如宋末有文天祥，明末有黄梨洲一流人。在他们几位先贤，不比当代看得见的一群遗老与新少，忠君爱国一类的观念脱卸了肤浅字面的意义，却取得了一种永久的象征的意义……他们是为他们的民族争人格，争‘人之所以为人’……在他们性灵的不朽里呼吸着民族更大的性灵”。我写那一段的时候并不曾想起梁巨川先生的烈迹，却不意今天在他的言行里（我还是初次拜读他的遗著）找到了一个完全的现成的例证。因此我觉得我们不能不尊敬梁巨川自杀的那件事实，正因为我们尊敬的不是他的单纯自杀行为的本体，而是那事实所表现的一点子精神。“为唤醒国民的自杀，”陶孟和先生说，“是藉着断绝生命的手段做增加生命的事。”粗看这话似乎很对，但是话里有语病，就是陶先生笼统的拿生命一个字代表截然不同的两件事：他那话里的第一个生命是指个人躯壳的生存，那是迟早有止境的；他的第二个生命是指民族或社会全体灵性的或精神的生命，那是没有寄居的躯壳同时却是永生不灭的。至于实际上有效力没有效力，那是另外一件事又当别论的。但在社会学家科学的立场看来，他竟许根本否认有精神生命这一回事，他批评一切行为的标准只是它影响社会肉眼看得见暂时的效果；我们不能不羡慕他的人生观的简单、舒服、便利，同时却不敢随闻附和。当年钱牧斋也曾立定主意殉国，他雇了一只小船，满载着他的亲友，摇到河身宽阔处死去，但当他走上船头先用手探入河水的时候他忽然发明“水原来是这样冷”的一个真理，他就赶快缩回了温暖的船舱，原船摇了回去。他的常识多充足，他的头脑多清明！还有吴梅村也曾在梁上挂好上吊的绳子，自己爬上了一张桌子正要把脖子套进绳圈去的时候，他的妻子家人跪在地下的哭声居然把他生生的救了下来。那时候吴老先生的念头，我想竟许与陶先生那篇论文里的一个见解完全吻合：“自杀的结果是损失一个生命，并且使死者的亲属陷于穷困之影响是及于社会的。”还是收拾起梁上的绳子好好伴太太吃饭去吧。这来社会学者的头脑真的完全占了实际的胜利，不会误送人命哩！固然像钱吴一流人本来就没有高尚的品格与独立的思想，他们的行为也只是陶先生所谓方式的，即使当时钱老先生没有怪嫌水冷居然淹了进去，或是吴先生硬得过妻儿们的哭声，居然把他的脖子套进了绳圈去勒死了——他们的自杀也只当得自杀，只得与殉夫殉贞节一例看，本身就没有多大的精神价值，更说不上增加民族的精神的生命。但他们这样要死又缩回来不死，可真成了笑话——不论它怎样暗合现代社会学家合理的论断。

顺便我倒又想起一个近例。就比如蔡孑民先生在彭允彝时代宣言，并且实行他的不合作主义，退出了混浊的北京，到今天还淹留在外国。当初有人批评他那是消极的行为。胡适之先生就在《努力》上发表了一篇极有精彩的文章——《蔡元培是消极吗?》——说明蔡先生的态度正是在那时情况下可能的积极态度，涵有进取的、抗议的精神，正是昏朦时代的一声警钟。就实际看，蔡先生这走的确并不曾发生怎样看得见的效力；现在的政治能比彭允彝时期清明多少是问题，现在的大学能比蔡先生在时干净多少是问题。不，蔡先生的不合作行为并不曾发生什么社会的效果。但是因此我们就能断定蔡先生的出走，就比如梁巨川先生的自杀，是错误吗？不，至少我一个人不这么想。我当时也在《努力》上说了话，我说："蔡元培所以是个南边人说的'戆大'，愚不可及的一个书呆子，卑污苟且社会里的一个最不合时宜的理想者。所以他的话是没有人能懂的；他的行为只有极少数人——如真有——敢表同情的；他的主张，他的理想，尤其是一盆飞旺的炭火，大家怕炙手，如何敢去抓呢"？"小人知进而不知退"，"不忍为同流合污之苟安"，"不合作"，"为保持人格起见"，"生平仅知是非公道，从不以人为单位"——这些话有多少人能懂，有多少人敢懂？这样的一个理想主义者非失败不可，因为理想主义者总是失败的。若然理想胜利，那就是卑污苟且的社会政治失败——那是一个过于奢侈的希望了。

我先前这样想，现在还是这样想。归根一句话，人的行为是不可以一概而论的；有的，例如梁巨川先生的自杀，甚至蔡先生的不合作，是精神性的行为，它的起源与所能发生的效果，决不是我们常识所能测量，更不是什么社会的或是科学的评价标准所能批判的。在我们一班信仰（你可以说迷信）精神生命的痴人，在我们还有寸土可守的日子，决不能让实利主义的重量完全压倒人的性灵的表现，更不能容忍某时代迷信（在中世是宗教，现代是科学）的黑影完全淹没了宇宙间不变的价值。

再论自杀

陈衡哲女士来信：

志摩：到京后尚不曾以只字奉助，惭愧得很。但你们的副刊真不错，我读了叔本华的妇女论，张陈两先生的苏俄论辩，以及你和孟和先生的论自杀，都感觉到一种刺激，觉得非也说两句话不行。这三个题目岂不都是很值得讨论的吗？但苏俄及妇女论的两个题目太大了；虽然他们都在逼着我讲话，但我却尚只得忍耐着。现在且抄一首关于自杀的旧作给你和副刊的读者看看。你我当记得，叔永的兄弟任季彭，是为袁世凯要做皇帝，投入西湖的葛洪井而死的。这首诗是我对于这件事的一点意见；这个意思至今还不曾改变。请你注意，我的着眼处，乃在自杀的愿念；因为自杀的愿念，未必定等于自杀的行为。比如无此愿念而愿效此行为，则结果便不免要如钱牧斋的闹笑话；有此愿念而暂时无此行为，则结果即不能杀身成仁，至少也能增加不少无畏的精神，至少可以不怕死。此意不知你与孟和先生以为何如？原诗附后。

衡哲谨白

吾闻任子，
愤世自裁。
任子如未死，
今日此生当属谁？
浏阳谭子昔有言：
“吾死者屡今幸存，
此生不应复我有。”
生非我有无我相，
何汤不赴火不走？
呜呼！

自杀之行不足羡，
自杀之愿乃可念：
譬如人人皆能怀愿如任子，
世又安有畏葸之细士？

我不很明白陈女士这里“自杀的愿念”的意义。乡下人家的养媳妇叫婆婆咒了一顿就想跳河死去，这算不算自杀的愿念？做生意破了产没面目见人想服毒自尽，这是不是自杀的愿念？有印度人赤着身子去喂恒河里的鳄鱼；有在普渡山舍身岩上跳下去粉身碎骨的；有跟着皇帝死为了丈夫死的各种尽忠与殉节；有文学里维特的自杀；奥赛洛误杀了玳思玳蒙娜的自杀，罗米欧殉情的自杀，朱丽叶从棺材里醒过来后的自杀……如其自杀的意义只是自动的生命的舍弃，那上面例举的各种全是自杀，从养媳妇跳河起到朱丽叶服毒止，全是的。但这中间的分别多大：乡下死了一个养媳妇我们至多觉着她死得可怜，或是我们听得某处出了节烈，我们不仅觉得怜，并且觉得愤：“呒，礼教又吃了一条命！”但我们在莎士比亚戏里看到朱丽叶的自杀或是在歌德的小说里看到维特的自杀，我们受感动（天生永远不会受感动的人那就没法想，而且这类快活人世上也不少！）的部分不是我们浮面的情感，更不是我们的理智，而是我们轻易不露面的一点子性灵。在这种境地一切纯理的准绳与判断完全失却了效用，像山脚下的矮树永远够不到山顶上吞吐的白云。朱丽叶也许痴，但她不得不死，假如朱丽叶从棺材里醒回来见罗米欧毒死在她的身旁，她要是爬了起来回家另听父母替她择配去，你看客答应不答应？虽则你明知道（在想象中）那样可爱一个女孩白白死了是怪可惜的——社会的损失！再比如维特也许傻，真傻，但他，缚住在他的热情的逻辑内，也不得不死，假如维特是孟和先生理想的合理的爱者而不是歌德把他写成那样热情的爱者，他在得到了夏洛德真爱他的凭据（一度亲吻）以后，就该堂皇的要求她的丈夫正式离婚，或是想法叫夏洛德跟他私奔，成全他们俩在地面上的恋爱——你答应不答应？办法当然是办法，但维特却不成“维特”了，歌德那本小书，假如换一个更“合理”的结局，我们可以断言，当年就不会轰动全欧，此时也决不会牢牢的留传在人的记忆中了。

所以自杀照我看是决不可以一概而论的，虽则它那行为结果只是断绝一个身体的生命。自杀的动机与性质太不同了，有的是完全愚暗，有的是部分思想不清，有的是纯感情作用，有的殉教，有的殉礼，有的殉懦怯，有的殉主义。有的我们绝对鄙薄，有的我们怜悯，有的使我们悲愤，有的使我们崇拜。有的连累自杀者的家庭或社会，有的形成人类永久的灵感。“死有轻于鸿毛，有重于泰山”，这一句话概括尽了。

但是我们还不曾讨论出我们应得拿什么标准去评判自杀。陶孟和先生似乎主张以自杀能否感化社会为标准（消极的自杀当然是单纯懦怯，不成问题）。陈衡哲女士似乎主张自杀的发愿或发心在当事人有提高品格的影响。我答陶先生的话是社会是根本不能感化的，圣人早已死完了，我们活着都无能为力。何况断气以后，陶先生的话是对的，陈女士的发愿说亦似不尽然。你说曾经想自杀而不曾实行的人，就会比从没有想过自杀的人不怕死，更有胆量？我说不敢肯定这一说。就说我自己，并且我想在这时代十个里至少九个半的青年，曾经不但想而且实际准备过自杀，还不止一次；但却不敢自信我们因此就在道德上升了格。不再是“畏葸的细士”，不，我想单这发愿是不够的，并且我们还得看为什么发愿。要不然乡下养媳妇几乎没有不想寻死过的，这也是发愿，可有什么价值？反面说，朱丽叶与维特事前并不存心死，他们都要认真的活，但他们所处的境地连着他们特有的思想的逻辑逼迫他们最后的舍生，他们也就不沾恋，我们旁观人感受的是一种纯精神性的感奋，道德性的你也可以说，但在这里你就说不上发愿不发愿。热恋中人思想的逻辑是最简单不过的：我到生命里来求爱，现在我在某人身上发见了一生的大愿，但为某种不可克胜的阻力我不能在活着时实现我的心愿，因此我勉强活着是痛苦，不如到死的境界里去求平安，我就自杀吧。他死因为他到了某时候某境地在他是不得不死。同样的，你一生的大愿如其是忠君或是爱国，或是别的什么，你事实上思想上找不到出路时你就往最消极或是最积极的方向——死——走去完事。

这里我想我们得到了一点评判的消息，就是自杀不仅必须是有意识的，而且在自杀者必定得在他的思想上达到一个“不得不”的境界，然后这自杀才值得我们同情的考量。这有意识的涵义就是自杀动机相对的纯粹性，就是自杀者是否凭藉自杀的手段去达到他要的“有甚于生”的那一点。我同情梁巨川先生的自杀就为在他的遗集里我发见他的自杀不仅是有意识的，而且在他的思想上的确达到了一个“不得不”的境界。此外愤世类的自杀，乃至存心感化类的自杀我都看不出许可的理由，而且我怕我们只能看作一种消极的自杀，借口头的饰词自掩背后或许不可告人的动机——因为老实说，活比死难得多，我们不能轻易奖励避难就易的行为，这一点我与孟和先生完全同意。

海滩上种花

朋友是一种奢华：且不说酒肉势利，那是说不上朋友；真朋友是相知，但相知谈何容易？你要打开人家的心，你先得打开你自己的，你要在你的心里容纳人家的心，你先得把你的心推放到人家的心里去；这真心或真性情的相互的流转，是朋友的秘密，是朋友的快乐。但这是说你内心的力量够得到，性灵的活动有富余，可以随时开放，随时往外流，像山里的泉水，流向容得住你的同情的沟槽；有时你得冒险，你得花本钱，你得抵拼在巉岈的乱石间，触刺的草缝里耐心的寻路，那时候艰难，苦痛，消耗，在在是可能的，在你这水一般灵动，水一般柔顺的寻求同情的心能找到平安欣快以前。

我所以说朋友是奢华，“相知”是宝贝，但得拿真性情的血本去换，去拼。因此我不敢轻易说话，因为我自己知道我的来源有限，十分的谨慎尚且不时有破产的恐惧；我不能随便“花”。前天有几位小朋友来邀我跟你们讲话，他们的恳切折服了我，使我不得不从命，但是小朋友们，说也惭愧，我拿什么来给你们呢？

我最先想来对你们说些孩子话，因为你们都还是孩子。但是那孩子的我到哪里去了？仿佛昨天我还是个孩子，今天不知怎的就变了样。什么是孩子要不为一点活泼的天真，但天真就比是泥土里的嫩芽，天冷泥土硬就压住了它的生机——这年头问谁去要和暖的春风？

孩子是没了。你记得的只是一个不清切的影子，模糊得很，我这时候想起就像是一个瞎子追念他自己的容貌，一样的记不周全；他即使想急了拿一双手到脸上去印下一个模子来，那模子也是个死的，真的没了。一个在公园里见一个小朋友不提多么活动，一忽儿上山，一忽儿爬树，一忽儿溜冰，一忽儿干草里打滚，要不然就跳着憨笑；我看着羡慕，也想学样，跟他一起玩，但是不能，我是一个大人，身上穿着长袍，心里存着体面，怕招人笑，天生的灵活换来矜持的存心——孩子，孩子是没有的了，有的只是一个年岁与教育蛀空了的躯壳，死僵僵的，不自然的。

我又想找回我们天性里的野人来对你们说话，因为野人也是接近自然的。我

朋友是一种奢华：且不说酒肉势利，那是说不上朋友；真朋友是相知，但相知谈何容易？你要打开人家的心，你先得打开你自己的，你要在你的心里容纳人家的心，你先得把你的心推放到人家的心里去；这真心或真性情的相互的流转，是朋友的秘密，是朋友的快乐。

前几年过印度时得到极刻心的感想，那里的街道房屋以及土人的体肤容貌，生活的习惯，虽则简，虽则陋，虽则不夸张，却处处与大自然——上面碧蓝的天，火热的阳光，地下焦黄的泥土，高矗的椰树——相调谐；情调，色彩，结构，看来有一种意义的一致，就比是一件完美的艺术的作品。也不知怎的，那天看了他们的街，街上的牛车，赶车的老头露着他的赤光的头颅与紫姜色的圆肚，他们的庙，庙里的圣像与神座前的花，我心里只是不自在，就仿佛这情景是一个熟悉的声音的叫唤，叫你去跟着他，你的灵魂也何尝不活跳跳的想答应一声“好，我来了”。但是不能，又有碍路的挡着你，不许你回复这叫唤声启示给你的自由。困着你的是你的教育；我那时的难受就比是一条蛇摆脱不了困住它的一个硬性的外壳——野人也给压住了，永远出不来。

所以今天站在你们上面的我不再是融会自然的野人，也不是天机活灵的孩子：我只是一个“文明人”，我能说的只是“文明话”。但什么是文明只是堕落？文明人的心里只是种种虚荣的念头，他到处忙不算，到处都得计较成败。我怎么能对着你们不感觉惭愧？不了解自然不仅是我的心，我的话也是的，并且我即使有话说也没法表现，即使有思想也不能使你们了解；内里那点子性灵就比是在一座石壁里牢牢的砌住，一丝光亮都不透，就凭这双眼望见你们，但有什么法子可以传达我的意思给你们，我已经忘却了原来的语言，还有什么话可说的？

但我的小朋友们还是逼着我来说谎（没有话说而勉强说话便是谎）。知识，我不能给，要知识你们得请教教育家去，我这里是没有的。智慧，更没有了：智慧是地狱里的花果，能进地狱更能出地狱的才采得着智慧，不去地狱的便没有智慧——我是没有的。

我正发窘的时候，来了一个救星——就是我手里这一小幅画，等我来讲道理给你们听。这张画是我的拜年片，一个朋友替我制的。你们看这个小孩子在海边沙滩上独自的玩，赤脚穿着草鞋，右手提着一枝花，使劲把它往沙里栽，左手提着一把浇花的水壶，壶里水点一滴滴的往下掉着。离着小孩不远看得见海里翻动着的波澜。

你们看出了这画的意思没有？

在海沙里种花，在海沙里种花！那小孩这一番种花的热心怕是白费的了。沙碛是养不活鲜花的，这几点淡水是不能帮忙的；也许等不到小孩转身，这一朵小花已经支不住阳光的逼迫，就得交卸他有限的生命，枯萎了去。况且那海水的浪头也快打过来了，海浪冲来时不说这朵小小的花，就是大根的树也怕站不住——所以这花落在海边上是绝望的了，小孩这番力量准是白化的了。

你们一定很能明白这个意思。我的朋友是很聪明的，他拿这画意来比我们一群呆子，乐意在白天里做梦的呆子，满心想在海沙里种花的傻子。画里的小孩拿着有限的几滴淡水想维持花的生命，我们一群梦人也想在现在比沙漠还要干枯比沙滩更没有生命的社会里，凭着最有限的力量，想下几颗文艺与思想的种子，这不是一样的绝望，一样的傻？想在海沙里种花，想在海沙里种花，多可笑呀！但我的聪明的朋友说，这幅小小画里的意思还不止此，讽刺不是她的目的。她要我们更深一层看。

在我们看来海沙里种花是傻气，但在那小孩自己却不觉得。他的思想是单纯的，他的信仰也是单纯的。他知道的是什么？他知道花是可爱的，可爱的东西应得帮助他发长；他平常看见花草都是从地土里长出来的，他看来海沙也只是地，为什么海沙里不能长花他没有想到，也不必想到，他就知道拿花来栽，拿水去浇，只要那花在地上站直了他就欢喜，他就乐，他就会跳他的跳，唱他的唱，来赞美这美丽的生命，以后怎么样，海沙的性质，花的运命，他全管不着！我们知道小孩们怎样的崇拜自然，他的身体虽则小，他的灵魂却是大着，他的衣服也许脏，他的心可是洁净的。这里还有一幅画，这是自然的崇拜，你们看这孩子在月光下跪着拜一朵低头的百合花，这时候他的心与月光一般的清洁，与花一般的美丽，与夜一般的安静。我们可以知道到海边上来种花那孩子的思想与这月下拜花的孩子的思想会得跪下的——单纯、清洁，我们可以想象那一个孩子把花栽好了也是一样来对着花膜拜祈祷——他能把花暂时栽了起来便是他的成功，此外以后怎么样不是他的事情了。

你们看这个象征不仅美，并且有力量；因为它告诉我们单纯的信心是创作的泉源——这单纯的烂漫的天真是最永久最有力量的东西，阳光烧不焦他，狂风吹不倒他，海水冲不了他，黑暗掩不了他——地面上的花朵有被摧残有消灭的时候，但小孩爱花种花这一点，“真”却有的是永久的生命。

我们来放远一点看。我们现有的文化只是人类在历史上努力与牺牲的成绩。为什么人们肯努力肯牺牲？因为他们有天生的信心；他们的灵魂认识什么是真什么是善什么是美，虽则他们的肉体与智识有时候会诱惑他们反着方向走路；但只要他们认明一件事情是有永久价值的时候，他们就自然的会得兴奋，不期然的自己牺牲，要在这忽忽变动的声色的世界里，赎出几个永久不变的原则的凭证来。耶稣为什么不怕上十字架？密尔顿何以瞎了眼还要做诗，贝德花芬何以聋了还要制音乐，密佗郎其罗为什么肯积受几个月的潮湿不顾自己的皮肉与靴子连成一片的用心思，为的只是要解决一个小小的美术问题？为什么永远有人到冰洋尽头雪山顶上去探险？为什么科学家肯在显微镜底下或是数目字中间研究一般人眼看不

海滩上种花　凌叔华绘

到心想不通的道理消磨他一生的光阴？

为的是这些人道的英雄都有他们不可摇动的信心；像我们在海沙里种花的孩子一样，他们的思想是单纯的——宗教家为善的原则牺牲，科学家为真的原则牺牲，艺术家为美的原则牺牲——这一切牺牲的结果便是我们现有的有限的文化。

你们想想在这地面上做事难道还不是一样的傻气——这地面还不与海沙一样不容你生根，在这里的事业还不是与鲜花一样的娇嫩？——潮水过来可以冲掉，狂风吹来可以折坏，阳光晒来可以熏焦我们小孩子手里拿着往沙里栽的鲜花，同样的，我们文化的全体还不一样有随时可以冲掉、折坏、熏焦的可能吗？巴比伦的文明现在哪里？庞培城曾经在地下埋过千百年，克利脱的文明直到最近五六十年间才完全发见。并且有时一件事实体的存在并不能证明他生命的继续。这区区地球的本体就有一千万个毁灭的可能。人们怕死不错，我们怕死人，但最可怕的不是死的死人，是活的死人，单有躯壳生命没有灵性生活是莫大的悲惨；文化也有这种情形，死的文化倒也罢了，最可怜的是勉强喘着气的半死的文化。你们如其问我要例子，我就不迟疑的回答你说，朋友们，贵国的文化便是一个喘着气的活死人！时候已经很久的了，自从我们最后的几个祖宗为了不变的原则牺牲他们的呼吸与血液，为了不死的生命牺牲他们有限的存在，为了单纯的信心遭受当时人的讪笑与侮辱。时候已经很久的了，自从我们最后听见普遍的声音像潮水似的充满着地面。时候已经很久的了，自从我们最后看见强烈的光明像彗星似的扫掠过地面。时候已经很久的了，自从我们最后为某种主义流过火热的鲜血。时候已经很久的了，自从我们的骨髓里有胆量，我们的说话里有分量。这是一个极伤心的反省！我真不知道这时代犯了什么不可赦的大罪，上帝竟狠心的赏给我们这样恶毒的刑罚？你看看去这年头到哪里去找一个完全的男子或是一个完全的女子——你们去看去，这年头哪一个男子不是阳痿，哪一个女子不是鼓胀！要形容我们现在受罪的时期，我们得发明一个比丑更丑比脏更脏比下流更下流比苟且更苟且比懦怯更懦怯的一类生字去！朋友们，真的我心里常常害怕，害怕下回东风带来的不是我们盼望中的春天，不是鲜花青草蝴蝶飞鸟，我怕他带来一个比冬天更枯槁更凄惨更寂寞的死天——因为丑陋的脸子不配穿漂亮的衣服，我们这样丑陋的变态的人心与社会凭什么权利可以问青天要阳光，问地面要青草，问飞鸟要音乐，问花朵要颜色？你问我明天天会不会放亮？我回答说我不知道，竟许不！

归根是我们失去了我们灵性努力的重心，那就是一个单纯的信仰，一点烂漫的童真！不要说到海滩去种花——我们都是聪明人谁愿意做傻瓜去——就是在你自己院子里种花你都恐怕动手哪！最可怕的怀疑的鬼与厌世的黑影已经占住了我们的灵魂！

所以朋友们，你们都是青年，都是春雷声响不曾停止时破绽出来的鲜花，你们再不可堕落了——虽则陷阱的大口满张在你的跟前，你不要怕，你把你的烂漫的天真倒下去，填平了它，再往前走——你们要保持那一点的信心，这里面连着来的就是精力与勇敢与灵感——你们要不怕做小傻瓜，尽量在这人道的海滩边种你的鲜花去——花也许会消灭，但这种花的精神是不烂的！

巴黎的鳞爪

咳巴黎！到过巴黎的一定不会再稀罕天堂；尝过巴黎的，老实说，连地狱都不想去了，整个的巴黎就像是一床野鸭绒的垫褥，衬得你通体舒泰，硬骨头都给熏酥了的——有时许太热一些，那也不碍事，只要你受得住。赞美是多余的，正如赞美天堂是多余的；诅咒也是多余的，正是诅咒地狱是多余的。巴黎，软绵绵的巴黎，只在你临别的时候轻轻地嘱咐一声“别忘了，再来”！其实连这都是多余的。谁不想再去？谁忘得了？

香草在你的脚下，春风在你的脸上，微笑在你的周遭。不拘束你，不责备你，不督饬你，不窘你，不恼你，不揉你。它搂着你，可不缚住你；是一条温存的臂膀，不是根绳子。它不是不让你跑，但它那招逗的指尖却永远在你的记忆里晃着。多轻盈的步履，罗袜的丝光随时可以沾上你记忆的颜色！

但巴黎却不是单调的喜剧。赛因河的柔波里掩映着罗浮宫的倩影，它也收藏着不少失意人最后的呼吸。流着，温驯的水波；流着，缠绵的恩怨。咖啡馆：和着交颈的软语，开怀的笑响，有踞坐在屋隅里蓬头少年计较自毁的哀思。跳舞场：和着翻飞的乐调，迷醇的酒香，有独自支颐的少妇思量着往迹的怆心。浮动在上一层的许是光明，是欢畅，是快乐，是甜蜜，是和谐；但沉淀在底里阳光照不到的才是人事经验的本质，说重一点是悲哀，说轻一点是惆怅，谁不愿意永远在轻快的流波里漾着，可得留神了你往深处去时的发见！

一天一个从巴黎来的朋友找我闲谈，谈起了劲，茶也没喝，烟也没吸，一直从黄昏谈到天亮，才各自上床去躺了一歇。我一合眼就回到了巴黎，方才朋友讲的情境惝恍的把我自己也缠了进去。这巴黎的梦真醇人，醇你的心，醇你的意志，醇你的四肢百体，那味儿除是亲尝过的谁能想象？——我醒过来时还是迷糊的忘了我在哪儿，刚巧一个小朋友进房来站在我的床前笑吟吟喊我：“你做什么梦来了，朋友，为什么两眼潮潮的像哭似的？”我伸手一摸，果然眼里有水，不觉也失笑了——可是朝来的梦，一个诗人说的，同是这悲凉滋味，正不知这泪是为哪一个梦流的呢！

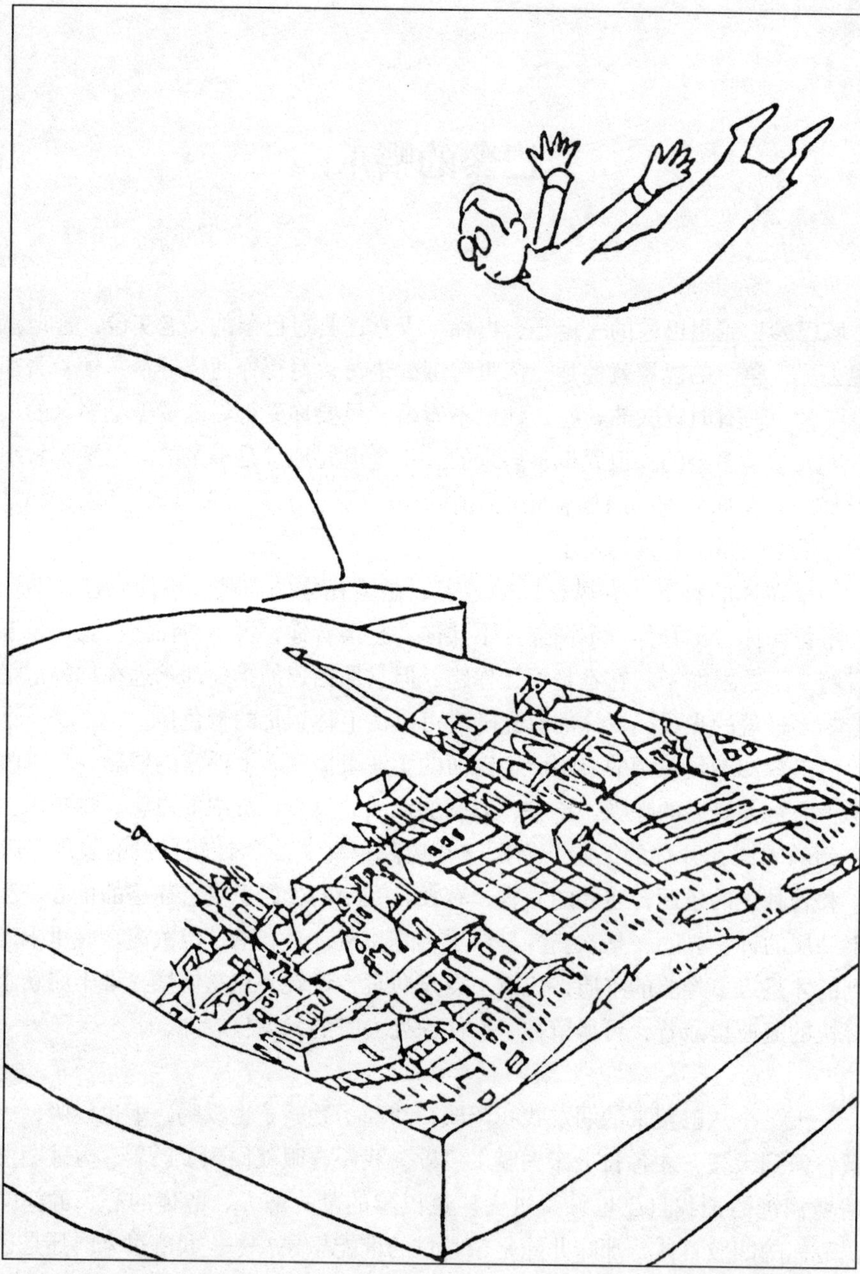

到过巴黎的一定不会再稀罕天堂；尝过巴黎的，老实说，连地狱都不想去了，整个的巴黎就像是一床野鸭绒的垫褥，衬得你通体舒泰，硬骨头都给熏酥了的——有时许太热一些，那也不碍事，只要你受得住。赞美是多余的，正如赞美天堂是多余的；诅咒也是多余的，正是诅咒地狱是多余的。

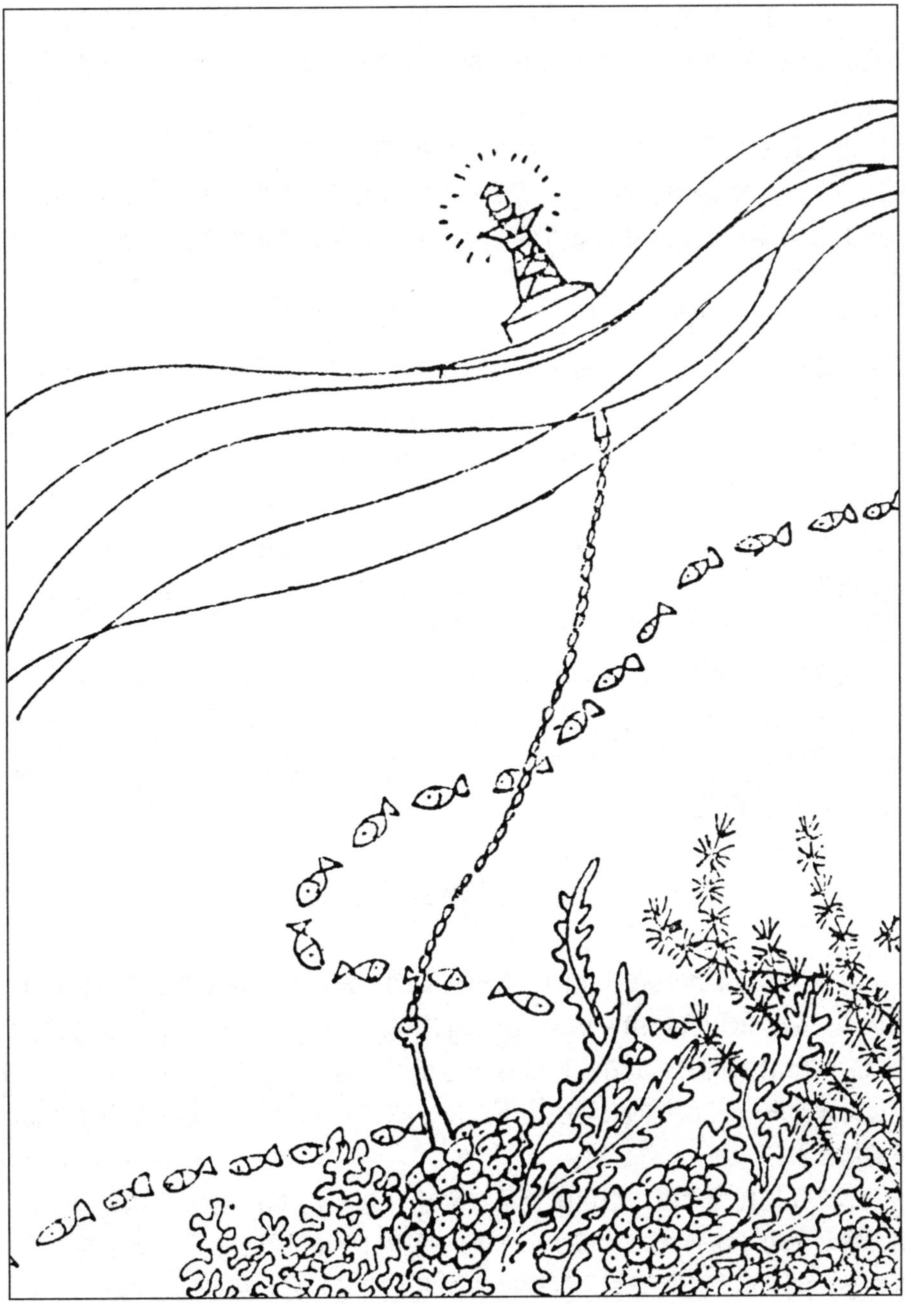

浮动在上一层的许是光明，是欢畅，是快乐，是甜蜜，是和谐；但沉淀在底里阳光照不到的才是人事经验的本质，说重一点是悲哀，说轻一点是惆怅，谁不愿意永远在轻快的流波里漾着，可得留神了你往深处去时的发见！

下面写下的不成文章，不是小说，不是写实，也不是写梦——在我写的人只当是随口曲，南边人说的“出门不认货”，随你们宽容的读者们怎样看罢。

出门人也不能太小心了，走道总得带些探险的意味。生活的趣味大半就在不预期的发见，要是所有的明天全是今天刻板的化身，那我们活什么来了？正如小孩子上山就得采花，到海边就得捡贝壳，书呆子进图书馆想捞新智慧——出门人到了巴黎就想……

你的批评也不能过分严正不是？少年老成——什么话！老成是老年人的特权，也是他们的本分，说来也不是他们甘愿，他们是到了年纪不得不。少年人如何能老成？老成了才是怪哪！

放宽一点说，人生只是个机缘巧合；别瞧日常生活河水似的流得平顺，它那里面多的是潜流，多的是旋涡——轮着的时候谁躲得了？给卷了进去，那就是你发愁的时候，是你登仙的时候，是你品着酸的时候，是你尝着甜的时候。

巴黎也不定比别的地方怎样不同。不同就在那边生活流波里的潜流更猛，旋涡更急，因此你叫给卷进去的机会也就更多。

我赶快得声明我是没有叫巴黎的旋涡给淹了去——虽则也就够险。多半的时候我只是站在赛因河岸边看热闹，下水去的时候也不能说没有，但至多也不过在靠岸清浅处溜着，从没敢往深处跑——这来旋涡的纹螺、力量、势道，可比远在岸上时认清楚多了。

一、九小时的萍水缘

我忘不了她。她是在人生的急流里转着的一张萍叶，我见着了它，掬在手里把玩了一晌，依旧交还给它的命运，任它飘流去——它以前的飘泊我不曾见来，它以后的飘泊，我也见不着，但就这曾经相识匆匆的恩缘——实际上我与她相处不过九小时——已在我的心泥上印下踪迹，我如何能忘，在忆起时如何能不感须臾的惆怅？

那天我坐在那热闹的饭店里瞥眼看着她，她独坐在灯光最暗漆的屋角里，这屋内哪一个男子不带媚态，哪一个女子的胭脂口上不沾笑容，就只她：穿一身淡素衣裳，戴一顶宽边的黑帽，在浓密的睫毛上隐隐闪亮着深思的目光——我几乎疑心她是修道院的女僧偶尔到红尘里随喜来了。我不能不接着注意她，她的别样的支颐的倦态，她的细长的手指，她的落寞的神情，有意无意间的叹息，都在激发我的好奇——虽则我那时左边已经坐下了一个瘦的，右边来了肥的，四条光滑

放宽一点说，人生只是个机缘巧合；别瞧日常生活河水似的流得平顺，它那里面多的是潜流，多的是旋涡——轮着的时候谁躲得了？给卷了进去，那就是你发愁的时候，是你登仙的时候，是你品着酸的时候，是你尝着甜的时候。

的手臂不住在我面前晃着酒杯。但更使我奇异的是她不等跳舞开始就匆匆的出去了，好像害怕或是厌恶似的。第一晚这样，第二晚又是这样：独自默默的坐着，到时候又匆匆的离去。到了第三晚她再来的时候我再也忍不住不想法接近她。第一次得着的回音，虽则是“多谢好意，我再不愿交友”的一个拒绝，只是加深了我的同情和好奇。我再不能放过她。巴黎的好处就在处处近人情；爱慕的自由是永远容许的，你见谁爱慕谁想接近谁，决不是犯罪，除非你在过程中泄漏了你的粗气暴气，陋相或是贫相，那不是文明的巴黎人所能容忍的。只要你“识相”，上海人说的，什么可能的机会你都可以利用。对方人理你不理你，当然又是一回事；但只要你的步骤对，文明的巴黎人决不让你难堪。

我不能放过她，第二次我大胆写了个字条付中间人——店主人——交去。我心里直怔怔的怕讨没趣。可是回话来了——她就走了，你跟着去吧。

她果然在饭店门口等着我。

你为什么一定要找我说话，先生，像我这样再不愿意有朋友的人？

她张着大眼看我，口唇微微地颤着。

我的冒昧是不望恕的，但是我看了你忧郁的神情我足足难受了三天，也不知怎的我就想接近你，和你谈一次话，如其你许我，那就是我的想望，再没有别的意思。

真的她那眼内绽出了泪来，我话还没说完。

想不到我的心事又叫一个异邦人看透了……她声音都哑了。

我们在路灯的灯光下默默的互注了一晌，并着肩沿马路走去，走不到多远她说不能走，我就问了她的允许雇车坐上，直往波龙尼大林园清凉的暑夜兜儿去。

原来如此，难怪你听了跳舞的音乐像是厌恶似的，但既然不愿意何以每晚还去？

那是我的感情作用，我有些舍不得不去，我在巴黎一天，那是我最初遇见——他的地方，但那时候的我……可是你真的同情我的际遇吗，先生？我快有两个月不开口了，不瞒你说，今晚见了你我再也不能自制，我爽性说给你我的生平的始末吧，只要你不嫌。我们还是回那饭店去吧。

你不是厌烦跳舞的音乐吗？

她初次笑了。多齐整洁白的牙齿，在道上的幽光里亮着！有了你我的生气就回复了不少，我还怕什么音乐？

我们俩重进饭店去选一个基角坐下，喝完了两瓶香槟，从十一时舞影最凌乱时谈起，直到早三时客人散尽侍役打扫屋子时才起身走，我在她的可怜身世的演述中遗忘了一切，当前的歌舞再不能分散我丝毫的注意。

下面是她的自述。

我是在巴黎生长的，我从小就爱读《天方夜谭》的故事，以及当代描写东方的文学；啊，东方，我的童真的梦魂哪一刻不在它的玫瑰园中留恋？十四岁那年我的姊姊带我上北京去住，她在那边开一个时式的帽铺，有一天我看见一个小身材的中国人来买帽子，我就觉着奇怪，一来他长得异样的清秀，二来他为什么要来买那样时式的女帽；到了下午一个女太太拿了方才买去的帽子来换了，我姊姊就问她那中国人是谁，她说是她的丈夫，说开了头她就讲她当初怎样为爱他触怒了自己的父母，结果断绝了家庭和他结婚，但她一点不追悔，因为她的中国丈夫待她怎样好法，她不信西方人懂得像他那样体贴，那样温存。我再也忘不了她说话时满心怡悦的笑容。从此我仰慕东方的隐衷又添深了一层颜色。

我再回巴黎的时候已经长大了，我父亲是最宠爱我的，我要什么他就给我什么。我那时就爱跳舞，啊，那些迷醉轻易的时光，巴黎哪一处舞场上不见我的舞影。我的妙龄，我的颜色，我的体态，我的聪慧，尤其是我那媚人的大眼——啊，如今你见的只是悲惨的余生再不留当时的丰韵——制定了我初期的堕落。我说堕落不是？是的，堕落，人生哪处不是堕落，这社会哪里容得一个有姿色的女人保全她的清洁？我正快走入险路的时候，我那慈爱的老父早已看出我的倾向，私下安排了一个机会，叫我与一个有爵位的英国人接近。一个十七岁的女子哪有什么主意，在两个月内我就做了新娘。

说起那四年结婚的生活，我也不应得过分的抱怨，但我们欧洲的势利的社会实在是树心里生了蠹，我怕再没有回复健康的希望。我到伦敦去做贵妇人时我还是个天真的孩子，哪有什么心机，哪懂得虚伪的卑鄙的人间的底里，我又是个外国人，到处遭受嫉忌与批评。还有我那叫名的丈夫，他娶我究竟为什么动机我始终不明白，也许贪我年轻，贪我貌美，带回家去广告他自己的手段，因为真的我不曾感着他一息的真情；新婚不到几时他就对我冷淡了，其实他就没有热过，碰巧我是个傻孩子，一天不听着一半句软话，不受些温柔的怜惜，到晚上我就不自制的悲伤。他有的是钱，有的是趋奉谄媚，成天在外打猎作乐，我愁了不来慰我，我病了不来问我，连着三年抑郁的生涯完全消灭了我原来活泼快乐的天机，到第四年实在耽不住了，我与他吵一场回巴黎再见我父亲的时候，他几乎不认识我了。我自此就永别了我的英国丈夫。因为虽则实际的离婚手续在他那方面到前年方始办理，他从我走了后也就不再来顾问我——这算是欧洲人夫妻的情分！

我从伦敦回到巴黎，就比久困的雀儿重复飞回了林中，眼内又有了笑，脸上又添了春色，不但身体好多，就连童年时的种种想望又在我心头活了回来。三四年结婚的经验更叫我厌恶西欧，更叫我神往东方。啊！浪漫的多情的东方！我心里常常的怀念着。有一晚，那一个运定的晚上，我就在这屋子内见着了他，与今晚一样的歌声，一样的舞影，想起还不就是昨天，多飞快的光阴，就可怜我一个单薄的女子，无端叫运神摆布，在情网里颠连，在经验的苦海里沉沦。朋友，我自分是已经埋葬了的活人，你何苦又来逼着我把往事掘起？我的话是简短的，但我身受的苦恼，朋友，你信我，是不可量的；你望我的眼里看，凭着你的同情你可以在刹那间领会我灵魂的真际！

他是菲律宾人，也不知怎的我初见面就迷了他。他肤色是深黄的，但他的性情是不可信的温柔；他身材是短的，但他的私语有多叫人魂销的魔力。啊，我到如今还不能怨他；我爱他太深，我爱他太真，我如何能一刻忘他，虽则他到后来也是一样的薄情，一样的冷酷。你不倦么，朋友，等我讲给你听？

我自从认识了他我便倾注给他我满怀的柔情，我想他，那负心的他，也够他的享受，那三个月神仙似的生活！我们差不多每晚在此聚会的。密谈是他与我，欢舞是他与我，人间再有更甜美的经验吗？朋友你知道痴心人赤心爱恋的疯狂吗？因为不仅满足了我私心的想望，我十多年梦魂缭绕的东方理想的实现。有他我什么都有了，此外我更有什么沾恋？因此等到我家里为这事情与我开始交涉的时候，我更不踌躇的与我生身的父母根本决绝。我此时又想起了我垂髫时在北京见着的那个嫁中国人的女子，她与我一样也为了痴情牺牲一切，我只希冀她这时还能保持着她那纯爱的生活，不比我这失运人成天在幻灭的辛辣中回味。

我爱定了他。他是在巴黎求学的，不是贵族，也不是富人，那更使我放心。因为我早年的经验使我迷信真爱情是穷人才能供给的。谁知他骗了我——他家里也是有钱的，那时我在热恋中抛弃了家，牺牲了名誉，跟了这黄脸人离却巴黎，辞别欧洲，经过一个月的海程，我就到了我理想的灿烂的东方。啊我那时的希望与快乐！但才出了红海，他就上了心事，经我再三的逼问他才告诉他家里的实情，他父亲是菲律宾最有钱的土著，性情是极严厉的，他怕轻易不能收受我进他们的家庭。我真不愿意把此后可怜的身世烦你听，朋友，但那才是我痴心人的结果，你耐心听着吧！

东方，东方才是我的烦恼！我这回投进了一个更陌生的社会，呼吸更沉闷的空气；他们自己中间也许有他们温软的人情，但轮着我的却一样还只是猜忌与讥刻，更不容情的刺袭我的孤独的性灵。果然他的家庭不容我进门，把我看作一个“巴黎淌来的可疑的妇人”。我为爱他也不知忍受了多少不可忍的侮辱，吞了多少悲泪，但我自慰的是他对我不变的恩情。因为在初到的一时他还是不时来慰我——我独自赁屋住着，但慢慢的也不知是人言浸润还是他原来爱我不深，他竟然表示割绝我的意思。朋友，试想我这孤身女子牺牲了一切为的还不是他的爱，如今连他都离了我，那我更有什么生机？我怎的始终不曾自毁，我至今还不信，因为我那时真的是没路走了。我又没有钱，他狠心丢了我，我如何能再去缠他，这也许是我们白种人的倔强，我不久便揩干了眼泪，出门去自寻活路。我在一个非美合种人的家里寻得了一个保姆的职务；天幸我生性是耐烦领小孩的——我在伦敦的日子没孩子管我就养猫弄狗——救活我的是那三五个活灵的孩子，黑头发短手指的乖乖。在那炎热的岛上我是过了两年没颜色的生活，得了一次凶险的热病，从此我面上再不存青年期的光彩。我的心境正稍稍回复平衡的时候，两件不幸的事情又临着了我：一件是我那他与另一女子的结婚，这消息使我昏厥了过去；一件是被我弃绝的慈父也不知怎的问得了我的踪迹来电说他老病快死要我回去。啊天罚我！等我赶回巴黎的时候正好赶着与老人诀别，忏悔我先前的造孽！

从此我在人间还有什么意趣？我只是个实体的鬼影，活动的尸体；我的心早就死了，再也不起波澜；在初次失望的时候我想象中还有个辽远的东方，但如今东方只在我的心上留下一个鲜明的新伤，我更有什么希冀，更有什么心情？但我每晚还是不自主的到这饭店来小坐，正如死去的鬼魂忘不了他的老家！我这一生的经验本不想再向人吐露的，谁知又碰着了你，苦苦的追着我，逼我再一度撩拨死尽的火灰，这来你够明白了，为什么我老是这落寞的神情，我猜你也是过路的客人，我深深自幸又接近一次人情的温慰，但我不敢希望什么，我的心是死定了的，时候也不早了，你看方才舞影凌乱的地板上现在只剩一片冷淡的灯光，侍役们已经收拾干净，我们也该走了，再会吧，多情的朋友！

二、“先生，你见过艳丽的肉没有？”

我在巴黎时常去看一个朋友，他是一个画家，住在一条老闻着鱼腥的小街底头一所老屋子的顶上一个A字式的尖阁里，光线暗惨得怕人，白天就靠两块日光胰子大小的玻璃窗给装装幌，反正住的人不嫌就得。他是照例不过正午不起身，不近天亮不上床的一位先生，下午他也不居家，起码总得上灯的时候他才脱下了他的外褂露出两条破烂的臂膀埋身在他那艳丽的垃圾窝里开始他的工作。

艳丽的垃圾窝——它本身就是一幅妙画！我说给你听听。贴墙有精窄的一条上面盖着黑毛毡的算是他的床，在这上面就准你规规矩矩的躺着，不说起坐一定扎脑袋，就连翻身也不免冒犯斜着下来永远不退让的屋顶先生的身分！承着顶尖全屋子顶宽舒的部分放着他的书桌——我捏着一把汗叫它书桌，其实还用提吗，上边什么法宝都有，画册子，稿本，黑炭，颜色盘子，烂袜子，领结，软领子，热水瓶子压瘪了的，烧干了的酒精灯，电筒，各色的药瓶，彩油瓶，脏手绢，断头的笔杆，没有盖的墨水瓶子，一柄手枪，那是瞒不过我化七法郎在密歇耳大街路旁旧货摊上换来的，照相镜子，小手镜，断齿的梳子，蜜膏，晚上喝不完的咖啡杯，详梦的小书，还有——还有可疑的小纸盒儿，凡士林一类的油膏……一只破木板箱一类漆着名字上面蒙着一块灰色布的是他的梳妆台兼书架，一个洋瓷面盆半盆的胰子水似乎都叫一部旧版的卢骚集子给食了去，一顶便帽套在洋瓷长提壶的耳柄上，从袋底里倒出来的小铜钱错落的散着像是土耳其人的符咒，几只稀小的烂苹果围着一条破香蕉像是一群大学教授们围着个教育次长索薪……

壁上看得更斑斓了：这是我顶得意的一张庞那的底稿当废纸买来的；这是我临蒙内的裸体，不十分行，我来撩起灯罩你可以看清楚一点，草色太浓了，那膝部画了。这一小幅更名贵，你认是谁，罗丹的！那是我前年最大的运气，也算是错来的，老巴黎就是这点子便宜，挨了半年八个月的饿不要紧，只要有机会捞着真东西，这还不值得！那边一张挤在两幅油画缝里的，你见了没有，也是有来历的，那是我前年趁马克倒霉路过佛兰克福德时夹手抢来的，是真的孟察尔都难说，就差糊了一点，现在你给三千佛郎我都不卖，加倍再加倍都值，你信不信？再看那一长条……在他那手指东点西的卖弄他的家珍的时候，你竟会忘了你站着的地方是不够六尺阔的一间阁楼，倒像跨在你头顶那两爿斜着下来的屋顶也顺着他到艺术谈法术似的隐了去，露出一个爽恺的高天，壁上的疙瘩，壁窠，霉块，钉疤，全化成了哥罗画帧中“飘摇欲化烟”的最美丽林树与轻快的流涧；桌上的破领带及手绢、烂香蕉、臭袜子等等也全变形成戴大阔边稻草帽的牧童们，偎着树打盹的，牵着牛在涧里喝水的，手反衬着脑袋放平在青草地上瞪眼看天的，斜眼溜着那边走进来的娘们手按着音腔吹横笛的——可不是那边来了一群娘们，全是年岁青青的，露着胸膛，散着头发，还有光着白腿的在青草地上跳着来了？……小心扎脑袋，这屋子真扁纽，你出什么神来了？想着你的Bel Ami对不对？你到巴黎快半个月，该早有落儿了，这年头收成真容易——呒，太容易了！谁说巴黎不是理想的地狱？你吸烟斗吗？这儿有自来火，对不起，屋子里除了床，就是那张弹簧早经追悼过了的沙发，你坐坐吧，给你一个垫子，这是全屋子顶温柔的一样东西。

不错，那沙发，这阁楼上要没有那张沙发，主人的风格就落了个极重要的原素。说它肚子里的弹簧完全没了劲，在主人说是太谦，在我说是简直污蔑了它。因为分明有一部分内簧是不曾死透的，那在正中间，看来倒像是一座分水岭，左右都是往下倾的，我初坐下时不提防它还有弹力，倒叫我骇了一下；靠手的套布可真是全霉了，露着黑黑黄黄不知是什么货色，活像主人衬衫的袖子。我正落了坐，他咬了咬嘴唇翻一下眼珠微微的笑了。笑什么了你？我笑——你坐上沙发那样儿叫我想起爱菱。爱菱是谁？她呀——她是我第一个模特儿。模特儿？你的？你的破房子还有模特儿，你这穷鬼化得起……别急，究竟是中国初来的，听了模特儿就这样的起劲，看你那脖子都上了红印了！本来不算事，当然，可是我说像你这样的破鸡棚……破鸡棚便怎么样，耶稣生在马号里的，安琪儿们都在马矢里跪着礼拜哪！别忙，好朋友，我讲你听。如其巴黎人有一个好处，他就是不势利！中国人顶糟了，这一点；穷人有穷人的势利，阔人有阔人的势利，半不阑珊的有半不阑珊的势利——那才是半开化，才是野蛮！你看像我这样子，头发像刺猬，八九天不刮的破胡子，半年不收拾的脏衣服，鞋带扣不上的皮鞋——要在中国，谁不叫我外国叫化子，哪配进北京饭店一类的势利场；可是在巴黎，我就这样儿，随便问哪一个衣服顶漂亮脖子搽得顶香的娘们跳舞，十回就有九回成，你信不信？至于模特儿，那更不成话，哪有在巴黎学美术的，不论多穷，一年里不换十来个眼珠亮亮的来坐样儿？屋子破更算什么？波希民的生活就是这样，按你说模特儿就不该坐坏沙发，你得准备杏黄贡缎绣丹凤朝阳坐垫的太师椅请她坐你才安心对不对？再说……

别再说了！算我少见世面，算我是乡下老戆，得了；可是说起模特儿，我倒有点好奇，你何妨讲些经验给我长长见识？有真好的没有？我们在美术院里见着的什么维纳斯德米罗，维纳斯梅第妻，还有铁青的，鲁班师的，鲍第千里的，丁稻来笃的，箕奥其安内的裸体实在是太美，太理想，太不可能，太不可思议；反面说，新派的比如雪尼约克的，玛提斯的，塞尚的，高更的，弗朗刺马克的，又是太丑，太损，太不像人，一样的太不可能，太不可思议。人体美，究竟怎么一回事，我们不幸生长在中国女人衣服一直穿到下巴底下腰身与后部看不出多大分别的世界里，实在是太蒙昧无知，太不开眼。可是再说呢，东方人也许根本就不该叫人开眼的，你看过约翰巴里士那本沙扬娜拉没有，他那一段形容一个日本裸体舞女——就是一张脸子粉搽得像棺材里爬起来的颜色，此外耳朵以后下巴以下就比如一节蒸不透的珍珠米！——看了真叫人恶心。你们学美术的才有第一手的经验，我恶心。你们学美术的才有第一手的经验，我倒是……

你倒是真有点羡慕，对不对？不怪你，人总是人。不瞒你说，我学画画原来的动机也就是这点子对人体秘密的好奇。你说我穷相，不错，我真是穷，饭都吃不出，衣都穿不全，可是模特儿——我怎么也省不了。这对人体美的欣赏在我已经成了一种生理的要求，必要的奢侈，不可摆脱的嗜好；我宁可少吃俭穿省下几个佛郎来多雇几个模特儿。你简直可以说我是着了迷，成了病，发了疯，爱说什么就说什么，我都承认——我就不能一天没有一个精光的女人躺在我的面前供养，安慰，喂饱我的“眼淫”。当初罗丹我猜也一定与我一样的狼狈，据说他那房子里老是有剥光了的女人，也不为坐样儿，单看她们日常生活“实际的”多变化姿态——他是一个牧羊人，成天看着一群剥了毛皮的驯羊！鲁班师那位穷凶极恶的大手笔，说是常难为他太太做模特儿，结果因为他成天不断的画他太太竟许连穿裤子的空儿都难得有！但如果这话是真的鲁班师还是大傻，难怪他那画里的女人都是这剥白猪似的单调，少变化；美的分配在人体上是极神秘的一个现象，我不信有理想的全材，不论男女我想几乎是不可能；上帝拿着一把颜色望地面上撒，玫瑰，罗兰，石榴，玉簪，剪秋罗，各样都沾到了一种或几种的彩泽，但决没有一种花包涵所有可能的色调的，那如其有，按理论讲，岂不是又得回复了没颜色的本相？人体美也是这样的，有的美在胸部，有的腰部，有的下部，有的头发，有的手，有的脚踝，那不可理解的骨骼、筋肉、肌理的会合，形成各各不同的线条，色调的变化，皮面的涨度，毛管的分配，天然的姿态，不可制止的表情——也得你不怕麻烦细心体会发见，上帝没有这样便宜你的事情，他决不给你一个具体的绝对美，如果有我们所有艺术的努力就没了意义；巧妙就在你明知这山里有金子，可是在哪一点你得自己下工夫去找。啊！说起这艺术家审美的本能，我真要闭着眼感谢上帝——要不是它，岂不是所有人体的美，说窄一点，都变了古长安道上历代帝王的墓窟，全叫一层或几层薄薄的衣服给埋没了！回头我给你看我那张破床底下有一本宝贝，我这十年血汗辛苦的成绩——千把张的人体临摹，而且十分之九是在这间破鸡棚里勾下的，别看低我这张弹簧早经追悼了的沙发，这上面落坐过至少一二百个当得起美字的女人！别提专门做模特儿的，巴黎哪一个不知道俺家黄脸什么，那不算稀奇，我自负的是我独到的发见：一半因为看多了缘故，女人肉的引诱在我差不多完全消灭在美的欣赏里面，结果在我这双“淫眼”看来，一丝不挂的女人就同紫霞宫里翻出来的尸首穿得重重密密的摇不动我的性欲，反面说当真穿着得极整齐的女人，不论她在人堆里站着，在路上走着，只要我的眼到，她的衣服的障碍就无形的消灭，正如老练的矿师一瞥就认出矿苗，我这美术本能也是一瞥就认出“美苗”，一百次里错不了一次；每回发见了可能的时候，我就非想法找到她剥光了她叫我看个满意不成，上帝保佑这文明的巴黎，我失望的时候真难得有！我记得有一次在戏院子看着了一个贵妇人，实在没法想（我当然试来），我那难受就不用提了，比发疟疾还难受——她那特长分明是在小腹与……

够了够了！我倒叫你说得心痒痒的。人体美！这门学问，这门福气，我们不幸生长在东方，谁有机会研究享受过来？可是我既然到了巴黎，又幸气碰着你，我倒真想叨你的光开开我的眼，你替我想法，要找在你这宏富的经验中比较最贴近理想的一个看看……

你又错了！什么，你意思花就许巴黎的花香，人体就许巴黎的美吗？太灭自己的威风了！别信那巴理士什么沙扬娜拉的胡说；听我说，正如东方的玫瑰不比西方的玫瑰差什么香味，东方的人体在得到相当的栽培以后，也同样不能比西方的人体差什么美——除了天然的限度，比如骨骼的大小，皮肤的色彩。同时顶要紧的当然要你自己性灵里有审美的活动，你得有眼睛，要不然这宇宙不论它本身多美多神奇在你还是白来的。我在巴黎苦过这十年，就为前途有一个宏愿：我要张大了我这经过训练的“淫眼”到东方去发见人体美——谁说我没有大文章做出来？至于你要借我的光开开眼，那是最容易不过的事情，可是我想想——可惜了！有个马达姆朗洒，原先在巴黎大学当物理讲师的，你看了准忘不了，现在可不在了，到伦敦去了；还有一个马达姆薛托漾，她是远在南边乡下开面包铺子的，她就够打倒你所有的丁稻来笃，所有的铁青，所有的箕奥其安内——尤其是给你这未入流看，长得太美了，她通体就看不出一根骨头的影子，全叫匀匀的肉给隐住的，圆的，润的，有一致节奏的，那妙是一百个哥蒂蔼也形容不全的，尤其是她那腰以下的结构，真是奇迹！你从意大利来该见过西龙尼维纳丝的残像，就那也只能仿佛，你不知道那活的气息的神奇，什么大艺术天才都没法移植到画布上或是石塑上去的（因此我常常自己心里辩论究竟是艺术高出自然还是自然高出艺术，我怕上帝僭先的机会毕竟比凡人多些）；不提别的单就她站在那里你看，从小腹接桎上股那两条交荟的弧线起直往下贯到脚着地处止，那肉的浪纹就比是——实在是无可比——你梦里听着的音乐：不可信的轻柔，不可信的匀净，不可信的韵味——说粗一点，那两股相并处的一条线直贯到底，不漏一屑的破绽，你想通过一根发丝或是吹度一丝风息都是绝对不可能的——但同时又决不是肥肉的黏着，那就呆了。真是梦！唉，就可惜多美一个天才，偏叫一个身高六尺三寸长红胡子的面包师给糟蹋了；真的这世上的因缘说来真怪，我很少看见美妇人不嫁给猴子类牛类水马类的丑男人！但这是支话。眼前我招得到的，够资格的也就不少——有了，方才你坐上这沙发的时候叫我想起了爱菱，也许你与她有缘分，我就为你招她去吧，我想应该可以容易招到的。可是上哪儿呢？这屋子终究不是欣赏美妇人的理想背景，第一不够开展，第二光线不够——至少为外行人像你一类着想……我有了一个顶好的主意，你远来客，我也该独出心裁招待你一次，好在爱菱与我特别的熟，我要她怎么她就怎么；暂且约在后天吧，你上午十二点到我这里来，我们一同到芳丹薄罗的大森林里去，那是我常游的地方，尤其是阿房奇石相近一带，那边有的是天然的地毯，这一时是自然最妖艳的日子，草青得滴得出翠来，树绿得涨得出油来，松鼠满地满树都是，也不很怕人，顶好玩的，我们决计到那一带去秘密野餐吧——至于“开眼”的话，我包你一个百二十分的满足，将来一定是你从欧洲带回家最不易磨灭的一个印象！一切有我布置去，你要是愿意贡献的话，也不用别的，就要你多买大杨梅，再带一瓶橘子酒，一瓶绿酒，我们享半天闲福去。现在我讲得也累了，我得躺一会儿，我拿我床底下那本秘本给你先揣摹揣摹……

隔一天我们从芳丹薄罗林子里回巴黎的时候，我仿佛做了一个最荒唐，最艳丽，最秘密的梦。

《巴黎的鳞爪》封面　闻一多设计

翡冷翠山居闲话

在这里出门散步去，上山或是下山，在一个晴好的五月的向晚，正像是去赴一个美的宴会，比如去一个果子园，那边每株树上都是满挂着诗情最秀逸的果实，假如你单是站着看还不满意时，只要你一伸手就可以采取，可以恣尝鲜味，足够你性灵的迷醉。阳光正好暖和，决不过暖；风息是温驯的，而且往往因为他是从繁花的山林里吹度过来，带一股幽远的淡香，连着一息滋润的水气，摩挲着你的颜面，轻绕着你的肩腰，就这单纯的呼吸已是无穷的愉快；空气总是明净的，近谷内不生烟，远山上不起霭，那美秀风景的全部正像画片似的展露在你的眼前，供你闲暇的鉴赏。

作客山中的妙处，尤在你永不须踌躇你的服色与体态；你不妨摇曳着一头的蓬草，不妨纵容你满腮的苔藓，你爱穿什么就穿什么；扮一个牧童，扮一个渔翁，装一个农夫，装一个走江湖的杰卜闪，装一个猎户；你再不必提心整理你的领结，你尽可以不用领结，给你的颈根与胸膛一半日的自由，你可以拿一条艳色的长巾包在你的头上，学一个太平军的头目，或是拜伦那埃及装的姿态；但最要紧的是穿上你最旧的旧鞋，别管它模样不佳，它们是顶可爱的好友，它们承着你的体重却不叫你记起你还有一双脚在你的底下。

这样的玩顶好是不要约伴，我竟想严格的取缔，只许你独身；因为有了伴多少总得叫你分心，尤其是年轻的女伴，那是最危险最专制不过的旅伴，你应得躲避她像你躲避青草里一条美丽的花蛇！平常我们从自己家里走到朋友的家里，或是我们执事的地方，那无非是在同一个大牢里从一间狱室移到另一间狱室去，拘束永远跟着我们，自由永远寻不到我们；但在这春夏间美秀的山中或乡间你要是有机会独身闲逛时，那才是你福星高照的时候，那才是你实际领受，亲口尝味，自由与自在的时候，那才是你肉体与灵魂行动一致的时候；朋友们，我们多长一岁年纪往往只是加重我们头上的枷，加紧我们脚胫上的链，我们见小孩子在草里在沙堆里在浅水里打滚作乐，或是看见小猫追它自己的尾巴，何尝没有羡慕的时候，但我们的枷，我们的链永远是制定我们行动的上司！所以你只有单身奔赴大自然的怀抱时，像一个裸体的小孩扑入他母亲的怀抱时，你才知道灵魂的愉快是

你只有单身奔赴大自然的怀抱时，像一个裸体的小孩扑入他母亲的怀抱时，你才知道灵魂的愉快是怎样的，单就活着的快乐是怎样的，单就呼吸单就走道单就张眼看耸耳听的幸福是怎样的。……我们浑朴的天真是像含羞草似的娇柔，一经同伴的抵触，他就卷了起来，但在澄静的日光下，和风中，他的姿态是自然的，他的生活是无阻碍的。

怎样的，单就活着的快乐是怎样的，单就呼吸单就走道单就张眼看耸耳听的幸福是怎样的。因此你得严格的为己，极端的自私，只许你，体魄与性灵，与自然同在一个脉搏里跳动，同在一个音波里起伏，同在一个神奇的宇宙里自得。我们浑朴的天真是像含羞草似的娇柔，一经同伴的抵触，他就卷了起来，但在澄静的日光下，和风中，他的姿态是自然的，他的生活是无阻碍的。

你一个人漫游的时候，你就会在青草里坐地仰卧，甚至有时打滚，因为草的和暖的颜色自然的唤起你童稚的活泼；在静僻的道上你就会不自主的狂舞，看着你自己的身影幻出种种诡异的变相，因为道旁树木的阴影在他们纡徐的婆娑里暗示你舞蹈的快乐；你也会得信口的歌唱，偶尔记起断片的音调，与你自己随口的小曲，因为树林中的莺燕告诉你春光是应该赞美的；更不必说你的胸襟自然会跟着漫长的山径开拓，你的心地会看着澄蓝的天空静定，你的思想和着山壑间的水声，山罅里的泉响，有时一澄到底的清澈，有时激起成章的波动，流，流，流入凉爽的橄榄林中，流入妩媚的阿诺河去……

并且你不但不须应伴，每逢这样的游行，你也不必带书。书是理想的伴侣，但你应得带书，是在火车上，在你住处的客室里，不是在你独身漫步的时候，什么伟大的深沉的鼓舞的清明的优美的思想的根源不是可以在风籁中，云彩里，山势与地形的起伏里，花草的颜色与香息里寻得？自然是最伟大的一部书，歌德说，在他每一页的字句里我们读得最深奥的消息。并且这书上的文字是人人懂得：阿尔帕斯与五老峰，雪西里与普陀山，莱茵河与扬子江，梨梦湖与西子湖，剑兰与琼花，杭州西溪的芦雪与威尼斯夕照的红潮，百灵与夜莺，更不提一般黄的黄麦，一般紫的紫藤，一般青的青草同在大地上生长，同在和风中波动——他们应用的符号是永远一致的，他们的意义是永远明显的，只要你自己性灵上不长疮瘢，眼不盲，耳不塞，这无形迹的最高等教育便永远是你的名分，这不取费的最珍贵的补剂便永远供你的受用；只要你认识了这一部书，你在这世界上寂寞时便不寂寞，穷困时不穷困，苦恼时有安慰，挫折时有鼓励，软弱时有督责，迷失时有南针。

自然是最伟大的一部书，歌德说，在他每一页的字句里我们读得最深奥的消息。并且这书上的文字是人人懂得：阿尔帕斯与五老峰，雪西里与普陀山，莱茵河与扬子江，梨梦湖与西子湖，剑兰与琼花，杭州西溪的芦雪与威尼斯夕照的红潮，百灵与夜莺，更不提一般黄的黄麦，一般紫的紫藤，一般青的青草同在大地上生长，同在和风中波动——他们应用的符号是永远一致的。

吸烟与文化

一

牛津是世界上名声压得倒人的一个学府。牛津的秘密是它的导师制。导师的秘密，按利卡克教授说，是“对准了他的徒弟们抽烟”。真的在牛津或康桥地方要找一个不吸烟的学生是很费事的——先生更不用提。学会抽烟，学会沙发上古怪的坐法，学会半吞半吐的谈话——大学教育就够格儿了。“牛津人”、“康桥人”，还不够抖吗？我如其有钱办学堂的话，利卡克说，第一件事情我要做的是造一间吸烟室，其次造宿舍，再次造图书室；真要到了有钱没地方花的时候再来造课堂。

二

怪不得有人就会说，原来英国学生就会吃烟，就会懒惰。臭绅士的架子！臭架子的绅士！难怪我们这年头背心上剌剌的老不舒服，原来我们中间也来了几个叫土巴菰烟臭熏出来的破绅士！

这年头说话得谨慎些。提起英国就犯嫌疑。贵族主义！帝国主义！走狗！挖个坑埋了他！

实际上事情可不这么简单。侵略，压迫，该咒是一件事，别的事情可不跟着走。至少我们得承认英国，就它本身说，是一个站得住的国家，英国人是有出息的民族。它的是有组织的生活，它的是有活气的文化。我们也得承认牛津或是康桥至少是一个十分可羡慕的学府，它们是英国文化生活的娘胎。多少伟大的政治家、学者、诗人、艺术家、科学家是这两个学府的产儿——烟味儿给熏出来的。

三

利卡克的话不完全是俏皮话。“抽烟主义”是值得研究的。但吸烟室究竟是怎么一回事？烟斗里如何抽得出文化真髓来？对准了学生抽烟怎样是英国教育的秘密？利卡克先生没有描写牛津、康桥生活的真相；他只这么说，他不曾说出一个所以然来。许有人愿意听听的，我想。我也叫名在英国念过两年书，大部分的时间在康桥。但严格的说，我还是不够资格的。我当初并不是像我的朋友温源宁先生似的出了大金镑正式去请教熏烟的；我只是一个，比方说，烤小半熟的白薯，离着焦味儿透香还正远哪。但我在康桥的日子可真是享福，深怕这辈子再也得不到那样蜜甜的机会了。我不敢说康桥给了我多少学问或是教会了我什么。我不敢说受了康桥的洗礼，一个人就会变气息，脱凡胎。我敢说的只是——就我个人说，我的眼是康桥教我睁的，我的求知欲是康桥给我拨动的，我的自我的意识是康桥给我胚胎的。我在美国有整两年，在英国也算是整两年。在美国我忙的是上课，听讲，写考卷，啃橡皮糖，看电影，赌咒。在康桥我忙的是散步，划船，骑自转车，抽烟，闲谈，吃五点钟茶牛油烤饼，看闲书。如其我到美国的时候是一个不含糊的草包，我离开自由神的时候也还是那原封没有动。但如其我在美国时候不曾通窍，我在康桥的日子至少自己明白了原先只是一肚子颟顸。这分别不能算小。

我早想谈谈康桥，对它我有的是无限的柔情。但我又怕亵渎了它似的始终不曾出口。这年头，只要贵族教育一个无意识的口号就可以把牛顿、达尔文、米尔顿、拜伦、华茨华斯、阿诺尔德、纽门、罗刹蒂、格兰士顿等等所从来的母校一下抹煞。再说这些年来交通便利了，各式各种日新月异的教育原理教育新制翩翩的从各方向的外洋飞到中华，那还容得厨房老过四百年墙壁上爬满骚胡髭一类藤萝的老书院一起来上讲坛？

四

但另换一个方向看法，我们也见到少数有见地的人再也看不过国内高等教育的混沌现象，想跳开了蹂烂的道儿，回头另寻新路走去。向外望去，现成的牛津、康桥青藤缭绕的学院招着你微笑；回头望去，五老峰下飞泉声中白鹿洞一类的书院瞅着你惆怅。这浪漫的思乡病跟着现代教育丑化的程度在少数人的心中一天深似一天。这机械性买卖性的教育够腻烦了，我们说。我们也要几间满沿着爬山虎的高雪克屋子来安息我们的灵性，我们说。我们也要一个绝对闲暇的环境好容我们的心智自由的发展去，我们说。

林语堂先生在《现代评论》登过一篇文章谈他的教育的理想。新近任叔永先生与他的夫人陈衡哲女士也发表了他们的教育的理想。林先生的意思约莫记得是想仿效牛津一类学府；陈、任两位是要恢复书院制的精神。这两篇文章我认为是很重要的，尤其是陈、任两位的具体提议，但因为开倒车走回头路分明是不合时宜，他们几位的意思并不曾得到期望的回响。想来现在的学者们太忙了，寻饭吃的，做官的，当革命领袖的，谁都不得闲，谁都不愿闲，结果当然没有人来关心什么纯粹教育（不含任何动机的学问）或是人格教育。这是个遗憾的现象。

我自己也是深感这浪漫的思乡病的一个；我只要——

“草青人远，

一流冷涧……”

但我们这想望的境界有容我们达到的一天吗？

我所知道的康桥

一

我这一生的周折，大都寻得出感情的线索。不论别的，单说求学。我到英国是为要从罗素。罗素来中国时，我已经在美国。他那不确的死耗传到的时候，我真的出眼泪不够，还做悼诗来了。他没有死，我自然高兴。我摆脱了哥伦比亚大博士衔的引诱，买船票过大西洋，想跟这位二十世纪的福禄泰尔认真念一点书去。谁知一到英国才知道事情变样了：一为他在战时主张和平，二为他离婚，罗素叫康桥给除名了，他原来是Trinity College的fellow，这来他的fellowship也给取消了。他回英国后就在伦敦住下，夫妻两人卖文章过日子。因此我也不曾遂我从学的始愿。我在伦敦政治经济学院里混了半年，正感到闷想换路走的时候，我认识了狄更生先生。狄更生——Galsworthy Lowes Dickinson——是一个有名的作者，他的《一个中国人通信》(Letters From John Chinaman）与《一个现代聚餐谈话》(A Modem Symposium）两本小册子早得了我的景仰。我第一次会着他是在伦敦国际联盟协会席上，那天林宗孟先生演说，他做主席；第二次是在宗孟寓里吃茶，有他。以后我常到他家里去。他看出我的烦闷，劝我到康桥去，他自己是王家学院（Kings College）的fellow。我就写信去问两个学院，回信都说学额早满了，随后还是狄更生先生替我去在他的学院里说好了，给我一个特别生的资格，随意选科听讲。从此黑方巾、黑披袍的风光也被我占着了。初起我在离康桥六英里的乡下叫沙士顿地方租了几间小屋住下，同居的有我从前的夫人张幼仪女士与郭虞裳君。每天一早我坐街车（有时自行车）上学，到晚回家。这样的生活过了一个春，但我在康桥还只是个陌生人，谁都不认识，康桥的生活，可以说完全不曾尝着，我知道的只是一个图书馆，几个课室，和三两个吃便宜饭的菜食铺子。狄更生常在伦敦或是大陆上，所以也不常见他。那年的秋季我一个人回到康桥，整整有一学年，那时我才有机会接近真正的康桥生活，同时我也慢慢的“发见”了康桥。我不曾知道过更大的愉快。

二

“单独”是一个耐寻味的现象。我有时想它是任何发见的第一个条件。你要发见你的朋友的“真”，你得有与他单独的机会；你要发见你自己的真，你得给你自己一个单独的机会；你要发见一个地方（地方一样有灵性），你也得有单独玩的机会。我们这一辈子，认真说，能认识几个人？能认识几个地方？我们都是太匆忙，太没有单独的机会。说实话，我连我的本乡都没有什么了解。康桥我要算是有相当交情的，再次许只有新认识的翡冷翠了。啊，那些清晨，那些黄昏，我一个人发痴似的在康桥！绝对的单独。

但一个人要写他最心爱的对象，不论是人是地，是多么使他为难的一个工作？你怕，你怕描坏了它，你怕说过分了恼了它，你怕说太谨慎辜负了它。我现在想写康桥，也正是这样的心理，我不曾写，我就知道这回是写不好的——况且又是临时逼出来的事情。但我却不能不写，上期预告已经出去了。我想勉强分两节写：一是我所知道的康桥的天然景色；一是我所知道的康桥的学生生活。我今晚只能极简的写些，等以后有兴会时再补。

三

康桥的灵性全在一条河上：康河，我敢说是全世界最秀丽的一条河。河的名字是葛兰大（Granta），也有叫康河（River Caun）的，也许有上下流的区别，我不甚清楚。河身多的是曲折，上游是有名的拜伦潭——Byron's Pool——当年拜伦常在那里玩的；有一个老村子叫格兰骞斯德，有一个果子园，你可以躺在累累的桃李树荫下吃茶，花果会掉入你的茶杯，小雀子会到你桌上来啄食，那真是别有一番天地。这是上游。下游是从骞斯德顿下去，河面展开，那是春夏间竞舟的场所。上下河分界处有一个坝筑，水流急得很，在星光下听水声，听近村晚钟声，听河畔倦牛刍草声，是我康桥经验中最神秘的一种。大自然的优美、宁静、调谐在这星光与波光的默契中不期然的淹入了你的性灵。

但康河的精华是在它的中流，著名的“Backs”，这两岸是几个最蜚声的学院的建筑。从上面下来是Pembroke，St. Katharine's，King's，Clare，Trinty，St. John's。最令人留连的一节是克莱亚与王家学院的毗连处，克莱亚的秀丽紧邻着王家教堂（King's Chapel）的宏伟。别的地方尽有更美更庄严的建筑，例如巴黎赛因河的罗浮宫一带，威尼斯的利阿尔多大桥的两岸，翡冷翠维基乌大桥的周遭；但康桥的“Backs”自有它的特长，这不容易用一二个状词来概括，它那脱尽尘埃气的一种清澈秀逸的意境可说是超出了画图而化生了音乐的神味。再没有比这一群建筑更调谐更匀称的了！论画，可比的也许只有柯罗（Corot）的田野；论音乐，可比的也许只有萧班（Chopin）的夜曲。就这也不能给你依稀的印象，它给你的美感简直是神灵性的一种。

假如你站在王家学院桥边的那棵大菊树荫下眺望，右侧面，隔着一大方浅草坪，是我们的校友居（Fellows Building），那年代并不早，但它的妩媚也是不可掩的，它那苍白的石壁上春夏间满缀着艳色的蔷薇在和风中摇颤；往左是那教堂，森林似的尖阁不可浼的永远直指着天空；更左是克莱亚，啊！那不可信的玲珑的方庭，谁说这不是圣克莱亚（St. Clare）的化身，哪一块石上不闪耀着她当年圣洁的精神？在克莱亚后背隐约可辨的是康桥最高贵最骄纵的三清学院（Trinity），它那临河的图书楼上坐镇着拜伦神采惊人的雕像。

但这时你的注意早已叫克莱亚的三环洞桥魔术似的摄住。你见过西湖白堤上的西泠断桥不是？（可怜它们早已叫代表近代丑恶精神的汽车公司给踩平了，现在它们跟着苍凉的雷峰永远辞别了人间。）你忘不了那桥上斑驳的苍苔，木栅的古色，与那桥拱下泄露的湖光与山色不是？克莱亚并没有那样体面的衬托，它也不比庐山栖贤寺旁的观音桥，上瞰五老的奇峰，下临深潭与飞瀑；它只是怯怜怜的一座三环洞的小桥，它那桥洞间也只掩映着细纹的波鳞与婆娑的树影，它那桥上栉比的小穿阑与阑节顶上双双的白石球，也只是村姑子头上不夸张的香草与野花一类的装饰；但你凝神的看着，更凝神的看着，你再反省你的心境，看还有一丝屑的俗念沾滞不？只要你审美的本能不曾泯灭时，这是你的机会实现纯粹美感的神奇！

但你还得选你赏鉴的时辰。英国的天时与气候是走极端的。冬天是荒谬的坏，逢着连绵的雾盲天你一定不迟疑的甘愿进地狱本身去试试；春天（英国是几乎没有夏天的）是更荒谬的可爱，尤其是它那四五月间最和暖最艳丽的黄昏，那才真是寸寸黄金。在康河边上过一个黄昏是一服灵魂的补剂。啊！我那时蜜甜的单独，那时蜜甜的闲暇。一晚又一晚的，只见我出神似的倚在桥栏上向西天凝望：

看一回凝静的桥影，
数一数螺细的波纹，
我倚暖了石阑的青苔，
青苔凉透了我的心坎……

还有几句更笨重的怎能仿佛那游丝似轻妙的情景：

难忘七月的黄昏，远树凝寂，
像墨泼的山形，衬出轻柔暝色，
密稠稠，七分鹅黄，三分橘绿，
那妙意只可去秋梦边缘捕捉……

四

这河身的两岸都是四季常青最葱翠的草坪。从校友居的楼上望去，对岸草场上，不论早晚，永远有十数匹黄牛与白马，胫蹄没在恣蔓的草丛中，从容的在咬嚼，星星的黄花在风中摇荡，应和着它们尾鬃的扫拂。桥的两端有斜倚的垂柳与菊荫护住。水是澈底的清澄，深不足四尺，匀匀的长着长条的水草。这岸边的草坪又是我的爱宠，在清朝，在傍晚，我常去这天然的织锦上坐地，有时读书，有时看水；有时仰卧着看天空的行云，有时反仆着搂抱大地的温软。

但河上的风流还不止两岸的秀丽。你得买船去玩。船不止一种：有普通的双桨划船，有轻快的薄皮舟（Canoe），有最别致的长形撑篙船（Punt）。最末的一种是别处不常有的：约莫有二丈长，三尺宽，你站直在船梢上用长竿撑着走的。这撑是一种技术。我手脚太蠢，始终不曾学会，你初起手尝试时，容易把船身横住在河中，东颠西撞的狼狈。英国人是不轻易开口笑人的，但是小心他们不出声的皱眉！也不知有多少次河中本来悠闲的秩序叫我这莽撞的外行给捣乱了。我真的始终不曾学会；每回我不服输跑去租船再试的时候，有一个白胡子的船家往往带讥讽的对我说："先生，这撑船费劲，天热累人，还是拿个薄皮舟溜溜吧！"我哪里肯听话，长篙子一点就把船撑了开去。结果还是把河身一段段的腰斩了去。

你站在桥上去看人家撑，那多不费劲，多美！尤其是在礼拜天有几个专家的女郎，穿一身缟素衣服，裙裾在风前悠悠的飘着，戴一顶宽边的薄纱帽，帽影在水草间颤动，你看她们出桥洞时的姿态，捻起一根竟像没分量的长竿，只轻轻的，不经心的往波心里一点，身子微微的一蹲，这船身便波的转出了桥影，翠条鱼似的向前滑了去。她们那敏捷，那闲暇，那轻盈，真是值得歌咏的。

在初夏阳光渐暖时你去买一支小船，划去桥边荫下躺着念你的书或是做你的梦，槐花香在水面上飘浮，鱼群的唼喋声在你的耳边挑逗。或是在初秋的黄昏，近着新月的寒光，望上流僻静处远去。爱热闹的少年们携着他们的女友，在船沿上支着双双的东洋彩纸灯，带着话匣子，船心里用软垫铺着，也开向无人迹处去享他们的野福——谁不爱听那水底翻的音乐在静定的河上描写梦意与春光！

住惯城市的人不易知道季候的变迁。看见叶子掉知道是秋，看见叶子绿知道是春；天冷了装炉子，天热了拆炉子；脱下棉袍，换上夹袍，脱下夹袍，穿上单袍，不过如此罢了。天上星斗的消息，地下泥土里的消息，空中风吹的消息，都不关我们的事。忙着哪，这样那样事情多着，谁耐烦管星星的移转，花草的消长，风云的变幻？同时我们抱怨我们的生活，苦痛、烦闷、拘束、枯燥，谁肯承认做人是快乐？谁不多少诅咒人生？

但不满意的生活大都是由于自取的。我是一个生命的信仰者，我信生活决不是我们大多数人仅仅从自身经验推得的那样暗惨。我们的病根是在“忘本”。人是自然的产儿，就好比枝头的花与鸟是自然的产儿；但我们不幸是文明人，入世深似一天，离自然远似一天。离开了泥土的花草，离开了水的鱼，能快活吗？能生存吗？从大自然，我们取得我们的生命；从大自然，我们应分取得我们继续的滋养。哪一株婆娑的大树没有盘错的根柢深入在无尽藏的地里？我们是永远不能独立的。有幸福是永远不离母亲抚育的孩子，有健康是永远接近自然的人们。不必一定与鹿逐游，不必一定回“洞府”去；为医治我们当前生活的枯窘，只要“不完全遗忘自然”一张轻淡的药方我们的病象就有缓和的希望。在青草里打几个滚，到海水里洗几次浴，到高处去看几次朝霞与晚照——你肩背上的负担就会轻松了去的。

这是极肤浅的道理。当然。但我要没有过遇康桥的日子，我就不会有这样的自信的，我一辈子就只那一春，说也可怜，算是不曾虚度。就只那一春，我的生活是自然的，是真愉快的！（虽则碰巧那也是我最感受人生痛苦的时期。）我那时有的是闲暇，有的是自由，有的是绝对单独的机会。说也奇怪，竟像是第一次，我辨认了星月的光明，草的青，花的香，流水的殷勤。我能忘记那初春的睥睨吗？曾经有多少个清晨我独自冒着冷去薄霜铺地的林子里闲步——为听鸟语，为盼朝阳，为寻泥土里渐次苏醒的花草，为体会最细微最神妙的春信。啊，那是新来的画眉在那边凋不尽的青枝上试它的新声！啊，这是第一朵小雪球花挣出了半冻的地面！啊，这不是新来的潮润沾上了寂寞的柳条？

静极了，这朝来水溶溶的大道，只远处牛奶车的铃声，点缀这周遭的沉默。顺着这大道走去，走到尽头，再转入林子里的小径，往烟雾浓密处走去，头顶是交枝的榆荫，透露着漠楞楞的曙色；再往前走去，走尽这林子，当前是平坦的原野，望见了村舍，初青的麦田，更远三两个馒形的小山掩住了一条通道。天边是雾茫茫的，尖尖的黑影是近村的教寺。听，那晓钟和缓的清音。这一带是此邦中部的平原，地形像是海里的轻波，黑沉沉的起伏；山岭是望不见的，有的是常青

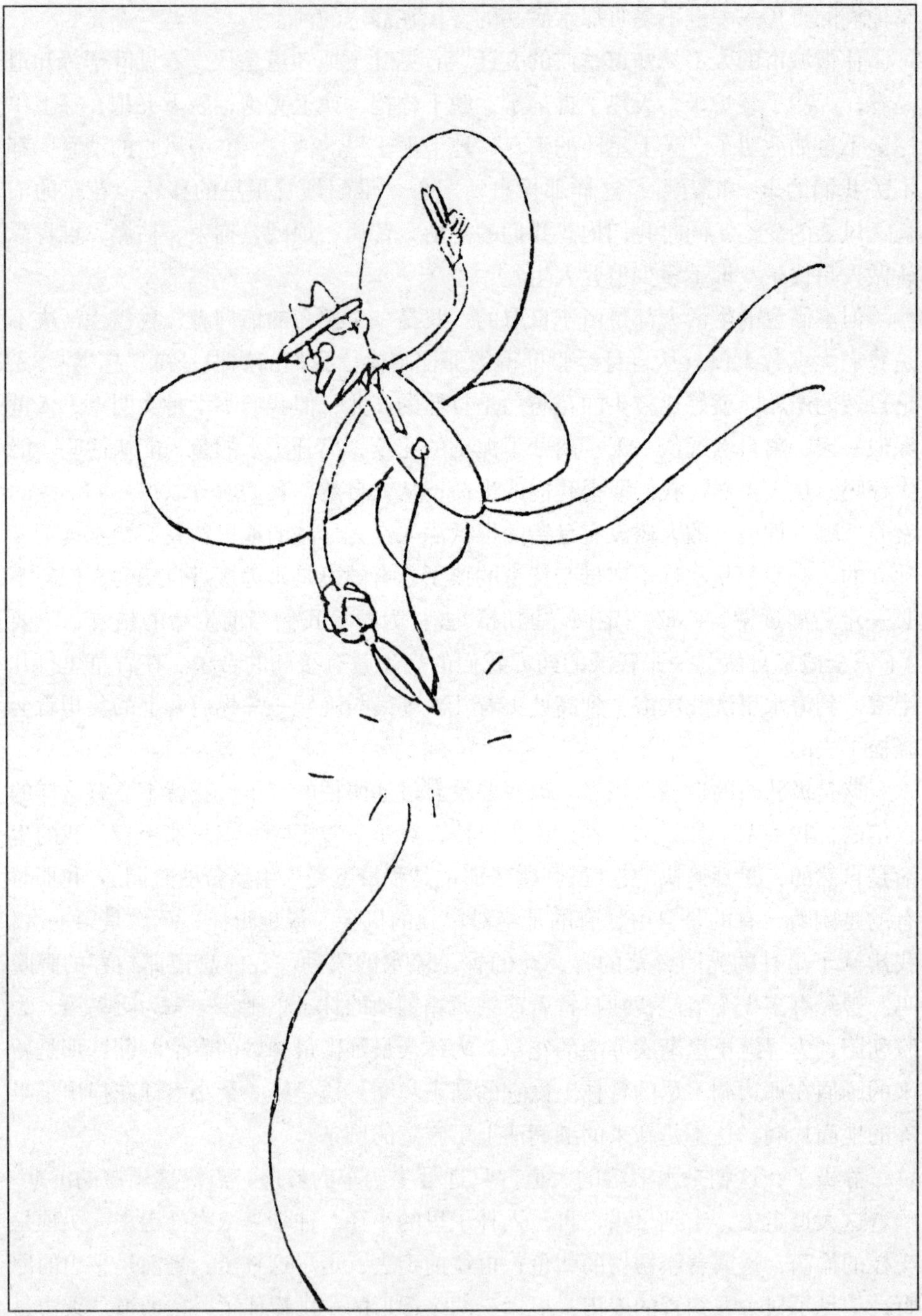

我是一个生命的信仰者，我信生活决不是我们大多数人仅仅从自身经验推得的那样暗惨。我们的病根是在“忘本”。

人是自然的产儿，就好比枝头的花与鸟是自然的产儿；但我们不幸是文明人，入世深似一天，离自然远似一天。离开了泥土的花草，离开了水的鱼，能快活吗？能生存吗？从大自然，我们取得我们的生命；从大自然，我们应分取得我们继续的滋养。

哪一株婆娑的大树没有盘错的根柢深入在无尽藏的地里？我们是永远不能独立的。有幸福是永远不离母亲抚育的孩子，有健康是永远接近自然的人们。

不必一定与鹿逐游，不必一定回“洞府”去；为医治我们当前生活的枯窘，只要“不完全遗忘自然”一张轻淡的药方我们的病象就有缓和的希望。在青草里打几个滚，到海水里洗几次浴，到高处去看几次朝霞与晚照——你肩背上的负担就会轻松了去的。

的草原与沃腴的田壤。登那土阜上望去，康桥只是一带茂林，拥戴着几处娉婷的尖阁。妩媚的康河也望不见踪迹，你只能循那锦带似的林木想象那一流清浅。村舍与树林是这地盘上的棋子，有村舍处有佳荫，有佳荫处有村舍。这早起是看炊烟的时辰，朝雾渐渐的升起，揭开了这灰苍苍的天幕（最好是微霰后的光景），远近的炊烟，成丝的、成缕的、成卷的、轻快的、迟重的、浓灰的、淡青的、惨白的，在静定的朝气里渐渐的上腾，渐渐的不见，仿佛是朝来人们的祈祷，参差的翳入了天幕。朝阳是难得见的，这初春的天气。但它来时是起早人莫大的愉快。顷刻间这田野添深了颜色，一层轻纱似的金粉糁上了这草，这树，这通道，这庄舍。顷刻间这周遭弥漫了清晨富丽的温柔。顷刻间你的心怀也分润了白天诞生的光荣。“春！”这胜利的晴空仿佛在你的耳边私语。“春！”你那快活的灵魂也仿佛在那里回响。

…………

伺候着河上的风光，这春来一天有一天的消息。关心石上的苔痕，关心败草里的鲜花，关心这水流的缓急，关心水草的滋长，关心天上的云霞，关心新来的鸟语。怯怜怜的小雪球是探春信的小使。铃兰与香草是欢喜的初声。窈窕的莲馨，玲珑的石水仙，爱热闹的克罗克斯，耐辛苦的蒲公英与雏菊——这时候春光已是烂漫在人间，更不须殷勤问讯。

瑰丽的春放。这是你野游的时期。可爱的路政，这里不比中国，哪一处不是坦荡荡的大道？徒步是一个愉快，但骑自转车是一个更大的愉快。在康桥骑车是普遍的技术，妇人、稚子、老翁，一致享受这双轮的快乐。（在康桥听说自转车是不怕人偷的，就为人人都自己有车，没人要偷。）任你选一个方向，任你上一条通道，顺着这带草味的和风，放轮远去，保管你这半天的逍遥是你性灵的补剂。这道上有的是清荫与美草，随地都可以供你休憩。你如爱花，这里多的是锦绣似的草原。你如爱鸟，这里多的是巧啭的鸣禽。你如爱儿童，这乡间到处是可亲的稚子。你如爱人情，这里多的是不嫌远客的乡人，你到处可以“挂单”借宿，有酪浆与嫩薯供你饱餐，有夺目的果鲜恣你尝新。你如爱酒，这乡间每“望”都为你储有上好的新酒，黑啤如太浓，苹果酒、姜酒都是供你解渴润肺的。……带一卷书，走十里路，选一块清静地，看天，听鸟，读书，倦了时，和身在草绵绵处寻梦去——你能想象更适情更适性的消遣吗？

陆放翁有一联诗句：“传呼快马迎新月，却上轻舆趁晚凉。”这是做地方官的风流。我在康桥时虽没马骑，没轿子坐，却也有我的风流：我常常在夕阳西晒时骑了车迎着天边扁大的日头直追。日头是追不到的，我没有夸父的荒诞，但晚景的温存却被我这样偷尝了不少。有三两幅画图似的经验至今还是栩栩的留着。只说看夕阳，我们平常只知道登山或是临海，但实际只须辽阔的天际，平地上的晚霞有时也是一样的神奇。有一次我赶到一个地方，手把着一家村庄的篱笆，隔着一大田的麦浪，看西天的变幻。有一次是正冲着一条宽广的大道，过来一大群羊，放草归来的，偌大的太阳在它们后背放射着万缕的金辉，天上却是乌青青的，只剩这不可逼视的威光中的一条大路，一群生物！我心头顿时感着神异性的压迫，我真的跪下了，对着这冉冉渐翳的金光。再有一次是更不可忘的奇景，那是临着一大片望不到头的草原，满开着艳红的罂粟，在青草里亭亭的像是万盏的金灯。阳光从褐色云里斜着过来，幻成一种异样的紫色，透明似的不可逼视，霎那间在我迷眩了的视觉中，这草田变成了……不说也罢，说来你们也是不信的！

一别二年多了，康桥，谁知我这思乡的隐忧？也不想别的，我只要那晚钟撼动的黄昏，没遮拦的田野。独自斜倚在软草里，看第一个大星在天边出现！

拜　伦

荡荡万斛船，影若扬白虹；
自非风动天，莫置大水中。

——杜甫

今天早上，我的书桌上散放着一垒书，我伸手提起一枝毛笔蘸饱了墨水正想下笔写的时候，一个朋友走进屋子来，打断了我的思路。“你想做什么?”他说。“还债，”我说，“一辈子只是还不清的债，开销了这一个，那一个又来，像长安街上要饭的一样，你一开头就糟。这一次是为他。”我手点着一本书里westall画的拜伦像（原本现在伦敦肖像画院)。“为谁，拜伦?”那位朋友的口音里夹杂了一些鄙夷的鼻音。“不仅做文章，还想替他开会哪！”我跟着说。“哼，真有工夫，又是戴东原那一套！”——那位先生发议论了——“忙着替死鬼开会演说追悼，哼！我们自己的祖祖宗宗的生忌死忌，春祭秋祭，先就忙不开，还来管姓呆姓摆的出世去世；中国鬼也就够受，还来张罗洋鬼！那国什么党的爸爸死了，北京也听见悲声，上海广东也听见哀声；书呆子的退伍总统死了，又来一个同声一哭。二百年前的戴东原还不是一个一头黄毛一身奶臭一把鼻涕一把尿的娃娃，与我们什么相干，又用得着我们的正颜厉色开大会做论文！现在真是愈出愈奇了，什么连拜伦也得利益均沾，又不是疯了，你们无事忙的文学先生们！谁是拜伦?一个滥笔头的诗人，一个宗教家说的罪人，一个花花公子，一个贵族。就使追悼会纪念会是现代的时髦，你也得想想受追悼的配不配，也得想想跟你们所谓时代精神合式不合式，拜伦是贵族，你们贵国是一等的民主共和国，哪里有贵族的位置?拜伦又没有发明什么苏维埃，又没有做过世界和平的大梦，更没有用科学方法整理过国故，他只是一个拐腿的纨绔诗人，一百年前也许出过他的风头，现在埋在英国纽斯推德（Newstead）的贵首头都早烂透了，为他也来开纪念会，哼，他配！讲到拜伦的诗你们也许与苏和尚的脾味合得上，看得出好处，这是你们的福气——要我看他的诗也不见得比他的骨头活得了多少。并且小心，拜伦倒是条好汉，他就恨盲目的崇拜，回头你们东抄西袭的忙着做文章想是讨好他，小心他的鬼魂到你梦里来大声的骂你一顿!”

那位先生大发牢骚的时候，我已经抽了半支烟，眼看着缭绕的氤氲，耐心的挨他的骂，方才想好赞美拜伦的文章也早已变成了烟丝飞散，我呆呆的靠在椅背上出神了——

拜伦是真死了不是？全朽了不是？真没有价值，真不该替他揄扬传布不是？

眼前扯起了一重重的雾幔，灰色的，紫色的，最后呈现了一个惊人的造像，最纯粹，光净的白石雕成了一个人头，供在一架五尺高的檀木几上，放射出异样的光辉，像是阿博洛，给人类光明的大神，凡人从没有这样庄严的“天庭”，这样不可侵犯的眉宇，这样的头颅。但是不，不是阿博洛，他没有那样骄傲的锋芒的大眼，像是阿尔帕斯山南的蓝天，像是威尼斯的落日，无限的高远，无比的壮丽，人间的万花镜的展览反映在他的圆睛中，只是一层鄙夷的薄翳；阿博洛也没有那样美丽的发鬈，像紫葡萄似的一穗穗贴在花岗石的墙边；他也没有那样不可信的口唇，小爱神背上的小弓也比不上他的精致，口角边微露着厌世的表情，像是蛇身上的文彩，你明知是恶毒的，但你不能否认它的艳丽；给我们弦琴与长笛的大神也没有那样圆整的鼻孔，使人们想象他的生命剧烈与伟大，像是大火山的决口……

不，他不是神，他是凡人，比神更可怕更可爱的凡人。他生前在红尘的狂涛中沐浴，洗涤他的遍体的斑点，最后他踏脚在浪花的顶尖，在阳光中呈露他的无瑕的肌肤，他的骄傲，他的力量，他的壮丽，是天上磋奕司与玖必德的忧愁。

他是一个美丽的恶魔，一个光荣的叛儿。

一片水晶似的柔波，像一面晶莹的明镜，照出白头的“少女”，闪亮的“黄金篦”，“快乐的阿翁”。此地更没有海潮的啸响，只有草虫的讴歌，醉人的树色与花香，与温柔的水声，小妹子的私语似的，在湖边吞咽。山上有急湍，有冰河，有漫天的松林，有奇伟的石景。瀑布像是疯癫的恋人，在荆棘丛中跳跃，从巉岩上滚坠，在磊石间震碎，激起无数的珠子，圆的，长的，乳白色的，透明的，阳光斜落在急流的中腰，幻成五彩的虹纹。这急湍的顶上是一座突出的危崖，像一个猛兽的头颅，两旁幽邃的松林，像是一颈的长鬣，一阵阵的瀑雷，像是他的吼声。在这绝壁的边沿站着一个丈夫，一个不凡的男子，怪石一般的峥嵘，朝旭一般的美丽，劲瀑似的桀傲，松林似的忧郁。他站着，交抱着手臂，翻起一双大眼凝视着无极的青天，三个阿尔帕斯的鸷鹰在他的头顶不息的盘旋；水声，松涛的呜咽，牧羊人的笛声，前峰的崩雪声——他凝神的听着。

只要一滑足，只要一纵身，他想，这躯壳便崩雪似的坠入深潭，粉碎在美丽的水花中，这些大自然的谐音便是赞美他寂灭的丧钟。他是一个骄子，人间踏烂的蹊径不是为他准备的，也不是以人间的镣链可以锁住他的鸷鸟的翅羽。他曾经丈量过巴南苏斯的群峰，曾经搏斗过海理士彭德海峡的凶涛，曾经在马拉松放歌，曾经在爱琴海边狂啸，曾经践踏过滑铁卢的泥土，这里面埋着一个败灭的帝国。他曾经实现过西撒凯旋时的光荣，丹桂笼住他的发鬈，玫瑰承住他的脚踪；但他也免不了他的滑铁卢，命运是不可测的恐怖，征服的背后隐着侮辱的狞笑，御座的周遭显现了狴犴的幻影；现在他的遍体的斑痕，都是诽毁的箭镞，不更是繁花的装缀，虽则在他的无瑕的体肤上一样的不曾停留些微污损。……太阳也有他的淹没的时候，但是谁能忘记他临照时的光焰？

"What is life, what is death, and what are we.
That when the ship sinks, we no longer may be."

虬哪（Juno）发怒了，天变了颜色，湖面也变了颜色。四周的山峰都披上了黑雾的袍服，吐出迅捷的火舌，摇动着，仿佛是相互的示威；雷声像猛兽似的在山坳里咆哮，跳荡；石卵似的雨块，随着风势打击着一湖的鳞光。这时候（一八一六年六月十五日）仿佛是爱俪儿（Ariel）的精灵耸身在缭绕的云中，默唪着咒语，眼看着——

Jove' lightnings, the precursors
O'the dreadful thunder-claps……
The fire, and cracks
Of sulphurous roaring, the most mighty Neptune
Seem'd to besiege, and make his bold waves tremble,
Yea his dread tridents shake.

(Temest)

在这大风涛中，在湖的东岸，龙河（Rhone）合流的附近，在小屿与白沫间，飘浮着一只疲乏的小舟，扯烂的布帆，破碎的尾舵，冲挡着巨浪的打击，舟子只是着忙的祷告，乘客也失去了镇定，都已脱卸了外衣，准备与涛澜搏斗。这正是卢骚的故乡，这小舟的历险处又恰巧是玖荔亚与圣潘罗（Julia and St. Preux）遇难的名迹。舟中人有一个美貌的少年是不会泅水的，但他却从不介意他自己的骸骨的安全，他那时满心的忧虑，只怕是船翻时连累他的友人为他冒险，因为他的友人是最不怕险恶的，厄难只是他的雄心的刺激，他曾经狎侮爱琴海与地中海的怒涛，何况这有限的梨梦湖中的掀动，他交叉着手，静看着萨福埃（Savoy）的雪峰，在云罅里隐现。这是历史上一个稀有的奇逢，在近代革命精神的始祖神感的胜处，在天地震怒的俄顷，载在同一的舟中，一对共患难的，伟大的诗魂，一对美丽的恶魔，一对光荣的叛儿！

他站在梅锁朗奇（Mesolonghi）的滩边（一八二四年一月，四至二十二日）。海水在夕阳光里起伏，周遭静瑟瑟的莫有人迹，只有连绵的沙碛，几处卑陋的草屋，古庙宇残圮的遗迹，三两株灰苍色的柱廊，天空飞舞着几只阔翅的海鸥，一片荒凉的暮景。他站在滩边，默想古希腊的荣华，雅典的文章，斯巴达的雄武。晚霞的颜色二千年来不曾消灭，但自由的鬼魂究不曾在海沙上留存些微痕迹……他独自的站着，默想他自己的身世，三十六年的光阴已在时间的灰烬中埋着，爱与憎，得志与屈辱，盛名与怨诅，志愿与罪恶，故乡与知友，威尼斯的流水，罗马古剧场的夜色，阿尔帕斯的白雪，大自然的美景与恚怒，反叛的磨折与尊荣，自由的实现与梦境的消残……他看着海沙上映着的曼长的身形，凉风拂动着他的衣裾——寂寞的天地间一个寂寞的伴侣——他的灵魂中不由得激起了一阵感慨的狂潮，他把手掌埋没了头面。此时日轮已经翳隐，天上星先后的显现，在这美丽的瞑色中，流动着诗人的吟声，像是松风，像是海涛，像是蓝奥孔苦痛的呼声，像是海伦娜岛上绝望的吁叹——

This time this heart should be unmoved,
Since others it hath ceased to move;
Yet, though I cannot be beloved.
Still let me love!

My days are in the yellow leaf;
The flowers and fruits of love are gone;
The worm, the canker, and the grief;
Are mine alone!

The fire that on my bosom preys
As lone as some volcanic isle;
No torch is kindled at its blaze—

A funeral pile!

The hope, the fear, the jealous care,
The exalted portion of the pain
And power of love, I cannot share,
But wear the chain.

But it's not thus–and it's not here—
Such thoughts should shake my soul, nor now.
Where glory aecks the hero's bier
Or binds his brow.

The sword, the banner, and the field,
Glory and Grace, around me see!
The spartan, born upon his shield,
Was not more free.

Awake! (not Greece—she is awake!)
Awake, my spirit! Think through whom
The life-blood tracks its parent lake,
And then strike home!

Tread those reviving passions down;
Unworthy manhood! —unto thee
Indifferent should the smile or frown
Of beauty be.

If thou regret'st thy youth, why live;
The land of honorable death
Is here: —up to the field, and give
Away thy breath!

Seek out—less sought than found—
A dier's grave for thee the best;
Then look around, and choose thy ground,
And take thy rest.

年岁已经僵化我的柔心，
我再不能感召他人的同情；
但我虽则不敢想望恋与悯，
我不愿无情！

往日已随黄叶枯萎、飘零。
恋情的花与果更不留踪影；
只剩有腐土与虫与怆心，
长伴前途的光阴。

烧不尽的烈焰在我的胸前，
孤独的，像一个喷火的荒岛；
更有谁凭吊，更有谁怜——
一堆残骸的焚烧！

希冀，恐惧，灵魂的忧焦，
恋爱的灵感与苦痛与蜜甜，
我再不能尝味，再不能自傲——
我投入了监牢！

但此地是古英雄的乡国，
白云中有不朽的灵光，
我不当怨艾，惆怅，为什么
这无端的凄惶？

希腊与荣光，军旗与剑器，
古战场的尘埃，在我的周遭，
古勇士也应慕羡我的际遇，

此地，今朝！

苏醒！不是希腊——她早已惊起！
苏醒，我的灵魂！问谁是你的
血液的泉源，休辜负这时机，
鼓舞你的勇气！

丈夫！休教已往的沾恋，
梦魇似的压迫你的心胸，
美妇人的笑与颦的婉恋，
更不当容宠！

再休眷念你的消失的青年，
此地是健儿殉身的乡土，
听否战场的军鼓，向前，
毁灭你的体肤！

只求一个战士的墓窟，
收束你的生命，你的光阴；
去选择你的归宿的地域，
自此安宁。

他念完了诗句，只觉得遍体的狂热，壅住了呼吸，他就把外衣脱下，走入水中，向着浪头的白沫里耸身一窜，像一只海豹似的，鼓动着鳍脚，在铁青色的水波里泳了出去……“冲锋！冲锋，跟我来！”

冲锋！冲锋，跟我来！这不是早一百年拜伦在希腊梅锁龙奇临死前昏迷时说的话？那时他的热血已经让冷血的医生给放完了，但是他的争自由的旗帜却还是紧紧的擎在他的手里……

再迟八年，一位八十二岁的老翁也在他的解脱前，喊一声“Mere licht!”

“不够光亮！”“冲锋！冲锋，跟我来！”

火热的烟灰掉在我的手背上，惊醒了我的出神，我正想开口答复那位朋友的讥讽，谁知道睁眼看时，他早溜了！

罗曼罗兰

罗曼罗兰（Romain Rolland），这个美丽的音乐的名字，究竟代表些什么？他为什么值得国际的敬仰？他的生日为什么值得国际的庆祝？他的名字，在我们多少知道他的几个人的心里，唤起些个什么？他是否值得我们已经认识他思想与景仰他人格的更亲切的认识他，更亲切的景仰他；从不曾接近他的赶快从他的作品里去接近他？

一个伟大的作者如罗曼罗兰或托尔斯泰，正像是一条大河，它那波澜，它那曲折，它那气象，随处不同，我们不能划出它的一湾一角来代表它那全流。我们有幸在书本上结识他们的正比是尼罗河或扬子江沿岸的泥�румB，各按我们的受量分沾他们的润泽的恩惠罢了。说起这两位作者——托尔斯泰与罗曼罗兰，他们灵感的泉源是同一的，他们的使命是同一的，他们在精神上有相互的默契（详后），仿佛上天从不教他的灵光在世上完全灭迹，所以在这普遍的混沌与黑暗的世界内，往往有这类禀承灵智的大天才在我们中间指点迷途，启示光明。但他们也自有他们不同的地方；如其我们还是引申上面这个比喻，托尔斯泰、罗曼罗兰的前人，就更像是尼罗河的流域，它那两岸是浩瀚的沙碛，古埃及的墓宫，三角金字塔的映影，高矗的棕榈类的林木，间或有帐幕的游行队，天顶永远有异样的明星；罗曼罗兰、托尔斯泰的后人，像是扬子江的流域，更近人间，更近人情的大河，它那两岸是青绿的桑麻，是连栉的房屋，在波鳞里泅着的是鱼是虾，不是长牙齿的鳄鱼，岸边听得见的也不是神秘的驼铃，是随熟的鸡犬声。这也许是斯拉夫与拉丁民族各有的异禀，在这两位大师的身上得到更集中的表现，但他们润泽这苦旱的人间的使命是一致的。

十五年前一个下午，在巴黎的大街上，有一个穿马路的叫汽车给碰了，差一点没有死，他就是罗曼罗兰，那天他要是死了，巴黎也不会怎样的注意，至多报纸上本地新闻栏里登一条小字：“汽车肇祸，撞死了一个走路的，叫罗曼罗兰，年四十五岁，在大学里当过音乐史教授，曾经办过一种不出名的杂志叫Cahiers de la Quinzaine的。”

但罗兰不死，他不能死，他还得完成他分定的使命。在欧战爆裂的那一年，罗兰的天才，五十年来在无名的黑暗里埋着的，忽然取得了普遍的认识。从此他不仅是全欧心智与精神的领袖，他也是全世界一个灵感的泉源。他的声音仿佛是最高峰上的崩雪，回响在远近的万壑间，五年的大战毁了无数的生命与文化的成绩，但毁不了的是人类几个基本的信念与理想，在这无形的精神价值的战场上，罗兰永远是一个不仆的英雄。对着在恶斗的旋涡里挣扎着的全欧，罗兰喊一声彼此是弟兄放手！对着蜘网似密布，疫疠似蔓延的怨恨、仇毒、虚妄、疯癫，罗兰集中他孤独的理智与情感的力量作战。对着普遍破坏的现象，罗兰伸出他单独的臂膀开始组织人道势力。对着叫褊浅的国家主义与恶毒的报复本能迷惑住的知识阶级，他大声唤醒他们应负的责任，要他们恢复思想的独立，救济盲目的群众，“在战场的空中”——“Above the Battle Field”——不是在战场上，在各民族共同的天空，不是在一国的领土内，我们听得罗兰的呼声，也就是人道的呼声，像一阵光明的骤雨，激斗着地面上互杀的烈焰。罗兰的作战是有结果的，他联合了国际间自由的心灵，替未来的和平筑一层有力的基础。这是他自己的话——

“我们从战争得到一个付重价的利益，它替我们联合了各民族中不甘受流行的种族怨毒支配的心灵。这次的教训益发激励他们的精力，强固他们的意志。谁说人类友爱是一个绝望的理想？我再不怀疑未来的全欧一致的结合。我们不久可以实现那精神的统一。这战争只是它的热血的洗礼。”

这是罗兰，勇敢的人道的战士！当他全国的刀锋一致向着德人的时候，他敢说不，真正的敌人是你们自己心怀里的仇毒。当全欧破碎成不可收拾的断片时，他想象到人类更完美的精神的统一，友爱与同情，他相信，永远是打倒仇恨与怨毒的利器；他永远不怀疑他的理想是最后的胜利者，在他的前面有托尔斯泰与道施滔奄夫斯基（虽则思想的形式不同），他同时有泰戈尔与甘地（他们的思想形式也不同），他们的立场是在高山的顶上，他们的视域在时间上是历史的全部，在空间里是人类的全体，他们的声音是天空里的雷震，他们的赠与是精神的慰安。我们都是牢狱里的囚犯，镣铐压住的，铁栏锢住的，难得有一丝雪亮暖和的阳光照上我们黝黑的脸面，难得有喜雀过路的欢声清醒我们昏沉的头脑。“重浊”，罗兰开始他的贝多芬传：

“重浊是我们周围的空气，这世界是叫一种凝厚的污浊的秽息给闷住了，一种卑琐的物质压在我们的心里，压在我们的头上，叫所有民族与个人失却了自由工作的机会。我们全让掐住了转不过气来。来，让我们打开窗子好叫天空自由的空气进来，好叫我们呼吸古英雄们的呼吸。”

打破固执的偏见来认识精神的统一；打破国界的偏见来认识人道的统一。这是罗兰与他同理想者的教训。解脱怨毒的束缚来实现思想的自由；反抗时代的压迫来恢复性灵的尊严。这是罗兰与他同理想者的教训。人生原是与苦俱来的；我们来做人的名分不是诅咒人生因为它给我们苦痛，我们正应在苦痛中学习、修养、觉悟，在苦痛中发现我们内蕴的宝藏，在苦痛中领会人生的真谛。英雄，罗兰最崇拜如密仡朗其罗与贝多芬一类的人道英雄，不是别的，只是伟大的耐苦者，那些不朽的艺术家，谁不曾在苦痛中实现生命、实现艺术、实现宗教、实现一切的奥义？自己是个深感苦痛者，他推致他的同情给世上所有的受苦痛者；在他这受苦，这耐苦，是一种伟大，比事业的伟大更深沉的伟大。他要寻求的是地面上感悲哀感孤独的灵魂。“人生是艰难的，谁不甘愿承受庸俗，他这辈子就是不断的奋斗。并且这往往是苦痛的奋斗，没有光彩，没有幸福，独自在孤单与沉默中挣扎，穷困压着你，家累累着你，无意味的沉闷的工作消耗你的精力，没有欢欣，没有希冀，没有同伴，你在这黑暗的道上甚至连一个在不幸中伸手给你的骨肉的机会都没有。”这受苦的概念便是罗兰人生哲学的起点，在这上面他要筑起一座强固的人道寓所，因此在他有名的传记里他用力传述先贤的苦难生涯，使我们憬悟至少在我们的苦痛里，我们不是孤独的，在我们切己的苦痛里隐藏着人道的消息与线索。“不快活的朋友们，不要过分的自伤，因为最伟大的人们也曾分尝你们的苦味，我们正应得跟着他们的努奋自勉，假如我们觉得软弱，让我们靠着他们喘息，他们有安慰给我们，从他们的精神里放射着精力与仁慈。即使我们不研究他们的作品，即使我们听不到他们的声音，单从他们面上的光彩，单从他们曾经生活过的事实里，我们应得感悟到生命最伟大、最生产——甚至最快乐——的时候是在受苦痛的时候。”

我们不知道罗曼罗兰先生想象中的新中国是怎样的；我们不知道为什么他特别示意要听他的思想在新中国的回响，但如其他能知道新中国像我们自己知道它一样，他一定感觉与我们更密切的同情，更贴近的关系，也一定更急急的伸手给我们握着——因为你们知道，我也知道，什么是新中国，只是新发见的深沉的悲哀与苦痛深深的盘伏在人生的底里！这也许是我个人新中国的解释；但如其有人拿一些时行的口号，什么打倒帝国主义等等，或是分裂与猜忌的现象，去报告罗兰先生说这是新中国，我再也不能预料他的感想了。

我已经没有时间与地位叙述罗兰的生平与著述，我只能匆匆的略说梗概。他是一个音乐的天才，在幼年音乐便是他的生命。他妈教他琴，在谐音的波动中他的童心便发见了不可言喻的快乐。莫察德与贝多芬是他最早发见的英雄。所以在法国经受普鲁士战争爱国主义最高昂的时候，这位年轻的圣人正在“敌人”的作品中尝味最高的艺术，他在自传里写着：“我们家里有好多旧的德国音乐书。德

人生原是与苦俱来的；我们来做人的名分不是诅咒人生因为它给我们苦痛，我们正应在苦痛中学习、修养、觉悟，在苦痛中发现我们内蕴的宝藏，在苦痛中领会人生的真谛。

国？我懂得那个字的意义！在我们这一带我相信德国人从没有人见过的。我翻着那一堆旧书，爬在琴上拼出一个个的音符。这些流动的乐音，谐调的细流，灌溉着我的童心，像雨水漫入泥土似的淹了进去。莫察德与贝多芬的快乐与苦痛，想望的幻梦，渐渐的变成了我的肉的肉，我的骨的骨，我是它们，它们是我。要没有它们我怎过得了我的日子？我小时生病危殆的时候，莫察德的一个调子就像爱人似的贴近我的枕衾看着我。长大的时候，每回逢着怀疑与懊丧，贝多芬的音乐又在我的心里拨旺了永久生命的火星。每回我精神疲倦了，或是心上有不如意事，我就找我的琴去，在音乐中洗净我的烦愁。”

要认识罗兰的不仅应得读他神光焕发的传记，还得读他十卷的Jean Christophe，在这书里他描写他的音乐的经验。

他在学堂里结识了莎士比亚，发见了诗与戏剧的神奇。他的哲学的灵感，与歌德一样，是泛神主义的斯宾诺塞。他早年的朋友是近代法国三大诗人：克洛岱尔（Paul Claudel法国驻日大使），Ande Suares，与Charles Peguy（后来与他同办Cahiers de Ja Quinzaine）。那时槐格纳是压倒一时的天才，也是罗兰与他少年朋友们的英雄，但在他个人更重要的一个影响是托尔斯泰。他早就读他的著作，十分的爱慕他，后来他念了他的艺术论，那只俄国的老象——用一个偷来的比喻——走进了艺术的花园里去，左一脚踩倒了一盆花，那是莎士比亚，右一脚又踩倒了一盆花，那是贝多芬，这时候少年的罗曼罗兰走到了他的思想的歧路了。莎氏、贝氏、托氏，同是他的英雄，但托氏愤愤的申斥莎贝一流的作者，说他们的艺术都是要不得，不相干的，不是真的人道的艺术——他早年的自己也是要不得不相干的。在罗兰一个热烈的寻求真理者，这来就好似晴天里一个霹雳；他再也忍不住他的疑虑，他写了一封信给托尔斯泰，陈述他的冲突心理，他那年二十二岁。过了几个星期罗兰差不多把那信都忘了，一天忽然接到一封邮件：三十八满页写的一封长信，伟大的托尔斯泰亲笔给这不知名的法国少年写的！“亲爱的兄弟，”那六十老人称呼他，“我接到你的第一封信，我深深的受感在心，我念你的信，泪水在我的眼里。”下面说他艺术的见解：我们投入人生的动机不应是为艺术的爱，而应是为人类的爱，只有经受这样灵感的人才可以希望在他的一生实现一些值得一做的事业。这还是他的老话，但少年的罗兰受深彻感动的地方是在这一时代的圣人竟然这样恳切的同情他、安慰他、指示他——一个无名的异邦人，他那时的感奋我们可以约略想象。因此罗兰这几十年来每逢少年人有信给他，他没有不亲笔作复，用一样慈爱诚挚的心对待他的后辈。这来受他的灵感的少年人更不知多少了。这是一件含奖励性的事实，我们从此可以知道凡是一件不勉强的善事就比如春天的熏风，它一路来散布着生命的种子，唤醒活泼的世界。

但罗兰那时离着成名的日子还远，虽则他从幼年起只是不懈的努力。他还得经受身世的失望（他的结婚是不幸的，近三十年来他几乎完全隐士的生涯，他现在瑞士的鲁山，听说与他妹子同居），种种精神的苦痛，才能享受他的劳力的报酬——他的天才的认识与接受，他写了十二部长篇剧本，三部最著名的传记（密佗朗其罗，贝多芬，托尔斯泰），十大篇Jean Christophe，算是这时代里最重要的作品的一部，还有他与他的朋友办了十五年灰色的杂志，但他的名字还是在晦塞的炭堆里掩着——直到他将近五十岁那年，这世界方才开始惊讶他的异彩。贝多芬有几句话，我想可以一样适用到一生劳悴不怠的罗兰身上：

> 我没有朋友，我必得单独过活；但是我知道在我心灵的底里上帝是近着我，比别人更近，我走近他我心里不害怕，我一向认识他的。我从不着急我自己的音乐，那不是坏运所能颠扑的，谁要能懂得它，它就有力量使他解除折磨旁人的苦恼。

达文謇的剪影

基乌凡尼鲍尔脱拉飞屋的日记　　一四九四～一四九五

这是一本小说里的一章。那小说是一个俄国人（Merejkowski）做的，叫作《达文謇的故事》（The Romance of Leonardo da Vinci）。鲍尔脱拉飞屋是达文謇的一个学徒，这一章是他学徒期内的日记。用不着说，达文謇是意大利复兴时期内顶大的一朵牡丹，它那香气到今天还不曾散尽。这日记当然不是真本，但达文謇伟大奥妙的天才至少在这几页内留下一个灵活的剪影。他的艺术是谈这几百年来艺术学生们枕中的秘宝，我们应得知道一些的。

一四九四年，三月二十五日，那天我进了翡冷翠大画家雷那图达文謇先生的画室当一个学徒。

这是他教给我们的课程：透视学（Perspective）；人体的分与量；临大画家的作品；写生画。

今天马各杜奇乌拿，我的一个同事，给了我一本书，写下的完全是老师说的话。书开头是这一节：

“人的身体从太阳的光亮得到最纯粹的快乐；人的心灵，从数学清澈的照亮。因此透视学（这透视学包涵两件事情：一是灵动的线条的考量，那是眼看的舒服；一是数理的清明，那是心智的舒服。）在各种研究与学科中应分占着最高的地位。但愿说过‘我是真的光亮’的他给我帮助，使我有法子理会这透视学，他的光亮的科学。这书我分成三部：第一，因距离故，事物形态的缩小；第二，色彩的明显度的减损；第三，轮廓清晰的减淡。”

老师像父亲似的看管着我。自从知道我穷，他再不肯收我原约定的月费。

老师说：

“等你们透视学有了把握，人体的分量心里有数以后，你们上街去就得用心留意人们的姿态与行动，看他们怎样站定、走动、谈天、吵闹；看他们怎样发笑，怎样打架；看他们有这些动作时面上的神情，看来劝解他们的旁人面上的神情；看站在一边冷眼看着的人们的神情，把你看到的全用铅笔记在你的颜色纸订成的袖珍册子里，这书随你到哪儿都得带着，册子满了，再换一本；第一本摆开了，留着。保存原稿，不要损坏或是擦糊了它们；因为人体的动法是最变幻不尽的，单凭记忆是留不住的。你得把这些粗糙的底稿看作你们最好的先生。”

我也有了这样一册书。

今天在P街上，离大教堂不远，我见着我的伯父。他对我说他不认我了；他骂我到一个异教徒邪人的家里去毁灭我的灵魂。

每回我心里不高兴，只要对着他的脸看看就会轻松快活的。多奇怪他的一双眼：清，蓝，淡，冷——冰似的冷。声音，最可亲，软和极了。最凶暴，最顽固的人也抵抗不过他的温驯善诱。他坐在他的工作台上，心里盘算着什么，手捻着捋着他的金色的髭须，又长又软的像是女孩子身上的丝绸；他跟谁说话的时候，他就微微眯着一只眼，有一种高兴和蔼的神情；他的目光，从浓厚荫盖的眉毛下照出来，直透你的灵魂。

他不喜欢鲜艳的颜色，不喜欢时新累赘的式样，他也不爱熏香。他的衣料是雷尼希的棉布，异样的整洁好看。他的黑绒便帽是素净的，不装羽毛，不加装饰。他的衣色是黑的；但他穿一件长过膝盖的深红色的斗篷，直裥往下垂的，翡冷翠古式。他的行动是闲暇沉静的，但也引人注意，他跟谁都不一样。

弓弩都是他的擅长，会骑、会水、精通小剑斗术。今天我见他拿一个小钱丢中一个教堂最高的圆顶。雷那图先生，凭他手臂的玲巧与力量，谁都比不过他。

他是用左手的，但别看这左手，又瘦弱又软和像是女人的，他扳得弯铁条，扭得瘪大钟的垂舌。

我正看着他，甲可布那孩子笑着跑来，拍着手。“蹩腿的来了，雷那图先生，怪物来了！你快到厨房里来，我给你找了这类宝贝来，你该乐得直舐你的手哪！”

“他们哪儿来的？”

“一个庙门口找来的，贝加摩地方来的叫化！我答应了他们要是他们愿意给你画你有晚饭给他们吃。”

丢开了不曾画全的圣贞，雷那图就跑厨房去，我跟着。果然有两兄弟，年纪顶老，生水肿病的，脖子上挂着怪粗的大瘤。同来还有一个女的，是那一个的妻子，一个干瘪的小老皮囊，她的名字叫拉格尼娜（意思是小蜘蛛），倒正合式。

“你看，”甲可布得意的叫着，“我说你看了准乐！可不是就我知道你喜欢什么？”

雷那图靠近着这精怪似的蹩子坐下，吩咐要酒，亲手倒给他们喝，和气的问话，讲笑话给他们听让他们乐。初起他们看着不自在，心里怀着鬼胎，摸不清叫他们进来是什么意思。但是等到他们听他讲故事，讲一个死犹太，他的同伴们为要躲避波龙尼亚境内不准犹太人埋葬的法令，私下把他的尸体割成小块，上了盐，加了香料，运到威尼斯去，叫一个翡冷翠去的耶教徒给吃了的一番话，那小蜘蛛笑得差一点胀破了肚子。一会儿三个人全喝得醺醺了，笑着说着，做出种种奇丑的鬼脸，我看得恶心扭过了头去；但雷那图看着他们兴趣浓极了；等他们的丑态到了穷极的时候，他掏出他的本子来临着描，正如他方才画圣贞的笑容，同样那欣欣然认真的神气。

到晚上他给我看一大集的滑稽画，各类的丑态，不仅是人的，畜生的也有——怕人的怪样子，像是病人热昏中见着的，人兽不分的，看了叫人打寒噤。一个箭猪的莲蓬嘴，硬毛攒耸耸的，下嘴唇往下宕着，又松又薄像是一块破布，露着两根杏仁形的长白牙，像人的狞笑；一个老妇人，鼻子扁塌的长着毛，肉痣般大小，口唇异样的厚，像是烂了的树干里长出来的那些肥胖发黏性的毒菌。

塞沙里（达文奢另一个学徒）对我说有时老师在路上见着什么丑怪，会整天的跟着看。伟大的奇丑，他说与伟大的美是一样的稀有，只有平庸是可以忽略的。

马各做事像牛一样的蠢，先生怎么说他非得怎么做不行；他愈用功愈不成功。他有的是非常的恒心，他以为只要耐心与劳力没有事做不成的；他一点也不疑惑他有画成名的一天。

在我们几个学徒里面，他最高兴老师的种种发明。有一天他带了他的小册子到一条十字街口去看热闹，按着老师的办法，把人堆里使他特别注意的脸子全给缩写记了下来。但到家的时候他再也不能把他的缩写翻成活人的脸相。他又想学雷那图用调羹量颜色，也是一样的失败。他画出来的影子又厚又不自然，人脸子都是呆木无意趣的。马各自以为他的失败是由于没有完全遵照老师的规则。塞沙里嘲笑他。

“这位独一的马各，”他说，“是殉科学的一个烈士。他给我们的教训是所有这些度量法与规则是完全没有用的。光知道孩子是怎样生法并不一定帮助你实际生孩子。雷那图欺他自己，也欺别人；他教的是一件事，他做的是另一件事，他动手画的时候他什么规则也不管，除了他自己的灵感；可是他还不愿意光做一个大美术家，他同时要做一个科学家。我怕他同时赶两个兔子结果竟许一个都赶不到。”

塞沙里这番嘲笑话不一定完全没有道理，但对师父的爱是没有的。雷那图也听他的话，夸奖他的聪明，从来不给他颜色看。

我看着他画他的Cenacolo（即《最后一次晚餐》，在米兰），有时一早太阳没有出，他就去修道院的饭堂工作，直画到黄昏的黑影子强迫他停止；他手里的画笔从不放下，吃喝他都记不得。有时他让几个星期过去，颜色都不碰。有时他站在绳架上，画壁前，一连好几个时辰，单是看着批评着他已经画得的。还有时候我见他在大暑天冲着街道上的恶热直跑到那庙里去，像是一个无形的力量逼着他；他到了就爬上架子去，涂上两笔或是三笔，跳下来转身就跑。

他正在画使徒约翰的脸，今天他该得完功的。可不是，他躺在家里伴着甲可布那孩子，看苍蝇黄蜂虫子飞。他研究虫子的结构那认真的神气正如人类的命运全在这上面放着。看出了虫子的后腿是一种橹的作用，他那快活就好比他发见了长生的秘密，这一点他看得极有用，他正造他那飞行机哪。可怜的使徒约翰！今天又来了一个新岔子，苍蝇又不要了。老师正做着一个图案，又美又精致的，这是预备一个学院的门徽，其实这机关还在米兰公的脑子里且不成形哩。这图案是一个方块，上画着皇冠形的一球绳子，相互的纠着，没有头没有尾的。我再也忍不住，我就提醒他没画完的使徒。他耸耸他的肩膀，眼对着他的绳冠图案头也不抬的在牙缝中间说话：“耐着！有的是时候！约翰的脑袋跑不了的！”

我这才开始懂得塞沙里的悻悻！

米兰公吩咐他在宫里造听筒，隐在壁内看不见的，仿制“达尼素斯的耳朵”。雷那图起初很有劲，但现在冷了，推托这样那样的把事情搁了起来。米兰公催着他，等不耐烦了；今早上几次来召进宫去，但是老师正忙着他的植物试验。他把南瓜的根割了去，只存了一根小芽，勤勤的拿水浇着。这下子居然没有枯，他得意极了。“这母亲，”他说，“养孩子养得不错。”六十个长方形的南瓜结成功了。

塞沙里说雷那图是一个最了不起的落拓家，他写下了有二十本关于自然科学的书，但没有一本完全的，全是散叶子上的零碎札记；这五千多页的稿子他乱放着一点没有秩序，他要寻什么总是寻不着的。

走近我的小屋子来，他说："基乌凡尼，你注意过没有，这小屋子叫你的思想往深处走，大屋子叫它往宽处去？还有你注意过不曾，在雨的阴影下看东西的形象比在阳光下看更清楚？"在使徒约翰的脸上做了两天工，但是，不成！这几天忙着玩苍蝇、南瓜、猫、达尼素斯的耳朵一类的结果，那一点灵感竟像跑了似的。他还是没有画成那脸子，这来他一腻烦，把颜色匣子一丢，又躲着玩他的几何去了。他说彩油的味儿叫他发呕，见着那画具就烦。这样一天天的过去，我们就像是一支船在海口里等着风信，靠傍的就只是机会的无常，与上帝的意旨。还亏得他倒忘了他那飞机，否则我们准饿死。

什么东西在旁人看来已经是尽善尽美的，在他看来通体都是错。他要的是最高无上的，不可得的，人的力量永远够不到的。因此他的作品都没有做完全的。

安德利亚沙拉拿病倒了。老师调养着他，整夜伴着他，靠在他的枕边看护他；但是谁都不敢对他提吃药。马各不识趣的给买了一盒子药，可是叫雷那图找着了，拿起手就往窗子外掷了出去。安德利亚自己想放血，讲起他认识有一个很好的医家；但老师很正当的发了气，用顶损的话骂所有的医生。

"你该得当心的是保存，不是医治，你的健康；提防医生们。"他又加了一句话，"什么人都积钱来给医生们用——毁人命的医生们。"

济慈的夜莺歌

诗中有济慈（John Keats）的《夜莺歌》，与禽中有夜莺一样的神奇。除非你亲耳听过，你不容易相信树林里有一类发痴的鸟，天晚了才开口唱，在黑暗里倾吐她的妙乐，愈唱愈有劲，往往直唱到天亮，连真的心血都跟着歌声从她的血管里呕出；除非你亲自咀嚼过，你也不易相信一个二十三岁的青年有一天早饭后坐在一株李树底下迅笔的写，不到三小时写成了一首八段八十行的长歌，这歌里的音乐与夜莺的歌声一样的不可理解，同是宇宙间一个奇迹。即使有那一天大英帝国破裂成无可记认的断片时，《夜莺歌》依旧保有她无比的价值。万万里外的星亘古的亮着，树林里的夜莺到时候就来唱着，济慈的《夜莺歌》永远在人类的记忆里存着。

那年济慈住在伦敦的Wentworth Place。百年前的伦敦与现在的英京大不相同，那时候“文明”的沾染比较的不深，所以华茨华斯站在威士明治德桥上，还可以放心的讴歌清晨的伦敦，还有福气在“无烟的空气”里呼吸，望出去也还看得见“田地、小山、石头、旷野，一直开拓到天边”。那时候的人，我猜想，也一定比较的不野蛮，近人情，爱自然，所以白天听得着满天的云雀，夜里听得着夜莺的妙乐。要是济慈迟一百年出世，在夜莺绝迹了的伦敦市里住着，他别的著作不敢说，那首《夜莺歌》至少怕就不会成功，供人类无尽期的享受。说起真觉得可悲，在我们南方，古迹而兼是艺术品的，只淘成了西湖上一座孤单的雷峰塔，这千百年来雷峰塔的文学还不曾见面，雷峰塔的映影已经永别了波心！也许我们的灵性是麻皮做的，木屑做的，要不然这时代普遍的苦痛与烦恼的呼声还不是最富灵感的天然音乐——但是我们的济慈在哪里？我们的《夜莺歌》在哪里？济慈有一次低低的自语——“I feel the flowers growing on me.”意思是“我觉得鲜花一朵朵的长上了我的身”，就是说他一想着了鲜花，他的本体就变成了鲜花，在草丛里掩映着，在阳光里闪亮着，在和风里一瓣瓣的无形的伸展着，在蜂蝶轻薄的口吻下羞晕着。这是想象力最纯粹的境界：孙猴子能七十二般变化，诗人的变化力更是不可限量——莎士比亚戏剧里至少有一百多个永远有生命的人物，男的女的、贵的贱的、伟大的、卑琐的、严肃的、滑稽的，还不是他自己摇身一变变出来的。济慈与雪莱最有这与自然谐合的变术——雪莱制“云歌”时我们不知道雪莱变了云还是云变了雪莱；歌“西风”时不知道歌者是西风还是西风是歌者；颂“云雀”时不知道是诗人在九霄云端里唱着还是百灵鸟在字句里叫着；同样的济慈咏“忧郁”（Ode on Melancholy）时他自己就变了忧郁本体，“忽然从天上吊下来像一朵哭泣的云”；他赞美“秋”（To Autumn）时他自己就是在树叶底下挂着的叶子中心那颗渐渐发长的核仁儿，或是在稻田里静偃着玫瑰色的秋阳！这样比称起来，如其赵松雪关紧房门伏在地下学马的故事可信时，那我们的艺术家就落粗蠢不堪的“乡下人气味”！

他那《夜莺歌》是他一个哥哥死的那年做的，据他的朋友、有名肖像画家Robert Hayden给Miss Mitford的信里说，他在没有写下以前早就起了腹稿，一天晚上他们俩在草地里散步时济慈低低的背诵给他听——“…… in a low, tremulous undertone which affected me extremely.”那年碰巧——据著济慈传的Lord Houghton说，在他屋子的邻近来了一只夜莺，每晚不倦的歌唱，他很快活，常常留意倾听，一直听得他心痛神醉逼着他从自己的口里复制了一套不朽的歌曲。我们要记得济慈二十五岁那年在意大利他一个朋友的怀抱里作古，他是与他的夜莺一样，呕血死的！

能完全领略一首诗或是一篇戏曲，是一个精神的快乐，一个不期然的发现，这不是容易的事；要完全了解一个人的品性是十分难的，要完全领会一首小诗也不很容易。我简直想说一半得靠你的缘分，我真有点儿迷信。就我自己说，文学本不是我的行业，我的有限的文学知识是“无师传授”的。斐德（Walter Pater）是一天在路上碰着大雨到一家旧书铺去躲避无意中发现的，歌德（Goethe）——说来更怪了——是司蒂文孙（R. L. S.）介绍给我的（在他的Art of Writing那书里他称赞George Henry Lewes的歌德评传；Everyman edition一块钱就可以买到一本黄金的书），柏拉图是一次在浴室里忽然想着要去拜访他的，雪莱是为他也离婚才去仔细请教他的，杜思退益夫斯基、托尔斯泰、丹农雪乌、波特莱耳、卢骚这一班人也各有各的来法，反正都不是经由正宗的介绍，都是邂逅，不是约会。这次我到北大教书也是偶然的，我教着济慈的《夜莺歌》也是偶然的，乃至我现在动手写这一篇短文，更不是料得到的。友鸾再三要我写才鼓起我的兴来，我也很高兴写，因为看了我的乘兴的话，竟许有人不但发愿去读那《夜莺歌》，并且从此得到了一个亲口尝味最高级文学的门径，那我就得意极了。

但是叫我怎样讲法呢？在课堂里一头讲生字一头讲典故，多少有一个讲法，但是现在要我坐下来把这首整体的诗分成片段诠释他的意义，可真是一个难题！领略艺术与看山景一样，只要你地位站得适当，你这一望一眼便吸收了全景的精神；要你“远视”的看，不是近视的看；如其你捧住了树才能见树，那时即使你不惜工夫一株一株的审查过去，你还是看不到全林的影子。所以分析的看艺术，多少是刹风景的，综合的看法才对。所以我现在勉强讲这《夜莺歌》，我不敢说我能有什么心得的见解！我并没有！我只是在课堂里讲书的态度，按句按段的讲下去就是；至于整体的领悟还得靠你们自己，我是不能帮忙的。

你们没有听过夜莺先是一个困难。北京有没有我都不知道。下回萧友梅先生的音乐会要是有贝多芬的第六个“沁芳南”（The Pastoral Symphony）时，你们可以去听听，那里面有夜莺的歌声。好吧，我们只要能同意听音乐——自然的或人为的——有时可以使我们听出神。譬如你晚上在山脚下独步时听着清越的笛声，远远的飞来，你即使不滴泪，你多少不免“神往”不是？或是在山中听泉乐，也可使你忘却俗景，想象神境。我们假定夜莺的歌声比白天听着的什么鸟都要好听；他初起像是龚云甫，嗓子发沙的，很懈的试她的新歌；顿上一顿，来了，有调了。可还不急，只是清脆悦耳，像是珠走玉盘（比喻是满不相干的！）慢慢的她动了情感，仿佛忽然想起了什么事情使她激成异常的愤慨似的，她这才真唱了，声音越来越亮，调门越来越新奇，情绪越来越热烈，韵味越来越深长，像是无限的欢畅，像是艳丽的怨慕，又像是变调的悲哀——直唱得你在旁倾听的人不自主的跟着她兴奋，伴着她心跳。你恨不得和着她狂歌，就差你的嗓子太粗太浊合不到一起！这是夜莺，这是济慈听着的夜莺；本来晚上万籁俱寂后声音的感动力就特强，何况夜莺那样不可模拟的妙乐。

好了，你们先得想象你们自己也叫音乐的沉醴浸醉了，四肢软绵绵的，心头痒荠荠的，说不出的一种浓味的馥郁的舒服，眼帘也是懒洋洋的挂不起来，心里满是流膏似的感想，辽远的回忆，甜美的惆怅，闪光的希冀，微笑的情调一齐兜上方寸灵台时——再来——“in alow, tremulous undertone”——开诵济慈的《夜莺歌》，那才对劲儿！

这不是清醒时的说话，这是半梦呓的私语，心里畅快的压迫太重了流出口来绻缱的细语——我们用散文译他的意思来看——

一

“这唱歌的，唱这样的神妙的歌的，决不是一只平常的鸟；她一定是一个树林里美丽的女神，有翅膀会飞翔的。她真乐呀，你听，独自在黑夜的树林里，在枝干交叉、浓荫如织的青林里，她畅快的开放她的歌调，赞美着初夏的美景。我在这里听她唱，听的时候已经很多，她还是恣情的唱着。啊，我真被她的歌声迷醉了，我不敢羡慕她的清福，但我却让她无边的欢畅催眠住了，我像是服了一剂麻药，或是喝尽了一剂鸦片汁，要不然为什么这睡昏昏思离离的像进了甜乡似的？我感觉着一种微倦的麻痹，我太快活了，这快感太尖锐了，竟使我心房隐隐的生痛了！”

二

“你还是不倦的唱着——在你的歌声里我听出了最香冽的美酒的味儿。呵，喝一杯陈年的真葡萄酒真痛快呀！那葡萄是长在暖和的南方的，普鲁罔斯那种地方，那边有的是幸福与欢乐，他们男的女的整天在宽阔的太阳光底下作乐，有的携着手跳春舞，有的弹着琴唱恋歌；再加上那遍野的香草与各样的树馨——在这快乐的地土下他们有酒窖埋着美酒。现在酒味益发的澄静、香冽了。真美呀，这充满了南国的乡土精神的美酒，我要来饮满一杯，这酒好比是希宝克林灵泉的泉水，在日光里滟滟发虹光的清泉，我拿一只古爵盛一个扑满。啊，看呀！这珍珠似的酒沫在这杯边上发瞬，这杯口也叫紫色的浓浆染一个鲜艳；你看看，我这一口就把这一大杯酒吞了下去——这才真醉了，我的神魂就脱离了躯壳，幽幽的辞别了世界，跟着你清唱的音响，像一个影子似澹澹的掩入了你那暗沉沉的林中。”

三

“想起这世界真叫人伤心。我是无沾恋的，巴不得有机会可以逃避，可以忘怀种种不如意的现象，不比你在青林茂荫里过无忧的生活，你不知道也无须过问我们这寒伧的世界。我们这里有的是热病、厌倦、烦恼，平常朋友见面时只是愁颜相对，你听我的牢骚，我听你的哀怨；老年人耗尽了精力，听凭痹症摇落他们仅存的几根可怜的白发；年轻人也是叫不如意事蚀空了，满脸的憔悴，消瘦得像一个鬼影，再不然就进墓门；真是除非你不想他，你要一想的时候就不由得你发愁，不由得你眼睛里钝迟迟的充满了绝望的晦色；美更不必说，也许难得在这里、那里偶然露一点痕迹，但是转瞬间就变成落花流水似的没了，春光是挽留不住的，爱美的人也不是没有，但美景既不常驻人间，我们至多只能实现暂时的享受，笑口不曾全开，愁颜又回来了！因此我只想顺着你的歌声离别这世界，忘却这世界，解化这忧郁沉沉的知觉。”

四

“人间真不值得留恋，去吧，去吧！我也不必乞灵于培克司（酒神）与他那宝辇前的文豹，只凭诗情无形的翅膀我也可以飞上你那里去。啊，果然来了！到了你的境界了！这林子里的夜是多温柔呀，也许皇后似的明月此时正在她天中的宝座上坐着，周围无数的星辰像侍臣似的拱着她。但这夜却是黑，暗阴阴的没有光亮，只有偶然天风过路时把这青翠荫蔽吹动，让半亮的天光丝丝的漏下来，照出我脚下青茵浓密的地土。”

五

“这林子里梦沉沉的不漏光亮，我脚下踏着的不知道是什么花，树枝上渗下来的清馨也辨不清是什么香；在这熏香的黑暗中我只能按着这时令猜度这时候青草里、矮丛里、野果树上的各色花香——乳白色的山楂花，有刺的蔷薇，在叶丛里掩盖着的紫罗兰已快萎谢了，还有初夏最早开的麝香玫瑰，这时候准是满承着新鲜的露酿，不久天暖和了，到了黄昏时候，这些花堆里多的是采花来的飞虫。”

我们要注意从第一段到第五段是一顺下来的：第一段是乐极了的语调。接着第二段声调跟着南方的阳光放亮了一些，但情调还是一路的缠绵。第三段稍为激起一点浪纹，迷离中夹着一点自觉的愤慨。到第四段又沉了下去，从“already with thee!”起，语调又极幽微，像是小孩子走入了一个阴凉的地窖子，骨髓里觉着凉，心里却觉着半害怕的特别意味，他低低的说着话，带颤动的，断续的；又像是朝上风来吹断清梦时的情调；他的诗魂在林子的黑荫里闻着各种看不见的花草的香味，私下一一的猜测诉说，像是山涧平流入湖水时的尾声……这第六段的声调与情调可全变了：先前只是畅快的惝恍，这下竟是极乐的谵语了。他乐极了，他的灵魂取得了无边的解脱与自由，他就想永保这最痛快的俄顷，就在这时候轻轻的把最后的呼吸和入了空间，这无形的消灭便是极乐的永生。他在另一首诗里说——

I know this being’s lease,
My fancy to its utmost bliss spreads,
Yet could I on this very midnight cease,

And the world's gaudy ensign see in shreds;
Verse, Fame and Beauty are intense indeed,
But death intenser—Death is Life's high meed.

在他看来（或是在他想来），"生"是有限的，生的幸福也是有限的——诗，声名与美是我们活着时最高的理想，但都不及死，因为死是无限的，解化的，与无尽流的精神相投契的，死才是生命最高的蜜酒，一切的理想在生前只能部分的，相对的实现，但在死里却是整体的绝对的谐合，因为在自由最博大的死的境界中一切不调谐的全调谐了，一切不完全的全完全了。他这一段用的几个状词要注意，他的死不是苦痛，是"Easeful death"舒服的，或是竟可以翻作"逍遥的死"；还有他说"Quiet breath"，幽静或是幽静的呼吸，这个观念在济慈诗里常见，很可注意；他在一处排列他得意的幽静的比象——

Autumn Suns
Smiling at eve upon the quiet sheaves,
Sweet Sapphos Cheek—a sleeping infant's breath—
The gradual sand that through an hour glass runs
A woodland rivulet, a poet's death.

秋田里的晚霞，沙浮女诗人的香腮，睡孩的呼吸，光阴渐缓的流沙，山林里的小溪，诗人的死。他诗里充满着静的，也许香艳的，美丽的静的意境，正如雪莱的诗里无处不是动，生命的振动，剧烈的，有色彩的，嘹亮的。我们可以拿济慈的"秋歌"对照雪莱的"西风歌"，济慈的"夜莺"对比雪莱的"云雀"，济慈的"忧郁"对比雪莱的"云"，一是动、舞、生命、精华的、光亮的、搏动的生命，一是静、幽、甜熟的、渐缓的、"奢侈"的死，比生命更深奥更博大的死，那就是永生。懂了他的生死的概念我们再来解释他的诗。

六

"但是我一面正在猜测着这青林里的这样那样，夜莺她还是不歇的唱着，这回唱得更浓更烈了。（先前只像荷池里的雨声，调虽急，韵节还是很匀净的；现在竟像是大块的骤雨落在盛开的丁香林中，这白英在狂颤中缤纷的堕地，雨中的一阵香雨，声调急促极了。）所以我竟想在这极乐中静静的解化，平安的死去，所以我竟与无痛苦的解脱发生了恋爱，昏昏的随口编着钟爱的名字唱着赞美他，要他领了我永别这生的世界，投入永生的世界。这死所以不仅不是痛苦，真是最高的幸福；不仅不是不幸，并且是一个极大的奢侈；不仅不是消极的寂灭，这正是真生命的实现。在这青林中，在这半夜里，在这美妙的歌声里，轻轻的挑破了生命的水泡，啊，去吧！同时你在歌声中倾吐了你的内蕴的灵性，放胆的尽性的狂歌好像你在这黑暗里看出比光明更光明的光明，在你的叶荫中实现了比快乐更快乐的快乐：我即使死了，你还是继续的唱着，直唱到我听不着，变成了土，你还是永远的唱着。”

这是全诗精神最饱满、音调最神灵的一节，接着上段死的意思与永生的意思，他从自己又回想到那鸟的身上，他想我可以在这歌声里消散，但这歌声的本体呢？听歌的人可以由生入死，由死得生，这唱歌的鸟，又怎样呢？以前的六节都是低调，就是第六节调虽变，音还是像在浪花里浮沉着的一张叶片，浪花上涌时叶片上涌，浪花低伏时叶片也低伏；但这第七节是到了最高点，到了急调中的急调——诗人的情绪，和着鸟的歌声，尽情的涌了出来。他的迷醉中的诗魂已经到了梦与醒的边界。

这节里Ruth的本事是在旧约书里The Book of Ruth，她是嫁给一个客民的，后来丈夫死了，她的姑要回老家，叫她也回自己的家再嫁人去，罗司一定不肯，情愿跟着她的姑到外国去守寡，后来她在麦田里收麦，她常常想着她的本乡，济慈就应用这段故事。

七

“方才我想到死与灭亡，但是你，不死的鸟呀，你是永远没有灭亡的日子，你的歌声就是你不死的一个凭证。时代尽迁异，人事尽变化，你的音乐还是永远不受损伤，今晚上我在此地听你，这歌声还不是在几千年前已经在着，富贵的王子曾经听过你，卑贱的农夫也听过你。也许当初罗司那孩子在黄昏时站在异邦的田里割麦，她眼里含着一包眼泪思念故乡的时候，这同样的歌声，曾经从林子里透出来，给她精神的慰安，也许在中古时期幻术家在海上变出蓬莱仙岛，在波心里起造着楼阁，在这里面住着他们摄取来的美丽的女郎，她们凭着窗户望海思乡时，你的歌声也曾经感动她们的心灵，给她们平安与愉快。”

八

这段是全诗的一个总束，夜莺放歌的一个总束，也可以说人生大梦的一个总束。他这诗里有两个相对的（动机）：一个是这现世界，与这面目可憎的实际的生活，这是他巴不得逃避，巴不得忘却的；一个是超现实的世界，音乐声中不朽的生命，这是他所想望的，他要实现的，他愿意解脱了不完全、暂时的生，为要化入这完全的、永久的生。他如何去法，凭酒的力量可以去，凭诗的无形的翅膀亦可以飞出尘寰，或是听着夜莺不断的唱声也可以完全忘却这现世界的种种烦恼。他去了，他化入了温柔的黑夜，化入了神灵的歌声——他就是夜莺，夜莺就是他。夜莺低唱时他也低唱，高唱时他也高唱，我们辨不清谁是谁，第六、第七段充分发挥“完全的、永久的生”那个动机，天空里，黑夜里已经充塞了音乐——所以在这里最高的急调尾声一个字音 forlorn 里转回到那一个动机，他所从来那个现实的世界，往来穿着的还是那一条线，音调的接合、转变处也极自然；最后揉和那两个相反的动机，用醒（现世界）与梦（想象世界）结束全文，像拿一块石子掷入山壑内的深潭里，你听那音乐又清切又谐和，余音还在山壑里回荡着，使你想见那石块慢慢的、慢慢的沉入了无底的深潭……音乐完了，梦醒了，血呕尽了，夜莺死了！但她的余韵却袅袅的永远在宇宙间回响着……

天目山中笔记

佛于大众中　说我当作佛
闻如是法音　疑悔悉已除
初闻佛所说　心中大惊疑
将非魔作佛　恼乱我心耶

——莲花经譬喻品

山中不定是清静。庙宇在参天的大木中间藏着，早晚间有的是风，松有松声，竹有竹韵，鸣的禽，叫的虫子，阁上的大钟，殿上的木鱼，庙身的左边右边都安着接泉水的粗毛竹管，这就是天然的笙箫，时缓时急的参和着天空地上种种的鸣籁。静是不静的，但山中的声响，不论是泥土里的蚯蚓叫或是轿夫们深夜里“唱宝”的异调，自有一种特别处：它来得纯粹，来得清亮，来得透彻，冰水似的沁入你的脾肺；正如你在泉水里洗濯过后觉得清白些，这些山籁，虽则一样是音响，也分明有洗净的功能。

夜间这些清籁摇着你入梦，清早你也从这些清籁的怀抱中苏醒。

山居是福，山上有楼住更是修得来的。我们的楼窗开处是一片蓊葱的林海，林海外更有云海！日的光，月的光，星的光，全是你的。从这三尺方的窗户你接受自然的变幻，从这三尺方的窗户你散放你情感的变幻，自在，满足。

今早梦回时睁眼见满帐的霞光。鸟雀们在赞美，我也加入一份。它们的是清越的歌唱，我的是潜深一度的沉默。

钟楼中飞下一声宏钟，空山在音波的磅礴中震荡。这一声钟激起了我的思潮。不，潮字太夸，说思流罢。耶教人说“阿门”，印度教人说“欧姆”（O—m），与这钟声的嗡嗡，同是从撮口外摄到阖口内包的一个无限的波动：分明是外扩，却又是内潜；一切在它的周缘，却又在它的中心；同时是皮又是核，是轴亦复是廓。这伟大奥妙的“Om”使人感到动，又感到静；从静中见动，又从动中见静。从安住到飞翔，又从飞翔回复安住；从实在境界超入妙空，又从妙空化生实在——

“闻佛柔软音，深远甚微妙。”

多奇异的力量！多奥妙的启示！包容一切冲突性的现象，扩大霎那间的视域，这单纯的音响，于我是一种智灵的洗净。花开花落，天外的流星与田畦间的飞萤，上绾云天的青松，下临绝海的巉岩，男女的爱，珠宝的光，火山的溶液，一如婴儿在它的摇篮中安眠。

这山上的钟声是昼夜不间歇的，平均五分钟打一次。打钟的和尚独自在钟头上住着。据说他已经不间歇的打了十一年钟，他的愿心是打到他不能动弹的那天。钟楼上供着菩萨，打钟人在大钟的一边安着他的“座”，他每晚是坐着安神的，一只手挽着钟槌的一头，从长期的习惯，不叫睡眠耽误他的职司。“这和尚，”我自忖，“一定是有道理的！和尚是没道理的多；方才那知客僧想把七窍蒙充六根，怎么算总多了一个鼻孔或是耳孔；那方丈师的谈吐里不少某督军与某省长的点缀；那管半山亭的和尚更是贪嗔的化身，无端摔破了两个无辜的茶碗。但这打钟和尚，他一定不是庸流，不能不去看看！”他的年岁在五十开外，出家有二十几年，这钟楼，不错，是他管的，这钟是他打的（说着他就过去撞了一下），他每晚，也不错，是坐着安神的，但此外，可怜，我的俗眼竟看不出什么异样。他拂拭着神龛、神坐、拜垫，换上香烛，掇一盂水，洗一把青菜，捻一把米，擦干了手接受香客的布施，又转身去撞一声钟。他脸上看不出修行的清癯，却没有失眠的倦态，倒是满满的不时有笑容的展露。念什么经？不，就念阿弥陀佛，他竟许是不认识字的。“那一带是什么山，叫什么，和尚？”“这里是天目山。”他说。“我知道，我说的是那一带的。”我手点着问。“我不知道。”他回答。

山上另有一个和尚，他住在更上去昭明太子读书台的旧址，盖着几间屋，供着佛像，也归庙管的，叫作茅棚。但这不比得普渡山上的真茅棚，那看了怕人的，坐着或是偎着修行的和尚没一个不是鹄形鸠面，鬼似的东西。他们不开口的多，你爱布施什么就放在他跟前的篓子或是盘子里，他们怎么也不睁眼，不出声，随你给的是金条或是铁条。人说得更奇了：有的半年没有吃过东西，不曾挪过窝，可还是没有死，就这冥冥的坐着。他们大约离成佛不远了，单看他们的脸色，就比石片泥土不差什么，一样这黑刺刺、死僵僵的。“内中有几个，”香客们说，“已经成了活佛，我们的祖母早三十年来就看见他们这样坐着的！”

但天目山的茅棚以及茅棚里的和尚，却没有那样的浪漫出奇。茅棚是尽够蔽风雨的屋子，修道的也是活鲜鲜的人，虽则他并不因此减却他给我们的趣味。他是一个高身材、黑面目、行动迟缓的中年人，他出家将近十年，三年前坐过禅关，现在到这山上茅棚里来修行；他在俗家时是个商人，家中有父母兄弟姊妹，也许还有自身的妻子；他不曾明说他中年出家的缘由，他只说“俗业太重了，还是出家从佛的好”，但从他沉着的语音与持重的神态中可以觉出他不仅是曾经在人事上受过折磨，并且是在思想上能分清黑白的人。他的口，他的眼，都泄漏着他内心强自抑制，魔与佛交斗的痕迹；说他是放过火杀过人的忏悔者，可信；说他是个回头的浪子，也可信。他不比那钟楼上人的不着颜色、不露曲折，他分明是色的世界里逃来的一个囚犯。三年的禅关，三年的草棚，还不曾压倒、不曾灭净他肉身的烈火。“俗业太重了，还是出家从佛的好”，这话里岂不颤栗着一往忏悔的深心？我觉着好奇，我怎么能得知他深夜趺坐时意念的究竟？

佛于大众中　说我当作佛
闻如是法音　疑悔悉已除
初闻佛所说　心中大惊疑
将非魔所说　恼乱我心耶

但这也许看太奥了。我们承受西洋人生观洗礼的，容易把做人看太积极，人世的要求太猛烈，太不肯退让，把住这热虎虎的一个身子一个心放进生活的轧床去，不叫他留存半点汁水回去；非到山穷水尽的时候，决不肯认输、退后、收下旗帜，并且即使承认了绝望的表示，他往往直接向生存本体的取决，不来半不阑珊的收回了步子向后退。宁可自杀，干脆的生命的断绝，不来出家，那是生命的否认。不错，西洋人也有出家做和尚做尼姑的，例如亚佩腊与爱洛绮丝，但在他们是情感方面的转变，原来对人的爱移作对上帝的爱，这知感的自体与它的活动依旧不含糊的在着；在东方人，这出家是求情感的消灭，皈依佛法或道法，目的在自我一切痕迹的解脱。再说，这出家或出世的观念的老家，是印度不是中国，是跟着佛教来的；印度何以会发生这类思想，学者们自有种种哲理上乃至物理上的解释，也尽有趣味的。中国何以容留这类思想，并且在实际上出家做尼僧的今天不比以前少，（我新近一个朋友差一点做了小和尚！）这问题正值得研究，因为这分明不仅仅是个知识乃至意识的深浅问题，也许这情形尽有极有趣的解释的可能，我见闻浅，不知道我们的学者怎样想法，我愿意领教。

自 剖

我是个好动的人，每回我身体行动的时候，我的思想也仿佛就跟着跳荡。我做的诗，不论它们是怎样的“无聊”，有不少是在行旅期中想起的。我爱动，爱看动的事物，爱活泼的人，爱水，爱空中的飞鸟，爱车窗外掣过的田野山水。星光的闪动，草叶上露珠的颤动，花须在微风中的摇动，雷雨时云空的变动，大海中波涛的汹涌，都是在触动我感兴的情景。是动，不论是什么性质，就是我的兴趣、我的灵感。是动就会催快我的呼吸，加添我的生命。

近来却大大的变样了。第一我自身的肢体，已不如原先灵活；我的心也同样的感受了不知是年岁还是什么的拘絷。动的现象再不能给我欢喜、给我启示。先前我看着在阳光中闪烁的金波，就仿佛看见了神仙宫阙——什么荒诞美丽的幻觉，不在我的脑中一闪闪的掠过；现在不同了，阳光只是阳光，流波只是流波，任凭景色怎样的灿烂，再也照不化我的呆木的心灵。我的思想，如其偶尔有，也只似岩石上的藤萝，贴着枯干的粗糙的石面，极困难的蜒着；颜色是苍黑的，姿态是倔强的。

我自己也不懂得何以这变迁来得这样的兀突、这样的深彻。原先我在人前自觉竟是一注的流泉，在在有飞沫，在在有闪光；现在这泉眼，如其还在，仿佛是叫一块石板不留余隙的给镇住了。我再没有先前那样蓬勃的情趣，每回我想说话的时候，就觉着那石块的重压，怎么也掀不动，怎么也推不开，结果只能自安沉默！“你再不用想什么了，你再没有什么可想的了！”“你再不用开口了，你再没有什么话可说的了！”我常觉得我沉闷的心府里有这样半嘲讽半吊唁的谆嘱。

说来我思想上或经验上也并不曾经受什么过分剧烈的戟刺。我处境是向来顺的，现在如其有不同，只是更顺了的。那么为什么这变迁？远的不说，就比如我年前到欧洲去时的心境：啊！我那时还不是一只初长毛角的野鹿，什么颜色不激动我的视觉，什么香味不奋兴我的嗅觉？我记得我在意大利写游记的时候，情绪是何等的活泼，兴趣何等的醇厚，一路来眼见耳听心感的种种，哪一样不活栩栩的业集在我的笔端，争求充分的表现！如今呢？我这次到南方去，来回也有一个多月的光景，这期内眼见耳听心感的事物也该有不少。我未动身前，又何尝不自喜此去又可以有机会饱餐西湖的风色、邓尉的梅香——单提一两件最合我脾胃的事。有好多朋友也曾期望我在这闲暇的假期中采集一点江南风趣，归来时，至少也该带回一两篇爽口的诗文，给在北京泥土的空气中活命的朋友们一些清醒的消遣。但在事实上不但在南中时我白瞪着大眼，看天亮换天昏，又闭上了眼，拼天昏换天亮；一枝秃笔跟着我涉海去，又跟着我涉海回来，正如岩洞里的一根石笋，压根儿就没一点摇动的消息。就在我回京后这十来天，任凭朋友们怎样的催促，自己良心怎样的责备，我的笔尖上还是滴不出一点墨汁来。我也曾勉强想想，勉强想写，但到底还是白费！可怕是这心灵骤然的呆顿。完全死了不成？我自己在疑惑。

说来是时局也许有关系。我到京几天就逢着空前的血案。五卅事件发生时我正在意大利山中，采茉莉花编花篮儿玩，翡冷翠山中只见明星与流萤的交唤，花香与山色的温存，俗氛是吹不到的。直到七月间到了伦敦，我才理会国内风光的惨淡，等得我赶回来时，设想中的激昂，又早变成了明日黄花，看得见的痕迹只有满城黄墙上墨彩斑斓的“泣告”。

这回却不同。屠杀的事实不仅是在我住的城子里发见，我有时竟觉得是我自己的灵府里的一个惨象。杀死的不仅是青年们的生命，我自己的思想也仿佛遭着了致命的打击，好比是国务院前的断脰残肢，再也不能回复生动与连贯。但这深刻的难受在我是无名的，是不能完全解释的。这回事变的奇惨性引起愤慨与悲切是一件事，但同时我们也知道在这根本起变态作用的社会里，什么怪诞的情形都是可能的。屠杀无辜，还不是年来最平常的现象。自从内战纠结以来，在受战祸的区域内，哪一处村落不曾分到过遭奸污的女性，屠残的骨肉，供牺牲的生命财产？这无非是给冤氛团结的地面上多添一团更集中更鲜艳的怨毒。再说哪一个民族的解放史能不浓浓的染着Martyrs的腔血？俄国革命的开幕就是二十年前冬宫的血景。只要我们有识力认定，有胆量实行，我们理想中的革命，这回羔羊的血就不会是白涂的。所以我个人的沉闷决不完全是这回惨案引起的感情作用。

爱和平是我的生性。在怨毒、猜忌、残杀的空气中，我的神经每每感受一种不可名状的压迫。记得前年奉直战争时我过的那日子简直是一团黑漆，每晚更深时，独自抱着脑壳伏在书桌上受罪，仿佛整个时代的沉闷盖在我的头顶——直到写下了《毒药》那几首不成形的咒诅诗以后，我心头的紧张才渐渐的缓和下去。这回又有同样的情形，只觉着烦，只觉着闷，感想来时只是破碎，笔头只是笨滞。结果身体也不舒畅，像是蜡油涂抹住了全身毛窍似的难过，一天过去了又是一天，我这里又在重演更深独坐箍紧脑壳的姿势，窗外皎洁的月光，分明是在嘲讽我内心的枯窘！

不，我还得往更深处挖。我不能叫这时局来替我思想骤然的呆顿负责，我得往我自己生活的底里找去。

平常有几种原因可以影响我们的心灵活动。实际生活的牵掣可以劫去我们心灵所需要的闲暇，积成一种压迫。在某种热烈的想望不曾得满足时，我们感觉精神上的烦闷与焦躁，失望更是颠覆内心平衡的一个大原因；较剧烈的种类可以麻痹我们的灵智，淹没我们的理性。但这些都合不上我的病源，因为我在实际生活里已经得到十分的幸运，我的潜在意识里，我敢说不该有什么压着的欲望在作怪。

但是在实际上反过来看，另有一种情形可以阻塞或是减少你心灵的活动。我们知道舒服、健康、幸福，是人生的目标，我们因此推想我们痛苦的起点是在望见那些目标而得不到的时候。我们常听人说“假如我像某人那样生活无忧我一定可以好好的做事，不比现在整天的精神全花在琐碎的烦恼上”；我们又听说“我不能做事就为身体太坏，若是精神来得，那就……”

我们又常常设想幸福的境界，我们想：“只要有一个意中人在跟前那我一定奋发，什么事做不到？”但是不，在事实上，舒服、健康、幸福，不但不一定是帮助或奖励心灵生活的条件，它们有时正得相反的效果。我们看不起有钱人、在社会上得意人、肌肉过分发展的运动家，也正在此。至于年少人幻想中的美满幸福，我敢说等得当真有了红袖添香，你的书也就读不出所以然来，且不说什么在学问上或艺术上更认真的工作。

那末生活的满足是我的病源吗？

“在先前的日子，”一个真知我的朋友就说，“正为是你生活不得平衡，正为你有欲望不得满足，你的压在内里的Libido就形成一种升华的现象，结果你就借文学来发泄你生理上的郁结（你不常说你从事文学是一件不预期的事吗？）；这情形又容易在你的意识里形成一种虚幻的希望，因为你的写作得到一部分赞许，你就自以为确有相当创作的天赋以及独立思想的能力。但你只是自冤自，实在你并没有什么超人一等的天赋，你的设想多半是虚荣，你的以前的成绩只是升华的结果。所以现在等得你生活换了样，感情上有了安顿，你就发见你向来写作的来源顿呈萎缩甚至枯竭的现象；而你又不愿意承认这情形的实在，妄想到你身子以外去找你思想枯窘的原因，所以你就不由的感到深刻的烦闷。你只是对你自己生气，不甘心承认你自己的本相。不，你原来并没有三头六臂的！

“你对文艺并没有真兴趣，对学问并没有真热心。你本来没有什么更高的志愿，除了相当合理的生活，你只配安分做一个平常人，享你命里铸定的‘幸

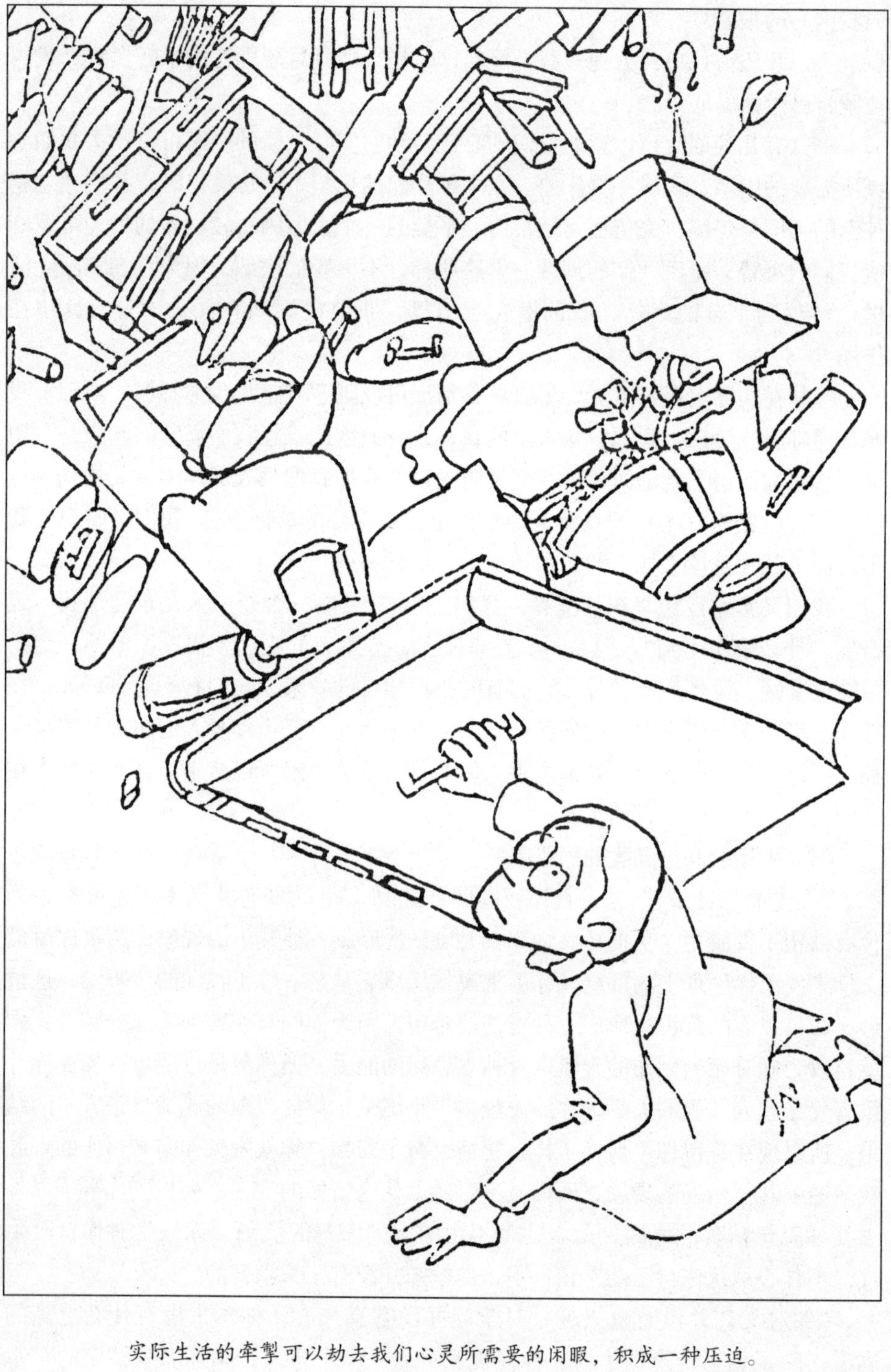

实际生活的牵掣可以劫去我们心灵所需要的闲暇，积成一种压迫。

我们知道舒服、健康、幸福，是人生的目标，我们因此推想我们痛苦的起点是在望见那些目标而得不到的时候。……但是不，在事实上，舒服、健康、幸福，不但不一定是帮助或奖励心灵生活的条件，它们有时正得相反的效果。

福’；在事业界，在文艺创作界，在学问界内，全没有你的位置，你真的没有那能耐。不信你只要自问在你心里的心里有没有那无形的‘推力’，整天整夜的恼着你，逼着你，督着你，放开实际生活的全部，单望着不可捉摸的创作境界里去冒险？是的，顶明显的关键就是那无形的推力或是冲动（The Impulse），没有它人类就没有科学，没有文学，没有艺术，没有一切超越功利实用性质的创作。

“你知道在国外（国内当然也有，许没那样多）有多少人被这无形的推力驱使着，在实际生活上变成一种离魂病性质的变态动物，不但人间所有的虚荣永远沾不上他们的思想，就连维持生命的睡眠饮食，在他们都失了重要，他们全部的心力只是在他们那无形的推力所指示的特殊方向上集中应用。怪不得有人说天才是疯癫！我们在巴黎、伦敦不就到处碰得着这类怪人？如其他是一个美术家，恼着他的就只怎样可以完全表现他那理想中的形体；一个线条的准确，某种色彩的调谐，在他会得比他生身父母的生死与国家的存亡更重要、更迫切、更要求注意。我们知道专门学者有终身掘坟墓的，研究蚊虫生理的，观察亿万万里外一个星的动定的，并且他们决不问社会对于他们的劳力有否任何的认识，那就是虚荣的进路；他们是被一点无形的推力的魔鬼蛊定了的。

“这是关于文艺创作的话。你自问有没有这种情形？你也许经验过什么‘灵感’，那也许有，但你却不要把刹那误认作永久的，虚幻认作真实。至于说思想与真实学问的话，那也得背后有一种推力，方向许不同，性质还是不变。做学问你得有原动的好奇心，得有天然热情的态度去做求知识的工夫。真思想家的准备，除了特强的理智，还得有一种原动的信仰；信仰或寻求信仰，是一切思想的出发点，极端的怀疑派思想也只是期望重新位置信仰的一种努力。从古来没有一个思想家不是宗教性的。在他们，各按各的倾向，一切人生的和理智的问题是实在有的；神的有无，善与恶，本体问题，认识问题，意志自由问题，在他们看来都是含逼迫性的现象，要求合理的解答——比山岭的崇高、水的流动、爱的甜蜜更真、更实在、更耸动。他们的一点心灵，就永远在他们设想的一种或多种问题的周围飞舞、旋绕，正如灯蛾之于火焰：牺牲自身来贯彻火焰中心的秘密，是他们共有的决心。

“这种惨烈的情形，你怕也没有吧？我不说你的心幕上就没有思想的影子，但它们怕只是虚影，像水面上的云影，云过影子就跟着消散，不是石上的留痕越日久越深刻。

“这样说下来，你倒可以安心了！因为个人最大的悲剧是设想一个虚无的境界来谎骗你自己；骗不到底的时候你就得忍受‘幻灭’的莫大的苦痛。与其那

从古来没有一个思想家不是宗教性的。……他们的一点心灵，就永远在他们设想的一种或多种问题的周围飞舞、旋绕，正如灯蛾之于火焰：牺牲自身来贯彻火焰中心的秘密，是他们共有的决心。

《自剖》封面　江小鹣设计

样，还不如及早认清自己的深浅，不要把不必要的负担，放上支撑不住的肩背，压坏你自己，还难免旁人的笑话！朋友，不要迷了，定下心来享你现成的福分吧！思想不是你的分，文艺创作不是你的分，独立的事业更不是你的分！天生扛了重担来的那也没法想（哪一个天才不是活受罪？）你是原来轻松的，这是多可羡慕、多可贺喜的一个发见！算了吧，朋友！”

再剖

你们知道喝醉了想吐吐不出或是吐不爽快的难受不是？这就是我现在的苦恼。肠胃里一阵阵的作恶，腥腻从食道里往上泛，但这喉关偏跟你别扭，它捏住你，逼住你，逗着你——不，它且不给你痛快哪！前天那篇《自剖》，就比是哇出来的几口苦水，过后只是更难受，更觉着往上冒。我告你我想要怎么样。我要孤寂：要一个静极了的地方——森林的中心，山洞里，牢狱的暗室里——再没有外界的影响来逼迫或引诱你的分心，再不须计较旁人的意见、喝彩或是嘲笑；当前唯一的对象是你自己：你的思想，你的感情，你的本性。那时它们再不会躲避，不曾隐遁，不曾装作；赤裸裸的听凭你察看、检验、审问。你可以放胆解去你最后的一缕遮盖，袒露你最自怜的创伤、最掩讳的私亵。那才是你痛快一吐的机会。

但我现在的生活情形不容我有那样一个时机。白天太忙（在人前一个人的灵性永远是蜷缩在壳内的蜗牛），到夜间，比如此刻，静是静了，人可又倦了，惦着明天的事情又不得不早些休息。啊，我真羡慕我台上放着那块唐砖上的佛像，他在他的莲台上瞑目坐着，什么都摇不动他那入定的圆澄。我们只是在烦恼网里过日子的众生，怎敢企望那光明无碍的境界！有鞭子下来，我们躲；见好吃的，我们垂涎；听声响，我们着忙；逢着痛痒，我们着恼。我们是鼠、是狗、是刺猬、是天上星星与地上泥土间爬着的虫。哪里有工夫，即使你有心想亲近你自己？哪里有机会，即使你想痛快的一吐？

前几天也不知无形中经过几度挣扎，才呕出那几口苦水，这在我虽则难受还是照旧，但多少总算是发泄。事后我私下觉着愧悔，因为我不该拿我一己苦闷的骨鲠，强读者们陪着我吞咽。是苦水就不免熏蒸的恶味。我承认这完全是我自私的行为，不敢望恕的。我唯一的解嘲是这几口苦水的确是从我自己的肠胃里呕出——不是去脏水桶里舀来的。我不曾期望同情，我只要朋友们认识我的深浅——（我的浅？）我最怕朋友们的容宠容易形成一种虚拟的期望；我这操刀自剖的一个目的，就在及早解卸我本不该扛上的担负。

是的，我还得往底里挖，往更深处剖。

最初我来编辑副刊，我有一个愿心：我想把我自己整个儿交给能容纳我的读者们，我心目中的读者们，说实话，就只这时代的青年。我觉着只有青年们的心窝里有容我的空隙，我要偎着他们的热血，听他们的脉搏。我要在我自己的情感里发见他们的情感，在我自己的思想里反映他们的思想。假如编辑的意义只是选稿、配版、付印、拉稿，那还不如去做银行的伙计——有出息得多。我接受编辑晨副的机会，就为这不单是机械性的一种任务。（感谢晨报主人的信任与容忍）晨报变了我的喇叭，从这管口里我有自由吹弄我古怪的不调谐的音调，它是我的镜子，在这平面上描画出我古怪的不调谐的形状。我也决不掩讳我的原形：我就是我。记得我第一次与读者们相见，就是一篇供状。我的经过，我的深浅，我的偏见，我的希望，我都曾经再三的声明，怕是你们早听厌了。但初起我有一种期望是真的——期望我自己。也不知那时间为什么原因我竟有那活棱棱的一副勇气。我宣言我自己跳进了这现实的世界，存心想来对准人生的面目认他一个仔细。我信我自己的热心（不是知识）多少可以给我一些对敌力量的。我想拚这一天，把我的血肉与灵魂，放进这现实世界的磨盘里去捱，锯齿下去拉——我就要尝那味儿！只有这样，我想，才可以期望我主办的刊物多少是一个有生命气息的东西；才可以期望在作者与读者间发生一种活的关系；才可以期望读者们觉着这一长条报纸与黑的字印的背后，的确至少有一个活着的人与一个动着的心，他的把握是在你的腕上，他的呼吸吹在你的脸上，他的欢喜，他的惆怅，他的迷惑，他的伤悲，就比是你自己的，的确是从一个可认识的主体上发出来的变化——是站在台上人的姿态——不是投射在白幕上的虚影。

并且我当初也并不是没有我的信念与理想。有我崇拜的德性，有我信仰的原则。有我爱护的事物，也有我痛疾的事物。往理性的方向走，往爱心与同情的方向走，往光明的方向走，往真的方向走，往健康快乐的方向走，往生命、更多更大更高的生命方向走——这是我那时的一点“赤子之心”。我恨的是这时代的病象，什么都是病象：猜忌、诡诈、小巧、倾轧、挑拨、残杀、互杀、自杀、忧愁、作伪、肮脏。我不是医生，不会治病；我就有一双手，趁它们活灵的时候，我想，或许可以替这时代打开几扇窗，多少让空气流通些，浊的毒性的出去，清醒的洁净的进来。

但紧接着我的狂妄的招摇，我最敬畏的一个前辈（看了我的吊刘叔和文）就给我当头一棒：

……既立意来办报而且郑重宣言“决意改变我对人的态度”，那么自己的思想就得先磨冶一番，不能单凭主觉，随便说了就算完事。迎上前去，不

我信我自己的热心（不是知识）多少可以给我一些对敌力量的。我想拼这一天，把我的血肉与灵魂，放进这现实世界的磨盘里去捱，锯齿下去拉——我就要尝那味儿！只有这样，我想，才可以期望我主办的刊物多少是一个有生命气息的东西；才可以期望在作者与读者间发生一种活的关系；才可以期望读者们觉着这一长条报纸与黑的字印的背后，的确至少有一个活着的人与一个动着的心，他的把握是在你的腕上，他的呼吸吹在你的脸上，他的欢喜，他的惆怅，他的迷惑，他的伤悲，就比是你自己的，的确是从一个可认识的主体上发出来的变化——是站在台上人的姿态——不是投射在白幕上的虚影。

> 要又退了回来！一时的兴奋，是无用的，说话越觉得响亮起劲，跳踯有力，其实即是内心的虚弱，何况说出衰颓懊丧的语气，教一般青年看了，更给他们以可怕的影响，似乎不是志摩这番挺身出马的本意！……

迎上前去，不要又退了回来！这一喝这几个月来就没有一天不在我“虚弱的内心”里回响。实际上自从我喊出“迎上前去”以后，即使不曾撑开了往后退，至少我自己觉不得我的脚步曾经向前挪动。今天我再不能容我自己这梦梦的下去。算清亏欠，在还算得清的时候，总比窝着混着强。我不能不自剖。冒着“说出衰颓懊丧的语气”的危险，我不能不利用这反省的锋刃，劈去纠着我心身的累赘、淤积，或许这来倒有自我真得解放的希望?

想来这做人真是奥妙。我信我们的生活至少是复性的。看得见，觉得着的生活是我们的显明的生活，但同时另有一种生活，跟着知识的开豁逐渐胚胎、成形、活动，最后支配前一种的生活，比是我们投在地上的身影，跟着光亮的增加渐渐由模糊化成清晰。形体是不可捉的，但它自有它的奥妙的存在，你动它跟着动，你不动它跟着不动。在实际生活的匆遽中，我们不易辨认另一种无形的生活的并存，正如我们在阴地里不见我们的影子，但到了某时候某境地忽的发见了它，不容否认的踵接着你的脚跟，比如你晚间步月时发见你自己的身影。它是你的性灵的或精神的生活。你觉到你有超实际生活的性灵生活的俄顷，是你一生的一个大关键！你许到极迟才觉悟（有人一辈子不得机会），但你实际生活中的经历、动作、思想，没有一丝一屑不同时在你那跟着长成的性灵生活中留着“对号的存根”，正如你的影子不放过你的一举一动，虽则你不注意到或看不见。

我这时候就比是一个人初次发见他有影子的情形。惊骇、讶异、迷惑、耸悚、猜疑、恍惚同时并起，在这辨认你自身另有一个存在的时候。我这辈子只是在生活的道上盲目的前冲，一时踹入一个泥潭，一时踏折一支草花，只是这无目的的奔驰；从哪里来，向哪里去，现在在哪里，该怎么走，这些根本的问题却从不曾到我的心上。但这时候突然的、恍然的我惊觉了，仿佛是一向跟着我形体奔波的影子忽然阻住了我的前路，责问我这匆匆的究竟是为什么！

一种新意识的诞生。这来我再不能盲冲，我至少得认明来踪与去迹，该怎样走法如其有目的地，该怎样准备如其前程还在遥远?

啊，我何尝愿意吞这果子，早知有这多的麻烦！现在我第一要考查明白的是这“我”究竟是怎么一回事；然后再决定掉落在这生活道上的“我”的赶路方法。以前种种动作是没有这新意识作主宰的；此后，什么都得由它。

在实际生活的匆遽中，我们不易辨认另一种无形的生活的并存，正如我们在阴地里不见我们的影子；但到了某时候某境地忽的发见了它，不容否认的踵接着你的脚跟，比如你晚间步月时发见你自己的身影。它是你的性灵的或精神的生活。你觉到你有超实际生活的性灵生活的俄顷，是你一生的一个大关键！你许到极迟才觉悟（有人一辈子不得机会），但你实际生活中的经历、动作、思想，没有一丝一屑不同时在你那跟着长成的性灵生活中留着“对号的存根”，正如你的影子不放过你的一举一动，虽则你不注意到或看不见。

求 医

To underst and that the sky is everywhere, blue, it is not necessary to have travelled all round the world. ——Goethe

新近有一个老朋友来看我，在我寓里住了好几天。彼此好久没有机会谈天，偶尔通信也只泛泛的；他只从旁人的传说中听到我生活的梗概，又从他所听到的推想及我更深一层的生活的大致。他早把我作“丢了”。谁说空闲时不能离间朋友间的相知？但这一次彼此又捡起了、理清了早年息息相通的线索，这是一个愉快！单说一件事：他看看我四月间副刊上的两篇《自剖》，他说他也有文章做了，他要写一篇《剖志摩的自剖》。他却不曾写，我几次逼问他，他说一定在离京前交卷。有一天他居然谢绝了约会，躲在房子里装病，想试他那柄解剖的刀，晚上见他的时候，他文章不曾做起，脸上倒真的有了病容！“不成功！”他说，“不要说剖，我这把刀，即使有，早就在刀鞘里锈住了，我怎么也拉它不出来！我倒自己发生了恐怖，这回回去非发奋不可。”打了全军覆没的大败仗回来的，也没有他那晚谈话时的沮丧！

但他这来还是帮了我的忙，我们俩连着四五晚通宵的谈话，在我至少感到了莫大的安慰。我的朋友正是那一类人，说话是绝对不敏捷的，他那永远茫然的神情与偶尔激出来几句话，在当时极易招笑，但在事后往往透出极深刻的意义，在听着的人的心上不易磨灭的。别看他说话的外貌乱石似的粗糙，他那核心里往往藏着直觉的纯朴。他是那一类的朋友，他那不浮夸的同情心在无形中启发你思想的活动，叫逗你心灵深处的“解严”；“你尽量披露你自己，”他仿佛说，“在这里你没有被误解的恐怖。”我们俩的谈话是极不平等的，十分里有九分半的时光是我占据的，他只贡献简短的评语，有时修正，有时赞许，有时引申我的意思；但他是一个理想的“听者”，他能尽量的容受，不论对面来的是细流或是大水。

我的自剖文不是解嘲体的闲文，那是我个人真的感到绝望的呼声。“这篇文章是值得写的，”我的朋友说，“因为你这来冷酷的操刀，无顾恋的劈剖你自己的思想，你至少摸着了现代的意识的一角；你剖的不仅是你，我也叫你剖着了，正如歌德说的‘要知道天到处是碧蓝，并用不着到全世界去绕行一周’。你还得往更深处剖，难得你有勇气下手；你还得如你说的，犯着恶心呕苦水似的呕，这时代的意识是完全叫种种相冲突的价值的尖刺给交占住，支离了缠昏了的，你希冀回复清醒与健康先得清理你的外邪与内热。至于你自己，因为发见病象而就放弃希望，当然是不对的；我可以替你开方，你现在需要的没有别的，你只要多多的睡！休息，休养，到时候你自会强壮。我是开口就会牵到歌德的，你不要笑。歌德就是懂得睡的秘密的一个，他每回觉得他的创作活动有退潮的趋向，他就上床去睡，真的放平了身子的睡，不是喻言，直到精神回复了，一线新来的波澜逼着他再来一次发疯似的创作。你近来的沉闷，在我看，也只是内心需要休息的信号。正如潮水有涨落的现象，我们劳心的也不免同样受这自然律的支配，你怎么也不该挫气，你正应得利用这时期；休息不是工作的断绝，不是消极的活动，这正是你吸新营养取得新生机的机会。听凭地面上风吹的怎样尖厉，霜盖的怎么严密，你只要安心在泥土里等着，不愁到时候没有再来一次爆发的惊喜。”

这是他开给我的药方，后来他又跟别的朋友谈起，他说我的病——如其是病——有两味药可医，一是“隐居”，一是“上帝”。烦闷是起源于精神不得充分的怡养；烦躁的生活是劳心人最致命的伤，离开了就有办法，最好是去山林静僻处躲起来。但这环境的改变，虽则重要，还只是消极的一面；为要启发性灵，一个人还得积极的寻求。比性爱超越更不可摇动的一个精神的寄托——他得自动去发见他的上帝。

上帝这味药是不易配得的，我们姑且放开在一边（虽则我们不能因他字面的兀突就忽略他的深刻的涵义，那就是说这时代的苦闷现象隐示一种渐次形成宗教性大运动的趋向）；暂时脱离现社会去另谋隐居生活那味药，在我不但在事实上有要得到的可能，并且正合我新近一天迫似一天的私愿，我不能不计较一下。

我们都是在生活的蜘网中胶住了的细虫，有的还在勉强挣扎，大多数是早已没了生气，只当着风来吹动网丝的时候顶可怜相的晃动着，多经历一天人事，做人不自由的感觉也跟着真似一天。人事上的关连一天加密一天，理想的生活上的依据反而一天远似一天，尽是这飘忽忽的，仿佛是一块石子在一个无底的深潭中无穷无尽的往下坠着似的——有到底的一天吗？天知道！实际的生活逼得越紧，理想的生活宕得越空，你这空手仆仆的不“丢”怎么着？你睁开眼来看看，见着的只是一个悲惨的世界，我们这倒运的民族眼下只有两种人可分：一种是在死的边沿过活的，另一种简直是在死里面过活的。你不能不发悲心不是，可是你有什么能耐能抵挡这普遍“死化”的凶潮，太凄惨了呀！这“人道的幽微的悲切的音乐”！那么你闭上眼罢，你只是发见另一个悲惨的世界：你的感情，你的思想，

烦闷是起源于精神不得充分的怡养；烦躁的生活是劳心人最致命的伤，离开了就有办法，最好是去山林静僻处躲起来。但这环境的改变，虽则重要，还只是消极的一面；为要启发性灵，一个人还得积极的寻求。比性爱超越更不可摇动的一个精神的寄托——他得自动去发见他的上帝。

我们都是在生活的蜘网中胶住了的细虫，有的还在勉强挣扎，大多数是早已没了生气，只当着风来吹动网丝的时候顶可怜相的晃动着，多经历一天人事，做人不自由的感觉也跟着真似一天。人事上的关连一天加密一天，理想的生活上的依据反而一天远似一天，尽是这飘忽忽的，仿佛是一块石子在一个无底的深潭中无穷无尽的往下坠着似的——有到底的一天吗？天知道！

你的意志，你的经验，你的理想，有哪一样调谐的，有哪一样容许你安舒的？你想要——但是你的力量？你仿佛是掉落在一个井里，四边全是光油油不可攀援的陡壁，你怎么想上得来？就我个人说，所谓教育只是“画皮”的勾当，我何尝得到一点真的知识？说经验吧！不错，我也曾进货似的运得一部分的经验，但这都是硬性的，杂乱的，不经受意识渗透的；经验自经验，我自我，这一屋子满满的生客只使主人觉得迷惑、慌张、害怕。不，我不但不曾“找到”我自己，我竟疑心我是“丢”定了的。曼殊斐儿在她的日记里写——

“我不是晶莹的透彻。”

“我什么都不愿意的。全是灰色的、重的、闷的。……我要生活，这话怎么讲？单说是太易了。可是你有什么法子？”

“所有我写下的，所有我的生活，全是在海水的边沿上。这仿佛是一种玩艺。我想把我所有的力量全给放上去，但不知怎的我做不到。”

“前这几天，最使人注意的是蓝的彩色。蓝的天，蓝的山——一切都是神异的蓝！……但深黄昏的时刻才真是时光的时光。当着那时候，面前放着非人间的美景，你不难领会到你应分走的道儿有多远。珍重你的笔，得不辜负那上升的明月，那白的天光。你得够‘简洁’的，正如你在上帝跟前得简洁。”

“我方才细心刷净收拾我的水笔。下回它再要是漏，那它就不够格儿。”

“我觉得我总不能给我自己一个沉思的机会，我正需要那个。我觉得我的心地不够清白，不谦卑，不兴。这底里的渣子新近又漾了起来。我对着山看，我见着的就是山。说实话，我念不相干的书……不经心，随意？是的，就是这情形。心思乱，含糊，不积极，尤其是躲懒，不够用功——白费时光！我早就这么喊着——现在还是这呼声。为什么这么阑珊的，你？啊，究竟为什么？”

“我一定得再发奋一次，我得重新来过。我再来写一定得简洁的，充实的，自由的写，从我心坎里出来的。平心静气的，不问成功或是失败，就这往前去做去。但是这回得下决心了！尤其得跟生活接近。跟这天，这月，这些星，这些冷落的坦白的高山。”

“我要是身体健康，”曼殊斐儿在又一处写，“我就一个人跑到一个地方，在一株树下坐着去。”她这苦痛的企求内心的莹彻与生活调谐，哪一个字不在我此时比她更“散漫，含糊，不积极”的心境里引起同情的回响！啊，谁不这样想：我要是能，我一定跑到一个地方，在一株树下坐着去。但是你能吗？

想 飞

假如这时候窗子外有雪——街上，城墙上，屋脊上，都是雪，胡同口一家屋檐下偎着一个戴黑兜帽的巡警，半拢着睡眼，看棉团似的雪花在半空中跳着玩……假如这夜是一个深极了的夜，不是壁上挂钟的时针指示给我们看的深夜，这深就比是一个山洞的深，一个往下钻螺旋形的山洞的深……

假如我能有这样一个深夜，它那无底的阴森捻起我遍体的毫管；再能有窗子外不住往下筛的雪，筛淡了远近间扬动的市谣，筛泯了在泥道上挣扎的车轮，筛灭了脑壳中不妥协的潜流……

我要那深，我要那静。那在树荫浓密处躲着的夜鹰，轻易不敢在天光还在照亮时出来睁眼。思想，它也得等。

青天里有一点子黑的，正冲着太阳耀眼，望不真，你把手遮着眼，对着那两株树缝里瞧，黑的，有橙子来大，不，有桃子来大——嘿，又移着往西了！

我们吃了中饭出来到海边去。（这是英国康槐尔极南的一角，三面是大西洋。）勖丽丽的叫响从我们的脚底下匀匀的往上颤，齐着腰，到了肩高，过了头顶，高入了云，高出了云。啊！你能不能把一种急震的乐音想成一阵光明的细雨，从蓝天里冲着这平铺着青绿的地面不住的下？不，那雨点都是跳舞的小脚，安琪儿的。云雀们也吃过了饭，离开了它们卑微的地巢飞往高处做工去。上帝给它们的工作，替上帝做的工作。瞧着，这儿一只，那边又起了两只！一起就冲着天顶飞，小翅膀动活的多快活，圆圆的，不踌躇的飞——它们就认识青天。一起就开口唱，小嗓子动活的多快活，一颗颗小精圆珠子直往外唾，亮亮的唾，脆脆的唾——它们赞美的是青天。瞧着，这飞得多高，有豆子大，有芝麻大，黑刺刺的一屑，直顶着无底的天顶细细的摇——这全看不见了，影子都没了！但这光明的细雨还是不住的下着……

飞。“其翼若垂天之云……背负苍天，而莫之夭阏者”，那不容易见着。我们镇上东关庙外有一座黄泥山，山顶上有一座七层的塔，塔尖顶着天。塔院里常常打钟，钟声响动时，那在太阳西晒的时候多，一枝艳艳的大红花贴在西山的鬓边回照着塔山上的云彩——钟声响动时，绕着塔顶尖，摩着塔顶天，穿着塔顶云，有一只两只有时三只四只有时五只六只蜷着爪往地面瞧的“饿老鹰”，撑开了它们灰苍苍的大翅膀没挂恋似的在盘旋，在半空中浮着，在晚风中泅着，仿佛是按着塔院钟的波荡来练习圆舞似的。那是我做孩子时的“大鹏”。有时好天抬头不见一瓣云的时候听着貌忧忧的叫响，我们就知道那是宝塔上的饿老鹰寻食吃来了，这一想象半天里秃顶圆睛的英雄，我们背上的小翅膀骨上就豁出了一锉锉铁刷似的羽毛，摇起来呼呼响的，只一摆就冲出了书房门，钻入了玳瑁镶边的白云里玩儿去，谁耐烦站在先生书桌前晃着身子背早上上的多难背的书！啊，飞！不是那在树枝上矮矮的跳着的麻雀儿的飞；不是那凑天黑从堂匾后背冲出来赶蚊子吃的蝙蝠的飞；也不是那软尾巴软嗓子做窠在堂檐上的燕子的飞。要飞就得满天飞，风拦不住云挡不住的飞，一展翅膀就跳过一座山头，影子下来遮得荫二十亩稻田的飞，到天晚飞倦了就来绕着那塔顶尖顺着风向打圆圈做梦……听说饿老鹰会抓小鸡!

飞，人们原来都是会飞的。天使们有翅膀，会飞，我们初来时也有翅膀，会飞。我们最初来就是飞来的，有的做完了事还是飞了去，他们是可羡慕的。但大多数人是忘了飞的，有的翅膀上掉了毛不长再也飞不起来；有的翅膀叫胶水给胶住了，再也拉不开；有的羽毛叫人给修短了像鸽子似的只会在地上跳；有的拿背上一对翅膀上当铺去典钱使过了期再也赎不回……真的，我们一过了做孩子的日子就掉了飞的本领。但没了翅膀或是翅膀坏了不能用是一件可怕的事。因为你再也飞不回去，你蹲在地上呆望着飞不上去的天，看旁人有福气的一程一程的在青云里逍遥，那多可怜。而且翅膀又不比是你脚上的鞋，穿烂了可以再问妈要一双去，翅膀可不成，折了一根毛就是一根，没法给补的。还有，单顾着你翅膀也还不定规到时候能飞，你这身子要是不谨慎养太肥了，翅膀力量小再也拖不起，也是一样难不是？一对小翅膀驮不起一个胖肚子，那情形多可笑！到时候你听人家高声的招呼说，朋友，回去罢，趁这天还有紫色的光，你听他们的翅膀在半空中沙沙的摇响，朵朵的春云跳过来推着他们的肩背，望着最光明的来处翩翩的、冉冉的、轻烟似的化出了你的视域，像云雀似的只留下一泻光明的骤雨——“Thou art unseen, but yet I hear the shrill delight.”——那你，独自在泥土里淹着，够多难受，够多懊恼，够多寒伧！趁早留神你的翅膀，朋友。

是人没有不想飞的。老是在这地面上爬着够多厌烦，不说别的。飞出这圈子，飞出这圈子！到云端里去，到云端里去！哪个心里不成天千百遍的这么想！

飞上天空去浮着，看地球这弹丸在太空里滚着，从陆地看到海，从海再看回陆地。凌空去看一个明白——这才是做人的趣味，做人的权威，做人的交代。这皮囊要是太重挪不动，就掷了它，可能的话，飞出这圈子，飞出这圈子！

人类初发明用石器的时候，已经想长翅膀，想飞。原人洞壁上画的四不像，它的背上掮着翅膀；拿着弓箭赶野兽的，他那肩背上也给安了翅膀。小爱神是有一对粉嫩的肉翅的。挨开拉斯（Icarus）是人类飞行史里第一个英雄，第一次牺牲，安琪儿（那是理想化的人）第一个标记是帮助他们飞行的翅膀。那也有沿革——你看西洋画上的表现。最初像是一对小精致的令旗，蝴蝶似的贴在安琪儿们的背上，像真的，不灵动的。渐渐的翅膀长大了，地位安准了，毛羽丰满了。画图上的天使们长上了真的可能的翅膀。人类初次实现了翅膀的观念，彻悟了飞行的意义。挨开拉斯闪不死的灵魂，回来投生又投生。人类最大的使命，是制造翅膀，最大的成功是飞！理想的极度，想象的止境，从人到神！诗是翅膀上出世的；哲理是在空中盘旋的。飞：超脱一切，笼盖一切，扫荡一切，吞吐一切。

你上那边山峰顶上试去，要是度不到这边山峰上，你就得到这万丈的深渊里去找你的葬身之地！“这人形的鸟会有一天试他第一次的飞行，给这世界惊骇，使所有的著作赞美，给他所从来的栖息处永久的光荣。”啊达文謇！

但是飞？自从挨开拉斯以来，人类的工作是制造翅膀，还是束缚翅膀？这翅膀，承上了文明的重量，还能飞吗？都是飞了来的，还都能飞了去吗？钳住了，烙住了，压住了，这人形的鸟会有试他第一次飞行的一天吗？……

同时天上那一点子黑的已经迫近在我头顶，形成了一架鸟形的机器，忽的机沿一侧，一球光直往下注，嘭的一声炸响——炸碎了我在飞行中的幻想，青天里平添了几堆破碎的浮云。

迎上前去

这回我不撒谎，不打隐谜，不唱反调，不来烘托；我要说几句至少我自己信得过的话，我要痛快的招认我自己的虚实，我愿意把我的花押画在这张供状的末尾。

我要求你们大量的容许，在我第一天接手《晨报副刊》的时候，介绍我自己，解释我自己，鼓励我自己。

今天碰巧是我这辈子一个转向的日子，我新近经验过在我算是严重、惨刻、极痛心的经验，这经验撼动我全身的纤维，像大风摇动一株孤立的树，在这剧震中谁知道掉下了多少不曾焦透的叶子？但我却因此得到一种心地的清明，近年来不曾尝味过的；因此我敢放胆的说我要说的话：我的呼吸这时候是洁净的，我的嗓音是浏亮的，像大风雨后的空气，原有的芜秽与杂质都叫大自然的震怒洗刷一个净尽，我此时觉着在受重伤的过去的我里，重新透出了一团新的勇气，一部新来的健康；一个更确定的我，更倔强的我，更有力的我。

我相信真的理想主义者是受得住眼看他往常保持着的理想煨成灰，碎成断片，烂成泥，在这灰这断片这泥的底里，他再来发现他更伟大更光明的理想。我就是这样的一个人。

只有信生病是荣耀的人们才来不知耻的高声嚷痛，这时候他听着有脚步声，他以为有帮助他的人向着他来，谁知是他自己的灵性离了他去！真有志气的病人，在不能自己豁脱苦痛的时候，宁可死休，不来忍受医药与慈善的侮辱。我又是这样的一个人。

我们在这生命里到处碰头失望，连续遭逢“幻灭”，头顶只见乌云，地下满是黑影；同时我们的年岁、病痛、工作、习惯，恶狠狠的压上我们的肩背，一天重似一天，在无形中嘲讽的呼喝着：“倒，倒，你这不量力的蠢才！”因此你看这满路的倒尸，有全死的，有半死的，有爬着挣扎的，有默无声息的……嘿！生命这十字架，有几个人扛得起来？

但生命还不是顶重的负担，比生命更重实更压得死人的是思想那十字架。人类心灵的历史里能有几个天成的孟贲乌育？在思想可怕的战场上我们就只有数得清有限的几具光荣的尸体。

我不敢非分的自夸；我不够狂，不够妄。我认识我自己力量的止境，但我却不能制止我看了这时候国内思想界萎瘪现象的愤懑与羞恶。我要一把抓住这时代的脑袋，问它要一点真思想的精神给我看看——不是借来的兑来的冒来的描来的东西，不是纸糊的老虎，摇头的傀儡，蜘蛛网幕面的偶像；我要的是筋骨里迸出来，血液里激出来，性灵里跳出来，生命里震荡出来的真纯的思想。我不来问他要，是我的懦怯；他拿不出来给我看，是他的耻辱。朋友，我要你选定一边，假如你不能站在我的对面，拿出我要的东西来给我看，你就得站在我这一边，帮着我对这时代挑战。

我预料有人笑骂我的大话。是的，大话。我正嫌这年头的话太小了，我们得造一个比小更小的字来形容这年头听着的说话，写下印成的文字；我们得请一个想象力细致如史魏夫脱（Dean Swift）的来描写那些说小话的小口，说尖话的尖嘴。一大群的食蚁兽！他们最大的快乐是忙着他们的尖喙在泥土里垦寻细微的蚂蚁。蚂蚁是吃不完的，同时这可笑的尖嘴却益发不住的向尖的方向进化，小心再隔几代连蚂蚁这食料都显太大了！

我不来谈学问，我不配，我书本的知识是真的十二分的有限。年轻的时候我念过几本极普通的中国书，这几年不但没有知新，温故都说不上，我实在是固陋，但我却抱定孔子的一句话“知之为知之，不知为不知，是知也”，决不来强不知为知；我并不看不起国学与研究国学的学者，我十二分的尊敬他们，只是这部分的工作我只能艳羡的看他们去做，我自己恐怕不但今天，竟许这辈子都没希望参加的了。外国书呢？看过的书虽则有几本，但是真说得上“我看过的”能有多少，说多一点，三两篇戏，十来首诗，五六篇文章，不过这样罢了。

科学我是不懂的，我不曾受过正式的训练，最简单的物理化学，都说不明白，我要是不预备就去考中学校，十分里有九分是落第，你信不信！天上我只认识几颗大星，地上几棵大树；这也不是先生教我的；从先生那里学来的，十几年学校教育给我的究竟有些什么，我实在想不起，说不上，我记得的只是几个教授可笑的嘴脸与课堂里强烈的催眠的空气。

我人事的经验与知识也是同样的有限，我不曾做过工，我不曾尝味过生活的艰难，不曾打过仗，不曾坐过监，不曾进过什么秘密党，不曾杀过人，不曾做过买卖，发过一个大的财。

所以你看，我只是个极平常的人，没有出人头地的学问，更没有非常的经验。但同时我自信我也有我与人不同的地方。我不曾投降这世界，我不受它的拘束。

我是一只没笼头的野马，我从来不曾站定过。我人是在这社会里活着，我却不是这社会里的一个，像是有离魂病似的，我这躯壳的动静是一件事。我那梦魂的去处又是一件事。我是一个傻子，我曾经妄想在这流动的生里发现一些不变的价值，在这打谎的世上寻出一些不磨灭的真，在我这灵魂的冒险是生命核心里的意义；我永远在无形的经验的巉岩上爬着。

冒险——痛苦——失败——失望，是跟着来的，存心冒险的人就得打算他最后的失望；但失望却不是绝望，这分别很大。我是曾经遭受失望的打击，我的头是流着血，但我的脖子还是硬的；我不能让绝望的重量压住我的呼吸，不能让悲观的慢性病侵蚀我的精神，更不能让压世的恶质染黑我的血液。厌世观与生命是不可并存的；我是一个生命的信徒，起初是的，今天还是，将来我敢说也是。我决不容忍性灵的颓唐，那是最不可救药的堕落，同时却继续躯壳的存在；在我，单这开口说话、提笔写字的事实，就表示后背有一个基本信仰，完全的没破绽的信仰；否则我何必再做什么文章，办什么报刊？

但这并不是说我不感受人生遭遇的痛创；我决不是那童騃性的乐观主义者；我决不来指着黑影说这是阳光，指着云雾说这是青天，指着分明的恶说这是善；我并不否认黑影、云雾与恶，我只是不怀疑阳光与青天与善的实在；暂时的掩蔽与侵蚀不能使我们绝望，这正应得加倍的激动我们寻求光明的决心。前几天我觉着异常懊丧的时候无意中翻着尼采的一句话，极简单的几个字却涵有无穷的意义与强悍的力量，正如天上星斗的纵横与山川的经纬，在无声中暗示你人生的奥义，祛除你的迷惘，照亮你的思路，他说：“受苦人没有悲观的权利。”（The sufferer has no right to pessimism.）我那时感觉一种异样的惊心，一种异样的彻悟：

> 我不辞痛苦，因为我要认识你，上帝；
> 我甘心，甘心在火焰里存身，
> 到最后那时辰见我的真，见我的真，
> 我定了主意，上帝，再不迟疑！

所以我这次从南边回来，决意改变我对人生的态度，我写信给朋友说这来要来认真做一点“人的事业”了。

> 我再不想成仙，蓬莱不是我的分；
> 我只要这地面，情愿安分的做人。

在我这“决心做人，决心做一点认真的事业”，是一个思想的大转变；因为先前我对这人生只是不调和不承认的态度，因此我与这现世界并没有什么相互的关系，我是我，它是它，它不能责备我，我也不来批评它，但是这来我决心做人的宣言却把我放进了一个有关系、负责任的地位，我再不能张着眼睛做梦，从今起得把现实当现实看：我要来察看，我要来检查，我要来清除，我要来颠扑，我要来挑战，我要来破坏。

人生到底是什么？我得先对我自己给一个相当的答案。人生究竟是什么？为什么这形形色色的、纷扰不清的现象——宗教，政治，社会，道德，艺术，男女，经济？我来是来了，可还是一肚子的不明白，我得慢慢的看古玩似的，一件件拿在手里看一个清切再来说话，我不敢保证我的话一定在行，我敢担保的只是我自己思想的忠实；我前面说过我的学识是极浅陋的，但我却并不因此自馁，有时学问是一种束缚，知识是一层障碍，我只要能信得过我能看的眼、能感受的心，我就有我的话说；至于我说的话有没有人听、有没有人懂，那是另外一件事，我管不着了——“有的人身死了才出世的”，谁知道一个人有没有真的出世那一天？

是的，我从今起要迎上前去！生命第一个消息是活动，第二个消息是搏斗，第三个消息是决定；思想也是的，活动的下文就是搏斗。搏斗就包含一个搏斗的对象，许是人，许是问题，许是现象，许是思想本体。一个武士最大的期望是寻着一个相当的敌手。思想家也是的，他也要一个可以较量他充分的力量的对象。“攻击是我的本性，”一个哲学家说，“要与你的对手相当——这是一个正直的决斗的第一个条件。你心存鄙夷的时候你不能搏斗。你占上风，你认定对手无能的时候你不应当搏斗。我的战略可以约成四个原则——第一，我专打正占胜利的对象——在必要时我暂缓我的攻击，等他胜利了再开手；第二，我专打没有人打的对象，我这边不会有助手，我单独的站定一边——在这搏斗中我难为的只是我自己；第三，我永远不来对人的攻击——在必要时我只拿一个人格当显微镜用，借它来显出某种普遍的，但却隐遁不易踪迹的恶性；第四，我攻击某事物的动机，不包含私人嫌隙的关系，在我攻击是一个善意的，而且在某种情况下，感恩的凭证。”

这位哲学家的战略，我现在僭引作我自己的战略，我盼望我将来不至于在搏斗的沉酣中忽略了预定的规律，万一疏忽时我恳求你们随时提醒。我现在戴我的手套去！

北戴河海滨的幻想

他们都到海边去了，我为左眼发炎不曾去。我独坐在前廊，偎坐在一张安适的大椅内，袒着胸怀，赤着脚，一头的散发，不时的有风来撩拂。清晨的晴爽，不曾消醒我初起时睡态，但梦思却半被晓风吹断。我阖紧眼帘内视，只见一斑斑消残的颜色，一似晚霞的余赭，留恋地胶附在天边。廊前的马樱、紫荆、藤萝，青翠的叶与鲜红的花，都将他们的妙影映印在水汀上，幻出幽媚的情态无数；我的臂上与胸前，亦满缀了绿荫的斜纹。从树荫的间隙平望，正见海湾；海波亦似被晨曦唤醒，黄蓝相间的波光，在欣然的舞蹈。滩边不时见白涛涌起，迸射着雪样的水花。浴线内点点的小舟与浴客，小禽似的浮着；幼童的欢叫，与水波拍岸声，与潜涛呜咽声，相间的起伏，竞报一滩的生趣与乐意。但我独坐的廊前，却只是静静的，静静的无甚声响。妩媚的马樱，只是幽幽的微展着，蝇虫也敛翅不飞。只有远近树里的秋蝉在纺纱似的缍引它们不尽的长吟。

在这不尽的长吟中，我独坐在冥想。难得是寂寞的环境，难得是静定的意境；寂寞中有不可言传的和谐，静默中有无限的创造。我的心灵，比如海滨，生平初度的怒潮，已经渐次的消失，只剩有疏松的海沙中偶尔的回响，更有残缺的贝壳，反映星月的辉芒。此时摸索潮余的斑痕，追想当时汹涌的情景，是梦或是真，再亦不须辨问。只此眉梢的轻皱，唇边的微哂，已足解释无穷奥绪，深深的蕴伏在灵魂的微纤之中。

青年永远趋向反叛，爱好冒险；永远如初度航海者，幻想黄金机缘于浩淼的烟波之外；想割断系岸的缆绳，扯起风帆，欣欣的投入无垠的怀抱。他厌恶的是平安，自喜的是放纵与豪迈。无颜色的生涯，是他目中的荆棘；绝海与凶巘，是他爱取由的途径。他爱折玫瑰，为她的色香，亦为她冷酷的刺毒。他爱搏狂澜，为他的庄严与伟大，亦为他吞噬一切的天才，最是激发他探险与好奇的动机。他崇拜冲动：不可测，不可节，不可预逆，起，动，消歇皆在无形中，狂飙似的倏忽与猛烈与神秘。他崇拜斗争：从斗争中求剧烈的生命之意义，从斗争中求绝对的实在，在血染的战阵中，呼嗷胜利之狂欢或唱败丧的哀曲。

幻象消灭是人生里命定的悲剧；青年的幻灭，更是悲剧中的悲剧，夜一般的沉黑，死一般的凶恶，纯粹的，猖狂的热情之火，不同阿拉丁的神灯，只能放射一时的异彩，不能永久的朗照；转瞬间，或许，便已敛熄了最后的焰舌，只留存有限的余烬与残灰，在未灭的余温里自伤与自慰。

流水之光，星之光，露珠之光，电之光，在青年的妙目中闪耀，我们不能不惊讶造化者艺术之神奇；然可怖的黑影，倦与衰与饱餍的黑影，同时亦紧紧的跟着时日进行，仿佛是烦恼，痛苦，失败，或庸俗的尾曳，亦在转瞬间，彗星似的扫灭了我们最自傲的神辉——流水涸，明星没，露珠散灭，电闪不再!

在这艳丽的日辉中，只见愉悦与欢舞与生趣，希望，闪铄的希望，在荡漾，在无穷的碧空中，在绿荫的光泽里，在虫鸟的歌吟中，在青草的摇曳中——夏之荣华，春之成功。春光与希望，是长驻的；自然与人生，是调谐的。

在远处有福的山谷内，莲馨花在坡前微笑，稚羊在乱石间跳跃，牧童们，有的吹着芦笛，有的平卧在草地上，仰看变幻的浮游的白云，放射下的青影在初黄的稻田中缥缈地移过。在远处安乐的村中，有妙龄的村姑，在流涧边照映她自制的春裙；日衔烟斗的农夫三四，在预度秋收的丰盈，老妇人们坐在家门外阳光中取暖，她们的周围有不少的儿童，手擎着黄白的钱花在环舞与欢呼。

在远——远处的人间，有无限的平安与快乐，无限的春光……

在此暂时可以忘却无数的落蕊与残红；亦可以忘却花荫中掉下的枯叶，私语地预告三秋的情意；亦可以忘却苦恼的僵瘪的人间，阳光与雨露的殷勤，不能再恢复他们腮颊上生命的微笑；亦可以忘却纷争的互杀的人间，阳光与雨露的仁慈，不能感化他们凶恶的兽性；亦可以忘却庸俗的卑琐的人间，行云与朝露的丰姿，不能引逗他们刹那间的凝视；亦可以忘却自觉的失望的人间，绚烂的春时与媚草，只能反激他们悲伤的意绪。

我亦可以暂时忘却我自身的种种：忘却我童年时期清风白水似的天真；忘却我少年期种种虚荣的希冀；忘却我渐次的生命的觉悟；忘却我热烈的理想的寻求；忘却我心灵中乐观与悲观的斗争；忘却我攀登文艺高峰的艰辛；忘却刹那的启示与彻悟之神奇；忘却我生命潮流之骤转；忘却我陷落在危险的旋涡中之幸与不幸；忘却我追忆不完全的梦境；忘却我大海底里埋着的秘密；忘却曾经刳割我灵魂的利刃，炮烙我灵魂的烈焰，摧毁我灵魂的狂飙与暴雨；忘却我的深刻的怨与艾；忘却我的冀与愿；忘却我的恩泽与惠感；忘却我的过去与现在……

过去的实在，渐渐的膨胀，渐渐的模糊，渐渐的不可辨认；现在的实在，渐渐的收缩，逼成了意识的一线，细极狭极的一线，又裂成了无数不相联续的黑点……黑点亦渐次的隐翳，幻术似的灭了，灭了，一个可怕的黑暗的空虚……

幻象消灭是人生里命定的悲剧；青年的幻灭，更是悲剧中的悲剧，夜一般的沉黑，死一般的凶恶，纯粹的，猖狂的热情之火，不同阿拉丁的神灯，只能放射一时的异彩，不能永久的朗照；转瞬间，或许，便已敛熄了最后的焰舌，只留存有限的余烬与残灰，在未灭的余温里自伤与自慰。

我的祖母之死

一

一个单纯的孩子，过他快活的时光，与匆匆的，活泼泼的，何尝识别生存与死亡?

这四行诗是英国诗人华茨华斯（William Wordsworth）一首有名的小诗叫作《我们是七人》（We Are Seven）的开端，也就是他的全诗的主意。这位爱自然、爱儿童的诗人，有一次碰着一个八岁的小女孩，发卷蓬松的可爱，他问她兄弟姊妹共有几人，她说我们是七个，两个在城里，两个在外国，还有一个姊妹一个哥哥，在她家里附近教堂的墓园里埋着。但她小孩的心理，却不分清生与死的界限，她每晚携着她的干点心与小盘皿，到那墓园的草地里，独自的吃，独自的唱，唱给她的在土堆里眠着的兄姊听，虽则他们静悄悄的莫有回响，她烂漫的童心却不曾感到生死间有不可思议的阻隔；所以任凭华翁多方的譬解，她只是睁着一双灵动的小眼，回答说：

“可是，先生，我们还是七人。”

二

其实华翁自己的童真，也不比那小女孩的完全，他曾经说“在孩童时期，我不能相信我自己有一天也会得悄悄地躺在坟里，我的骸骨会变成尘土”。又一次他对人说“我做孩子时最想不通的，是死这回事将来也会得轮到我自己身上”。

孩子们天生是好奇的，他们要知道猫儿为什么要吃耗子，小弟弟从哪里变出来的，或是究竟先有鸡还是先有鸡蛋；但人生最重大的变端——死的现象与实在，他们也只能含糊的看过，我们不能期望一个个小孩子们都是搔头穷思的丹麦王子。他们临到丧故，往往跟着大人啼哭；但他只要眼泪一干，就会到院子里踢毽子，赶蝴蝶，即使在屋子里长眠不醒了的是他们的亲爹或亲娘，大哥或小妹，

孩子们天生是好奇的，他们要知道猫儿为什么要吃耗子，小弟弟从哪里变出来的，或是究竟先有鸡还是先有鸡蛋；但人生最重大的变端——死的现象与实在，他们也只能含糊的看过，我们不能期望一个个小孩子们都是搔头穷思的丹麦王子。

我们也不能盼望悼死的悲哀可以完全翳蚀了他们稚羊小狗似的欢欣。你如其对孩子说，你妈死了，你知道不知道——他十次里有九次只是对着你发呆；但他等到要妈叫妈，妈偏不应的时候，他的嫩颊上就会有热泪流下。但小孩天然的一种表情，往往可以给人们最深的感动，我生平最忘不了的一次电影，就是描写一个小孩爱恋已死母亲的种种天真的情景。她在园里看种花，园丁告诉她这花在泥里，浇下水去，就会长大起来。那天晚上天下大雨，她睡在床上，被雨声惊醒了，忽然想起园丁的话，她的小脑筋里就发生了绝妙的主意。她偷偷地爬出了床，走下楼梯，到书房里去拿下桌上供着的她死母的照片，一把揣在怀里，也不顾倾倒着的大雨，一直走到园里，在地上用园丁的小锄掘松了泥土，把她怀里的亲妈，谨慎地取出来，栽在泥里，把松泥掩护着；她做完了工就蹲在那里守候——一个三四岁的女孩，穿着白色的睡衣，在深夜的暴雨里，蹲在露天的地上，专心笃意的盼望已经死去的亲娘，像花草一般，从泥土里发长出来！

三

我初次遭逢亲属的大故，是二十年前我祖父的死，那时我还不满六岁，那是我生平第一次可怕的经验，但我追想当时的心理，我对于死的见解也不见得比华翁的那位小姑娘高明。我记得那天夜里，家里人吩咐祖父病重，他们今夜不睡了，但叫我和我的姊妹先上楼睡去，回头要我们时他们会来叫的。我们就上楼去睡了，底下就是祖父的卧房，我那时也不十分明白，只知道今夜一定有很怕的事，有火烧，强盗抢，做怕梦，一样的可怕。我也不十分睡着，只听得楼下的急步声，碗碟声，唤婢仆声，隐隐的哭泣声，不息的响着。过了半夜，他们上来把我从睡梦里抱了下去，我醒过来只听得一片的哭声，他们已经把长条香点起来，一屋子烟，一屋子的人，围拢在床前，哭的哭，喊的喊，我也挨了过去，在人丛里偷看大床里的好祖父。忽然听说醒了，醒了，哭喊声也歇了，我看见父亲爬在床里，把病父抱持在怀里，祖父倚在他的身上，双眼紧闭着，口里衔着一块黑色的药物他说话了，很清的声音，虽则我不曾听明他说的什么话，后来知道他经过了一阵昏晕，他又醒了过来对家人说："你们吃吓了，这算是小死。"他接着又说了好几句话。随讲音随低，呼气随微，去了，再不醒了，但我却不曾亲见最后的弥留，也许是我记不起，总之我那时早已跪在地板上，手里擎着香，跟着大众高声的哭喊了。

四

此后我在亲戚家收殓虽则看得不少，但死的实在的状况却不曾见过。我们念书人的幻想力是比较的丰富，但往往因为有了幻想力就不管生命现象的实在，结果是书呆子，陆放翁说的“百无一用是书生”。人生范围是无穷的，我们少年时精力充足什么都不怕尝试，只愁没有出奇的事情做，往往抱怨这宇宙太窄，青天太低，大鹏似的翅膀飞不痛快，但是……但是平心的说，且不论奇的，怪的，特别的，离奇的，我们姑且试问人生里最基本的事实，最单纯的，最普遍的，最平庸的，最近人情的经验，我们究竟能有多少的把握，我们能有多少深彻的了解，我们是否都亲身经历过？譬如说：生产，恋爱，痛苦，悲，死，妒，恨，快乐，真疲倦，真饥饿，渴，毒焰似的渴，真的幸福，冻的刑罚，忏悔，种种的情热。我可以说，我们平常人生观，人类，人道，人情，真理，哲理，本能等等名词不离口吻的念书人们，什么文学家，什么哲学家——关于真正人生基本的事实的实在，知道的——恐怕是极微至少，即使不等于圆圈。我有一个朋友，他和他夫人的感情极厚，一次他夫人临到难产，因为在外国，所以进医院什么都得他自己照料，最后医生宣言只有用手术一法，但性命不能担保，他没有法子，只好和他半死的夫人诀别（解剖时亲属不准在旁的）。满心毒魔似的难受，他出了医院，走在道上，走上桥上，像得了离魂病似的，心脉舂臼似的跳着，最后他听着了教堂和缓的钟声，他就不自主的跟着钟声，进了教堂，跟着在做礼拜的跪着，祷告，忏悔，祈求，唱诗，流泪（他并不是信教的人），他这样的捱过时刻，后来回转医院时，一步步都是惨酷的磨难，比上行刑场的犯人，加倍的难受，他怕见医生与护士，仿佛他的运命是在他们手掌里握着，事后他对人说：“我这才知道了人生一点子的意味！”

五

所以不曾经历过精神或心灵的大变的人们，只是在生命的户外徘徊，也许偶尔猜想到几分墙内的动静，但总是浮的浅的，不切实的，甚至完全是隔膜的。人生也许是个空虚的幻梦，但在这幻象中，生与死，恋爱与痛苦，毕竟是陡起的奇峰，应得激动我们彷徨者的注意，在此中也许有可以感悟到一些幻里的真，虚中的实，这浮动的水泡不曾破裂以前，也应得饱吸自由的日光，反射几丝颜色！

我们少年时精力充足什么都不怕尝试，只愁没有出奇的事情做，往往抱怨这宇宙太窄，青天太低，大鹏似的翅膀飞不痛快，但是……但是平心的说，且不论奇的，怪的，特别的，离奇的，我们姑且试问人生里最基本的事实，最单纯的，最普遍的，最平庸的，最近人情的经验，我们究竟能有多少的把握，我们能有多少深彻的了解，我们是否都亲身经历过？

我是一只不羁的野驹，我往往纵容想象的猖狂，诡辩人生的现实；比如凭藉凹折的玻璃，觉察当前景色。但时而复再，我也能从烦嚣的杂响中听出清新的乐调，在眩耀的杂彩里，看出有条理的意匠。这次祖母的大故，老家庭的生活，给我不少静定的时刻，不少深刻的反省。我不敢说我因此感悟了部分的真理，或是取得了若干的智慧；我只能说我因此与实际生活更深了一层的接触，益发激动我对于人生种种好奇的探讨，益发使我惊讶这迷谜的玄妙，不但死是神奇的现象，不但生命与呼吸是神奇的现象，就连日常的生活与习惯与迷信，也好像放射着异样的光闪，不容我们擅用一两个形容词来概状，更不容我们倡言什么主义来抹煞——一个革新者的热心，碰着了实在的寒冰！

六

我在我的日记里翻出一封不曾写完不曾付寄的信，是我祖母死后第二天的早上写的。我那时在极强烈的极鲜明的时刻内，很想把那几日经过的感想与疑问，痛快的写给一个同情的好友，使他在数千里外也能分尝我强烈的鲜明的感情。那位同情的好友我选中了通伯，但那封信却只起了一个呆重的头，一为丧中忙，二为我那时眼热不耐用心，始终不曾写就，一直挨到现在再想补写，恐怕强烈已经变弱，鲜明已经透暗，逃亡的囚逋，不易追获的了。我现在把那封残信录在这里，再来追摹当时的情景。

> 通伯：我的祖母死了！从昨夜十时半起，直到现在，满屋子只是号啕呼抢的悲音，与和尚、道士、女僧的礼忏鼓磬声。二十年前祖父丧时的情景，如今又在眼前了。忘不了的情景！你愿否听我讲些？
>
> 我一路回家，怕的是也许已经见不到老人，但老人却在生死的交关仿佛存心的弥留着，等待她最钟爱的孙儿——即不能与他开言诀别，也使他尚能把握她依然温暖的手掌，抚摩她依然跳动着的胸怀，凝视她依然能自开自阖虽则不再能表情的目睛。她的病是脑充血的一种，中医称为“卒中”(最难救的中风)。她十日前在暗房里蹶仆倒地，从此不再开口出言，登仙似的结束了她八十四年的长寿，六十年良妻与贤母的辛勤，她现在已经永远的脱辞了烦恼的人间，还归她清净自在的来处。我们承受她一生的厚爱与荫泽的儿孙，此时亲见，将来追念。她最后的神化，不能自禁中怀的摧痛，热泪暴雨似的盆涌，然痛心中却亦隐有无穷的赞美，热泪中依稀想见她功成德备的微笑，无形中似有不朽的灵光，永远的临照她绵衍的后裔……

我是一只不羁的野驹，我往往纵容想象的猖狂，诡辩人生的现实；比如凭藉凹折的玻璃，觉察当前景色。但时而复再，我也能从烦嚣的杂响中听出清新的乐调，在眩耀的杂彩里，看出有条理的意匠。

七

旧历的乞巧那一天，我们一大群快活的游踪，驴子灰的黄的白的，轿子四个脚夫抬的，正在山海关外，迂回的、曲折的绕登角山的栖贤寺，面对着残圮的长城，巨虫似的爬山越岭，隐入烟霭的迷茫。那晚回北戴河海滨住处，已经半夜，我们还打算天亮四点钟上莲峰山去看日出，我已经快上床，忽然想起了，出去问有信没有。听差递给我一封电报，家里来的四等电报，我就知道不妙，果然是“祖母病危速回”！我当晚就收拾行装，赶早上六时车到天津，晚上才上津浦快车。正嫌路远车慢，半路又为水发冲坏了轨道过不去，一停就停了十二点钟有余，在车里多过了一夜，直到第三天的中午方才过江上沪宁车。这趟车如其准点到上海，刚好可以接上邕杭的夜车，谁知道又误了点，误了不多不少的一分钟，一面我们的车进站，他们的车头呜的一声叫，别断别断的去了！我若然是空身子，还可以冒险跳车，偏偏我的一双手又被行李雇定了，所以只得定着眼睛送它走。

所以直到八月二十二日的中午我方才到家。我给通伯的信说“怕的是已经见不着老人”，在路上那几天真是难受，缩不短的距离没有法子，但是那急人的水发，急人的火车，几面凑拢来，叫我整整的迟一昼夜到家！试想病危了的八十四岁的老人，这二十四点钟不是容易过的，说不定她刚巧在这个期间内有什么动静，那才叫人抱憾哩！但是结果还算没有多大的差池——她老人家还在生死的交关等着！

八

奶奶——奶奶——奶奶！奶——奶！你的孙儿回来了，奶奶！没有回音。老太太阖着眼，仰面躺在床里，右手拿着一把半旧的雕翎扇很自在的扇动着。老太太原就怕热，每年暑天总是扇子不离手的，那几天又是特别的热。这还不是好好的老太太，呼吸顶匀净的，定是睡着了，谁说危险！奶奶，奶奶！她把扇子放下了，伸手去摸着头顶上挂着的冰袋，一把抓得紧紧的，呼了一口长气，像是暑天赶道儿的喝了一杯凉汤似的，这不是她明明的有感觉不是？我把她的手拿在我的手里，她似乎感觉我手心的热，可是她也让我握着，她开了眼了！右眼张得比左眼开些，瞳子却是发呆，我拿手指在她的眼前一挑，她也没有瞬，那准是她瞧不见了——奶奶，奶奶——她也真没有听见，难道她真是病了，真是危险，这样爱我疼我宠我的好祖母，难道真会得……我心里一阵的难受，鼻子里一阵的酸，滚热的眼泪就迸了出来。这时候床前已经挤满了人，我的这位，我的那位，我一眼看过去，只见一片惨白忧愁的面色，一双双装满了泪珠的眼眶，我的妈更看的憔悴。她们已经伺候了六天六夜，妈对我讲祖母这回不幸的情形，怎样的她夜饭前还在大厅上吩咐事情，怎样的饭后进房去自己擦脸，不知怎样的闪了下去，外面人听着响声进去，已经是不能开口了，怎样的请医生，一直到现在还没有转机……

一个人到了天伦骨肉的中间，整套的思想情绪，就变换了式样与颜色。你的不自然的口音与语法没有用了；你的耀眼的袍服可以不必穿了；你的洁白的天使的翅膀，预备飞翔出人间到天堂的，不便在你的慈母跟前自由的开豁；你的理想的楼台亭阁，也不易轻易的放进这二百年的老屋；你的佩剑、要塞，以及种种的防御，在竞争的外界即使是必要的，到此只是可笑的累赘。在这里，不比在其余的地方，他们所要求于你的，只是随熟的声音与笑貌，只是好的、纯粹的本性，只是一个没有斑点子的赤裸裸的好心。在这些纯爱的骨肉的经纬中心，不由得你不从你的天性里抽出最柔糯亦最有力的几缕丝线来加密或是缝补这幅天伦的结构。

所以我那时坐在祖母的床边，含着两朵热泪，听母亲叙述她的病况，我脑中发生了异常的感想，我像是至少逃回了二十年的光阴，正如我膝前子侄辈一般的高矮，回复了一片纯朴的童真。早上走来祖母的床前，揭开帐子叫一声软和的奶奶，她也回叫了我一声，伸手到里床去摸给我一个蜜枣或是三片状元糕，我又叫了一声奶奶，出去玩了。那是如何可爱的辰光，如何可爱的天真，但如今没有了，再也不回来了，现在床里躺着的，还不是我的亲爱的祖母，十个月前我伴着到普渡登山拜佛清健的祖母，但现在何以不再答应我的呼唤，何以不再能表情，不再能说话，她的灵性哪里去了，她的灵性哪里去了？

九

一天，一天，又是一天——在垂危的病榻前过的时刻，不比平常飞驶无碍的光阴，时钟上同样的一声嘀嗒，直接的打在你的焦急的心里，给你一种模糊的隐痛——祖母还是照样的眠着，右手的脉自从起病以来已是极微仅有的，但不能动弹的却反是有脉的左侧，右手还是不时在挥扇，但她的呼吸还是一例的平匀，面容虽不免瘦削，光泽依然不减，并没有显著的衰象，所以我们在旁边看她的，差不多每分钟都盼望她从这长期的睡眠中醒来，打一个呵欠，就开眼见人，开口说

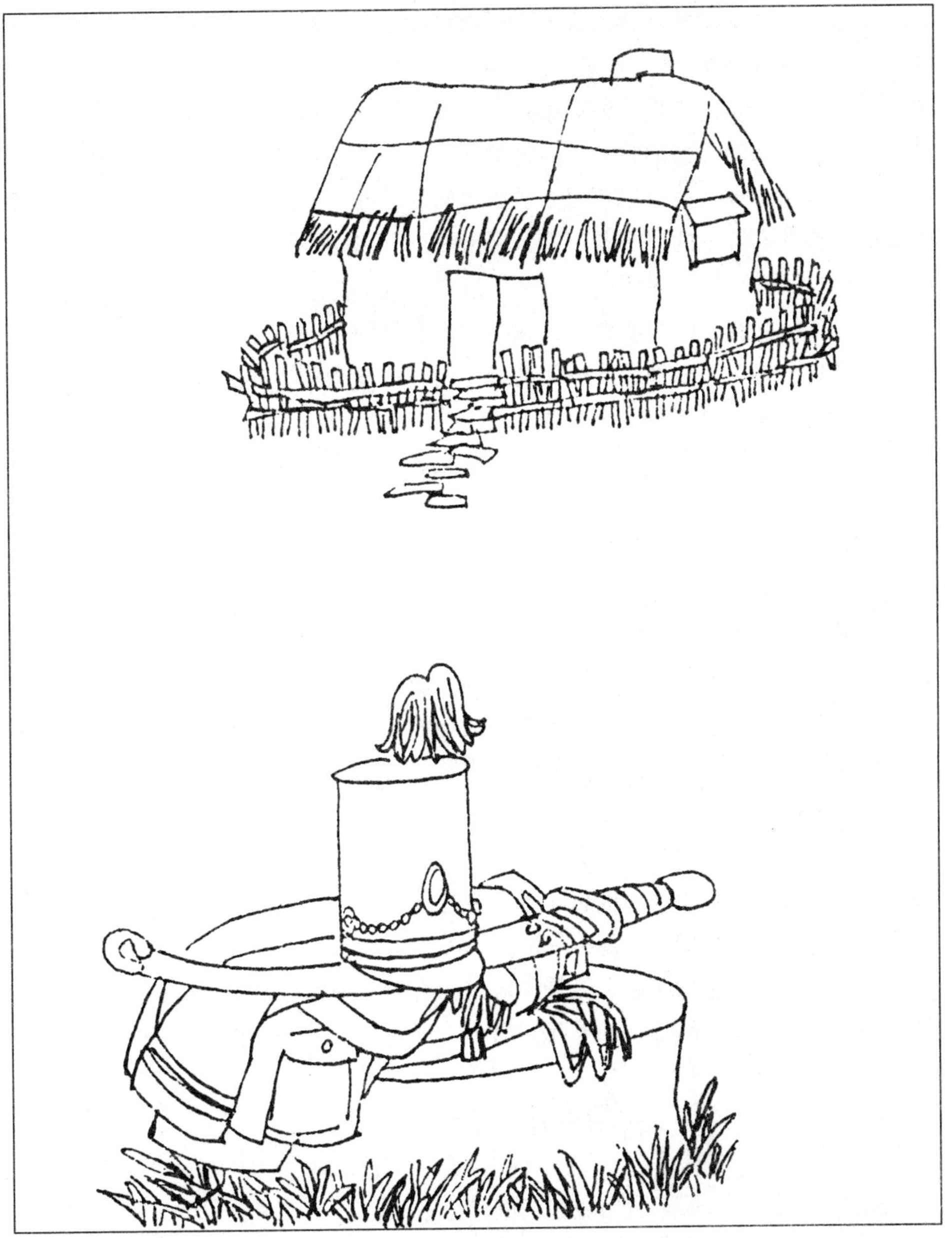

一个人到了天伦骨肉的中间，整套的思想情绪，就变换了式样与颜色。你的不自然的口音与语法没有用了；你的耀眼的袍服可以不必穿了；你的洁白的天使的翅膀，预备飞翔出人间到天堂的，不便在你的慈母跟前自由的开豁；你的理想的楼台亭阁，也不易轻易的放进这二百年的老屋；你的佩剑、要塞，以及种种的防御，在竞争的外界即使是必要的，到此只是可笑的累赘。

话——果然她醒了过来，我们也不会觉得离奇，像是原来应当似的。但这究竟是我们亲人绝望中的盼望，实际上所有医生，中医、西医、针医，都已一致的回绝。说这是“不治之症”，中医说这脉象是凭证，西医说脑壳里血管破裂，虽则植物性机能——呼吸，消化——不曾停止，但言语中枢已经断绝——此外更专门更玄学更科学的理论我也记不得了。所以暂时不变的原因，就在老太太本来的体元太好了，拳术家说的“一时不能散工”，并不是病有转机的兆头。

我们自己人也何尝不明白这是个绝症；但我们却总不忍自认是绝望，这“不忍”便是人情。我有时在病榻前，在凄悒的静默中，发生了重大疑问。科学家说人的意识与灵感，只是神经系统最高的作用，这复杂、微妙的机械，只要部分有了损伤或是停顿，全体的动作便发生相当的影响；如其最重要的部分受了扰乱，他不是变成反常的疯癫，便是完全的失去意识。照这一说，体即是用，离了体即没有用；灵魂是宗教家的大谎，人的身体一死什么都完了。这是最干脆不过的说法，我们活着时有这样有那样已经尽够麻烦，尽够受，谁还有兴致，谁还愿意到坟墓的那一边再去发生关系，地狱也许是黑暗的，天堂是光明的，但光明与黑暗的区别无非是人类专擅的假定，我们只要摆脱这皮囊，还归我清静，我不愿意头戴一个黄色的空圈子，合着手掌跪在云端里受罪！

再回到事实上来，我的祖母——一位神智最清明的老太太——究竟在哪里？我既然不能断定因为神经部分的震裂她的灵感性便永远的消灭，但同时她又分明的失却了表情的能力，我只能设想她人格的自觉性，也许比平时消淡了不少，却依旧是在着，像在梦魇里将醒未醒时似的，明知她的儿女孙曾不住的叫唤她醒来，明知她即使要永别也总还有多少的嘱咐，但是可怜她的眼球再不能反映外界的印象，她的声带与口舌再不能表达她内心的情意，隔着这脆弱的肉体的关系，她的性灵再不能与他最亲的骨肉自由的交通——也许她也在整天整夜的伴着我们焦急，伴着我们伤心，伴着我们出泪，这才是可怜，这才真叫人悲感哩！

十

到了八月二十七那天，离她起病的第十一天，医生吩咐脉象大大的变了，叫我们当心，这十一天内每天她只咽入很困难的几滴稀薄的米汤，现在她的面上的光泽也不如早几天了，她的目眶更陷落了，她的口部的筋肉也更宽弛了，她右手的动作也减少了，即使拿起了扇子也不再能很自然的扇动了——她的大限的确已经到了。但是到晚饭后，反是没有什么显象。同时一家人着了忙，准备寿衣的，准备冥银的，准备香灯等等的。我从里走出外，又从外走进里，只见匆忙的脚步与严肃的面容。这时病人的大动脉已经微细得不可辨，虽则呼吸还不至怎样的急促。这时一家的骨肉已经齐集在病房里，等候那不可避免的时刻。到了十时光景，我和我的父亲正坐在房的那一头一张床上，忽然听得一个哭叫的声音说——“大家快来看呀，老太太的眼睛张大了！”这尖锐的喊声仿佛是一大桶的冰水浇在我的身上，我所有的毛管一齐竖了起来，我们踉跄的奔到了床前，挤进了人丛。果然，老太太的眼睛张大了，张得很大了！这是我一生从不曾见过，也是我一辈子忘不了的眼见的神奇。（恕罪我的描写！）不但是两眼，面容也是绝对的神变了（Transfigured）：她原来皱缩的面上，发出一种鲜润的彩泽，仿佛半瘀的血脉，又一度充满了生命的精液，她的口，她的两颊，也都回复了异样的丰润；同时她的呼吸渐渐的上升，急进的短促，现在已经几乎脱离了气管，只在鼻孔里脆响的呼出了。但是最神奇不过的是一只眼睛！她的瞳孔早已失去了收敛性，呆顿的放大了。但是最后那几秒钟，不但眼眶是充分的张开了，不但黑白分明，瞳孔锐利的紧敛了，并且放射着一种不可形容、不可信的辉光，我只能称它为“生命最集中的灵光”！这时候床前只是一片的哭声，子媳唤着娘，孙子唤着祖母，婢仆争喊着老太太，几个稚龄的曾孙，也跟着狂叫太太……但老太太最后的开眼，仿佛是与她亲爱的骨肉，作无言的诀别，我们都在号泣的送终，她也安慰了，她放心的去了。在几秒钟内，死的黑影已经上了老人面部，遏灭了生命的异彩，她最后的呼气，正似水泡破裂，电光杳灭，菩提的一响，生命呼出了窍，什么都止息了。

十一

我满心充塞了死象的神奇，同时又须顾管我有病的母亲，她那时出性的号啕，在地板上滚着，我自己反而哭不出来。我自己也觉得奇怪了，眼看着一家长幼的涕泪滂沱，耳听着狂沸似的呼抢号叫，我不但不发生同情的反应，却反而达到了一个超感情的、静定的、幽妙的意境，我想象的看见祖母脱离了躯壳与人间，穿着雪白的长袍，冉冉的上升天去，我只想默默的跪在尘埃，赞美她一生的功德，赞美她一生的圆寂。这是我的设想，我们内地人却没有这样纯粹的宗教思想；他们的假定是不论死的是高年厚德的老人或是无知无愆的幼孩，或是罪大恶极的凶人，临到弥留的时刻总是一例的有无常鬼，摸壁鬼，牛头马面，赤发獠牙的阴差等等到门，拿着镣链锁，来捉拿阴魂到案。所以烧纸帛是平他们的暴戾，最后的呼抢是没奈何的诀别。这也许是大部分临死时实在的情景，但我们却不能概定所有的灵魂都不免遭受这样的凌辱。譬如我们的祖老太太的死，我只能想象她是登天，只能想象她慈祥的神化——像那样鼎沸的号啕，固然是至性不能自禁，但我总以为不如匐伏隐泣或默祷，较为近情，较为合理。

理智发达了，感情便失了自然的浓挚；厌世主义的看来，眼泪与笑声一样是空虚的，无意义的。但厌世主义姑且不论，我却不相信理智的发达，会得妨碍天然的情感；如其教育真有效力，我以为效力就在剥削了不合理性的“感情作用”，但决不会有损真纯的感情；他眼泪也许比一般人流得少些，但他等到流泪的时候，他的泪才是应流的泪。我也是智识愈开流泪愈少的一个人，但这一次却也真的哭了好几次。一次是伴我的姑母哭的，她为产后不曾复元，所以祖母的病一直瞒着她，一直到了祖母故后的早上方才通知她。她扶病来了。她还不曾下轿，我已经听出她在啜泣，我一时感到一阵的悲伤，等到她出轿放声时，我也在房中嘘唏不住。又一次是伴祖母当年的赠嫁婢哭的。她比祖母小十一岁，今年七十三岁，亦已是个白发的婆子，她也来哭他的“小姐”，她是见着我祖母的花烛的唯一的人，她一哭我也哭了。

再有是伴我的父亲哭的。我总是觉得一个身体伟大的人，他动情感的时候，动人的力量也比平常人伟大些。我见了我父亲哭泣，我就忍不住要伴着淌泪。但是感动我最强烈的几次，是他一人倒在床里，反复的啜泣，叫着妈，像一个小孩似的，我就感到最热烈的伤感，在他伟大的心胸里浪涛似的起伏，我就感到母子的感情的确是一切感情的起源与总结，等到一失慈爱的荫庇，仿佛一生的事业顿时莫有了根柢，所有的快乐都不能填平这唯一的缺陷；所以他这一哭，我也真哭了。

但是我的祖母果真是死了吗？她的躯体是的。但她是不死的。诗人勃兰恩德（Bryant）说：

So live, that when thy summons comes to join the innumerable caravan, which moves to that mysterious realm where each one takes his chamber in the silent halls of death, then go not, like the quarry slave at night scourged to his dungeon, but sustained and soothed.

By an unfaltering truth, approach thy grave like one that wraps the drapery of his couch, about him, and lies down to pleasant dreams.

如果我们的生前是尽责任的，是无愧的，我们就会安坦的走近我们的坟墓，我们的灵魂里不会有惭愧或悔恨的啮痕。人生自生至死，如勃兰恩德的比喻，真是大队的旅客在不尽的沙漠中进行，只要良心有个安顿，到夜里你卧倒在帐幕里也就不怕噩梦来缠绕。

理智发达了，感情便失了自然的浓挚；厌世主义的看来，眼泪与笑声一样是空虚的，无意义的。但厌世主义姑且不论，我却不相信理智的发达，会得妨碍天然的情感；如其教育真有效力，我以为效力就在剥削了不合理性的“感情作用”，但决不会有损真纯的感情。

我的祖母，在那旧式的环境里，到我们家来五十九年，真像是做了长期的苦工，她何尝有一日的安闲？不必说子女的嫁娶，就是一家的柴米油盐，扫地抹桌，哪一件事不在八十岁老人早晚的心上？我的伯父快近六十岁了，但他的起居饮食，还差不多完全是祖母经管的，初出世的曾孙如其有些身热咳嗽，老太太晚上就睡不安稳；她爱我宠我的深情，更不是文字所能描写；她那深厚的慈荫，真是无所不包，无所不蔽。但她的身心即使劳碌了一生，她的报酬却在灵魂无上的平安；她的安慰就在她的儿女孙曾，只要我们能够步她的前例，各尽天定的责任，她在冥冥中也就永远的微笑了。

悼沈叔薇

沈叔薇是我的一个表兄，从小同学，高小中学（杭州一中）都是同班毕业的，他是今年九月死的。

叔薇，你竟然死了，我常常的想着你，你是我一生最密切的一个人，你的死是我的一个不可补偿的损失。我每次想到生与死的究竟时，我不定觉得生是可欲，死是可悲，我自己的经验与默察只使我相信生的底质是苦不是乐，是悲哀不是幸福，是泪不是笑，是拘束不是自由。因此从生入死，在我有时看来，只是解化了实体的存在，脱离了现象的世界，你原来能辨别苦乐，忍受折磨的性灵，在这最后的呼吸离窍的俄顷，又投入了一种异样的冒险，我们不能轻易的断定那一边没有阳光与人情的温慰，亦不能设想苦痛的灭绝。但生死间终究有一个不可掩讳的分别，不论你怎样的看法。出世是一件大事，死亡亦是一件大事，一个婴儿出母胎时他便与这生的世界开始了关系，这关系却不能随着他去后的躯壳埋掩，这一生与一死，不论相间的距离怎样的短，不论他生时的世界怎样的仄——这一生死便是一个不可销毁的事实：比如海水多受一次潮涨海滩便多受一次泛滥，我们全体的生命的沙滩里，我想，也存记着最微小的波动与影响……

而况我们人又是有感情的动物。在你活着的时候，我可以携着你的手，谈我们的谈，笑我们的笑，一同在野外仰望天上的繁星，或是共感秋风与落叶的悲凉……叔薇，你这几年虽则与我不易相见，虽则彼此处世的态度更不如童年时的一致，但我知道，我相信在你的心里还留着一部分给我的情意，因为你也在我的胸中永占着相当的关切。我忘不了你，你也忘不了我。每次我回家乡时，我往往在不曾解卸行装前已经亟亟的寻求，欣欣的重温你的伴侣。但如今在你我间的距离，不再是可以度量的里程，却是一切距离中最辽远的一种距离——生与死的距离。我下次重归乡土，再没有机会与你携手谈笑，再不能与你相与恣纵早年的狂态，我再到你们家去，至多只能抚摩你的寂寞的灵帏，仰望你的惨淡的遗容，或是手拿一把鲜花到你的坟前凭吊！

叔薇，我今晚在北京的寓里，在一个冷静的秋夜，倾听着风吹落叶的秋声，

我不定觉得生是可欲，死是可悲，我自己的经验与默察只使我相信生的底质是苦不是乐，是悲哀不是幸福，是泪不是笑，是拘束不是自由。因此从生入死，在我有时看来，只是解化了实体的存在，脱离了现象的世界，你原来能辨别苦乐，忍受折磨的性灵，在这最后的呼吸离窍的俄顷，又投入了一种异样的冒险，我们不能轻易的断定那一边没有阳光与人情的温慰，亦不能设想苦痛的灭绝。但生死间终究有一个不可掩讳的分别，不论你怎样的看法。

咀嚼着为你兴起的哀思，这几行文字，虽则是随意写下，不成章节，但在这抒写自来情感的俄顷，我仿佛又一度接近了你生前温驯的、谐趣的人格，仿佛又见着了你瘦脸上的枯涩的微笑——比在生前更谐合的更密切的接近。

我没有多少话对你说，叔薇，你得宽恕我；当你在世时我们亦很少相互倾吐的机会。你去世的那一天我来看你，那时你的头上，你的眉目间，已经刻画着死的晦色，我叫了你一声叔薇，你也从枕上侧面来回叫我一声志摩，那便是我们在永别前最后的缘分！我永远忘不了那时病榻前的情景！

我前面说生命不定是可喜，死亦不定可畏。叔薇，你的一生尤其不曾尝味过生命里可能的乐趣，虽则你是天生的达观，从不会羡虚荣的人间；你如其继续的活着，支撑着你的多病的筋骨，委蛇你无多沾恋的家庭，我敢说这样的生倒不如撒手去了的干净！况且你生前至爱的骨肉，亦久已不在人间，你的生身的爹娘，你的过继的爹娘（我的姑母），你的姊妹——可怜娟姊，我始终不曾一度凭吊——还有你的爱妻，他们都在坟墓的那一边满开着他们天伦的怀抱，守候着他们最爱的“老五”，共享永久的安闲……

我的彼得

新近有一天晚上，我在一个地方听音乐，一个不相识的小孩，约莫八九岁光景，过来坐在我的身边，他说的话我不懂，我也不易使他懂我的话，那可并不妨事，因为在几分钟内我们已经是很好的朋友，他拉着我的手，我拉着他的手，一同听台上的音乐。他年纪虽则小，他音乐的兴趣已经很深：他比着手势告我他也有一张提琴，他会拉，并且说那几个是他已经学会的调子，他那资质的敏慧，性情的柔和，体态的秀美，不能使人不爱；而况我本来是欢喜小孩们的。

但那晚虽则结识了一个可爱的小友，我心里却并不快爽；因为不仅见着他使我想起你，我的小彼得，并且在他活泼的神情里我想见了你，彼得，假如你长大的话，与他同年龄的影子。你在时，与他一样，也是爱音乐的；虽则你回去的时候刚满三岁，你爱好音乐的故事，从你襁褓时起，我屡次听你妈与你的“大大”讲，不但是十分的有趣可爱，竟可说是你有天赋的凭证，在你最初开口学话的日子，你妈已经写信给我，说你听着了音乐便异常的快活，说你在坐车里常常伸出你的小手在车栏上跟着音乐按拍；你稍大些会得淘气的时候，你妈说，只要把话匣开上，你便在旁边乖乖的坐着静听，再也不出声不闹——并且你有的是可惊的口味，是贝多芬是槐格纳你就爱，要是中国的戏片，你便盖没了你的小耳，决意不让无意味的锣鼓，打搅你的清听——你的大大（她多疼你），讲给我听你得小提琴的故事：怎样那晚上买琴来的时候，你已经在你的小床上睡好，怎样她们为怕你起来闹赶快灭了灯亮把琴放在你的床边，怎样你这小机灵早已看见，却偏不作声，等你妈与大大都上了床，你才偷偷地爬起来摸着了你的宝贝，再也忍不住的你技痒，站在漆黑的床边，就开始你“截桑柴”的本领，后来她们怎样干涉了你，你便乖乖的把琴抱进你的床去，一起安眠。她们又讲你怎样欢喜拿着一根短棍站在桌上摹仿音乐会的导师，你那认真的神情常常叫在座的人大笑。此外还有不少趣话，大大记得最清楚，她都讲给我听过；但这几件故事已够见证你小小的灵性里早长着音乐的慧根。实际我与你妈早经同意想叫你长大时留在德国学习音乐——谁知道在你的早殇里我们失去了一个可能的莫察特（Mozart）。在中国音乐最饥荒的日子，难得见这一点希冀的青芽，又教运命无情的脚跟踏倒，想起怎不可伤？

彼得，可爱的小彼得，我“算是”你的父亲，但想起我做父亲的往迹，我心头便涌起了不少的感想。我的话你是永远听不着了，但我想借这悼念你的机会，稍稍疏泄我的积愫，在这不自然的世界上，与我境遇相似或更不如的当不在少数，因此我想说的话或许还有人听，竟许有人同情。就是你妈，彼得，她也何尝有一天接近过快乐与幸福，但她在她同样不幸的境遇中证明她的智断，她的忍耐，尤其是她的勇敢与胆量；所以至少她，我敢相信，可以懂得我话里意味的深浅，也只有她，我敢说，最有资格指证或相诠释，在她有机会时，我的情感的真际。

但我的情愫！是怨，是恨，是忏悔，是怅惘？对着这不完全，不如意的人生，谁没有怨，谁没有恨，谁没有怅惘？除了天生颟顸的，谁不曾在他生命的经途中——歌德说的——和着悲哀吞他的饭，谁不曾拥着半夜的孤衾饮泣？我们应得感谢上苍的是他不可度量的心裁，不但在生物的境界中他创造了不可计数的种类，就这悲哀的人生也是因人差异，各个不同——同是一个碎心，却没有同样的碎痕；同是一滴眼泪，却难寻同样的泪晶。

彼得我爱，我说过我是你的父亲，但我最后见你的时候你才不满四月，这次我再来欧洲你已经早一个星期回去，我见着的只你的遗像，那太可爱；与你一撮的遗灰，那太可惨。你生前日常把弄的玩具——小车、小马、小鹅、小琴、小书——你妈曾经件件的指给我看，你在时穿着的衣、褂、鞋、帽，你妈与你大大也曾含着眼泪从箱里理出来给我抚摩，同时她们讲你生前的故事，直到你的影像活现在我的眼前，你的脚踪仿佛在楼板上踹响。你是不认识你父亲的，彼得，虽则我听说他的名字常在你的口边，他的肖像也常受你小口的亲吻，多谢你妈与你大大的慈爱与真挚，她们不仅永远把你放在她们心坎的底里，她们也使我，没福见着你的父亲，知道你，认识你，爱你，也把你的影像、活泼、美慧、可爱，永远镂上了我的心版。那天在柏林的会馆里，我手捧着那收存你遗灰的锡瓶，你妈与你七舅站在旁边止不住滴泪，你的大大哽咽着，把一个小花圈挂上你的门前——那时间我，你的父亲，觉着心里有一个尖锐的刺痛，这才初次明白曾经有一点血肉从我自己的生命里分出，这才觉着父性的爱像泉眼似的在性灵里汩汩的流出；只可惜是迟了，这慈爱的甘液不能救活已经萎折了的鲜花，只能在他纪念日的周遭永远无声的流转。

彼得，我说我要借这机会稍稍爬梳我年来的郁积，但那也不见得容易；要说的话仿佛就在口边。但你要它们的时候，它们又不在口边。像是长在大块岩石底下的嫩草，你得有力量翻起那岩石才能把它不伤损的连根起出——谁知道那根长的多深！是恨，是怨，是忏悔，是怅惘？许是恨，许是怨，许是忏悔，许是怅惘。荆棘刺入了行路人的胫踝，他才知道这路的难走；但为什么有荆棘？是它们自己长着，还是有人存心种着的？也许是你自己种下的？至少你不能完全抱怨荆棘。一则因为这道是你自愿才来走的；再则因为那刺伤是你自己的脚踏上了荆棘的结果，不是荆棘自动来刺你——但谁又知道？因此我有时想，彼得，像你倒真是聪明：你来时是一团活泼、光亮的天真，你去时也还是一个光亮、活泼的灵魂；你来人间真像是短期的作客，你知道的是慈母的爱，阳光的和暖与花草的美丽，你离开了妈的怀抱，你回到了天父的怀抱，我想他听你欣欣的回报这番作客——只尝甜浆，不吞苦水——的经验，他上年纪的脸上一定满布着笑容——你的小脚踝上不曾碰着过无情的荆棘，你穿来的白衣不曾沾着一斑的泥污。

但我们，比你住久的，彼得，却不是来作客；我们是遭放逐，无形的解差永远在后背催逼着我们赶道，为什么受罪，前途是哪里，我们始终不曾明白，我们明白的只是底下流血的胫踝，只是这无思的长路，这时候想回头已经太迟，想中止也不可能，我们真的羡慕，彼得，像你那谪期的简净。

在这道上遭受的，彼得，还不止是难，不止是苦，最难堪的是逐步相追的嘲讽，身影似的不可解脱。我既是你的父亲，彼得，比方说，为什么我不能在你的生前，日子虽短，给你应得的慈爱，为什么要到这时候，你已经去了不再回来，我才觉着骨肉的关连，并且假如我这番不到欧洲，假如我在万里外接到你的死耗，我怕我只能看作水面上的云影，来时自来，去时自去；正如你生前我不知欣喜，你在时我不知爱惜，你去时也不能过分动我的情感，我自分不是无情，不是寡思，为什么我对自身的血肉，反是这般不近情的冷漠？彼得，我问为什么，这问的后身便是无限的隐痛；我不能怨，我不能恨，更无从悔。我只是怅惘，我只能问，明知是自苦的揶揄，但我只能忍受。而况揶揄还不止此，我自身的父母，何尝不赤心的爱我；但他们的爱却正是造成我痛苦的原因。我自己也何尝不笃爱我的双亲，但我不仅不能尽我的责任，不仅不曾给他们想望的快乐，我，他们的独子，也不免加添他们的烦愁，造作他们的痛苦，这又是为什么？在这里，我也是一般的不能恨，不能怨，更无从悔，我只是怅惘——我只能问。昨天我是个孩子，今天已是壮年；昨天腮边还带着圆润的笑涡，今天头上已见星星的白发；光阴带走的往迹，再也不容追赎，留下在我们心头的只是些揶揄的鬼影；我们在这道上偶尔停步回想的时候，只能投一个虚圈的“假使当初”，解嘲以往的一切。但以往的教训，即使有，也不能给我们利益，因为前途还是不减启程时的渺茫，我们还是不能选择自由的途径——到那天我们无形的解差喝住的时候，我们唯一的权利，我猜想，也只是再丢一个虚圈更大的“假使”，圆满这全程的寂寞，那就是止境了。

荆棘刺入了行路人的胫踝，他才知道这路的难走；但为什么有荆棘？是它们自己长着，还是有人存心种着的？也许是你自己种下的？至少你不能完全抱怨荆棘。一则因为这道是你自愿才来走的；再则因为那刺伤是你自己的脚踏上了荆棘的结果，不是荆棘自动来刺你。

伤双栝老人

看来你的死是无可致疑的了，宗孟先生，虽则你的家人们到今天还没法寻回你的残骸。最初消息来时，我只是不信，那其实是太兀突，太荒唐，太不近情。我曾经几回梦见你生还，叙述你历险的始末，多活现的梦境！但如今在栝树凋尽了青枝的庭院，再不闻“老人”的謦欬；真的没了，四壁的白联仿佛在微风中叹息。这三四十天来，哭你有你的内眷，姊妹，亲戚，悼你的私交；惜你有你的政友与国内无数爱君才调的士夫。志摩是你的一个忘年的小友，我不来敷陈你的事功，不来历叙你的言行；我也不来再加一份涕泪吊你最后的惨变。魂兮归来！此时在一个风满天的深夜握笔，就只两件事闪闪的在我心头：一是你谐趣天成的风怀，一是髫年失怙的诸弟妹，他们，你在时，哪一息不是你的关切，便如今，料想你彷徨的阴魂也常在他们的身畔飘逗。平时相见，我倾倒你的妙语，往往含笑静听，不叫我的笨涩羼杂你的莹彻，但此后，可恨这生死间无情的阻隔，我再没有那样的清福了！只当你是在我跟前，只当是消磨长夜的闲谈，我此时对你说些琐碎，想来你不至厌烦罢。

先说说你的弟妹。你知道我与小孩子们说得来，每回我到你家去，他们一群四五个，连着眼珠最黑的小五，浪一般的拥上我的身来，牵住我的手，攀住我的头，问这样，问那样；我要走时他们就着了忙，抢帽子的，锁门的，嘎着声音苦求的——你也曾见过我的狼狈。自从你的噩耗到后，可怜的孩子们，从不满四岁到十一岁，哪懂得生死的意义，但看了大人们严肃的神情，他们也都发了呆，一个个木鸡似的在人前愣着。有一天听说他们私下在商量，想组织一队童子军，冲出山海关去替爸爸报仇！

“栝安”那虚报到的一个早上，我正在你家。忽然间一阵天翻地覆似的闹声从外院陡起，一群孩子拥着一位手拿电纸的大声欢呼着，冲锋似的拥进了上房。果然是大胜利，该得庆祝的：“爹爹没有事！”“爹爹好好的！”徽那里平安电马上发了去，省她急。福州电也发了去，省他们跋涉。但这欢喜的风景运定活不到三天，又叫接着来的消息给完全煞尽！

当初送你同去的诸君回来，证实了你的死讯。那晚，你的骨肉一个个走进你的卧房，各自默恻恻的坐下，啊，那一阵子最难堪的噤寂，千万种痛心的思潮在各个人的心头，在这沉默的暗惨中，激荡，汹涌，起伏。可怜的孩子们也都泪滢滢的攒聚在一处，相互的偎着，半懂得情景的严重。霎时间，冲破这沉默，发动了放声的号啕，骨肉间至性的悲哀——你听着吗，宗孟先生，那晚有半轮黄月斜觑着北海白塔的凄凉？

我知道你不能忘情这一群童稚的弟妹。前晚我去你家时见小四小五在灵帏前翻着筋斗，正如你在时他们常在你的跟前献技。

“你爹呢？”我拉住他们问。“爹死了。”他们嘻嘻的回答，小五搂住了小四，一和身又滚做一堆！他们将来的养育是你身后唯一的问题——说到这里，我不由的想起了你离京前最后几回的谈话，政治生活，你说你不但尝够而且厌烦了。这五十年算是一个结束，明年起你准备谢绝俗缘，亲自教课膝前的子女；这一清心你就可以用功你的书法，你自觉你腕下的精力，老来只是健进，你打算再花二十年工夫，打磨你艺术的天才；文章你本来不弱，但你想望的却不是什么等身的著述，你只求沥一生的心得，淘成三两篇不易衰朽的纯晶。这在你是一种觉悟；早年在国外初识面时，你每每自负你政治的异禀。即在年前避居津地时你还以为前途不少有为的希望，直到最近政态诡变，你才内省厌倦，认真想回复你书生逸士的生涯。我从最初惊讶你清奇的相貌，惊讶你更清奇的谈吐，我便不阿附你从政的热心，曾经有多少次我讽劝你趁早回航，领导这新时期的精神，共同发现文艺的新土。即如前年泰戈尔来时，你那兴会正不让我们年轻人；你这半百翁登台演戏，不辞劳倦的精神正不知给了我们多少的鼓舞！

不，你不是“老人”，你至少是我们后生中间的一个。在你的精神里，我们看不见苍苍的鬓发，看不见五十年光阴的痕迹；你依旧是二三十年前《春痕》故事里的“逸”的风情——“万种风情无地着”，是你最得意的名句，谁料这下文竟命定是“辽原白雪葬华颠”！

谁说你不是君房的后身？可惜当时不曾记下你摇曳多姿的吐属，蓓蕾似的满缀着警句与谐趣，在此时回忆，只如天海远处的点点航影，再也认不分明。你常常自称厌世人，果然，这世界，这人情，那禁得起你锐利的理智的解剖与抉剔？你的锋芒，有人说，是你一生最吃亏的所在。但你厌恶的是虚伪，是矫情，是顽老，是乡愿的面目，哪还是不该的？谁有你的豪爽，谁有你的倜傥，谁有你的幽默？你的锋芒，即使露，也决不是完全在他人身上应用，你何尝放过你自己来？对己一如对人，你丝毫不存姑息，不存隐讳，这就够难能，在这无往不是矫揉的日子，再没有第二人，除了你，能给我这样脆爽的清谈的愉快。再没有第二人在我的前辈中，除了你，能使我感受这样的无“执”无“我”精神。

最可怜是远在海外的徽徽，她，你曾经对我说，是你唯一的知己；你，她也会对我说，是她唯一的知己。你们这父女不是寻常的父女。“做一个有天才的女儿的父亲，”你曾说，“不是容易享的福，你得放低你天伦的辈分先求做到友谊的了解。”徽，不用说，一生崇拜的就只你，她一生理想的计划中，哪件事离得了聪明不让她自己的老父？但如今，说也可怜，一切都成了梦幻，隔着这万里途程，她那弱小的心灵如何载得起这奇重的哀惨！这终天的缺陷，叫她问谁补去？佑着她吧，你不昧的阴灵，宗孟先生，给她健康，给她幸福。尤其给她艺术的灵术——同时提携她的弟妹，共同增荣雪池双栝的清名！

吊刘叔和

一向我的书桌上是不放相片的。这一月来有了两张，正对我的坐位，每晚更深时就只他们俩看着我写，伴着我想。院子里偶尔听着一声清脆，有时是虫，有时是风卷败叶，有时，我想象，是我们亲爱的故世人从坟墓的那一边吹过来的消息。伴着我的一个是小，一个是“老”：小的就是我那三月间死在柏林的彼得，老的是我们钟爱的刘叔和，“老老”。彼得坐在他的小皮椅上，抿紧着他的小口，圆睁着一双秀眼，仿佛性急要妈拿糖给他吃，多活灵的神情！但在他右肩空白上分明题着这几行小字：“我的小彼得，你在时我没福见你，但你这可爱的遗影应该可以伴我终身了。”老老是新长上几根看得见的上唇须，在他那件常穿的缎褂里欠身坐着，严正在他的眼内，和蔼在他的口颔间。

让我来看。有一天我邀他吃饭，他来电说病了不能来，顺便在电话中他说起我的彼得。（在襁褓时的彼得，叔和在柏林也曾见过。）他说我那篇悼儿文做得不坏；有人素来看不起我的笔墨的，他说，这回也相当的赞许了。我此时还分明记得他那天通电时着了寒发沙的嗓音！我当时回他说多谢你们夸奖，但我却觉得凄惨，因为我同时不能忘记那篇文字的代价，是我自己的爱儿。过了几天适之来说“老老病了，并且他那病相不好，方才我去看他，他说适之我的日子已经是可数的了”。他那时住在皮宗石家里。我最后见他的一次，他已在医院里。他那神色真是不好，我出来就对人讲，他的病中医叫作湿瘟，并且我分明认得它，他那眼内的钝光，面上的涩色，一年前我那表兄沈叔薇弥留时我曾经见过——可怕的认识，这侵蚀生命的病征。可怜少鳏的老老，这时候病榻前竟没有温存的看护；我与他说笑：“至少在病苦中有妻子毕竟强似没妻子，老老，你不懊丧续弦不及早吗?”那天我喂了他一餐，他实在是动弹不得；但我向他道别的时候，我真为他那无告的情形不忍。（在客地的单身朋友们，这是一个切题的教训，快些成家，不要过于挑剔了吧；你放平在病榻上时才知道没有妻子的悲惨！——到那时，比如叔和，可就太晚了。）

叔和没了。但为你，叔和，我却不曾掉泪。这年头也不知怎的，笑自难得，哭也不得容易。你的死当然是我们的悲痛，但转念这世上惨淡的生活其实是无可沾恋，趁早隐了去，谁说一定不是可羡慕的幸运？况且近年来我已经见惯了死，我再也不觉着它的可怕。可怕是这烦嚣的尘世：蛇蝎在我们的脚下，鬼祟在市街上，霹雳在我们的头顶，噩梦在我们的周遭。在这伟大的迷阵中，最难得的是遗忘，只有在简短的遗忘时我们才有机会恢复呼吸的自由与心神的愉快。谁说死不就是个悠久的遗忘的境界？谁说墓窟不就是真解放的进门？

但是随你怎样看法，这生死间的隔绝，终究是个无可奈何的事实，死去的不能复活，活着的不能到坟墓的那一边去探望。到绝海里去探险我们得合伙，在大漠里游行我们得结伴；我们到世上来做人，归根说，还不只是惴惴的来寻访几个可以共患难的朋友，这人生有时比绝海更凶险，比大漠更荒凉，要不是这点子友谊的同情我第一个就不敢向前迈步了。叔和真是我们的一个。他的性情是不可信的温和："顶好说话的老老"；但他每当论事，却又绝对的不苟同，他的议论，在他起劲时，就比如山壑间雨后的乱泉，石块压不住它，蔓草掩不住它。谁不记得他那永远带伤风的嗓音，他那永远不平衡的肩背，他那怪样的激昂的神情？通伯在他那篇《刘叔和》里说起当初在海外老老与傅孟真的豪辩，有时竟连"讷讷不多言"的他，也"免不了加入他们的战队"。这三位衣常敝、履无不穿的"大贤"在伦敦东南隅的陋巷，点煤汽油灯的斗室里，真不知有多少次借光柏拉图与卢骚与斯宾塞的迷力，欺骗他们告空虚的肠胃——至少在这一点他们三位是一致同意的！但通伯却忘了告诉我们他自己每回加入战团时的特别情态，我想我应得替他补白。我方才用乱泉比老老，但我应得说他是一窜野火，焰头是斜着去的；傅孟真，不用说，更是一窜野火，更猖獗，焰头是斜着来的；这一去一来就发生了不得开交的冲突。在他们最不得开交时劈头下去了一瓢冷水，两窜野火都吃了惊，暂时翳了回去。那一瓢冷水就是通伯，他是出名浇冷水的圣手。

啊，那些过去的日子，枕上的梦痕，秋雾里的远山。我此时又想起初渡太平洋与大西洋时的情景了。我与叔和同船到美国，那时还不熟；后来同在纽约一年差不多每天会面的，但最不可忘的是我与他同渡大西洋的日子。那时我正迷上尼采，开口就是那一套沾血腥的字句。

我仿佛跟着查拉图斯脱拉登上了哲理的山峰，高空的清气在我的肺里，杂色的人生横亘在我的眼下。船过必司该海湾的那天，天时骤然起了变化：岩片似的黑云一层层累叠在船的头顶，不漏一丝天光，海也整个翻了，这里一座高山，那边一个深谷，上腾的浪尖与下垂的云爪相互的纠拿着；风是从船的侧面来的，夹着铁梗似粗的暴雨，船身左右侧的倾欹着。这时候我与叔和在水发的甲板上往来的走——哪里是走，简直是滚，多强烈的震动！霎时间雷电也来了，铁青的云板里飞舞着万道金蛇。涛响与雷声震成了一片喧阗，大西洋险恶的威严在这风暴中

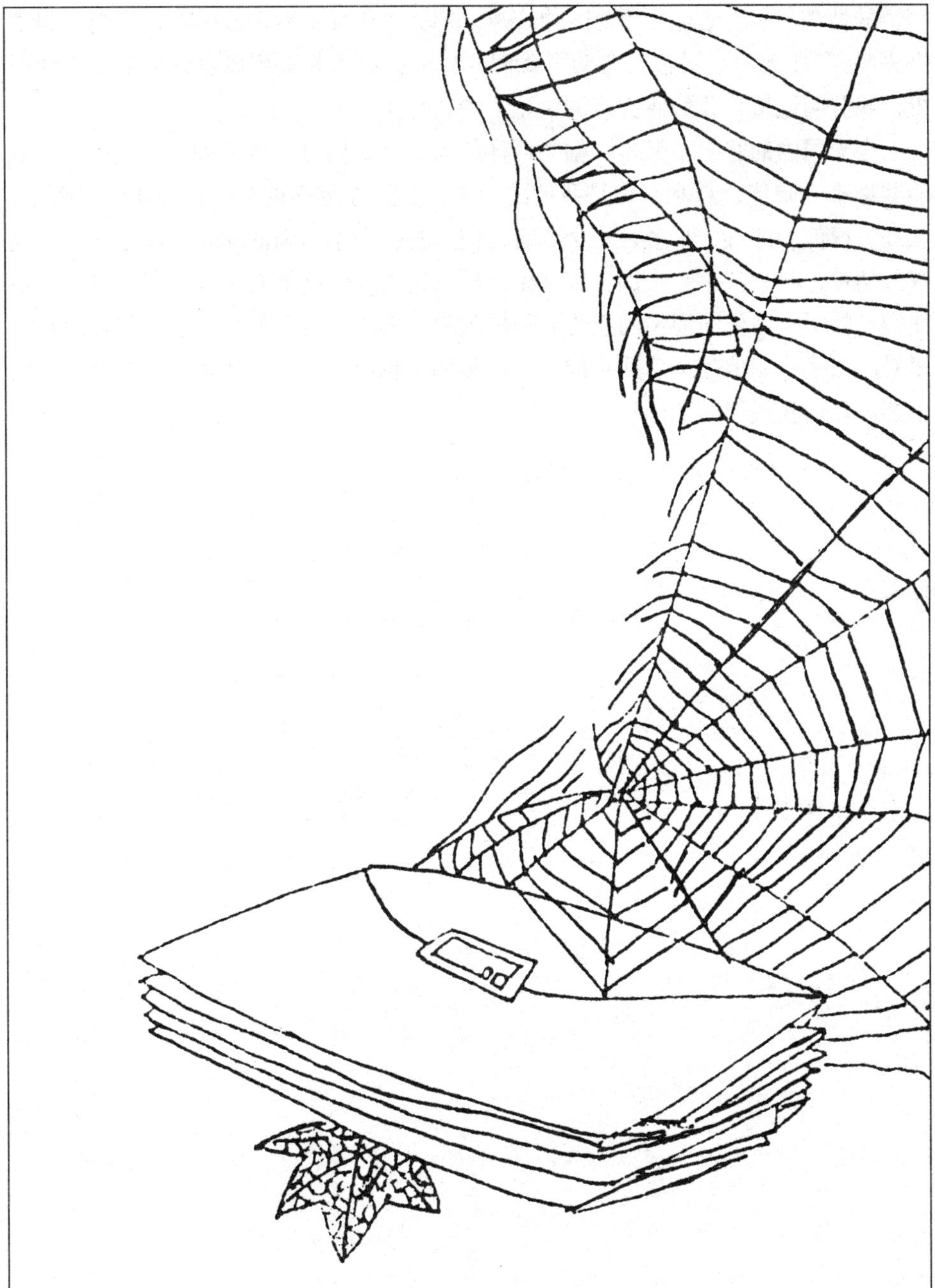

最难得的是遗忘，只有在简短的遗忘时我们才有机会恢复呼吸的自由与心神的愉快。谁说死不就是个悠久的遗忘的境界？谁说墓窟不就是真解放的进门？

尽情的披露了。“人生，”我当时指给叔和说，“有时还不止这凶险，我们有胆量进去吗?”那天的情景益发激动了我们的谈兴，从风起直到风定，从下午直到深夜，我分明记得，我们俩在沉酣的论辩中遗忘了一切。

今天国内的状况不又是一幅大西洋的天变?我们有胆量进去吗?难得是少数能共患难的旅伴，叔和，你是我们的一个，如何你等不得浪静就与我们永别了?叔和，说他的体气，早就是一个弱者；但如其一个不坚强的体壳可以包容一团坚强的精神，叔和就是一个例。叔和生前没有仇人，他不能有仇人；但他自有他不能容忍的对象：他恨混淆的思想，他恨腌臜的人事。他不轻易斗争，但等他认定了对敌出手时，他是最后回头的一个。叔和，我今天又上了暴风雨中的甲板，我不能不悼惜我侣伴的空位!

欧游漫录——西伯利亚游记

一、开篇

你答应了一件事，你的心里就打上了一个结，这个结一天不解开，你的事情一天不完结，你就一天不得舒服。“不做中人不做保，一世无烦恼”，就是这个意思。谁叫我这回出来，答应了人家通讯？在西伯利亚道上我记得曾经发出过一封，但此后，约莫有个半月了，一字都不曾寄去，债愈积愈不容易清呢，我每天每晚揪住了心里的那个结对自己说。同时我知道国内一部分的朋友也一定觉着诧异，他们一定说：“你看出门人没有靠得住的，他临走的时候答应得多好，说一定随时有信来报告行踪，现在两个月都快满了，他那里一个字都不曾寄来！”

但是朋友们，你们得知道我并不是存心叫你们失望的；我至今不写信的缘故决不完全是懒，虽则懒是到处少不了有他的分。当然更不是为无话可说；上帝不许！过了这许多逍遥的日子还来抱怨生活平凡。话多的很，岂止有，难处就在积满了这一肚子的话，从哪里说起才是，这是一层；还有一个难处，在我看来更费踌躇，是这番话应该怎么说法？假如我是一个干脆的报馆访事员，他唯一的金科是有闻必录，那倒好办，只要把你一双耳朵每天收拾干净，出门不要忘了带走，轻易不许他打盹，同时一手拿着记事册，一手拿着“永远尖”，外来的新闻交给耳朵，耳朵交给手，手交给笔，笔交给纸，这不就完事了不是？可惜我没有做访事的天赋，耳朵不够长，手不够快，我又太笨，思想来得奇慢的，笔下请得到的有数几个字也都是有脾气的，只许你去凑他们的趣，休想他们来凑你的趣；否则我要是有画家的本事，见着那边风景好，或是这边人物美，立刻就可以打开本子来自描写生，那不是心灵里的最细沉最飘忽的消息，都有法子可以款留踪迹，我也不怕没有现成文章做了。

我想你们肯费工夫来看我通讯的，也不至于盼望什么时局的新闻。莫索利尼的演说，兴登堡将军做总统，法国换内阁等等，自有你们驻欧特约通信员担任，我这本记事册上纸张不够宽恕不备载了。你们也不必期望什么出奇的事项，因为

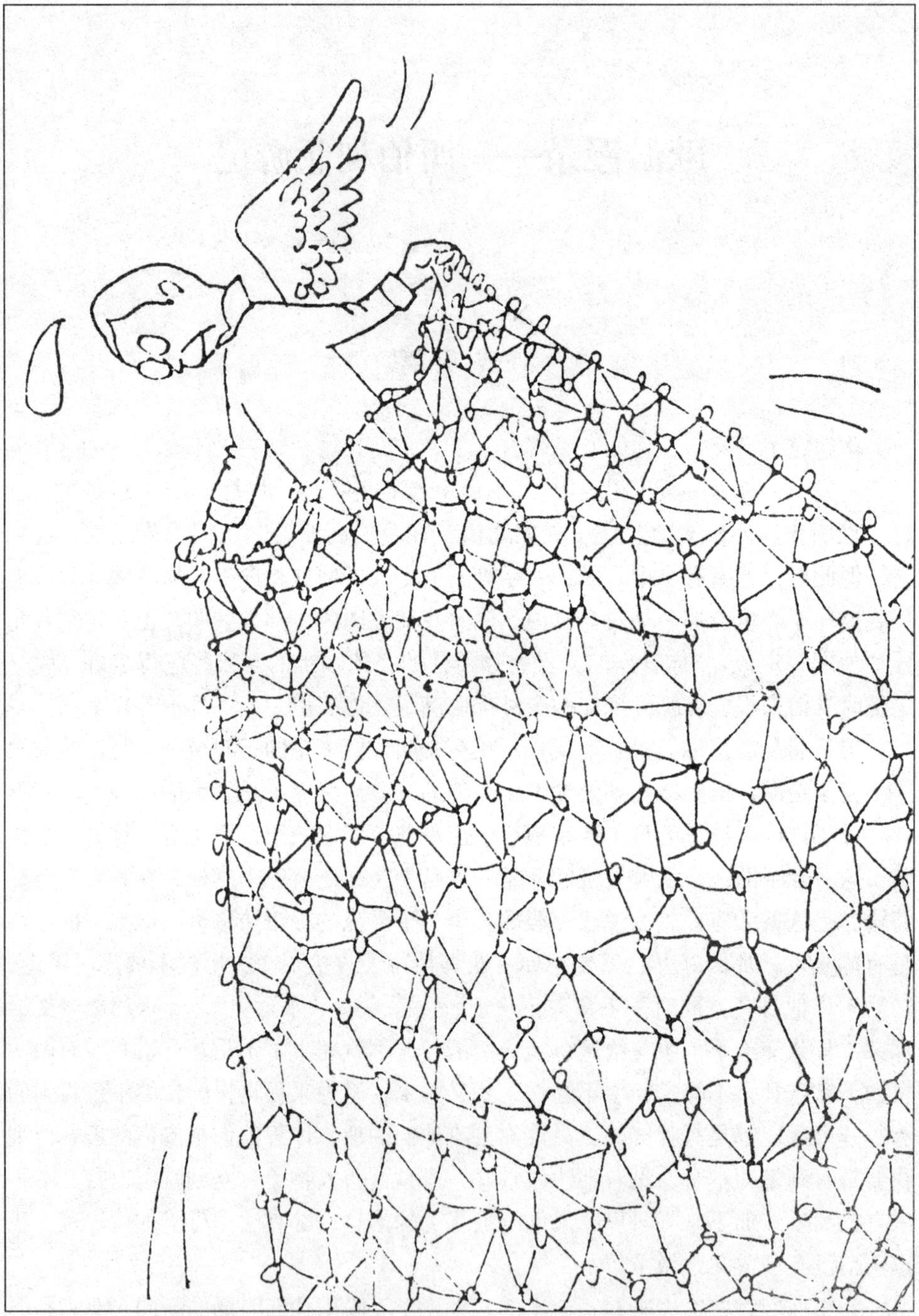

你答应了一件事，你的心里就打上了一个结，这个结一天不解开，你的事情一天不完结，你就一天不得舒服。“不做中人不做保，一世无烦恼”，就是这个意思。

我可以私下告诉你们我这回到欧洲来并不想谋财，也不想害命，也不愿意自己的腿子叫汽车压扁或是牺牲钱包让剪绺先生得意。不,出奇也是不会得的,本来我自己是一个平淡无奇的游客,我眼内的欧洲也只是平淡无奇的几个城子;假如我有话说时,也只是在这平淡无奇的经验的范围内平淡无奇的几句话,再没有别的了。

唯其因为到处是平淡无奇，我这里下笔写的时候就格外觉得为难。假如我有机会看得见牛斗，一只穿红衣的大黄牛和一个穿红衣的骑士拼命，千万个看客围着拍掌叫好的话，我要是写下一篇《斗牛记》，那不仅你们看的人合式，我写的人也容易。偏偏牛斗我看不着（听说西班牙都禁绝了）；别说牛斗，人斗都难得见着，这世界分明是个和平的世界，你从这国的客栈转运到那国的客栈见着的无非仆欧们的笑脸与笑脸的“仆欧”们——只要你小钱凑手你准看得见一路不断的笑脸。这刻板的笑脸当然不会得促动你做文章的灵机。就这意大利人，本来是出名性子暴躁轻易就会相骂的，也分明涵养好多了；你们念过W. D. Howells’ Venetian Life的那段两位江朵蜡船家吵嘴的妙文，一定以为此地来一定早晚听得见色彩鲜艳的骂街；但是不，我来了已经有一个多月却还一次都不曾见过暴烈的南人的例证。总之这两月来一切的事情都像是私下说通了，不叫我听见或是碰到一些异常的动静！同时我答应做通讯的责任并不因此豁免或是减轻；我的可恨的良心天天掀着我的肘子说，“喂，赶快一点，人家等着你哪”！

寻常的游记我是不会写的，也用不着我写，这烂熟的欧洲，又不是北冰洋的尖头或是非洲沙漠的中心，谁要你来饶舌。要我拿日记来公开我有些不愿意，叫白天离魂的鬼影到大家跟前来出现似乎有些不妥当——并且老实说近来本子上记下的也不多。当作私人信札写又如何呢？那也是一个写法，但你心目中总得悬拟你一个相识的收信人，这又是困难，因为假如你存想你最亲密的朋友，他或是她，你就有过于啰哆的危险，同时如其你假定的朋友太生分了，你笔下就有拘束，一样的不讨好。啊！朋友们，你们的失望是定的了。方才我开头的时候似乎多少总有几句话说给你们听，但是你们看我笔头上别扭了好半天，结果还是没有结果。应得说什么，我自己不知道，应得怎么说法，我也是不知道！所以我不得不下流，不得不想法搪塞，笔头上有什么来我就往纸上写，管得选择，管得体裁，管得体面！

二、自愿的充军

“谁叫你去的，这不是活该?”我听得见北京的朋友们说。我是个感情的人；老头病了，想我去，我不得不去，我就去。那时候有许多朋友都反对，他们说：

“老头快死了，你赶去送丧不成？趁早取消吧！至于意大利你哪一个年头去不得，等着有更好的机会再去不好？”如今他们更有话说了：“你看老头不是开你玩笑？他要你去，自己倒反早跑了。现在你这光棍吊空在欧洲，何苦来，赶快回家吧！”

三、离京

我往常出门总带着一只装文件的皮箱，这里面有稿本，有日记，有信件，大都多是见不得人面的。这次出门有一点特色，就是行李里出空了秘密的累赘，干脆的几件衣服几本书，谁来检查都不怕。也不知怎的生命里是有那种不可解的转变，忽然间你改变了评价的标准，原来看重的这时不看重了，原来隐讳的这时也无庸隐讳了。不但皮箱里口袋里出一个干净，连你的脑子里五脏里本来多的是古怪的复壁夹道，现在全理一个清通，像意大利麦古龙尼似的从这头通到那头。这是一个痛快。做生意的馆子逢到节底总结一次账，进出算个分明，准备下一节重新来过；我们的生命里也应得隔几时算一次总账，赚钱也好，亏本也好，老是没头没脑的窝着堆着总不是道理。好在生意忙的时期也不长，就是中间一段交易复杂些，小孩子时代不会做买卖，老了的时候想做买卖没有人要，就这约莫二十岁到四十岁的二十年间的确是麻烦的，随你怎样认真记账总免不了挂漏。还有记错的隔壁账，糊涂账，吃着的坍账，混账，这时候好经理真不容易做！我这回离京真是爽快，真叫是“一肩行李，两袖清风，俺就此去也”！但是不要得意，以前的账务虽然暂时结清（那还是疑问），你店门还是开着，生意还是做着，照这样热闹的市面，怕要不了一半年，尊驾的账目又该是一塌糊涂了！

四、旅伴

西班牙有一个俗谚，大旨是“一人不是伴，两人正是伴，三数便成群，满四就是乱”。这旅行，尤其是长途的旅行，选伴是一桩极重要的事情。我的理论我的经验，都使我无条件的主张独游主义——是说把游历本身看作目的。同样一个地方你独身来看，与结伴来看所得的结果就不同。理想的同伴（比如你的爱妻或是爱友或是爱什么）当然有，但与其冒险不如意同伴的懊怅，不如立定主意独身走来得妥当。反正近代的旅行其实是太简单太容易了，尤其是欧洲，哑巴瞎子聋子傻瓜都不妨放胆去旅行，只要你认识字，会得做手势，口袋里有钱，你就不会丢。

西班牙有一个俗谚，大旨是“一人不是伴，两人正是伴，三数便成群，满四就是乱”。这旅行，尤其是长途的旅行，选伴是一桩极重要的事情。我的理论我的经验，都使我无条件的主张独游主义——是说把游历本身看作目的。

我这次本来已经约定了同伴，那位先生高明极了，他在西伯利亚打过几年仗，红党白党（据他自己说）都是他的朋友，会说俄国话，气力又大，跟他同走一定吃不了亏。可是我心里明白，天下没有无条件的便宜，况且军官大爷不是容易伺候的，回头他发现假定的“绝对服从”有漏孔时，他就对着这无抵抗的弱者发威，那可不是玩！这样一想我觉得还是独身去西伯利亚冒险，比较的不恐怖些。说也巧，那位先生在路上发现他的公事还不曾了结，至少须延迟一星期动身，我就趁机会告辞，一溜烟先自跑了！

同时在车上我已经结识了两个旅伴：一位是德国人，做帽子生意的。他的脸子、他的脑袋、他的肚子都一致声明他决不是另一国人。他可没有日耳曼人往常的镇定，在他那一双闪烁的小眼睛里你可以看出他一天害怕与提防危险的时候多，自有主见的时候少。他的鼻子不消说定是叫啤酒与酒精熏糟了的，皮里的青筋全都纠盘的拱着，活像一只霁红碎瓷的鼻烟壶。他常常替他自己发现着急的原因，不是担忧他的护照少了一种签字，便是害怕俄国人要充公他新做的衬衫。他念过他的叔本华，每次不论讲什么问题，他的结句总是“倒不错，叔本华也是这么说的”！

还有一个更有趣的旅伴在车上结识的是意大利人。他也是在东方做帽子生意的。如其那位德国先生满脑子装着香肠啤酒与叔本华的，我见了不由得不起敬。这位拉丁族的朋友我简直的爱他了。我初次见他，猜他是个大学教授，第二次见他猜他是开矿的，到最后才知道他是卖帽子给我们的。我与他谈得投机极了，他有的是谐趣，书也看得不少，见解也不平常。像这种无意中的旅伴是很难得的，我一途来不觉着寂寞就幸亏有他，我到了还与他通信。你们都见过大学眼药的广告不是？那有一点儿像我那朋友。只是他漂亮多了，他那烧胡是不往下挂的，修得顶整齐，又黑又浓又紧，骤看像是一块天鹅绒，他的眼最表示他头脑的敏锐，他的两颊是鲜杨梅似的红，益发激起他白的肤色与漆黑的发。他最爱念的书是Don Quixote，Ariosto是他的癖好，丹德当然更是他从小的陪伴。

五、两个生客

我是从满洲里买票的。普通车到莫斯科票价共一百二十几卢布，国际车到赤塔才有，我打算到了赤塔再补票，到赤塔时耿济之君到车站来接我，一问国际车，票房说要外加一百卢布，同时别人分两段（即自满洲里至赤塔，再由赤塔买至莫斯科）买票的只花了一百七十多卢布。我就不懂为什么要多花我二三十卢布，一时也说不清，我就上了普通车，那是四个人一间的。但是上车一看情形有些不妥，因为房间里已经有波兰人一家住着，一个秃顶的爸爸，一个搽胭脂的妈妈，一个十三四岁的男孩，一个几个月的乳孩；我想这可要不得，回头拉呀哭呀闹呀叫我这外客怎么办？我就立刻搬家，管他要添多少，搬上了华丽舒服的国际车再说。运气也正好，恰巧还有一间三人住的大房空着，我就住下了；顶奇怪是等到补票时我满想挨化冤钱，谁知他只要我四十三元，合算起来倒比别人便宜了十个左右的卢布，这里面的玄妙我始终不曾想出来。

车上伺候的是一位忠实而且有趣的老先生。他来替我铺床，笑着说："呀，你好福气，一个人占上这一大间屋子；我想你不应得这样舒服，车到了前面大站我替你放进两位老太太陪你，省得你寂寞好不好？"我说多谢多谢，但是老太太应得陪像你自己这样老头子的，我是年轻的，所以你应得寻一两个一样年轻的与我作伴才对。

我居然过了三天舒服的日子，第四天看了车上消息说今晚有两个客人上来，占我房里的两个空位，我就有点慌，跑去问那位老先生这消息真不真。他说，"怎么会得假呢？你赶快想法子欢迎那两位老太太吧！"（俄国车上男女是不分的）回头车到了站，天已经晚了，我回房去看时，果然见有几件行李放着：一只提箱，两个铺盖，一只装食物的篾箱。间壁一位德国太太过来看了对我说："你舒服了几天，这回要受罪了，方才来的两位样子顶古怪的，不像是西方人，也不像是东方人，你留心点吧。"正说着话他们来了，一个高的，一个矮的；一个肥的，一个瘦的；一个黑脸，一个青脸——（他们两位的尊容真得请教施耐庵先生才对得住他们，我想胖的那位可以借用黑旋风的雅号，瘦的那位得叨光杨志与王英两位："矮脚青面兽"。）两位头上全是黑松松的乱发，身上都穿着青辽辽的布衣，衣襟上都针着红色的列宁像。我是不曾见过杀人的凶手，但如其那两位朋友告诉我们方才从大牢里逃出来的，我一定无条件的相信！我们交谈了。不成，黑旋风先生很显出愿意谈天的样子，虽则青面兽先生绝对取缄默态度；黑先生只会三两句英国话，再来就是俄国话，再来更不知是什么鸟话。他们是土耳其斯坦来的。"你中国！"他似乎惊喜的回话。啊孙逸仙……死？你……国民党？哈哈哈哈，你共产党？哈哈，你什么党？哈哈……到莫斯科？哈哈！

一回见他们上饭车去了，那位老车役进房来铺房，见我一个人坐着发愣，他就笑说，你新来的朋友好不好？我说算了，劳驾，我还是欢迎你的老太太们！"你看年轻人总是这样三心两意的，老的不要，年轻的也不……"喔！枕垫底下可不是放着一对满装子弹的白郎林手枪？他捡了起来往上边床上一放，慢慢的接着说，"年轻的也确太危险了，怪不得你不喜欢"。我平常也自夸多少有些"幽默"的，但那晚与那两位形迹可疑的生客睡在一房，心里着实有些放不平，上床时偷偷把钱包塞在枕头底下，还是过了半夜才落瞭，黑旋风先生的鼾声真是雷响一般，你说我那晚苦不苦？明早上醒过来我还有些不相信，伸手去摸自己的脑袋，还好，没有搬家，侥幸侥幸！

六、西伯利亚

一个人到一个不曾去过的地方不免有种种的揣测，有时甚至害怕。我们不很敢到死的境界去旅行也就如此。西伯利亚，这个地方本来就容易使人发生荒凉的联想，何况现在又变了有色彩的去处，再加谣传、附会、外国存心诬蔑苏俄的报告，结果在一般人的心目中这条平坦的通道竟变了不可测的畏途。其实这都是没有根据的。西伯利亚的交通照我这次的经验看，并不怎样比旁的地方麻烦，实际上那边每星期五从赤塔开到莫斯科（每星期三自莫至赤）的特快虽则是七八天的长途车，竟不会耽误时刻，那在中国就是很难得的了。你们从北京到满洲里，从满洲里到赤塔，尽可以坐二等车，但从赤塔到俄京那一星期的路程我劝你们不必省这几十块钱（不到五十），因为那国际车真是舒服，听说战前连洗澡都有设备的，比普通车位差太远了。坐长途火车是顶累人不过的，像我自己就有些晕车，所以有可以节省精力的地方还是多破费些钱来得上算。固然坐上了国际车你的同道只是体面的英、美、德、法人；你如其要参预俄国人的生活时不妨去坐普通车，那就热闹了，男女不分的，小孩是常有的，车间里四张床位，除了各人的行李以外，有的是你意想不到的布置。我说给你们听听：洋磁面盆，小木坐凳，小孩坐车，冬式药瓶，洋油锅子，煎咖啡铁罐，牛奶瓶，酒瓶，小儿玩具，晒湿衣服绳子，满地的报纸，乱纸，花生壳，向日葵子壳，痰唾，果子皮，鸡子壳，面包屑……房间里的味道也就不消细说。你们自己可以想象，老实说我有点受不住，但是俄国人自会作他们的乐，往往在一团氤氲（当然大家都吸烟）的中间，说笑的自说笑，唱歌的自唱歌，看书的看书，瞌睡的瞌睡，同时玻璃上的蒸气全结成了冰屑，车外只是白茫茫的一片，静悄悄的没有声息，偶尔在树林的边沿看得见几处木板造成的小屋，屋顶透露着一缕青灰色的烟痕，报告这荒凉境地里的人迹。

吃饭一路上都有餐车，但不见佳而且贵，愿意省钱的可以到站时下去随便买些食物充饥，这一路每站上都有一两间小木屋（要不然就是几位老太太站在露天提着篮端着瓶子做生意）卖杂物的：面包，牛奶，生鸡蛋，熏鱼，苹果都是平常买得到的（记着我过路的时候是三月，满地还是冰雪，解冻的时候东西一定更多）。

一个人到一个不曾去过的地方不免有种种的揣测，有时甚至害怕。我们不很敢到死的境界去旅行也就如此。

我动身前有人警告我说："苏俄的忌讳多的很，你得留神；上次有几个美国人在餐车里大声叫仆欧（应得叫 comrade 康姆拉特，意思是朋友、同志或伙计），叫他们一脚踢下车去死活不知下落，你这回可小心！"那是不是神话我不曾有工夫去考虑，但为叫一声仆欧就得受死刑（苏州人说的"路倒尸"）我看来有些不像，实际上出门莫谈政治，倒是真的。尤其在革命未定的国家，关于苏俄我下面再讲。我们餐车的几位康姆拉特都是顶年轻的，其中有一位实在不很讲究礼节，他每回来招呼吃饭，就像是上官发命令，斜瞟着一双眼，使动着一个不耐烦的指头，舌尖上滚出几个铁质的字音，嘭的阖上你的房门，他又到间壁去发命令了！他是中等身材，胸背是顶宽的，穿一身水色的制服，肩上放一块擦桌白布，走路像疾风似的有劲；但最有意思的是他的脑袋，椭圆的脸盘，扁平的前额上斜撩着一两鬈短发，眼睛不大但显示异常的决断力，颧骨也长得高，像一个有威权的人；他每回来伺候你的神情简直要你发抖：他不是来伺候，他是来试你的胆量（我想胆子小些的客人见了他真会哭的）！他手里的杯盘刀叉就像是半空里下冰雪一片片直削到你的面前，叫你如何不心寒？他也不知怎的有那么大气，绷紧着一张脸我始终不曾见他露过些微的笑容；我也曾故意比着可笑的手势想博他一个和善些的顾盼，谁知不行，他的脸上笼罩着西伯利亚一冬的严霜，轻易如何消得？真的，他那肃杀的气概不仅是为威吓外来的过客，因为他对他的同僚我留神观察也并没有更温和的嘴脸；顶叫人不舒服的是他那口角边总是紧紧的咬着一枝半焦的俄国纸烟，端菜时也在那里，说话时也在那里，仿佛他一腔的愤慨只有永远咬紧着牙关方可以勉强的耐着！后来看惯了倒也不觉得什么，我可是替他题上一个确切不过的徽号，叫他做"饭车里的拿破仑"。我那意大利朋友十二分的称赞我，因为他那体魄，他那神气，他的坚决，尤其是他前额上斜着的几根小发，有时他悻悻的独自在餐车那一头站着，紧攒着肩头，一只手贴着前胸，谁说这不是拿翁再世的相儿？

七、西伯利亚（续）

西伯利亚只是人少，并不荒凉。天然的景色亦自有特色，并不单调。贝加尔湖周围最美，乌拉尔一带连绵的森林亦不可忘。天气晴爽时空气竟像是透明的，亮极了，再加地面上雪光的反映，真叫你耀眼。你们住惯城里的难得有机会饱尝清洁的空气，下回你们要是路过西伯利亚或是同样地方，千万不要躲懒，逢站停车时，不论天气怎样冷，总得下去散步，借冰清尖锐的气流洗净你恶浊的肺胃，那真是一个快乐。不仅你的鼻孔，就是你面上与颈上露在外面的毛孔，都受着最甜美的洗礼，给你倦懒的性灵一剂绝烈的刺激，给你松散的筋肉一个有力的约束，激荡你的志气，加添你的生命。

再有你们过西伯利亚时记着，不要忙吃晚饭，牺牲最柔媚的晚景。雪地上的阳光有时幻成最娇嫩的彩色，尤其是夕阳西沉时，最普通是银红，有时鹅黄稍带绿晕。四年前我游小瑞士时初次发现了雪地里光彩的变幻，这回过西伯利亚看得更满意。你们试想象晚风静定时在一片雪白的平原上，疏伶伶的大树间，斜刺里平添出几大条鲜艳的彩带，是幻是真，是真是幻，那妙趣到你亲身经历时从容的辨认罢。

但我此时却不来复写我当时的印象，那太吃苦了，你们知道这逼紧了你的记忆召回早已消散了的景色，再得应用想象的光辉照出他们颜色的深浅，是一件极伤身的工作，比发寒热时出汗还凶。并且这来碰着记不清的地方你就得凭空造，那你们又不愿意了是不是？好，我想出了一个简便的办法：我这本记事册的前面有几页当时随兴涂下的杂记，我就借用不是省事，就可惜我做事情总没有常性，什么都只是片断，那几段琐记又是在车上用铅笔写的英文，十个字里至少有五个字不认识，现在要来对号，真不易！我来试试。

（1）西伯利亚并不坏，天是蓝的，日光是鲜明的、暖和的，地上薄薄的铺着白雪，矮树、丛草、白皮松，到处看得见，稀稀的住人的木房子。

（2）方才过一站，下去走了一走，顶暖和。一个十岁左右卖牛奶的小姑娘手里拿瓶子卖鲜牛奶给我们。她有一只小圆脸，一双聪明的蓝眼，白净的皮肤，清秀有表情的面目，她脚上的套鞋像是一对张着大口的黄鱼，她的袦子也是古怪的样子。我的朋友给她一个半卢布的银币，她的小眼睛滚上几滚，接了过去仔细的查看，她开口问了，她要知道这钱是不是真的通用的银币。“好的，好的，自然好的！”旁边站着看的人（俄国车站上多的是闲人）一齐喊了。她露出一点子的笑容，把钱放进了口袋，一瓶牛奶交给客人，翻着小眼对我们望望，转身快快的跑了去。

（3）入境愈深，当地人民的苦况益发的明显。今天我在赤塔站上留心的看。褴褛的小孩子，从三四岁到五六岁，在站上问客人讨钱，并且也不是客气的讨法，似乎他们的手伸了出来决不肯空了回去的。不但在月台上，连站上的饭馆里都有，无数成年的男女，也不知做什么来的，全靠着我们吃饭处的木栏，斜着他们呆顿的不移动的注视着你蒸气的热汤或是你肘子边长条的面包。他们的样子并不恶，也不凶，可是晦塞而且阴沉，看着他们的面貌你不由得不疑问这里的人民知不知道什么是自然的喜悦的笑容。笑他们当然是会的，尤其是狂笑，当他们受足了Vodka的影响，但那时的笑是不自然的，表示他们的变态，不是上帝给我们喜悦。这西伯利亚的土人，与其说是受一个有自制力的脑府支配的人身体，不如说是一捆捆的原始的人道，装在破烂的黑色或深黄色的布衫与奇大的毡鞋里，他们的行动，他们的工作，无非是受他们内在的饿的力量所驱使，再没有别的可说了。

（4）在Irkutsk车停一时许，他们全下去走路，天早已黑了，站内的光亮只是几只贴壁的油灯，我们本想出站，却反经过一条夹道走进了那普通待车室，在昏迷的灯光下辨认出一屋子黑魆魆的人群，那景象我再也忘不了，尤其是那气味！悲悯心禁止我尽情的描写；丹德假如到此地来过，他的地狱里一定另添一番色彩！

对面街上有一个山东人开着一家小烟铺，他说他来了二十年，积下的钱还不够他回家。

（5）俄国人的生活我还是懂不得。店铺子窗户里放着的各式物品是容易认识的，但管铺子做生意的那个人，头上戴着厚毡帽，脸上满长着黄色的细毛，是一个不可捉摸的生灵；拉车的马甚至那奇形的雪橇是可以领会的，但那赶车的紧裹在他那异样的袍服里，一只戴皮套的手扬着一根古旧的皮鞭，是一个不可思议的现象。

我怎样来形容西伯利亚天然的美景？气氛是清澈的，天气澄爽时的天蓝是我们在灰沙里过日子的所不能想象的异景。森林是这里的特色：连绵，深厚，严肃，有宗教的意味。西柏利亚的林木都是直干的；不论是松，是白杨，是青松或是灌木类的矮树丛，每株树的尖顶总是正对着天心。白杨林最多，像是带旗帜的军队，各式的军徽奕奕的闪亮着；兵士们屏息的排列着，仿佛等候什么严重的命令。松树林也多茂盛的：干子不大，也不高，像是稚松，但长得极匀净，像是园丁早晚修饰的盆景。不错，这些树的倔强的不曲性是西伯利亚，或许是俄罗斯，最明显的特性。

——我窗外的景色极美，夕阳正从西北方斜照过来，天空，嫩蓝色的，是轻敷着一层纤薄的云气，平望去都是齐整的树林，严青的松，白亮的杨，浅棕的笔竖的青松——在这雪白的平原上形成一幅色彩融和的静景。树林的顶尖尤其是美，他们在这肃静的晚景中正像是无数寺院的尖阁，排列着，对高高的蓝天默祷。在这无边的雪地里有时也看得见住人的小屋，普通是木板造屋顶铺瓦颇像中国房子，但也有黄或红色砖砌的。人迹是难得看见的；这全部风景的情调是静极了，缄默极了，倒像是一切动性的事物在这里是不应得有位置的；你有时也看得见迟钝的牲口在雪地的走道上慢慢的动着，但这也不像是有生活的记认……

八、莫斯科

啊，莫斯科！曾经多少变乱的大城！罗马是一个破烂的旧梦，爱寻梦的你去；纽约是Mammon的宫阙，拜金钱的你去；巴黎是一个肉艳的大坑，爱荒淫的你去；伦敦是一个煤烟的市场，慕文明的你去。但莫斯科？这里没有光荣的古迹，有的是血污的近迹；这里没有繁华的幻景，有的是斑驳的寺院；这里没有和暖的阳光，有的是泥泞的市街；这里没有人道的喜色，有的是伟大的恐怖与黑暗、惨酷、虚无的暗示。暗森森的雀山，你站着；半冻的莫斯科河，你流着。在前途二十个世纪的漫游中，莫斯科是领路的南针，在未来文明变化的经程中，莫斯科是时代的象征。古罗马的牌坊是在残阙的简页中，是在破碎的乱石间；未来莫斯科的牌坊是在文明的骸骨间，是在人类鲜艳的血肉间。莫斯科，集中你那伟大的破坏的天才，一手拿着火种，一手拿着杀人的刀，趁早完成你的工作，好叫千百年后奴性的人类的子孙，多多的来，不断的来，像他们现在去罗马一样，到这暗森森的雀山的边沿，朝拜你的牌坊，纪念你的劳工，讴歌你的不朽！

这是我第一天到莫斯科在kremlin周围散步时心头涌起杂感的一斑。那天车到时是早上六时，上一天路过的森林，大概在Vladimir一带，多半是叫几年来战争摧残了的，几百年的古松只存下烧毁或剔残的余骸纵横在雪地里，这底下更不知掩盖着多少残毁的人体，冻结着多少鲜红的热血，沟堑也有可辨认的，虽则不甚分明，多谢这年年的白雪，他来填平地上的邱壑，掩护人类的暴迹，省得伤感派的词客多费推敲。但这点子战场的痕迹，引起过路人惊心的标记，在将到莫斯科以前的确是一个切题的引子，你一路来穿度这西伯利亚白茫茫人迹稀有的广漠，偶尔在这里那里看到俄国人的生活，艰难、缄默、忍耐的生活；你也看了这边地势的特性，贝加尔湖边雄踞的山岭，乌拉尔东西博大的严肃的森林，你也尝着了这里空气异常的凛冽与尖锐，像钢丝似的直透你的气管，逼迫你的清醒——你的思想应得已经受一番有力的洗刷，你的神经受一种新奇的刺戟，你从贵国带来的灵性，叫怠惰、苟且、顽固、龌龊，与种种堕落的习惯束缚、压迫、淤塞住的，应得感受一些解放的动力，你的功名心、利欲、色业翳蒙了的眸子也应得觉着一点新来的清爽，叫他们睁开一些，张大一些，前途有得看，应得看的东西多着，即使不是你灵魂绝对的滋养，至少是一帖兴奋剂，防瞌睡的强烈性注射！

因此警醒！你的心；开张！你的眼；——你到了俄国，你到了莫斯科，这巴尔的克海以东、白令峡以西、北冰洋以南、尼也帕河以北千万里雪盖的地圈内一座着火的血红的大城！

在这大火中最先烧烂的是原来的俄国，专制的、贵族的、奢侈的、淫靡的，ancien regimv全没了，曳长裙的贵妇人、镶金的马车、献鼻烟壶的朝贵、猎装的世家子弟全没了，托尔斯泰与屠及尼夫小说中的社会全没了——他们并不曾绝迹，在巴黎，在波兰，在纽约，在罗马你倘然会见什么伯爵夫人什么vsky或是子爵夫人什么owner，那就是叫大火烧跑的难民。他们，提起俄国就不愿意，他们会告诉你现在的俄国不是他们的国了，那是叫魔鬼占据了去的（因此安琪儿们只得逃难）！俄国的文化是荡尽的了，现在就靠流在外国的一群人，诗人、美术家等等，勉力来代表斯拉夫的精神。如其他们与你讲得投机时，他们就会对你悲惨的历诉他们曾经怎样的受苦、怎样的逃难，他们本来那所大理石的庄子现在怎样了，他们有一个妙龄的侄女在乱时叫他们怎样了……但他们盼望日子已经很近，那班强盗倒运。因为上帝是有公道的，虽则……

你来莫斯科当然不是来看俄国的旧文化来的，但这里却也不定有“新文化”，那是贵国的专利；来这里见的是什么你听着我讲。

你先抬头望天。青天看不见的，空中只是迷濛的半冻的云气，这天（我见的）的确是一个愁容的、服丧的天；阳光也偶尔有，但也只在云罅里力乏的露面，不久又不见了，像是楼居的病人偶尔在窗纱间看街似的。

现在低头看地。这三月的莫斯科街道应当受诅咒。在大寒天满地全铺着雪，凝成一层白色的地皮也是一个道理；到了春天解冻时雪全化水流入河去，露出本来的地面，也是一个说法；但这时候的天时可真是刁难了，他不给你全冻，也不给你全化；白天一暖，浮面的冰雪化成了泥泞，回头风一转向又冻上了，同时雨雪还是连连的下，结果这街道简直是没法收拾，他们也就不收拾，让他这“一塌糊涂”的窝着，反正总有一天会干净的！（所以你要这时候到俄国千万别忘带橡皮套鞋。）

再来看街上的铺子，铺子是伺候主客的；瑞蚨祥的主顾全没了的话，瑞蚨祥也只好上门；这里漂亮的奢侈的店铺是不见的了，顶多顶热闹的铺子是吃食店，这大概是政府经理的；但可怕的是这边的市价：女太太的丝袜子听说也卖到十五二十块钱一双，好些的鞋在四十元左右，橘子大的七毛五、小的五毛一只；我们四个人在客栈吃一顿早饭连税共付了二十元；此外类推。

再来看街上的人，先看他们的衣着，再看他们的面目。这里衣着的文化，自从贵族匿迹，波淇洼（bourgeois）销声以后，当然是“荡尽”的了。男子的身上差不多不易见一件白色的衬衫，不必说鲜艳的领结（不带领结的多），衣服要寻一身勉强整洁的就少。我碰着一位大学教授，他的衬衣大概就是他的寝衣，他的外套，像是一个癞毛黑狗皮统，大概就是他的被窝，头发是一团茅草再也看不出曾经爬梳过的痕迹，满面满腮的须毛也当然自由的滋长，我们不期望他有安全剃刀；并且这先生决不是名流派的例外，我猜想现在在莫斯科会得到的“琴笃儿们”多少也就只这样的体面；你要知道了他们起居生活的情形就不会觉得诧异。惠尔思先生在四五年前形容莫斯科科学馆的一群科学先生们，说是活像监牢里的犯人或是地狱里的饿鬼。我想他的比况一点也不过分。乡下人我没有看见，那是我想不会怎样离奇的，西伯利亚的乡下人，着黄胡子穿大头靴子的，与俄国本土的乡下人应得没有多大分别。工人满街多的是，他们在衣着上并没有出奇的地方，只是襟上戴列宁徽章的多。小学生的游行团常看得见，在烂污的街心里一群乞丐似的黑衣小孩拿着红旗，打着皮鼓瑟东东的过去，做小买卖在街上摆摊提篮的不少，很多是残废的男子与老妇人，卖的是水果、烟卷、面包、朱古力糖（吃不得）等（路旁木亭子里卖书报处也有小吃卖）。

街上见的娘们分两种：一种是好百姓家的太太小姐，她们穿得大都很勉强，丝袜不消说是看不见的。还有一种是共产党的女同志，她们不同的地方除了神态举止以外是她们头上的红巾或是红帽，不是巴黎的时式（红帽），在雪泥斑驳的街道上倒是一点喜色！

什么都是相对的，那年我与陈博生从英国到佛朗德福那天正是星期，道上不问男女老小都是衣服铺、裁缝店里的模型，这一比他与我这风尘满身的旅客真像是外国叫化子了！这回在莫斯科我又觉得窘，可不为穿的太坏，却为穿的太阔。试想在那样的市街上，在那样的人丛中，晦气是本色，褴褛是应分，忽然来一个戴獭皮大帽身穿海龙领（假的）的皮大氅的外客，可不是唱戏似的走了板，错太远了！别说我，就是我们中国学生在莫斯科的（当然除了东方大学生）也常常叫同学们眨眼说他们是“波淇洼”，因为他们身上穿的是荣昌祥或是新记的蓝哔叽！这样看来，改造社会是有希望的，什么习惯都得打破，什么标准都可以翻身，什么思想都可以颠倒，什么束缚都可以摆脱，什么衣服都可以反穿……将来我们这两脚行动厌倦了时竟不妨翻新样叫两只手帮着来走，谁要再站起来就是笑话，那多好玩！

虽则严竣、阴霾、凝滞是寒带上难免的气象，但莫斯科人的神情更是分明的忧郁、惨淡，见面时不露笑容，谈话时少有精神，仿佛他们的心上都压着一个重物似的。

这自然流露的笑容是最不可勉强的。西方人常说中国人爱笑，比他们会笑得多，实际上怎样我不敢说，但西方人见着中国人的笑我怕不免有好多是讥笑、傻笑、无谓的笑、代表一切答话的笑；犹之俄国人笑多半是Vodka入神经的笑、热病的笑、疯笑、道施妥奄夫斯基的idiot的笑！那都不是真的喜笑、健康与快乐的表情。其实也不单是莫斯科，现世界的大都会，有哪几处人们的表情是自然的？Dublin（爱尔兰的都城），听说是快乐的，维也纳听说是活泼的，但我曾经到过的只有巴黎的确可算是人间的天堂，那边的笑脸像三月里的花似的不倦的开着，此外就难说了。纽约、芝加哥、柏林、伦敦的群众与空气多少叫你旁观人不得舒服，往往使你疑心错入了什么精神病院或是“偏心”病院，叫你害怕，巴不得趁早告别，省得传染。

现在莫斯科有一个稀奇的现象，我想你们去过的一定注意到，就是男子抱着吃奶的小孩在街上走道，这在西欧是永远看不见的。这是苏维埃以来的情形。现在的法律规定一个人不得多占一间以上的屋子，听差，老妈子，下女，奶妈，不消说，当然是没有的了，因此年轻的夫妇，或是一同居住的男女，对于生育就得格外的谨慎，因为万一不小心下了种的时候，在小孩能进幼稚园以前这小宝贝的负担当然完全在父母的身上。你们姑且想想你们现在北京的，至少总有几间屋子住，至少总有一个老妈子伺候，你们还是常嫌着这样那样不称心哪！但假如有一天莫斯科的规矩行到了我们北京，那时你就得乖乖的放弃你的宅子，听凭政府分配去住东花厅或是西花厅的那一间屋子，你同你的太太就得另做人家，桌子得自己擦，地得自己扫，饭得自己烧，衣服得自己洗，有了小东西就得自己管，有时下午你们夫妻俩想一同出去散步的话，你总不好意思把小宝贝锁在屋子里，结果你得带走，你又没钱去买推车，你又不好意思叫你太太受累，（那时候你与你的太太感情会好些的，我敢预言！）结果只有老爷自己抱，但这男人抱小孩其实是看不惯，他又往往不会抱，一个“蜡烛封”在他的手里，他不知道直着拿好还是横着拿好；但你到了莫斯科不看惯也得看惯，到那一天临着你自己的时候，老爷你抱不惯也得抱得惯！我想果真有那一天的时候，生小孩决不会像现在的时行，竟许山格夫人与马利司徒博士等等比现在还得加倍的时行；但照莫斯科情形看来，未来的小安琪儿们还用不着过分的着急——也许莫斯科的父母没有余钱去买“法国橡皮”，也许苏维埃政府不许父母们随便用橡皮，我没有打听清楚。

你有工夫时到你的俄国朋友的住处去看看。我去了，他是一位教授。我开门进去的时候他躺在他的类似“行军床”上看书或是编讲义，他见有客人连忙跳了起来，他只穿着一件毛绒衫，肘子胸部都快烂了，满头的乱发，一脸斑驳的胡髭。他的房间像一条丝瓜，长方的，家具有一只小木桌，一张椅子，墙壁上几个挂衣的钩子，他自己的床是顶着窗的，斜对面另一张床，那是他哥哥或是弟弟的，墙壁上挂着些东方的地图，一联倒挂的五言小字条（他到过中国知道中文的）。桌上乱散着几本书，纸片，棋盘，笔墨等等，墙角里有一只酒精炉，在那里出气，大约是他的饭菜，有一只还不知两只椅子，但你在屋子里转身想不碰东西不撞人已经是不易了。

这是他们有职业的现时的生活。托尔斯泰的大小姐究竟受优待些，我去拜会她了，是使馆里一位屠太太介绍的，她居然有两间屋子，外间大些，是她教学生临画的，里间大约是她自己的屋子，但她不但有书有画，她还有一只顶有趣的小狗，一只顶可爱的小猫，她的情形，他们告诉我，是特别的，因为她现在还管着托尔斯泰的纪念馆。我与她谈了，当然谈起她的父亲（她今年六十），下面再提，现在是讲莫斯科人的生活。

我是礼拜六清早到莫斯科，礼拜一晚上才去的，本想利用那三天工夫好好的看一看本地风光，尤其是戏。我在车上安排得好好的，上午看这样，下午到那里，晚上再到那里，哪晓得我的运气真坏，碰巧他们中央执行委员那又死了一个要人，他的名字像是叫什么“妈里妈虎”——他死得我其实不见情，因为他出殡整个莫斯科就得关门当孝子，满街上迎丧，家家挂半旗，跳舞场不跳舞，戏馆不演戏，什么都没了，星期一又是他们的假日，所以我住了三天差不多什么都没看着，真气，那位“妈里妈虎”其实何妨迟几天或是早几天归天，我的感激是没有问题的。

所以如其你们看了这篇杂凑失望，不要完全怪我，妈里妈虎先生至少也得负一半的责任。但我也还记得起几件事情，不妨乘兴讲给你们听。

我真笨，没有到以前，我竟以为莫斯科是一个完全新起的城子，我以为亚力山大烧拿破仑那一把火竟化上了整个莫斯科的大本钱，连kremlin（皇城）都乌焦了的。你们都知道拿破仑想到莫斯科去吃冰淇淋那一段热闹的故事，俄国人知道他会打，他们就躲着不给他打，一直诱着他深入俄境，最后给他一个空城，回头等他在kremlin躺下了休息的时候，就给他放火，东边一把，西边一把，闹着玩，不但不请冰淇淋吃，连他带去的巴黎饼干，人吃的，马吃的，都给烧一个精光，一面天公也跟他作对，北风一层层的吹来，雪花一片片的飞来，拿翁知道不妙，连忙下令退兵已经太迟，逃到了Berezinz那地方，叫哥萨克的丈八蛇矛“劫杀横来”，几十万的常胜军叫他们切菜似的留不到几个，就只浑身烂污泥的法兰西大皇帝忙里捞着一匹马冲出了战场逃回家去半夜里叫门，可怜Berezinz河两岸的冤鬼到如今还在那里嘘唏，这笔糊涂账无从算起的了！

但我在这里重提这些旧话，并不是怕你们忘记了拿破仑，我只是提醒你们俄国人的辣手，忍心破坏的天才原是他们的种性，所以拿破仑听见Kremlin冒烟的时候，连这残忍的魔王都跳了起来——“什么？”他说，“连他们祖宗的家院都不管了？”正是：斯拉夫民族是从不稀罕小胜仗的，要来就给你一个全军覆没。

莫斯科当年并不曾全毁；不但皇城还是在着，四百年前的教堂都还在着。新房子虽则不少，但这城子是旧的。我此刻想起莫斯科，我的想象幻出了一个年老退伍的军人，战阵的暴烈已经在他年纪里消隐，但暴烈的遗迹却还明明的在着，他颊上的刃创，他颈边的枪瘢，他的空虚的注视，他的倔强的髭须，都暗示他曾经的生活；他的衣服也是不整齐的，但这衣着的破碎也仿佛是他人格的一部，石上的苍苔似的，斑驳的颜色已经染蚀了岩块本体。在这苍老的莫斯科城内，竟不易看出新生命的消息——也许就只那新起的白宫，屋顶上飘扬着鲜艳的红旗，在赭黄、苍老的Kremlin城围里闪亮着的，会引起你的注意与疑问，疑问这新来的色彩竟然大胆的侵占了古迹的中心，扰乱原来的调谐。这决不是偶然，旅行人！快些擦净你风尘眯倦了的一双眼，仔细的来看看，竟许那看来平静的旧城子底下，全是炸裂性的火种，留神！回头地壳都烂成齑粉，慢说地面上的文明！

其实真到炸的时候，谁也躲不了，除非你趁早带了家眷逃火星上面去——但火星本身炸不炸也还是问题。这几分钟内大概药线还不至于到根，我们也来赶早，不是逃，赶早来多看看这看不厌的地面。那天早上我一个人在那大教寺的平台上初次瞭望莫斯科，脚下全是滑溜的冻雪，真不易走路，我闪了一两次，但是上帝受赞美，那莫斯科河两岸的景色真是我不期望的眼福，要不是那石台上要命的滑，我早已惊喜得高跳起来！方向我是素来不知道的，我只猜想莫斯科河是东西流的，但那早上又没有太阳，所以我连东西都辨不清，我很可惜不曾上雀山去，学拿破仑当年，回头望冻云笼罩着的莫斯科，一定别有一番气概，但我那天看着的也就不坏，留着雀山下一次再去，也许还来得及。在北京的朋友们，你们也趁早多去景山或是北海饱看我们独有的“黄瓦连云”的禁城，那也是一个大观，在现在脆性的世界上，今日不知明日事，“趁早”这句话真有道理，回头北京变了第二个圆明园，你们软心肠的再到东交民巷去访着色相片，老皱着眉头说不成，那不是活该！

如其北京的体面完全是靠皇帝，莫斯科的体面大半是靠上帝。你们见过希腊教的建筑没有？在中国恐怕就只哈尔滨有。那建筑的特色是中间一个大葫芦顶，有着色的，蓝的多，但大多数是金色，四角上又是四个小葫芦顶，大小的比例很不一致，有的小得不成样，有的与中间那个不差什么。有的花饰繁复，受东罗马建筑的影响，但也有纯白石造的，上面一个巨大的金顶，比如那大教堂，别有一种朴素的庄严。但最奇巧的是皇城外面那个有名的老教堂，大约是十六世纪完工的；那样子奇极了，你看了永远忘不了，像是做了最古怪的梦；基子并不大，那是俄国皇家做礼拜的地方，所以那儿供奉与祈祷的位置也是逼仄的；顶一共有十个，排列的程序我不曾看清楚，各个的格式与着色都不同：有的像我们南边的十楞瓜，有的像岳传里严成方手里拿的铜锤，有的活像一只波罗蜜，竖在那里，有的像一圈火蛇，一个光头探在上面，有的像隋唐传里单二哥的兵器，叫什么枣方槊是不是？总之那一堆光怪的颜色，那一堆离奇的式样，我不但从没有见过，简直连梦里都不曾见过——谁想得到波罗蜜，枣方槊都会跑到礼拜堂顶上去的！

莫斯科像一个蜂窝，大小的教堂是他的蜂房；全城共有六百多（有说八百）的教堂，说来你也不信，纽约城里一个街角上至少有一家冰淇淋沙达店，莫斯科的冰淇淋沙达店是教堂，有的真神气，戴着真金的顶子在半空里卖弄，有的真寒伧，一两间小屋子，一个烂芋头似的尖顶，挤在两间壁几层屋子的中间，气都喘不过来。据说革命以来，俄国的宗教大吃亏。这几年不但新的没法造，旧的都没法修，那波罗蜜做顶的教堂里的教士，隐约的讲些给我们听，神情怪凄惨的。这情形中国人看来真想不通，宗教会得那样有销路，仿佛祷告比吃饭还起劲，做礼拜比做面包还重要；到我们绍兴去看看——“五家三酒店，十步九茅坑”，庙也有的，在市梢头，在山顶上，到初一月半再去不迟——那是何等的近人情，生活何等的有分称，东西的人生观这一比可差得太远了！

再回到那天早上，初次观光莫斯科，不曾开冻的莫斯科河上面盖着雪，一条玉带似的横在我的脚下，河面上有不少的乌鸦在那里寻食吃。莫斯科的乌鸦背上是灰色的，嘴与头颈也不像平常的那样贫相，我先看竟当是斑鸠！皇城在我的左边，默沉沉的包围着不少雄伟的工程，角上塔形的瞭望台上隐隐的有重裹的衙兵巡哨的影子，塔不高，但有一种凌视的威严，颜色更是苍老，像是深赭色的火砖，他仿佛告诉你：“我们是不怕光阴，更不怕人事变迁的，拿破仑早去了，罗曼诺夫家完了，可仑斯基跑了，列宁死了，时间的流波里多添一层血影，我的墙上加深一层苍老。我是不怕老的。你们人类抵拼再流几次热血？”我的右手就是那大金顶的教寺；隔河望去竟像是一只盛开的荷花池，葫芦顶是莲花，高梗的，低梗的，浓艳的，淡素的，轩昂的，葳蕤的——就可惜阳光不肯出来，否则那满池的金莲更加亮一重光辉，多放一重异彩，恐怕西王母见了都会羡慕哩！

九、托尔斯泰

我在京的时候，记得有一天，为《东方杂志》上一条新闻，和朋友们起劲的谈了半天，那新闻是列宁死后，他的太太到法庭上去起诉，被告是骨头早腐了的托尔斯泰，说他的书，是代表波淇洼的人生观，与苏维埃的精神不相容的，列宁临死的时候，叮嘱他太太一定得想法取缔他，否则苏维埃有危险。法庭的判决是列宁太太胜诉，宣告托尔斯泰的书一起毁版，现在的书全化成灰，从这灰再造纸，改印列宁的书，我们那时候大家说这消息太离奇了，也许又是美国人存心诬毁苏俄的一种宣传，但同时杜洛茨基为做了《十月革命》那书上法庭被软禁的消息又到了，又似乎不是假的，这样看来苏俄政府，什么事情都做得出，托尔斯泰那话竟许也有影子的。

我们毕竟有些“波淇洼”头脑，对于诗人文学家的迷信，总还脱不了，还有什么言论自由，行动自由，出版自由，那一套古董，也许免不了迷恋，否则为什么单单托尔斯泰毁版的消息叫我们不安呢？我还记得那天陈通伯说笑话，他说这来你们新文学家应得格外当心了。要不然不但没饭吃，竟许有坐监牢的希望，在座的人，大约只有郁达夫可放心些，他教人家做贼，那总可以免掉波淇洼的嫌疑了！

所以我一到莫斯科，见人就要打听托尔斯泰的消息，后来我会着了老先生的大小姐，六十岁的一位太太，顶和气的，英国话、德国话都说得好，下回你们过莫斯科也可以去看看她，我们使馆李代表太太认识她，如其她还在，你们可以找她去介绍。

托尔斯泰大小姐的颧骨，最使我想起他的老太爷，此外有什么相似的地方，我不敢说。我当然问起那新闻，但她好像并没有直接答复我，她只说现代书铺子里他的书差不多买不着了，不但托尔斯泰，就是屠格涅夫，道施妥奄夫斯基等一班作者的书都快灭迹了；我问她现在莫斯科还有什么重要的文学家，她说全跑了，剩下的全是不相干的，我问她这几年他们一定经尝了苦难的生活，她含着眼泪说可不是，接着就讲她们姊妹，在革命期内过的日子，天天与饿死鬼做近邻，不知有多少时候晚上没有灯火点，但是她说倒是在最窘的时候，我们心地最是平安，离着死太近了也就不怕，我们往往在黑夜里在屋内或在门外围坐着，轮流念书唱歌，有时和着一起唱，唱起了劲，什么苦恼都忘了。我问她现在的情形怎样，她说现在好了，你看我不是还有两间屋子，这许多学画的学生，饿死总不至于，除非那恐怖的日子再回来，那是不敢想的了，我下星期就得到法国去，那边请我去讲演，我感谢政府已经给我出境的护照，你知道那是很不易得到的。她又讲起她的父亲的晚年，怎样老夫妻的吵闹，她那时年轻也懂不得，后来托尔斯泰单身跑了出去，死在外面，他的床还在另一处纪念馆里陈列着，到死不见家人的面！

她的外间讲台上坐着一个袒半身的男子，黑胡髭、大眼睛，有些像乔塞夫康赖特，她的学生们都在用心的临着画；一只白玉似纯净的小猫在一张桌上跳着玩，我们临走的时候，她的姑娘进来了，还只十八九岁模样，极活泼的，可是在小姑娘脸上，托尔斯泰的影子都没了。

方才听说道施妥奄夫斯基的女儿快饿死了，现在德国或是波兰，有人替她在报上告急；这样看来，托尔斯泰家的姑娘们，运气还算是好的了。

十、犹太人的怖梦

我听说俄国革命以来，就只戏剧还像样，尤其是莫斯科美术戏院（Moscow Art Theater）一群年轻人的成绩最使我渴望一见，拨垒舞（ballet dance）也还有，虽则有名的全往巴黎纽约跑了。我在西伯利亚就看报，见那星期有《青鸟》《汉姆雷德》，与一个想不到的戏，G. K. Chesterton的“The man who was Thursday”，我好不高兴，心想那三天晚上可以不寂寞了，谁知道一到莫斯科刚巧送妈里妈虎先生的丧，什么都看不着，就只礼拜六那晚上一个犹太戏院居然有戏，我们请了一位会说俄国话的先生做领路，赶快跳上马车听戏去。本来莫斯科有一个年代很久的有名犹太戏院，但我们那晚去的是另外一个，大约是新起的。我们一到门口，票房里没有人，一问说今晚不售门票，全院让共产党俱乐部包了去请客，差一点门都进不去，幸亏领路那位先生会说话，进去找着了主人，说了几句好话，居然成了，为我们特添了椅座，一个钱都不曾化，犹太人会得那样破格的慷慨是不容易的，大约是受莫斯科感化的结果吧。

那晚的情景是不容易忘记的。那戏院是狭长的，戏台的正背面有一个楼厢，不卖座的，幔着白幕，背后有乐队作乐，随时幕上有影子出现，说话或是唱曲，与台上的戏角对答，剧本是现代的犹太文，听来与德国话差不远。我们入座的时候，还不曾开戏，幕前站着一位先生，正在那里大声演说。再要可怖的面目是不容易寻到的。那位先生的眼眶看来像是两个无底的深潭，上面凸着青筋的前额，像是快翻下去的陡壁，他的嘴开着说话的时候是斜方形的，露出黑漠漠的一个洞府，因为他的牙齿即使还有也是看不见。他是一个活动的骷髅，但他演说的精神却不但是饱满，而且是剧烈的，像山谷里乌云似的连绵的涌上来。他大约是在讲今晚戏剧与“近代思想潮流”的关系，可惜我听不懂，只听着卡尔马克思、达司开辟朵儿、列宁、国际主义等，响亮的字眼像明星似的出现在满是乌云的天上。他嗓子已快哑了，他的愤慨还不曾完全发泄，来看戏的弟兄们可等不耐烦，这里一声嘘，那里一声嘘，满场全是嘘，骷髅先生没法再嚷，只得商量他的唇皮挂出一个解嘲的微笑，一鞠躬没了。大家拍掌叫好。

戏来了。

我应当说怖梦或是发魇开场了。因为怖梦是我们做小孩子时代的专利：墙壁里伸出一只手来，窗里钻进一个青面獠牙的鬼来，诸如此类；但今晚承犹太人的情，大家来参观一个最十全的理想的怖梦。谁要是胆子小些的，准会得凭空的喊起来。

我实在没法子描写；有人说画鬼顶容易，我有些不信，我就不会画，虽则画人我也觉得难，也许这两样没有多大分别；但戏里的意义却被我猜中了些，我究竟还有几分聪明，我只能把大意讲一讲。

那戏除了莫斯科，别的地方是不会有的，莫斯科本身就是一个怖梦制造厂，换换口味也好，老是寻甜梦做好比老吃甜菜，怪腻烦的，来几盆苦瓜、苦笋爽爽口不合式？

你们说史德林堡的戏也是可怕的，不错，但今晚的怖梦更透。

那戏的底子，是一个犹太诗人（叫什么我忘了）早二十几年前做的一首不到两页的诗，他也早十年死了，新近这犹太戏院拿来编戏，加上音乐，在莫斯科开演。

不消说满台全是鬼，鬼不定可怖，有时鬼还比人可亲些，但今晚的鬼是特选的，我都有些受不住，回头你们听了，就有趣。

这戏的意思（我想）大致是象征现代的生活，台上布景，正中挂着一只多可怖的大手，铁青色的筋骨全暴在皮外，狰狞的在半空里宕着；这手想是象征运命，或是象征资产阶级的压迫，在这铁手势力的底下现代生活的怖梦风车似的转着。

戏里有两个主要的动因（Motif）：一是生命，一是死。但生命是已经迷失了路径的，仿佛在暗沉沉山谷里寻路，同时死的声音从墓窟的底里喊上来，嘲弄他，戏弄他，悲怜他，引诱他。

为什么生命走入了迷路，因为上面有资产阶级的压迫。为什么死的鬼灵敢这样大胆的引诱，因为生命前途没有光亮，它的自然的趋向是永久的坟墓。

布景是一个市场，左右旁侧都有通道，上去有桥，下去有窖，那都是鬼群出入的孔道，配色、电光、布置、动作、唱——都跟着一个条理走——叫你看的人害怕。最先出场我记得是四五个褴褛的小孩，叫着冷，嚷着饿，回头鬼来伴着他们玩——玩鬼把戏。他们的老子娘是做工人，资本家的牛马，身上的脂肪全叫他们吸了去，一天瘦似一天，生下来的子女更是遭罪来的，没衣穿，没饭吃，尤其是没玩具玩，只得寻鬼作伴去。

来了两个工人：一个是打铁的；一个是做木工的。打铁的觉悟了；提起他的铁槌子，袒开了胸膛，赌气寻万恶的资本家算账去；生命的声音鼓励着他，怂恿他去革命，死的声音应和着他。做木工的还不曾觉悟，在他奴隶的生活中消耗他的时光，生命的声音对着他哭泣，死的声音嘲弄他的冥顽。

又来了一男一女，男的是一个醉汉，不知是酒喝醉还是苦恼的生活迷醉的；

有人说画鬼顶容易，我有些不信，我就不会画，虽则画人我也觉得难，也许这两样没有多大分别。

女的是一个卖淫的，她卖的不是她自己的皮肉，是人道的廉耻，她糟蹋的不是她自己的身体，是人类的圣洁。

又来了一个强盗，一个快生产的女子；强盗是叫他的生活逼到杀人，法律又来逼着他往死路走；女子是受骗的，现在她肚子里的小冤鬼逼着叫她放弃生命，因为在这“讲廉耻的社会”里再没有她的地位。

这一群人，还有同样的许多，都跑到生命的陡壁前，望着时间无底的潭壑跳；生命的声音哭丧的唱他的哀词，死的声音在坟墓的底里和着他的歌声——那时间的欲壑有填满的时候吗？

再下去更不得了了！地皮翻过身来，坟里墓底的尸体全竖了起来，排成行列，围成圆圈，往前进，向后退，死的精灵狂喜的跳着，尸体们也跟着跳——死的跳舞。

他们行动了，在空虚无际的道上走着，各样奇丑的尸体：全烂的，半烂的，疮毒死的，饿死的，冻死的，瘦死的，劳力死的，投水死的，生产死的（抱着她不足月的小尸体），淫乱死的，吊死的，煤矿里闷死的，机器上轧死的，老的，小的，中年的，男的，女的，拐着走的，跳着走的，爬着的，单脚窜的，他们一齐跳着，跟着音乐跳舞，旋绕的迎赛着，叫着，唱着，哭着，笑着——死的精灵欣欣的在前面引路，生的影子跟在后背送行，光也灭了，黑暗的光也灭了，坟墓的光，运命的光，死的青光也全灭了——那大群色彩斑斓的尸体在黑暗的黑暗中舞着唱着……死的胜利（？）

够了！怖梦也有醒的时候，再要做下去，我就受不住。

犹太朋友们做怖梦的本领可真不小，那晚台上的鬼与尸体至少有好几十，五十以上，但各个有各个的特色，形状与色彩的配置各个不同。不问戏成不成，怖梦总做成了，那也不易。但那晚台上固然异常的热闹——鬼跳鬼脸鬼叫鬼笑，什么都有，台下的情形，在我看来至少有同样的趣味。司蒂文孙如其有机会来，他一定单写台下，不写台上的。你们记得今晚是共产党俱乐部全包请客，这戏院是犹太戏院，我们可因此断定看客里大约十九是犹太人，并且是共产党员。你们不是这几年来各人脑筋里都有一个鲍尔雪微克或是过激派的小影，英美各国报纸上的讽刺画与他们报的消息或造的谣言都是造成那印象的资料。我敢说我们想象中标类的鲍尔雪微克至少有下列几种成分——杀猪屠、刽子手、长毛、黑旋风李逵、吃人的野人或猩猩、谋财害命的强盗；黑脸、蓬头、红眼睛、大胡子，长毛的大手，腰里挂一只放人头的口袋。……

所以我那晚特别的留意，心想今晚才可以“饱瞻丰采畅慰生平”了！初起是失望，因为在那群“山魈后人”的脸上一些也看不出他们祖上的异相：拉打胡子，红的眉毛，绿的眼。影子都没有！我坐在他们中间，只是觉着不安，不一定背上有刺，或是孟子说的穿了朝衣朝冠去坐在涂炭上，但总是不舒服，好像在这里不应得有我的位置似的。我定了一定神。第一件事应得登记的，是鼻子里的异味。俄国人的异味我是领教过的，最是在Irkutsk的车站里我上一次通讯讲起过，但那是西伯利亚，他们身上的皮革，屋子里的煤气、潮气外加烧东西的气味，造成一种最辛辣最沉闷的怪臭；今晚的不同，静的多，虽则已经够浓，这里面有土白古，有Vodka，有热气的熏蒸。但主味还是人气，虽则我不敢断定是斯拉夫，是莫斯科或是希伯来的雅味。第二件事叫我注意的是他们的服装。平常洗了手吃饭，换好衣服看戏，是不论东西的通例，在英国工人们上戏院也得换上一个领结，肩膀上去些灰迹，今晚可不同了，康姆赖特们打破习俗的精神是可佩服的。因为不但一件整齐的褂子不容易看见，简直连一个像样的结子都难得，你竟可以疑心他们晚上就那样子溜进被窝里去，早上也就那样子钻出被窝来；大半是戴着便帽或黑泥帽——歪戴的多；再看脱了帽的那几位，你一定疑问莫斯科的铺子是不备梳子的了，剃头匠有没有也是问题，女同志们当然一致的名士派。解放到这样程度才真有意思，但她们头上的红巾终究是一点喜色。但最有趣的是她们面上的表情，第一你们没到过俄国来的趁早取消你们脑筋里鲍尔雪微克的小影，至少得大大的修正。因为他们，就今晚在场的看，虽则完全脱离了波淇洼的体面主义，虽则一致拒绝安全剃刀的引诱，虽则衣着上是十三分的落拓，但他们的面貌还是端正的多，他们的神情还是和蔼的多，他们的态度也比北京捧角团或南欧戏院里看客们文雅得多（他们虽则嘘跑了那位热心的骷髅先生，那本来是诚实而且公道，他们看戏时却再也不露一些焦躁）。那晚大概是带“恳亲”的意思，所以年纪大些的也很多；我方才说有趣是为想起了他们。你们在电影的滑稽片里，不是常看到东伦敦或是东纽约戏院子里的一群看客吗？那晚他们全来了：胡子挂得老长的，手里拿着红布手巾不住擦眼的，鼻子上开玫瑰花的，嘴边溜着白涎的，驼背的，拐脚的，牙齿全没了下巴往上掬的，秃顶的，祖眼的，形形色色，什么都来了。可惜我没有司蒂文孙的雅趣，否则我真不该老是仰起头跟着戏台上做怖梦，我正应得私下拿着纸笔，替我前后左右的邻居们写生，结果一定比看鬼把戏有趣而且有味。

十一、契诃夫的墓园

诗人们在这喧哗的市街上不能不感寂寞，因此“伤时”是他们怨愫的发泄，“吊古”是他们柔情的寄托。但“伤时”是感情直接的反动：子规的清啼容易转

诗人们在这喧哗的市街上不能不感寂寞，因此“伤时”是他们怨愫的发泄，“吊古”是他们柔情的寄托。

成夜鸮的急调，吊古却是情绪自然的流露，想象已往的韶光，慰藉心灵的幽独。在墓墟间，在晚风中，在山一边，在水一角，慕古人情，怀旧光华；像是朵朵出岫的白云，轻沾斜阳的彩色，冉冉的卷，款款的舒，风动时动，风止时止。

吊古便不得不憬悟光阴的实在。随你想象它是汹涌的洪潮，想象它是缓渐的流水，想象它是倒悬的急湍，想象它是无踪迹的尾闾，只要你见到它那水花里隐现着的骸骨，你就认识它那无顾恋的冷酷，它那无限量的破坏的馋欲。桑田变沧海，红粉变骷髅，青梗变枯柴，帝国变迷梦，梦变烟，火变灰，石变砂，玫瑰变泥，一切的纷争消纳在无声的墓窟里……那时间人的来踪与去迹，它那色调与波纹，便如夕照晚霭中的山岭融成了青紫一片，是邱是壑，是林是谷，不再分明，但它那大体的轮廓却亭亭的刻画在天边，给你一个最清切的辨认。这一辨认就相联的唤起了疑问：人生究竟是什么？你得加下你的按语，你得表示你的“观”。陶渊明说大家在这一条水里浮沉，总有一天浸没在里面，让我今天趁南山风色好，多种一棵菊花，多喝一杯甜酿；李太白、苏东坡、陆放翁都回响说不错，我们的“观”就在这酒杯里。古诗十九首说这一生一掠即过，不过也得过，想长生的是傻子，抓住这现在的现在尽量的享福寻快乐是真的——“不如饮美酒，被服纨与素”，曹子建望着火烧了的洛阳，免不得动感情；他对着渺渺的人生也是绝望——转蓬离本根，飘飘随长风，何意回飙举，吹我入云中，高高上无极，天路安可穷。光阴“悠悠”的神秘警觉了陈元龙：人们在世上都是无俦伴的独客，各个，在他觉悟时都是寂寞的灵魂。庄子也没奈何这悠悠的光阴，他借重一个调侃的骷髅，设想另一个宇宙，那边生的进行不再受时间的限制。

所以吊古——尤其是上坟——是中国文人的一个癖好。这癖好想是遗传的；因为就我自己说，不仅每到一处地方爱去郊外冷落处寻墓园消遣，那坟墓的意象竟仿佛在我每一个思想的后背阑着——单这馒形的一块黄土在我就有无穷的意趣——更无须蔓草、凉风、白杨、青磷等等的附带。坟的意象与死的概念当然不能差离多远，但在我，坟与死的关系却并不密切：死仿佛有附着或有实质的一个现象，坟墓只是一个美丽的虚无，在这静定的意境里，光阴仿佛止息了波动，你自己的思感也收敛了震悸，那时你的性灵便可感到最纯净的慰安，你再不要什么。还有一个原因为什么我不爱想死，是为死的对象就是最恼人不过的生，死只是中止生，不是解决生，更不是消灭生，只是增剧生的复杂，并不清理它的纠纷。坟的意象却不暗示你什么对举或比称的实体，它没有远亲，也没有近邻，它只是它，包涵一切，覆盖一切，调融一切的一个美的虚无。

我这次到欧洲来倒像是专做清明来的；我不仅上知名的或与我有关系的坟〔在莫斯科上契诃夫、克鲁泡德金的坟，在柏林上我自己儿子的坟，在枫丹薄罗

坟的意象与死的概念当然不能差离多远，但在我，坟与死的关系却并不密切：死仿佛有附着或有实质的一个现象，坟墓只是一个美丽的虚无，在这静定的意境里，光阴仿佛止息了波动，你自己的思感也收敛了震悸，那时你的性灵便可感到最纯净的慰安，你再不要什么。

上曼殊斐儿的坟，在巴黎上茶花女、哈哀内的坟；上菩特莱《恶之花》的坟；上凡尔泰、卢骚、嚣俄的坟；在罗马上雪莱、基茨的坟；在翡冷翠上勃朗宁太太的坟，上密佐郎其罗、梅迪启家的坟；日内到Ravenna去还得上丹德的坟，到Assisi上法兰西士的坟，到Mautua上浮吉尔（Virgil）的坟〕。我每过不知名的墓园也往往进去留连，那时情绪不定是伤悲，不定是感触，有风听风，在块块的墓碑间且自徘徊，待斜阳淡了再计较回家。

你们下回到莫斯科去，不要贪看列宁，那无非是一个像活的死人放着做广告的（口孽罪过）！反而忘却一个真值得去的好所在——那是在雀山山脚下的一座有名的墓园，原先是贵族埋葬的地方，但契诃夫的三代与克鲁泡德金也在里面，我在莫斯科三天，过得异常的昏闷，但那一个向晚，在那噤寂的寺园里，不见了莫斯科的红尘，脱离了犹太人的怖梦，从容的怀古，默默的寻思，在他人许有更大的幸福，在我已经知足。那庵名像是Monestiere Vinozositch（可译作圣贞庵），但不敢说是对的，好在容易问得。

我最不能忘情的坟山是日本神户山上专葬僧尼那地方，一因它是依山筑道，林荫花草是天然的；二因两侧引泉，有不绝的水声；三因地位高亢，望见海涛与对岸山岛。我最不喜欢的是巴黎Montmartre的那个墓园，虽则有茶花女的芳邻我还是不愿意，因为它四周是市街，驾空又是一架走电车的大桥，什么清宁的意致都叫那些机轮轧成了断片，我是立定主意不去的；罗马雪莱、基茨的坟场与算是不错，但这留着以后再讲；莫斯科的圣贞庵，是应得赞美的，但躺到那边去的机会似乎不多！

那圣贞庵本身是白石的，葫芦顶是金的，旁边有一个极美的钟塔，红色的，方的，异常的鲜艳，一远望这三色——白、金、红——的配置，极有风趣；墓碑与坟亭密密的在这塔影下散布着，我去的那天正当傍晚，地下的雪一半化了水，不穿胶皮套鞋是不能走的；电车直到庵前，后背望去森森的林山便是拿破仑退兵时曾经回望的雀山，庵门内的空气先就不同，常青的树荫间，雪铺的地里，悄悄的屏息着各式的墓碑：青石的平台，镂像的长碣，嵌金的塔，中空的享亭，有高踞的，有低伏的，有雕饰繁复的，有平易的；但他们表示的意思却只是极简单的一个，古诗说的：“下有陈死人，杳杳即长暮，潜寐黄泉下，千载永不寤。”

我们向前走不久便发现了一个颇堪惊心的事实：有不少极庄严的碑碣倒在地上的，有好几处坚致的石栏与铁栏打毁了的；你们记得在这里埋着的贵族居多，近几年来风水转了，贵族最吃苦，幸而不毁，也不免亡命，阶级的怨毒在这墓园里都留下了痕迹——楚平王死得快还是逃不了尸体受刑——虽则有标记与无标记，有祭扫与无祭扫，究竟关不关这底下陈死人的痛痒，还是不可知的一件事。

但对于虚荣心重实的活人，这类示威的手段却是一个警告。

我们摸索了半天，不曾寻着契诃夫；我的朋友上那边问去了，我在一个转角站等着，那时候忽的眼前一亮（那天本是阴沉），夕阳也不知从哪边过来，正照着金顶与红塔，打成一片不可信的辉煌；你们没见过大金顶的不易想象它那回光的力量，平常玻璃窗上的反光已够你耀眼的，何况偌大一个纯金的圆穹，我不由得不感谢那建筑家的高见，我看了西游记、封神传渴慕的金光神霞，到这里见着了！更有那秀挺的绯红的高塔，也在这俄顷间变成了粲花摇曳的长虹，仿佛脱离了地面，将次凌空飞去。

契诃夫的墓上（他父亲与他并肩）只是一块瓷青色的石碑，刻着他的名字与生死的年份，有铁栏围着，栏内半化的雪里有几瓣小青叶，旁边树上掉下去的，在那里微微的转动。

我独自倚着铁栏，沉思契诃夫今天要是在着，他不知怎样；他是最爱"幽默"，自己也是最有谐趣的一位先生。他的太太告诉我们他临死的时候还要她讲笑话给他听；有幽默的人是不易做感情的奴隶的。但今天俄国的情形，今天世界的情形，他要是看了还能笑否，还能拿着他的灵活的笔继续写他灵活的小说否？……我正想着，一阵异样的声浪从园的那一角传过来打断了我的盘算，那声音在中国是听惯了的，但到欧洲是不提防的；我转过去看时有一位黑衣的太太站在一个坟前，她旁边一个服装古怪的牧师（像我们的游方和尚）高声念着经咒，在晚色团聚时，在森森的墓门间，听着那异样的音调（语尾曼长向上曳作顿），你知道那怪调是念给墓中人听的，这一想毛发间就起了作用，仿佛底下的一大群全爬了上来在你的周围站着倾听似的。同时钟声响动，那边庵门开了，门前亮着一星的油灯，里面出来成行列的尼僧，向另一屋子走去，一体的黑衣黑兜，悄悄的在雪地里走去……

克鲁泡德金的坟在后园，只一块扁平的白石，指示这伟大灵魂遗蜕的歇处，看着颇觉凄惘。关门铃已摇过，我们又得回红尘去了。

十二、"一宿有话"——真正老牌"迦门"

那晚上车我的手提包里有烟，有糖，有橘子蜜酒。

睡车每间两个床位，我的是上铺，他在下面。

你是日本人？

不。

中国人？

是的。

你喝威司克？唉仆欧……（他意思是沙达水，不是威司克。）

不，多谢，抽烟？

你到巴黎去长住？

不。

我当过军官——在德皇御队里的。

是的；那你打仗了？

从头到底——我一共打了七十二仗。

大英雄！你对敌是谁———是英是法？

全打过。

你杀死了多少人？

三千法国人，一千英国人。

谁会打些？

英国人；法国人不成。

为什么？

喝的太多。女人太多。

所以你杀了他们，还是看不起他们。法国女人呢？你们一定多的是机会。

喔要多少？她们可不干净你知道，洗得不够你知道。司墨漆希。哈哈。

她们可长得好看不是？不比贵国人差对不对？

喔好看是有的，可没有用。她们不行，没有好身体，有病的你知道，不成。

你打了那么多仗，没有受伤？

喏你看！（他脱了褂子剥开里衣，露出一个奇形的肩膀，骨骼像是全断了，凹下一个大坑，皮扭扭皱皱怪难看的。）

现在没有事了。

啊，你试试（他伸出手臂，叫我摸他铁打似的栗子筋）。我是一个打拳的。

先打他的正面，再打旁边，打中就破了——我带了十三个大的。

你打了美国兵没有？

没有，我打法国黑兵，顶没有用，比小鸡还容易捉。

再抽烟，请。你现在做什么事？

做生意——衣服生意。你看我身上穿的就是我自己店里的。

你还愿意打仗吗？

当然！十年内你看着，德国打败英国、法国。

怎么打法？

俄国人会得帮我们。他们先拿波兰，法国人的左腿就跛了。

啊那你少不了中国人帮忙！

不错不错；日耳曼、俄罗斯、支那联成一起，全世界翻身，法国“卡波脱”（破），日本卡波脱，美国卡波脱，英国更不用提了。

你也不爱日本？

不，日本人不成，他们自己没有文化，有文化就是支那、德意志，日本人是猴子。

喝蜜酒吧，请，祝福我们将来联合的胜利！再来一杯。

…………

你有家了没有？

你问我有老婆？没有没有。有了家没有自由，我做生意，今天到这里，明天到那里，有了家就……（他想不出字。）

Handicapped?

啊不错，Handicapped！你看我的身体多好！你有刀吗？

（他低了头去到表链上去解小刀，我看着他光秃的头顶，有三个大疤，像老寿星的头，我忍不住笑了。）

你笑什么？

你怎么受伤的？

开花弹炸破的。我在这儿站着，弹子炸了，正当着我面，我赶快旋转身这里着了。

你倒了没有？

一点也不倒。

那你得进医院？

是的，在医院住五个星期，又回家去五个星期。那是十七年的年底。下年正月我又回前敌去打，又弄死了不少法国人。

你是步队？

是的，步队；我专打“汤克”（Tank。）

怎么打法？——汤克不是顶可怕的吗？

我笑法国人（这时候他已经把小刀剥开，拿过刀尖叫我摸它的锋利，我莫名其妙），刀尖快不快？

快。

你看。（他伸出他的右腿，迸着气，手拿着刀，尖头向下，提得高高的，一撒手，刀尖着股，咄的一声，弹下了地去，像是碰着一块有弹性的金属，再来一次。）

了不得。不得了！（他得意笑了，头皮发亮）好汉！所以你不爱女色？

喔有时候。女人多的是，我们付钱，她们爱——哈哈，可是打仗顶好玩，比女人还有趣。

我信，所以你只盼望再打？你的政党当然是德意志国民党？

当然，你看这三色的党徽。

你看这次选举谁有希望？

胜利一定是我们——兴登堡将军顶好。

你崇拜他？

一百分。

好，我们再喝酒，祝你们政党的胜利！

昨晚柏林有好戏你看了没有？他问。

“Oscar Wilde”？那是第一晚，我嫌贵没有去，你去了？

去了。

做得好？

不错，王尔德的事情你信不信？

许有的；他就好奇。

好奇？我看是人们的天性。你们中国有没有？

变例自然到处有，德国怎么样？

时行得很，没有什么稀奇，学校里，军队里，柏林有俱乐部，你知道吗？

不知道；所以你们竟不以为奇？

一点也不；你到Munchen去住几时就知道了。

呕，你们德国人真是伟大的民族！时候不早了，休息吧，夜安。

夜安。

（这是我从柏林到巴黎那晚车上我自以为有趣的谈话，当晚我说过夜安上床去在枕上就记下一些……英文……今天无意中捡着，觉得还是有趣，所以翻了出来。但你们却不要误会以为德国全是这样的，蠢、粗、忍、变性的，虽则像他同样脑筋的一定不少，要不然兴登堡将军哪里会有机会。我在这里又碰到一个德国人，他是我的好友，与那位先生刚巧相反。他也是打了四年的仗，但他恨极了打仗……他是一个深思、勤学、爱和平、有见地、敦厚、可亲的一个少年。只可惜一个人教育入了骨髓，思想有了分寸，他的外表的趣味就淡。你替他写就不易，不比那位先生开口见喉咙，粗极，却也趣极，你想拿刀尖来扎大腿的那类手势，在文明社会里，是否不可多得？）

十三、血——谒列宁遗体回想

过莫斯科的人大概没有一个不去瞻仰列宁的“金刚不烂”身的。我们那天在雪冰里足足站了半点多钟（真对不起使馆里那位屠太太，她为引导我们鞋袜都湿一个净透），才挨着一个入场的机会。

进门朝北壁上挂着一架软木做展平的地球模型；从北极到南极，从东极到西极（姑且这么说），一体是血色，旁边一把血染的镰刀，一个血染的槌子。那样大胆的空前的预言，摩西见了都许会失色，何况我们不禁吓的凡胎俗骨。

我不敢批评苏维埃的共产制，我不配，我配也不来，笔头上批评只是一半骗人，一半自骗。早几年我胆子大得多，罗素批评了苏维埃，我批评了罗素，话怎么说法，记不得了，也不关紧要，我只记得罗素说：“我到俄国去的时候是一个共产党，但……”意思说是他一到俄国，就取消了他红色的信仰。我先前挖苦了他。这回我自己也到那空气里去呼吸了几天，我没有取消信仰的必要，因我从不曾有过信仰，共产或不共产。但我的确比先前明白了些，为什么罗素不能不向后转。怕我自己的脾胃多少也不免带些旧气息，老家里还有几件东西总觉得有些舍不得——例如个人的自由，也许等到我有信仰的日子就舍得也难说，但那日子似乎不很近。我不但旧，并且还有我的迷信；有时候我简直是一个宿命论者——例如我觉得这世界的罪孽实在太深了，枝节的改变，是要不得的，人们不根本悔悟的时候，不免遭大劫，但执行大劫的使者，不是安琪儿，也不是魔鬼，还是人类自己。莫斯科就仿佛负有那样的使命。他们相信天堂是有的，可以实现的，但在现世界与那天堂的中间隔着一座海，一座血污海。人类泅得过这血海，才能登彼岸，他们决定先实现那血海。

再说认真一点，比如先前有人说中国有过激趋向，我再也不信，种瓜栽树也得辨土性，不是随便可以乱扦的。现在我消极的把握都没有了。“怨毒”已经弥漫在空中，进了血管，长出来时是小疽是大痈说不定，开刀总躲不了，淤着的一大包脓，总得有个出路。别国我不敢说，我最亲爱的祖国，其实是堕落得太不成话了；血液里有毒，细胞里有菌，性灵里有最不堪的污秽，皮肤上有麻风。血污池里洗澡或许是一个对症的治法，我究竟不是医生，不敢妄断。同时我对我们一部分真有血性的青年们也忍不住有几句话说。我决不怪你们信服共产主义，我相信只有骨里有髓管里有血的人才肯牺牲一切，为一主义做事；只要十个青年里七个或是六个都像你们，我们民族的前途不致这样的黑暗。但同时我要对你们说一句话，你们不要生气：你们口里说的话大部分是借来的，你们不一定明白，你们说话背后，真正的意思是什么；还有，照你们的理想，我们应得准备的代价，你们也不一定计算过或是认清楚；血海的滋味，换一句话说，我们终究还不曾大规模的尝过。叫政府逮捕下狱，或是与巡警对打折了半只臂膀，那固然是英雄气概的一斑，但更痛快更响亮的事业多着——耶稣对他的妈（她走了远道去寻他）说："妇人，去你的！""你们要跟从我。"耶稣对他的门徒说："就得像渔夫抛弃他的网，儿子抛弃他的父母，丈夫抛弃他的妻儿。"又有人问他我的老子才死，你让我埋了他再来跟你，还是丢了尸首不管专来跟你，耶稣说，让死人埋死人去。不要笑我背圣经，我知道你们不相信的，我也不相信，但这几段话是引称，是比况，我想你们懂得，就是说，照你现在的办法做下去时，你们不久就会觉得你们不知怎的叫人家放在老虎背上去，那时候下来的好，还是不下来的好？你们现在理论时代，下笔做文章时代，事情究竟好办，话不圆也得说他圆来，方的就把四个角剪了去不就圆了，回头你自己也忘了角是你剪的，只以为原来就是圆的，那我懂得。比如说到了那一天有人拿一把火种一把快刀交在你的手里，叫你到你自己的村庄你的家族里去见房子放火，见人动刀——你干不干？说话不可怕一点，假如有那一天你想看某作者的书，算是托尔斯泰的，可是有人告诉你不但他的书再也买不到，你有了书也是再也不能看的——你的感想怎样？我们在中国别的事情不说，比较的个人自由我看来是比别国强的多，有时简直太自由了，我们随便骂人，随便谣言，随便说谎，也没人干涉，除了我们自己的良心，那也是不很肯管闲事的。假如这部分里的个人自由有一天叫无形的国家权威取缔到零度以下，你的感想又怎样？你当然打算想做那时代表国家权威的人，但万一轮不到你又怎样？

莫斯科是似乎做定了运命的代理人，只要世界上，不论哪一处，多翻一阵血浪，他们便自以为离他们的理想近一步，你站在他们的地位看出来，这并不背谬，十分的合理。

但就这一点（我搔着我的头发），我说有考虑的必要。我们要救度自己，也许不免流血；但为什么我们不能发明一个新鲜的流法？既然血是我们自己的血，为什么我们就这样的贫，理想是得向人家借的，方法又得向人家借的？不错，他们不说莫斯科，他们口口声声说国际，因此他们的就是我们的。那是骗人，我说；讲和平，讲人道主义，许可以加上国际的字样，那也待考，至于杀人流血有什么国际？你们要是躲懒，不去自己发明流自己的血的方法，却只贪图现成，听人家的话，我说你们就不配，你们辜负你们骨里的髓，辜负你们管里的血！

英国有一个麦克唐诺尔德便是一个不躲懒的榜样，你们去查考查考他的言论与行事。意大利有一个莫索利尼是另一种榜样，虽则法西士的主义你们与我都不一定佩服，他那不躲懒是一个实在。

俄国的橘子卖七毛五一只，为什么？国内收下来的重税，大半得运到外国去津贴宣传，因此生活程度便不免过分的提高，他们国内在饿殍的边沿上走路的百姓们正多着哩！我听了那话觉着伤心；我只盼望我们中国人还不至于去领他们的津贴，叫他们国内人民多挨一分饿！

我不是主张国家主义的人，但讲到革命，便不得不讲国家主义，为什么自己革命自己作不了军师，还得运外国主意来筹划流血？那也是一种可耻的堕落。

革英国命的是克伦威尔；革法国命的是卢骚、丹当、罗佩士披亚、罗兰夫人；革意大利命的是马志尼、加利包尔提；革俄国命的是列宁——你们要记着。假如革中国命的是孙中山，你们要小心了，不要让外国来的野鬼钻进了中山先生的棺材里去！

春 痕

一、瑞香花——春

逸清早起来，已经洗过澡，站在白漆的镜台前，整理他的领结。窗纱里漏进来的晨曦，正落在他梳栉齐整漆黑的发上，像一流灵活的乌金。他清癯的颊上，轻沾着春晓初起的嫩红，他一双睫绒密绣的细长妙目，依然含漾着朝来梦里的无限春意，益发激动了他Narcissus自怜的惯习，疑疑地尽向着镜里端详。他圆小锐敏的睛珠，也同他头发一般的漆黑光芒，在一泻清利之中，泄漏着几分忧郁凝滞，泄漏着精神的饥渴，像清翠的秋山轻罩着几痕雾紫。

他今年二十三岁，他来日本方满三月，他迁入这省花家，方只三日。

他凭着他天赋的才调生活风姿，从幼年便想肩上长出一对洁白蛴嫩的羽翮，望着精焰斑斓的晚霞里，望着出岫倦展的春云里，望着层晶叠翠的秋天里，插翅飞去，飞上云端，飞出天外，去听云雀的欢歌，听天河的水乐，看群星的联舞，看宇宙的奇光，从此加入神仙班籍，凭着九天的白玉栏杆，于天朗气清的晨夕，俯看下界的烦恼尘俗，微笑地生怜，怜悯地微笑。那是他的幻想，也是多数未经生命严酷教训的少年们的幻想。但现实粗狠的大槌，早已把他理想的晶球击破，现实卑琐的尘埃，早已将他洁白的希望掩染。他的头还不会从云外收回，他的脚早已在污泥里泞住。

他走到窗前，把窗子打开，只觉得一层浓而且劲的香气，直刺及灵府深处，原来楼下院子里满地都是盛开的瑞香花，那些紫衣白发的小姑子们，受了清露的涵濡，春阳的温慰，便不能放声曼歌，也把她们襟底怀中脑边蕴积着的清香，迎着缓拂的和风，欣欣摇舞，深深吐泻，只是满院的芬芳，只勾引无数的小蜂，迷醉地环舞。

三里外的桑抱群峰也只在和暖的朝阳里欣然沉浸。

逸独立在窗前，估量这些春情春意，双手插在裤袋里，微曲着左膝，紧啮住浅绛的下唇，呼出一声幽喟，旋转身掩面低吟道：可怜这，万种风情无地着！

紧跟着他的吟声，只听得竹篱上的门铃，喧然大震，接着邮差迟重的嗓音唤道：“邮便!”

一时篱上各色的藤花藤叶,轻波似颤动,白叶树上的新燕呢喃也被这铃声喝住。

省花夫人手拿着一张美丽的邮片笑吟吟走上楼来对逸说道：“好福气的先生，你天天有这样美丽的礼物到手。”说着把信递入他手。果然是件美丽的礼物，这张比昨天的更觉精雅，上面写的字句也更妩媚。逸看到她别致的签名，像燕尾的瘦，梅花的疏，立刻想起她亭亭的影像，悦耳的清音接着一阵复凑的感想，不禁四肢的神经里，迸出一味酸情，迸出一些凉意。他想出了神，无意地把手里的香迹，送向唇边，只觉得兰馨满口，也不知香在片上，也不知香在字里——他神魂迷荡了。

一条不甚宽广但很整洁的乡村道上，两旁种着各式的树木，地上青草里，夹缀着点点金色银色的钱花。这道上在这初夏的清晨除了牛奶车、菜担以外，行人极少。但此时铃声响处，从桑抱山那方向转出一辆新式的自行车，上面坐着一个西装的少女，二十岁光景。她黯黄的发，临风蓬松着，用一条浅蓝色丝带络住，她穿着一身白纱花边的夏服，鞋袜也一体白色；她丰满的肌肉，健康的颜色，捷灵的肢体，愉快的表情，恰好与初夏自然的蓬勃气象和合一致。

她在这清静平坦的道上，在榆柳浓馥的荫下，像飞燕穿帘似的，疾扫而过；有时俯偻在前枢上，有时撒开手试她新发明的姿态，恰不时用手去理整她的外裳，因为孟浪的风尖常常挑翻她的裙序，像荷叶反卷似的，泄露内衬的秘密。一路的草香花味，树色水声，云光鸟语，都在她原来欣快的心境里，更增加了不少欢畅的景色——她同山中的梅花小鹿一般的美，一般的活泼。

自行车到藤花杂生的篱门前停了，她把车倚在篱旁，扑去了身上的尘埃，掠齐了鬓发，将门铃轻轻一按，把门推开，站在门口低声唤道：“省花夫人，逸先生在家?”说着心头跳个不住，颊上也是点点桃花，染入冰肌深浅。

那时房东太太不在家，但逸在楼上闲着临帖，早听见了，就探首窗外，一见是她，也似感了电流一般，立刻想飞奔下去。但她接着喊道；她也看见了：“逸先生，早安，请恕我打扰，你不必下楼，我也不打算进来，今天因为天时好，我一早就出来骑车，便到了你们这里，你不是看我说话还喘不过气来，你今天好吗？啊，乘便，今天可以提早一些，你饭后就能来吗?”她话不曾说完，忽然觉得她鞋带散了，就俯身下去收拾，阳光正从她背后照过来，将她描成一个长圆的黑影，两支腰带，被风动着，也只在影里摇颤，恰像一个大蜗牛，放出他的触须侦探意外的消息。

“好极了，春痕姑娘！……我一定早来……但你何不进来坐一歇呢？……你不是骑车很累了吗？……”

春痕已经缚紧了鞋带，倚着竹篱，仰着头，笑答道：“很多谢你，逸先生，我就回去了。你温你的书吧，小心答不出书，先生打你的手心！”格支地一阵憨笑，她的眼本来秀小，此时连缝儿都莫有了。

她一欠身，把篱门带上，重复推开将头探入；一支高出的藤花，正贴住她白净的腮边，将眼瞟着窗口看呆了的逸笑道：”再会罢，逸！”车铃一响她果然去了。

逸飞也似驰下楼去出门望时，只见榆荫错落的黄土道上，明明镂着她香轮的踪迹，远远一簇白衫，断片铃声，她，她去了。

逸在门外留恋了一会儿，转身进屋，顺手把方才在她腮边撩拂那支乔出的藤花，折了下来恭敬地吻上几吻；他耳边还只荡漾着她那“再会罢，逸！”的那个单独“逸”字的蜜甜音调：他又神魂迷荡了。

二、红玫瑰——夏

“是逸先生吗？”春痕在楼上喊道，“这里没有旁人，请上楼来。”

春痕的母亲是旧金山人，所以她家的布置也参酌西式。楼上正中一间就是春痕的书室，地板上铺着匀净的台湾细席，疏疏的摆着些几案榻椅，窗口一大盆的南洋大榈，正对着她凹字式的书案。

逸以前上课，只在楼下的客堂里，此时进了她素雅的书屋，说不出有一种甜美愉快的感觉。春痕穿一件浅蓝色纱衫，发上的缎带也换了亮蓝色，更显得妩媚绝俗。她拿着一管斑竹毛笔，正在绘画，案上放着各品的色碟和水盂。逸进了房门，她才缓缓地起身，笑道：“你果然能早来，我很欢喜。”

逸一面打量屋内的设备，一面打量他青年美丽的教师，连着午后步行二里许的微喘，颇露出些局踳的神情，一时连话也说不连贯。春痕让他一张椅上坐了，替他倒了一杯茶，口里还不住地说她精巧的寒暄。逸喝了口茶，心头的跳动才缓缓的平了下来，他瞥眼见了春痕桌上那张鲜艳的画，就站起来笑道：“原来你又是美术家，真失敬，春痕姑娘，可以准我赏鉴吗？”

她画的是一大朵红的玫瑰，真是一枝浓艳露凝香，一瓣有一瓣的精神，充满了画者的情感，仿佛是多情的杜鹃，在月下将心窝抵入荆刺沥出的鲜红心血，点染而成，几百阕的情词哀曲，凝化此中。

“那是我的鸦涂，哪里配称美术？”说着她脸上也泛起几丝红晕，把那张水彩趑趄地递入逸手。

逸又称赞了几句，忽然想起西方人用花来作恋爱情感的象征，记得红玫瑰是

“我爱你”的符记，不禁脱口问道：“但不知哪一位有福的，能够享受这幅精品，你不是预备送人的吗?”

春痕不答，逸举头看时，只见她倚在凹字案左角，双手支着案，眼望着手，满面绯红，肩胸微微有些震动。逸呆望着这幅活现的忸怩妙画，一时也分不清心里的反感，只觉得自己的颧骨耳根，也平增了不少的温度。此时春痕若然回头，定疑心是红玫瑰的朱颜，移上了少年的肤色。

临了这一阵缄默，这一阵色彩鲜明的缄默，这一阵意义深长的缄默，让窗外桂树上的小雀，吱的一声啄破。春痕转身说道：“我们上课罢!”她就坐下，打开一本英文选，替他讲解。

功课完毕，逸起身告辞，春痕送他下楼，同出大门。此时斜照的阳光正落在桑抱的峰巅岩石上，像一片斑驳的琥珀，他们看着称美一番，逸正要上路。春痕忽然说：“你候一候，你有件东西忘了带走。”她就转身进屋去，过了一分钟，只见她红涨着脸，拿着一纸卷递给逸说：“这是你的，但不许此刻打开看!”接着匆匆说了声再会，就进门去了。逸左臂挟着书包，右手握着春痕给他的纸卷，想不清她为何如此慌促，禁不住把纸卷展开，这一展开，但觉遍体的纤微，顿时为感激欣喜悲切情绪的弹力撼动，原来纸卷的内容，就是方才那张水彩，春痕亲笔的画，她亲笔画的红玫瑰——他神魂又迷荡了。

三、茉莉花——秋

逸独坐在他房内，双手展着春痕从医院里来的信，两眼平望，面容澹白，眉峰间紧锁住三四缕愁纹。她病了。窗外的秋雨，不住地沥淅，他怜爱的思潮，也不住地起落。逸的联想力甚大，譬如他看花开花放就想起残红满地；身历繁华声色，便想起骷髅灰烬；临到欢会，便想惋别；听人病苦，便想暮祭。如今春痕病了，在院中割肠膜，她写的字也失了寻常的劲致，她明天得医生特许可以准客人见，要他一早就去。逸为了她病，已经几晚不安眠，但远近的思想不时涌入他的脑府。他此时所想的是人生老病死的苦痛，青年之短促。他悬想着春痕那样可爱的心影，疑问像这样一朵艳丽的鲜花，是否只要有恋爱的湿润便可常保美质；还是也同山谷里的茶花，篱上的藤花，也免不了受风摧雨虐，等到活力一衰，也免不了落地成泥。但他无论如何拉长缩短他的想象，总不能想出一个老而且丑的春痕来！他想圣母玛丽亚不会老，观世音大士不会老，理想的林黛玉不会老，青年理想中的爱人又如何会老呢？他不觉微笑了。转想他又沉入了他整天整晚迷恋的梦境；他最恨想过去，最爱想将来，最恨回想，最爱前想。过去是死的丑的痛苦的枉费的，将来是活的美的幸福的创造的。过去像块不成形的顽石，满长着可厌的猬草和刺物；将来像初出山的小涧，只是在青林间舞蹈，只是在星光下歌唱，只是在精美的石梁上进行。他廿余年麻木的生活，只是个不可信、可厌的梦，他只求抛弃这个记忆，但记忆是富有黏性的，你愈想和他脱离，结果胶附得愈紧愈密切。他此时觉得记忆的压制愈重，理想的将来不过只是烟淡云稀，渺茫明灭，他就狠劲把头摇了几下，把春痕的信摺了起来，披了雨衣，换上雨靴，挟了一把伞独自下楼出门。

他在雨中信步前行，心中杂念起灭，竟走了三里多路，到了一条河边。沿河有一列柳树，已感受秋运，枝条的翠色，渐转苍黄，此时仿佛不胜秋雨的重量，凝定地俯看流水，粒粒的泪珠，连着先凋的叶片，不时掉入波心悠然浮去。时已薄暮，河畔的颜色声音，只是凄凉的秋意，只是增添惆怅人的惆怅。天上绵般的云似乎提议来里埋他心底的愁思，草里断续的虫吟，也似轻嘲他无聊的意绪。

逸踯躅了半晌，不觉秋雨满襟，但他的思想依旧缠绵在恋爱老死的意义，他忽然自言道："人是会变老会变丑，会死会腐朽，但恋爱是长生的；因为精神的现象决不受物质法律的支配；是的，精神的事实，是永久不可毁灭的。"他好像得了难题的答案，胸中解释了不少的积重，抖下了此衣上的雨珠，就转身上归家的路。

他路上无意中走入一家花铺，看看初菊，看看迟桂，最后买了一束茉莉，因为她香幽色澹，春痕一定喜欢。

他那天夜间又不曾安眠，次日一早起来，修饰了一晌，用一张蓝纸把茉莉裹了，出门往医院去。

"你是探望第十七号的春痕姑娘吗?"

"是。"

"请走这边。"

逸跟着白衣灰色裙的下女，沿着明敞的走廊，一号二号，数到了第十七号。浅蓝色的门上，钉着一张长方形的白片，写着很触目的英字："No. 17 Aolmitting no visitors except the patient's mother and Mr. Yi.""第十七号，除病人母亲及逸君外，他客不准入内。"

一阵感激的狂潮，将他的心府淹没；逸回复清醒时，只见房门已打开，透出一股酸辛的药味，里面恰丝毫不闻音息。逸脱了便帽，企着足尖，进了房门——依旧不闻音息。他先把房门掩上，回身看时，只见这间长形的室内，一体白色，白墙白床，一张白毛毯盖住的沙发，一张白漆的摇椅，一张小几，一个唾盂。床安在靠窗左侧，一头用矮屏围着。逸走近床前时，只觉灵魂底里发出一股寒流，冷激了四肢全体。春痕卧在白布被中，头戴白色纱布，垫着两个白枕，眼半闭着，面色惨淡得一点颜色的痕迹都没有，几于和白枕白被不可辨认。床边站着一位白巾白衣态度严肃的看护妇，见了逸也只微颔示意，逸此时全身的冰流重复回入灵府，凝成一对重热的泪珠，突出眶帘。他定了定神俯身下去，小语道："我的春痕，你……吃苦了……"那两颗热泪早已跟着颤动的音波在他面上筑成了两条泪沟，后起的还频频涌出。

春痕听了他的声音，微微睁开她倦绝的双睫，一对铅似重钝的睛球正对着他热泪溶溶的湿眼；唇腮间的筋肉稍稍缓弛，露出一些勉强的笑意，但一转瞬她的腮边也湿了。"我正想你来，逸！"她声音虽则细弱，但很清爽，"多谢天父，我的危险已经过了！你手里拿的不是给我的花吗？"说着笑了，她真笑了。

逸忙把纸包打开，将茉莉递入她已从被封里伸出的手，也笑说道："真是，我倒忘了：你爱不爱这茉莉？"

春痕已将花按在口鼻间，闭拢了眼，似乎经不住这强烈香味；点了点头，说："好，正是我心爱的，多谢你。"

逸就在床前摇椅上坐下，问她这几日受苦的经过。

过了半点钟，逸已经出院，上路回家。那时的心影，只是病房的惨白，耳畔也只是春痕零落孱弱的音声——但他从进房时起，便引起了一个奇异的幻想。他想见一个奇大的坟窟，沿边齐齐列着黑衣送葬的宾客，这窟内黑沉沉地不知有多少深浅，里面却埋着世上种种的幸福，种种青年的梦境，种种悲哀，种种美丽的希望，种种污染了残缺了的宝物，种种恩爱和怨艾，在这些形形色色的中间，又埋着春痕和在病房一样的神情，和他自己——春痕和他自己！

逸——他的神魂又是一度迷荡。

四、桃花李花处处开——十年后春

此时正是清明时节，箱根一带满山满谷，尽是桃李花竞艳的盛会。这边是红锦，那边是白雪，这边是火焰山，那边是银涛海；春阳也大放骄矜艳丽的光辉来笼盖这骄矜艳丽的花园，万象都穿上最精美的袍服，一体的欢欣鼓舞，庆祝春明。整个世界，只是一个妩媚的微笑；无数的生命，只是报告他们的幸福；到处是欢乐，到处是希望，到处是春风，到处是妙乐。

今天各报的正张上，都用大号字登着欢迎支那伟人的字样。那伟人在国内立了大功，做了大官，得了大名，如今到日本，他从前的留学国，来游历考察，一时哄动了全国注意，朝野一体欢迎，到处宴会演说，演说宴会，大家争求一睹丰彩；尤其因为那伟人是个风流美丈夫。

那伟人就是十年前寄寓在省花家瑞香花院子里的少年，他就是每天上春痕姑娘家习英文的逸。他那天记起了他学生时代的踪迹，忽发雅兴，坐了汽车，绕着桑抱山一带行驶游览，看了灿烂缤纷的自然，吸着香甜温柔的空气，甚觉舒畅愉快。

车经过一处乡村，前面被一辆载木料的大车拦住了进路，只得暂时停着等候。车中客正瞭望桑抱一带秀特的群峰，忽然春痕的爱影，十年来被事业尘埃所掩翳的爱影，忽然重复历历心中。自从那年匆匆被召回国，便不闻春痕消息，如今春色无恙，却不知春痕何往，一时动了人面桃花之感，连久干的眶睫也重复潮润起来。

但他的注意，却半在观察村街的陋况，不整齐的店铺，这里一块铁匠的招牌，那首一张头痛膏的广告，别饶风趣。

一家杂货铺里，走来一位主客，一个西装的胖妇人，她穿着蓝呢的冬服，肘下肩边都已霉烂，头戴褐色的绒帽，同样的破旧，左手抱着一个将近三岁的小孩，右臂套着一篮的杂物——两棵青菜，几枚蛤蜊，一枝蜡烛，几匣火柴——方才从店里买的。手里还挽着一个四岁模样的女孩，穿得也和她母亲一样不整洁。那妇人蹒跚着从汽车背后的方向走来，见了这样一辆美丽的车和车里坐着的华服客，不觉停步注目。远远的看了一晌，她索性走近了，紧靠着车门，向逸上下打量。看得逸到烦腻起来，心想世上哪有这样臃肿卷曲不识趣的妇人……那妇人突然操英语道："请饶恕我，先生，但你不是中国人逸君吗？"

他想又逢到了一个看了报上照相崇拜英雄的下级妇女，但他还保留他绅士的态度，微微欠身答道："正是，夫人。"淡淡说着，漫不经意的模样。

但那妇人急接说道："果然是逸君！但是难道你真不认识我了？"

逸免不得眸凝向她辨认：只见丰眉高颧；鼻梁有些陷落，两腮肥突，像一对熟桃；就只那细小的眼眶，和她方才"逸君"那声称呼，给他一些似曾相识的模糊印象。

"我十分的抱歉，夫人！我近来的记忆力实在太差，但是我现在敢说我们确是曾经会过的。"

"逸君你的记忆真好！你难道真忘了十年前伴你读英文的人吗？"

逸跳了起来，说道："难道你是春……"但他又顿住了，因为万不能相信他脑海中一刻前活泼可爱的心影，会得幻术似的变形为眼前粗头乱服左男右女又肥又蠢的中年妇人。

但那妇人却丝毫不顾恋幻象的消散，丝毫不感觉哲理的怜悯；十年来做妻做母负担的专制，已经将她原有的浪漫根性，杀灭尽净，所以她宽弛的喉音替他补道："春……痕，正是春痕，就是我，现在三……夫人。"

逸只觉得眼前一阵昏沉，也不曾听清她是三什么的夫人，只瞪着眼呆顿。

"三井夫人。我们家离此不远，你难得来此，何不乘便过去一坐呢？"

逸只微微的颔道。她已经将地址吩咐车夫，拉开车门，把那小女孩先送了上去，然后自己抱着孩子挽着筐子也挤了进来。那时拦路的大车也已经过去，他们的车，不上三分钟就到了三井夫人家。

一路逸神意迷惘之中，听她诉说当年如何嫁人，何时结婚，丈夫是何职业，今日如何凑巧相逢，请他不要介意她寒素嘈杂的家庭，以及种种等等、等等种种。

她家果然并不轩敞，并不恬静。车止门前时，便有一个七八岁赤脚乱发的小孩，高喊着"娘坐了汽车来了……"跳了出来。那漆髹驳落的门前，站着一位满面皱纹、弯背驮腰的老妇人，她介绍给逸，说是她的姑；老太太只咳嗽了一声，向来客和她媳妇，似乎很好奇似地溜了一眼。

逸一进门，便听得后房哇的一声婴儿哭：三井夫人抱怨她的大儿，说定是他顽皮又把小妹惊醒了。

逸随口酬答了几句话，也没有喝她紫色壶倒出来的茶，就伸出手来向三井夫人道别，勉强笑着说道："三井夫人，我很羡慕你丰满的家庭生活，再见罢！"

等到汽轮已经转动，三井夫人还手抱着襁褓的儿，身旁立着三个孩子，一齐殷勤地招手，送他的行。

那时桑抱山峰，依旧沉浸在艳日的光流中，满谷的樱花桃李，依旧竞赛妖艳的颜色，逸的心中，依旧涵葆着春痕当年可爱的影像。但这心影，只似梦里的紫丝灰线所织成，只似远山的轻霭薄雾所形成，淡极了，微妙极了，只要蝇蚊的微嗡，便能刺碎，只要春风的指尖，便能挑破……

两姊妹

三月。夜九时光景。客厅里只开着中间圆桌上一座大伞形红绸罩的摆灯。柔荏的红辉散射在附近的陈设上，异样的恬静。靠窗一架黑檀几上那座二尺多高的薇纳司的雕像，仿佛支不住她那矜持的姿态，想顺着软美的光流，在这温和的春夜，望左侧的沙发上，倦倚下去；她倦了。

安粟小姐自从二十一年前母亲死后承管这所住屋以来，不曾有一晚曾向这华丽、舒服的客厅告过假，缺过席。除了绒织、看小说，和玛各——她的妹妹闲谈，她再没有别的事了。她连星期晚上的祈祷会都很少去，虽则她们的教堂近在前街，每晚的钟声叮当个不绝，似乎专在提醒，央促她们的赴会。

今夜她依旧坐在她常坐的狼皮椅上，双眼半阖着，似乎与她最珍爱的雕像，同被那私语似的灯光熏醉了。书本和线织物，都放在桌上；她想继续看她的小说，又想结束她的手工，但她的手像痉挛了似的，再也伸不出去。她忽然想起玛各还不回进房来，方才听得杯碟声响，也许她乘便在准备她们临睡前的可可茶。

玛各像半山里云影似的移了进来，一些不着声息，在她姊姊对面的椅上坐了。她十三年前犯了一次痹症，此后左一半的躯体，总不十分自然。并且稍一劳动，便有些气喘，手足也常发震。

“啊，我差一些睡着了，你去了那么久……”说着将手承着口，打了小半个呵欠；玛各微喘的声息，已经将她惊觉。此时安粟的面容，在灯光下隔着桌子望过去，只像一团干确了的海绵，那些复叠的横皱纹，使人疑心她在苦笑，又像忧愁。她常常自怜她的血弱，她面色确是半青不白的。她的声带，像是新鲜的芦管做成的，不自然的尖锐。她的笑响，像几枚新栗子同时在猛火里爆烈；但她妹子最怕最厌烦的，尤其是她发怒时带着鼻音的那声“扼衡”。

“扼衡！玛丽近来老是躲懒，昨天不到四点钟就走了，那两条饭巾，一床被单，今天还放着没有烫好，真不知道她在外面忙的是什么！”

“哼，她哪儿还有工夫愿管饭巾……我全知道！每天她出了我们的门，走不到转角上——我常在窗口望她——就躲在那棵树下拿出她那粉拍来，对着小手镜，装扮她那贵重的鼻子——有天我还见她在厨房里擦胭脂哪！前天不是那克莱妈妈说她一礼拜要看两次电影，说常碰到她和男子一起散步……”

“可不是，我早就说年轻的谁都靠不住，要不是找人不容易，我早就把她回了，我看了她那细小的腰身，就有气！扼衡！”

玛各幽幽的喟息了一声，站了起来，重复半山里云影似的移到窗前，伸出微颤的手指，揭开墨绿色绒的窗幔，仰起头望着天上。“天到好了，”她自语着，“方才怪怕人的乌云现在倒变了可爱的月彩，外面空气一定很新鲜的，这个时候……哦，对门那家瑞士人又在那里跳舞了，前天他们才有过跳舞不是，安粟？他们真乐呀，真会享福，他们上面的窗帘没有放下，我这儿望得见他们跳舞呀，果然那位高高的美男子又在那儿了……啊唷，那位小姐今晚多乐呀，她又穿着她那件枣红的，安粟你也见过的不是，那件银丝镶边的礼服？我可不爱现在的式样，我看是太不成样儿了，我们从前出手稍为短一点子，昂姑母就不愿意，现在她们简直是裸体了——可是那位小姐长得真不错，肉彩多么匀净，身段又灵巧，她贴住在那美男子的胸前，就像一只花蝶儿歇在玉兰花瓣上的一样得意……她一对水一般的妙眼尽对着了看，他着了迷了……他着了迷了，这音乐也多趣呀，这是新出的，就是太艳了一点，简直有点猥亵，可是多好听，真教人爱呀……”

安粟侧着一只眼望过来，只见她妹妹的身子有点儿摇动，一双手紧紧的拧住窗幔，口里在吁吁的回应对面跳舞家的音乐……

“扼衡！”玛各吓的几乎发噤，也自觉有些忘情，赶快低着头回转身。在原先的椅上坐下，一双手还是震震的，震震的……

安粟在做她的针线，低着头，满面的皱纹叠得紧紧的，像秋收时的稻屯。玛各偷偷的瞟了她几眼，顺手把桌上的报纸，拿在手里……隔街的乐音，还不时零续地在静定的夜气中震荡。

“铛！”门铃格托的一声，邮件从门上的信格里落在进门的鬃毯上。玛各说了声，让我去看去，出去把信捡了进来。“昂姑母来的信。”

安粟已经把眼镜夹在鼻梁上，接过信来拆了。野鸭叫一阵的笑，安粟稻屯似的面孔上，仿佛被阳光照着了，闪闪的在发亮。“真是！玛各，你听着。”

汤麦的蜜月已经完了。他们夫妻俩现在住在我家里。新娘也很和气的，她的相片你们已经见过了不是？他们俩真是相爱，什么时候都挨得紧紧的，他们也不嫌我，我想他们火热的年轻人看了我们上年纪的，板板的像块木头，说的笑话也是几十年的老笑话，每星期总要背一次的老话，他们看了我一定很觉得可怜——其实我们老人的快活，才是真快活。我眼也花了，前面本来望不见什么，乐得安心静意等候着上帝的旨意，我收拾收拾厨房，看看年轻人的快乐，说说干瘪的笑话，也就过了一天，还不是一样？

间壁史太太家新收了一个寄宿的中国学生，前天我去吃晚饭看见了。一个矮矮的小小的顶好玩的小人，圆圆的头，一头蓬蓬的头发，像是好几个月没有剪过，一双小小的黑眼，一个短短的鼻子，一张小方的嘴，真怪，黄人真是黄人，他的面色就像他房东太太最爱的，蒸得稀烂的南瓜饼，真是蜡黄的。也亏他会说我们的话，一半懂得，一半懂不得。他也很自傲的，一开口就是我们的孔夫子怎么说，我们的孔夫子怎么说——总是我们的孔夫子。前天我们问起中国的妇女和婚姻，引起了他一大篇的议论。他说中国人最有理性，男的女的，到了年纪——我们孔夫子吩咐的—— 一定得成家成室，没有一个男子，不论多么穷，没有妻子。没有一个女人，不论多么丑，没有丈夫。他说所以中国有这样的太平，人人都很满意的。真是，怪不得从前的“赖耶鸿章”见了格兰士顿的妹妹，介绍时听见是小姐，开头就问为什么还没有成亲！我顶喜欢那小黄人。我几时想请他吃饭，你们也来会会他好不好——他是个大学的学生哩！

你的钟爱的姑母

附：安粟不是想养一条狗吗？昨天晚报上有一条卖狗的广告，说是顶好的一条西伯利亚种，尖耳朵，灰色的，价钱也不贵，你们如其想看，可以查一查地址。我是不爱狗的，但也不厌恶。有的真懂事，你们养一条，解解闷儿也好。

姑母

玛各坐着听她姐姐念信，出神似的，两眼汪汪的像要滴泪。安粟念完了打了一个呵欠，把信叠好了放在桌上对玛各说：“今天太迟了，明天一早你写回信吧，好不好？伴‘镊那门’Chinaman吃饭我是不来的，你要去你可以答应姑母。我倒想请汤麦夫妻来吃饭——不过……也许你不愿意。随你吧。谢谢姑母替我们留心狗的广告，说我这一时买不买没有决定。我就是这几句话。……时候已不早，我去拿可可茶来吃了去睡吧。”

两姊妹吃完了她们的可可茶，一前一后的上楼，玛各更不如她姊姊的轻捷，只是扶着楼梯半山里云影似的移，移，一直移进了卧室。她站在镜台前，怔怔的自己也不知道在想的是什么，在愁的是什么，她总像落了什么重要的物品似的，像忘了一桩重要的事不会做似的——她永远是这怔怔的、怔怔的。她想起了一件事，她要寻一点旧料子，打开了一只箱子，偻下身去捡。她手在衣堆里碰着了一块硬硬的，她就顺手掏了出来，一包长方形的硬纸包，细绳拴得好好的。她手微震着，解了绳子，打开纸包看时，她手不由得震得更烈了。她对着包里的内容发了一阵呆，像是小孩子在海沙里掏贝壳，掏出了一个蚂蝗似的。她此时已在地毯上坐着，呆呆的过了一晌，方才调和了喘息，把那纸包放在身上，一张一张的拿在手里，仔细的把玩。原来她的发现只是几张相片，她自己和旁人早年的痕迹，也不知多少年前塞在旧衣箱的底里，早已忘却了。她此时手里擎着的一张是她自己七岁时的小影。一头绝美的黄发散披在肩旁，一双活泼的秀眼，一张似笑不笑的小口，两点口唇切得像荷叶边似的妩媚……她拿到口边吻了一下，笑着说："多可爱的孩子啊!"第二张相片是又隔了十年的她，正当她的妙年，一个绝美的影子。她的眉，她的眼，她的不丰不瘦的嫩颊，颊上的微笑，她的发，她的项颈，她的前胸，她的姿态——那时的她，她此时看着，觉得有说不出的可爱，但……这样的美貌，哪一个不倾倒，哪一个舍得不爱……罗勃脱，杰儿，汤麦……哦，汤麦，他如今……蜜月，请他们来吃饭……难道是梦吗？这二十几年怎样的过的……哦，她的痹症，恶毒的病症……从此，从此……安粟亲爱的母亲，昂姑母，自己的病，谁的不是，谁的不是……是梦吗？……真是一张雪白的纸，二十几年……玛丽和男子散步……对门的女子跳舞的快乐……哦，安粟说什么，中国，黄人的乐士……太平洋的海水……照片里的少女，被他发痴似的看活了，真的活了！这不是她的鬈发在惺忪的颤动，这不是她象牙似的项颈在轻轻的扭动，她的口在说话了。

这二十几年真是过的不可信！她现在已经老了，已经是废人了，是真的吗？生命，快乐，一切，没有她的份了，是真的吗？每天伴着她神经错乱的姐姐，厨房里煮菜，客厅里念日报，听秋天的雨声、叶声，听春天的鸟声，每晚喝一杯浓煎的可可茶，白天，黑夜，上楼，下楼……是真的吗？

是真的吗？二十几年的我，你说话呀！她的心脏在舂米似的跳响，自己的耳都震聋了。她发了一个寒噤，像得了热病似的。她无意的伸上手去，在身旁的镜台上，拖下了一把手镜来。她放下那只手里的照片，一双手恶狠狠的擒住那面手镜，像擒住了一个敌人，向着她自己的脸上照去。

安粟的房正在她妹子房的间壁，此时隐隐的听得她在床上翻身，口鼻间哼出一声"扼衡!"

老 李

一

他有文才吗？不，他做文课学那平淮西碑的怪调子，又写的怪字，看了都叫人头痛。可是他的见解的确是不寻常？也就只一个怪字。他七十二天不剃发，不刮胡子；大冷天人家穿皮褂穿棉袄，他秃着头，单布裤子，顶多穿一件夹袍。他倒宝贝他那又黄又焦的牙齿，他可以不擦脸，可是擦牙漱口仿佛是他的情人，半天也舍不了，每天清早，扰我们好梦的是他那大排场的漱口，半夜里搅我们不睡的又是他那大排场的刷牙；你见过他的算草本子没有，那才好玩，代数、几何，全是一行行直写的，倒亏他自己看得清楚！总而言之，一个字，老李就是怪，怪就是老李。

这是老李同班的在背后讨论他的话，但是老李在班里虽则没有多大的磁力，虽则很少人真的爱他，他可不是让人招厌的人，他有他的品格，在班里很高的品格，他虽然是怪，他可没有斑点，每天他在自修室的廊下独自低着头伸着一个手指走来走去的时候，在他心版上隐隐现现的不是巷口锡箔店里穿蓝竹布衫的，不是什么黄金台或是吊金龟，也不是湖上的风光，男女、名利、游戏、风雅，全不是他的份，这些花样在他的灵魂里没有根、没有种子。他整天整夜在想的就是两件事：算学是一件，还有一件是道德问题——怎样叫人不卑鄙、有廉耻。他看来从校长起一直到听差，同学不必说，全是不够上流，全是少有廉耻。有时他要是下棋，他爱下的围棋，他就可以不吃饭不睡觉的想，想倘然他在那角上早应了一子，他的对手就没有办法，再不然他只要顾自己的活，也就不至于整条的大鱼让人家囫囵的吞去……他爱下围棋，也爱想围棋，他说想围棋是值得的，因为围棋有与数学互相发明的妙处，所以有时他怨自己下不好棋，他就打开了一章温德华斯的小代数，两个手指顶住了太阳穴，细细的研究了。

老李一翻开算学书，就是个活现的疯子，不信你去看他那书桌子，原来学堂里的用具全是一等的劣货，总是庶务攒钱，哪里还经得起他那狠劲的拍，应天响的拍，拍得满屋子自修的，都转过身子来对着他笑。他可不在乎，他不是骂算数教员胡乱教错了，就说温德华斯的方程式根本有疑问，他自己发明的强的多简便的多，并且中国人做算学直写也成了，他看过李壬叔的算学书全是直写的，他看得顶合式，为什么做学问这样高尚的事情都要学外洋，总是奴从的根性改不了！拍的又是一下桌子！

有一次他在演说会里报名演说，他登台的时候（那天他碰巧把胡子刮净了，倒反而看不惯，）大家使劲的拍巴掌欢迎他，他把右手的点人指放在桌子边，他那一双离魂病似的眼睛，盯着他自己的指头看，像是大考时看夹带似的，他说话了。我最不愿意的，我最不赞成的，我最反对的，是——是拍巴掌。一阵更响亮的拍巴掌！他又说话了。兄弟今天要讲的是算学与品行的关系。又是打雷似的巴掌，坐在后背的叫好儿都有。他的眼睛还是盯住在他自己的一个指头上。我以为品行……一顿。我以为算学——又一顿。他的新修的鬓边，青皮里泛出红花来了。他又勉强讲了几句，但是除了算学与品行两个字，谁都听不清他说的是什么，他自己都不满意，单看他那眉眼的表情，就明白。最后一阵霹雳似的掌声，夹着笑声，他走下了讲台。向后面那扇门里出去了。散了会，以后人家见他还是亚里斯多德似的，独自在走廊下散步。

二

老李现在做他本乡的高小学堂校长了。在东阳县的李家村里，一个中学校的毕业生不是常有的事；老李那年得了优等文凭，他人还不曾回家，一张红纸黑字的报单，上面写着贵府某某大少爷毕业省立第一中学优等第几名等等，早已高高的贴在他们李家的祠堂里，他上首那张捷报，红纸已经变成黄纸，黑字已经变成白字，年份还依稀认得出，不是嘉庆八年便是六年。李家村茶店酒店里的客人，就有了闲谈的资料，一班人都懂不得中学堂，更懂不得优等卒业，有几位看报识时务的，就在那里打比喻讲解。高等小学卒业比如从前的进学、秀才，中学卒业算是贡生，优等就是优贡。老李现在就有这样的身份了。看他不出，从小不很开口说话，性子又执拗，他的祖老人家常说单怕这孩子养不大，谁知他的笔下倒来得，又肯用功，将来他要是进了高等学堂再一毕业，那就算是中了举了！常言说的人不可以貌相不是？这一群人大都是老李的自族，他的祖辈有，父辈也有，子辈有，孙辈也有，甚至叫他太公的都有。这一年的秋祭，李家族人聚会的时候，族长就提出了一个问题。他们公堂里有一份祭产，原定是归有功名的人收的，早出了缺，好几年没有人承当，现在老李已经有了中学文凭，这笔进款是否应该归他的，让大家公议公议，当场也没有人反对，就算是默认了。老李考了一个优等，到手一份祭产，也不能算是不公平。老李的母亲是个寡妇，听说儿子有了荣辉，还有进益，当然是双份的欢喜。

老李回家来不到几天，东阳县的知事就派人来把他请进城去。这是老李第一次见官，他还是秃着头，穿着他的大布褂子，也不加马褂，老李一辈子从没有做个马褂，就有一件黑羽纱的校服，领口和两肘已经烂破了，所以他索性不穿。县知事倒是很客气，把他自己的大轿打了来接他，老李想不坐，可是也没有话推托，只得很不自在的钻进了轿门，三名壮健的轿夫，不到一个钟头就把老李抬进了知事的内宅。“官？”老李一路在想，“官也不一定全是坏的。官有时候也有用，像现在这样世界，盗贼，奸淫，没有廉耻的世界，只要做官的人不贪不枉，做个好榜样也就好得多不是。曾文正的《原才》里讲得顶透辟。但是循吏还不如酷吏，循吏只会享太平，现在时代就要酷吏，像汉朝那几个铁心辣手的酷吏，才对劲儿。看，那边不又是打架，那可怜的老头儿，头皮也让扎破了。这儿又是一群人围着赌钱。青天白日，当街赌钱。坏人只配恶对付。杀头，绞，凌迟，都不应该废的，像我们这样民风强悍的地方，更不能废，一废坏人更没有忌惮，更没有天地了。真要有酷吏才好。今天县知事请我不知道为什么。他信上说有要事面商，他怎么会知道我……”

下午老李还是坐了知事大老爷的轿子回乡。他初次见官的成绩很不坏，想不到他倒那样的开通，那样的直爽，那样的想认真办事。他要我帮忙——开办民高小？我做校长？他说话倒真是诚恳。孟甫叔父怎么能办教育？他自己就没有受什么教育。还有他的品格！抽大烟，外遇，侵吞学费；哼，不要说公民资格，人格都没有，怎么配当校长？怎么配教育青年子弟？难怪地方上看不起新开的学堂，应该赶走，应该赶跑。可是我来接他的手？我干不干？我不是预定考大学预科将来专修算学的吗？要是留在地方上办事，知事说的为“桑梓帮忙”，我的学问也就完事了。我妈倒是最愿意我留在乡里，也不怪她，她上了年纪，又没有女儿，常受邻房的呕气，气得肝胃脾肺肾轮流的作怪，我要是一出远门，她不是更没有主意，早晚要有什么病痛，叫她靠谁去？知事也这么说，这话倒是情真。况且到北京去念书，要几千里路的路费，大学不比中学，北京不是杭州，用费一定大得多，我哪儿有钱使——就算考取了也还是难，索性不去也罢。可是做校长？校长得兼教修身每星期训词——这都不相干，做一校之长，顶要紧就是品格，校长的品格，就是学堂的品格。我主张三育并重，德育、智育、体育——德育尤其要紧，管理要从严。常言说的棒头上出孝子，好学生也不是天生的，认真来做一点社会事业也好，教育是万事的根本，知事说的不错。我们金华这样的赌风、淫风、械斗、抢劫，都为的群众不明白事理，没有相当的教育，教育、小学教育尤其是根本，我不来办难道还是让孟甫叔父一般糊涂虫去假公济私不成，知事说的当仁不让……

三

“娘的话果然不错！”老李又在想心思，一天下午他在学校操场的后背林子里独自散步，“娘的话果然不错！”世道人心真是万分的险恶。娘说孟甫叔父混号叫作笑面老虎，不是好惹的，果然有他的把戏。整天的吃毒药，整天的想打人家的主意。真可笑，他把教育事业当作饭碗，知事把他撤了换我，他只当是我存心抢了他的饭碗——我不去问他的前任的清账，已经是他的便宜，他倒反而唆使猛三那大傻子来跟我捣乱。怎么，那份祭产不归念书的，倒归当兵的，一个连长就会比中学校的卒业生体面？真是笑话。幸亏知事明白，没有听信他们的胡说，还是把这份收入判给我。我倒也不在乎这三四十担粗米，碰到年成坏，也许谷子都收不到，就是我妈倒不肯放手，她话也不错，既是我们的名份，为什么要让人强抢去。孟甫叔父的说话真凶，真是笑里藏刀，句句话有尖刺儿的，他背后一定咒我，一定狠劲的毁谤我。猛三那大傻子，才上他的臭当，隔着省份奔回来替我争这份祭产，他准是一个大草包，他那样子一看就是个强盗，他是在广东当连长的，杀人放火本来是他正当的职业，怪不得他开口就想骂，动手就想打，我是不来和他们一般见识，把一百多的小学生管好已够我的忙，谁还会有闲工夫吵架？可是猛三他那傻，想了真叫人要笑，跑了几千里地，祭产没有争着，自己倒赔了路费，听说他昨天又动身回广东去了。他自己家庭的肮脏，他倒满不知道，街坊谁不在他的背后笑呵——真是可怜，蠢奴才，他就配当兵杀人！那位孟甫老先生还是吃他的鸟烟，我倒不知道他还有什么好主意！

四

知事来了！知事来了！

操场上发生了惨剧，一大群人围着。

知事下了轿，挨进了人圈子。踏烂的草地上横躺着两具血污的尸体。一具斜侧着，胸口流着一大堆的浓血，右手里还擎着一柄半尺长铄亮的尖刀，上面沾着梅花瓣似的血点子，死人的脸上，也是一块块的血斑，他原来生相粗恶，如今看的更可怕了。他是猛三。老李在他的旁边躺着，仰着天，他的情形看的更可惨，太阳穴、下颏、脑壳、两肩、手背、下腹，全是尖刀的窟窿，有的伤处，血已经瘀住了，有的鲜红还在直淌，他睁着一双大眼，口也大开着，像是受致命伤以前还在喊救命似的，他旁边伏着一个五六十岁的妇人，拉住他一只石灰色的手，在哽咽的痛哭。

知事问事了。

猛三分明是自杀的，他刺死了老李以后就把刀尖望他自己的心窝里一刺完事。有好几个学生也全看见的，现在他们都到知事跟前来做见证了。他们说今天一早七点半早操班，校长李先生站在那株白果树底下督操，我们正在行深呼吸，忽然听见李先生大叫救命，他向着这一头直奔，他头上已经冒着血，背后凶手他手里拿着这把明晃晃的刀（他们转身望猛三的尸体一指）狠命的追，李先生也慌了，他没有望我们排队那儿逃，否则王先生手里有指挥刀也许还可以救他的命，他走不到几十步，就被那凶手一把揪住了，那凶手真凶，一刀一刀的直刺，一直把李先生刺倒，李先生倒地的时候，我们还听见他大声的嚷救命，可是又有谁去救他呢？不要说我们，连王先生也吓呆了，本来要救，也来不及，那凶手把李先生弄死了，自己也就对准胸膛裁了一刀，他也完了。他几时进来，我们也不知道，他始终没有开一声口……

知事说够了够了，他就叫他带来的仵作去检猛三的身上。猛三夹袄的口袋里有几块钱，一张撕过的船票，广东招商局的，一张相面先生的广告单，一个字纸团。知事把那字纸团打开看了，那是一封信。那猛三不就是四个月前和老李争祭产的那个连长吗？老李的母亲揩干了眼泪，走过来说，正是他，那是孟甫叔父怪嫌老李抢了他的校长，故意唆使他来捣乱的。我也听是这么说，知事说，孟甫真不应该，他把手里的字条扬了一扬，恐怕眼前的一场流血，也少不了他的份儿，猛三的妻子是上月死的吗？是的。她为什么死的？她为什么死的！知事难道不明白，街坊上这一时沸沸扬扬的，还不是猛三家小的话柄，真是话柄！

猛三那糊涂虫，才是糊涂虫，自己在外省当兵打仗，家里的门户倒没有关系，也不避街坊的眼，朝朝晚晚，尽是她的发泼，吵得鸡犬不宁的。果然，自作自受，太阳挂在头顶，世界上也不能没有报应……好，就到种德堂去买生皮硝吃，一吃就闹血海发晕，请大夫也太迟了，白送了一条命，不怪自己，又怪谁去！

知事说冤有头，债有主，这两条新鲜的性命，死得真冤，老李更可惜，好容易一乡上有他一个正直的人，又叫人给毁了，真太冤了！眼看这一百多的学生，又变了失奶的孩子，又有谁能比老李那样热心、勤劳，又有谁能比他那高尚的品格？孟甫真不应该，他那暗箭伤人，想了真叫人痛恨，也有猛三那傻子，听他说什么就信什么，叫他赶回来争祭产，他就回来争祭产，告他老李逼死了他的妻子，叫他回来报仇，也没有说明白为的是什么，他就赶了回来，也不问个红黑是非，船一到埠，天亮就赶来和老李拼命，见面也没有话说，动手就行凶，杀了人自己也抹脖子，现在死没有对证，叫办公事的又有什么主意？

五

老李没有娶亲，没有子息；没有弟兄，也没有姊妹；他就有一个娘，一个年老多病的娘。他让人扎了十几个大窟窿扎死了。他娘滚在鲜血堆里痛哭他；回头他家里狭小的客间里，设了灵座，早晚也就只他的娘哭，他现在的骨头已经埋在泥里，一年里有一次两次烧纸锭给他的——也就只他的老娘。

一个清清的早上

翻身？谁没有在床上翻过身来？不错，要是你一上枕就会打呼的话，那原来用不着翻什么身；就使在半夜里你的睡眠的姿态从朝里变成了朝外，那也无非是你从第一个梦跨进第二个梦的意思；或是你那天晚饭吃得太油腻了，你在枕上扭过头颈去的时候你的口舌间也许发生些唼咂的声响——可是你放心，就这也不能是梦话。

咢先生年轻的时候从不知道什么叫作睡不着，往往第二只袜子还不曾剥下他的呼吸早就调匀了，到了早上还得他妈三四次大声的叫嚷才能叫他擦擦眼皮坐起身来的。近来可变得多了，不仅每晚上床去不能轻易睡着，就是在半夜里使劲的禽着枕头想“着”而偏不着的时候也很多。这还不碍，顶坏是一不小心就说梦话，先前他自己不信，后来连他的听差都带笑脸回说不错，先生您爱闭着眼睛说话，这来他吓了，再也不许朋友和他分床或是同房睡，怕人家听出他的心事。

咢先生今天早上的确在床上翻了身，而且不止一个，他早已醒过来，他眼看着稀淡的晓光在窗纱上一点点的添浓，一晃晃的转白，现在天已大亮了。他觉得很倦，不想起身，可是再也合不上眼，这时他朝外床屈着身子，一只手臂直挺挺的伸出在被窝外面，半张着口，半开着眼——他实在有不少的话要对自己说，有不少的牢骚要对自己发泄，有不少的委屈要向自己清理。这大清清的早上正合式，白天太忙；咒他的，一起身就有麻烦，白天直到晚上，清早直到黄昏，没有错儿；哪儿有容他自己想心事的空闲，有几回在洋车上伸着腿合着眼顶舒服的，正想搬出几个私下的意思出来盘桓盘桓，可又偏偏不争气，洋车一拐弯他的心就像含羞草让人搔了一把似的裹得紧紧的再也不往外放；他顶恨是在洋车上打盹，有几位吃肥肉的歪着他们那原来不正的脑袋，口液一绞绞的简直像水葫芦似的直往下挂，那样儿才叫寒伧！可是他自己一坐车也掌不住下巴往胸口沉，至多赌咒不让口液往下漏就是。这时候躺在自己的床上，横直也睡不着了，有心事尽管想，随你把心事说出口都不碍，这洋房子漏不了气。对！他也真该仔细的想一想了。

其实又何必想，这干想又有什么用？反正是这么一回事，啵！一兜身他又往里床睡了，被窝漏了一个大窟隆，一阵冷空气攻了进来激得他直打寒噤。哼，火又灭了，老崔真是该死！呒！好好一个男子，为什么甘愿受女人的气，真没出息！难道没了女人，这世界就不成世界？可是她那双眼，她那一双手——哪怪男人们不拜倒——O, mouth of honey, with the thyme for fragrance, who with heart in breast could deny your love? 这两性间的吸引是不可少的，男人要是不喜欢女人，老实说，这世界就不成世界！可是我真的爱她吗？这时候㖞先生伸在外面的一只手又回进被封里去了，仰面躺着。就剩一张脸露在被口上边，端端正正的像一个现制的木乃伊。爱她不爱她……这话就难说了；喜欢她，那是不成问题。她要是真做了我的……哈哈那可逗了，老孔准气得鼻孔里冒烟，小彭气得小肚子发胀，老王更不用说，一定把他那管铁锈了的白郎林拿出来不打我就毁他自己。咳，他真会干，你信不信？你看昨天他靠着墙的时候那神气，简直仿佛一只饿急了的野兽，我真有点儿怕他！㖞先生的身子又弯了起来，一只手臂又出现了。得了，别做梦吧，她是不会嫁我的，她能懂得我什么？她只认识我是一个比较漂亮的留学生，只当我是一个情急的求婚人，只把我看作跪在她跟前求布施的一个——她压根儿也没想到我肚子里究竟是青是黄，我脑袋里是水是浆——这哪儿说得上了解，爱？早着哪！可是……㖞先生又翻了一个身。可是要能有这样一位太太，也够受用了，说一句良心话。放在跟前不讨厌，放在人前不着急。这不着急顶要紧。要像是杜国朴那位太太朋友们初见面总疑心是他的妈，那我可受不了！长得好自然便宜。每回出门的时候，她轻轻的软软的挂在你的臂弯上，这就好比你捧着一大把的百合花，又香又艳的，旁人见了羡慕，你自己心里舒服，你还要什么？还有到晚上看了戏或是跳过舞一同走进你们又香又暖的卧房，在镜台前那盏鹅黄色的灯光下，仰着头，斜着脸，瞟你这么一眼，那是……那是……㖞先生这时候两只手已经一齐挣了出来，身体也反扑了过来，背仰着天花板，狠劲地死挤他那已经半瘪了的枕头。那枕头要是玻璃做的，早就让他挤一个粉碎！

唉！㖞先生喘了口长气，又回复了他那个木乃伊的睡法。唉，不用想太远了；按昨儿那神气下回再见面她整个儿不理会我都难说哩！我为她心跳，为她吃不下饭，为她睡不着，为她叫朋友笑话，她，她哪里知道？就使知道了她也不得理会。女孩儿的心肠有时真会得硬，谁说的“冷酷”，一点也不错，你为她伤了风生病，她就说你自个儿不小心，活该，就使你为她吐出了鲜红的心血，她还会说你自己走道儿不谨慎叫鼻子碰了墙或是墙碰了你的鼻子，现在闹鼻血从口腔里哼出来吓呵人哪！咳，难，难，难，什么战争都有法子结束，就这男女性的战争永远闹不出一个道理来；凡人不中用，圣人也不中用，平民不成功，贵族也不成功。哼，反正就是这么回事，随你绕大弯儿小弯儿想去，回头还是在老地方，一步也没有移动。空想什么，咒他的——我也该起来了。老崔！老崔！打脸水。

船　上

“这草多青呀！”腴玉简直的一个大筋斗滚进了河边一株老榆树下的草里去了。她反仆在地上，直挺着身子，双手纠着一把青草，尖着她的小鼻子尽磨尽闻尽亲。“你疯了，腴腴！不怕人家笑话，多大的孩子，到了乡下来学叭儿狗打滚！”她妈嗔了。

她要是真有一根矮矮的尾巴，她准会使劲的摇；这来其实是乐极了，她从没有这样乐过。现在她没有尾巴，她就摇着她的一双瘦小的脚踝，一面手支着地，扭过头来直嚷：“娘你不知道我多乐，我活了二十来岁，就不知道地上的青草可以叫我乐得发疯！娘！你也不好，尽逼着我念书，要不然就骂我，也不叫我闻闻青草是什么味儿！”她声音都哑了，两只眼睛里绽出两朵大眼泪，在日光里亮着，像是一对水晶灯。

真的她自己想着也觉得可笑；怎么的二十来岁的一位大姑娘，连草味儿都没闻着过？还有这草的颜色青的多嫩呀，像是快往下掉的水滴似的。真可爱！她又亲了一口。比什么珠子宝贝都可爱，这青草准是活的，有灵性的；就可惜你不知道她的名字，要不然你叫她一声她准会甜甜的答应你，比阿秀那丫头的声音蜜甜的多。她简直的爱上了她手里捧着的草瓣儿，她心里一阵子的发酸，一颗粗粗的眼泪直掉了下来，真巧，恰好掉在那草瓣儿上，沾着一点儿，草儿微微的动着，对！她真懂得我，她也一定替我难受。这一想开，她也不哭了。她爬了起来，她的淡灰色的哔叽上沾着好几块的泥印，像是绣上了绣球花似的，顶好玩，她空举着一双手也不去拂拭，心里觉得顶痛快的，那半涩半香的青草味儿还是在她的鼻孔里轻轻的逗着，仿佛说别忘了我别忘了我。她妈看着她那傻劲儿，实在舍不得再随口骂，伸手拉一拉自己的衣襟走上一步，软着声音说：“腴腴，不要疯了，快走吧。”

腴玉那晚睡在船上，这小航船已经够好玩，一个大箱子似的船舱，上面盖着芦席，两边两块顶中间嵌小方玻璃的小木窗，左边一块破了一角，右边一块长着几块疙疤儿像是水疱疮；那船梢更好玩，翘得高高的像是乡下老太太梳的元宝髻。开船的时候，那赤腿赤脚的船家就把那支又笨又重的橹安上了船尾尖上的小铁锤儿，那磨得铄亮的小铁拳儿，船家的大脚拇指往前一扁一使劲，那橹儿就推着一股水叫一声“姓纪”，船家的脚跟向后一顿，身子一仰，那橹儿就扳着一股水叫一声“姓贾”，这一纪一贾，这只怪可怜的小航船儿就在水面上晃着她的黄鱼口似的船头直向前溜，底下托托的一阵水响怪招痒的。腴玉初下船时受不惯，真的打上了好几个寒噤，但要不了半个钟头就惯了。她倒不怕晕，她在垫褥上盘腿坐着，臂膀靠着窗，看一路的景致，什么都是从不曾见过似的，什么都好玩——那横肚里长出来的树根像老头儿脱尽了牙的下巴，在风里摇摆着的芦梗，在水边洗澡的老鸦，露出半个头一条脊背的水牛，蹲在石渡上洗衣服的乡下女孩子，仰着她那一块黄糙布似的脸子呆呆的看船，旁边站着男小孩子，不满四岁光景，头顶笔竖着一根小尾巴，脸上画着泥花，手里拿着树条，他也呆呆的看船。这一路来腴玉不住的叫着妈：这多好玩，那多好玩；她恨不得自己也是个乡下孩子，整天去弄水弄泥没有人管。但是顶有趣的是那水车，活像是一条龙，一斑斑的龙鳞从水里往上爬；乡下人真聪明，她心里想，这一来河里的水就到了田里去，谁说乡下人不机灵？喔，你看女人也来踏水的，你看他们多乐呀，两个女的，一个男的，六条腿忙得什么似的尽踩，有一个长得顶秀气，头上还戴花哪，她看着我们船直笑。妈你听呀，这不是真正的山歌！什么李花儿桃花儿的我听不清，好听，妈，谁说做乡下人苦，你看他们做工都是顶乐的，赶明儿我外国去了回来一定到乡下来做乡下人，踏水车儿唱山歌，我真干，妈，你信不信？

她妈领着她替她的祖母看坟地来的。看地不是她的事，她这来一半天的工夫见识可长了不少。真的，你平常不出门你永远不得知道你自个儿的见识多么浅陋得可怕，连一个七八岁的乡下姑娘都赶不上，你信不信？可不是我方才拿着麦子叫稻，点着珍珠米梗子叫芋头，招人家笑话。难为情，芋头都认不清，那光头儿的大荷叶多美；榆钱儿也好玩，真像小钱，我书上念过，可从没有见过，我捡了十几个整圆的拿回去给妹妹看。还有那瓜蔓也有趣，像是葡萄藤，沿着棚匀匀的爬着，方才那红眼的小养媳妇告诉我那是南瓜，到了夏天长得顶大顶大的，有头二十斤重，挂在这细条子上，风吹雨打都不易掉，你说这天下的东西造的多灵巧多奇怪呀！这晚上她睡在船舱里怎么也睡不着。腿有点儿酸，白天路跑多了。眼也酸，可又合不紧，还是开着吧。舱间里黑沉沉的，妈已经睡着了，外舱老妈子丫头在那儿怪寒伧的打呼。她偏睡不着，脑筋里新来的影子真不少，像是家里有事情屋子里满了的全是外来的客，有的脸熟，有的不熟；又像是迎会，一道道的迎过去；又像是走马灯，转了去又回来了。一纪一贾的橹声，轧轧的水车，那水面露着的水牛鼻子，那一田的芋头叶，那小孩儿的赤腿，吃晚饭时乡下人拿进来那碗螺丝肉，桃花李花的山歌，那座小木桥，那家带卖茶的财神庙，那河边青草的味儿……全在这儿，全在她的脑壳里挤着，也许他们从此不出去了。这新来客一多，原来的家里人倒像是躲起来了；腴玉，这天以前的腴玉，她的思想，她的生活，她的烦恼，她的忧愁，全躲起来了，全让这芋头水牛鼻子螺丝肉挤跑了；她仿佛是另投了胎，换了一个人似的，就连睡在她身边的妈都像是离得很远，简直不像是她亲娘，她仿佛变了那赤着腿脸上涂着泥手里拿着树条站在河边瞪着眼的小孩儿，不再是她原来的自己。哦，她的梦思风车似的转着，往外跳的谷皮全是这一天的新经验，与那二十年间在城市生长养大的她绝对的联不起来，这是怎么回事……

她翻过身去，那块长疙疤的小玻璃窗外天光望见了她。咦，她果然是在一只小航船里躺着，并不是做梦。窗外白白的是什么光呀，她一仰头正对着岸上那株老榆树顶上爬着的几条月亮，本来是个满月，现在让榆树叶子揉碎了。那边还有一颗顶亮的星，离着月亮不远，腴玉益发的清醒了。这时船身也微微的侧动，船尾那里隐隐的听出水声，像是虫咬什么似的响着，远远有风声，狗叫声也分明的听着，她们果然是在一个荒僻的乡下过夜，也不觉得害怕，多好玩呀！再看那榆树顶上的月亮，这月色多清，一条条的光亮直打到你眼里来，叫你心窝里一阵阵的发冷，叫你什么不愿意想着的事情全想了起来，呀，这月光……

这一转身，一见月光，二十年的她就像孔雀开屏似的花斑斑的又支上了心来，满屋子的客人影子都不见了。她心里一阵子发冷，她还是她，她的忧愁，她的烦恼，压根儿就没有离着她——她妈也转了一个身，她的迟重的呼吸就在她的身旁。

“浓得化不开”（新加坡）

大雨点打上芭蕉有铜盘的声音，怪。“红心蕉”，多美的字面，红得浓得好。要红，要热，要烈，就得浓，浓得化不开，树胶似的才有意思，“我的心像芭蕉的心，红……”不成！“紧紧的卷着，我的红浓的芭蕉的心……”更不成。趁早别再谄什么诗了。自然的变化，只要你有眼，随时随地都是绝妙的诗。完全天生的，白做就不成。看这骤雨，这万千雨点奔腾的气势，这迷蒙，这渲染，看这一小方草地生受这暴雨的侵凌，鞭打，针刺，脚踹，可怜的小草，无辜的……可是慢着，你说小草要是会说话。它们会嚷痛，会叫冤不？难说他们就爱这门儿——出其不意的，使蛮劲的，太急一些，当然，可这正见情热，谁说这外表的凶狠不是变相的爱。有人就爱这急劲儿！

再说小草儿吃亏了没有，让急雨狼虎似的胡亲了这一阵子？别说了，它们这才真露着喜色哪，绿得发亮，绿得生油，绿得放光。它们这才乐哪！

呒，一首淫诗，蕉心红得浓，绿草绿成油。本来末，自然就是淫，它那从来不知厌满的创化欲的表现还不是淫？淫，甚也。不说别的，这雨后的泥草间就是万千小生物的胎宫，蚊虫，甲虫，长脚虫，青跳虫，慕光明的小生灵，人类的大敌。热带的自然更显得浓厚，更显得猖狂，更显得淫，夜晚的星都显得玲珑些，像要向你说话半开的妙口似的。

可是这一个人耽在族舍里看雨，够多凄凉。上街不知向哪儿转，一个熟脸都看不见，话都说不通，天又快黑，胡湿的地，你上哪儿去？得。“有孤王……”一个小声音从廉枫的嗓子里自己唱了出来。“坐至在梅……”怎么了！哼起京调来了？一想着单身就转着梅龙镇，再转就该是李凤姐了吧，哼！好，从高超的诗思堕落到腐败的戏腔！可是京戏也不一定是腐败，何必一定得跟着现代人学势利？正德皇帝在梅龙镇上，林廉枫在新加坡。他有凤姐，我——惭愧没有。廉枫的眼前晃着舞台上凤姐的倩影，曳着围巾，托着盘，踩着跷。“自幼儿……”去你的！可是这闷是真的。雨后的天黑得更快，黑影一幕幕的直盖下来，麻雀儿都回家了。干什么好呢？有什么可干的？这叫作孤单的况味，这叫作闷。怪不得唐明皇在斜谷口听着栈道中的雨声难过，良心发见，想着玉环……我负了卿，负了卿……转自忆荒茔——呒，又是戏！又不是戏迷，左哼右哼哼什么的！出门吧。

廉枫跳上了一架厂车，也不向那带回子帽的马来人开口，就用手比了一个丢圈子的手势。那马来人完全了解，脑袋微微的一侧，车就开了。焦桃片似的店房，黑芝麻长条饼似的街，野兽似的汽车，磕头虫似的人力车，长人似的树，矮树似的人。廉枫在急掣的车上快镜似的收着模糊的影片，同时顶头风刮得他本来梳整齐的分边的头发直向后冲，有几根沾着他的眼皮痒痒的舐，掠上了又下来，怪难受的。这风可真凉爽，皮肤上，毛孔里，哪儿都受用，像是在最温柔的水波里游泳，做鱼的快乐。气流似乎是密一点，显得沉。一只疏荡的胳膊压在你的心窝上……确是有肉糜的气息，浓得化不开。快，快，芭蕉的巨灵掌，椰子树的旗头，橡皮树的白鼓眼，棕榈树的毛大腿，合欢树的红花痢，无花果树的要饭腔，蹲着脖子，弯着臂膊……快，快，马来人的花棚，中国人家的髲灯，西洋人家的牛奶瓶，回子的回子帽，一脸的黑花，活像一只煨灶的猫……

车忽然停住在那有名的潴水潭的时候，廉枫快活的心轮转得比车轮更显得快，这一顿才把他从幻想里臿了回来。这时候旅困是完全叫风给刮散了。风也刮散了天空的云，大狗星张着大眼霸占着东半天，猎夫只看见两只腿，天马也只露半身，吐鲁士牛大哥只翘着一支小尾。咦，居然有湖心亭！这是谁的主意？红毛人都雅化了，唉。不坏，黄昏未死的紫曛，湖边丛林的倒影，林树间艳艳的红灯，瘦玲玲的窄堤桥连通着湖亭。水面上若无若有的涟漪，天顶儿颗疏散的星。真不坏。但他走上堤桥不到半路就发见那亭子里一齿齿的把柄，原来这是为安量水表的，可这也将就，反正轮廓是一座湖亭，平湖秋月……呒，有人在哪！这回他发见的是靠亭阑的一双人影，本来是糊成一饼的，他一走近打搅了他们。"道歉，有扰清兴，但我还不只是一朵游云，虑俺作甚。"廉枫默诵着他戏白的念头，粗粗望了望湖，转身走了回去。"苟……"他坐上车起首想，但他记起了烟卷，忙着在风尖上划火，下文如其有，也在他第一喷龙卷烟里没了。

廉枫回进旅店门仿佛又投进了昏沉的圈套。一阵热，一阵烦，又压上了他在晚凉中疏爽了来的心胸。他正想叹一口安命的气走上楼去，他忽然感到一股彩流的袭击从右首窗边的桌座上飞骠了过来。一种巧妙的敏锐的刺激，一种浓艳的警告，一种不是没有美感的迷惑。只有在巴黎晦盲的市街上走进新派的画店时，仿佛感到过相类的惊惧。一张佛拉明果的野景，一幅玛提斯的窗景，或是佛朗次马克的一方人头马面，或是马克夏高尔一个卖菜老头。可这是怎么了，那窗边又没有挂什么未来派的画，廉枫最初感觉到的是一球大红，像是火焰；其次是一片乌黑，墨晶似的浓，可又花须似的轻柔；再次是一流蜜，金漾漾的一泻；再次是朱古律（Chocolate），饱和着奶油最可口的朱古律。这些色感因为浓，初来显得凌乱，但瞬息间线条和轮廓的辨认笼住了色彩的蓬勃的波流。廉枫幽幽的喘了一口气。

“一个黑女人，什么了！”可是多妖艳的一个黑女，这打扮真是绝了，艺术的手腕神化了天生的材料，好！乌黑的惺忪的是她的发，红的是一边鬓角上的插花，蜜色是她的玲巧的挂肩，朱古律是姑娘的肌肤的鲜艳，得儿朗打打，得儿铃丁丁……廉枫停步在楼梯边的欣赏不期然的流成了新韵。

“还漏了一点小小的却也不可少的点缀，她一只手腕上还戴着一小支金环哪。”廉枫上楼进了房还是尽转着这绝妙的诗题——色香味俱全的奶油朱古律，耐宿儿老牌，两个便士一厚块，拿铜子往轧缝里放，一，二，再拉那铁环，喂，一块印金字红纸包的耐宿儿奶油朱古律。可口！最早黑人上画的怕是孟内那张《奥林匹亚》吧，有心机的画家，廉枫躺在床上在脑筋里翻着近代的画史。有心机有胆识的画家，他不但敢用黑，而且敢用黑来衬托黑，唉，那斜躺着的奥林匹亚不是鬓上也插着一朵花吗？底下的那位很有点像奥林匹亚的抄本，就是白的变黑了。但最早对朱古律的肉色表示敬意的可还得让还高根，对了，就是那味儿，浓得化不开，他为人间发见了朱古律皮肉的色香味，他那本Noa，Noa是二十世纪的新生命——到半开化，全野蛮的风土间去发见文化的本真，开辟文艺的新感觉……

但底下那位朱古律姑娘倒是做什么的？做什么的傻子！她是一个人道主义者，一筏普济的慈航，她是赈灾的特派员，她是来慰藉旅人的幽独的。可惜不曾看清她的眉目，望去只觉得浓，浓得化不开。谁知道她眉清还是目秀。眉清目秀！思想落后！唯美派的新字典上没有这类腐败的字眼。且不管她眉目，她那姿态确是动人，怯怜怜的，简直是秀丽，衣服也剪裁得好，一头蓬松的乌霞就耐人寻味。“好花儿出至在僻岛上！”廉枫闭着眼又哼上了……

“谁?”窸窣的门响将他从床上惊跳了起来，门慢慢的自己开着，廉枫的眼前一亮，红的！一朵花！是她！进来了！这怎么好！镇定，傻子，这怕什么？

她果然进来了，红的，蜜的，乌的，金的，朱古律，耐宿儿，奶油，全进来了。你不许我进来吗？朱古律笑口的低声的唱着，反手关上了门。这回眉目认得清楚了。清秀，秀丽，韶丽；不成，实在得另翻一本字典，可是“妖艳”总合得上。廉枫迷糊的脑筋里挂上了“妖”“艳”两个大字。朱古律姑娘也不等请，已经自己坐上了廉枫的床沿。你倒像是怕我似的，我又不是马来半岛上的老虎！朱古律的浓重的色浓重的香团团围裹住了半心跳的旅客，浓得化不开！李凤姐，李凤姐，这不是你要的好花儿自己来了！笼着金环的一支手腕放上了他的身，紫姜的一只小手把住了他的手。廉枫从没有知道他自己的手有那样的白。“等你家哥哥回来”……廉枫觉得他自己变了骤雨下的小草，不知道是好过，也不知道是难受。湖心亭上那一饼子黑影。大自然的创化欲。你不爱我吗？朱古律的声音也动人——脆，幽，媚。一只青蛙跳进了池潭，扑崔！猎夫该从林子里跑出来了吧？你不爱我吗？我知道你爱，方才你在楼梯边看我我就知道，对不对亲孩子？紫姜辣上了他的面庞，救驾！快辣上他的口唇了。可怜的孩子，一个人住着也不嫌冷清，你瞧，这胖胖的荷兰老婆都让你抱瘪了，你不害臊吗？廉枫一看果然那荷兰老婆让他给挤扁了，他不由的觉得脸有些发烧。我来做你的老婆好不好？朱古律的乌云都盖下来了。“有孤王……”使不得。朱古律，盖苏文，青面獠牙的……“干米一家的姑母。”血盆的大口，高耸的颧骨，狼嗥的笑响……鞭打，针刺，脚踢——喜色，呸，见鬼！唷，闷死了，不好，茶房！

廉枫想叫可是嚷不出，身上油油的觉得全是汗。醒了醒了，可了不得，这心跳得多厉害。荷兰老婆活该遭劫，夹成了一个破烂的葫芦。廉枫觉得口里直发腻，紫姜，朱古律，也不知是什么，浓得化不开。

“浓得化不开”之二（香港）

廉枫到了香港，他见的九龙是几条盘错的运货车的浅轨，似乎有头有尾，有中段，也似乎有隐现的爪牙，甚至在火车头穿度那栅门时似乎有迷漫的云气。中原的念头，虽则有广九车站上高标的大钟的暗示，当然是不能在九龙的云气中幸存。这在事实上也省了许多无谓的感慨。因此眼看着对岸，屋宇像樱花似盛开着的一座山头，如同对着希望的化身，竟然欣欣的上了渡船，从妖龙的脊背上过渡到希望的化身去。

富庶，真富庶，从街角上的水果摊看到中环乃至上环大街的珠宝店；从悬挂得如同Banyan树一般繁衍的腊食及海味铺看到穿着定阔花边艳色新装走街的粤女；从石子街的花市看到饭店门口陈列着“时鲜”的花狸金钱豹以及在浑水盂内倦卧着的海狗鱼，唯一的印象是一个不容分析的印象：浓密，琳琅。琳琅琳琅，廉枫似乎听得到钟磬相击的声响。富庶，真富庶。

但看香港，至少玩香港少不了坐吊盘车上山去一趟。这吊着上去是有些好玩。海面，海港，海边，都在轴辘声中继续的往下沉。对岸的山，龙蛇似盘旋着的山脉，也往下沉，但单是直落的往下沉还不奇，妙的是一边你自身凭空的往上提，一边绿的一角海、灰的一陇山、白的方的房屋、高直的树，都怪相的一头吊了起来，结果是像一幅画斜提着看似的。同时这边的山头从平放的馒头变成侧竖的，山腰里的屋子从横刺里倾斜了去，相近的树木也跟着平行的来。怪极了。原来一个人从来不想到他自己的地位也有不端正的时候；你坐在吊盘车里只觉得眼前的事物都发了疯，倒竖了起来。

但吊盘车的车里也有可注意的。一个女性在廉枫的前几行椅座上坐着。她满不管车外拿大顶的世界，她有她的世界。她坐着，屈着一支腿，脑袋有时枕着椅背，眼向着车顶望，一个手指含在唇齿间。这不由人不注意。她是一个少妇与少女间的年轻女子。这不由人不注意，虽则车外的世界都在那里倒竖着玩。

她在前面走，上山，左转弯，右转弯，宕一个山腰的弧线。她在前面走，沿着山堤，靠着岩壁，转入Aloe丛中，绕着一所房舍，抄一折小径，拾几级石磴。她在前面走，如其山路的姿态是婀娜，她的也是的。灵活的山的腰身，灵活的女人的腰身。浓浓的折叠着，融融的松散着。肌肉的神奇！动的神奇！

廉枫心目中的山景，一幅幅的舒展着，有的山背海，有的山套山，有的浓荫，有的巉岩，但不论精粗，每幅的中点总是她，她的动，她的中段的摆动。但当她转入一个比较深奥的山坳时廉枫猛然记起了Tanhauser的幸运与命运——吃灵魂的薇纳丝，一样的肥满。前面别是她的洞府吒，危险，小心了！

她果然进了她的洞府，她居然也回头看来，她竟然似乎在回头时露着微哂的瓠犀。孩子，你敢吗？那洞府径直的石级竟像直通上天。她进了洞了，但这时候路旁又发生一个新现象，惊醒了廉枫“邓浩然”的遐想。一个老婆子操着最破烂的粤音问他要钱，她不是化子，至少不是职业的，因为她现成有她体面的职业。她是一个劳工。她是一个挑砖瓦的。挑砖瓦上山因红毛人要造房子。新鲜的是她同时挑着不止一副重担，她的是局段的回复的运输。挑上一担，走上一节路，空身下来再挑一担上去，如此再下再上，再下再上。她不但有了年纪，她并且是个病人，她的喘是哮喘，不仅是登高的喘，她也咳嗽，她有时全身都咳嗽。但她可解释错了。她以为廉枫停步在路中是对她发生了哀怜的趣味，以为看上了她！她实在没有注意到这位年轻人的眼光曾经飞注到云端里的天梯上。她实在想不到在这寂寞的山道上会有与她利益相冲突的现象。她当然不能使她失望。当得成全他的慈悲心。她向他伸直了她的一只焦枯得像贝壳似的手，口里呢喃着在她是最软柔的语调。但“她”已经进洞府了。

往更高处去。往顶峰的顶上去。头顶着天，脚踏着地尖，放眼到寥廓的天边。这次的凭眺不是寻常的凭眺。这不是香港，这简直是蓬莱仙岛，廉枫的全身，他的全人，他的全心神，都感到了酣醉，觉得震荡。宇宙的肉身的神奇。动在静中，静在动中的神奇。在一刹那间，在他的眼内，在他的全生命的眼内，这当前的景象幻化成一个神灵的微笑，一折完美的歌调，一朵宇宙的琼花。一朵宇宙的琼花在时空不容分仳的仙掌上俄然的擎出了它全盘的灵异。山的起伏，海的起伏，光的起伏；山的颜色，水的颜色，光的颜色——形成了一种不可比况的空灵，一种不可比况的节奏，一种不可比况的谐和。一方宝石，一球纯晶，一颗珠，一个水泡。

但这只是一刹那，也许只许一刹那。在这刹那间廉枫觉得他的脉搏都止息了跳动，他化入了宇宙的脉搏。在这刹那间一切都融合了，一切都消纳了，一切都停止了它本体的现象的动作来参加这“刹那的神奇”的伟大的化生。在这刹那间他上山来，心头累聚着的杂格的印象与思绪梦似的消失了踪影。倒挂的一角海，龙的爪牙，少妇的腰身，老妇人的手与乞讨的碎琐，薇纳丝的洞府，全没了。但转瞬间现象的世界重复回还。一层纱幕，适才睁眼纵览时顿然揭去的那一层纱幕，重复不容商榷的盖上了大地。在你也回复了各自的辨认的感觉，这景色是美，美极了的，但不再是方才那整个的灵异。另一种文法，另一种关键，另一种意义也许，但不再是那个。它的来与它的去，正如恋爱，正如信仰，不是意力可以支配，可以作主的。他这时候可以分别的赏识这一峰是一个秀挺的莲苞，那一屿像一只雄蹲的海豹，或是那湾海像一钩的眉月；他也能欣赏这幅天然画图的色彩与线条的配置，透视的匀整或是别的什么，但他见的只是一座山峰、一湾海，或是一幅画图。他尤其惊讶那波光的灵秀，有的是绿玉，有的是紫晶，有的是琥珀，有的是翡翠，这波光接连着山岚的晴霭，化成一种异样的珠光，扫荡着无际的青空，但就这也是可以指点，可以比况给你身旁的友伴的一类诗意，也不再是初起那回事。这层遮隔的纱幕是盖定的了。

因此廉枫拾步下山时心胸的舒爽与恬适不是不和杂着，虽则是隐隐的，一些无名的惆怅。过山腰时他又飞眼望了望那“洞府”，也向路侧寻觅那挑砖瓦的老妇，她还是忙着搬运着她那搬运不完的重担。但她对他犹是对“她”，兴趣远不如上山时的那样馥郁了。他到半山的凉座地方坐下来休息时，他的思想几乎完全中止了活动。

死　城

廉枫站在前门大街上发怔。正当上灯的时候，西河沿的那一头还漏着一片焦黄。风算是刮过了，但一路来往的车辆总不能让道上的灰土安息。他们忙的是什么？翻着皮耳朵的巡警不仅得用手指，还得用口嚷，还得旋着身体向左右转。翻了车，碰了人，还不是他的事？声响是杂极了的，但你果然当心听的话，这匀匀的一片也未始没有它的节奏：有起伏，有波折，也有间歇。人海里的潮声。廉枫觉得他自己坐着一叶小艇从一个涛峰上颠渡到又一个涛峰上。他的脚尖在站着的地方不由的往下一按，仿佛信不过他站着的是坚实的地土。

在灰土狂舞的青空兀突着前门的城楼，像一个脑袋，像一个骷髅。青底白字的方块像是骷髅脸上的窟窿，显着无限的忧郁，廉枫从不曾想到前门会有这样的面目。它有什么忧郁？它能有什么忧郁。可也难说，明陵的石人石马，公园的公理战胜碑，有时不也看得发愁？总像是有满肚的话无从说起似的。这类东西果然有灵性，能说话，能冲着来往人们打哈哈，那多有意思！但前门现在只能沉默，只能忍受——忍受黑暗，忍受漫漫的长夜。它即使有话也得过些时候再说，况且它自己的脑壳都已让给蝙蝠们、耗子们做了家，这时候它们正在活动——它即使能说话也不能说。这年头一座城门都有难言的隐衷，真是的！在黑夜的逼近中，它那壮伟，它那博大，看得多么远，多么孤寂，多么冷。

大街上的神情可是一点也不见孤寂，不见冷。这才是红尘，颜色与光亮的一个斗胜场，够好看的。你要是拿一块绸绢盖在你的脸上再望这一街的红艳，那完全另是一番景象。你没有见过威尼斯大运河上的晚照不是？你没有见过纳尔逊大将在地中海口轰打拿破仑舰队不是？你也没有见过四川青城山的朝霞，英伦泰晤士河上雾景不是？好了，这来用手绢一护眼看前门大街——你全见着了，一转手解开了无穷的想象的境界，多巧！廉枫搓弄着他那方绸绢，不是不得意他的不期的发见。但他一转身又瞥见了前门城楼的一角，在灰苍中隐现着。

进城吧。大街有什么好看的？那外表的热闹正使人想起丧事人家的鼓吹，越喧阗越显得凄凉。况且他自己的心上又横着一大饼的凉，凉得发痛。仿佛他内心的世界也下了雪，路旁的树枝都蘸着银霜似的。道旁树上的冰花可真是美；直条的，横条的，肥的瘦的，梅花也欠他几分晶莹，又是那恬静的神情，受苦还是含笑。可不是受苦，小小的生命躲在枝干最中心的纤维里耐着风雪的侵凌——它们那心窝里也有一大饼的凉，但它们可不怨；它们明白，它们等着，春风一到它们就可抬头，它们知道，荣华是不断的，生命是悠久的。

生命是悠久的。这大冷天，雪风在你的颈根上直刺，虫子潜伏在泥土里等打雷，心窝里带着一饼子的凉，你往哪儿去？上城墙去望望不好吗？屋顶上满铺着银，僵白的树木上也不见恼人的春色，况且那东南角上亮亮的不是上弦的月正在升起吗？月与雪是有默契的。残破的城砖上停留着残雪的斑点，像是无名的伤痕，月光淡淡的斜着来，如同有手指似的抚摩着它的荒凉的伙伴。猎夫星正从天边翻身起来，腰间翘着箭囊，卖弄着他的英勇。西山的屏峦竟许也望得到，青青的几条发丝勾勒着沉郁的暝色，这上面悬照着太白星耀眼的宝光。灵光寺的木叶，秘魔岩的沉寂，香山的冻泉，碧云山的云气，山坳间或有一星二星的火光，在雪意的惨淡里点缀着惨淡的人迹……这算计不错，上城墙去，犯着寒，冒着夜。黑黑的，孤零零的，看月光怎样把我的身影安置到雪地里去。廉枫正走近交民巷一边的城根，听着美国兵营的溜冰场里的一阵笑响，忽然记起这边是帝国主义的禁地，中国人怕不让上去。果然，那一个长六尺高一脸糟瘢守门兵只对他摇了摇脑袋，磨着他满口的橡皮，挺着胸脯来回走他的路。

不让进去，辜负了，这荒城、这凉月、这一地的银霜。心头那一饼还是不得疏散，郁得更凉了。不到一个适当的境地你就不敢拿你自己尽量的往外放，你不敢面对你自己，不敢自剖。仿佛也有个糟瘢脸的把着门哪，他不让进去。有人得喝够了酒才敢打倒那糟瘢脸的。有人得仰伏迷醉的月色。人是这软弱。什么都怕，什么都不敢当面认一个清切；最怕看见自己。得！还有什么地方可去的？敢去吗？

廉枫抬头望了望星，疏疏的没有几颗，也不显亮。七姊妹倒看得见，挨得紧紧的，像一球珠花。顺着往东去不好吗？往东是顺的，地球也是这么走。但这陌生的胡同在夜晚，觉得多深沉，多窈远。单这静就怕人，半天也不见一副卖萝卜或是卖杂吃的小担。他们那一个小火，照出红是红青是青的，在深巷里显得多可亲、多玲珑；还有他们那叫卖声，虽则有时曳长得叫人听了悲酸，也是深巷里不可少的点缀。就像是空白的墙壁上挂上了字画，不论精粗，多少添上一点人间的趣味。你看他们把担子歇在一家门口，站直了身子，昂着脑袋，咧着大口唱——唱得脖子里筋都暴起了。这来邻近哪家都不能不听见。那调儿且在那空气里转着哪——他们自个儿的口鼻间蓬蓬的晃着一团的白云。

今晚什么都没有，狗都不见一只。家门全是关得紧紧的。墙壁上的油灯——一小米的火——活像是鬼给点上的，方便鬼的。骡马车碾烂的雪地，在这鬼火的影映下，都满是鬼意。鬼来跳舞过的。化子们叫雪给埋了。口袋里有的是铜子，要见着化子，在这年头，还有不布施的？静，空虚的静，墓底的静。这胡同简直没有个底。方才拐了没有？廉枫望了望星知道方向没有变。总得有个尽头，赶着走吧。

走完了胡同到了一个旷场，白茫茫的，头顶星显得更多更亮了。猎夫早就全身披挂的支起来了，狗在那一头领着路。大熊也见了。廉枫打了一个寒噤。他走到了一座坟山。外国人的，在这城根。也不知怎么的，门没有关上。他进了门。这儿地上的雪比道上的白得多，松松的满没有斑点。月光正照着，墓碑有不少，疏朗朗的排列着，一直到黑巍巍的城根。有高的，有矮的，也有雕镂着形象的。悄悄的全戴着雪帽，盖着雪被，悄悄的全躺着。这倒有意思，月下来拜会洋鬼子，廉枫叹了一口气。他走近一个墓墩，拂去了石上的雪，坐了下去。石上刻着字，许是金的，可不易辨认。廉枫拿手指去摸那字迹，冷极了！那雪腌过的石板吸墨纸似的猛收着他手指上的体温，冷得发僵，感觉都失了。他哈了口气再摸，仿佛人家不愿意你非得请教姓名似的。摸着了，原来是一位姑娘，FRAULEIN ELIZA BERKSON。还得问几岁，这字小更费事，可总得知道。早三年死的。二十八减六是二十二。呀，一位妙年姑娘，才二十二岁的！廉枫感到一种奇异的战栗，从他的指尖上直通到发尖，仿佛身背着一个黑影子在晃动。但雪地上只有淡白的月光，黑影子是他自己的。

做梦也不易梦到这般境界。我陪着你哪，外国来的姑娘。廉枫的肢体在夜凉里冻得发了麻，就是胸潭里一颗心热热的跳着，应和着头顶明星的闪动。人是这软弱，他非得要同情。盘踞在肝肠深处的那些非得要一个尽情倾吐的机会。活的时候得不着，临死，只要一口气不曾断，还非得招承，眼珠已经褪了光，发音都不得清楚，他一样非得忏悔。非得到永别生的时候人才有胆量，才没有顾忌。每一个灵魂里都安着一点谎，谎能进天堂吗？你不是也对那穿黑长袍胸前挂金十字的老先生说了你要说的话才安心到这石块底下躺着不是，贝克生姑娘？我还不死哪。

但这静定的夜景是多大一个引诱！我觉得我的身子已经死了，就只一点子灵性在一个梦世界的浪花里浮萍似的飘着，空灵，安逸。梦世界是没有墙围的，没有涯涘的。你得宽恕我的无状，在昏夜里踞坐在你的寝次，姑娘。但我已然感到一种超凡的宁静，一种解放，一种莹澈的自由。这也许是你的灵感——你与雪地上的月影。

我不能承受你的智慧，但你却不能吝惜你的容忍。我不是你的谁，不是你的朋友，不是你的相知，但你不能不认识我现在向你诉说的忧愁，你——廉枫的手在石板的一头触到了冻僵的一束什么，一把萎谢了的花——玫瑰，有三朵，叫雪给腌僵了。他亲了亲花瓣上的冻雪。我羡慕你在人间还有未断的恩情，姑娘，但这也是个累赘，说到彻底的话。这三朵香艳的花放上你的头边——他或是你的亲属或是你的知己——你不能不生感动不是？我也曾经亲自到山谷里去采集野香去安放在我的她的头边。我的热泪滴上冰冷的石块时，我不能怀疑她在泥土里或在星天外也含着悲酸在体念我的情意。但她是远在天的又一方，我今晚只能借景来纾解我的苦辛——人生是辛苦的，最辛苦是那些在黑茫茫的天地间寻求光热的生灵。可怜的秋蛾，它永远不能忘情于火焰。在泥草间化生，在黑暗里飞行，抖擞着翅羽上的金粉——它的愿望是在万万里外的一颗星，那是我。见着光就感到激奋，见着光就顾不得粉脆的躯体，见着光就满身充满着悲惨的神异，殉献的奇丽——到火焰的底里去实现生命的意义。那是我。天让我望见那一柱光！那一个灵异的时间！“也就一半句话，甘露活了枯芽”。我的生命顿时豁裂成一朵奇异的愿望的花。“生命是悠久的”，但花开只是朝露与晚霞间的一段插话。殷勤是夕阳的顾盼，为花事的荣悴关心。可怜这心头的一撮土，更有谁来凭吊？“你的烦恼我全知道，虽则你从不曾向我说破；你的忧愁我全明白，为你我也时常难受。”清丽的晨风,吹醒了大地的荣华!“你耐着吧,美不过这半绽的蓓蕾。”“我去了,你不必悲伤,珍重这一卷诗心,光彩常留在星月间。”她去了！光彩常在星月间。

陌生的朋友，你不嫌我话说得晦涩吧。我想你懂得，你一定懂。月光染白了我的发丝，这枯槁的形容正配与墓墟中人作伴；它也仿佛为我照出你长眠的宁静……那不是我那她的眉目？迷离的月影，你何妨为我认真来刻划个灵通？她的眉目；我如何能遗忘你那永诀时的神情！竟许就那一度，在生死的边沿，你容许我怀抱你那生命的本真；在生死的边沿，你容许我亲吻你那性灵的奥隐；在生死的边沿，你容许我哺啜你那妙眼的神辉。

那眼，那眼！爱的纯粹的精灵迸裂在神异的刹那间！你去了，但你是永远留着。从你的死，我才初次会悟到生。会悟到生死间一种幽玄的丝缕。世界是黑暗的，但我却永久存储着你的不死的灵光。

廉枫抬头望着月，月也望着他，青空添深了沉默。城墙外仿佛有一声鸦啼，像是裂帛，像是鬼啸。墙边一枝树上抛下了一捧雪，亮得辉眼。这还是人间吗？她为什么不来，像那年在山中的一夜？

“我送别她归去，与她在此分离，

在青草里飘拂，她的洁白的裙衣。”

诡异的人生！什么古怪的梦！希望，在你擎上手掌估计分量时，已经从你的手指间消失，像是发珠光的青汞。什么都得变成灰，飞散，飞散，飞散……我不能不羡慕你的安逸，缄默的墓中人！我心头还有火在烧，我怀着我的宝；永没有人能探得我的痛苦的根源，永没有人知晓，到那天我也得瞑目时，我把我的宝还交给上帝：除了他更有谁能赐与，能承受这生命的生命？我是幸福的！你不羡慕我吗，朋友？

我是幸福，因为我爱，因为我有爱。多伟大，多充实的一个字！提着它胸胁间就透着热，放着光，滋生着力量。多谢你的同情的倾听，长眠的朋友，这光阴在我是稀有的奢华。这又是北京的清静的一隅。在凉月下，在荒城边，在银霜满树时。但北京——廉枫眼前又扯亮着那狞恶的前门，像一个脑袋，像一个骷髅。丧事人家的鼓乐。北海的芦苇，荣叶能不死吗？在晚照的金黄中，有孤鹜在冰面上飞。消沉，消沉。更有谁眷念西山的紫气？她是死了——一堆灰。北京也快死了——准备一个钵盂，到枯木林中去安排它的葬事。有什么可说的？再会吧，朋友，还有什么可说的？

他正想站起身走，一回头见进门那路上仿佛又来了一个人影。肥黑的一团在雪地上移着，迟迟的移着，向着他的一边来。有树拦着，认不真是什么，是人吗？怪了，这是谁？在这大凉夜还有与我同志的吗？为什么不，就许你吗？可真是有些怪，它又不动了，那黑影子绞和着一棵树影，像一个大包袱。不能是鬼吧。为什么发噤，怕什么的？是人，许是又一个伤心人；是鬼，也说不定它别有怀抱。竟许是个女子，谁知道！在凉月下，在荒冢间，在银霜满地时，它伛偻着身子哪，像是捡什么东西。不能是个化子——化子化不到墓园里来。唷，它转过来了！

它过来了，那一团的黑影。走近了，站定了，他也望着坐在坟墩上的那个发愣哪。是人，还是鬼，这月光下的一堆？他也在想。“谁？”粗糙的、沉浊的口音。廉枫站起了身，哈着一双冻手。“是我，你是谁？”他是一个矮老头儿，屈着肩背，手插在他的一件破旧制服的破袋里。“我是这儿看门的。”他也走到了月光下。活像《哈姆雷德》里一个掘坟的，廉枫觉得有趣，比一个妙年女子，不论是鬼是人，都更有趣。“先生，你什么时候进来的？我哼是睡着了，那门没有关严吗？”“我进来半天了。”“不凉吗，您坐在这石头上？”“就你一个人看着门的？”“除了我这样的苦小老儿，谁肯来当这苦差？”“你来有几年了？”“我怎么知道有几年了！反正老佛爷没有死，我早就来了。这该有不少年份了吧，先生？我是个在旗吃粮的，您不看我的衣服？”“这儿常有人来不？”“倒是有。除了洋人拿花来上坟的，还有学生也有来的，多半是一男一女的。天凉了就少有来的了。你不也是学生吗？”他斜着一双老眼打量廉枫的衣服。“你一个人看着这么多的洋鬼不害怕？”老头他乐了。这话问得多幼稚，准是个学生，年纪不大。“害怕？人老了，人穷了，还怕什么的！再说我这还不是靠鬼吃一口饭吗？靠鬼，先生！”“你有家不，老头儿！”“早就死完了。死干净了。”“你自己怕死不，老头儿？”老头又乐了。“先生，您又来了！人穷了，人老了，还怕死吗？你们年轻人爱玩儿，爱乐，活着有意思，咱们哪说得上？”他在口袋里掏出一块黑绢子擤着他的冻鼻子。这声音听大了，城圈里又有回音，这来坟场上倒添了不少生气。那边树上有几只老鸦也给惊醒了，亮着他们半冻的翅膀。“老头，你想是生长在北京的吧？”“一辈子就没有离开过。”“那你爱不爱北京？”老头简直想咧个大嘴笑。这学生问的话多可乐！爱不爱北京？人穷了，人老了，有什么爱不爱的？“我说给您听听吧！”他有话说。

“就在这儿东城根，多的是穷人，苦人。推土车的，推水车的，住闲的，残废的，全跟我一模一样的，生长在这城圈子里，一辈子没有离开过。一年就比一年苦，大米一年比一年贵。土堆里煤渣多捡不着多少，谁生得起火？有几顿吃得饱的？夏天还可对付，冬天可不能含糊。冻了更饿，饿了更冻。又不能吃土。就这几天天下大雪，好，狗都瘪了不少！”老头又擤了擤鼻子，“听说有钱的人都搬走了，往南，往东南，发财的，升官的，全去了。穷人苦人哪走得了？有钱人走了他们更苦了，一口冷饭都讨不着。北京就像个死城，没有气了，您知道！哪年也没有本年的冷清。您听听，什么声音都没有，狗都不叫了！

“前儿个我还见着一家子夫妻俩带着三个孩子饿急了，又不能做贼，就商量商量借把刀子破肚子见阎王爷去。可怜着哪，那男的一刀子捅了他媳妇的肚子，肠子漏了，血直冒，算完了一个，等他抹回头拿刀子对自个儿的肚子撩，您说怎么了，那女的眼还睁着没有死透，眼看着她丈夫拿刀扎自己，一急就拼着她那血身体向刀口直推，您说怎么了，她那手正冲着刀锋，快着哪，一只手，四根手指，就让白萝卜似的给劈了下来，脆着哪！那男的一看这神儿，一心痛就痛偏了心，掷了刀回身就往外跑，满口疯嚷嚷的喊救命，这一跑谁知他往哪儿去了，昨儿个盔甲厂派出所的巡警说起这件事都撑不住淌眼泪哪。同是人不是，人总是一条心，这苦年头谁受得了？苦人倒是爱面子，又不能偷人家的。真急了就吊，不吊就往水里淹，大雪天河沟冻了淹不了，就借把刀子抹脖子拉肚肠根。是穷末，有什么说的？好，话说回来了，您问我爱不爱北京。人穷了，人苦了，还有什么路走？爱什么！活不了，就得爱死！我不说北京就像个死城吗？我说它简直死定了！我还掏了二十个大子给那一家三小子买窝窝头吃。才可怜哪！好，爱不爱北京？北京就是这死定了，先生！还有什么说的？”

廉枫出了坟园低着头走，在月光下走了三四条老长的胡同才雇到一辆车。车往西北正顶着刀尖似的凉风。他裹紧了大衣，烤着自己的呼吸，心里什么念头都给冻僵了。有时他睁眼望望一街阴惨的街灯，又看看那上年纪的车夫在滑溜的雪道上顶着风一步一步的挨，他几回都想叫他停下来自己下去让他坐上车拉他，但总是说不出口。半圆的月在雪道上亮着它的银光。夜深了。

家 德

家德住我们家已有十多年了。他初来的时候嘴上光光的还算是个壮夫，头上不见一茎白毛，挑着重担到车站去不觉得乏。逢着什么吃重的工作他总是说“我来！”他实在是来得的。现在可不同了，谁问他“家德，你怎么了，头发都白了?”他就回答“人总要老的，我今年五十八，头发不白几时白?”他不但发白，他上唇疏朗朗的两撇八字胡也见花了。

他算是我们家的“做生活”，但他，据我娘说，除了吃饭住，却不拿工钱。不是我们家不给他，是他自己不要，打头儿就不要。“我就要吃饭住。”他说。我记得有一两回我因为他替我挑行李上车站给他钱，他就瞪大了眼说：“给我钱做什么?”我以为他嫌少，拿几毛换一块圆钱再给他，可是他还是“给我钱做什么?”更高声的抗议。你再说也是白费，因为他有他的理性。吃谁家的饭就该为谁家做事，给我钱做什么?

但他并不是主义的不收钱。镇上别人家有丧事喜事来叫他去帮忙的做完了有赏封什么给他，他受。“我今天又‘摸了’钱了。”他一回家就欣欣的报告他的伙伴。他另有一种能耐，几乎是专门的，那叫作“赞神歌”。谁家许了愿请神，就非得他去使开了他那不是不圆润的粗嗓子唱一种有节奏有顿挫的诗句赞美各种神道。奎星、纯阳祖师、关帝、梨山老母，都得他来赞美。小孩儿时候我们最爱看请神，一来热闹，厅上摆得花绿绿点得亮亮的，二来可以借口到深夜不回房去睡，三来可以听家德的神歌。乐器停了他唱，唱完乐又作。他唱什么听不清，分得清的只“浪溜圆”三个字，因为他几乎每开口必有浪溜圆。他那唱的音调就像是在厅的顶梁上绕着，又像是暖天细雨似的在你身上匀匀的洒，反正听着心里就觉得舒服，心一舒服小眼就闭上，这样极容易在妈或是阿妈的身上靠着甜甜的睡了。到明天在床里醒过来时耳边还绕着家德那圆圆的甜甜的浪溜圆。

家德唱了神歌想来一定到手钱，这他也不辞，但他更看重的是他应分到手的一块祭肉。肉太肥或太瘦都不能使他满意。“肉总得像一块肉。”他说。

“家德，唱一点神歌听听。”我们在家时常常央着他唱，但他总是板着脸回说“神歌是唱给神听的。”虽则他有时心里一高兴或是低着头做什么手工他口里往往低声在那里浪溜他的圆。听说他近几年来不唱了。他推说忘了，但他实在以为自己嗓子干了，唱起来不能像原先那样圆转如意，所以决意不再去神前献丑了。

他在我家实在也做不少的事。每天天一亮他就从他的破烂被窝里爬起身。一重重的门是归他开的，晚上也是他关的时候多。有时老妈子不凑手，他就帮着煮粥烧饭。挑行李是他的事，送礼是他的事，劈柴是他的事。最近因为父亲常自己烧檀香，他就少劈柴，多劈檀香。我时常见跨坐在一条长凳上戴着一副白铜边老花眼镜伛着背细细的劈。“你的镜子多少钱买的，家德?”“两只角子。”他头也不抬的说。

我们家后面那个“花园”也是他管的。蔬菜，各样的，是他种的。每天浇，摘去焦枯叶子，厨房要用时采，都是他的事。花也是他种的，有月季，有山茶，有玫瑰，有红梅与腊梅，有美人蕉，有桃，有李，有不开花的兰，有葵花，有蟹爪菊，有可以染指甲的凤仙，有比鸡冠大到好几倍的鸡冠。关于每一种花他都有不少话讲：花的脾，花的胃，花的颜色，花的这样那样。梅花有单瓣双瓣，兰有荤心素心，山茶有家有野，这些简单，但在小孩儿时听来有趣的知识，都是他教给我们的。他是博学得可佩服。他不仅能看书能写，还能讲书，讲得比学堂里先生上课时讲的有趣味得多。我们最喜欢他讲《岳传》里的岳老爷。岳老爷出世，岳老爷归天，东窗事发，莫须有三字构成冤狱，岳雷上坟，朱仙镇八大锤——唷，那热闹就不用提了。他讲得我们笑，他讲得我们哭，他讲得我们着急，但他再不能讲得使我们瞌睡，那是学堂里所有的先生们比他强的地方。

也不知是谁给他传的，我们都相信家德曾经在乡村里教过书。也许是实有的事，像他那样的学问在乡里还不是数一数二的。可是他自己不认。我新近又问他，他还是不认。我问他当初念些什么书，他回一句话使我吃惊。他说我念的书是你们念不到的。那更得请教，长长见识也好。他不说念书，他说读书。他当初读的是百家姓，千字文，神童诗——还有呢？还有酒书。什么？“酒书。”他说，什么叫酒书？酒书你不知道，他仰头笑着说，酒书是教人吃酒的书。真的有这样一部书吗？他不骗人，但教师他可从不曾做过。他现在口授人念经。他会念不少的经，从《心经》到《金刚经》全部，背得溜熟的。

他学念佛念经是新近的事。早三年他病了，发寒热。他一天对人说怕好不了，身子像是在大海里浮着，脑袋也发散得没有个边，他说。他死一点也不愁，不说怕。家里就有一个老娘，他不放心，此外妻子他都不在意。一个人总要死的，他说。他果然昏晕了一阵子，他床前站着三四个他的伙伴。他苏醒时自己说：“就可惜这一生一世没有念过佛，吃过斋，想来只可等待来世的了。”说完这话他又闭上了眼，仿佛是隐隐念着佛。事后他自以为这一句话救了他的命，因为他竟然又好起了。从此起他就吃上了净素，开始念经，现在他早晚都得做他的功课。

我不说他到我们家有十几年了吗，原先他在一个小学校里做当差。我做学生的时候他已经在。他的一个同事我也记得，叫矮子小二，矮得出奇，而且天生是一个小二的嘴脸。家德是校长先生用他进去的。他初起工钱每月八百文，后来每年按加二百文，一直加到二千文的正薪，那不算少。矮子小二想来没有读过什么酒书，但他可爱喝一杯两杯的，不比家德读了酒书倒反而不喝。小二喝醉了回校不发脾气就倒上床，他的一份事就得家德兼做。后来矮子小二因为偷了学校的用品到外边去换钱使发觉了被斥退。家德不久也离开学校，但他是为另一种理由。他的是自动辞职，因为用他进去的校长不做校长了，所以他也不愿再做下去。有一天他托一个乡绅到我们家来说要到我们家住，也不说别的话。从那时起家德就长住我们家了。

他自己乡里有家。有一个娘，有一个妻，有三个儿子，好的两个死了，剩下一个是不好的。他对妻的感情，按我妈对我说，是极坏。但早先他过一时还得回家去，不是为妻，是为娘。也为娘他不能不对他妻多少耐着性子。但是谢谢天，现在他不用再耐，因为他娘已经死了。他再也不回家去，积了一些钱也不再往家寄。妻不成材，儿子也没有淘成，他养家已有三十多年，儿子也近三十，该得担当家，他现在不管也没有什么亏心的了。他恨他妻多半是为她不孝顺他的娘，这最使他痛心。他妻有时到镇上来看他问他要钱，他一见她的影子都觉得头痛，她一到他就跑，她说话他做哑巴，她闹他到庭心里去伏在地下劈柴。有一回他接他娘出来看迎灯，让她睡他自己的床，盖他自己的棉被，他自己在灶边铺些稻柴不脱衣服睡。下一天他妻也赶来了，从厨房的门缝里张见他开着笑口用筷捡一块肥肉给他脱尽了牙翘着个下巴的老娘吃，她就在门外大声哭闹。他过去拿门给堵上了，捡更肥的肉给娘，更高声的说他的笑话，逗他娘和厨下别人的乐。晚上他妻上楼见他娘睡家德自己的床，盖他自己的被，回下来又和他哭闹——他从后门往外跑了。

他一见他娘就开口笑，说话没有一句不逗人乐。他娘见他乐也乐，翘着一个干瘪下巴，眯着一双皱皮眼不住的笑，厨房里顿时添了无穷的生趣。晚上在门口看灯，家德忙着招呼他娘，端着一条长凳或是一只方板凳，半抱着她站上去，连声的问看得见了不，自己躲在后背双手扶着她防她闪，看完了灯他拿一只碗到巷口去买一碗大肉面烫一两烧酒给他娘吃，吃完了送她上楼睡去。“又要你用钱，家德。”他娘说。“喔，这算什么，我有的是钱！”家德就对他妈背他最近的进益，黄家的丧事到手三百六，李家的喜事到手五角小洋，还有这样那样的，尽他娘用都用不完，这一点点算什么的！

家德的娘来了，是一件大新闻。家德自己起劲不必说，我们上下一家子都觉得高兴。谁都爱看家德跟他娘在一起的神情，谁都爱听他母子俩甜甜的谈话。又有趣，又使人感动。那位乡下老太太，穿紫棉绸衫梳元宝髻的，看着她那头发已经斑白的儿子心里不知有多么得意。就算家德做了皇帝，她也不能更开心。“家德!”她时常尖声的叫，但等得家德赶忙回过头问“娘，要啥”，她又就只眯着一双皱皮眼甜甜的笑，再没有话说。她也许是忘了她想着要说的话，也许她就爱那么叫她儿子一声，这来屋子里人就笑，家德也笑，她也笑，家德在他娘的跟前，拖着早过半百的年岁，身体活灵得像一只小松鼠，忙着为她张罗这样那样的，口齿伶俐得像一只小八哥，娘长娘短的叫个不住。

如果家德是个皇帝，世界上决没有第二个皇太后有他娘那样的好福气。这是家德的伙伴们的思想。看看家德跟他娘，我妈比方一句有诗意的话，就比是到山楼上去看太阳——满眼都是亮。看看家德跟他娘，一个老妈子说，我总是出眼泪，我从来不知道做人会得这样的有意思。家德的娘一定是几世前修得来的。

有一回家德脚上发流火，走路一颠一颠的不方便，但一走到他娘的跟前，他立即忍了痛僵直了身子放着腿走路，就像没有病一样。家德你今年胡须也白了，他娘说。“人老的好，须白的好：娘你是越老越清，我是胡须越白越健。”他这一插科，他娘就忘了年岁忘了愁。

他娘已在两年前死了。寿衣，有绸有缎的，都是家德早在镇上替她预备好了的。老太太进棺材还带了一支重足八钱的金押发去，这当然也是家德孝敬的。他自从娘死过，再也不回家，他妻出来他也永不理睬她。他现在吃素，念经，每天每晚都念——也是念给他娘的。他一辈子难得花一个闲钱，就有一次因为妻儿的不贤良叫他太伤心了，他一气就“看开”了，他竟然连着有三五天上茶店，另买烧饼当点心吃，一共花了足足有五百钱光景，此外再没有荒唐过。前几天他上楼去见我妈，手筒着手，兴匆匆的说：“太太，我要到乡下去一趟。”“好的。”我妈说，“你有两年多不回去了。”“我积下了一百多块钱，我要去看一块地葬我娘去。”他说。

轮　盘

好冷！倪三小姐从暖屋里出来站在廊前等车的时候觉着风来得尖厉。她一手揞着皮领护着脸，脚在地上微微的点着。“有几点了，阿姚？”三点都过了。

三点都过了，三点……这念头在她的心上盘着，有一粒白丸在那里运命似的跳。就不会跳进二十三的，偏来三十五，差那么一点，我还当是二十三哪。要有一只鬼手拿它一拨，叫那小丸子乖乖的坐上二十三，那分别多大！我本来是想要三十五的，也不知怎么的当时心里那么一迷糊——又给下错了。这车里怎么老是透风，阿姚？阿姚很愿意为主人替风或是替车道歉，他知道主人又是不顺手，但他正忙着大拐弯，马路太滑，红绿灯光又耀着眼，那不能不留意，这一岔就把答话的时机给岔过了。实在他的思想也不显简单，他正有不少的话想对小姐说，谁家的当差不为主人打算，况且听昨晚阿宝的话这事情正不是玩儿——好，房契都抵了，钻戒、钻镯，连那串精圆的珍珠项圈都给换了红片儿、白片儿，整数零数的全望庄上送！打不倒吃不厌的庄！

三小姐觉得冷。是哪儿透风，那天也没有今天冷。最觉得异样，最觉得空虚，最觉得冷是在颈根和前胸那一圈。精圆的珍珠——谁家都比不上的那一串，带了整整一年多，有时上床都不舍得摘了放回匣子去，叫那脸上刮着刀疤那丑洋鬼端在一双黑毛手里左轮右轮的看，生怕是吃了假的上当似的，还非得让我签字，才给换了那一摊圆片子，要不了一半点钟那些片子还不是白鸽似的又往回飞；我的脖子上、胸前，可是没了，跑了，化了，冷了，眼看那黑毛手抢了我的心爱的宝贝去，这冤……三小姐心窝里觉得一块冰凉，眼眶里热刺刺的，不由的拿手绢给掩住了。“三儿，东西总是你的，你看了也舍不得放手不是？可是娘给你放着不更好，这年头又不能常戴，一来太耀眼，二来你老是那拉拖的脾气改不过来，说不定你一不小心那怎么好？”老太太咳嗽了一声，“还是让娘给你放着吧，反正东西总是你的。”三小姐心都裂缝儿了。娘说话不到一年就死了，我还说我天天贴胸戴着表示纪念她老人家的意思，谁知不到半年……

车到了家了。三小姐上了楼，进了房，开亮了大灯，拿皮大衣向沙发上一扔，也不答阿宝陪着笑问她输赢的话，站定在衣柜的玻璃镜前对着自己的映影呆住了。这算个什么相儿？这还能是我吗？两脸红的冒得出火，颧骨亮的像透明的琥珀，一鼻子的油，口唇叫烟卷烧得透紫，像煨白薯的焦皮，一对眼更看得怕人，像是有一个恶鬼躲在里面似的。三小姐一手掠着额前的散发，一手扶着柜子，觉得头脑里一阵的昏，眼前一黑，差一点不曾叫脑壳子正对着镜里的那个碰一个脆。

“你累了吧，小姐?”阿宝站在窗口叠着大衣说话，她听来像是隔两间屋子或是一层雾叫过来似的，但这却帮助她定了定神，重复睁大了眼对着镜子里痴痴的望。这还能是我——是倪秋雁吗？鬼附上了身也不能有这相儿！但这时候她眼内的凶光——那是整六个钟头轮盘和压码条格的煎迫的余威——已然渐渐移让给另一种意态：一种疲倦，一种呆顿，一种空虚。她忽然想起马路中的红灯照着道旁的树干，使她记起不少早已遗忘了的片段的梦境——但她疲倦是真的，她觉得她早已睡着了。她是绝无知觉的一堆灰，一排木料，在清晨树梢上浮挂着的一团烟雾。她做过一个极幽深的梦，这梦使得她因为过分兴奋而陷入一种最沉酣的睡。她决不能是醒着。她的珍珠当然是好好的在首饰匣子里放着。“我替你放着不更好，三儿?”娘的话没有一句不充满着怜爱，个个字都听得甜。那小白丸子真可恶，它为什么不跳进二十三？三小姐扶着柜子那只手的手指摸着了玻璃，极纤微的一点凉感从指尖上直透到心口，这使她形影相对的那两双眼内顿时剥去了一翳梦意。小姐，喝口茶吧，你真是累了，该睡了，有多少天你没有睡好，睡不好最伤神，先喝口茶吧。她从阿宝的手里接过了一片殷勤，热茶沾上口唇才觉得口渴得津液都干了。但她还是梦梦的不能相信这不是梦。我何至于堕落到如此——我倪秋雁？你不是倪秋雁吗？她责问着镜里的秋雁。那一个的手里也擎着一个金边蓝花的茶杯，口边描着惨淡的苦笑。荒唐也不能到这个田地。为着赌几于拿身子给鬼似的男子——“你抽一口的好，赌钱就赌一个精神，你看你眼里的红丝，闹病了哪犯得着?”小俞最会说那一套体己话，细着一双有黑圈的眼瞅着你，不提有多么关切，他就会那一套！那天他对老五也是说一样的话！他还得用手来搀着你非得你养息他才安心似的。呸，男人，那有什么好心眼的？老五早就上了他的当。哼，也不是上当，还不是老五自己说的，“进了三十六，谁还管得了美，管得了丑?”“过一天是一天，”她又说，“堵死你的心，别让它有机会想，要想就活该你受!”那天我摘下我胸前那串珠子递给那脸上刻着刀疤的黑毛鬼，老五还带着笑——她那笑！——赶过来拍着我的肩膀说：“好，这才够一个豪字！要赌就得拼一个精光。有什么可恋的？上不了梁山，咱们就落太湖！你就输在你的良心上，老三。”老五说话一上劲，眼里就放出一股邪光，我看了真害怕。“你非得拿你小姐的身份，一点也不肯凑和。说实话，你来得三十六门，就由不得你拿什么身份。”人真会变。五年前，就是三年前的老五，哪有一点子俗气，说话举止，满是够斯文的。谁想她在上海混不到几年，就会变成这鬼相，这妖气。她也满不在意，成天发疯似的混着，倒像真是一个快活人！我初次跟着她跑，心上总有些低哆，话听不惯，样儿看不惯，可是现在……老三与老五能有多大分别？我的行为还不是她的行为？我有时还觉得她爽荡得有趣，倒恨我自己老是免不了腼腼腆腆的，早晚躲不了一个“良心”，老五说的，可还是的，你自己还不够变的，你看看你自己的眼看，说人家鬼相、妖气，你自己呢？原先的我，在母亲身边的孩子，在学校时代的倪秋雁，多美多响亮的一个名字，现在哪还有一点点的影子？这变，喔，鬼——三小姐打了一个寒噤。地狱怕是没有底的，我这一往下沉，沉，沉，我哪天再能向上爬？

她觉得身子飘飘的，心也飘飘的，直往下坠——一个无底的深潭，一个魔鬼的大口。“三儿，你什么都好，”老太太又说话了，“你什么都好，就差拿不稳主意。你非得有人管，领着你向上。可是你总得自己留意，娘又不能老看着你，你又是那傲气，谁你都不服，真叫我不放心。”娘在病中喘着气还说这话。现在娘能放心不？想起真可恨！小俞、小张、老五、老八，全不是东西！可是我自己又何尝有主意，有了主意，有一点子主意，就不会有今天的狼狈。真气人！……镜里的秋雁现出无限的愤慨，恨不得把手里的茶杯掷一个粉碎，表示和丑恶的引诱绝交。但她又呷了一口。这是虹口买来的真铁观音不？明儿再买一点去，味儿真浓真香。说起，小姐，厨子说了好几次要领钱哪，他说他自己的钱都垫完了。镜里的眉梢又深深的皱上了。啃——她忽然记起了——那小黄呢，阿宝？小黄在笼子里睡着了，毛抖得松松的，小脑袋挨着小翅膀底下窝着。它今天叫了没有？我真是昏，准有十几天不自己喂它了，可怜的小黄！小黄也真知趣，仿佛装着睡存心逗它主人似的，她们正说着话它醒了，刷着它的翅膀，吱的一声跳上了笼丝，又纵过去低头到小磁罐里捡了一口凉水，歪着一只小眼呆呆的直瞅着它的主人。也不知是为主人记起了它乐了，还不知是见了大灯亮当是天光它简直的放开嗓子整套的唱上了。

它这一唱就没有个完。它卖弄着它所有擅长的好腔。唱完了一支，忙着抢一口面包屑，啄一口水，再来一支，又来一支，直唱得一屋子满是它的音乐，又亮，又艳，一团快乐的迸裂，一腔情热的横流，一个诗魂的奔放。倪秋雁听呆了，镜里的秋雁也听呆了；阿宝听呆了；一屋子的家具，壁上的画，全听呆了。

三小姐对着小黄的小嗓子呆呆的看着。多精致的一张嘴，多灵巧的一个小脖子，多淘气的一双小脚，拳拳的抓住笼里那根横条，多美的一身羽毛，黄得放光，像是金丝给编的。稀小的一个鸟会有这么多的灵性？三小姐直怕它那小嗓子受不住狂唱的汹涌，你看它那小喉管的急迫的颤动，简直是一颗颗的珍珠往外接连着吐，梗住了怎么好？它不会炸吧！阿宝的口张得宽宽的，手扶着窗栏，眼里亮着水。什么都消灭了，除了这头小鸟的歌唱。但在它的歌唱中却展开了一个新的世界，在这世界里一切都沾上了异样的音乐的光。

三小姐的心头展开了一个新的光亮的世界，仿佛是在一座凌空的虹桥下站着，光彩花雨似的错落在她的衣袖间，鬓发上。她一展手，光在她的胸怀里；她一张口，一球晶亮的光滑下了她的咽喉，火热的，在她的心窝里烧着，热匀匀的散布给她的肢体，美极了的一种快感。她觉得身子轻盈得像一支蝴蝶，一阵不可制止的欣快蓦地推逗着她腾空而去飞舞。

虹桥上洒下了一个声音，艳阳似的正款着她的黄金的粉翅。多熟多甜的一个声音！唷是娘呀，你在那儿了？娘在厅前坐在她那湘妃竹的椅子上做着针线，戴着一个玳瑁眼镜。我快活极了，娘，我要飞，飞到云端里去。从云端里望下来，娘，咱们这院子怕还没有爹爹书台上那方砚台那么大！还有娘呢，你坐在这儿做针线，那就够一个猫那么大——哈哈，娘就像是偎太阳的小阿米！那小阿米还看得见吗？她顶多也不过一颗芝麻大，哈哈，小阿米、小芝麻。疯孩子！老太太笑着对不知门口站着的一个谁说话。这孩子疯得像什么了，成天跳跳唱唱的！你今天起来做了事没有？我有什么事做，娘？她呆呆的侧着一只小圆脸。唉，怎么好，又忘了，就知道玩！你不是自己讨差使每天院子里浇花，爹给你那个青玉花浇做什么的？要什么不给你就呆着一张脸扁着一张嘴要哭，给了你又不肯做事，你看那盆西方莲干得都快对你哭了。娘别骂，我就去！四个粉嫩的小手指鹰爪似的抓住了花浇的镂空的把手，一个小拇指翘着，她兴匆匆的从后院舀了水跑下院子去。“小心点儿，花没有浇，先浇了自己的衣服。”樱红色大朵的西方莲已经沾到了小姑娘的恩情，精圆的水珠极轻快的从这花瓣跳荡那花瓣，全沉入了盆里的泥。娘！她高声叫。我要喝凉茶娘老不让，说喝了凉的要肚子疼，这花就能喝凉水吗？花要是肚子疼了怎么好？她鼓着她的小嘴唇问。花又不会嚷嚷。“傻孩子算你能干，会说话。”娘乐了。

每回她一使她的小机灵娘就乐。“傻孩子，算你会说话。”娘总说。这孩子实在是透老实的，在座有姑妈或是姨妈或是别的客人娘就说，你别看她说话机灵，我总愁她没有主意，小时候有我看着，将来大了怎么好？可是谁也没有娘那样疼她。过来，三儿，你不冷吧？她最爱靠在娘的身上，有时娘还握着她的小手，替她拉齐她的衣襟，或是拿手帕替她擦去脸上的土。一个女孩子总得干干净净的，娘常说。谁的声音也没有娘的好听，谁的手也没有娘的软。

这不是娘的手吗？她已经坐在一张软凳上，一手托着脸，一手捏着身上的海青丝绒的衣角。阿宝记起了楼下的事已经轻轻的出了房去。小黄唱完了它的大套，还在那里发疑问似的零星的吱喳。“咦！”“咦！”“接理。”她听来是娘在叫她：“三儿”，“小三”，“秋雁”。她同时也望见了壁上挂着的那只芙蓉，只是她见着的另是一只芙蓉，在她回忆的繁花树上翘尾豁翅的跳跟着。“三儿！”又是娘的声音，她自己在病床上躺着。“三儿，”娘在门口说，“你猜爹给你买回什么来了？”“你看！”娘已经走到床前，手提着一个精致的鸟笼，里面呆着一只黄毛的小鸟。“小三简直是迷了，”隔一天她听娘对爹说，“病都忘了有了这头鸟。这鸟是她的性命。非得自己喂。鸟一开口唱她就发愣，你没有见她那样儿，成仙也没有她那样快活，鸟一唱谁都不许说话，都得陪着她静心听。”

“这孩子是有点儿慧根。”爹就说。爹常说三儿有慧根。“什么叫慧根？我不懂。”她不止一回问。爹就拉着她的小手说：“爹在恭维你哪，说你比别的孩子聪明。”真的她自己也说不上，为什么鸟一唱她就觉得快活，心头热火火的不知如何才好；可又像是难受，心头有时酸酸的眼里直流泪，恨不得把小鸟窝在她的胸前，用口去亲它。她爱极了它。“再唱一支吧，小鸟，我再给你吃。”她常常央着它。

可是阿宝又进房来了，“小姐，想什么了？”她笑着说，“天不早，上床睡不好吗？”秋雁站了起来。她从她的微妙的深沉的梦境里站了起来，手按上眼觉得潮潮的沾手。她深深的呼了一口气。“二十三，二十三，为什么偏不二十三？”一个愤怒的声音在她一边耳朵里响着。小俞那有黑圈的一双眼，老五的笑，那黑毛鬼脸上的刀疤，那小白丸子，运命似跳着的，又一瞥瞥的在她眼前扯过。“怎么了？”她摇了摇头，还是没有完全清醒。但她已经让阿宝扶着她，帮着她脱了衣服上床睡下。“小姐，你明天怎么也不能出门了。你累极了，非得好好的养几天。”阿宝看了小姐恍惚的样子心里也明白，着实替她难受。“啃阿宝，”她又从被里坐起身说，“你把我首饰匣子里老太太给我那串珠项圈拿给我看看。”

雨后虹

我记得儿时在家塾中读书，最爱夏天的打阵。塾前是一个方形铺石的“天井”，其中有石砌的金鱼潭，周围杂生花草，几个积水的大缸，几盆应时的鲜花——这是我们的“大花园”。南边的夏天下午，蒸热得厉害，全靠傍晚一阵雷雨，来驱散暑气。黄昏时满天星出，凉风透院，我常常袒胸跣足和姊嫂兄弟婢仆杂坐在门口“风头里”，随便谈笑，随便歌唱，算是绝大的快乐。但在白天不论天热得连气都转不过来，可怜的“读书官官”们，还是照常临帖习字，高喊着“黄鸟黄鸟”，“不亦说乎”；虽则手里一把大蒲扇，不住地扇动，满须满腋的汗，依旧蒸炉似透发，先生亦还是照常抽他的大烟，哼他的“清平乐府”。在这样烦溽的时候，对面四丈高白墙上的日影忽然隐息，清朗的天上忽然满布了乌云，花园里的水缸盆景，也沉静暗淡，仿佛等候什么重大的消息，书房里的光线也渐渐减淡，直到先生榻上那只烟灯，原来只像一磷鬼火，大放光明，满屋子里的书桌，墙上的字画，天花板上挂的方玻璃灯，都像变了形，怪可怕的。突然一股尖劲的凉风，穿透了重闷的空气，从窗外吹进房来，吹得我们毛骨悚然，满身腻烦的汗，几乎结冰，这感觉又痛快又难过；但我们那时的注意，却不在身体上，而在这凶兆所预告的大变，我们新学得的什么：洪水泛滥、混沌、天翻地覆、皇天震怒等等字句，立刻在我们小脑子的内库里跳了出来，益发引起孩子们只望烟头起的本性。我们在这阴迷的时刻，往往相顾悍然，热性放开，大嗓狂读，身子也狂摇得连坐椅都磔格作响。

同时沉闷的雷声，已经在屋顶发作，再过几分钟，只听得庭心里石板上噼啪有声，仿佛马蹄在那里踢踏；重复停了；又是一小阵沥淅；如此作了几次阵势，临了紧接着坍天破地的一个或是几个霹雳——我们孩子早把耳朵堵住——扁豆大的雨块，就狠命狂倒下来，屋溜屋檐、屋顶、墙角里的碎碗破铁罐，一齐同情地反响；楼上婢仆争收晒件的慌张咒笑声关窗声，间壁小孩的欢叫，雷声不住地震吼，天井里的鱼潭小缸，早已像煮沸的小壶，在那里狂流溢——我们很替可怜的金鱼们担忧；那几盆嫩好的鲜花，也不住地狂颤；阴沟也来不及收吸这汤汤的流水，石天井顷刻名副其实，水一直满出尺半了的阶沿。不好了！书房里的地平砖上都是水了！闪电像蛇似钻入室内，连先生肮脏的炕床都照得铄亮；有时外面厅梁上住家的燕子，也进我们书房来避难，东扑西投，情形又可怜又可笑。

在这一团和糟之中，我们孩子反应的心理，却并不简单。第一我们当然觉得好玩，这里品林嘭朗，那里也品林嘭朗，原来又炎热又乏味的下午忽然变得这样异乎寻常的闹热，小孩哪一个不欢迎。第二，天空一打阵，大家起劲看，起劲关窗户，起劲听，当然写字的搁笔，念书的闭口，连先生（我们想）有时也觉得好玩！然而我记得我个人从前亲切的心理反应。仿佛猪八戒听得师父被女儿国招了亲，急着要散伙的心理。我希望那样半混沌的情形继续，电光永闪着，雨永倒着，水永没上阶沿，漏入室内，因此我们读书写字的责务也永远止歇！孩子们照例怕拘束，最爱自由，爱整天玩，最恨坐定读书，最厌这牢狱一般的书房——犹之猪八戒一腔野心，其实不愿意跟着穷师父取穷经整天只吃些穷斋。所以关入书房的孩子，没有一个心愿的，底里没有一个不想造反；就是思想没有连贯力，同时书房和牢房收敛野性的效力也逐渐进大，所以孩子们至多短期逃学，暗祝先生生瘟病，很少敢昌言从此不进书房的革命谈。但暑天的打阵，却符合了我们潜伏的希冀，俄顷之间，天地变色，书房变色，有时连先生亦变色，无怪这聚锢的叛儿，这勉强修行的猪八戒，感觉到十二分的畅快，甚至盼望天从此再不要清明，雷雨从此再不要休止！

我生平最纯粹可贵的教育是得之于自然界，田野，森林，山谷，湖，草地，是我的课室；云彩的变幻，晚霞的绚烂，星月的隐现，田里的麦浪是我的功课；瀑吼，松涛，鸟语，雷声是我的教师，我的官觉是他们忠谨的学生，爱教的弟子。

大部分生命的觉悟，只是耳目的觉悟；我整整过了二十多年含糊生活，疑视疑听疑嗅疑觉的一个生物！我记得我十三岁那年初次发现我的眼是近视，第一副眼镜配好的时候，天已昏黑，那时我在泥城桥附近和一个朋友走路，我把眼镜试戴上去，仰头一望，异哉！好一个伟大蓝净不相熟的天，张着几千百只指光闪铄的神眼，一直穿过我眼镜眼睛直贯我灵府深处，我持永不得大声叫道，好天，今天才规复我眼睛的权利！

但眼镜虽好，只能助你看，而不能使你看；你若然不愿意来看，来认识，来享乐你的自然界，你就戴十副二十副托立克、克立托也是无效！

我到今日才再能大声叫道："好天，今日才知道使用我生命的权利！"

我不抱歉"叫"得迟，我只怕配准了眼镜不知道"看"。

我方才记起小时在私塾里夏天打阵的往迹，我现在想记我二日前冒阵待虹的经验。

猫最好看的情形，是在春天下午她从地毡上午寐醒来，回头还想伸懒腰，出去游玩，猛然看见五步之内，站着一只傲梗不参的野狗，她不禁大怒，把她二十个利爪一起尽性放开，揸紧在地毡上，把她的背无限地高控，像一个桥洞，尾巴旗杆似笔直竖起，满身的猫毛也满溢着她的义愤，她圆睁了她的黄睛，对准她的仇敌，从口鼻间哈出一声威吓。这是猫的怒，在旁边看她的人虽则很体谅她的发脾气，总觉得有趣可笑。我想我们站得远远地看人类的悲剧，有时也只觉得有趣可笑。我们在稳固的山楼上，看疾风暴雨，看牛羊牧童在雷震电飚中飞奔躲避，也只觉得有趣可笑。

笑，柏格森说，纯粹是智慧的，示深切的同情感兴，不能同时并存。所以我们需要领会悲剧或深的情感——不论是事实或表现在文字里的——的意义，最简捷的方法是将我们自身和经验的对象同化，开振我们的同情力来替他设身处地。你体会伟大情感的程度愈高，你了解人道的范围亦愈广。我们对待自然界我以为也是如此。我们爱寻常上原，不如我们爱高山大水；爱市河庸沼，不如流涧大瀑；爱白日广天，不如朝彩晚霞；爱细雨微风，不如疾雷迅雨。

简言之，我们也爱自然界情感奋切的际会，他所行动的情绪，当然也不是平常庸气。

所以我十数年前私塾爱打阵，如今也还是爱打阵，不过这爱字意义不尽同就是。

有一天我正在房里看书，列兰（房东的小女孩，她每次见天象变迁总来报告我，我看见两个最富贵的落日，都是她的功劳）跑来说天快打阵了。我一看窗外果然完全矿灰色，一阵阵的灰在街心里卷起，路上的行人都急忙走着，天上已经叠好无数的雨饼，只等信号一动就下。我赶快穿了雨衣，外加我们的袍，戴上方帽，出门骑上自行车，飞快向我校背赶去。一路雨点已经雹块似抛下。河边满树开花的栗树，曼陀罗，紫丁香，一齐俯首觳觫，专待恣暴，但他们芬芳的呼吸，却彻浃重实的空气，似乎向孟浪的狂且，乞情求免。

我到校门的时候，满天几乎漆黑，雷声已动，门房迎着笑道："呀，你到得真巧，再过一分钟，你准让阵雨漫透！"我笑答道："我正为要漫透来的！"

我一口气跑到河边，四围估量了一下，觉得还是桥上的地位最好，我就去靠在桥栏上老等，我头顶正是那株靠河最大的橘树，对面是棵柳树，从柳丝里望见先华亚学院的一角，和我们著名教堂的后背（King's Chapel）；两树的中间，正对校友居（Fellows' Building）的大部，中隔着百码见方齐整匀净葱翠的草庭。这是在我的右边。从柳树的左手望见亭亭倩倩三环洞的先华亚桥，她的妙景，整整地印在平静的康河里，河左岸的牧场上，依旧有几匹马几条黄白花牛在那里吃草，啮啮有声，完全不理会天时的变迁，只晓得勤拂着马鬃牛尾，驱逐愈很的马蝇牛虫。此时天色虽则阴沉可怕，然我眼前绝美的一幅图画——绝色的建筑，庄严的寺角，绝色的绿草，绝色的河与桥，绝色的垂柳高桥（橘）——只是一片异样恬静，绝不露仓皇形色。草地上有三两只小雀，时常地跳跃；平常高唱好画者黑雀却都住了口，大约伏在巢里看光景，只远处偶然的鸦啼，散沙似从半天里撒下。

记得，桥上有我站着。

来了！雷雨都到了猖獗的程度，只听见自然界一体的喧哗；雷是鼓，雨落草地是沉溜的弦声，雨落水面是急珠走盘声，雨落柳上是疏郁的琴声，雨落桥栏是击草声。

西南角——牧场那一边我的左手，正对校友居——的云堆里，不时放射出电闪，穿过树林，仿佛好几条紧缠的金蛇掠过光景，一直打到教堂的颜色玻璃和校友居的青藤白石和凹屈别致的窗坡上，像几条铜扁担，同时打一块磨石大的火石，金花四射，光惊骇目。

雨忽注不休。云色虽稍开明，但四围都是雨激起的烟雾苍茫，克莱亚的一面几乎看不清楚。我仰庇掬（橘）老翁的高荫，身上并不大湿，但桥上的水，却分成几道泥沟，急冲下来，我站在两条泥沟的中间，所以鞋也没有透水。同时我很高兴发现离我十几码一棵大榆树底下，也有两个人站着，但他们分明是避雨，不是像我来看来经验打阵。他们在那里划火抽烟，想等过这阵急寐。

那边牧场方才不管天时变迁尽吃的朋友，此时也躲在场中间两枝榆树底下，马低着头，牛昂着头，在那里抱怨或是崇拜老天的变怒。

雨已经下了十几分钟，益发大了。雷电都已经休止，天色也更清明了。但我所仰庇的橘老翁，再也不能继续荫庇我，他老人家自己的胡髭，也支不住淋漓起来，结果是我浑身增加好几斤重量。有时作恶的水一直灌进我的领子，直溜到背上，寒透肌骨；桥栏也全没了；我脚下的干土，也已经渐次灭迹，几条泥沟，已经迸成一大股浑流，踊跃进行，我下体也增加了重量，连胫骨都湿了。到这个时候，初阵的新奇已经过去，满眼只是一体的雨色，满耳只是一体的雨声，满身只是一体的雨感觉，我独身——避雨那两位已逃入邻近的屋子里——在大雨里听淹，头上的方巾已成了湿巾，前后左右淋个不住，倒觉得无聊起来。

但我有希望，西天的云已经开解不少，露出夕阳的预兆，我想这雨一停一定有奇景出现——我于是立定主意与雨赌耐心。我向地上看，看无数的榆钱在急涡里乱转，还有几个不幸的虫蚁也葬身在这横流之中，我忽然想起道施滔奄夫斯基的一部小说里的一个设想，他说你若然发现你自己在一沧海中一块仅仅容足的拳石上，浪涛像狮虎似向你身上扑来，你在这完全绝望的境地，你还想不想活命？我又想起康赖特的《大风），人和自然原质的决斗。我又想象我在西伯利亚大雪地，穿着皮蓑，手拿牧杖，站在一大群绵羊中间。我想战阵是冒险，恋爱是更大的冒险，死是最大的冒险。我想起耶稣，魔鬼，薇纳司，福贺司德；我想飞出这雨圈，去踏在雨云的背上，看他们工作。我想……半点钟已过，我心海里至少涌起了几万种幻想，但雨还是倒个不住。

又过了足足十分钟，雨势方才收敛。满林的鸟雀都出了家门，使劲的欢呼高唱；此时云彩很别致，东中北三路，还是满布着厚云，并且极低，似乎紧罩在教堂的H形尖阁上，但颜色已从乌黑转入青灰，西南隅的云已经开张了一只大口，从月牙形的云絮背后冲射出一海的明霞，仿佛菩萨背后的万道佛光。这精悍的烈焰，和方才初雨时的电闪一样，直照在教堂和校友居的上楼，将一带白玻璃窗尽数打成纯粹的黄金。教堂颜色玻璃窗上的反射更为强烈，那些画中人物都像穿扮整齐，在金河里游泳跳舞。妙处尤在这些高宇的后背及顶头，只是一片深青，越显得西天云罅月漏的精神，彩焰奔腾的气象。

未雨之先，万象都只是静，现在雨一过，风又敛迹，天上虽在那里变化，地上还是一体的静；就是阵前的静，是空气空实的现象，是严肃的静，这静是大动大变的符号先声，是火山将炸裂前的静；阵雨后的静不同，空气里的浊质，已经彻底洗净，草青树绿经过了恐怖，重复清新自喜，益发笑容可掬，四围的水气雾意也完全灭迹，这静是清的静，是平静，和悦安舒的静。在这静里，流利的鸟语，益发调新韵切，宛似金匙击玉磬，清脆无比。我对此自然从大力里产出的美，从剧变里透出的和谐，从纷乱中转出的恬静，从暴怒中映出的微笑，从迅奋里结成的安闲，只觉得胸头塞满——喜悦，惊讶，爱好，崇拜，感奋的情绪，满身神经都感受强烈痛快的震撼，两眼火热的蓄泪欲流，声音肢体愿随身旁的飞禽歌舞；同时，我自顶至踵完全湿透浸透，方巾上还不住地滴水，假如有人见我，一定疑心我落了水，但我那时绝对不觉得体外的冷，只觉得体内高乐的热。（我也没有受寒。）

我正注目看西方渐次扫荡满天云锢的太阳，偶然转过身来，不禁失声惊叫。原来从校友居的正中起直到河的左岸，已经筑起一条鲜明五彩的虹桥！

印度洋上的秋思

昨夜中秋。黄昏时西天挂下一大帘的云母屏，掩住了落日的光潮，将海天一体化成暗蓝色，寂静得如黑衣尼在圣座前默祷。过了一刻，即听得船梢布篷上窸窸窣窣啜泣起来，低压的云夹着迷蒙的雨色，将海线逼得像湖一般窄，沿边的黑影，也辨认不出是山是云，但涕泪的痕迹，却满布在空中水上。

又是一番秋意！那雨声在急骤之中，有零落萧疏的况味，连着阴沉的气氲，只是在我灵魂的耳畔私语道："秋！"我原来无欢的心境，抵御不住那样温婉的浸润，也就开放了春夏间所积受的秋思，和此时外来的怨艾构合，产出一个弱的婴儿——"愁"。

天色早已沉黑，雨也已休止。但方才啜泣的云，还疏松地幕在天空，只露着些惨白的微光，预告明月已经装束齐整，专等开幕。同时船烟正在莽莽苍苍地吞吐，筑成一座蟒鳞的长桥，直联及西天尽处，和轮船泛出的一流翠波白沫，上下对照，留恋西来的踪迹。

北天云幕豁处，一颗鲜翠的明星，喜孜孜地先来问探消息，像新嫁媳的侍婢，也穿扮得遍体光艳。但新娘依然姗姗未出。

我小的时候，每于中秋夜，呆坐在楼窗外等看"月华"。若然天上有云雾缭绕，我就替"亮晶晶的月亮"担忧。若然见了鱼鳞似的云彩，我的小心就欣欣怡悦，默祷着月儿快些开花，因为我常听人说只要有"瓦楞"云，就有月华；但在月光放彩以前，我母亲早已逼我去上床，所以月华只是我脑筋里一个不曾实现的想象，直到如今。

现在天上砌满了瓦楞云彩，霎时间引起了我早年许多有趣的记忆——但我的纯洁的童心，如今哪里去了？

月光有一种神秘的引力。她能使海波咆哮，她能使悲绪生潮。月下的喟息可以结聚成山，月下的情泪可以培畤百亩的畹兰、千茎的紫琳耿。我疑悲哀是人类先天的遗传，否则，何以我们儿年不知悲感的时期，有时对着一泻的清辉，也往往凄心滴泪呢？

但我今夜却不曾流泪。不是无泪可滴，也不是文明教育将我最纯洁的本能锄

又是一番秋意！那雨声在急骤之中，有零落萧疏的况味，连着阴沉的气氲，只是在我灵魂的耳畔私语道："秋！"我原来无欢的心境，抵御不住那样温婉的浸润，也就开放了春夏间所积受的秋思，和此时外来的怨艾构合，产出一个弱的婴儿——"愁"。

我小的时候，每于中秋夜，呆坐在楼窗外等看“月华”。若然天上有云雾缭绕，我就替“亮晶晶的月亮”担忧。若然见了鱼鳞似的云彩，我的小心就欣欣怡悦，默祷着月儿快些开花，因为我常听人说只要有“瓦楞”云，就有月华；但在月光放彩以前，我母亲早已逼我去上床，所以月华只是我脑筋里一个不曾实现的想象，直到如今。

净，却为是感觉了神圣的悲哀，将我理解的好奇心激动，想学契古特白登来解剖这神秘的“眸冷骨累”。冷的智永远是热的情的死仇，他们不能相容的。

但在这样浪漫的月夜，要来练习冷酷的分析，似乎不近人情！所以我的心机一转，重复将锋快的智刃剧起，让沉醉的情泪自然流转，听他产生什么音乐，让缱绻的诗魂漫自低回，看他寻出什么梦境。

明月正在云岩中间，周围有一圈黄色的彩晕，一阵阵的轻霭，在她面前扯过。海上几百道起伏的银沟，一齐在微叱凄其的音节，此外不受清辉的波域，在暗中愤愤涨落，不知是怨是慕。

我一面将自己一部分的情感，看入自然界的现象，一面拿着纸笔，痴望着月彩，想从她明洁的辉光里，看出今夜地面上秋思的痕迹，希冀她们在我心里，凝成高洁情绪的菁华。因为她光明的捷足，今夜遍走天涯，人间的恩怨，哪一件不经过她的慧眼呢？

印度的Ganges（埂奇）河边有一座小村落，村外一个榕绒密绣的湖边，坐着一对情醉的男女，他们中间草地上放着一尊古铜香炉，烧着上品的水息，那温柔婉恋的烟篆，沉馥香浓的热气，便是他们爱感的象征——月光从云端里轻俯下来，在那女子脑前的珠串上，水息的烟尾上，印下一个慈吻，微哂，重复登上她的云艇，上前驶去。

一家别院的楼上，窗帘不曾放下，几枝肥满的桐叶正在玻璃上摇曳斗趣，月光窥见了窗内一张小蚊床上紫纱帐里，安眠着一个安琪儿似的小孩，她轻轻挨进身去，在他温软的眼睫上，嫩桃似的腮上，抚摩了一会儿。又将她银色的纤指，理齐了他脐圆的额发，蔼然微哂着，又回她的云海去了。

一个失望的诗人，坐在河边一块石头上，满面写着幽郁的神情，他爱人的倩影，在他胸中像河水似的流动，他又不能在失望的渣滓里榨出些微甘液，他张开两手，仰着头，让大慈大悲的月光，那时正在过路，洗沐他泪腺湿肿的眼眶，他似乎感觉到清心的安慰，立即摸出一枝笔，在白衣襟上写道：

> 月光，
> 你是失望儿的乳娘！

面海一座柴屋的窗棂里，望得见屋里的内容：一张小桌上放着半块面包和几条冷肉，晚餐的剩余，窗前几上开着一本家用的《圣经》，炉架上两座点着的烛台，不住地在流泪，旁边坐着一个皱面驼腰的老妇人，两眼半闭不闭地落在伏在她膝上悲泣的一个少妇，她的长裙散在地板上像一只大花蝶。老妇人掉头向窗外

我一面将自己一部分的情感，看入自然界的现象，一面拿着纸笔，痴望着月彩，想从她明洁的辉光里，看出今夜地面上秋思的痕迹，希冀她们在我心里，凝成高洁情绪的菁华。因为她光明的捷足，今夜遍走天涯，人间的恩怨，哪一件不经过她的慧眼呢？

望，只见远远海涛起伏，和慈祥的月光在拥抱密吻，她叹了声气向着斜照在《圣经》上的月彩嗫道："真绝望了！真绝望了！"

她独自在她精雅的书室里，把灯火一齐熄了，倚在窗口一架藤椅上，月光从东墙肩上斜泻下去，笼住她的全身，在花砖上幻出一个窈窕的倩影，她两根垂辫的发梢，她微淡的媚唇，和庭前几茎高峙的玉兰花，都在静谧的月色中微颤，她加她的呼吸，吐出一股幽香，不但邻近的花草，连月儿闻了，也禁不住迷醉，她腮边天然的妙涡，已有好几日不圆满：她瘦损了。但她在想什么呢？月光，你能否将我的梦魂带去，放在离她三五尺的玉兰花枝上。

威尔斯西境一座矿床附近，有三个工人，口衔着笨重的烟斗，在月光中间坐。他们所能想到的话都已讲完，但这异样的月彩，在他们对面的松林，左首的溪水上，平添了不可言语比说的妩媚，惟有他们工余倦极的眼珠不阖，彼此不约而同今晚较往常多抽了两斗的烟。但他们矿火熏黑，煤块擦黑的面容，表示他们心灵的薄弱，在享乐烟斗以外，虽然秋月溪声的戟刺，也不能有精美情绪之反感。等月影移西一些，他们默默地扑出了一斗灰，起身进屋，各自登床睡去。月光从屋背飘眼望进去，只见他们都已睡熟；他们即使有梦，也无非矿内矿外的景色！

月光渡过了爱尔兰海峡，爬上海尔佛林的高峰，正对着静默的红潭。潭水凝定得像一大块冰，铁青色。四周斜坦的小峰，全都满铺着蟹青和蛋白色的岩片碎石，一株矮树都没有。沿潭间有些丛草，那全体形势，正像一大青碗，现在满盛了清洁的月辉，静极了，草里不闻虫吟，水里不闻鱼跃；只有石缝里潜涧沥淅之声，断续地作响，仿佛一座大教堂里点着一星小火，益发对照出静穆宁寂的境界，月儿在铁色的潭面上，倦倚了半晌，重复拔起她的银泻，过山去了。

昨天船离了新加坡以后，方向从正东改为东北，所以前几天的船梢正对落日，此后"晚霞的工厂"渐渐移到我们船向的左手来了。

昨夜吃过晚饭上甲板的时候，船右一海银波，在犀利之中涵有幽秘的彩色，凄清的表情，引起了我的凝视。那放银光的圆球正挂在你头上，如其起靠着船头仰望。她今夜并不十分鲜艳：她精圆的芳容上似乎轻笼着一层藕灰色的薄纱；轻漾着一种悲喟的音调；轻染着几痕泪化的雾霭。她并不十分鲜艳，然而她素洁温柔的光线中，犹之少女浅蓝妙眼的斜瞟；犹之春阳融解在山巅白云反映的嫩色，含有不可解的迷力，媚态，世间凡具有感觉性的人，只要承沐着她的清辉，就发生也是不可理解的反应，引起隐复的内心境界的紧张——像琴弦一样——人生最微妙的情绪，戟震生命所蕴藏高洁名贵创现的冲动。有时在心理状态之前，或于同时，撼动躯体的组织，使感觉血液中突起冰流之冰流，嗅神经难禁之酸辛，内藏汹涌之跳动，泪腺之骤热与润湿。那就是秋月兴起的秋思——愁。

昨晚的月色就是秋思的泉源，岂止，直是悲哀幽骚悱怨沉郁的象征，是季候运转的伟剧中最神秘亦最自然的一幕，诗艺界最凄凉亦最微妙的一个消息。

今夜月明人尽望，不知秋思在谁家。

中国字形具有一种独一的妩媚，有几个字的结构，我看来纯是艺术家的匠心，这也是我们国粹之尤粹者之一。譬如“秋”字，已经是一个极美的字形；“愁”字更是文字史上有数的杰作，有石开湖晕，风扫松针的妙处。这一群点画的配置，简直经过柯罗的书篆，米佗朗其罗的雕圭，Chopin的神感；像——用一个科学的比喻——原子的结构，将旋转宇宙的大力收缩成一个无形无踪的电核；这十三笔造成的象征，似乎是宇宙和人生悲惨的现象和经验、吒喟和涕泪，所凝成最纯粹精密的结晶，满充了催迷的秘力。你若然有高蒂闲（Gautier）异超的知感性，定然可以梦到，愁字变形为秋霞黯绿色的通明宝玉，若用银槌轻击之，当吐银色的幽咽电蛇似腾入云天。

我并不是为寻秋意而看月，更不是为觅新愁而访秋月；蓄意沉浸于悲哀的生活，是丹德所不许的。我盖见月而感秋色，因秋窗而拈新愁：人是一簇脆弱而富于反射性的神经！

我重复回到现实的景色，轻裹在云锦之中的秋月，像一个遍体蒙纱的女郎，她那团圆清朗的外貌像新娘，但同时她幂弦的颜色，那是藕灰，她踟躇的行踵，掩泣的痕迹，又使人疑是送丧的丽姝。所以我曾说：

秋月呀！
我不盼望你团圆。

这是秋月的特色，不论她是悬在落日残照边的新镰，与“黄昏晓”竞艳的眉钩，中宵斗没西陲的金碗，星云参差间的银床，以至一轮腴满的中秋，不论盈昃高下，总在原来澄爽明秋之中，遍洒着一种我只能称之为“悲哀的轻霭”，和“传愁的以太”。即使你原来无愁，见此也禁不得沾染那“灰色的音调”，渐渐兴感起来！

秋月呀！
谁禁得起银指尖儿
浪漫地搔爬呵！

我并不是为寻秋意而看月，更不是为觅新愁而访秋月；蓄意沉浸于悲哀的生活，是丹德所不许的。我盖见月而感秋色，因秋窗而拈新愁：人是一簇脆弱而富于反射性的神经！

不信但看那一海的轻涛，可不是禁不住她一指的抚摩，在那里低徊饮泣呢！就是那：

无聊的云烟，
秋月的美满，
熏暖了飘心冷眼，
也清冷地穿上了轻缟的衣裳，
来参与这
美满的婚姻和丧礼。

就使打破了头，也还要保持我灵魂的自由

照群众行为看起来，中国人是最残忍的民族。照个人行为看起来，中国人大多数是最无耻的个人。慈悲的真义是感觉人类应感觉的感觉，和有胆量来表现内动的同情。中国人只会在杀人场上听小热昏，决不会在法庭上贺喜判决无罪的刑犯；只想把洁白的人齐拉入混浊的水里，不会原谅拿人格的头颅去撞开地狱门的牺牲精神。只是“幸灾乐祸”、“投井下石”，不会冒一点子险去分肩他人为正义而奋斗的负担。

从前在历史上，我们似乎听见过有什么义呀侠呀，什么当仁不让、见义勇为的榜样呀，气节呀，廉洁呀，等等。如今呢，只听见神圣的职业者接受蜜甜的“冰炭敬”，磕拜寿祝福的响头，到处只见拍卖人格“贱卖灵魂”的招贴。这是革命最彰明的成绩，这是华族民国最动人的广告！

“无理想的民族必亡”，是一句不刊的真言。我们目前的社会政治走的只是卑污苟且的路，最不能容许的是理想，因为理想好比一面大镜子，若然摆在面前，一定照出魑魅魍魉的丑迹。莎士比亚的丑鬼卡立朋（Caliban）有时在海水里照出自己的尊容，总是老羞成怒的。

所以每次有理想主义的行为或人格出现，这卑污苟且的社会一定不能容忍；不是拳打脚踢，也总是冷嘲热讽，总要把那三闾大夫硬推入汨罗江底，他们方才放心。

我们从前是儒教国，所以从前理想人格的标准是智仁勇。现在不知道变成了什么国了，但目前最普通人格的通性，明明是愚暗残忍懦怯，正得一个反面。但是真理正义是永生不灭的圣火；也许有时遭被蒙盖掩翳罢了。大多数的人一天二十四点钟的时间内，何尝没有一刹那清明之气的回复，但是谁有胆量来想他自己的想，感觉他内动的感觉，表现他正义的冲动呢？

蔡元培所以是个南边人说的“戆大”，愚不可及的一个书呆子，卑污苟且社会里的一个最不合时宜的理想者。所以他的话是没有人能懂的；他的行为是极少数人——如真有——敢表同情的；他的主张，他的理想，尤其是一盆飞旺的炭火，大家怕炙手，如何敢去抓呢？

“小人知进而不知退。”

“不忍为同流合污之苟安。”

“不合作主义。”

“为保持人格起见……”

“生平仅知是非公道，从不以人为单位。”

这些话有多少人能懂，有多少人敢懂？

这样的一个理想者，非失败不可，因为理想者总是失败的。若然理想胜利，那就是卑污苟且的社会政治失败——那是一个过于奢侈的希望了。

有知识有胆量能感觉的男女同志，应该认明此番风潮是个道德问题；随便彭允彝、京津各报如何淆惑，如何谣传，如何去牵涉政党，总不能掩没这风潮里面一点子理想的火星。要保全这点子小小的火星不灭，是我们的责任，是我们良心上的负担；我们应该积极同情这番拿人格头颅去撞开地狱门的精神。

曼殊斐儿

这心灵深处的欢畅，
这情绪境界的壮旷：
任天堂沉沦，地狱开放，
毁不了我内府的宝藏！
——《康河晚照即景》

美感的记忆，是人生最可珍的产业，认识美的本能是上帝给我们进天堂的一把秘钥。

有人的性情，例如我自己的，如以气候作喻，不但是阴晴相间，而且常有狂风暴雨，也有最艳丽蓬勃的春光。有时遭逢幻灭，引起厌世的悲观，铅般的重压在心上，比如冬令阴霾，到处冰结，莫有些微生气；那时便怀疑一切，宇宙、人生、自我，都只是幻的妄的；人情、希望、理想也只是妄的幻的。

Ah，human nature，how，
If utterly frail thou art and vile，
If dust thou art and ashes，is thy heart so great?
If thou art noble in part，
How are thy loftiest and impulses and thoughts
By so ignobles causes kindled and put out?
"Sopra un ritratto di una bella donna."

这几行是最深入的悲观派诗人理巴第（Leopardi）的诗；一座荒坟的墓碑上，刻着冢中人生前美丽的肖像，激起了他这根本的疑问——若说人生是有理可寻的，何以到处只是矛盾的现象？若说美是幻的，何以引起的心灵反动能有如此之深切？若说美是真的，何以也与常物同归腐朽？但理巴第探海灯似的智力虽则把人间种种事物虚幻的外象一一褫剥，连宗教都剥成了个赤裸的梦，他却没有力

有人的性情，例如我自己的，如以气候作喻，不但是阴晴相间，而且常有狂风暴雨，也有最艳丽蓬勃的春光。有时遭逢幻灭，引起厌世的悲观，铅般的重压在心上，比如冬令阴霾，到处冰结，莫有些微生气；那时便怀疑一切；宇宙、人生、自我，都只是幻的妄的；人情、希望、理想也只是妄的幻的。

量来否认美！美的创现他只能认为是神奇的，他也不能否认高洁的精神恋，虽则他不信女子也能有同样的境界。在感美感恋最纯粹的一刹那间，理巴第不能不承认是极乐天国的消息，不能不承认是生命中最宝贵的经验，所以我每次无聊到极点的时候，在层冰般严封的心河底里，突然涌起一股消融一切的热流，顷刻间消融了厌世的结晶，消融了烦闷的苦冻。那热流便是感美感恋最纯粹的一俄顷之回忆。

To see a world in a grain of sand,
And a Heaven in a wild flower,
Hold Infinity in the palm of your hand,
And eternity in an hour.

Auguries of Innocence：William Blake.

从一颗沙里看出世界，
天堂的消息在一朵野花，
将无限存在你的掌上，
刹那间涵有无穷的边涯……

这类神秘性的感觉，当然不是普遍的经验，也不是常有的经验，凡事只讲实际的人，当然嘲讽神秘主义，当然不能相信科学可解释的神经作用，会发生科学所不能解释的神秘感觉。但世上“可为知者道不可与不知者言”的事正多着哩！

从前在十六世纪，有一次有一个意大利的牧师学者到英国乡下去，见了一大片盛开的苜蓿（Clover）在阳光中只似一湖欢舞的黄金，他只惊喜得手足无措，慌忙跪在地上，仰天祷告，感谢上帝的恩典，使他得见这样的美、这样的神景。他这样发疯似的举动当时一定招起在旁乡下人的哗笑。我这篇里要讲的经历，恐怕也有些那牧师狂喜的疯态，但我也深信读者里自有同情的人，所以我也不怕遭乡下人的笑话！

去年七月中有一天晚上，天雨地湿，我独自冒着雨在伦敦的海姆司堆特（Hampstead）问路警问行人，在寻彭德街第十号的屋子。那就是我初次，不幸也是末次，会见曼殊斐儿——“那二十分不死的时间”——的一晚。

我先认识麦雷君（John Middleton Murry），他是Athenaeum的总主笔，诗人，著名的评论家，也是曼殊斐儿一生最后十余年间最密切的伴侣。

他和她自一九一三年起，即夫妇相处，但曼殊斐儿却始终用她到英国以后的

“笔名”（Penname）Miss Katherine Mansfield。她生长于纽新兰（New Zealand），原名是Kathleen Beanchamp，是纽新兰银行经理Sir Harold Beanchamp的女儿。她十五年前离开了本乡，同着她三个小妹子到英国，进伦敦大学皇后学院读书。她从小即以美慧著名，但身体也从小即很怯弱。她曾在德国住过，那时她写她的第一本小说“In a German Pension”。大战期内她在法国的时候多，近几年她也常在瑞士、意大利及法国南部。她所以常在外国，就为她身体太弱，禁不得英伦的雾迷雨苦的天时，麦雷为了伴她，也只得把一部分的事业放弃（Athenaeum之所以并入London Nation就为此），跟着他安琪儿似的爱妻，寻求健康。据说可怜的曼殊斐儿战后得了肺病证明以后，医生明说她不过三两年的寿限，所以麦雷和她相处有限的光阴，真是分秒可数，多见一次夕照，多经一度朝旭，她优昙似的余荣，便也消减了如许的活力，这颇使人想起茶花女一面吐血一面纵酒恣欢时的名句：

“You know I have not long to live，therefore I will live fast！”——你知道我是活不久长的，所以我存心活他一个痛快！

我正不知道多情的麦雷，对着这艳丽无双的夕阳渐渐消翳，心里“爱莫能助”的悲感，浓烈到何等田地！

但曼殊斐儿的“活他一个痛快”的方法，却不是像茶花女的纵酒恣欢，而是在文艺中努力。她像夏夜榆林中的鹃鸟，呕出缕缕的心血来制成无双的情曲，便唱到血枯音嘶，也还不忘她的责任，是牺牲自己有限的精力，替自然界多增几分的美，给苦闷的人间，几分艺术化精神的安慰。

她心血所凝成的便是两本小说集，一本是“Bliss”，一本是去年出版的“Garden Party”。凭这两部书里的二三十篇小说，她已经在英国的文学界里占了一个很稳固的位置。一般的小说只是小说，她的小说却是纯粹的文学，真的艺术；平常的作者只求暂时的流行，博群众的欢迎，她却只想留下几小块“时灰”掩不暗的真品，只要得少数知音者的赞赏。

但唯其是纯粹的文学，她著作的光彩是深蕴于内而不是显露于外者，其趣味也须读者用心咀嚼，方能充分的理会。我承作者当面许可选译她的精品，如今她已去世，我更应珍重实行我翻译的特权，虽则我颇怀疑我自己的胜任。我的好友陈通伯他所知道的欧洲文学恐怕在北京比谁都更渊博些，他在北大教短篇小说，曾经讲过曼殊斐儿的，很使我欢喜。他现在答应也来选译几篇，我更要感谢他了。关于她短篇艺术的长处，我也希望通伯能有机会说一点。

现在让我讲那晚怎样的会晤曼殊斐儿，早几天我和麦雷在Charing Cross背后一家嘈杂的A. B. C. 茶店里，讨论英法文坛的状况。我乘便说起近几年中国文艺复兴的趋向，在小说里感受俄国作者的影响最深，他喜的几于跳了起来，因为他们夫妻最崇拜俄国的几位大家，他曾经特别研究过道施滔摩符斯基，著有一本“Dostoievsky：A Critical Study”，曼殊斐儿又是私淑契高夫（Tchekhov）的，他们常在抱憾俄国文学始终不曾受英国人相当的注意，因之小说的质与式，还脱不尽维多利亚时期的Philistinism。我又乘便问起曼殊斐儿的近况，他说她这一时身体颇过得去，所以此次敢伴着她回伦敦来住两个星期，他就给了我他们的住址，请我星期四晚上去会她和他们的朋友。

所以我会见曼殊斐儿，真算是凑巧的凑巧，星期三那天我到惠尔思（H. G. Wells）乡里的家去了（Easten Glebe），下一天和他的夫人一同回伦敦，那天雨下得很大，我记得回寓时浑身都淋湿了。

他们在彭德街的寓处，很不容易找（伦敦寻地方总是麻烦的，我恨极了那个回街曲巷的伦敦）。后来居然寻着了，一家小小一楼一底的屋子，麦雷出来替我开门，我颇狼狈的拿着雨伞，还拿着一个朋友还我的几卷中国字画，进了门。我脱了雨具。他让我进右首一间屋子，我到那时为止对于曼殊斐儿只是对一个有名的年轻女作家的景仰与期望；至于她的“仙姿灵态”我那时绝对没有想到，我以为她只是与Rose Macaulay，Virginia Woolf，Roma Wilson，Mrs. Lueas，Vanessa Bell几位女文学家的同流人物。平常男子文学家与美术家，已经尽够怪僻，近代女子文学家更似乎故意养成怪僻的习惯，最显著的一个通习是装饰之务淡朴，务不入时，务“背女性”：头发是剪了的，又不好好的收拾，一团和糟的散在肩上；袜子永远是粗纱的；鞋上不是有泥就有灰，并且大都是最难看的样式；裙子不是异样的短就是过分的长，眉目间也许有一两圈“天才的黄晕”，或是带着最可厌的美国式龟壳大眼镜，但她们的脸上却从不见脂粉的痕迹，手上装饰亦是永远没有的，至多无非是多烧了香烟的焦痕，哗笑的声音十次里有九次半盖过同座的男子；走起路来也是挺胸凸肚的，再也辨不出是夏娃的后身；开起口来大半是男子不敢出口的话；当然最喜欢讨论的是Freudian Complex，Birth Control或是George Moore与James Joyce私人印行的新书，例如“A Story-teller's Holiday”与“Ulysses”。总之她们的全人格只是妇女解放的一幅讽刺画（Amy Lowell听说整天的抽大雪茄），和这一班立意反对上帝造人的本意的“唯智的”女子在一起，当然也有许多有趣味的地方。但有时总不免感觉她们矫揉造作的痕迹过深，引起一种性的憎忌。

我当时未见曼殊斐儿以前，固然并没有预想她是这样一流的Futuristic，但也绝对没有梦想到她是女性的理想化。

所以我推进那房门的时候，我就盼望她——一个将近中年和蔼的妇人——

笑盈盈的从壁炉前沙发上站起来和我握手问安。

但房里——一间狭长的壁炉对门的房——只见鹅黄色恬静的灯光，壁上炉架上杂色的美术的陈设和画件，几张有彩色画套的沙发围列在炉前，却没有一半个人影。麦雷让我一张椅上坐了，伴着我谈天，谈的是东方的观音和耶教的圣母，希腊的Virgin Diana，埃及的Isis，波斯的Mithraism里的Virgin等等之相仿佛，似乎处女的圣母是所有宗教里一个不可少的象征……我们正讲着，只听得门上一声剥啄，接着进来了一位年轻女郎，含笑着站在门口，“难道她就是曼殊斐儿——这样的年轻……”我心里在疑惑。她一头的褐色卷发，盖着一张的小圆脸，眼极活泼，口也很灵动，配着一身极鲜艳的衣裳——漆鞋，绿丝长袜，银红绸的上衣，紫酱的丝绒围裙——亭亭的立着，像一棵临风的郁金香。

麦雷起来替我介绍，我才知道她不是曼殊斐儿，而是屋主人，不知是密司Beir，还是Beek，我记不清了，麦雷是暂寓在她家的；她是个画家，壁上挂的画，大都是她自己的作品，她在我对面的椅上坐了，她从炉架上取下一个小发电机似的东西拿在手里，头上又戴了一个接电话生戴的听箍，向我凑得很近的说话。我先还当是无线电的玩具，随后方知这位秀美的女郎，听觉和我自己的视觉仿佛，要借人为方法来补充先天的不足。（我那时就想起聋美人是个好诗题，对她私语的风情是不可能的了！）

她正坐定，外面的门铃大响——我疑心她的门铃是特别响些，来的是我在法兰先生（Roger Fry）家里会过的Sydney Waterloo，极诙谐的一位先生。有一次他从他巨大的袋里一连摸出了七八枝的烟斗，大的小的长的短的各种颜色的，叫我们好笑。他进来就问麦雷，迦赛林（Katherine）今天怎样。我竖起了耳朵听他的回答，麦雷说“她今天不下楼了，天太坏，谁都不受用……”华德鲁就问他可否上楼去看她，麦说可以的。华又问了密司B的允许站了起来，他正要走出门，麦雷又赶过去轻轻的说：“Sydney，don't talk too much。”

楼上微微听得出步响，W已在迦赛林房中了。一面又来了两个客，一个短的M才从游希腊回来，一个轩昂的美丈夫，就是London Nation and Athenaeum里每周做科学文章署名S的Sullivan，M就讲他游希腊的情形，尽背着古希腊的史迹名胜，Parnassus长Mycenae短讲个不住。S也问麦雷迦赛林如何，麦说今晚不下楼，W现在楼上。过了半点钟模样，W笨重的足音下来了，S就问他迦赛林倦了没有，W说“不，不像倦，可是我也说不上，我怕她累，所以我下来了。”再等一歇S也问了麦雷的允许上楼去，麦也照样的叮嘱他不要让她乏了。麦问我中国的书画，我乘便就拿那晚带去的一幅赵之谦的“草书法画梅”，一幅王觉斯的草书，一幅梁山舟的行书，打开给他们看，讲了些书法大意，密司B听得高兴，手捧着她的听盘，挨近我身旁坐着。

但我那时心里却颇有些失望，因为冒着雨存心要来一会Bliss的作者，偏偏她又不下楼；同时W、S、麦雷的烘云托月，又增加了我对她的好奇心，我想运气不好，迦赛林在楼上，老朋友还有进房去谈的特权，我外国人的生客，一定是没有份的了。时已十时过半了，我只得起身告别，走出房门，麦雷陪出来帮我穿雨衣，我一面穿衣，一面说我很抱歉，今晚密司曼殊斐儿不能下来，否则我是很想望会她的。但麦雷却很诚恳的说："如其你不介意，不妨请上楼去一见。"我听了这话喜出望外，立即将雨衣脱下，跟着麦雷一步一步的上楼梯……

上了楼梯，叩门，进房，介绍；S告辞，和M一同出房，关门；她请我坐了，我坐下，她也坐下……这么一大串繁复的手续，我只觉得是像电火似的一扯过，其实我只推想应有这么些逻辑的经过，却并不曾亲切的一一感到。当时只觉得一阵模糊，事后每次回想也只觉得是一阵模糊，我们平常从黑暗的街里走进一间灯烛辉煌的屋子，或是从光薄的屋子里出来骤然对着盛烈的阳光，往往觉得耀光太强，头晕目眩的要定一定神，方能辨认眼前的事物。用英文说就是Senses overwhelmed by excessive light，不仅是光，浓烈的颜色，有时也有"潮没"官觉的效能。我想我那时，虽不定是被曼殊斐儿人格的烈光所潮没，她房里的灯光陈设以及她自身衣饰种种各品浓艳灿烂的颜色，已够使我不预防的神经，感觉刹那间的淆惑，那是很可理解的。

她的房给我的印象并不清切，因为她和我谈话时不容我分心去认记房中的布置。我只知道房是很小，一张大床差不多就占了全房大部分的地位，壁是用画纸裱的，挂着好几幅油画，大概也是主人画的。她和我同坐在床左贴壁一张沙发榻上。因为我斜倚她正坐的缘故，她似乎比我高得多，（在她面前哪一个不是低的，真的！）我疑心那两盏电灯是用红色罩的，否则何以我想起那房，便联想起"红烛高烧"的景象！但背景究属不甚重要，重要的是给我最纯粹的美感的——The purest aesthetic feeling——她；是使我使用上帝给我那把进天堂的秘钥的——她；是使我灵魂的内府里又增加了一部宝藏的——她。但要用不驯服的文字来描写那晚的她，不要说显示她人格的精华，就是忠实地表现我当时的单纯感象，恐怕就够难的一个题目。从前有一个人一次做梦，进天堂去玩了，他异样的欢喜，明天一起身就到他朋友那里去，想描摹他神妙不过的梦境。但是，他站在朋友面前，结住舌头，一个字都说不出来，因为他要说的时候，才觉得他所学的人间适用的字句，绝对不能表现他梦里所见天堂的景色，他气得从此不开口，后来就抑郁而死。我此时妄想用字来活现出一个曼殊斐儿，也差不多有同样的感觉，但我却宁可冒猥渎神灵的罪，免得像那位诚实君子活活的闷死。她也是铄亮的漆皮鞋，闪色的绿丝袜，枣红丝绒的围裙，嫩黄薄绸的上衣，领口是尖开的，胸前挂一串细珍珠，袖口只齐及肘弯。她的发是黑的，也同密司B一样剪短的，但她栉发的式样，却是我在欧美从没有见过的，我疑心她有心仿效中国式，因为她的发不但纯黑，而且直而不卷，整整齐齐的一圈，前面像我们十余年前的“刘海儿”梳得光滑异常，我虽则说不出所以然，我只觉她发之美也是生平所仅见。

至于她眉目口鼻之清之秀之明净，我其实不能传神于万一，仿佛你对着自然界的杰作：不论是秋水洗净的湖山，霞彩纷披的夕照，南洋里莹澈的星空；或是艺术界的杰作：培德花芬的沁芳，南怀格纳的奥配拉，密克朗其罗的雕像，卫师德拉（Whistler）或是柯罗（Corot）的画；你只觉得他们整体的美，纯粹的美，完全的美，不能分析的美，可感不可说的美；你仿佛直接无碍的领会了造化最高明的意志，你在最伟大深刻的戟刺中经验了无限的欢喜，在更大的人格中解化了你的性灵。我看了曼殊斐儿像印度最纯澈的碧玉似的容貌，受着她充满了灵魂的电流的凝视，感着她最和软的春风似的神态，所得的总量我只能称之为一整个的美感。她仿佛是个透明体，你只感讶她粹极的灵澈性，却看不见一些杂质。就是她一身的艳服，如其别人穿着也许会引起琐碎的批评，但在她身上，你只是觉得妥帖，像牡丹的绿叶，只是不可少的衬托。汤林生，她生前的一个好友，以阿尔帕斯山巅万古不融的雪，来比拟她清极超俗的美，我以为很有意味的。他说：

> 曼殊斐儿以美称，然美固未足以状其真，世以可人为美，曼殊斐儿固可人矣，然何其脱尽尘寰气，一若高山琼雪，清澈重霄，其美可惊，而其凉亦可感。艳阳被雪，幻成异彩，亦明明可识，然亦似神境在远，不隶人间。曼殊斐儿肌肤明皙如纯牙，其官之秀，其目之黑，其颊之腴，其约发环整如鬃，其神态之闲静，有华族粲者之明粹，而无西艳伉杰之容。其躯体尤苗约，绰如也，若明蜡之静焰，若晨星之淡妙，就语者未尝不自讶其吐息之重浊，而虑是静且淡者之且神化……

汤林生又说她锐敏的目光，似乎直接透入你灵府深处，将你所蕴藏的秘密一齐照彻，所以他说她有鬼气，有仙气，她对着你看，不是见你的面之表，而是见你心之底，但她却不是侦刺你的内蕴，并不是有目的的搜罗，而只是同情的体贴。你在她面前，自然会感觉对她无慎密的必要；你不说她也有数，你说了她也不会惊讶。她不会责备，她不会怂恿，她不会奖赞，她不会代出什么物质利益的主意，她只是默默的听，听完了然后对你讲她自己超于善恶的见解——真理。

这一段从长期交谊中出来深入的话，我与她仅一二十分钟的接近当然不会体会到，但我敢说从她神灵的目光里推测起来，这几句话不但是可能，而且是极近情的。

所以我那晚和她同坐在蓝丝绒的榻上，幽静的灯光，轻笼住她美妙的全体，我像受了催眠似的，只是痴对她神灵的妙眼，一任她利剑似的光波，妙乐似的音浪，狂潮骤雨似的向着我灵府泼淹，我那时即使有自觉的感觉，也只似开茨（Keats）听鹃啼时的：

> My heart aches, and a drowsy numbness pains
> My sense, as though of homlock I had drunk
> …………
> This not through envy of thy happy lot,
> But being too happy in thy happiness.

曼殊斐儿音声之美，又是一个Miracle，一个个音符从她脆弱的声带里颤动出来，都在我习于尘俗的耳中，启示一种神奇的意境。仿佛蔚蓝的天空中一颗一颗的明星先后涌现。像听音乐似的，虽则明明你一生从不曾听过，但你总觉得好像曾经闻到过的，也许在梦里，也许在前生。她的，不仅引起你听觉的美感，而竟似直达你的心灵底里，抚摩你蕴而不宣的苦痛，温和你半冷半僵的希望，洗涤你窒碍性灵的俗累，增加你精神快乐的情调；仿佛凑住你灵魂的耳畔私语你平日所冥想不得的仙界消息。我便此时回想，还不禁内动感激的悲慨，几于零泪；她是去了，她的音声笑貌也似蜃彩似的一翳不再，我只能学Aft Vogler之自慰，虔信：

> Whose voice has gone forth, but each survives for the melodist when eternity affirms the conception of an hour.
> …………
> Enough that he heard it once; we shall hear it by and by.

曼殊斐儿，我前面说过，是病肺痨的，我见她时，正离她死不过半年，她那晚说话时，声音稍高，肺管中便如吹荻管似的呼呼作响。她每句语尾收顿时，总有些气促，颧颊间便也多添一层红润，我当时听出了她肺弱的音息，便觉得切心的难过，而同时她天才的兴奋，偏是逼迫她音度的提高，音愈高，肺嘶亦更呖呖，胸间的起伏亦隐约可辨，可怜！我无奈何，只得将自己的声音特别的放低，希冀她也跟着放低些。果然很灵效，她也放低了不少，但不久她又似内感思想的戟刺，重复节节的高引，最后我再也不忍因我而多耗她珍贵的精力，并且也记得麦雷再三叮嘱W与S的话，就辞了出来。总计我自进房至出房——她站在房门口送我——不过二十分的时间。

我与她所讲的话也很有意味，但大部分是她对于英国当时最风行的几个小说家的批评——例如Rebecca West，Romer Wilson，Hutchingson，Swinnerton等——恐怕因为一般人不稔悉，那类简约的评语不能引起相当的兴味。麦雷自己是现在英国中年的评衡家最有学有识之一人——他去年在牛津大学讲的"The Problem of Style"有人誉为安诺德（Mathew Arnold）以后评衡界里最重要的一部贡献——而他总常常推尊曼殊斐儿说她是评衡的天才，有言必中肯的本能。所以我此刻要把她简评的珠沫，略过不讲，很觉得有些可惜。她说她方才从瑞士回来，在那边和罗素夫妇的寓处相距颇近，常常谈起东方好处，所以她原来对于中国的景仰，更一进而为爱慕的热忱。她说她最爱读Arthur Waley所翻的中国诗，她说那样的诗艺在西方真是一个Wonderful Revelation。她说新近Amy Lowell译的很使她失望，她这里又用她爱用的短句——"That's not the thing!"她问我译过没有，她再三劝我应得试试，她以为中国诗只有中国人能译得好的。

她又问我是否也是写小说的，她又问中国顶喜欢契高夫的哪几篇，译得怎么样，此外谁最有影响。

她问我最喜读哪几家小说，我说哈代、康德拉，她的眉梢耸了一耸笑道——

"Isn't it! We have to go back to the old masters for good literature——the real thing!"

她问我回中国去打算怎么样，她希望我不进政治，她愤愤的说现代政治的世界，不论哪一国，只是一乱堆的残暴，和罪恶。

后来说起她自己的著作。我说她的太是纯粹的艺术，恐怕一般人反而不认识，她说：

"That's just it. Then of course, popularity is never the thing for us."

我说我以后也许有机会试翻她的小说，很愿意先得作者本人的许可。她很高兴的说她当然愿意，就怕她的著作不值得翻译的劳力。

她盼望我早日回欧洲，将来如到瑞士再去找她，她说怎样的爱瑞士风景，琴妮湖怎样的妩媚，我那时就仿佛在湖心柔波间与她荡舟玩景：

Clear, placid Leman!
……Thy soft murmuring sounds sweet as if a sister's voice reproved.

That I with stern delight should ever have been so moved……

Lord Byron

我当时就满口的答应，说将来回欧一定到瑞士去访她。

末了我说恐怕她已经倦了，深恨与她相见之晚，但盼望将来还有再见的机会，她送我到房门口，与我很诚挚地握别……

将近一月前，我得到消息说曼殊斐儿已经在法国的芳丹卜罗去世，这一篇文字，我早已想写出来，但始终为笔懒，延到如今，岂知如今却变了她的祭文！下面附的一首诗也许表现我的悲感更亲切些。（附诗《哀曼殊斐儿》见本书诗歌部分）

为什么不?

“有朋自远方来，不亦乐乎。”西洋来一个外交官，我们开会欢迎；西洋来一个政客，我们开会欢迎；西洋来一个资本家，我们开会欢迎；西洋来一个宗教家，我们开会欢迎；西洋来一个大兵官，我们开会欢迎。罗素说的到中国来的外国人可分三类：来刮削我们膏脂的商人，来侵略我们土地的军人，来超度我们灵魂的教士。

最近方才有几位学问家光临，这是中外交通史上的新气象。我们原来是礼让从容的民族，如今感觉了文化的饥荒，益发低首下心的想向西方请益，所以每次有相当欧西文化的代表者来时，至少我们的总商会总教育会总不怠惰请吃饭请演说，不论有相当的了解与否。

但我们求知好学的热心，固然可佳，同时我们也应得再深入一层，启发艺术界直接的密切的同情，那时我们才可以知道欧西文化真价值之所在。

所以上次美国霍路会剧团来时不曾引起中国人相当的注意，我个人觉得是可惜极了。

这次又有一个最最难得最最弥贵的机会临到了，我们再不要让他随便错过才好!

这机会就是欧洲大梵和琳专家（Violinist）喀拉司拉（Kreisler）的初次东来。他才是值得一欢迎的外国人。他是近世音乐界的大天才，音乐又是白种文化的天才最集中最高尚最纯粹的表现。我们若然不曾领略西方的音乐，我们就没有见到欧化的菁华。

我所以郑重的大胆的说，我们是没有真音乐的社会，不要说二簧西皮三六调，就是昆曲丝竹也够不上音乐的名称。

你们听了大“胡琴”家这个名词，若然联想到王玉峰的三弦，或是刘宝全的大鼓，那你们的资格就够得上当现在的中华民国国会议员，因为前天我们有福气听到一位罗汉先生的妙语，他说莎士比亚“算什么会事，他无非是戏馆里的一个案目，他的戏还不如我们林步青的滩簧哪!”

艺术的目的决不是娱乐，真音乐史不是娱乐；真音乐是人类理想思想和情绪最高粹的外现，神灵的戟刺，灵魂的补剂。

喀拉司拉是一个真大艺术家，他在欧美每次演艺，没有不满座的。他到东方来，真是太难得的机会，独一的机会。

他琴弦上颤动出来的妙音，全世界再没有第二人能奏演的；我们能听他一次，真不知是多大的幸福哪！

他本月廿五廿九在天津，廿六廿八在北京平安，演奏。

座位颇贵（比比的，但是十二分的值得），头等六元，二等四元，昨天我去看过，四元的早已卖完，六元的也只剩了不到十数，而且我敢断言，买票的都是外国人。

我现在有个提议，请注意：我想我们最好设法请喀拉司拉君特别为我们学界演艺一次。或者我们可以请真光，或新明的主人来主办，我不知道喀君已经到京没有，但我猜想果然我们学界方面有好艺的热心与对他个人的仰慕，他一定肯为我们特别演艺，至少一次。

如其演场大，入场券也可以卖便宜些。最好各校爱音乐的人都出来帮忙，宣传，我很希望我们这次能做到这件事。

我过的端阳节

我方才从南口回来。天是真热，朝南的屋子里都到九十度以上，两小时的火车竟如在火窖中受刑，坐起一样的难受。我们今天一早在野鸟开唱以前就起身，不到六时就骑骡出发，除了在永陵休息半小时以外，一直到下午一时余，只是在高度的日光下赶路。我一到家，只觉得四肢的筋肉里像用细麻绳扎紧似的难受；头里的血，像沸水似的急流；神经受了烈性的压迫，仿佛无数烧红的铁条蛇盘似的绞紧在一起……

一进阴凉的屋子，只觉得一阵眩晕从头顶直至踵底，不仅眼前望不清楚，连身子也有些支持不住。我就向着最近的藤椅上瘫了下去，两手按住急颤的前胸，紧闭着眼，纵容内心的浑沌，一片暗黄，一片茶青，一片墨绿，影片似的在倦绝的眼膜上扯过……

直到洗过了澡，神志方才回复清醒，身子也觉得异常的爽快，我就想了……

人啊，你不自己惭愧吗？

野兽，自然的，强悍的，活泼的，美丽的；我只是羡慕你。

什么是文明人：只是腐败了的野兽！你若是拿住一个文明惯了的人类，剥了他的衣服装饰，夺了他作伪的工具——语言文字，把他赤裸裸的放在荒野里看看——多么“寒村”的一个畜生呀！恐怕连长耳朵的小骡儿，都瞧他不起哪！

白天，狼虎放平在丛林里睡觉，他躲在树荫底下发痧；晚上清风在树林中演奏轻微的妙乐，鸟雀儿在巢里做好梦，他倒在一块石上发烧咳嗽——着了凉！

也不等狼虎去商量他有限的皮肉；也不必小雀儿去嘲笑他的懦弱；单是他平常歌颂的艳阳与凉风，甘霖与朝露，已够他的受用：在几小时之内可使他脑子里消灭了金钱、名誉、经济、主义等等的虚景，在一半天之内，可使他心窝里消灭了人生的情感悲乐种种的幻象，在三两天之内——如其那时还不曾受淘汰——可使他整个的超出了文明人的丑态，那时就叫他放下两支手来替脚平分走路的负担，他也不以为离奇，抵拼撕破皮肉爬上树去采果子吃，也不会感觉到体面的观念……

平常见了活泼可爱的野兽，就想起红烧野味之美。现在你失去了文明的保障，但求彼此平等待遇两不相犯，已是万分的侥幸……

文明只是个荒谬的状况；文明人只是个凄惨的现象——我骑在骡上嚷累叫热，跟着哑巴的骡夫，比手势告诉我他整天的跑路，天还不算顶热，他一路很快活的不时采一朵野花，拆一茎麦穗，笑他古怪的笑，唱他哑巴的歌；我们到了客寓喝冰汽水喘息，他路过一条小涧时，扑下去喝一个贴面饱，同行的有一位说："真的，他们这样的胡喝，就不会害病，真贱！"

回头上了头等车，坐在皮椅上嚷累叫热，又是一瓶两瓶的冰水，还怪嫌车里不安电扇；同时前面火车头里司机的加煤的，在一百四五十度的高温里笑他们的笑，谈他们的谈……

田里刈麦的农夫拱着棕黑色的裸背在做工，从早起已经做了八九时的工，热烈的阳光在他们的皮上像在打出火星来似的，但他们却不曾嚷腰酸叫头痛……

我们不敢否认人是万物之灵，我们却能断定人是万物之淫；什么是现代的文明，只是一个淫的现象。

淫的代价是活力之腐败与人道之丑化。

前面是什么，没有别的，只是一张黑沉沉的大口，在我们运定的道上张开等着，时候到了把我们整个的吞了下去完事！

泰戈尔来华

泰戈尔在中国，不仅已得普遍的知名，竟是受普遍的景仰。问他爱念谁的英文诗，十余岁的小学生，就自信不疑的答说泰戈尔。在新诗界中，除了几位最有名神形毕肖的泰戈尔的私淑弟子以外，十首作品里至少有八九首是受他直接或间接的影响的。这是可惊的状况，一个外国的诗人，能有这样普及的引力。

现在他快到中国来了，在他青年的崇拜者听了，不消说，当然是最可喜的消息。他们不仅天天竖耳企踵的在盼望，就是他们梦里的颜色，我猜想，也一定多增了几分妩媚。现世界是个堕落沉寂的世界，我们往常要求一二伟大圣洁的人格，给我们精神的慰安时，每每不得已上溯已往的历史，与神化的学士艺才，结想象的因缘。哲士、诗人与艺术家，代表一民族一时代特具的天才，可怜华族，千年来只在精神穷窭中度活，真生命只是个追忆不全的梦境，真人格亦只似昏夜池水里的花草映影，在有无虚实之间，谁不想念春秋战国才智之盛？谁不永慕屈子之悲歌、司马之大声、李白之仙音？谁不长念庄生之逍遥、东坡之风流、渊明之冲淡？我每想及过去的光荣，不禁疑问现时人荒心死的现象，莫非是噩梦的虚景，否则何以我们民族的灵海中，曾经有过偌大的潮迹，如今何至于沉寂如此？孔陵前子贡手植的楷树，圣庙中孔子手植的桧树，如其传话是可信的，过了二千几百年，经了几度的灾劫，到现在还不时有新枝从旧根上生发；我们华族天才的活力，难道还不如此桧此楷？

什么是自由？自由是不绝的心灵活动之表现。斯拉夫民族自开国起直至十九世纪中期，只是个庞大喑哑在无光的空气中苟活的怪物，但近六七十年来天才累出，突发大声，不但惊醒了自身，并且惊醒了所有迷梦的邻居。斯拉夫伟奥可怖的灵魂之发现，是百年来人类史上最伟大的一件事迹。华族往往以睡狮自比，这又泄漏我们想象力之堕落；期望一民族回复或取得吃人噬兽的暴力者，只是最下流“富国强兵教”的信徒，我们希望以后文化的意义与人类的目的明定以后，这类的谬见可以渐渐的销匿。

精神的自由，决不有待于政治或经济或社会制度之妥协。我们且看印度，印度不是我们所谓已亡之国吗？我们常以印度、朝鲜、波兰并称，以为亡国的前例。我敢说我们见了印度人，不是发心怜悯，是意存鄙蔑（我想印度是最受一班人误解的民族，虽同在亚洲，大部分人以为印度人与马路上的红头阿三是一样同样的东西！）就政治看来，说我们比他们比较的有自由，这话勉强还可以说。但要论精神的自由，我们只似从前的俄国，是个庞大喑哑在无光的气圈中苟活的怪物，他们（印度）却有心灵活动的成绩，证明他们表面政治的奴缚非但不曾压倒，而且激动了他们潜伏的天才。在这时期他们连出了一个宗教性质的政治领袖——甘地——一个实行的托尔斯泰；两个大诗人，伽利达撒（Kalidasa）与泰戈尔。单是甘地与泰戈尔的名字，就是印度民族不死的铁证。

东方人能以人格与作为，取得普通的崇拜与荣名者，不出在“国富兵强”的日本，不出在政权独立的中国，而出于亡国民族之印度——这不是应发人猛省的事实吗？

泰戈尔在世界文学中，究占如何位置，我们此时还不能定，他的诗是否可算独立的贡献，他的思想是否可以代表印族复兴之潜流，他的哲学（如其他有哲学）是否有独到的境界——这些问题，我们没有回答的能力。但有一事我们敢断言肯定的，就是他不朽的人格。他的诗歌，他的思想，他的一切，都有遭遗忘与失时之可能，但他一生热奋的生涯所养成的人格，却是我们不易磨翳的纪念。[泰戈尔生平的经过，我总觉得非是东方的，也许印度原不能算东方（陈寅恪君在海外常常大放厥词，辩印度之为非东方的）]，所以他这回来华，我个人最大的盼望，不在他更推广他诗艺的影响，不在传说他宗教的哲学的乃至于玄学的思想，而在他可爱的人格，给我们见得到他的青年，一个伟大深入的神感。他一生所走的路，正是我们现代努力于文艺的青年不可免的方向。他一生只是个不断的热烈的努力，向内开豁他天赋的才智，自然吸收应有的营养。他境遇虽则一流顺利，但物质生活的平易，并不反射他精神生活之不艰险。我们知道诗人、艺术家的生活，集中在外人捉摸不到的内心境界。历史上也许有大名人一生不受物质的苦难，但决没有不经心灵界的狂风暴雨与沉郁黑暗时期者。葛德是一生不愁衣食的显例，但他在七十六岁那年对他的友人说,他一生不曾有过四星期的幸福,一生只是在烦恼痛苦劳力中。泰戈尔是东方的一个显例,他的伤痕也都在奥密的灵府中的。

我们所以加倍的欢迎泰戈尔来华，因为他那高超和谐的人格，可以给我们不可计量的慰安，可以开发我们原来淤塞的心灵泉源，可以指示我们努力的方向与标准，可以纠正现代狂放恣纵的反常行为，可以摩挲我们想见古人的忧心，可以消平我们过渡时期张皇的意气，可以使我们扩大同情与爱心，可以引导我们入完全的梦境。

如其一时期的问题，可以综合成一个现代的问题，就只是“怎样做一个人?”泰戈尔在与我们所处相仿的境地中，已经很高尚的解决了他个人的问题，所以他是我们的导师、榜样。

他是个诗人，尤其是一个男子，一个纯粹的人；他最伟大的作品就是他的人格。这话是极普通的话，我所以要在此重复的说，为的是怕误解。人不怕受人崇拜，但最怕受误解的崇拜。葛德说，最使人难受的是无意识的崇拜。泰戈尔自己也常说及。他最初最后只是个诗人——艺术家如其你愿意——他即使有宗教的或哲理的思想，也只是他诗心偶然的流露，决不为哲学家谈哲学，或为宗教而训宗教的。有人喜欢拿他的思想比这个那个西洋的哲学，以为他是表现东方一部的时代精神与西方合流的；或是研究他究竟有几分的耶稣教，几分是印度教——这类的比较学也许在性质偏爱的人觉得有意思，但于泰戈尔之为泰戈尔，是绝对无所发明的。譬如有人见了他在山氏尼开顿（Santiniketan）学校里所用的晨祷——

> Thou art our Father. Do you help us to know thee as Father. We bow down to Thee. Do thou never afflict us, O Father, by causing a separation between Thee and us. O thou self-revealing One, O Thou Parent of the universe, purge away the multitude of our sins, and send unto us whatever is good and noble. To Thee, from whom spring joy and goodness, nay who art all goodness thyself, to Thee we bow down now and for ever.

耶教人见了这段祷告一定拉本家，说泰戈尔准是皈依基督的，但回头又听见他们的晚祷——

> The Deity who is in fire and water, nay, who pervades the Universe through, and through, and makes His abode in tiny plants and towering forests-to such a Deity we bow down for ever and ever.

这不最明显的泛神论吗？这里也许有Lucretius，也许有Spinoza，也许有Upanishads，但决不是天父云云的一神教，谁都看得出来。回头在揭檀迦利的诗里，又发现什么Lia，既不是耶教的，又不是泛神论。结果把一般专好拿封条拿题签来支配一切的，绝对的糊涂住了，他们一看这事不易办，就说泰戈尔的宗教思想不彻底，等等。实际上唯一的解释是泰戈尔是诗人，不是宗教家，也不是专门的哲学家。管他神是一个或是两个或是无数或是没有，诗人的标准，只是诗的境界之真；在一般人看来是不相容纳的冲突（因为他们只见字面），他看来只是一体的谐合（因为他能超文字而悟实在）。

同样的在哲理方面，也就有人分别研究，说他的人格论是近于讹的，说他的艺术论是受讹影响的……这也是劳而无功的。自从有了大学教授以来，尤其是美国的教授，学生忙的是：比较哲学，比较宪法学，比较人种学，比较宗教学，比较教育学，比较这样，比较那样，结果他们意想把最高粹的思想艺术，也用比较的方法来研究——我看倒不如来一门比较大学教授学还有趣些！

思想之不是糟粕，艺术之不是凡品，就在他们本身有完全、独立、纯粹不可分析的性质。类不同便没有可比较性，拿西洋现成的宗教哲学的派别去比凑一个创造的艺术家，犹之拿唐采芝或王玉峰去比附真纯创造的音乐家一样的可笑，一样的隔着靴子搔痒。

我们只要能够体会泰戈尔诗化的人格，与领略他充满人格的诗文，已经尽够的了，此外的事自有专门的书呆子去顾管，不劳我们费心。

我乘便又想起一件事，一九一三年泰戈尔被选得诺贝尔奖金的电报到印度时，印度人听了立即发疯一般的狂喜，满街上小孩大人一齐呼庆祝，但诗人在家里，非但不乐，而且叹道："我从此没有安闲日子过了！"接着下年英政府又封他为爵士，从此，真的，他不曾有过安闲时日。他的山氏尼开顿竟变了朝拜的中心，他出游欧美时，到处受无上的欢迎，瑞典、丹麦几处学生，好像都为他举行火把会与提灯会，在德国听他讲演的往往累万，美国招待他的盛况，恐怕不在英国皇太子之下。但这是诗人所心愿的幸福吗？固然我不敢说诗人便能完全免除虚荣心，但这类群众的哄动，大部分只是葛德所谓无意识的崇拜，真诗人决不会艳羡的。最可厌是西洋一般社交太太们，她们的宗教照例是英雄崇拜；英雄愈新奇，她们愈乐意，泰戈尔那样的道貌岸然，宽袍布帽，当然加倍的搔痒了她们的好奇心，大家要来和这远东的诗圣，握握手，亲热亲热，说几句照例的肉麻话……这是近代享盛名的一点小报应，我想性爱恬淡的泰戈尔先生，临到这种情形，真也是说不出的苦。据他的英友恩厚之告诉我们说，他近来愈发厌烦嘈杂了，又且他身体也不十分能耐劳，但他就使不愿意，却也很少显示于外，所以他这次来华，虽则不至受社交太太们之窘，但我们有机会瞻仰他言论丰采的人，应该格外的体谅他，谈论时不过分去劳乏他，演讲能节省处节省，使他和我们能如家人一般的相与，能如在家乡一般的舒服，那才对得他高年跋涉的一番至意。

泰山日出

我们在泰山顶上看出太阳。在航过海的人，看太阳从地平线下爬上来，本不是奇事；而且我个人是曾饱饫过江海与印度洋无比的日彩的。但在高山顶上看日出，尤其在泰山顶上，我们无餍的好奇心，当然盼望一种特异的境界，与平原或海上不同的。果然，我们初起时，天还暗沉沉的，西方是一片的铁青，东方些微有些白意，宇宙只是——如用旧词形容——一体莽莽苍苍的。但这是我一面感觉劲烈的晓寒，一面睡眼不曾十分醒豁时约略的印象。等到留心回览时，我不由得大声的狂叫——因为眼前只是一个见所未见的境界。原来昨夜整夜暴风的工程，却砌成一座普遍的云海。除了日观峰与我们所在的玉皇顶以外，东西南北只是平铺着弥漫的云气，在朝旭未露前，宛似无量数厚毳长绒的绵羊，交颈接背的眠着，卷耳与弯角都依稀辨认得出。那时候在这茫茫的云海中，我独自站在雾霭溟蒙的小岛上，发生了奇异的幻想——

我躯体无限的长大，脚下的山峦比例我的身量，只是一块拳石；这巨人披着散发，长发在风里像一面墨色的大旗，飒飒的在飘荡。这巨人竖立在大地的顶尖上，仰面向着东方，平拓着一双长臂，在盼望，在迎接，在催促，在默默的叫唤；在崇拜，在祈祷，在流泪——在流久慕未见而将见悲喜交互的热泪……

这泪不是空流的，这默祷不是不生显应的。

巨人的手，指向着东方——

东方有的，在展露的，是什么？

东方有的是瑰丽荣华的色彩，东方有的是伟大普照的光明——出现了，到了，在这里了……

玫瑰汁、葡萄浆、紫荆液、玛瑙精、霜枫叶——大量的染工，在层累的云底工作；无数蜿蜒的鱼龙，爬进了苍白色的云堆。

一方的异彩，揭去了满天的睡意，唤醒了四隅的明霞——光明的神驹，在热奋地驰骋……

云海也活了，眠熟了兽形的涛澜，又回复了伟大的呼啸，昂头摇尾的向着我们朝露染青馒形的小岛冲洗，激起了四岸的水沫浪花，震荡着这生命的浮礁，似在报告光明与欢欣之临莅……

再看东方——海句力士已经扫荡了他的阻碍，雀屏似的金霞，从无垠的肩上产生，展开在大地的边沿。起……起……用力，用力。纯焰的圆颅，一探再探的跃出了地平，翻登了云背，临照在天空……

歌唱呀！赞美呀！这是东方之复活，这是光明的胜利……

散发祷祝的巨人，他的身彩横亘在无边的云海上，已经渐渐的消翳在普遍的欢欣里；现在他雄浑的颂美的歌声，也已在霞采变幻中，普彻了四方八隅……

听呀，这普彻的欢声；看呀，这普照的光明！

这是我此时回忆泰山日出时的幻想，亦是我想望泰戈尔来华的颂词。

鬼　话

慧珈，我只是自然崇拜者。我生平教育之校择者，都从眷爱自然得来。但看我眼中有夏星与秋月；我感情有山岭之雄厚，彷佛大川之潮澜；我思想似山涧之清，似海之阔，似雷电之迅，似枝头好鸟之妙舌；我肢体似雏鹿，似春草，似春云；我想象似电似金似火，有天堂之瑰丽，有地狱之诡幻，有春日之和，有秋花之艳；我爱情如蜜，如蚕丝之不绝，如瀑，如常青之松柏，如石之坚，如月之秘。

慧珈，我只是个自然崇拜者，我以为自然界种种事物，不论其细如涧石，暂如花，黑如炭，明如秋月，皆孕有甚深之意义，皆含有不可理解之神秘，皆为至美之象征。我爱汝，因汝亦美之征，我实隐敬畏汝，因汝亦具神之秘。

汝手挽我臂，及汝行稍倦，我将以手承汝腰。

假令汝蹇不能行，我手必常承汝不辍；假令我盲不能视，汝亦必以至媚之词，状星与月与涧瀑，以娱我常阙之视。月或有盈昃，潮或有涨落，然我不能想象汝我历千难万苦所凝成之恋晶，遭受毫芒之挫损。慧珈，汝我肉虽各体，灵已相和，嘻！汝其东望！美漪初升之满月，至烈至大，披靡云翳，若劲风铲叶。慧珈，忆否年前汝我之奋斗生涯，大敌小寇，巨难隐挫之梗汝我成功之径者，指不可尽数，然美满卒生于黑暗，若潜涧之骤睹光明，若此满月之出雾锢，自此长天晴朗，安行无碍。慧珈，汝试以手觉我心搏，此方寸灵府碎而复全者再再三三，即汝手，此纤纤柔荏之手，亦尝亲傅利刃其中，幸而未殊，然草木不因春荣而怨冬杀，我慧珈仁勇犹天，即使寸寸磔我，成尘成灰，以散入广漠，我魂而有知，犹且感恋，况灾难终解，幸福大来，汝纤美之手，此日竟抚我怀，汝最美丽之灵魂，我竟敢呼为己有。慧珈，我乐良不可支，愿月常圆，愿汝常美，汝泪又盈盈汝眶，月辉出林我视甚清，可爱者泪也，我常呼为人间无价之珍珠。我慧，汝不见我睫亦湿，然今夕彼此怀欢，不能复如春间，在汝园前梨花荫下之交泪成流也。愿汝泪已粗，颓然欲滴，无已容我热吻，咽此情珠。慧乎，汝应登记，汝泪又一度济我情渴，听否桥下涧声凿凿，似讽似妒，且复前进何似?

楚王宫殿月轮高，
碧琉璃翠烟笼罩。

慧珈，汝我真身入仙境矣，如此琉璃，如此昭庙，如此寒烟，如此明月，慧珈吾爱，且为奈何此良宵。李长吉当此冬夜，必念“火井温泉”，太白在并，当不吝质裘换酒，然我有慧珈在手，我有慧珈在心，长生情焰，燎尽寒愁，况有蜜吻，何羡庸胶。

慧，汝见否昭庙前盘根巨干，决垣破垒而出，宁其难，不屈其性，美哉勇士，来岁春荣时，再来当以花冠宠之。

慧，不意冬令清温如此，干草生香，松馨可嗅，此道引向双清，引向玉乳，然汝我不如赴彼新亭一“看云起”，半山凉椽，早动我攀登之念，然前昨游山，屐总北向，何如此夕，慰彼寂寥。且月轮正倚此峰下窥，溯影上寻，别饶逸趣，汝但密抱我袖，当减援蹭之乏，但小心足下，勿为莽棘所扰，勿使乱石为踣，此境清幽圣洁，即有山鬼，亦必雅驯，不敢孟浪我钟爱之麋。

慧，我爱幽秘，不矜明显，故爱月色，甚于昭阳；我童年见月，每每滴泪，但感其悲，不知何以，即今新愁未起，欢满衷肠，然徘徊之顷，便可写泪。大概感美动情，因情生泪，乐之与悲，原相交络，即我与汝年来恋迹他人视为温柔享尽，然我初不知有无悲之欢，无泪之会。汝我回顾来踪，青茵馥郁，何莫非清泪所滋培，即此往夷路从容，亦岂能循庸福之安步。佛说色即是空，空即是色，世俗谬解，负色负空。我谓从空中求色，乃为真色，从色求空，乃得真空；色，情也恋也，空，想象之神境也。汝我自诩识真，舍心在远，岂能局促于皮肉饮食之间哉？

故我爱月，即谓爱其幽秘也可。试看此林此谷，若无秘意，便无神趣昙花泡影之美。正在其来之神，其潜之秘。世每以优昙比人生，设想甚美，然结论以惟其暂忽，应避空虚，则其谬可诛，其愚可怜。人生本非优昙，独见真见美之一俄顷，真生命之消息，乃如电光之涌现。彼牧奴，彼市贾，彼政客，惟日营营于货利泥溷，宁知生命宁有生命，复何优昙之可言？且生命诚是幻境，善生者不虚幻境之易灭，而惟恐其一灭而不复生，苟能如日之出没，生命之优昙朝荣而莫殊，生命之幻境，常绝亦常生，旦旦有希望，息息是危机，（则不其为生命之王欤？）世即有荣华，复何羡？

故我崇拜幽秘，崇拜月，崇拜月夜，夜亦自然之尤秘者。我爱夜，我爱星夜，我爱无星之夜，我爱黑暗中之微芒，我爱星芒下之黑夜。幽秘尤为赋与生命之原素。慧，汝不云乎！西山莫色，钝如铅，呆若木鸡方初星之未露方薇纳司之未现，天圜若冢盖，地偃若古尸，沙云谐色，松柏无声，几疑是沉沉者方且终古，然及明星之独与，顿转钝氲为凉霭，生命复起于沉寂，泄露宇宙生生无已之精神。因其闪耀，因其纯辉，远山近树，并感神明，一若内受神动，回舞欢欣，即石上枯藤，涧底残水，亦似耿耿欲为吟舞，颂美景良辰。慧，汝常爱独凭小牖，默察蓝空，静伺星起。一若展嘹春野，于一涨纯翠之中，忽见罗兰如目，粲笑相迎，讶喜未定，诸饕并出，星定无极，一体神灵。尔时汝慧心频跃，喜溢长眉。慧珈我爱，汝非凡种，汝来本自神阙，我常有想，天上七星，列汝秀额，无怪汝爱星甚于爱珍。妙盼常在祥云飘渺之间。

慧，枯荆果茧汝行，刺不深否？是藤卷亦大可怜，经霜往雪，色剥根殊，但亘道际，仰啜星光，偶当游踵，辄前纠搂，其意可怜，其情可悯。然汝无端遭刺，痛即不深，亦算小恼，然为常为变，莫非因缘，不如展妆慈腕，温抚而撒置之，彼若有灵，亦当感愧。

慧，汝闻涧声否，似是双清之裔。今冬不冷，泉涧少封，况受星月之惠，流光绰约，宜其韵节连绵，欢惬生平。我尝称山涧为自然界之忠臣义士，自然界之多情种子，休道此潺潺一曲，其来远在云天高处，不知须经过几层地狱，冲度多少林菁，洗磨千万个石堁，涤净几万条荇草，几度幽咽，几番喟息，然其精灵所系，永失勿萱，任难任险，一往无前；慧，汝不尝见流涧合湖，音色并谐，此真克践素愿之欢悰，正不让汝我此夕之踏月林边也。

慧，“看云起”已可望见，月正初卸云衣，散辉如雪蕊缤纷，汝我试立岩松中望月洗之香山，从黑处望光明，益见光明之妩媚，况此尤为神秘之光明。

慧我爱友，汝不感我肢体微震乎？方我见美，神经似感烈电，但觉纤微狂舞，人格辄欲解化，我今又神荡矣！

莎翁尝言，事汝不尝强聒汝客以所恋之誉，汝意未纯。我今欲赋月美以证我恋。慧，汝每讽我以神经逾分之词来相颂汝。然汝当知，苟我不尝因意恋而感神明，则我爱良不足数；我唯从汝纯美的人格中，得窥神圣之奥义，得起悟神禁之境界，故我不得不神汝而圣汝，非滥文字以为夸也。慧乎，汝永为九天明烛，照我入信仰之门！况人道之粹即是神经，神经固人类应有之德。世之猥俗，正生教育习惯之惨堙圣源，汝精神身体之皎洁神明，正不让前峰满月，慧，汝当知吾言之非过誉也。

请为汝颂月：与其谓日为美之象，不如称之为慈悲之征。吾国诗人莫不咏月，然皆止于写态绘形而无深切之同情。惟唐诗“今夜月明人尽望，不知秋思在谁家”韵味俱长，可谓随手捡得之宝石。盖月之秘，月之美，月之人道，正在其慨赐慈辉，慰旅人之倦，慰夜莺之寂，慰倚栏啜泣之少女，慰石间独秀之野花，时或轻披帘幕，俯吻眠熟之婴孩，河边沉思之诗人，时或仰天默祷明辉照泪，粲若露珠。天真纯洁之孩童，见天上疾驶之圆艇而啼求焉。而展腴白之小手，以擒清光于怀以示爱焉；此月之秘，此月之美，此月之人道，月之慈悲之效也。我因而每见明月愈不能自折其悲，不能自制其泪，然悲怀益深，泪落益多，而得慰，得灵魂之安慰，亦愈深且多。慧，汝最知此秘，吾不尝谓汝母愿我泣，泣实慰我。

美哉月！此圆此洁，此自由自在惠地不疑，行天无碍。美哉神话！

此高立婆娑者非玉桂乎，此瞿瞿欲动者非嫦娥之蟾乎，兔乎，彼捣玄霜者，何其春之迂徐，广寒之宫禁，何常靳而不启？慧，然汝喜科学，问言天文者月何似，使即量镜而望月，则向之婆娑者今拆侈为谷骸，为岩髅，向之灵动者今僵寂如石沟如败椽，向妩媚流盼如少女，今皱颓丑首如老妇，予我慰使我爱者今骇我视惑我思，向之神秘，向之美，今变为科学之事实；幻象消而美秘俱逝。以此视焚琴煮鹤，其煞风景为何似？慧，设汝有择于真灵之间，汝将焉取？虽然，科学何足以知月，量镜何足以知月，唯见事物之灵者，乃见其真，故讶月之秘之美，而月之真已全。汝不闻开慈之——Endymion，全诗实一月赋，证美而真目显，宇宙间有途程，理暗文捷，文所不能行，独真觉之灵翼乃得突击而过者，此其一也。开慈之言曰：“我年益长，月之和丽我情热者亦益切；汝犹深谷；汝犹山巅，汝犹圣贤之慧笔，诗人之琴，知己之声音，中天之日；汝犹大口，犹凯得之光荣；汝犹我临阵之鼓角，之战驹，我承美酒之古爵，最高明之勋业；汝犹妇人之媚，汝可爱之明月！”

泰戈尔来华的确期

方才我收到泰戈尔九月四日从加尔各答来的信，说要到明年二月中或二月底方能动身到中国来。来信简译如下——

徐君：

来信收到，甚感且喜。余本期早日来华，不意到加尔各答后余与我子皆得骨痛热病（Denguefever），以致原定计画，不能实行。今幸我二人皆已痊可，本当就道，但念转瞬寒冬，不如竟待春回时节，再来中国，今定明年二月中或二月底离印，约三月间定可与贵邦人士相叙，迁延之愆，尚希鉴宥。如此时日既宽，我亦可从容预备讲义，当如君议先行寄华，俾可译成华文，以便听众。

恩厚之君（Mr. Elmhirst）来信，为言彼来华时备承渥待，及贵邦人士对印度之情感，使我来华之心益切，明春来时，欣慰可知。

华友多有来信欢迎者，希君代为转致谢意，君盛意尤感。此颂

安健

Rabindranath Tagore

拉平德拉那士　泰戈尔

这封久盼的信，隔了四十六七天，从天津转北京，北京转硖石，硖石又转杭州方才到了我收信人的手里！我给他的信，是七月底从南开大学寄的，所以他的回信也寄到天津，差一点寄不到。

这次泰氏来华的消息，早已传遍全国，我现在乘便说一说经过的大概，免得一部分人的误会。最先他的朋友英人恩厚之到北京来，说泰氏自愿来华，只要此间担任旅费，因此讲学社就寄了路费给他，盼望他八月间能来；后来他来了一个电报，说十月来华；最近他的友人安德罗氏（Andrews）来信，说他在加尔各答得了热病，不能如期来华。以上各节，已经《晨报》及《时事新报》登过，但最近还有人以为泰氏是中国出了钱，特请来华讲学的——这是误会——所以我又在此声明。

我们这一时，正在踌躇他的来不来。我个人承讲学社的请托，要我等他来时照顾他，所以益发的不放心。因为泰氏已经是六十以外的老人，他的友人再三的嘱咐我们说他近来身体不健，夏间又病了好一时，不能过分的任劳；他又比不得杜威与罗素早晚有细心的太太跟着伺候（杜里舒虽则也有太太，但他的胖太太，与其说，她伺候老爷，不如说杜老爷伺候她！）。他来时是独身的——所以伺候这位老先生的责任，整个的落在我们招待他的身上。印度人又是不惯冷的，所以他如其冷天来，我们也就得加倍的当心。老实说，我是被罗素那场大病的前例吓坏了。

现在好了，他今年冬天不来了。等到明春天暖了再来，在他便，在我们也便，真是两便。

而且除了招待的便利，还有一样好处。泰氏说他要利用延期的时间来写他要对我们说的话，我们也正好利用这半年工夫来准备，听他的使命，受他的灵感。我们既然知道含糊的崇拜是不对的，我们就应得尽相当的心力去研究他的作品，了解他的思想，领会他的艺术——现在正是绝好的机会。他到中国来一次，不是一件容易、随便的事；他的使命，世界上没有第二个人可以替代的。我们当前有这样一个难得的机会：我们可以从他的伟大、和谐、美的人格里，得到古印度与今印度文化的灵感，同时也要使他从我们青年的身上，得到一个伟大民族觉悟了的精神与发展的方向。这才不负他爱敬我们的至诚，他不惜高年跋涉的一番盛意。

这是我们的责任，是凡是曾经直接或间接从他的诗文里得到益处或是仰慕他的，对他同等负担的责任。已经多少能够了解他的，应得“当仁不让”的出来对心愿而未能的，尽一种解释、指导的责任。因为泰氏到中国来，是来看中国与中国的民族，不是为部分或少数人来的。除非我们挥着手，摇着头说“我不知泰戈尔是什么，我也不愿意来知道他是什么”或是“我知道他是什么会事,但是我不喜欢他,我以为他到中国来是不应该的,即使他自己要来,中国也应得拒绝他的”;除非我们取上列的态度,我们就应得趁这个时机尽相当的心力来研究他、认识他、了解他,预备他来时欢迎他、爱护他,那才不负他远渡万里的辛苦,那才可以免了“迎神赛会”的陋习。

还有一两句，我乘便要说。诗人的话，尤其是泰戈尔的话，差不多像秋叶的颜色一样，没有法子可以翻译得像的。他演讲的习惯，是做成了文章拿到台上去念。谁也没有大胆，凭空来口译他这类的讲演！至少我是不敢的。所以我想了一个办法，也许可以实行。他正式的讲演，至多不过六次或八次。我要他先寄稿子来，预先翻好了，等他讲演时，连着原文一并油印好了，分给听众，那时我们可以免了粗陋的翻译的麻烦，可以不间断的领会他清风鸟鸣似的音调了。

还有泰氏最喜人家演他的戏，我很盼望爱他戏剧的同志，也应得趁这个机会努力一下！

罗素又来说话了

一

每次我念罗素的著作或是记起他的声音笑貌，我就联想起纽约城，尤其是吴尔吴斯五十八层的高楼。他们好像是二十世纪的两个敌对的象征——罗素先生与五十八层的高楼。罗素的思想言论，仿佛是夏天海上的黄昏，紫黑云中不时有金蛇似的电火在冷酷地料峭地猛闪，骇人的电闪，在你的头顶眼前隐现！

矗入云际的高楼，不危险吗？一半个的霹雳，便可将他锤成粉屑——震的赫真江边的青林绿草都兢兢的摇动！但是不然！电火尽闪着，霹雳却始终不到，高楼依旧在层云中矗着，纯金的电光，只是照出他的傲慢，增加他的辉煌！

罗素最近在他一篇论文叫作《余闲与机械主义》（见 Dial，For August，1923）又放射了一次他智力的电闪，威吓那五十八层的高楼。

我们是踮起脚跟，在旁边看热闹的人；我们感到电闪之迅与光与劲，亦看见高楼之牢固与倔强。

二

一二百年前，法国有一个怪人，名叫凡尔太的，他是罗素的前身，罗素是他的后影；他当时也同罗素在今日一样，放射了最敏锐的智力的光电，威吓当时的制度习惯，当时的五十八层高楼。他放了半世纪冷酷的、料峭的闪电，结成一个大霹雳，到一七八九那年，把全欧的政治，连着比士梯亚的大牢城，一起的打成粉屑。罗素还有一个前身，这个是他同种的，就是大诗人雪莱的丈人，著《女权论》的吴尔顿克辣夫脱的丈夫，威廉古德温，他也是个崇拜智力、崇拜理性的，他也凭着智理的神光，抨击英国当时的制度习惯，他是近代各种社会主义的一个始祖，他的霹雳，虽则没有法国革命那个的猛烈，却也打翻了不少的偶像，打倒了不少的高楼。

罗素的霹雳，要到什么时候才能轰出，不是容易可以按定的；但这不住的闪电，至少证明空中涵有蒸热的闷气，迟早总得有个发泄，疾电暴雨的种子，已经满布在云中。

三

他近年来最厌恶的物件，最要轰成粉屑的东西，是近代文明所产生的一种特别现象，与这现象所养成的一种特别心理。不错，他对于所谓西方文明，有极严重的抗议；但他却不是印度的甘地，他只反对部分，不反对全体。

他依然是未能忘情的，虽则他奖励中国人的懒惰，赞叹中国人的懦怯，慕羡中国人的穷苦——他未能忘情于欧洲真正的文化。“我愿意到中国去做一个穷苦的农夫，吃粗米，穿布衣，不愿意在欧美的文明社会里，做卖灵魂、吃人肉的事业。”这样的意思，他表示过好几次。但研究数理，大胆的批评人类，却不是卖灵魂，更不是吃人肉；所以罗素虽则爱极了中国，却还愿意留在欧洲，保存他Honorable的高贵，这并不算言行的不一致，除非我们故意的讲蛮不讲理。

When I am tempted to wish the human race wiped out by some passing comet I think of scientific knowledge and of art; those two things seem to make our existence not wholly futile.

四

罗素先生经过了这几年红尘的生活——在战时主张和平，反抗战争；与执政者斗，与群众斗，与癫狂的心理斗，失败，屈辱，褫夺教职，坐监，讲社会主义，赞扬苏维埃革命，入劳工党，游鲍尔雪微克之邦，离婚，游中国，回英国，再结婚，生子，卖文为生——他对他人生的观察与揣摹，已经到了似乎成熟的（所以平和的）结论。

他对于人生并不失望；人类并不是根本要不得的，也并不是无可救度的，而且救度的方法，决计是平和的，不是暴烈的；暴烈只能产生暴烈，他看来人生本是铄亮的镜子，现在就只被灰尘盖住了。所以我们只要说擦了灰尘，人生便可回复光明的。

他以为只要有四个基本条件之存在，人生便是光明的。

第一是生命的乐趣——天然的幸福。

第二是友谊的情感。

第三是爱美与欣赏艺术的能力。

第四是爱纯粹的学问与知识。

这四个条件只要能推及平民——他相信是可以普遍的——天下就会太平，人生就有颜色。

五

怎样可以得到生命的乐趣？他答，所有人生的现象本来是欣喜的，不是愁苦的；只有妨碍幸福的原因存在时，生命方始失去他本有的活泼的韵节。小猫追赶她自己的尾巴，鹊之噪，水之流，松鼠与野兔在青草中征逐，自然界与生物界只是一个整个的欢喜。人类亦不是例外，街上褴褛的小孩，哪一个不是快乐的。人生种种苦痛的原因，是人为的，不是天然的；可移去的，不是生根的；痛苦是不自然的现象。只要彰明的与潜伏的原始本能，能有相当的满足与调和，生活便不至于发生变态。社会的制度是负责任的。从前的学者论政治或论社会，亦未尝不假定一分心理的基础；但心理学是个最较发达的科学，功利主义的心理假定是过于浅陋。近代心理学尤其是心理分析对于社会科学是大的贡献，就在证明人是根本的自私的动物。利他主义者只见了个表面，所以利他主义的伦理只能强人作伪，不能使人自然的为善。几个大宗教成功的秘密，就在认明这重要的一点：耶稣教说你行善你的灵魂便可升天；佛教说你修行结果你可证菩提；道教说你保全你的精气神你可成仙。什么事都没有自己实在的利益彻底；什么事都起源于自觉的或不自觉的利己的动机。但同时人又是善于假借的，他往往穿着极体面的衣裳，掩盖他丑陋的原形。现在的新心理学，仿佛是一座照妖镜，不论芭蕉裹的怎样的紧结，他总耐心的去剥。现在虽然剥近，也许竟已剥到蕉心了。

所以，人类是利己的，这实在是现代政治家与社会改良家所最应认明与认定的。这个真理的暴露，并不有损人类的尊严，如其还有人未能忘情于此；并且亦不妨碍全社会享受和平与幸福的实现。认明了事实与实在，就不怕没有办法，危险就在隐匿或诡辩实在与事实。病人讳病时，便有良医也是无法可施的。现代与往代的分别，就在自觉与非自觉；社会科学的希望，就在发现从前所忽略的，误解的，或隐秘的病候。理清了病情，开明了脉案，然后可以盼望对症的药方；否则即使有偶逢的侥幸，决不能祛除病根的。

六

实际的说，身体的健康当然是生命的乐趣的第一个条件；有病的与肝旺的人，当然不能领略生命自然的意味。所以体育是重要的。但这重要也是相对的，我们如其侧重了躯体，也许因而妨碍智力的发展，像我们几个专诚尊崇运动学校的产品，蔡孑民先生曾经说到过，也是危险的。肌肉与脑筋应受同等的注意。如果男女都有了最低限度的健康，自然的幸福便有了基础，此外只要社会制度有相当的宽紧性，不阻碍男女个人本能相当的满足，消极的不使发生压迫状态致有变态与反常之产生。工作是不可免的，但相当的余闲也是必要的。罗素以为将来的社会不容不工作的分子，亦不容偏重的工作，据经济学家计算，每人每日只需三四小时工作,社会即可充裕的过去,现有的生产率,一半是原因于竞争制度的糜费。

七

工业主义的一个大目标是“成功”（Success），本质是竞争，竞争所要求的是“捷效”（Efficiency）。成功，竞争，捷效，所合成的心理或人生观，便是造成工业主义，日趋自杀现象，使人道日趋机械化的原因。我们要回复生命的自然与乐趣，只有一个方法，就在打破经济社会竞争的基础，消灭成功与捷效的迷信——简言之，切近我们中国自身的问题说，就在排斥太平洋那岸过来的主义，与青年会所代表的道德。我前天会见一个有名的报馆经理，他说，报的事情，如其你要办他个发达，真不是人做的事！又有一个忠慎勤劳的银行经理，与一个忠慎勤劳的纱厂经理，也同声的说生意真不是人做的，整天的忙不算，晚上梦里的心思都不得个安稳，究竟为的是什么，我们自己都不知道。这是实情。竞争的商业社会，只是萧伯纳所谓零卖灵魂的市场。我们快快的回头，也许可以超脱；再不要迷信开纱厂。比如说，发大财——要知道蕴藻滨华丽宏大的大中华的烟囱，已经好几时不出烟。我们与其崇拜新近死的北岩公爵（他最大的功绩，就在造成同类相残的心理，摧残了数百万的生灵，他却取得了威望与金钱与不朽的荣誉）与美国的十大富豪，不如去听聂云台先生的忏悔谈，去讲他演说托尔斯泰与甘地的真谛吧！

八

罗素说他自从看过中国以后，他才觉悟“累进”（Progress）与“捷效”的信仰是近代西方的大不幸。他也悟到固定的社会的好处——这是进步的反面——与情性，或懒惰主义的妙处——这是捷效的反面——他说："I have hopes of laziness as a gospel."

懒惰是济世的福音！我们知道罗素所谓"懒惰"的反面不是我们农业社会之所谓勤——私人治己治家的勤是美德，永远应受奖励的——而是现代机械式的工商社会所产生无谓的慌忙与扰攘，灭绝性灵的慌忙与扰攘。这就是说，现代的社会趋向于侵蚀，终于完全剥夺合理的人生应有的余闲，这是极大的危险与悲惨。劳力的工人不必说，就是中等社会，亦都在这不幸的旋涡中急转。罗素以为，譬如就英国说，中级社会之顽、愚、嫉妒、偏执、迷信，劳工社会之残忍、愚暗、酗酒的习惯，等等，都是生活的状态失了自然的和谐的结果。

九

所以现代社会的状况，与生命自然的乐趣，是根本不能相容的。友谊的情感，是人与人，或国与国相处的必需原素，而竞争主义又是阻碍真纯同情心发展的原因。又次，譬如爱美的风尚，与普遍的艺术的欣赏，例如当年雅典或初期的罗马曾经实现过的，又不是工商社会所能容恕的。从前的技士与工人，对于他们自己独出心裁所造成的作品，有亲切真纯的兴趣；但现在伺候机器的工作，只能僵瘪人的心灵，决不能奖励创作的本能。我们只要想起英国的孟骞斯德、利物浦，美国的芝加哥、毕次保格、纽约，中国的上海、天津，就知道工业主义只能孕育丑恶、庸俗、龌龊、罪恶、嚣厖、高烟囱与大腹贾。

又次，我们常以为科学与工业文明有不可分离的关系。是的，关系是有的；但却不是不可分离的。没有科学，就没有现代的文明；但科学有两种意义，我们应得认明：一是纯粹的科学，例如自然现象的研究，这是人类凭着智力与耐心积累所得的，罗素所谓"The most god-like thing that men can do"，一是科学的应用，这才是工业文明的主因。真纯的科学家，只有纯粹的知识是他的对象，他绝对不是功利主义的，绝对不问他所寻求与人生有何实际的关系。孟代尔（Mendel）当初在他清静的寺院培养他的豆苗，何尝想到今日农畜资本家的利用他的发明？法兰岱（Faraday）与麦克士惠尔（Maxwell）亦何尝想到现代的电气事业？

当初的先生们，竭尽他们一生精力，开拓人类知识的疆土，何尝料想到，照现在的状况看来，他们倒似乎变了人类的罪人；因为应用科学的成绩，就只（一）倍增了货物的产品，促成资本主义之集中；（二）制造杀人的利器，奖励同类自残的劣性；（三）设备机械性的娱乐，却掩没了美术的本能。我们再看，应用科学最发达的所在是美国；资本主义最不易摇动的所在，是美国；纯粹科学最不发达的，亦是美国；他们现在所利用的科学的发现，都不是美国人的成绩。所以功利主义的倾向，最是不利于少数的聪明才智，寻求纯粹智识的努力。我们中国近来很讨论科学是否人生的福音，一般人竟有误科学为实际的工商业，以为我们若然反抗工业主义，即是反对科学本体，这是错误的。科学无非是有系统的学术与思想，这如何可以排斥；至于反抗机械主义与提高精神生活，却又是一件事了。

所以合理的人生，应有的几种原素——自然的幸福，友谊的情感，爱美与创作的奖励，纯粹知识——科学——的寻求——都是与机械式的社会状况根本不能并存的。除非转变机械主义的倾向，人生很难有希望。

十

这是我们也都看得分明的；我们亦未尝不想转变方向，但却从哪里做起呢？这才是难处。罗素先生却并不悲观。他以为这是个心理——伦理的问题，旧式的伦理，分别善恶与是非的，大都不曾认明心理的实在，而且往往侧重个人的。罗素的主张，就在认明心理的实在，而以社会的利与弊为判定行为善恶的标准。罗素看来，人的行为只是习惯，无所谓先天的善与恶。凡是趋向于产生好社会的习惯，不论是心的或体的，就是善；反之，产生劣社会的习惯，就是恶。罗素所谓好的社会，就是上面讲的具有四种条件的社会；他所谓劣社会就是反面，因本能压迫而生的苦痛（替代自然的快乐），恨与嫉忌（替代友谊与同情）；庸俗少创作，不知爱美，与心智的好奇心之薄弱。要奖励有利全体的习惯，可以利用新心理学的发现。我们既然明白了人是根本自私自利的，就可以利用人们爱夸奖恶责罚的心理，造成一种绝对的道德（Positive Morality），就是某种的行为应受奖掖，某种的行为应受责辱。但只是折衷于社会的利益，而不是先天的假定某种行为为善，某种行为为恶。从前台湾土人有一种风俗：一个男子想要娶妻，至少须杀下一个人头，带到结婚场上；我们文明社会奖励同类自残，叫作勇敢，算是美德，岂非一样可笑？

这样以结果判别行为的伦理，就性质说，与边沁及穆勒父子所代表的伦理学，无甚分别；罗素自己亦说他的主张并不是新奇的，不过不论怎样平常的一个原则，若然全社会认定了他的重要，着力的实行去，就会发生可惊的功效。以公众的利益判别行为之善恶，这个原则一定，我们的教育、刑律，我们奖与责的标准，当然就有极重要的转变。

十一

归根的说，现有的工业主义、机械主义、竞争制度，与这些现象所造成的迷信心理与习惯，都是我们理想社会的仇敌，合理的人生的障碍。现在，就中国说，唯一的希望，就在领袖社会的人，早早的觉悟，利用他们表率的地位，排斥外来的引诱，转变自杀的方向，否则前途只是黑暗与陷阱。罗素说中国人比较的入魔道最浅，在地面上可算是最有希望的民族。他说这话，是在故意的打诳，哄骗我们呢，还是的确是他观察现代文明的真知灼见？——但吴稚晖先生曾叮嘱我们，说罗素只当我们是小孩子，他是个大滑头骗子！

给抱怨生活干燥的朋友

得到你的信，像是掘到了地下的珍藏，一样的稀罕，一样的宝贵。

看你的信，像是看古代的残碑，表面是模糊的，意致却是深微的。

又像是在尼罗河旁边暮夜，在月亮正照着金字塔的时候，梦见一个穿黄金袍服的帝王，对着我作谜语，我知道他的意思，他说："我无非是一个体面的木乃伊。"

又像是我在这重山脚下半夜梦醒时，听见松林里夜鹰的Soprano，可怜的遭人厌毁的鸟，他虽则没有子规那样天赋的妙舌，但我却懂得他的怨愤、他的理想，他的急调是他的嘲讽与咒诅；我知道他怎样的鄙蔑一切、鄙蔑光明、鄙蔑烦嚣的燕雀，也鄙弃自喜的画眉。

又像是我在普陀山发现的一个奇景：外面看是一大块岩石，但里面却早被海水蚀空，只剩罗汉头似的一个脑壳，每次海涛向这岛身搂抱时，发出极奥妙的音响，像是情话，像是咒诅，像是祈祷，在雕空的石笋、钟乳间呜咽，像大和琴的谐音在皋雪格的花椽、石楹间回荡——但除非你有耐心与勇气，攀下几重的石岩，俯身下去凝神的察看与倾听，你也许永远不会想象，不必说发现这样的秘密。

又像是……但是我知道，朋友，你已经听够了我的比喻。也许你愿意听我自然的嗓音与不做作的语调，不愿意收受用幻想的亮箔包裹着的话，虽则，我不能不补一句，你自己就是最喜欢从一个弯曲的白银喇叭里，吹弄你的古怪的调子。

你说："风大土大，生活干燥。"这话仿佛是一阵奇怪的凉风，使我感觉一个恐惧的战栗；像一团飘零的秋叶，使我的灵魂里掉下一滴悲悯的清泪。

我的记忆里，我似乎自信，并不是没有葡萄酒的颜色与香味，并不是没有妩媚的微笑的痕迹，我想我总可以抵抗你那句灰色的语调的影响——

是的，昨天下午我在田里散步的时候，我不是分明看见两块凶恶的黑云消灭在太阳猛烈的光焰里，五只小山羊，兔子一样的白净，听着她们妈的吩咐在路旁寻草吃，三个捉草的小孩在一个稻屯前抛掷镰刀；自然的活泼给我不少的鼓舞，我对着白云里矗着的宝塔喊说我知道生命是有意趣的。

今天太阳不会出来。一捆捆的云在空中紧紧的挨着，你的那句话碰巧又添上了几重云蒙，我又疑惑我昨天的宣言了。

我也觉得奇怪，朋友，何以你那句话在我的心里，竟像白垩涂在玻璃上，这半透明的沉闷是一种很巧妙的刑罚，我差不多要喊痛了。

我向我的窗外望，暗沉沉的一片，也没有月亮，也没有星光，日光更不必想，他早已离别了。那边黑蔚蔚的是林子，树上，我知道，是夜鸮的寓处；树下累累的在初夜的微芒中排列着，我也知道，是坟墓，僵的白骨埋在硬的泥里，磷火也不见一星。这样的静，这样的惨，黑夜的胜利是完全的了。

我闭着眼向我的灵府里问讯，呀，我竟寻不到一个与干燥脱离的生活的意象，干燥像一个影子，永远跟着生活的脚后，又像是葱头的葱管，永远附着在生活的头顶，这是一件奇事。

朋友，我抱歉，我不能答复你的话，虽则我很想，我不是爽恺的西风，吹不散天上的云罗，我手里只有一把粗拙的泥锹，如其有美丽的理想或是希望要埋葬，我的工作倒是现成的——我也有过我的经验。

朋友，我并且恐怕，说到最后，我只得收受你的影响，因为你那句话已经凶狠的咬入我的心里，像一个有毒的蝎子，已经沉沉的压在我的心上，像一块盘陀石，我只能忍耐，我只能忍耐……

泰戈尔

我有几句话想趁这个机会对诸君讲，不知道你们有没有耐心听。泰戈尔先生快走了，在几天内他就离别北京，在一两个星期内他就告辞中国。他这一去大约是不会再来的了。也许他永远不能再到中国。

他是六七十岁的老人，他非但身体不强健，他并且是有病的。去年秋天他还发了一次很重的骨痛热病，所以他要到中国来，不但他的家属，他的亲戚朋友，他的医生，都不愿意他冒险，就是他欧洲的朋友，比如法国的罗曼·罗兰，也都有信去劝阻他。他自己也曾经踌躇了好久，他心里常常盘算他如其到中国来，他究竟能不能够给我们好处，他想中国人自有他们的诗人、思想家、教育家，他们有他们的智慧、天才、心智的财富与营养，他们更用不着外来的补助与戟刺，我只是一个诗人，我没有宗教家的福音，没有哲学家的理论，更没有科学家实利的效用，或是工程师建设的才能，他们要我去做什么，我自己又为什么要去，我有什么礼物带去满足他们的盼望。他真的很觉得迟疑，所以他延迟了他的行期。但是他也对我们说到冬天完了春风吹动的时候（印度的春风比我们的吹得早），他不由的感觉了一种内迫的冲动，他面对着逐渐滋长的青草与鲜花，不由的抛弃了、忘却了他应尽的职务，不由的解放了他的歌唱的本能，和着新来的鸣雀，在柔软的南风中开怀的讴吟。同时他收到我们催请的信，我们青年盼望他的诚意与热心，唤起了老人的勇气。他立即定夺了他东来的决心。他说趁我暮年的肢体不曾僵透，趁我衰老的心灵还能感受，决不可错过这最后唯一的机会。这博大、从容、礼让的民族，我幼年时便发心朝拜，与其将来在黄昏寂静的境界中萎衰的惆怅，毋宁利用这夕阳未暝时的光芒，了却我进香人的心愿？

他所以决意的东来，他不顾亲友的劝阻，医生的警告，不顾自身的高年与病体，他也撇开了在本国一切的任务，跋涉了万里的海程，他来到了中国。

自从四月十二在上海登岸以来，可怜老人不曾有过一半天完整的休息，旅行的劳顿不必说，单就公开的演讲以及较小集会时的谈话，至少也有了三四十次！他的，我们知道，不是教授们的讲义，不是教士们的讲道，他的心府不是堆积货品的栈房，他的辞令不是教科书的喇叭。他是灵活的泉水，一颗颗颤动的圆珠从地心里兢兢的泛登水面，都是生命的精液；他是瀑布的吼声，在白云间，青林中，石罅里，不住的欢响；他是百灵的歌声，他的欢欣、愤慨、响亮的谐音，弥漫在无际的晴空。但是他是倦了，终夜的狂歌已经耗尽了子规的精力，东方的曙色亦照出他点点的心血，染红了蔷薇枝上的白露。

老人是疲乏了。这几天他睡眠也不得安宁，他已经透支了他有限的精力。他差不多是靠散拿吐瑾过日的。他不由的不感觉风尘的厌倦，他时常想念他少年时在恒河边沿拍浮的清福，他想望椰树的清荫与曼果的甜瓤。

但他还不仅是身体的惫劳，他也感觉心境的不舒畅。这是很不幸的。我们做主人的只是深深的负歉。他这次来华，不为游历，不为政治，更不为私人的利益，他熬着高年，冒着病体，抛弃自身的事业，备尝行旅的辛苦，他究竟为的是什么？他为的只是一点看不见的情感，说远一点，他的使命是在修补中国与印度两民族间中断千余年的桥梁；说近一点，他只想感召我们青年真挚的同情。因为他是信仰生命的，他是尊崇青年的，他是歌颂青春与清晨的，他永远指点着前途的光明。悲悯是当初释迦牟尼证果的动机，悲悯也是泰戈尔先生不辞艰苦的动机。现代的文明只是骇人的浪费，贪淫与残暴、自私与自大、相猜与相忌，飓风似的倾覆了人道的平衡，产生了巨大的毁灭。芜秽的心田里只是误解的蔓草，毒害同情的种子，更没有收成的希冀。在这个荒惨的境地里，难得有少数的丈夫，不怕阻难，不自馁怯，肩上扛着铲除误解的大锄，口袋里满装着新鲜人道的种子，不问天时是阴是雨是晴，不问是早晨是黄昏是黑夜，他只是努力的工作，清理一方泥土，施殖一方生命，同时口唱着嘹亮的新歌，鼓舞在黑暗中将次透露的萌芽。泰戈尔先生就是这少数中的一个。他是来广布同情的，他是来消除成见的。我们亲眼见过他慈祥的阳春似的表情，亲耳听过他从心灵底里迸裂出的大声，我想只要我们的良心不曾受恶毒的烟煤熏黑，或是被恶浊的偏见污抹，谁不曾感觉他至诚的力量，魔术似的，为我们生命的前途开辟了一个神奇的境界，燃点了理想的光明？所以我们也懂得他的深刻的懊怅与失望，如其他知道部分的青年不但不能容纳他的灵感，并且存心的诬毁他的热忱。我们固然奖励思想的独立，但我们决不敢附和误解的自由。他生平最满意的成绩就在他永远能得青年的同情，不论在德国，在丹麦，在美国，在日本，青年永远是他最忠心的朋友。他也曾经遭受种种的误解与攻击，政府的猜疑与报纸的诬捏与守旧派的讥评，不论如何的谬妄与剧烈，从不曾扰动他优容的大量，他的希望，他的信仰，他的爱心，他的至诚，完全的托付青年。我的须，我的发是白的，但我的心却永远是年青的，他常常的对我们说，只要青年是我的知己，我理想的将来就有着落，我乐观的明灯永远不至黯淡。他不能相信纯洁的青年也会坠落在怀疑、猜忌、卑琐的

现代的文明只是骇人的浪费，贪淫与残暴、自私与自大、相猜与相忌，飏风似的倾覆了人道的平衡，产生了巨大的毁灭。芜秽的心田里只是误解的蔓草，毒害同情的种子，更没有收成的希冀。在这个荒惨的境地里，难得有少数的丈夫，不怕阻难，不自馁怯，肩上扛着铲除误解的大锄，口袋里满装着新鲜人道的种子，不问天时是阴是雨是晴，不问是早晨是黄昏是黑夜，他只是努力的工作，清理一方泥土，施殖一方生命，同时口唱着嘹亮的新歌，鼓舞在黑暗中将次透露的萌芽。泰戈尔先生就是这少数中的一个。

泥涸，他更不能信中国的青年也会沾染不幸的污点。他真不预备在中国遭受意外的待遇。他很不自在，他很感觉异样的怆心。

因此精神的懊丧更加重他躯体的倦劳。他差不多是病了。我们当然很焦急的期望他的健康，但他再没有心境继续他的讲演。我们恐怕今天就是他在北京公开讲演最后的一个机会。他有休养的必要，我们也决不忍再使他耗费有限的精力。他不久又有长途的跋涉，他不能不有三四天完全的养息。所以从今天起，所有已经约定的集会，公开与私人的，一概撤销，他今天就出城去静养。

我们关切他的一定可以原谅，就是一小部分不愿意他来作客的诸君也可以自喜战略的成功。他是病了，他在北京不再开口了，他快走了，他从此不再来了。但是同学们，我们也得平心的想想，老人到底有什么罪，他有什么负心，他有什么不可容赦的犯案？公道是死了吗，为什么听不见你的声音？

他们说他是守旧，说他是顽固，我们能相信吗？他们说他是“太迟”，说他是“不合时宜”，我们能相信吗？他自己是不能信，真的不能信。他说这一定是滑稽家的反调。他一生所遭逢的批评只是太新、太早、太急进、太激烈、太革命的、太理想的，他六十年的生涯只是不断的奋斗与冲锋，他现在还只是冲锋与奋斗。但是他们说他是守旧、太迟、太老，他顽固奋斗的对象只是暴烈主义、资本主义、帝国主义、武力主义、杀灭性灵的物质主义，他主张的只是创造的生活、心灵的自由、国际的和平、教育的改造、普爱的实现。但他们说他是帝国政策的间谍、资本主义的助力、亡国奴族的流民、提倡裹脚的狂人！肮脏是在我们的政客与暴徒的心里，与我们的诗人又有什么关系？昏乱是在我们冒名的学者与文人的脑里，与我们的诗人又有什么亲属？我们何妨说太阳是黑的，我们何妨说苍蝇是真理？同学们，听信我的话，像他的这样伟大的声音我们也许一辈子再不会听着的了。留神目前的机会，预防将来的惆怅！他的人格我们只能到历史上去搜寻比拟。他的博大的温柔的灵魂我敢说永远是人类记忆里的一次灵迹。他的无边的想象与辽阔的同情使我们想起惠德曼；他的博爱的福音与宣传的热心使我们记起托尔斯泰；他的坚韧的意志与艺术的天才使我们想起造摩西像的密仡郎其罗；他的诙谐与智慧使我们想象当年的苏格拉底与老聃；他的人格的和谐与优美使我们想念暮年的葛德；他的慈祥的纯爱的抚摩，他的为人道不厌的努力，他的磅礴的大声，有时竟使我们唤起救主的心象；他的光彩，他的音乐，他的雄伟，使我们想念奥林必克山顶的大神。他是不可侵凌的，不可逾越的，他是自然界的一个神秘的现象。他是三春和暖的南风，惊醒树枝上的新芽，增添处女颊上的红晕。他是普照的阳光。他是一派浩瀚的大水，来从不可追寻的渊源，在大地的怀抱中终古的流着，不息的流着，我们只是两岸的居民，凭借这慈恩的天赋，灌溉我们的田稻，苏解我们的消渴，洗净我们的污垢。他是喜马拉雅积雪的山峰，一般的崇高，一般的纯洁，一般的壮丽，一般的高傲，只有无限的青天枕藉他银白的头颅。

人格是一个不可错误的实在，荒歉是一件大事，但我们是饿惯了的，只认鸠形与鹄面是人生本来的面目，永远忘却了真健康的颜色与彩泽。标准的低降是一种可耻的堕落，我们只是踞坐在井底的青蛙，但我们更没有怀疑的余地。我们也许揣详东方的初白，却不能非议中天的太阳。我们也许见惯了阴霾的天时，不耐这热烈的光焰消散天空的云雾，暴露地面的荒芜，但同时在我们心灵的深处，我们岂不也感觉一个新鲜的影响，催促我们生命的跳动，唤醒潜在的想望，仿佛是武士望见了前峰烽烟的信号，更不踌躇的奋勇前向？只有接近了这样超轶的纯粹的丈夫，这样不可错误的实在，我们方始相形的自愧我们的口不够阔大，我们的嗓音不够响亮，我们的呼吸不够深长，我们的信仰不够坚定，我们的理想不够莹澈，我们的自由不够磅礴，我们的语言不够明白，我们的情感不够热烈，我们的努力不够勇猛，我们的资本不够充实……

我自信我不是恣滥不切事理的崇拜，我如其曾经应用浓烈的文字，这是因为我不能自制我浓烈的感想。但是我最急切要声明的是，我们的诗人，虽则常常招受神秘的徽号，在事实上却是最清明、最有趣、最诙谐、最不神秘的生灵。他是最通达人情，最近人情的。我盼望有机会追写他日常的生活与谈话。如其我是犯嫌疑的，如其我也是性近神秘的（有好多朋友这么说），你们还有适之先生的见证，他也说他是最可爱最可亲的个人。我们可以相信适之先生绝对没有“性近神秘”的嫌疑！所以无论他怎样的伟大与深厚，我们的诗人还只是有骨有血的人，不是野人，也不是天神。唯其是人，尤其是最富情感的人，所以他到处要求人道的温暖与安慰，他尤其要我们中国青年的同情与情爱。他已经为我们尽了责任，我们不应，更不忍辜负他的的期望。同学们！爱你的爱，崇拜你的崇拜，是人情不是罪孽，是勇敢不是懦怯！

人格是一个不可错误的实在，荒歉是一件大事，但我们是饿惯了的，只认鸠形与鹄面是人生本来的面目，永远忘却了真健康的颜色与彩泽。标准的低降是一种可耻的堕落，我们只是踞坐在井底的青蛙。

意大利的天时小引

我们常听说意大利的天就比别处的不同：“蓝天的意大利”，“艳阳的意大利”，“光亮的意大利”。我不曾来的时候，我常常想象意大利的天，阴霾、晦塞、雾盲、昏沉那类的字在这里当然是不适用不必说，就是下雨也一定像夏天阵雨似的别有风趣，只是在雨前雨后增添天上的妩媚；我想没有云的日子一定多，头顶只见一个碧蓝的圆穹，地下只是艳丽的阳光，大致比我们冬季的北京再加几倍光亮的模样。有云的时候，也一定是最可爱的云彩，鹅毛似的白净，一条条在蓝天里挂着，要不然就是彩色最鲜艳的晚霞，玫瑰、琥珀、玛瑙、珊瑚、翡翠、珍珠什么都有；看着了那样的天（我想）心里有愁的人一定会忘却愁，本来快活的一定加倍的快活……

那是想象中的意大利的天与天时，但想望总不免过分；在这世界上最美满的事情离着理想的境界总还有几步路。意大利的天，虽则比别处的好，终究还不是“洞天”。你们后来的记好了，不要期望过奢；我自己幸亏多住了几天，否则不但不满意，差一些还会十分的失望。

初入境的印象我敢说一定是很强的。我记得那天钻出了阿尔帕斯的山脚，连环的雪峰向后直退。郎巴德的平壤像一条地毯似的直铺到前望的天边；那时头上的天与阳光的确不同，急切说不清怎样的不同，就只天蓝比往常的蓝，白云比寻常的白，阳光比平常的亮，你身边站着的旅伴说“啊，这是意大利”，你也脱口的回答“啊，这是意大利”，你的心跳就自然的会增快，你的眼力自然的会加强。田里的草，路旁的树，湖里的水都仿佛微笑着轻轻的回应你，啊，这是意大利！

但我初到的两个星期，从米兰到威尼斯，经翡冷翠去罗马，意大利的天时，你说怎样，简直是荒谬！威尼斯不曾见着它有名夕照的影子，翡冷翠只是不清明，罗马最不顾廉耻，简直连绵的淫雨了四天，四月有正月的冷，什么游兴都给毁了，临了逃向翡冷翠那天我真忍不住咒了。

白地亚（Badia，Florence）

翡冷翠有两个白地亚（Badia，可译作修道院）：一个是城里，那边前后左右多的是丹德的遗迹与纪念；还有一个白地亚是在菲蔼莎利（Fiesole）的底下，Mugnone河谷的上边，那是我常去留连的地方。这寺院的内部是勃罗内勒司奇（Brunelleschi，翡冷翠的名建筑家，与唐那推诺Donatello大造像家同时，他们俩是好朋友）造的，大约在十五世纪的早年，但前面的砖墙与正中大理石——白色与墨青的——的大门，还是十一世纪的遗产，雕工极精，古雅得很。这寺的内院也是勃罗内勒司奇的手绩，当年讲柏拉图的Marsilio Ficino的柏拉图学院就在这里，还有那有名的美少年大学者，曾经“Wandering over the crooked hills of delicious Pleasure”，但到翡冷翠后抛弃了一切虚荣专心研究柏拉图，想调和古希腊与耶教的思想的Pico delle Mirandola（皮谷·台拉·米郎独拉，多好听的名字！）当年也在道院内住着著书。这一带附近是Lorenzo时代文化的中心，这边上曾经印过Lorenzo the Magnificent自己与皮谷的足迹，丹德也一定来过的；Sarrnarola火热的训道曾经在这谷内回响过；上边庄菲莎利山坳里有古罗马戏院、公共澡堂、古庙的遗迹，现在却只偏长着野花与蔓草；这里附近多的是历史上有名的别墅，Mutticelli的在这里，他朋友诗人Palmien的庄子在这里，那是最有名的讲故事大家Boceaccio在一三八四年翡冷翠遭疫劫时讲他绝妙的滑稽的猥亵的故事的地方，Lorenzo自己的Villa Medici在森森的松林里掩映着，也在山上。

但我爱这一带地方却不全为历史的关系，菲蔼莎利是闹的时候多，但白地亚是很少游客的踪迹，寺前有一大块平地，极边一行Linden大树，满地的浓荫，有矮石墙围着，上面可以坐卧，下面是Mugnone的山谷，望得见翡冷翠的全城。我不时在夕阳斜时去，踞坐在矮石墙上眺望，等太阳在对面山岭的背后沉了下去，晚风凉透了才独自缓步回家。

话匣子（一）

——《汉姆雷德》与留学生

一个自命时新甚至激进的人多的是发见他自己骨子里其实守旧甚至顽固的时候。最显著的是讲政治：在三四年前热烈的崇拜列宁，信仰劳工革命的先生们这时候在中国不仅笑骂想望共产天国的青年，并且私下祷祝俄国革命快快完全失败，给他一个自夸高见的机会。思想上也是的：十年前的老虎这时候全变了猫了，而且大都有煨灶的倾向，从此不要说人，连耗子都“办不了”了；入后的转变更快了，在这时候张牙舞爪的能有几天威势，看着，不久我们的孩子都会到椅子底下拉住他们的尾巴把他们倒拖出来！神奇化为腐朽，我们每天见得着，但谁见过腐朽复化为神奇？

前年我记得有一晚我与西滢西林在新朋剧场差一点乐破了肠胃。我们买了一个包厢看李悲世一群新剧家演的《汉姆雷德》，据陈大悲的道歉辞令说，那是莎士比亚的四世孙：莎翁的戏兰姆先生写成故事，林琴南先生又从兰姆翻成古文，郑正秋先生又从林琴南编成新剧，最末了特烦李悲世先生开演这空前的中国汉姆雷德。我们不能不乐。同时看客中受感动的自然有，穿天鹅绒衫子的女太太们看到奥菲利亚疯了的时候偷揩眼泪的不少。我们这几个人特别的受用，人家愁时我们乐，人家哭时我们笑，有我们的理由。我们是去过大英国，莎士比亚是英国人，他写英文的，我们懂英文的，在学堂里研究过他的戏，至少《汉姆雷德》，在戏台上也看过，许还不止一次，我们当然不仅懂得莎士比亚，并且认识丹麦王子汉姆雷德，我们想象里都有一个他，穿丧服的，见鬼的，蹙着眉头捻紧拳头自己同自己商量——“死好还是不死好？”李悲世先生的汉姆雷德是一个新式汉姆雷德，穿一身燕尾服，走路比奥菲利亚还要婀娜，口气（一口蓝青官话，父王长，母后短）比奥菲利亚还要温柔，一时候跪下一条腿去亲吻奥菲利亚的手算是求婚的意思，顺便博得池子里的鼓掌。我们眼睛长在头发心里的英国留学生怎的不笑断肚肠根？所以这算是我们新剧的成绩，汉姆雷德，丹麦王子，莎士比亚一定在他那坟里翻身哪……

英国留学生难得高兴时讲他的莎士比亚，多体面多够哏儿的事情，你们没到过外国看不完全原文的当然不配插嘴，你们就配扁着耳朵悉心的听。要说艺术的戏剧，听清楚了，戏剧不是娱乐是艺术，纯粹的最高的艺术，是莎士比亚、莫利哀一流的神品，不是杨小楼去盗马，余叔岩去闹府，说起艺术两个字管子里的血都会转得快些的，这事情当然更是我们留学生的专利了；我们不出手艺术那蜗牛就永远躲在硬壳里面不透出来，没有我们是不成的，信不信？哼，穿燕尾服的汉姆雷德，猫都笑瞎眼珠了！

这是我们高明新派人腔子里的话，虽则在事实上我们还不屑多费唾液多难为呼吸跟那班人生气，几声冷笑，一小串的鼻音，也尽够表现我们的蔑视了。

同时报仇的神永远在你的背后跟着，随你跑得多快。

最近伦敦戏剧界的新花样是一出老戏，不是别的，就是汉姆雷德，并且还是莎先生的原本，没有重要的改动。大得发，没有一篇评文不称赞，最难服事的批评家都笑着点头了。你知道这新汉姆雷德不同的地方在哪里？第一点，顶要紧的，是这丹麦王子，连着他的父王母后，不成事实的丈人，生生疯死的奥菲利亚一群人的衣服全都就近请教彭街上的裁缝，没有跑回三百年去作成依理查白斯时代的成衣师父。奥菲利亚穿短裙子，太子穿白法兰绒运动裤，戴艳色领结（服制都不管了），在朝廷上大大方方的做他的戏。第二个新花样是跟着短裙子白绒裤来的，说话也变活了，原先是一顿一顿的念诗，因为不如此莎翁的诗就给糟蹋了，这回可随熟了，鲍郎尼斯教训儿子也就比你家尊大人在你出门时嘱咐你几句小心话不差什么神气，汉姆雷德自得其乐的演说也就比我们日常空下来没事做自言自语不差什么威严，奥菲利亚对太子说话也就比你的爱人怕你生气跑来赔小心不差什么温存。简单一句话，这回伦敦的新汉姆雷德离着李悲世先生们在新明剧场做的比在我们大英国留学生的想象中的莎翁杰作距离贴近得多！

留学生当然不服气，当然还有自解的话说，但我们现在没工夫听了，唯一崭新的教训是不要太自以为是了，有时候分明极荒谬可笑的试验未始不包涵着相当的暗示，分明山重水曲的转弯未始没有花明柳暗的去处。势利是群性动物的一个通性，本质不同就是：有名利的势利，旧儒林外史式的势利；有知识的势利，新儒林外史式的势利，方向不一样，势利还不一样是势利。我们里面很少人反省到单这会一点洋文的小事，暗里全把我们变成了不自觉的“夜郎”，这是危险的，因为做夜郎的结果往往是把自大的烂泥砌满了原来多少通气的灵窍。那晚我们上新明去看丹麦王子还不是存心去取乐？谁也不曾在直乐的时候抽空想一想这古戏也未始不可新做的可能。我们明里或暗里都赞成活时代用活语言造活文学，但等得丹麦王子穿上了北京饭店里跳舞适用的“活”衣服，我们就下面顿足上面笑酸牙根骂人家胡闹！

等着：古戏新做，古诗新读，古话新说一类的可能性大着哩。我此时想象一个空城计的诸葛军师穿一件团花蓝缎袍戴一顶面盆帽，靠着北海漪澜堂一类的栏杆心平气和的对一个脸上不擦白粉的司马懿谈天。为什么不成？这回我在柏林见一次新衣装的茶花女奥配拉，唱还是照旧，姿势也还是照旧，说老实话，有点看不惯，就比如梅兰芳唱时装新戏，拿着一块丝巾左牵右牵的唱二簧慢板，其实有点看不惯。很可惜我们看不到伦敦的新汉姆雷德，听说他们还要继续试验别的旧戏，撇开了不自然的戏台惯习，用自然的演法来发明剧本里变不掉的精彩。至少是有趣并且有意味的尝试，我敢说。

临了话还得说回来，我开篇第一句话是“一个自命时新甚至激进的人多的是发见他骨子里其实守旧甚至顽固的时候”。我们如其想望我们的心灵永远能像一张紧张的弦琴，挂在松林里跟着风声发出高下疾徐的乐音，我们至少消极方面就得严防势利与自大与虚荣心的侵入。肚子里塞满茅草固然是不舒服，心坎化生了硬石头也不见得一定是卫生。留学生的消化力本来就衰弱，因为不是一时间吃得太多就是吃得太快。胃病是怪难受的。

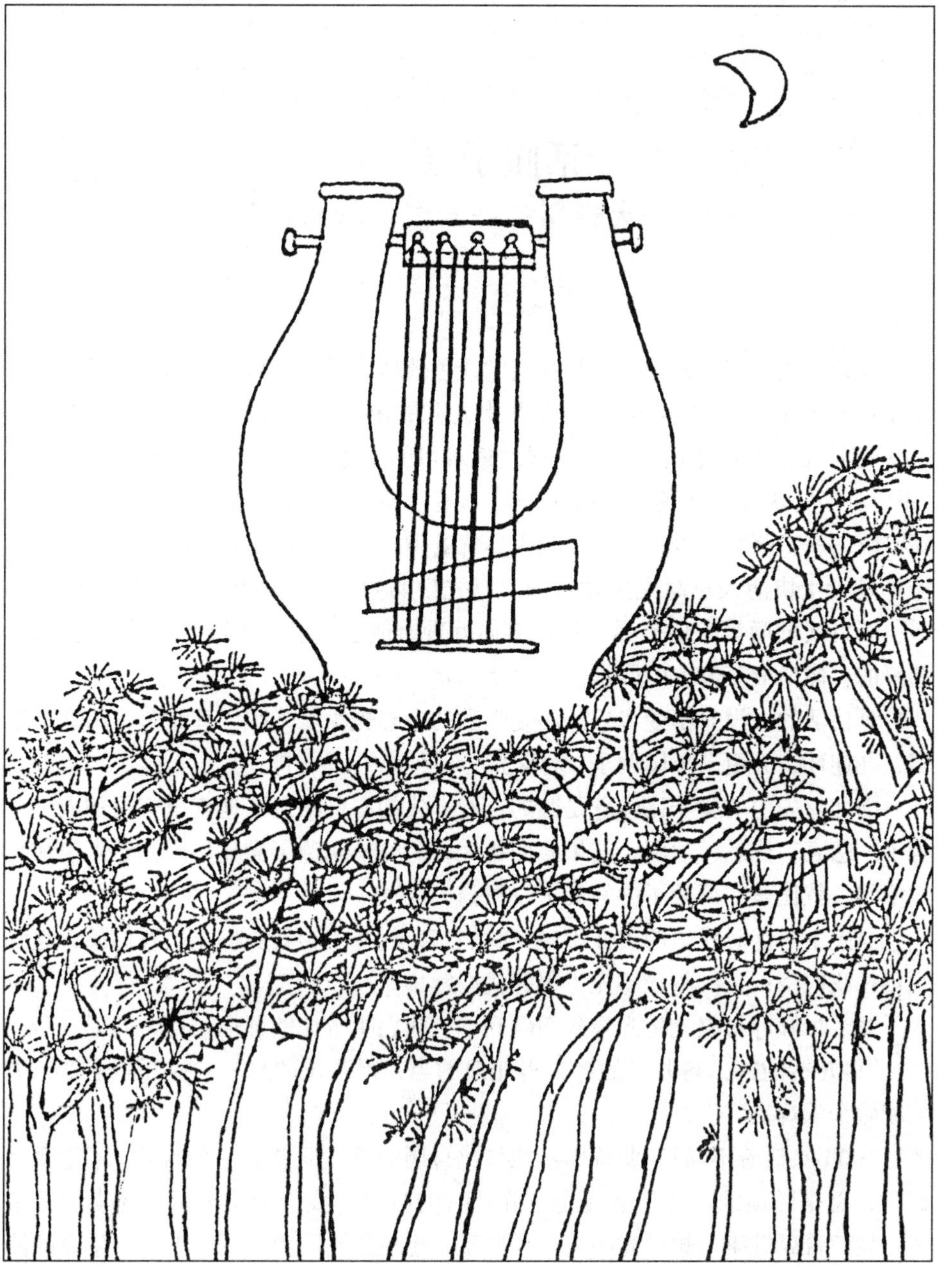

我们的心灵永远能像一张紧张的弦琴，挂在松林里跟着风声发出高下疾徐的乐音，我们至少消极方面就得严防势利与自大与虚荣心的侵入。肚子里塞满茅草固然是不舒服，心坎化生了硬石头也不见得一定是卫生。留学生的消化力本来就衰弱，因为不是一时间吃得太多就是吃得太快。胃病是怪难受的。

话匣子（二）

——一大群骡；一只猫：赵元任先生

我第一次见识赵元任先生是在美国绮色佳地方一个娱乐性质的集会场上。赵先生站在台上唱《九连环》，得儿儿得儿儿的滚着他灵便的舌头。听的人全乐了。赵元任是个天生快活人——现代最难得的奇才。胡适之有一个雅号，叫作“不可救药的乐观主义者”，他的嘴唇上（有小胡子时小胡子里）永远——用一个新字眼——“荡漾”着一种看了叫人忘忧的微笑。这已经是很难得了；但他还不能算是天生快活人。赵先生才是的。赵先生的微笑比胡先生的“幽雅精致”得多：新月式的微笑。但是你一见他笑你就看出他心坎里不矫揉的快乐，活动的，新鲜的，像早上草瓣上的露水。

真快活的人没有不爱音乐、不爱唱歌的。赵先生就爱唱。莲花落，山歌，道情，九连环，五更，外国调子，什么都会。他是一只八哥。

因此赵先生的脸子比较算是圆的。看现代的心理状态，地支里应得加入一只骡子。悲哀，忧愁，烦闷。结果我们年轻人的脸子全遭了骡化！因此赵先生在我们中间，就比是一群骡子中间夹了一只猫。

赵先生对这时代负的责任不轻。我们悲，赵先生得替我们止；我们愁，赵先生得替我们浇；我们闷，赵先生得替我们解。

好了！好容易赵先生光降我们副刊了，我们听听他的开场是什么调子？

“得儿铃的钉，得儿弄的冬，得儿浪的当，得儿拉的打——放开胆子来，请大家做个乐观家。”

“这年头活着不易！”悲调固然往往比喜调动听，但老唱一个调子，不论多么好听，总是腻烦的。在不能完全解除悲观的时候，我们无论如何也还得向前希望。我们希冀健康，想望光明，希冀快乐，想望更光明更快乐的希望。生命的消息终究不是悲哀。它是快乐，不是眼泪；是笑，在大笑的冲洗里，我们的心灵得到完全的解放，生机得到完全的活动，兴味，勇敢，斗奋的精神，那时全跟着来了。春天雷震过后泥土里萌芽的豁裂，是大自然的笑；我们劫难过后心坎里欢欣的豁裂，是生命的笑。时候到了，我们不妨暂时忘却十字架上头颈倒挂的那个；

悲调固然往往比喜调动听，但老唱一个调子，不论多么好听，总是腻烦的。在不能完全解除悲观的时候，我们无论如何也还得向前希望。我们希冀健康，想望光明，希冀快乐，想望更光明更快乐的希望。

忘却锡兰岛上闭着眼睛瞎修行的那个；忘却“天生德于予，桓魋其如予何”自解嘲的那个。我们要另外寻宗教，寻神道，寻信仰。我们要更近人情的，更近生命的，更自然的一个象征，指导我们生活的方向与状态。我们要积极动的，活泼的，发扬的，没怕惧的。

我动议我们回到古希腊去寻访我们的心愿。

水草间逍遥下半身长长毛的“彭”（Pan）何似？树林里躲着性馋最狼藉的绥透士（Satyr）何似？维奴斯堡格山洞里躺着肉艳的维奴斯何似？

还是那伟大的达昂尼素斯（Dionysus），他的生命是狂歌，他的表情是狂舞？

大家来呀：

得儿铃的钉（轻轻地），
得儿弄的冬（渐响），
得儿浪的当，
得儿拉的打（极响）——

话匣子（三）

——新贵殃

本校毕业生○○○在美留学致函校长陈述在校考得硕士情形照录如下：

敬禀者近疏音敬抱罪万分恭维　道履迪吉为颂靡涯生于六月十五日在叙拉库大学考得硕士，口试笔试，均已及格，笔试七次，共题六十个，口试三小时，计有委员七人询问，生之论文题为 The Development of Taxation, with Special Reference to China，共做二百页，已印成一书，经各教员认为于学术上颇有价值之贡献，将生举入经济荣誉会，Ch Eta Sigma Fraternity (Honorary Society)，按此会之入会资格颇严，此次在数千人中，选出六人，其中三人，系大学教授，生幸得参与其间，据闻华人之得入此会者，以生为第一人，近来美国各大学对于华生日渐严厉，将北大列为第三等大学（因英文不佳故），凡毕业生至美，须三年方考得硕士，有该校毕业生，抵此三年，尚未考得，吾校在华，虽不如北大之负盛名，但生在此已于一年内考得硕士，各课分数，均在八十六分以上，平均约九十分，故已认法大为中国之头等大学，较北大高出二级，以后毕业生来此，可于一年内考得硕士，但须将英文程度提高，以免生为法大创设之地位，为之破坏，按生之于一年内得硕士，确为破天荒之成绩，于法大校誉，大有裨益耳，现拟于秋间入哈佛大学，考博士，大约二年后方能回国，附呈小影。祈哂存。敬请

道安

生○○○谨上　六月二十日

1

我得先请问你，聪明的读者，你看了这封信有什么感想？你如其自己是留学生，而且是美国的，那你不会感觉什么新奇，因为信里讲的情形多少是你自己的经验，即使你不曾对你母校通过这样恭敬的信。假如你是没有去过外洋的，并且

你的思想不是拐弯一类的，这来你一定不胜惊奇，无限钦佩！什么，笔试七次！题目六十个！口试三小时！二百页的论文！经济荣誉会！美国的大学堂多威风呀！考得硕士；平均九十分；一年内得硕士，破天荒之成绩——多可赞叹，多可羡慕，多可崇拜的替我们光宗耀祖的伟大不可一世的大留学生呀！

2

一大队的蚱蜢，草灰色的，浅藤黄的，竹叶青的，蹲在太平洋的这一岸，昂着斜方形的脑袋，亮着细小的眼珠，支着雄伟的大腿，——一，二，三！长细毛的小腿一撩，腿弯儿一耸，小身子就上了天去，再落下来的时候，太平洋已经掉在后背：蚱蜢先生们从此在新大陆上优游了。看，朋友，近年来太平洋的那一边老是有乌云似的东西飞度过来，都是些个什么呀？什么？蝗虫！吃现成庄稼替人间造灾殃的伟大的蝗虫！

蚱蜢先生们变了大蝗虫飞回来了。

3

门口蹲着大石狮子竖着大旗杆的各部衙门里。溜光的发亮的跳舞厅的地板上。伟大的各式会议的议席上。安着特制大法螺的各大学的大讲台上。锋头。成功。得意。升官。发财。硕士。博士。破天荒之成绩。

法郎士先生的牙慧

不，至少今晚我不能讲法郎士。我的脾气太坏，一动笔就有跑野马的倾向，何况是法郎士，这老头太逗人。今晚一来没有时候，二来没有劲，要不为做编辑没办法，这大冷的风夜，谁愿意拿笔写？躺平在床上抽着烟做“白日梦”不好吗？这一时竟没有好的来稿，许是天下不太平的缘故。前几天我急了，只好捞出一些巴黎的糟糟来凑和凑和，结果倒像居然有人看的样子。不但有人看，还有人要我再往下写。难怪，这年头就是巴黎合脾胃。可是要写也得脑子里有东西；我再有本事也不能完全凭空造不是？并且我怕——我怕我写巴黎容易偏着一面——你们明白是哪一面——结果给你们一个太近兴奋一类的印象。巴黎的生活决不是偏重那一面的，它的好处就在不偏：如其你看来巴黎性欲的色彩太浓，那只是你从来的地方太淡的缘故。如其你看来巴黎人太会作乐，那只是你一向太不懂得作乐的缘故。如其你以为巴黎太自由，那只是你自己身上绑着的绳子太多的缘故。巴黎人的生活自有他的和谐，他的一致，他才淘着了酒杯底里的樱桃！

巴黎真是值得知道的。凭你在生活的头上加什么形容词——精神的，享乐的，美术的，肉欲的，书虫的——巴黎都有可以当场出彩或是现成做得的最完美的活标本给你看。巴黎：本能不是羞耻，人性不露丑恶，可是够了，我得带住，趁早捡一点法郎士的牙慧敷衍了今晚的稿子再说，巴黎留着还怕没有时候讲？因为法郎士就是巴黎文化的结晶，透明的，闪光的，多姿态的。

著作家不定是会说话的。实际上好多大作者就像是猫，除了恋爱与发怒的时候轻易不开口的。法郎士是一只老麻雀，他一天叽叽喳喳停嘴的空儿很少；每天去看他的人几乎是不断的，他照例心里愈烦嘴里讲得愈起劲换衣服也不停嘴，除了刷着牙真没法想。我现在旁边的一本书就是他的秘书记下的他每天不经意的谈话——“Anatole France Himself：A Boswellian Record，by his Secretary Jean Jacques Brousson：English translation by John Pollock.”

从前听说皇帝的左手有一个秘书，他是专记皇上说的话的；但我们在帝王的本纪里却不易寻出一句有活人气息的话来。戴平天冠坐龙床的姑且不说，就是我们的大文学家也极少给我们一个日常谈笑的人格的记认。我们接近他们的方法，除了他们的诗文，就只他们的信札与日记，但有几个作者不在他们的信札里不撑出他的“臭绅士的架子”来？有几个写日记的不打算将来公开的？这是一件大大的憾事。假如我们也曾经鲍士惠尔这样一个人，有他那样一个发明文学上的全身摄影术的天才——我们的文学史就不会这样的枯燥、寂寞、没有活人气息。成文章的文章我们固然不能少，但有趣味人不经意的谈吐我们也得想法留下影子；绅士的臭架子或是臭绅士的架子许也有我们应得容忍他们存在的理由，但我们当然有权利盼望更亲切的更直接的认识一时代少数的天才——一个法子是保存他们日常谈话的姿态与内容。

现在阿那托尔·法郎士先生出场了。

一、暖帽

玖塞芬（法郎士的女用人）拿出一篓子奇形怪状的软帽来。这位大人物接了过来，拿起一顶顶帽子来放在拳头上撑绽了，安在头去，对着一架威尼斯式的衣镜照一照，都像是不大合式，踌躇了。有他踌躇的道理：那一篓子的花样实在不少：有绸子做的，有丝绒做的，有浴安布做的。有大的，戴在脑壳上直下来遮住耳朵，像罗马教皇戴的。有糖宝塔形的许多，像是土耳其人的毡帽。小精致的也不少，像是罗马教堂里唱诗小孩子头上顶着的那种大红饼形的礼帽。末了他选定了一顶红葡萄色浴安布做的。篓子里还有不少中国帽，有缨须的，像宝塔似的。

“成了，”他说，“现在我们做事情了。谁来我都不在家。”

话还没说完，一大串的客人就跟着进来了。

二、创作的接吻

在（赛因）河边一个旧书铺子里他淘着了一本塞公德著的《接吻》。这是铁扫脱的本子，书面上一行小注打开了他的话匣子，那一行是“并附铁扫脱的几个创作的接吻”。

“吹什么牛！世界上哪有这样一个傻子会得相信在那个跳冬冬的圈子里还有什么创作不创作！在创世的第一天，在伊藤园里塞公德与铁扫脱自以为懂得的，要不了三两个钟头亚当和夏娃早就全会了。再说呢，我反正不相信这班专利接吻的卖主。他们那嘴里满是腊丁什么，希腊什么，真要是他们从说理转到实习的时候，他们那美人儿的脸上少不了叫他们留上几个墨水的小圆圆。可是他们转不转？那是问题。写恋术的作者们在实际生活里往往是脚跟凉冷冷的。他们的媚术无非是墨水瓶子的变化。”

…………

他又说：

“你爱不爱亲近女人？我就要那个。此外我什么都可以让给你：年纪，美，名誉。爵夫人行，乡下姑娘也成——那都只是名称上的区别！我就佩服我们最伟大的色鬼国王的主张：‘管她是谁！’路易十五对他的跟班叫来陪尔的说，‘可是你得先送她到澡盆里去，再送她到牙医生那里去了再带来。’

“那位国王是一个大人物。随你怎么批评他，我们该得叫他一声‘乖乖’。澡盆子和牙医！那就够合式了。澡盆就是卫生，那是恋爱唯一的道德律。这身体你要抱的话总得有相当准备，我相信你不是吃长素修行一类的人，见了女性顶多就到脸上去一啄，倒像是欣赏什么古董或是圣器似的。至于我呀，我要的是维纳丝整个的美。脸子！脸子是为亲戚朋友们丈夫儿女们预备的。为了家常应用的结果它变成了发硬性的。那软劲儿会变没，皮面会变木的。情人们有的是更创作性的权利；他们有，比方说，到手初版书的权利。现在我才明白什么学问都是空的。念书有什么用，一辈子多短还得在傻瓜堆里混着，求什么知识，多压得死人的事情！短短的路程带这么多的行李干什么了？人家夸奖我的学问，我再也不要别的什么学问，除了在爱的范围里。爱是我现在唯一的特定的研究。剩下有限几点热情的火星，我就全化在那一件事情上。要是我能把那小爱神灵感我的整个的写了出来！阴沉沉的假撇清（假贞节）盖住我们的文学，这假撇清要比中古世纪宗教审判更来得笨、更残、更犯罪。就我现在说，一个女人是一本书。记住，我对你说过世界上没有坏的书。只要你有耐心翻着书篇找去，你不愁找不到一段文章足值得你麻烦的。我还是找，朋友，我顶用心的找。”

说着话他黏湿了他的指头，悬空热呼呼的情艳艳的翻动着一本想象中的书本的叶子。他又接着说，眼睛里亮着少年人的光：

“每回遇有福气抱住一个上帝的生灵，我就用心研究这本杰作，一行一行的念，一句一读我都不让漏。有时候我连眼镜子都吊在书本子上的！”

三、“写别字”

在所有人身的缺陷中，在他眼里最不可饶恕的是人事的无能。对于变态的性欲他倒是够宽容的，他把它们好玩的叫作“写别字”。

“有许多男人逢着该用阴性的地方错写成阳性，也有许多女人在该写阳性的地方误用阴性。在这多愁的地面上各个人各按各的本领寻自己的生路！至于我呢，我就跟着阿戴理说她对那不识趣的岳喜说的话：‘我有我的上帝，他是我侍奉的；你去伺候你的。他们俩一样是强有力的神道。”

……什么异端的主张法郎士都可以容许，他顶厌恶的是“贞节”。

“就没有贞节的人。就有假人，有病人，有怪人，有疯人。这年头你要是说一个女人是贞节的，大家就笑你！你拿她说成了一个笑话是真的。啊，贞节的露克来西亚！啊，贞节的苏三！啊，达阿娜贞女！有一个神父在某处说起寡妇们‘苦难’的贞节。这就是说，你看，她们一定得对着她们曾经尝味过的乐趣的记忆搏斗。但是有谁拦着她们不再回复她们先前的乐趣？就为是一个女人的丈夫死了，她的心也死了不成？他不再吃饭了，所以她也得挨饿难道说，这倒仿佛是马拉排的寡妇。实情是没有性欲就没有性灵，没有灵魂。我们愈是情热，我们愈是能干。一个人一生最快活的日子是欲望与快乐的时期，聪明人就想方法来延长它。一个老头发生了恋爱，人家就笑！再有没有更惨更蠢的事情？至于我呢，我仿效笛卡儿的方式，我说：‘我爱，所以我在着。我再不爱了，所以我没有命了。’”

“这是风刮的”

本来还想“剖”下去，但大风刮得人眉眼不得清静，别想出门，家里坐着温温旧情吧。今天（四月八日）是泰戈尔先生的生日，两年前今晚此时，阿琼达的臂膀正当着乡村的晚钟声里把契玦腊围抱进热恋的中心去——多静穆多热烈的光景呀！但那晚台上与台下的人物都已星散，两年内的变动真数得上！那晚脸上搽着脂粉头顶着颤巍巍的纸金帽装“春之神”的五十老人林宗孟，此时变了辽河边无骸可托无家可归的一个野鬼；我们的“契玦腊”在万里外过心碎难堪的日子；银须紫袍的竺震旦在他的老家里病床上呻吟衰老（他上月二十三来电给我说病好些）；扮跑龙套一类的蒋百里将军在湘汉间亡命似的奔波，我们的“阿琼达”又似乎回复了他十二年“独身禁欲”的誓约，每晚对着西天的暮霭发他神秘的梦想；就这不长进的“爱之神”依旧在这京尘里悠悠自得，但在这大风夜默念光阴无情的痕迹，也不免滴泪怅触！

“这是风刮的！”风刮散了天上的云，刮乱了地上的土，刮烂了树上的花——它怎能不同时刮灭光阴的痕迹，惆怅是人生，人生是惆怅。

啊，还有那四年前彭德街十号的一晚：

“那二十分不死的时间！”

美如仙慧如仙的曼殊斐儿，她也完了；她的骨肉此时有芳丹薄罗林子里的红嘴虫儿在徐徐的消受！麦雷，她的丈夫，早就另娶，还能记得她吗？

这是风刮的！曼殊斐儿是在澳洲雪德尼地方生长的，她有个弟弟，她最心爱的，在第一年欧战时从军不到一星期就死了，这是她生时最伤心的一件事。她的日记里有很多记念她爱弟极沉痛的记载。她的小说大半是追写她早年在家乡时的情景；她的弟弟的影子，常常在她的故事里摇晃着。那篇《刮风》里的“宝健”就是，我信。

曼殊斐儿文笔的可爱，就在轻妙——和风一般的轻妙，不是大风像今天似的，是远处林子里吹来的微喟，蛱蝶似的掠过我们的鬓发，撩动我们的轻衣，又落在初蕊的丁香林中小憩，绕了几个弯，不提防的又在烂漫的迎春花堆里飞了出来，又到我们口角边惹刺一下，翘着尾巴歇在屋檐上的喜鹊“怯”的一声叫了，

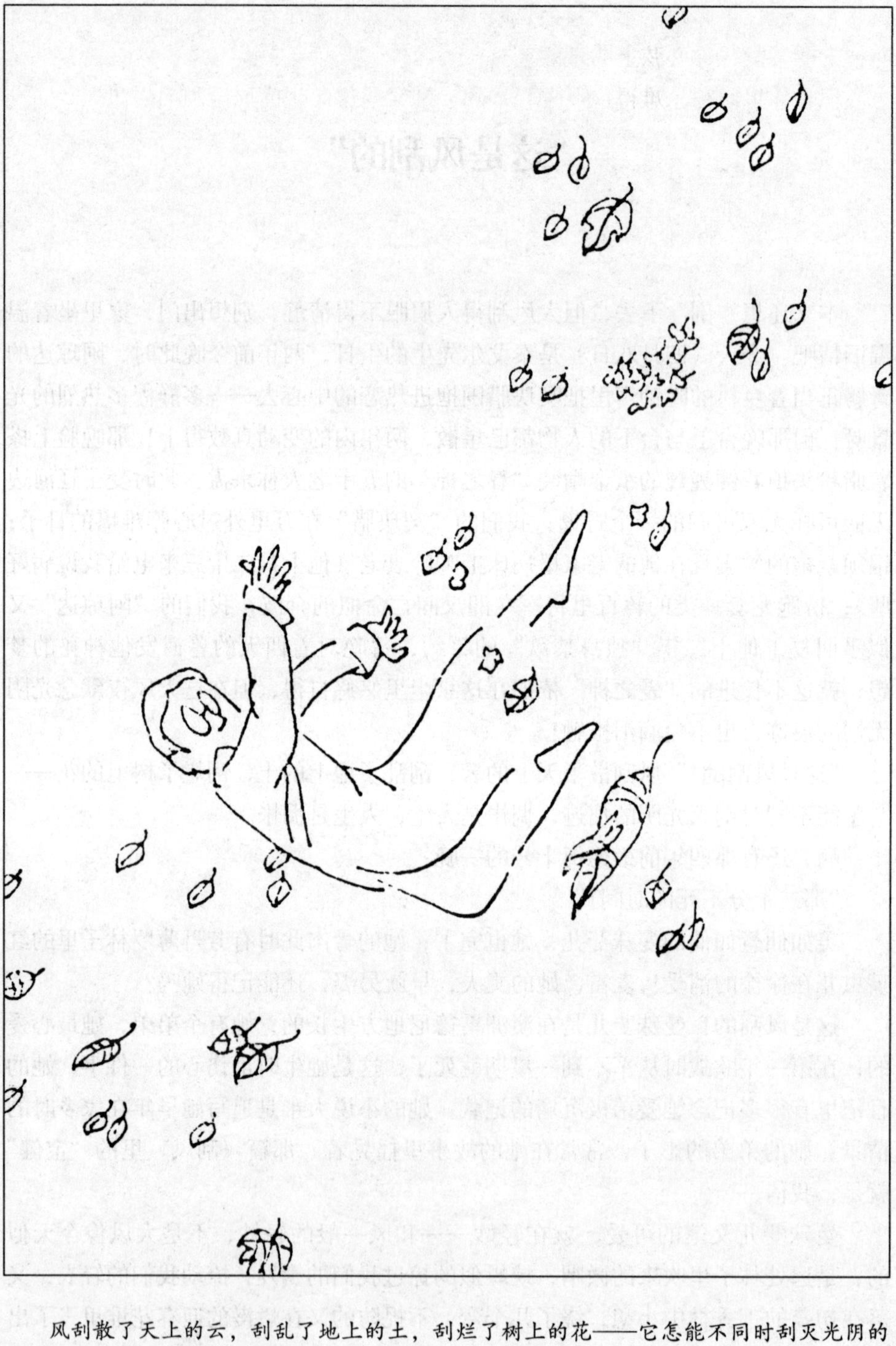

风刮散了天上的云，刮乱了地上的土，刮烂了树上的花——它怎能不同时刮灭光阴的痕迹，惆怅是人生，人生是惆怅。

风儿它已经没了影踪。不，它去是去了，它的余痕还在着，许永远会留着：丁香花枝上的微颤，你心弦上的微颤。

但是你得留神，难得这点子轻妙的，别又叫这年生的风给刮了去！

丑西湖

"欲把西湖比西子，淡妆浓抹总相宜。"我们太把西湖看理想化了。夏天要算是西湖浓妆的时候，堤上的杨柳绿成一片浓青，里湖一带的荷叶荷花也正当满艳，朝上的烟雾，向晚的晴霞，哪样不是现成的诗料，但这西姑娘你爱不爱？我是不成，这回一见面我回头就逃！什么西湖，这简直是一锅腥臊的热汤！

西湖的水本来就浅，又不流通，近来满湖又全养了大鱼，有四五十斤的，把湖里袅袅婷婷的水草全给咬烂了，水混不用说，还有那鱼腥味儿顶叫人难受。说起西湖养鱼，我听得有种种的说法，也不知哪样是内情：有说养鱼干脆是官家谋利，放着偌大一个鱼沼，养肥了鱼打了去卖不是顶现成的；有说养鱼是为预防水草长得太放肆了怕塞满了湖心；也有说这些大鱼都是大慈善家们为要延寿或是求子或是求财源茂健特为从别地方买了来放生在湖里的，而且现在打鱼当官是不准。不论怎么样，西湖确是变了鱼湖了。六月以来杭州据说一滴水都没有过，西湖当然水浅得像个干血痨的美女，再加那腥味儿！今年南方的热，说来我们住惯北方的也不易信，白天热不说，通宵到天亮也不见放松，天天大太阳，夜夜满天星，节节高的一天暖似一天。杭州更比上海不堪，西湖那一洼浅水用不到几个钟头的晒就离滚沸不远什么，四面又是山，这热是来得去不得，一天不发大风打阵，这锅热汤，就永远不会凉。我那天到了晚上才雇了条船游湖，心想比岸上总可以凉快些。好，风不来还熬得，风一来可真难受极了，又热又带腥味儿，真叫人发眩作呕，我同船一个朋友当时就病了，我记得红海里两边的沙漠风都似乎较为可耐些！夜间十二点我们回家的时候都还是热虎虎的。还有湖里的蚊虫，简直是一群群的大水鸭子！我一生定就活该。

这西湖是太难了，气味先就不堪。再说沿湖的去处，本来顶清淡宜人的一个地方是平湖秋月，那一方平台，几棵杨柳，几折回廊，在秋月清澈的凉夜去坐着看湖确是别有风味，更好在去的人绝少，你夜间去总可以独占，唤起看守的人来泡一碗清茶，冲一杯藕粉，和几个朋友闲谈着消磨他半夜，真是清福。

我三年前一次去有琴友有笛师，躺平在杨树底下看揉碎的月光，听水面上翻响的幽乐，那逸趣真不易。西湖的俗化真是一日千里，我每回去总添一度伤心：

雷峰也羞跑了，断桥折成了汽车桥，哈得在湖心里造房子，某家大少爷的汽油船在三尺的柔波里兴风作浪，工厂的烟替代了出岫的霞，大世界以及什么舞台的锣鼓充当了湖上的啼莺，西湖，西湖，还有什么可留恋的！

这回连平湖秋月也给糟蹋了，你信不信？

“船家，我们到平湖秋月去，那边总还清静。”

“平湖秋月？先生，清静是不清静的，格歇开了酒馆，酒馆着实闹忙哩，你看，望得见的，穿白衣服的人多煞勒睹，扇子弄得活血血的，还有唱唱的，十七八岁的姑娘，听听看——是无锡山歌哩，胡琴都蛮清爽的……”

那我们到楼外楼去吧。谁知楼外楼又是一个伤心！原来楼外楼那一楼一底的旧房子斜斜的对着湖心亭，几张揩抹得发白光的旧桌子，一两个上年纪的老堂馆，活络络的鱼虾，滑齐齐的莼菜，一壶远年，一碟盐水花生，我每回到西湖往往偷闲独自跑去领略这点子古色古香，靠在栏杆上从堤边杨柳荫里望滟滟的湖光，晴有晴色，雨雪有雨雪的景致，要不然月上柳梢时意味更长，好在是不闹，晚上去也是独占的时候多，一边喝着热酒，一边与老堂馆随便讲讲湖上风光，鱼虾行市，也自有一种说不出的愉快。但这回连楼外楼都变了面目！地址不曾移动，但翻造了三层楼带屋顶的洋式门面，新漆亮光光的刺眼，在湖中就望见楼上电扇的疾转，客人闹盈盈的挤着，堂倌也换了，穿上西崽的长袍，原来那老朋友也看不见了，什么闲情逸趣都没有了！我们没办法，移一个桌子在楼下马路边吃了一点东西，果然连小菜都变了，真是可伤。泰戈尔来看了中国，发了很大的感慨。他说：“世界上再没有第二个民族像你们这样蓄意的制造丑恶的精神。”怪不过老头牢骚，他来时对中国是怎样的期望（也许是诗人的期望），他看到的又是怎样一个现实！狄更生先生有一篇绝妙的文章，是他游泰山以后的感想，他对照西方人的俗与我们的雅，他们的唯利主义与我们的闲暇精神。他说只有中国人才真懂得爱护自然，他们在山水间的点缀是没有一点辜负自然的；实际上他们处处想法子增添自然的美，他们不容许煞风景的事业。他们在山上造路是依着山势回环曲折，铺上本山的石子，就这山道就饶有趣味，他们宁可牺牲一点便利。不愿斫丧自然的和谐。所以他们造的是妩媚的石径；欧美人来时不开马路就来穿山的电梯。他们在原来的石块上刻上美秀的诗文，漆成古色的青绿，在苔藓间掩映生趣；反之在欧美的山石上只见雪茄烟与各种生意的广告。他们在山林丛密处透出一角寺院的红墙，西方人起的是几层楼嘈杂的旅馆。听人说中国人得效法欧西，我不知道应得自觉虚心做学徒的究竟是谁？

这是十五年前狄更生先生来中国时感想的一节。我不知道他现在要是回来看看西湖的成绩，他又有什么妙文来颂扬我们的美德！

说来西湖真是个爱伦内。论山水的秀丽，西湖在世界上真有位置。那山光，那水色，别有一种醉人处，叫人不能不生爱。

但不幸杭州的人种（我也算是杭州人），也不知怎的，特别的来得俗气来得陋相。不读书人无味，读书人更可厌，单听那一口杭白，甲隔甲隔的，就够人心烦！看来杭州人话会说（杭州人真会说话），事也会做，近年来就“事业”方面看，杭州的建设的确不少，例如西湖堤上的六条桥就全给拉平了替汽车公司帮忙；但不幸经营山水的风景是另一种事业，决不是开铺子、做官一类的事业。平常布置一个小小的园林，我们尚且说总得主人胸中有些丘壑，如今整个的西湖放在一班大老的手里，他们的脑子里平常想些什么我不敢猜度，但就成绩看，他们的确是只图每年“我们杭州”商界收入的总数增加多少的一种头脑！

开铺子的老班们也许沾了光，但是可怜的西湖呢？分明天生俊俏的一个少女，生生的叫一群粗汉去替她涂脂抹粉，就说没有别的难堪情形，也就够煞风景又煞风景！天啊，这苦恼的西子！

但是回过来说，这年头哪还顾得了美不美！江南总算是天堂，到今天为止。别的地方人命只当得虫子，有路不敢走，有话不敢说，还来搭什么臭绅士的架子，挑什么够美不够美的鸟眼？

小　言

我们谁不想早一天庆贺北伐最后的成功？到了革命工作完全贯彻的那一天，他们谁不抵拼发一次狂，欢呼的声音震得破天，欢舞的脚步踹得破地；我们要狂喊，乱跳，为了一个制止不住的欢喜，互相拥抱，快活得直淌眼泪；我们要惊动天上的神道，山林的魅魈，坟墓里的幽灵，一起来参加我们这超轶一切的大祝典。但那一天，说也恼人，还是迟迟的不到。说警惕一点，反抗革命的种种恶势力依旧是毛剌剌的哪儿都是，在疆场上对垒的敌军还不是最可厌的一种，但同时前方军事的胜利当然是革命渐次贯彻最不可错误的一个标识。我们不能不感念前方的将士，因为他们的职责是为民众争自由，为民族争光荣，为人道争威严。我们幸生在这大江南北，在今天还能相当的安居乐业，如何能忘却前方的战士们，他们牺牲了腔子里火热的血，替我们买回安全与体面，一方挡住北方的豺狼，一方抵住长江上游蜒下来的毒蟒，享福是我们的，吃苦是他们的。但他们却不怨，因为他们认定了为主义而死是无上的荣誉。我们想想这大热天躲在凉爽的屋子里有电风扇有冰水喝的福人们尚且嚷着难受，他们在前方作战过的又是什么日子？我们怎么能不尽点子心，凭我们力量够得到的，设法去慰劳这些为主义为民众效死力的同志！当然我们不能亲自上战场上去抚摩他们的疮痍，但至少我们可以用间接的方法对他们表示我们这点子的诚意与心愿。尤其妇女们的慰劳是最切题，因为她们是母，是妻，是人生慰藉唯一的来源，历史上多少伟大的事迹是从女性的灵感得来的！

我们不敢说前方的兵士能因我们的慰劳得到多少看得见的利益（前方兵士的数目其实是太大了，即使我们能筹到十万的话他们每人还匀不到半元钱），但我们自信这点子心却是可珍的，只要这点子心到，只要前方的兵士们能多少感到在他们保障下的民众，男子与妇女，为了爱敬与怜念的动机，也曾在这大暑天为他们可能的尽过一点子的心，使他们知道他们的劳苦与英勇永远有我们的同情与感戴，那我们的慰劳会就不是白来的了，我们只盼望这小小的慰劳会，是将来革命成功大祝典的先声，到那时等你们杀贼回来，前敌的将士们，我们再来热烈的欢迎你们，拥抱你们，亲你们，醉饱你们，娱乐你们！

想象　王清磐绘

关于此次为慰劳会效力的人，有几句应说的话，得借光这特刊的地位。发起人是应得表彰的，要不是她们的热心与指导，这次大规模的慰劳会是不可能的。关于上次南洋大学游艺大会的始末，另有一册慰劳特刊付印，不须赘述，这册剧艺是专为此次演剧发刊的。

此次演剧最劳苦功高的当然是我们的唐瑛女士。三晚新旧剧艺的表现，都有她的芳踪，说实话我们真是少不了她的芳踪！《少奶奶的扇子》在上海是曾经演过的，不错，但是谁见过唐瑛的“少奶奶”，风流华贵，俊俏流丽，你不见不能想象，你见了不由你不倾倒。而况是唐女士美的还不仅是她的仪态，她的芳姿、她的慧心、她的妙舌，在交际社会上是早经公认的一个奇迹，但是有谁认识她同时又是表现剧艺的隽才？端的别是一番身手，别是一种滋味，素仰唐瑛大名的切莫错过这唯一的机会。

唐女士又在第二晚扮演《牡丹亭》的《拾画》《叫画》。这戏是小生最吃重的戏，轻易行家都不敢尝试的，但唐女士有的是耐心与勇气，居然能在匆促的期间内出脱这难唱的昆剧，像这样一位梨花身段的俏郎君怎叫杜丽娘能不魂离枕上？

亚于唐小姐最卖力气的要算陆小曼女士。但说到她我似乎应得避嫌疑，因为碰巧，或是碰不巧，她不是外人——她是我的内人嘎！好在她戏唱得怎样随后自有专家指教，不消我来饶舌。她这次演戏，说实话也真难为她，并不是说她别的，就看她那样的成天生病，本不该劳动的，医生不许，父母踌躇，就是我，看了她每一回练戏就头昏，一上装就要呕的光景，也未尝不有点儿疼惜她，可是她自告奋勇，说既经答应了拼命也得给人家做，她身体的不中用，说来你们都不易信，这天又正热，我真的不由得为她捏一把汗哩！下面另有她的一篇自述。

但是小曼虽则爱戏，她可是初次登台，现学现做的，保不定有很多生疏的地方。我们第二晚戏目上的真名家还得推徐老太太，她的昆曲，是早已名满江南，用不着誉扬，只是她这次出演实在是难能得很，因为她向来立定主意是大暑大寒决不出演的。这倒是半亏了小曼的蛮劲，把她老人家半求半逼的居然给拴上了。原来想排《五花洞》，也因为天热赶不及，可是她也顶热心的，在原定《游园》之外又添了一出《扫花》。“她的，”小曼在她的自述里说，“才是真艺术。”我只见过她的《思凡》，但就这出戏已是使我钦佩到不可以言语形容。有谁怀疑昆曲的非得来看了徐老太太的表演再下评判。

此外的演员也都是杰出的人材，他们的加入都是我们的荣幸，但不幸篇幅所限恕我不能在此处单独给品评了。还有周梓章君的操弦是从陈彦衡学的，轻易不能请到，这次承他惠然帮忙，我也得在此志谢的。

至于本刊的印行，黄梅生周瘦鹃江小鹣诸位先生都应得居首功的，所有的影片全是黄先生不惮奔波不惮烦的成绩。周先生做了文章，又担任校对。本刊能在四五日的短期内赶印出版，也得志谢周先生为我们特别向大东接头的。封面图案是江先生的，他的手笔是无须夸的。我自己是最懒不过的，要不是小曼在背后不容情的逼着我，这小小的一篇废话都是不易写成的。

年终便话

一

这年头你再不用想有什么事儿如意。往东东有累坠，往西西有别扭，眼见的耳闻的满没有让你宽心的事。屋子外面缺少光亮，回家来更显得黯惨。出门去道儿不平顺。自个儿坐在空房里转念头时，满脑子也只是怕人的鬼影。大事儿是一片糊，小零星也不得干净。想找人诉诉苦，来人的脸子绷得比你的更长。你笑人家不认得真珠，你自己用锦匣儿装着的也全是机器的出品。什么都走岔了道，什么都长豁了样。这年头！这年头！

一年容易，又到了尽头。回头望望，就只烟雾似的一片。希望、理想—好词儿。希望早给劈碎了当柴烧，在这小火上面慢慢的烤糊了理想。烤糊了的栗子，烤糊了的白薯。捏上手全是灰，还热着哪。再别高谈什么人生，生活就比是小孩们在地上用绳子抽着直转的地龙，东一歪西一跛的，嗡嗡的扁着小嗓子且唱。

又来了一个冬至，冷飕飕的空气，草尖上挑着稀松的霜，黑夜赖着不肯走。好时候！我想到一个僻静的教堂里去，听穿白长袍的孩子们唱赞美诗，看二尺来高的白蜡一寸寸的往下矮。你想，不错，你是这么想来着。我可想独自关在屋子里抒写一半行从性灵暖处来的诗句，暖暖的，像打伤了小鸟的前胸的羽毛，跳着的。你想，不错，你是这么想来着。然又想……得，你想开了罢，这年头哪容你有一件事儿，顶小顶轻松的事儿，如意称心。

二

可是尽说这冷落丧气话也不公平。冷急了自然只能拿希望劈成小柴生火。可是在这小火上面许还有些没有完全烤糊的理想。前天在无意中捡着了一个！田寿昌上回看他自己的戏叫人家演糊了的时候，他急得直跳腿，脸上爆着粗汗，说比死还难过。他说他里面有火，一时可透不出焰来。这回他的火吐了焰了。鱼龙会那几个小戏是值得赞美的，虽则我只见着了一个半多些。我满想腾出一晚去看他的戏，可偏是这鬼忙，错了一天又是一天。前天下午，有一点钟的闲，就拉着小曼去看鱼龙，进门就听得老婆子的悲声，湖南口音的。那一间小屋子格着戏座的先叫我欢喜，台上的光也匀得好。我们一大群人成天嚷着要办小剧院，就知道抱怨世界上缺少慷慨的富翁来替我们化钱，却从不曾想到普通一间客厅就够我们试验。只要你精神饱满，什么莫利哀，莎士比亚，席勒，都不来嫌你简陋。鱼龙会的精神是一团不懈的精神,不铺张,不浮夸,不草率,小屋子里盛满了认真的兴会与努力。这是难得有的。

地方紧凑有种种好处。第一演戏的不感着拘束。他们可以放心说他们做他们的，说坏了做坏了都没有多大关系。这不矜持在演剧的成功上是一个大原则。第二地方小容易造成一种暖和的空气。在这里面谁都不觉得生分，谁都觉着舒泰，台上与台下间自会发生一种密切。台上容易讨好，台下容易见情，仿佛彼此是一家子，谁也不用防谁，这多有意思。第三是小场所可以完全动员看戏人的注意。教育的一个意义,是教人集中注意。我们平常读书听话乃至看戏很难得专心一意的。我们平常收受经验评判经验的不是我们纯粹的性灵。在我们意识最上层浮着的往往只是种种的偏见与成见,像水面上的浮腻,这里面永远反映不出清晰的形象来。普通商业性质的戏院子,都是太大太空阔太嘈杂太散漫,因此观众的“灵窍”什么也不能自然的完全的开着。小剧场正合式。正为是小,它的同化的力量却反而大,因此往往在大舞台上不怎样成功的作品。在小剧场里却收成了最大的效果。反之小剧场的成功上舞台去不准成。这关键就在小台上的动作神情说话,台上全认得真听得清,又不费演员的劲。

三

话似乎说远了。鱼龙会的戏我只见了《爸爸回来了》《苏州夜话》，据说还不是顶好的。《爸爸回来了》这戏编得并不好，演来也尽有可商量的地方。但这戏没有做完，小曼和我同去的朋友们都变成了泪人儿。听说有一天外客来看的只有一个！一个厨子。他的东家化钱买了券，叫他来看的。他不知看了哪一个戏竟哭得把他完全油渍过的短袄又加一次泪渍。他站起来就跑，旁人留他再看，他说实在伤心得再也受不住了。这可见田先生的戏至少已经得到了眼泪的成功。戏的大致是一个酒徒兼色鬼的为了一个不相干的女人丢了家，抛下他的妻和三个小孩，最大的八岁。家私是早给他荡尽了的。他的女人一着急，就带了她的孩子投河寻死去，又没有死成。那大孩子倒有志气，吃了无穷的苦居然挣起了一份家养他的母亲，并且还帮助他的弟妹上学。这年他已经二十三了。爸爸回来了，干脆一个要饭的，他穷得没路走又回来了。他的妻子没有心肠再责备他，他的两个小儿女也觉得爸爸怪可怜的。但大儿子可不答应，他简直的不认。如其认，不认他父亲，认他是仇人。他弟弟他妈都想留下那化子，他一人不答应。爸爸没法子只得又走了，小儿子跟了去。幕落在他妹子过来伏在他身上哭着叫哥哥。那父亲临走时几声“还是去吧”，声音极悲惨。看的人哭是哭了，对戏可有批评，他们都觉得儿子总不该这样的对付老子，他已经流落到快死的地步。他们说国贤的见解是危险性的，他的意思是负责任的父母才是父母，放弃责任同时就放弃权利。他父亲既然有这狠心丢下他的妻儿，做儿子的也正该回敬这狠心，不收容一个濒死的父亲。这是一个伦理问题，也不是没有趣味的。正如早年在易卜生的戏里挪拉该不该抛弃家庭丈夫儿女是引起议论的一个问题。但现在姑且不谈。我倒是新近听到一件实事，颇使人觉着愤慨的，想在此附带说了。

子女对父母负有孝养的责任，因为父母对子女先尽了抚育的责任。这是相对的。子女对尽责的父母不尽孝或是父母虐待尽责的子女，一样是理性上人情上说不过去的。但已往法律，似乎只承认父母有告子女忤逆的权利，子女却不能告父母不尽责。换句话说，社会的制裁只能干涉到子女，却不能干涉到父母。因为旧伦理学的假定是“天下无不是之父母”。君要臣死，臣就得死，再没有话说。但父母却不能随便处死子女。孔子说“小杖则受,大杖则走”。这“走”字是可寻味的。这是说父母到了发毒的时候,子女就该自己打主意。但孔子却不曾说,“大杖则社会得干涉之”。

关于这一点，这时代不同的地方，就在这一句话。子女对父母或父母对子女关系，已经绝对转成相对。社会的力量，可以干涉子女，同时也可以干涉父母。这样说来，爸爸回来了，那戏里的国贤的见解并不是不合理的。虽则他如其能更进一层宽恕他父亲，因于骨肉的感情，或是因为人道的动机，我们对于那戏同情许可以更深些。现在如其有某父或母非分的虐待他的子女因而致死，这父或母是否对社会对法律负有一种责任，同时法律和社会在发见有这类事实时是否负有援助或申雪的责任，尤其是当这被虐者有特种天才对社会能有特别贡献的时候，社会是否更应得执行它干涉的责任。前几天上海死了一个有名的女伶，她虽则是病死，但她的得病却是为了不自然的由来。她是极活泼玲俐的一个孩子，在北方、在上海都博到极好的名气，替她家也赚了不少的钱。她是她妈亲自教出来的。她妈的教法，完全是科班的教法。科班的残暴无人道的内幕我们多少知道，但我们却不易相信一个母亲会得非分的虐待她亲生的一个有天才的孩子。

现在人已死了，事情也过去了。她的妈如其还有一点子人性，也应得追悔她的恶毒。我在这里说起是为在伶界里正受着同类遭遇的孩子正不知有多少。为防止此后的悲惨起见，我想社会方面相当的表示正许是必要的。这灰色的人生里，正不知包容着多少悲惨的内幕，人们只是看不见。但有文化的社会是不应得容许这种黑暗的，我们不能因为“看不见”就解卸我们的责任。

谒见哈代的一个下午

一

“如其你早几年，也许就是现在，到道骞司德的乡下，你或许碰得到《裘德》的作者，一个和善可亲的老者，穿着短裤便服，精神飒爽的，短短的脸面，短短的下颏，在街道上闲暇的走着、照呼着、答话着。你如其过去问他卫撒克士小说里的名胜，他就欣欣的从详指点讲解；回头他一扬手，已经跳上了他的自行车，按着车铃，向人丛里去了。我们读过他著作的，更可以想象这位貌不惊人的圣人，在卫撒克士广大的、起伏的草原上，在月光下，或在晨曦里，深思地徘徊着。天上的云点，草里的虫吟，远处隐约的人声都在他灵敏的神经里印下不磨的痕迹。或在残败的古堡里拂拭乱石上的苔青与网结；或在古罗马的旧道上，冥想数千年前铜盔铁甲的骑兵曾经在这日光下驻踪；或在黄昏的苍茫里，独倚在枯老的大树下，听前面乡村里的青年男女，在笛声琴韵里，歌舞他们节会的欢欣；或在济慈或雪莱或史文庞的遗迹，悄悄的追怀他们艺术的神奇……在他的眼里，像在高蒂闲（Theuophile Gautier）的眼里，这看得见的世界是活着的；在他的‘心眼’（The Inward Eye）里，像在他最服膺的华茨华士的心眼里，人类的情感与自然的景象是相联合的；在他的想象里，像在所有大艺术家的想象里，不仅伟大的史绩，就是眼前最琐小最暂忽的事实与印象，都有深奥的意义，平常人所忽略或竟不能窥测的。从他那六十年不断的心灵生活——观察、考量、揣度、印证——从他那六十年不懈不弛的真纯经验里，哈代，像春蚕吐丝制茧似的，抽绎他最微妙最桀傲的音调，纺织他最缜密最经久的诗歌——这是他献给我们可珍的礼物。”

二

上文是我三年前慕而未见时半自想象半自他人传述写来的哈代。去年七月在英国时，承狄更生先生的介绍，我居然见到了这位老英雄。虽则会面不及一小时，在余小子已算是莫大的荣幸，不能不记下一些踪迹。我不讳我的“英雄崇拜”。山，我们爱踹高的；人，我们为什么不愿意接近大的？但接近大人物正如爬高山，往往是一件费劲的事，你不仅得有热心，你还得有耐心。半道上力乏是意中事，草间的刺也许拉破你的皮肤，但是你想一想登临顶峰时的愉快！真怪，山是有高的，人是有不凡的！我见曼殊斐儿，比方说，只不过二十分钟模样的谈话，但我怎么能形容我那时在美的神奇的启示中的全生的震荡？

我与你虽仅一度相见——但那二十分不死的时间，果然，要不是那一次巧合的相见，我这一辈子就永远见不着她——会面后不到六个月她就死了。自此我益发坚持我英雄崇拜的势利，在我有力量能爬的时候，总不教放过一个“登高”的机会。我去年到欧洲完全是一次“感情作用的旅行”；我去是为泰戈尔，顺便我想去多瞻仰几个英雄。我想见法国的罗曼罗兰，意大利的丹农雪乌，英国的哈代。但我只见着了哈代。

在伦敦时对狄更生先生说起我的愿望，他说那容易，我给你写信介绍，老头精神真好，你小心他带了你到道骞斯德林子里去走路，他仿佛是没有力乏的时候似的！那天我从伦敦下去到道骞斯德，天气好极了，下午三点过到的。下了站我不坐车，问了Max Gate的方向，我就欣欣的走去。他家的外园门正对一片青碧的平壤，绿到天边，绿到门前；左侧远处有一带绵邈的平林。进园径转过去就是哈代自建的住宅，小方方的壁上满爬着藤萝。有一个工人在园的一边剪草，我问他哈代先生在家不，他点一点头，用手指门。我拉了门铃，屋子里突然发一阵狗叫声，在这宁静中听得怪尖锐的，接着一个白纱抹头的年轻下女开门出来。

“哈代先生在家，”她答我的问，“但是你知道哈代先生是‘永远’不见客的。”

我想糟了。“慢着，”我说，“这里有一封信，请你给递了进去。”“那末请候一候。”她拿了信进去，又关上了门。

她再出来的时候脸上堆着最俊俏的笑容，“哈代先生愿意见你，先生，该进来。”多俊俏的口音！“你不怕狗吗，先生？”她又笑了。“我怕。”我说。“不要紧，我们的梅雪就叫，她可不咬，这儿生客来得少。”

我就怕狗的袭来！战兢兢的进了门，进了客厅，下女关门出去，狗还不曾出现，我才放心。壁上挂着沙琴德（John Sargent）的哈代画像，一边是一张雪莱的像，书架上记得有雪莱的大本集子，此外陈设是朴素的，屋子也低，暗沉沉的。

我正想着老头怎么会这样喜欢雪莱，两人的脾胃相差够多远，外面楼梯上一阵急促的脚步声和狗铃声下来，哈代推门进来了。我不知他身材实际多高，但我那时站着平望过去，最初几乎没有见他，我的印象是他是一个矮极了的小老头儿。我正要表示我一腔崇拜的热心，他一把拉了我坐下，口里连着说“坐坐”，

我不讳我的“英雄崇拜”。山，我们爱踹高的；人，我们为什么不愿意接近大的？但接近大人物正如爬高山，往往是一件费劲的事，你不仅得有热心，你还得有耐心。半道上力乏是意中事，草间的刺也许拉破你的皮肤，但是你想一想登临顶峰时的愉快！真怪，山是有高的，人是有不凡的！

也不容我说话，仿佛我的“开篇”辞他早就有数，连着问我，他那急促的一顿顿的语调与干涩的苍老的口音，“你是伦敦来的?”“狄更生是你的朋友?”“他好?”“你译我的诗?”“你怎么翻的?”“你们中国诗用韵不用?”前面那几句问话是用不着答的（狄更生信上说起我翻他的诗），所以他也不等我答话，直到末一句他才收住了。他坐着也是奇矮，也不知怎的，我自己只显得高，私下不由的局蹐，似乎在这天神面前我们凡人就在身材上也不应分占先似的！（啊，你没见过萧伯纳——这比下来你是个蚂蚁！）这时候他斜着坐，一只手搁在台上头微微低着，眼往下看，头顶全秃了，两边脑角上还各有一鬃也不全花的头发；他的脸盘粗看像是一个尖角往下的等边形三角，两颧像是特别宽，从宽浓的眉尖直扫下来束住在一个短促的下巴尖；他的眼不大，但是深窈的，往下看的时候多，不易看出颜色与表情。最特别的，最“哈代的”，是他那口连着两旁松松往下坠的夹腮皮。如其他的眉眼只是忧郁的深沉，他的口脑的表情分明是厌倦与消极。不，他的脸是怪，我从不曾见过这样耐人寻味的脸。他那上半部，秃的宽广的前额，着发的头角，你看了觉得好玩，正如一个孩子的头，使你感觉一种天真的趣味，但愈往下愈不好看，愈使你觉着难受，他那皱纹龟驳的脸皮正使你想起一块苍老的岩石，雷电的猛烈，风霜的侵凌，雨雷的剥蚀，苔藓的沾染，虫鸟的斑斓，什么时间与空间的变幻都在这上面遗留着痕迹！你知道他是不抵抗的，忍受的，但看他那下颊，谁说这不泄露他的怨毒，他的厌倦，他的报复性的沉默！他不露一点笑容，你不易相信他与我们一样也有喜笑的本能。正如他的脊背是倾向伛偻，他面上的表情也只是一种不胜压迫的伛偻。喔哈代！

回讲我们的谈话。他问我们中国诗用韵不。我说我们从前只有韵的散文，没有无韵的诗，但最近……但他不要听最近，他赞成用韵，这道理是不错的。你投块石子到湖心里去，一圈圈的水纹漾了开去，韵是波纹，少不得。抒情诗（Lyric）是文学的精华的精华，颠不破的钻石，不论多小，磨不灭的光彩。我不重视我的小说。什么都没有做好的小诗难［他背了莎氏“Tell me where is Fancy bred”，朋琼生（Ben Jonson）的“Drink to me only with thine eyes”高兴的样子)］。我说我爱他的诗因为它们不仅结构严密像建筑，同时有思想的血脉在流走，像有机的整体。我说了Organic这个字；他重复说了两遍：“Yes，organic，yes，organic：A poem ought to be a living thing.”练习文字顶好学写诗；很多人从学诗写好散文，诗是文字的秘密。

他沉思了一晌。“三十年前有朋友约我到中国去。他是一个教士，我的朋友，叫莫尔德，他在中国住了五十年，他回英国来时每回说话先想起中文再翻英文的！他中国什么都知道，他请我去，太不便了，我没有去。但是你们的文字是怎么一回事？难极了不是？为什么你们不丢了它，改用英文或法文，不方便吗?”哈代这话骇住了我。一个最认识各种语言的天才的诗人要我们丢掉几千年的文字！我与他辩难了一晌，幸亏他也没有坚持。

说起我们共同的朋友，他又问起狄更生的近况，说他真是中国的朋友。我说我明天到康华尔去看罗素。谁？罗素？他没有加案语。我问起勃伦腾（Edmund Blunden），他说他从日本有信来，他是一个诗人。讲起麦雷（John M. Murry）他起劲了。“你认识麦雷?”他问。“他就住在这儿道骞斯德海边，他买了一所古怪的小屋子，正靠着海，怪极了的小屋子，什么时候那可以叫海给吞了去似的。他自己每天坐一部破车到镇上来买菜。他是有能干的。他会写。你也见过他从前的太太曼殊斐儿？他又娶了，你知道不？我说给你听麦雷的故事。曼殊斐儿死了，他悲伤得很，无聊极了，他办了他的报（我怕他的报维持不了），还是悲伤。好了，有一天有一个女的投稿几首诗，麦雷觉得有意思，写信叫她去看他，她去看他，一个年轻的女子，两人说投机了，就结了婚，现在大概他不悲伤了。”

他问我那晚到哪里去。我说到Exeter看教堂去，他说好的，他就讲建筑，他的本行。我问，你小说里常有建筑师，有没有你自己的影子？他说没有。这时候梅雪出去了又回来，咻咻的爬在我的身上乱抓。哈代见我有些窘，就站起来呼开梅雪，同时说我们到园里去走走吧，我知道这是送客的意思。我们一起走出门绕到屋子的左侧去看花，梅雪摇着尾巴咻咻的跟着。我说哈代先生，我远道来你可否给我一点小纪念品。他回头见我手里有照相机，他赶紧他的步子急急的说，我不爱照相，有一次美国人来给了我很多的麻烦，我从此不叫来客照相——我也不给我的笔迹（Autograph），你知道。他脚步更快了，微偻着背，腿微向外弯一摆一摆的走着，仿佛怕来客要强抢他什么东西似的！“到这儿来，这儿有花，我来采两朵花给你做纪念，好不好?”他俯身下去到花坛里去采了一朵红的一朵白的递给我：“你暂时插在衣襟上吧，你现在赶六点钟车刚好，恕我不陪你了，再会，再会——来，来，梅雪！梅雪……”老人扬了扬手，径自进门去了。

吝刻的老头，茶也不请客人喝一杯！但谁还不满足，得着了这样难得的机会？往古的达文謇、莎士比亚、歌德、拜伦，是不回来了的——哈代！多远多高的一个名字！方才那头秃秃的背弯弯的腿屈屈的，是哈代吗？太奇怪了！那晚有月亮，离开哈代家五个钟头以后，我站在哀克刹脱教堂的门前玩弄自身的影子，心里充满着神奇。

富士（东游记之一）

富士山——有多高？一万二还是一万三千尺。不管它，反正是高得很。我们要知道的是他们那里有一座高山，不，一个富士。

富士山，它的顶颠永远承受着太平洋轻涛的朝拜，是在日本的东海滨昂昂的站着。别的山峰，虽则有，在它的近旁都比成了培塿。白的，呼吸抵触着天的，富士它昂昂的站着。

更重要的一点是它也在日本人的想象中站着。武士们就义的俄顷，他们迸血泪壮呼一声“富士”。皇太子登基的时候，他也望得见富士终古的睥睨。横滨小海湾里在月夜捕鱼的渔夫，赤着两条毛腿的；箱根乡间的小女娃一清早拖上了木屐到露水田里采新豆去；从神户或大阪到东京的急行车上开车的火夫，他在天亮时睁着倦眼抄了煤块向火焰里泼的时候——他们，不说穿洋袜子甚而洋靴子的绅士们或文士们，他们猛一眼都瞅见了富士。富士永远瞅着他们哪，他们想。有富士永远的站着，为他们站着，他们再也不胆寒。太阳光，地土的生长力，太平洋的波澜，山溪间倒映在水里的杜鹃——全是他们的，他们欣欣的努力的作事，有富士看着他们，像一个有威严而又慈爱的老祖父。

他们再也不胆寒。地不妨震，海不妨啸，山不妨吐火；地不妨陷，房屋不妨崩裂，船不妨颠覆，人不妨死——他们还是不害怕，他们的一颗心全都寄存在富士宽大的火焰纯青的内肚里。泥鳅有时跳，巨鳌有时摇，他们的信心是永远付托在朝阳中的富士的雪意里。

“富士，富士……”他们一代继承一代的讴歌着。拖着木屐，拍着掌，越翻越激昂，越转越兴奋，他们唱和着富士的诗篇。

他们不胆寒，因为他们知道地震是更大的生命在爆裂中的消息。何况这动也许是富士自身忍俊不住欢畅的颠播！富士从他伟大的破壤中指示一个更伟大的建设。看他们那收拾灾后一切的手腕里的劲！递给我，那根烧焦的烂木；我来扒去那一堆的破瓦，那两个尸体，三郎，你去掩埋；有火子不，我要点一根烟？

这是他们的大产业，他们的幸福——这想象中永远有一座山。印度人也有同样的幸福，他们有他们的喜马拉雅。这使他们不仅认识高远，认识玄妙；他们因此认识“无穷”与“无尽”。“来呀”，苍凉的雪山们似乎在笑响中向他们叫着，为要带着他们飞去无穷尽的空闲，投入不生不灭的世界。“我从来不曾，一个陌生人”，凯萨林伯爵在喜马拉雅山里说，“我从不曾感觉到有这样的翅膀安上我的灵魂。”他感觉到的是一种不可言传的“神灵的自由”。这是不可以言传的。

但我们自己家里何尝没有山。昆仑不是吗？五岳不是吗？还有匡庐、黄山、罗浮、雁荡，这何尝不是伟大的壮美的山岭！不错，但也许正因为我们有的太多了，我们的注意不能集中。正如一个人同时不能热烈爱两个人，或虔诚的容纳两个上帝，一个民族意识里也不能容留比一个更多的象征。多是有，也并不是不能并存，正如一个人尽有同时爱不少人的，但这力道可是变样了——程度的差异太大了，似乎性质都是不同的了。你我早晚间出门去在云端里望不见昆仑；你我的想象里也没有一个比上富士的，像一个伟丈夫，昂昂的站着。你我在大部的中国，不幸眼见得到的，意想得到的，至多只是些伟大的培塿，它们那内肚里既没有火与力，也不包藏神秘与幽玄，那有什么用？怪得我们中间最显著的人物，至多也这是些伟大的培塿。实在是想象造成的。

我看了富士山两眼。一次是在火车上。正坐在餐车里吃早点，侍者拿一盘牛排一杯咖啡给我。我用食巾擦着玻窗上的蒸气为要看窗外的野景。天正朦亮，田里农夫已有在工作的。他们的小巧的锄头铮铮的在泥土里翻垦，有的蹲在地里——捡败草想是。太阳没有起，空中有迷露。隐隐的，隔着烟云的空间，在近处或远处的山脚下，树林间，传来有鸟的喧呼。长在水田里的青绿，一方方的，长在仟佰（阡陌）间的丛树，一行行的，全都透着半清醒半朦胧的意态，鲜露增添它们的妩媚。田舍是像玲巧的玩具，或是东方画上兰竹丛中的点缀：几叠青杉，几株毛竹，疏淡的花叶间有稀小的人形在伛偻的操作。

多闲适的一长卷春晓图！我贪看着窗外的景色却不提防在凉雾中升起的一轮旭日已然放光，焰然照出半空里一座积雪的山颠。凌空的，像一个老人的斑白头颅，像一座海上的冰山，在蜂涌的云气中莽苍的浮着。“富士！”“富士！”“那就是富士！”同座人惊喜的指点着叫。

车似乎是绕着富士山走，正如度西伯利亚时车绕着贝加尔湖走。一个崇高的异象在朝霞中俄然的擎起。在不到一炊时间，山腰里层封着的白雾渐次的消散：消散成缕缕的断片，游龙似的，飞入无际的晴空。富士已经整个的显露在你的当前。田里的农夫们有支着锄头在休憩的。天大亮了。

船开出横滨，扶桑的海滨在回望中细成一发时，富士的睥睨还久久的在西天云空里闪亮。我又望了它一眼。

阿　嘤

那天放在一只麻线扎口的蒲包里带回家的时候，阿嘤简直像是一只小刺猥，毛松松的蜷成一堆，眼不敢向上望，也不敢叫。一天也没有听她叫，不见她跑动，你放她在什么地方她就待着，沙发上，床上，木凳上，老是那可怜相儿的偎着，满不敢挪窝儿。结果是谁也没有夸她的。弄这么一个破猫来，又瘦，又脏，又不活动，从厨房到闺房，阿嘤初到时结不到一点人缘。尖嘴猫就会偷食，厨房说。大热天来了这脏猫满身是跳蚤的多可厌，闺房说。但老太太最担心的是楼下客厅里窗台上放着的那只竹丝笼子里老何的小芙，她立刻吩咐说，明儿赶快得买一根长长的铁丝，把那笼子给吊了起来。吃了我的小鸟我可不答应！小芙最近就有老太太疼他。因为在楼下，老太太每天一醒过来就听得他地朝阳中发狂似的欢唱。给鸟加食换水了没有，每天她第一声开口就顾到鸟。有白菜没有，给他点儿。小芙就爱白菜在他的笼丝上嵌着。他侧着他的小脑袋，尖着嘴，亮着眼，单这望望就够快活心的。有时他撕着一块一口吞不下的菜叶，小嘴使劲的往上抬，脖子压得都没有了，倒像是他以为菜是滴溜得可以直着嗓子咽的。你小芙是可爱，自从那天在马路边乡下人担子上亮开嗓子逗我们带他回家以来，已经整整有六个月。谁也不如他那样的知足，啄一点清水，咬几颗小米，见到光亮就制止不住似倾泻地狂欢，直唱得听的人都愁他的小嗓子别叫炸了。他初来时最得太太的疼惜，每天管着他的吃喝洗澡晒太阳。阿秀一天挨了骂为的是忘了把他从阳台上收进来叫阵头雨给淋着了，可怜的小芙，叫雨浇得半根毛都直不起来，动着小翅膀直抖索。太太疼他且比疼人还疼得多，一点儿小鸟有什么好，倒害我挨骂，准有一天来个黄鼠狼或是野猫把他一口给吃了去的！阿秀挨了骂到厨房去不服气，就咒小芙。

近来小芙是老太太的了。所以阿嘤一进门，老太太一端详她的嘴脸就替小芙发生恐慌。这小猫是新停的奶，又是这怕事相，也许不至闹乱子吧！我当然回护阿嘤。

但到了第二天阿秀的报告来时我也有点不放心了。原来她下楼去一见鸟笼就跳脱了阿秀的手跑去到笼子边蹲着，小芙一见就着了慌，豁开了好久不活动的小翅膀满笼子乱扑。阿嘤更觉得好玩了，她伸出一只前脚到笼丝上去拨着玩儿，这来阿秀吓得一把抱了她直跑上楼。噢——吓得我，阿秀说。

这新闻一传到厨房，那小天井里自来水管脚边成天卖弄着步法的三个小鸭子也起了恐慌。吓，吓，他们摇着梢尾挤作一团，表示他们是弱小民族。但这话当然过于夸张阿嘤的威风。实际上她一辈子就没有发作过她的帝国主义的根性。

她第二天就大大的换了样是真的。勒粟尔的一洗把她洁白的一身毛从灰黑中救了出来，这使她增了不少的美观，嘴都不像昨儿那样尖了似的。模样儿一俊，行动也爽荡了：跳上沙发，伸一个懒腰，拱一个背，打一个呵欠，猛然一凝神，忽的又窜下了地，一溜烟不见了。再见她是在挂帘上玩把戏，一个苍蝇在她的尾尖上掠过，她舍了窗帘急转身追那小光棍，蝇子没追着，倒啃住了自个儿的尾巴。回头一玩儿倦，她就慢腾腾地漫步过来偎着太太躺下了，手一摸她的脖子她就用不放爪的前脚捧住了舔。这不由人不爱。"我也喜欢她了。"太太，本来不爱猫的，也叫阿嘤可爱的淘气给软化了。

她晚上陪着太太睡，绵似的一团窝在人的脚边。昨晚我去睡的时候，见她睡在小房间的床上，小脑袋枕着一条丝绒的围巾，匀匀的打着呼。一切都是安静的。

但今天早上发生了绝大的悲惨。老何手提着小芙的笼子，直说"完了，完了"。笼子放在楼梯边一只小桌上，笼丝上挂着三片淡金色的羽毛。笼丝也折断了两根，什么都完了，可是一点儿血迹都没有。"我说猫一进门鸟笼子就该悬中吊着不是？"老何咕哝着，仿佛有人反对过那个主意。老太太不是打前儿个就吩咐要买铁丝吊起笼子的吗？老何是太忙了，也许是太爱闲躺着，铁丝儿三天没有买，再买也来不及了。得，玩儿完！

"啊呀！"厨房里又响起一阵惊叫的声音，"我那三只鸭儿呢，怎么的不见了？"厨娘到天井去洗菜才发见那弱小民族的灾难。"好，一个芙蓉，外加三个鸭子，好大胃口，别瞧她个儿小，真可以的！"老何手捻着小芙的遗毛，嗓子都哑了。"我早知道尖嘴的一定是贼。"厨娘气红了脸心里盘算着她无端遭受的损失：买来时花了四毛半小洋，还费了多少话才讲下的价。再过两个月每只准有二斤吧，一块钱卖不到，八角钱一只总值的，三八二圆四，这损失问谁算去？况且那三条小性命，黄葱葱的一天肥似一天，生生的叫那贼猫给吃得肫肝都不剩一个，多造孽！下次再也不上当了。厨娘下回再也不上当了。

老太太听见了闹声也起床出房来问是什么事。可是这还用得着问吗？单看了老何手掌心里托着的三片黄油油的毛就够叫软心的老太太掉眼泪，还有什么问的？完了，早上醒过来他那欢迎光明的歌声，直唱得满屋子都是快活，谁听了都觉得爽气，觉得这日子是有意思的；还有他那机灵的小跳动，从这边笼丝飞扑到那边笼丝，毛彩那样美，眼珠那样亮，尤其开口唱的时候小脖下一鼓一鼓的就像是有无数精圆珠子往外流着——得，全没了，玩儿完！老太太怎样能不眼红？鸭子倒是小事，养肥了也是让人吃，到猫肚子去与到人肚子去显不了多少分别，老太太不明白厨娘为什么也要眼红，可是小芙——那多惨多美的一条小性命叫一个贪心的贼强盗给劫了去，早上的太阳都显得暗些似的。“阿秀呢？”老太太问。阿秀还睡着没有起，她昨晚睡得迟。阿秀也昏，不该把小芙放在这地方正方便贼。可怜的小芙！

老太太为公理起见再也不说话就上楼去捉贼。贼！她进小房间见阿嘤在床上睡得美美的，一发火就骂。阿嘤从甜梦中惊醒了仰头一看神情不对，眼睛里也露着慌张。“一看就知道你是贼！倒有你的，我饶了你才怪哪！”慈悲的老太太一伸手就抓住了阿嘤的领毛就带了她下楼；从老何手里要过那三片毛来给放在笼边，拿阿嘤脑袋抵笼丝叫她闻着那毛片的美味，然后腾出一支手来结实地收拾那逮着了的刑事犯。你吃，你吃！还我的小芙来！贼猫，看你小心眼倒不小，叫得多美的一只鸟被你毁了。

阿嘤急得直叫，可是她的叫实在比不上小芙的。也许是讨饶，也许是喊冤，小爪子在笼边直抓，脑袋都让打昏了。

这一闹阿秀也给惊醒了，昨晚最迟的那一个。她一下来直说“不对不对，不是她！”原来昨晚半夜里她见一只大黑猫在楼梯边亮着灯笼似的两只大眼，吓得她往屋子里躲。害命的准是那大贼，这小猫哪吃得了许多，昨儿给她一根小鸡骨头她都咬不烂哪！老太太放了手，阿嘤飞也似地逃了去。“怪不得，我说这点儿小猫会有那胃口，三个鸭子，一只鸟，又吃得那干净！”老何还是咕哝着。

回头太太给阿嘤的脖子上围上一根美美的红绒，算是给她披红的意思。小芙的破笼子还在楼下放着。

秋

两年前，在北京，有一次，也是这么一个秋风生动的日子，我把一个人的感想比作落叶，从生命那树上掉下来的叶子。落叶，不错，是衰败和凋零的象征，它的情调几乎是悲哀的。但是那些在半空里飘摇，在街道上颠倒的小树叶儿，也未尝没有它们的妩媚、它们的颜色、它们的意味，在少数有心人看来，它们在这宇宙间并不是完全没有地位的。“多谢你们的摧残，使我们得到解放，得到自由。”它们仿佛对无情的秋风说。“劳驾你们了，把我们踹成粉，蹂成泥，使我们得到解脱，实现消灭。”它们又仿佛对不经心的人们这么说。因为看着，在春风回来的那一天，这叫卑微的生命的种子又会从冰封的泥土里翻成一个新鲜的世界。它们的力量，虽则是看不见，可是不容疑惑的。

我那时感着的沉闷，真是一种不可形容的沉闷。它仿佛是一座大山，我整个的生命叫它压在底下。我那时的思想简直是毒的，我有一首诗，题目就叫《毒药》，开头的两行是——

今天不是我唱歌的日子，我口边涎着狞恶的冷笑，不是我说笑的日子，我胸怀间插着发冷光的刀剑；相信我，我的思想是恶毒的，因为这世界是恶毒的，我的灵魂是黑暗的，因为太阳已经灭绝了光彩，我的声调，像是坟堆里的夜枭，因为人间已经杀尽了一切的和谐，我的口音，像是冤鬼责问他的仇人，因为一切的恩已经让路给一切的怨。

我借这一首不成形的咒诅的诗，发泄了我一腔的闷气，但我却并不绝望，并不悲观，在极深刻的沉闷的底里，我那时还摸着了希望。所以我在《婴儿》——那首不成形诗的最后一节——那诗的后段，在描写一个产妇在她生产的受罪中，还能含有希望的句子。

在我那时带有预言性的想象中，我想望着一个伟大的革命。因此我在那篇《落叶》的末尾，我还有勇气来对待人生的挑战，郑重地宣告一个态度，高声的喊一声“Everlasting yea”。

“Everlasting yea”，“Everlasting yea”，一年，一年，又过去了两年。这两年间我那时的想望实现了没有？那伟大的“婴儿”有出世了没有？我们的受罪取得了认识与价值没有？

我不知道，我不知道。我知道的还只是那一大堆丑陋的臃肿的沉闷，压得瘪人的沉闷，笼盖着我的思想、我的生命。它在我经络里，在我的血液里。我不能抵抗，我再没有力量。

我们靠着维持我们生命的不仅是面包、不仅是饭，我们靠着活命的，是一个诗人的话，是情爱、敬仰心、希望。“We live by love，admiration and hope”，这话又包涵一个条件，就是说这世界这人类能承受我们的爱，值得我们的敬仰，容许我们的希望的。但现代是什么光景？人性的表现，我们看得见听得到的，到底是怎么回事？我想我们都不是外人，用不着掩饰，实在也无从掩饰，这里没有什么人性的表现，除了丑恶、下流、黑暗。太丑恶了，我们火热的胸膛里有爱不能爱，太下流了，我们有敬仰心不能敬仰，太黑暗了，我们要希望也无从希望。

太阳给天狗吃了去，我们只能在无边的黑暗中沉默着，永远的沉默着！这仿佛是经过一次强烈的地震的悲惨。思想、感情、人格，全给震成了无可收拾的断片，也不成系统，再也不得连贯，再也没有表现。但你们在这个时候要我来讲话，这使我感着一种异样的难受。难受，因为我自身的悲惨。难受，尤其因为我感到你们的邀请不止是一个寻常讲话的邀请，你们来邀我，当然不是要什么现成的主义，那我是外行，也不为什么专门的学识，那我是草包，你们明知我是一个诗人，他的家当，除了几座空中的楼阁，至多只是一颗热烈的心。你们邀我来也许在你们中间也有同我一样感到这时代的悲哀，一种不可解脱不能摆脱的况味，所以要我这同是这悲哀沉闷中的同志来，希冀万一，可以给你们打几个幽默的比喻，说一点笑话，给一点子安慰，有这么小小的一半个时辰，彼此可以在同情的温暖中忘却了时间的冷酷。因此我踌躇，我来怕没有什么交代，不来又于心不安。我也曾想选几个离着实际的人生较远些的事儿来和你们谈谈，但是相信我，朋友们，这念头是枉然的，因为不论你思想的起点是星光是月是蝴蝶，只一转身，又逢着了人生的基本问题，冷森森的竖着像是几座拦路的墓碑。

不，我们躲不了它们：关于这时代人生的问号，小的、大的、歪的、正的，像蝴蝶的绕满了我们的周遭。正如在两年前它们逼迫我宣告一个坚决的态度，今天它们还是逼迫着要我来表示一个坚决的态度。也好，我想，这是我再来清理一次我的思想的机会，在我们完全没有能力解决人生问题时，我们只能承认失败。但我们当前的问题究竟是些什么？如其它们有力量压倒我们，我们至少也得抬起头来认一认我们敌人的面目再说。譬如医病，我们先得看清是什么病而后用药，才可以有希望治病。说我们是有病，那是无可置疑的。但病在哪一部，最重要的症候是什么，我们却不一定答得上。至少，各人有各人的答案，决不会一致的。

就说这时代的烦闷：烦闷也不能凭空来的不是？它也得有种种造成它的原因，它到底是怎么回事，我们也得查个明白。换句话说，我们先得确定我们的问题，然后再试第二步的解决。也许在分析我们病症的研究中，某种对症的医法，就会不期然的显现。我们来试试看。

说到这里，我们可以想象一班乐观派的先生们冷眼的看着我们好笑。他们笑我们无事忙，谈什么人生，谈什么根本问题。人生根本就没有问题，这都是那玄学鬼钻进了懒惰人的脑筋里在那里不相干的捣玄虚来了！做人就是做人，重在这做字上。你天性喜欢工业，你去找工程事情做去就得。你爱谈整理国故，你寻你的国故整理去就得。工作，更多的工作，是唯一的福音。把你的脑力精神一齐放在你愿意做的工作上，你就不会轻易发挥感伤主义，你就不会无病呻吟，你只要尽力去工作，什么问题都没有了。

这话初听倒是又生辣又干脆的，本来末，有什么问题，做你的工好了，何必自寻烦恼！但是你仔细一想的时候，这明白晓畅的福音还是有漏洞的。固然这时代很多的呻吟只是懒鬼的装病，或是虚幻的想象，但我们因此就能说这时代本来是健全的，所谓病痛所谓烦恼无非是心理作用了吗？固然当初德国有一个大诗人，他的伟大的天才使他在什么心智的活动中都找到趣味，他在科学实验室里工作得厌倦了，他就跑出来带住一个女性就发迷，西洋人说的“跌进了恋爱”；回头他又厌倦了或是失恋了，只一感到烦恼，或悲哀的压迫，他又赶快飞进了他的实验室，关上了门，也关上了他自己的感情的门，又潜心他的科学研究去了。在他，所谓工作确是一种救济、一种关栏、一种调剂，但我们怎能比得？我们一班青年感情和理智还不能分清的时候，如何能有这样伟大的克制的工夫？所以我们还得来研究我们自身的病痛，想法可能的补救。

并且这工作论是实际上不可能的。因为假如社会的组织，果然能容得我们各人从各人的心愿选定各人的工作，并且有机会继续从事这部分的工作，那还不是一个黄金时代？“民各乐其业，安其生”，还有什么问题可谈的？现代是这样一个时候吗？商人能安心做他的生意，学生能安心读他的书，文学家能安心做他的文章吗？正因为这时代从思想起，什么事情都颠倒了、混乱了，所以才会发生这普通的烦闷病，所以才有问题，否则认真吃饱了饭没有事做，大家甘心自寻烦恼不成？

我们来看看我们的病症。

第一个显明的症候是混乱。一个人群社会的存在与进行是有条件的。这条件是种种体力与智力的活动的和谐的合作，在这诸种活动中的总线索、总指挥，是无形迹可寻的思想，我们简直可以说哲理的思想，它顺着时代或领着时代规定人类努力的方面，并且在可能时给它一种解释，一种价值的估定与意义的发见。思想的一个使命，是引导人类从非意识的以至无意识的活动进化到有意识的活动，这点子意识性的认识与觉悟，是人类文化史上最光荣的一种胜利，也是最透彻的一种快乐。果然是这部分哲理的思想，统辖得住这人群社会全体的活动，这社会就上了正轨；反面说，这部分思想要是失去了它那总指挥的地位，那就坏了，种种体力和智力的活动，就随时随地有发生冲突的可能，这重心的抽去是种种不平衡现象主要的原因。现在的中国就吃亏在没有了这个重心，结果什么都豁了边，都不合式了。我们这老大国家，说也可惨，在这百年来，根本就没有思想可说。从安逸到宽松，从宽松到怠惰，从怠惰到着忙，从着忙到瞎闯，从瞎闯到混乱，这几个形容词我想可以概括近百年来中国的思想史——简单说，它完全放弃了总指挥的地位，没有了统系，没有了目标，没有了和谐，结果是现代的中国：一团混乱。

混乱，混乱，哪儿都是的。因为思想的无能，所以引起种种混乱的现象，这是一步。再从这种种的混乱，更影响到思想本体，使它也传染了这混乱。好比一个人因为身体软弱才受外感，得了种种的病，这病的蔓延又回过来销蚀病人有限的精力，使他变成更软弱了，这是第二步。经济，政治，社会，哪儿不是蹊跷，哪儿不是混乱？这影响到个人方面是理智与感情的不平衡，感情不受理智的节制就是意气，意气永远是浮的、浅的、无结果的；因为意气占了上风，结果是错误的活动。为了不曾辨认清楚的目标，我们的文人变成了政客，研究科学的做了非科学的官，学生抛弃了学问的寻求，工人做了野心家的牺牲。这种种混乱现象影响到我们青年是造成烦闷心理的原因的一个。

这一个症候——混乱——又过渡到第二个症候——变态。

什么是人群社会的常态？人群是感情的结合。虽则尽有好奇的思想家告诉我们人是互杀互害的，或是人的团结是基于怕惧的本能，虽则就在有秩序上轨道的社会里，我们也看得见恶性的表现，我们还是相信社会的纪纲是靠着积极的感情来维系的。这是说在一常态社会的天平上，爱情的分量一定超过仇恨的分量，互助的精神一定超过互害互杀的现象。但在一个社会没有了负有指导使命的思想的中心的情形之下，种种离奇的变态的现象，都是可能的产生了。

一个社会不能供给正常的职业时，它即使有严厉的法令，也不能禁止盗匪的横行。一个社会不能保障安全，奖励恒业恒心，结果原来正当的商人，都变成了拿妻子生命财产来做买空卖空的投机家。我们只要翻开我们的日报，就可以知道这现代的社会是常态是变态。笼统一点说，他们现在只有两个阶级可分：一个是执行恐怖的主体，强盗、军队、土匪、绑匪、政客、野心的政治家，所有得势的投机家都是的，他们实行的，不论明的暗的，直接间接都是一种恐怖主义。还有一个是被恐怖的。前一阶级永远拿着杀人的利器或是类似的东西在威吓着，压迫着，要求满足他们的私欲，后一阶级永远在地上爬着、发着抖、喊救命，这不是变态吗？这变态的现象表现在思想上就是种种荒谬的主义、离奇的主张。笼统说，我们现在听得见的主义主张，除了平庸不足道的，大都是计算领着我们向死路上走的。这不是变态吗？

这种种的变态现象影响到我们青年，又是造成烦闷心理的原因的一个。

这混乱与变态的观众又协同造成了第三种的现象——一切标准的颠倒。人类的生活的条件，不仅仅是衣食住，“人之异于禽兽者几希”，我们一讲到人道，就不能脱离相当的道德观念。这比是无形的空气，他的清鲜是我们健康生活的必要条件。我们不能没有理想、没有信念，我们真生命的寄托决不在单纯的衣食间。我们崇拜英雄——广义的英雄——因为在他们事业上表现的品性里，我们可以感到精神的满足与灵感，鼓舞我们更高尚的天性，勇敢的发挥人道的伟大。你崇拜你的爱人，因为她代表的是女性的美德。你崇拜当代的政治家，因为他们代表的是无私心的努力。你崇拜思想家，因为他们代表的是寻求真理的勇敢。这崇拜的涵义就是标准。时代的风尚尽管变迁，但道义的标准是永远不动摇的。这些道义的准则，我们向时代要求的是随时给我们这些道义准则的具体的表现。仿佛是在渺茫的人生道上给悬着几颗照路的明星。但现在给我们的是什么？我们何尝没有热烈的崇拜心？我们何尝不在这一件那一件事上，或是这一个人物那一个人物的身上安放过我们迫切的期望。但是，但是，还用我说吗！有哪一件事不使我们重大的迷惑、失望、悲伤？说到人的方面，哪有比普通的人格的破产更可悲悼的？在不知哪一种魔鬼主义的秋风里，我们眼见我们心目中的偶像败叶似的一个个全掉了下来！眼见一个个道义的标准，都叫丑恶的人格给沾上了不可清洗的污秽！标准是没有了的。这种种道德方面人格方面颠倒的现象，影响到我们青年，又是造成烦闷心理的原因的一个。

跟着这种种症候还有一个惊心的现象，是一般创作活动的消沉，这也是当然的结果。因为文艺创作活动的条件是和平有秩序的社会状态、常态的生活，以及理想主义的根据。我们现在却只有混乱、变态，以及精神生活的破产。这仿佛是拿毒药放进了人生的泉源，从这里流出来的思想，哪还有什么真善美的表现？

这时代病的症候是说不尽的，这是最复杂的一种病，但单就我们上面说到的几点看来，我们似乎已经可以采得一点消息，至少我个人是这么想。——那一点消息就是生命的枯窘，或是活力的衰耗。我们所以得病是为我们生活的组织上缺少了思想的重心，它的使命是领导与指挥。但这又为什么呢？我的解释，是我们这民族已经到了一个活力枯窘的时期。生命之流的本身，已经是近于干涸了；再加之我们现得的病，又是直接克伐生命本体的致命症候，我们怎能受得住？这话可又讲远了，但又不能不从本原上讲起。我们第一要记得我们这民族是老得不堪的一个民族。我们知道什么东西都有它天限的寿命：一种树只能青多少年，过了这期限就得衰；一种花也只能开几度花，过此就为死（虽则从另一种看法，它们都是永生的，因为它们本身虽得死，它们的种子还是有机会继续发长）。我们这棵树在人类的树林里，已经算得是寿命极长的了。我们的血统比较又是纯粹的，就连我们的近邻西藏满蒙的民族都等于不和我们混合。还有一个特点是我们历来因为四民制的结果，士之子恒为士，商之子恒为商，思想这任务完全为士民阶级的专利，又因为经济制度的关系，活力最充足的农民简直没有机会读书，因为士民阶级形成了一种孤单的地位。我们要知道知识是一种堕落，尤其从活力的观点看，这士民阶级是特别堕落的一个阶级，再加之我们旧教育观念的偏窄，单就知识论，我们思想本能活动的范围简直是荒谬的狭小。我们只有几本书，一套无生命的陈腐的文学，是我们唯一的工具。这情形就比是本来是一个海湾，和大海是相通的，但后来因为沙地的胀起，这一湾水渐渐隔离它所从来的海，而更成了湖。这湖原先也许还承受得着几股山水的来源，但后来又经过陵谷的变迁，这部分的来源也断绝了，结果这湖又干成一只小潭，乃至一小潭的止水，长满了青苔与萍梗，钝迟迟的眼看得见就可以完全干涸了去的一个东西。这是我们受教育的士民阶级的相仿情形。现在所谓知识阶级亦无非是这潭死水里的比较泥草松动些风来还多少吹得绉的一洼臭水，别瞧它矜矜自喜，可怜它能有多少前程？还能有多少生命？

所以我们这病，虽则症候不止一种，虽然看来复杂，归根只是中医所谓气血两亏的一种本原病。我们现在所感觉的烦闷，也只见沉浸在这一洼离死不远的臭水里的气闷，还有什么可说的？水因为不流所以滋生了草，这水草的胀性，又帮助浸干这有限的水。同样的，我们的活力因为断绝了来源，所以发生了种种本原性的病症，这些病又回过来侵蚀本源，帮助消尽这点仅存的活力。

病性既是如此，那不是完全绝望了吗？

那也不是这么容易。一棵大树的凋零，一个民族的衰歇，也不是一朝一夕的事儿。我们当然还是要命。只是怎么要法，是我们的问题。我说过我们的病根是在失去了思想的重心，那又是原因于活力的单薄。在事实上，我们这读书阶级形成了一种极孤单的状况，一来因为阶级关系它和民族里活力最充足的农民阶级完全隔绝了，二来因为畸形教育以及社会的风尚的结果，它在生活方面是极端的城市化、腐化、奢侈化、惰化，完全脱离了大自然健全的影响，变成自蚀的一种蛀虫，在智力活动方面，只偏向于纤巧的浅薄的诡辩的乃至于程式化的一道，再没有创造的力量的表示，渐次的完全失去了它自身的尊严以及统辖领导全社会活动的无上的权威。这一没有了统帅，种种紊乱的现象就都跟着来了。

这畸形的发展是值得寻味的。一方面你有你的读书阶级，中了过度文明的毒，一天一天往腐化僵化的方向走，但你却不能否认它智力的发达，只因为道义标准的颠倒以及理想主义的缺乏，它的活动也全不是在正理上。就说这一堂的翩翩年少——尤其是文化最发旺的江浙的青年，十个里有九个是弱不禁风的。但问题还不全在体力的单薄，尤其是智力活动本身是有了病，它只有毒性的戟刺，没有健全的来源，没有天然的资养。纤巧的新奇的思想不是我们需要的，我们要的是从丰满的生命与强健的活力里流露出来纯正的健全的思想，那才是有力量的思想。

同时我们再看看占我们民族十分之八九的农民阶级。他们生活的简单，脑筋的简单，感情的简单，意识的疏浅，文化的落后，几乎使他们形成一种仅仅有生物作用的人类。他们的肌肉是发达的，他们是能工作的，但因为教育的不普及，他们智力的活动简直的没有机会，结果按照生物学的公例，因无用而退化，他们的脑筋简直不行的了。乡下的孩子当然比城市的孩子不灵，粗人的子弟当然比上不书香人的子弟，这是一定的。但我们现在为救这文化的性命，非得赶快就有健全的活力来补充我们受足了过度文明的毒的读书阶级不可。也有人说这读书阶级是不可救药的了，希望如其有，是在我们民族里还未经开化的农民阶级。我的意思是我们应得利用这部分未开凿的精力来补充我们开凿过分的士民阶级。讲到实施，第一得先打破这无形的阶级界限以及省份界限。通婚和婚是必要的，比较的说，广东、湖南乃至北方人比江浙人健全得多，乡下人比城里人健全得多，所以江浙人和北方人非得尽量的通婚，城市人非得与农人尽量的通婚不可。但是这话说着容易，实际上是极困难的。讲到结婚，谁愿意放弃自身的艳福，为的是渺茫的民族的前途上，哪一个翩翩的少年甘心放着窈窕风流的江南女郎不要，而去乡村找粗蠢的大姑娘作配？谁肯不就近结识血统逼近的姨妹表妹乃至于同学妹，而肯远去异乡到口音不相通的外省人中间去寻配偶？这是难的，我知道。但希望并不见完全没有——这希望完全是在教育上。第一我们得赶快认清这时代病无非是一种本原病，什么混乱的变态的现象，都无非显示生命的缺乏。这种种病，又都就是直接克伐生命的，所以我们为要文化与思想的健全，不能不想方法开通路子，使这几洼孤立的呆定的死水重复得到天然泉水的接济，重复灵活起来，一切的障碍与淤塞自然会得消灭——思想非得直接从生命的本体里热烈的迸裂出来才有力量，才是力量。这过度文明的人种非得带它回到生命的本源上去不可，它非得重新生过根不可。按着这个目标，我们在教育上就不能不极力推广教育的机会到健全的农民阶级里去，同时奖励阶级间的通婚。假如国家的力量可以干涉到个人婚姻的话，我们尽可以用强迫的方法叫你们这些翩翩的少年都去娶乡下大姑娘子，而同时把我们窈窕风流的女郎去嫁给农民做媳妇。况且谁都知道，我们现在择偶的标准本身就是不健全的。女人要嫁给金钱、奢侈、虚荣、女性的男子；男人的口味也是同样的不妥当。什么都是不健全的，喔，这毒气充塞的文明社会！在我们理想实现的那一天，我们这文化如其有救的话，将来的青年男女一定可以兼有士民与农民的特长，体力与智力得到均平的发展，从这类健全的生命树上，我们可以盼望吃得着美丽鲜甜的思想的果子！

至于我们个人方面，我也有一部分的意见，只是今天时光局促了怕没有机会发挥，但总结一句话，我们要认清我们是什么病，这病毒是在我们一个个你我的身体上、血液里，无容讳言的。只要我们不认错了病多少总有办法。我的意见是要多多接近自然，因为自然是健全的纯正的影响，这里面有无穷尽性灵的滋养与启发与灵感。这完全靠我们各个自觉的修养。我们先得要立志不做时代和时光的奴隶，我们要做我们思想和生命的主人，这暂时的沉闷决不能压倒我们的理想，我们正应得感谢这深刻的沉闷，因为在这里，我们才感悟着一些自度的消息，如我方才说的，我们还是得努力，我们还是得坚持，我们的态度是积极的。正如我两年前《落叶》的结束是喊一声 Everlasting yea，我今天还是要你们跟着我来喊一声 Everlasting yea。

一个诗人

我的猫，她是美丽与健壮的化身，今夜坐对着新生的发珠光的炉火，似乎在讶异这温暖的来处的神奇。我想她是倦了的，但她还不舍得就此卧下去闭上眼睡，真可爱是这一旺的红艳。她蹲在她的后腿上，两条前腿静穆地站着，像是古希腊庙楹前的石柱，微昂着头，露出一片纯白的胸膛，像是西伯利亚的雪野。她有时也低头去舐她的毛片，她那小红舌灵动得如同一剪火焰。但过了好多时她还是壮直地坐望着火。我不知道她在想些什么，但我想，她这时候至少，决不在想她早上的一碟奶，或是暗房里的耗子，也决不会想到屋顶上去作浪漫的巡游，因为春时已经不在。我敢说，我不迟疑地替她说，她是全神的看，在欣赏，在惊奇这室内新来的奇妙——火的光在她的眼里闪动，热在她的身上流布，如同一个诗人在静观一个秋林的晚照。我的猫，这一晌至少是一个诗人，一个纯粹的诗人。

志摩多所恋爱，今乃及猫。鄙人写邻家黑白猫与之，而去其爪，自夸其于友道忠也。 徐悲鸿绘

吹胰子泡

小椝粉嫩的脸上，流着两道泪沟，走来对他娘说：“所有的好东西全没有了，全破了，我方才同大哥一起吹胰子泡，他吹一个小的我也吹一个小的，他吹一个大的我也吹一个大的。有的飞了上去，有的闪下地去，有的吹得太大了，涨破了，大哥说他们是白天的萤火虫，一会儿见，一会儿不见。我说他们是仙人球，上面有仙女在那里画花，你看红的，绿的，青的，白的，多么好看，但是仙女的命多是很短，所以一会儿就不见了。后来我们想吹一个顶大的，顶大顶圆顶好看的球，上面要有许多画花的仙女，十个、二十个还不够，吹成功了，慢慢的放上天去（那时候天上刚有一大块好看的红云，那便是仙女的家），岂不是好？我们，我同大哥，就慢慢的吹，慢慢的换气，手也顶小心的，拿着麦管子，一动也不敢动，我几乎笑了，大哥也快笑了。球也慢慢的大了，像圆的鸽蛋，像圆的鸡蛋，像圆的鸭蛋，像圆的鹅蛋，（妈，鹅蛋不是比鸭蛋大吗？）像妹妹的那个大皮球！球大了，花也慢慢多了，仙女到得也多了，那球老是轻轻的动着，像发抖，我想一定是那些仙女看了我们迸着气，板着脸，鼓着腮帮子，太可笑的样子，在那里笑话我们，像妹妹一样的傻笑，可没有声音。后来奶妈在旁边说好了，再吹就破了，我们就轻轻的把嘴唇移开了麦管口，手发抖，脚也不敢动，好容易把那麦管口挂着的好宝贝举起来，真是宝贝，我们乐极了，我们就轻轻的把那满是仙女的球往空中一掷，赶快仰起一双嘴，尽吹。可是妈呀！你不能张着口吹，直吹球就破，你得把你那口圆成一个小圆洞儿再吹，那就不破了。大哥比我吹得更好，他吹，我也吹，我又吹，吹得那盏五彩的灯儿摇摇摆摆的，上上下下的，尽在空中飞着，像个大花蝶。我呀，又着急，又乐，又要笑，又不敢笑开口，开口一吹，球儿就破，奶妈看得也笑了，妹子奶妈抱着，也乐疯了，尽伸着一双小手想去抓那球——她老爱抓花蝶儿，可没有抓到，竹子也笑了，笑得摇头弯腰的。

球飞到了竹子旁边险得很，差一点让扎破了。那球在太阳光里溜着，真美，真好看！那些仙女画好了，都在那里拉着手儿跳舞，跳的仙女舞，真好看！我们正吹得浑身都痛，想把他吹上天去，哪儿知道出乱子了，我们在花厅前面不是有个燕子窠，他们不是早晚尽闹，那只尾巴又细又白的，真不知趣，早不飞，晚不飞，谁都不愿意他飞，他倒飞了出来。一飞呀就捣乱，他开着口，一面叫，一面飞，他那张贪嘴，刚巧撞着快飞上天的球儿，一撞呀，什么球呀，蛋呀，蝴蝶呀，画呀，仙女呀，笑呀，全没有了，全不见了，全让那白燕的贪嘴吞了下去，连仙女都吞了！妈呀，你看可气不可气，我就哭了。”

童话一则

四爷刚吃完了饭，擦擦嘴，自个儿站在阶沿边儿看花，让风沙乱得怪寒村的玫瑰花。啪、啪、啪的一阵脚声，背后来了宝宝喘着气嚷道：“四爷，来来，我有好东西让你瞧，真好东西！”

四爷侧着一双小眼，望着他满面通红的姊姊呆呆的不说话。

“来呀，四爷，我不冤你，在前厅哪，快来吧！”四爷还是不动，宝宝急了：

“好，你不来就不来，四爷不来，我就不会找三爷？”说着转身就想跑。

四爷把脸放一放宽，小眼睛亮一亮，脸上转起一对小圆涡儿——他笑了——就跟着他姊姊走，宝宝看了他那样儿，也忍不住笑了，说：“来吧，真淘气！”

宝宝轻轻的把前厅的玻璃门拉开一道缝儿，做个手势，让四爷先扁着身子捱了进去，自己也偷偷的进来了，顺手又把门带上。

四爷有些儿不耐烦，开口了：

“叫我来看什么呀，一间空屋子，几张空桌子，几张空椅子，你老冤我！”宝宝也不理会他，只是仰着头东张西望的，口里说：“哪儿去了呢，怕是跑了不成？”

四爷心里想没出息的宝宝，准是在找耗子洞哩！

忽然吱的一声叫，东屋角子里插豁的一响，一头小雀儿冲了出来，直当着宝宝四爷的头上斜掠过去，四爷的右腿一阵子发硬，他让吓了一跳，宝宝可乐了，她就讲她的故事。“我呀吃了饭没有事做，想一个人到前厅来玩玩，我刚一开门儿，他像是在外面候久了似的，比我还着急，盆的一声就穿进了门儿。我倒不信，也进来试试，门儿自己关上了。”

“他呀，不进门儿着急，一进门儿更着急，只听得他豁拉豁拉的飞个不停，一会儿往东，一会儿往西，一会儿往南，我忙的尽转着身，瞧着他飞，转得我头都晕了，他可不怕头晕，飞，飞，飞，飞个不停，口里还呦的呦的唱着，真是怪，让人家关在屋子里，他还乐哪——不乐怎么会唱，对不对四爷？回头他真急了：原先他是平飞的像穿梭似的——织布的梭子，我们教科书上有的不是？他爱贴着天花板飞，直飞，斜飞，画圆圈儿飞，挨着边儿一顿一顿的飞，回头飞累了，翅膀也没有劲儿，他就不一定搭架子高飞了，低飞他也干，窗沿上爬爬，桌子上也爬爬，他还想跳哪，像草虫子。有时他拐着头不动，像想什么心事似的，对了，他准是听了窗外树上他的也不知是表姊妹，也不知是好朋友，在那儿‘奇怪——奇怪’的找他，可怜他也说不出话，要是我，我就大声的哭叫说：‘快来救我呀，我让人家关在屋子里出不来哩！快来救我呀！’”

“他还是着急，想飞出去，我说他既然要出去，当初又何必进来！他自个儿进来，才让人关住，他又不愿意，可不是活该！可又是，他哪儿拿得了主意，人都拿不了主意，可怜哪，他见光亮就想盲冲，暴蓬暴蓬的，只听得他在玻璃上碰头，准碰得脑袋疼，有几次他险点儿碰昏了，差一点闪了下来，我看得可怜，想开了门放他走，可是我又觉得好玩，他一飞出门就不理我，他也不会道谢，他倦了，蹲在梁上发呆，像你那样发呆，四爷，我心又软了，我随口编了一个歌儿，对他唱了好几遍，他像懂得，又像不懂得，真呕气，那歌儿我唱你听听，四爷，好不好？”

四爷听了她一长篇演说，瞪着眼老不开口，他可爱宝宝唱歌儿，宝宝唱的比谁的都好听，四爷顶爱，所以他把头点了两下，宝宝就唱：

雀儿雀儿，
你进我的门儿，
你又想出我的门儿。
砰呀砰呀，
玻璃老碰你的头儿！

四爷笑了，宝宝接着唱：

屋子里阴凉，
院子里有太阳。
屋子里就有我——你不爱；
院子里有的是，
你的姊姊妹妹好朋友！
我张开一双手儿，
叫一声雀儿雀儿：

我愿意做你的妈，
你做我乖乖的儿。
每天吃茶的时候，
我喂你碎饼干儿。
回头我们俩睡一床，
一同到甜甜的梦里去，
唱一个新鲜的歌儿。

宝宝歌还没有唱完，那小雀儿又在乱冲乱飞，四爷张开两只小臂，口里吁吁的，想去捉他，雀儿愈着急，四爷愈乐。宝宝说：“四爷你别追，他怪可怜的，我替他难受……”宝宝声音都哑了，她真快哭了，四爷一面追，一面说：“我不疼他，雀儿我不爱，他们也没有好心眼儿，他们把我心爱的鲜红玫瑰花儿，全吃烂了，我要抓住他来问问……”宝宝说：“你们男孩子究竟心硬，你也不成，前天不是你睡了觉，妈领了我们出去了，回头你一醒不见了我们，你就哭，哭得奶妈打电话！你说你小，雀儿不比你更小吗？你让人放在家里就不愿意，小雀儿让我们关在屋子里就愿意吗？”

四爷站定了，发了一阵呆，小黑眼珠儿又亮了几亮，对宝宝瞪了一眼，一张小嘴抿得紧紧的，走过去把门打个大开，恭敬恭敬的说一声“请！”

嗖的一声，小雀儿飞了！

小赌婆儿的大话

方才天上有一块云，白灰色的，停在那盒子形的山峰的顶上，像是睡熟了，他的影子盖住了那山上一大片的草坪，像是架空的一个大天篷，不让和暖的太阳下来。一只灰胸腔的小鸟，他是崇拜太阳的，正在提起他的嗓子重复的唱他新编的赞美诗。他忽然起了疑心，因为他身旁青草上的几颗露水，原来是阳光里像是透明的珍珠，现在变成黯黯的，像是忧愁似的，他仰头看天时他更加心慌了，因为青天已经躲好，只剩白肤肤的一片不晓得是什么。他停止了他的唱，侧着他的小头，想了一会儿，还是满心的疑惑，于是他就从站着的地方，那是一棵美丽的金银草，跳了出来，他的身子是很轻，所以最娇嫩的花草们都爱他的小脚在他们的头顶上或是腰身里跳着舞着。每回他过路的时候，他们只点着头儿摆着腰儿的笑，因为他们不觉得痛，只觉得好玩，并且他又是最愿意唱歌儿给他们听的。现在他跳不上几步，就望见他的一个朋友，他是一只夜蝶，浑身搽着粉的，伏在一株不曾开花的耐冬上。他就叫着他的名字，那是小玲珑，问他为什么天上有了这样大变动，又暖又亮的太阳光为什么不见了？但那小玲珑有他自个儿的心事，他昨晚上出去寻他的恋爱，那是灯光，在深深的黑暗里飞了半夜，碰了好儿回钉子,翅膀上的金粉,那是他最心疼的,也掉了不少。灯亮,他的恋爱,还是不曾寻着。他在路上只见有一对萤火虫,那是他本来看不起的,在草堆里有可疑的行为;此外他的近视眼望得见的就是那颗可怜的大星,还是在那里一闪一闪的引诱着他。

可怜他那不到三分阔的翅膀如何能飞得到几万万里路，虽则那星如其要他的性命，他是一定不迟疑的奉献。所以他忙了一夜，一点成绩都没有，后来在一块生荆刺的石头上睡了一会儿，直到天亮才飞回来的。现在他贴紧在一株快开小白花儿的耐冬身上，回想他一晚上的冤屈，抱怨他自己的理想，像做梦似的出了神。他的朋友招呼他，他也不理会，一半是疲倦，一半是不愿意，所以他只装是睡熟了没有答应他。那灰胸膛的雀子是很知趣的，他想不便打扰人家的好梦，他一弯腰又跳了开去。这时候山顶上那块云还是没有让路，他的影子落在青草上更显得浓厚了。所以他更是着急的往前跳，直到他又碰见了一个老朋友，那是一只尖尾巴青肚皮的跳虫，他歇在一棵苦根草的草瓣上，跷着他那一对奇长的后腿，捧着他的尖尾巴像在搔痒似的。“喂，小赌婆儿！”（那是他的浑号，他的名字叫作土蝼！）我们的小雀对他喊着，“你的聪明是有名的，现在我要请教你一件事，方才我们的青天，我们的太阳光，不是好好儿的吗？现在你看，为什么暗沉沉怪怕人的，青天不见了，阳光也没有了，这是什么缘故呀？”“缘故？”那虫儿说，“那是兆头，也是不好的兆头哩，我告诉你说，我的小哥儿。”（我们要记得那尖尾巴青肚皮长腿子的跳虫不是顶老实的虫子，他会说话，更会撒谎，人家称他聪明，夸他有学问，其实那都是靠不住的，他靠得住的就是他那嘴。）“这又是什么兆头呢？”我们的小雀儿更着急的逼着问。那虫子说：“常言说的小儿快活必有灾难，今天原来不是上好的天时，偏是你爱唱的那小调儿，唱了又唱，唱了又唱，唱得天也恼了，太阳也怒了，不瞒你说我也听厌烦了。你知道为什么天上忽然变黑了？那是一个大妖怪，他把他那大翅膀盖住了天，所以青天也不见，太阳也没了。那妖怪是顶可怕的，他有的是一根大尾巴，顶大顶大的大尾巴，他那尾巴一扫的时候我们就全得遭殃。你不记得上回的大乱子么？我们那棵大个儿的麻栗树刮断了好几根青条，好几百棵大龙爪花也全让扎一个稀烂不是？两个新出巢儿的吴知了儿正倒运，小翅膀儿也刮糊了，什么了儿也知不了了。你说这不可怕吗？现在又是那兆头来了，你快想法子躲起来罢，回头遭灾可不是玩儿，你又是有家的，不比我那身子又轻又松腿子又长又快的，再会，我这就去了。”

小赌婆儿说完了话就拱起了他的腿弯子，捺下了他的尖肚子，仰起了他的小青嘴儿，扑的一跳，就是三五尺路，拐一个弯又跳，又一跳，就瞧不见了。我们老实的小雀儿听了他那一番大话，一句句他都相信是真的。他抬头看一看黑蔚蔚的天，他心里害怕，真的像是那大妖精快要作怪似的。他是顶胆小的，况且小赌婆说的不错，他是有家的，那更不是玩儿，他做家长的总得负责任不是？他站着翘着他小尾又出了一会儿神。这会他胆气有了，他就拉开他的翅膀，那是蓝毛镶白边顶美的翼子，嘴里打起了口号，他就飞飞飞了。那口号是找他的太太与他们的小孩子的（他有一个小身材的太太，三个小孩子都像他，就是毛儿没有长全）。这回他有了心事，再不说闲话了，虽则在路上他又碰到许多好朋友：那绰号叫小蛮子的螳螂，浑身穿着盔甲的黑板虫，爱出风头的一对红蜻蜓姊妹，草丛子上那怕人的大黑毛虫，还有好几个游手好闲的长脚蚊虫，他都没有打招呼，他要寻着他的妻子要紧。

他飞不到一会儿，他就听见水响，那他知道是那条山涧，整天整夜括喇括喇唱着跳着的小涧儿，夹着那水响他又听着一阵小孩儿打哈哈，那声音他听得顶熟。他跳上一块三角棱的石头上往下看时，哈哈，可不是他的全家全在这水边儿作乐哪！那是小黄，那是小小黄，那是络儿，他们都站在浅水里，像一群小鸭儿似的，一会儿把他们那小嘴到水底石子里去溜儿下，扭过头来向他们的胳支下狠劲的拧，拧完了挣开了一对小翼子，像是两片破伞，豁剌剌的摇，摇得水点儿乱飞。接着他们哥儿三就打哈哈，他们那样子顶乐的，还有贴近那野蔷薇的草堆的一块大石头蹲着的，可不是那一样会淘气的小灵儿，她比她的孩子也大不了多少，她今天是领了那群孩子上这儿洗澡来了，她自己蹲着看他们在水里闹，看的真乐。小黄打哈哈，小小黄打哈哈都不要紧，就是那小络儿顶好玩，他那一打哈哈，妈妈也撑不住打哈哈了。

这时候他们一抬头见了他们的爸，他们索性乐疯了直嚷。小小黄儿差一点掉下了水，因为他的小腿子还不大站得稳。但是我们的好小雀儿可不能跟他们一般见识，因为我们要记得他是那三个小小雀儿的老子，那小灵儿的丈夫。做家长的最讲究体统，在小孩儿面前不能随便的打哈哈。我们的小雀儿也懂得，所以虽则他自己也顶爱在水里打滚闹着玩，他常常背着他们自个儿出来寻快活，但是当着他们的面他就有他做老子的嘴脸了。尤其这时候他有的是心事，他怕那大妖魔，吃了青天与太阳的妖魔，就快作怪。他十二分的相信那小赌婆的大话，所以不等他们笑完，他就说了一大篇的话，意思是大祸快临头了，你们还在这里顽皮。他也怪他妻子不懂事，也不看看天时随便的带了一群孩子出来胡闹，说完了话，他就逼着他们赶快一起回家去躲起来。这一下可真是煞风景，小灵儿、小黄、小小黄、小络儿全吓慌了，他们哈哈也不打了，澡也不洗了，战兢兢的张开了破伞似的翼子，跟着他们懂事的老子往回飞。可怜那小络儿、小小黄儿真不济事，路上也不知道栽了好儿回跟头，幸亏有他们的爹妈看着没有闪坏，又好在他们的家也不远，一会儿就到了。小孩子们一见了家好不快活，他们一个个抢着到窝里去躲好了，挨得紧紧的，一点声响也没有。他们的小心儿里又觉得害怕又觉得好玩，不知怎么好似的。我们那小雀儿领了他们回到了家也就放心得多。他这时候站在家门，斜眼看着小灵儿呆呆的蹲着，一半是怪她，一半是爱她。后来他忍不住就忽的一声跳过来，挨紧了她，把他那小嘴往她的头毛里窝着，算是亲爱的意思。小灵儿也懂事，知道她丈夫爱她，也就紧紧的挨着他，浑身觉得暖和顶畅快的。这时候我们的小雀儿心里在想："现在好了，那小淘气的也回了来家，我的蜜甜的小灵儿也挨着我，管他妖魔不妖魔，作怪不作怪，我再也不怕了。"

再过了不多时，在山顶上睡着的那块灰色的云也慢慢的动了，像是睡醒了，要不了一会儿他飞跑了，露出青青的山峰，还是像早上一样，在太阳光里亮着。头顶上也再没有一丝一斑的云气，只有一个青青的青天，望不见底的青天。这时候我们小雀儿又在唱他的歌儿了。这回唱得更起劲、更好听，他又在赞美他崇拜的太阳与青天。他也笑他自己方才的着忙，他也好笑那小赌婆儿的说大话，他也记得那爱睡的小玲珑儿，也许这时候还是伏在那快开小白花儿的耐冬上做他的好梦……

香 水

有一家有一个三四岁的小姑娘，名字叫阿英，她长得顶好玩，像一个“洋囡囡”；她爱香水，她也爱听故事；这段香水故事是为她编的。

志摩识

我有一个小女儿，生在英国的，名字就叫阿英。这位新诗人徐志摩住在我的家里，天天同我的五个小孩儿一块儿玩。他们虽然小，也知道崇拜信仰一个崭新的诗人，知道他肚子里有许多叽叽咕咕的文章，虽则不懂，也知道是好；他们要这位徐先生做一个故事，讲给他们听，过了几天，这位徐先生，居然做了这篇香水故事，念给他们听，他们也有懂得的，也有不懂得的，但是听完了大家都说好，可是徐先生说还没有完，小孩说就去登报罢，我接过来在后面写上这几句，送《晨报副刊》登去，表明我的小孩儿也知道喜欢新文学哪！

子美识

阿英，你爱香水不是？好，女孩子天生的爱好，你爱的是好玩儿的洋娃娃，两只大眼睛一开一闭的洋娃娃，你要是在她小肚子上使劲的按一下，她还会得叽的一声吓你一跳哪；你又爱花朵儿，鲜花儿红的白的，纸花儿绿的黄的，你全爱我都知道；你又爱香水，好把你的娃娃洒得香喷喷的讨人欢喜；真好孩子，你爱花我疼你哪——你可比不得男孩子们那样粗气，他们就不懂得爱——连小猫他们都不爱，一来就拉她怪可怜的小尾巴，拉得她直叫——他们真不懂得爱，他们就知道硬要，他们要刀，要枪，要猴儿要的棍子，前天阿松不是还拧着妈要一根大水枪儿，妈不答应他就直哭，哭的真响，大妈好好的吃了饭睡着也让他哭醒了，他们真粗气不是？

阿英乖你看了也呕气不是？

阿英，我知道你爱听故事，好，你爱香水，我就讲一个香水故事给你听听。好，是不是？那你就好好的坐着听我讲，坐着那小凳上，乖乖的静听，把你的小手搁在你那衣兜底下，回头着了凉又不合式。故事听完了，要是好的，你就得乖的过来让我亲三个甜嘴，我要讲的不好听，我也认罚再给你一瓶香水，现在你听着。

你先得知道香水是怎么做的。香水是花做的。春天暖和的时候花园里全是花，他们做香水的先就采花，要顶香的花，一篮一篮的采回家去，他们用一只大玻璃缸，盛着现采来的鲜花，盛得满满的，然后叫人拿一个琉璃槌子，慢慢的研着槌着捣着舂着，像前天妈妈讲给你听月亮里那个白兔儿捣玄霜似的顶耐心的捣着，要把那花朵儿全捣烂了，捣得顶烂，把他们早晚吃着的蜜甜的露水雨水全挤了出来；原先是一缸满满的花，现在全没有了，只存了缸底里儿杯子的花酿，花片全让捣烂了，这花酿再过滤了一道或是两道——你不懂得过滤不是？你不见奶妈煎成了你的药，她拿一块布蒙着碗下倒药，药水全漏进了碗里去，药滓子就全在布上了。他们做香水也就单要花的水，要把他滤得一点滓子也没有才算完事，这水就是顶好的香水，方才妈妈给你那一小瓶子，阿英，就怕要有几千朵香喷喷的鲜花儿才做得，所以你得爱惜那怪可怜的小香水儿，不要一会儿就使完了。

你明白了没有，香水是花做的？现在我真要讲故事了，你可别睡着了，你那一双大眼珠水泠泠的不很靠得住，我讲得起劲你睡觉可不是道理，那我要生气的。好，你说不睡，好极了，那我就讲。

有一个地方有一个妖怪……啊，真灵！一提着妖怪你就再也不敢睡了不是？那妖怪住在一个山洞里面，顶大顶深的山洞，他长得顶高顶可怕，谁也说不定他是什么变的；有人说他是猪精，因为他腿上长黑毛，他一睡着就打呼，古奴古奴的顶像一只猪；也有人说他是一只黄牛精，因为他虽则是妖精他可不大吃荤，他就爱吃素菜，豆子，菠菜，菜心，小萝卜，都是他常吃的，他的力气顶大，脾气可又顶慢，顶像一只牛；也有人说他有点象味儿，因为他的腿膀子粗得可怕，他的鼻子顶长顶软，真像是象皮做的。

可是那妖精样子虽则长得凶，他的心眼不一定坏，常言说的强盗发善心，妖精也是有善心的。那妖精的名字叫作“碧豹儿匡匡”，记住了阿英，碧豹儿匡匡。伴他住在山洞里的有一个小女孩子，她才十四岁，长得像一朵白玫瑰花，一个香喷喷的美女孩子，她可不是妖精，她是一个真的人：她原来还是一个国王的公主哪，她小时候在她的花园里玩，叫我们的碧豹儿匡匡他从云端里飞过时一眼瞧见了，他见她长得那样的玲珑剔透他就舍不得，好在有的是妖法，他弄起了一阵风，就把那公主带回了他的山洞。公主这一不见，她的爹她的妈急得什么似的，哭得眼皮像大核桃似的肿，四处派了人寻访她的下落，过了好几个年头还是没有找着。

那女孩子究竟年轻，到了山里什么都是新鲜好玩，她跳跳蹦蹦的过了好几个年头，连她的爸爸妈妈都全忘了。阿英，你要是叫妖精碧豹儿匡匡带了跑，你也不会再记得爸爸妈妈了，那山里的风景真好，什么都好，天堂都没有那样好；还有那妖精待她也好，顶疼她的，晚上她睡在她的小床上，妖精就来替她盖被窝，到了半夜里还爬起来看她打出了被窝没有，小心她着凉，白天又给她顶好的东西吃，哄着她玩，随她自个儿满山去乱跑。你看那妖精多好，阿英，比奶妈待你还好哪！他也替公主取了一个名字，就叫香水儿。为什么叫香水呢？因为那公主顶爱花，山里多的是花，各式各样的花，到了春天那山谷就是一只大花篮儿，阿英你要看见了准叫你乐得什么似的。所以碧豹儿匡匡就教给她做香水，我开头不是讲过香水是怎么做的吗？

她就爱做香水，一年四季忙着采花做香水，简直像一个小疯子，一做香水什么都不要了，饭都忘了吃，小皮球也不拍了。所以她自个儿的名字就叫作香水儿，阿英记住了啊，她叫作小香水儿，她做成了香水，她就用小琉璃缸盛起来，有鲜红的，有粉红的，有湖色的，有青莲的，有黄的，有绿的，有像苹果红的，有像葡萄紫的，有像胡落儿上冰糖的颜色，有像妈那翡翠镯子的颜色，什么颜色都有。还有盛不完的她就随便的使，她自个儿的脸上，嘴上，头发里，衣上，鞋上，她的床上，她的柜子里，都洒了；还不够她那小白猫——她有一个顶好看的小白猫，混身像雪片似的——也上了香水，连碧豹儿匡匡的大胡子上他睡着的时候也偷偷的给洒上了！（未完）

玶女士

玶女士在前房已扣好了大衣，揿上了手提包，预备出门到车站，忽然又跑回亭子间去，一边解着衣扣，从床上抱起啼得不住声的两个月孩子，急匆匆的把他向胸口偎。孩子含上了自己母亲的奶就不哭，摇着一支紫姜似的小手，仿佛表示快活。但这样不到一分钟她又听到前房有脚步声，她知道是黑来了。她想往外跑，但孩子那一张小口使劲的噙住了娘的奶头，除非她也使很大的劲，不然就摆脱不了这可爱又可怜的累赘。黑准有消息，听他那急促的脚步声就知道。他不说他再想法到崔那里去探问口气吗？要是有希望倒是最简捷，目前也省得出远门撞木钟去。但如果这一边没有转机，她这回去，正怕是黑说的，尽我们的本分，希冀是绝无仅有的了。她觉得太阳穴里又来了一阵剧烈的抽痛，她一双手机械的想往上伸，这一松劲几于把怀抱着的孩子掉下了地。她趁势缩退了胸口，把孩子又放在床上，一转身跑回了前房去。

黑站在火早已完了仅剩一些热气的壁炉前低着头，她走进房也没有注意。玶女士先见到他的一只往下无力的挂着的手，分明冻得连舒展都不能自由了的；又见到他的侧脸，紫灰的颜色，像是死。她觉得眼前一暗，一颗心又虚虚的吊了下去。她再没有能力开口，手脚都是瘫软了的。她在房门口停着，一手按着一个不曾扣上的衣纽。

还是黑的身子先动，他转过脸望着她。她觉得他的笑容，也是死灰的——死灰的微笑散布在死灰的脸上，像是一阵阴凉的风吹过冻滞的云空。惨极了！我懂得那笑容，我懂，她心头在急转，你意思是不论消息多么坏，不论我们到什么绝境，你不要怕，你至少还有我一个朋友，你不要愁，即使临到一切的死与一切的绝，我还能笑，我要你从我这惨淡的笑得到安慰，鼓起勇气。

勇气果然回来了一些。她走近了一步。“你冷了吧，黑？”

“外面雪下得有棉花样大，我走了三条街，觅不到一辆车。我脖子里都是雪化的水。”

他又笑了。这回他笑得有些暖气，因为他说的时候想起做孩子时的恶作剧，把雪块塞进人家的衣领，看他浑身的扭劲发笑。

“你也饿了吧？”

“一天水都没有喝一口，但不是你说起我想都想不着。”

“现在你该想着了。后房有点心，我去拿给你。”但她转不到半个身子，脚又停住了。有一句话在她的嗓子里冲着要出来。她没有走进房那句话已经梗着她的咽喉。“怎么样了？”怎么样了？她觉得不仅她口里含着这句话要吐，就她那通身筋肉的紧张，心脏的急跳，仿佛都是在要迸出那一句问。怎么样了？这一晌是她忍着话，还是话忍着她，她不知道。实情是她想能躲姑且躲。她不问了他冷吗？她不问了他饿吗？她现在不是要回后房取点心去吗？黑为了朋友，为了一点义气，为了她们母子，在这大冷天不顾一切整日整夜的到处跑，她能不问他的饥寒吗？也许他身上又是一个子儿都没了。他本就在病，果然一病倒，那她唯一的一支膀臂都不能支使了，叫她怎么办？他的饥寒是不能不管的。但同时她自已明白她实在是在躲，因为一看他的脸她就知道他带来消息的形状是那一路的。就像是你非得接见一个你极不愿见面的人，能多挨一忽儿不见也是好的。不，也不定是怕。她打从最早就准备大不了也不过怎么样。大不了也不过怎么样！比方说前天黑一跑进来就是事情的尽头；如果他低着声音说“他已经没了”，那倒也是完事一宗，以后她的思想，她的一切，可以从一个新的基础出发，她可以完全知道她的责任，可以按步的做她应分做的事，痛苦又艰难当然，但怎么也比这一切都还悬挂在半空里的光景好些，爽快些。可怜胸口那一颗热跳的心，一下子往上升，一下子往下吊，再不然就像是一个皮球在水面上不自主的漂着浮着，那难受竟许比死都更促狭。再加那孩子……

但她这一踌躇，黑似乎已经猜到她心里的纠纷，因为她听他说：

“肚子饿倒不忙，我们先——”

但她不等他往下说，急转过身问：“还用着我出门不？”

“你说赶火车？”

“是的。”

“暂时不用去，我想，因为我看问题还是在这边。”他说。

她知道希望还没有绝。一个黑，一个她，还得绷紧了来，做他们的事。奶孩子终究是个累赘。黑前天不说某家要领孩子吗？简直给了他们不好吗？蘩即使回来也不会怪我。他不常说我的怀孕是一个极大的错误吗？他不早主张社会养育孩童吗？很多母亲把不能养育的一点骨肉放到育婴场所或是甚至遗弃在路旁。那些母子们到分别时也无非是母的眼泪泡着孩子的脸，再有最后一次的喂奶！方才那一张小口紧含着乳头微微生痛的感觉又在她的前胸可爱的逗着，同时鼻子里有一阵酸——喔，我的苦孩子——

但她不能不听黑的消息。

“怎么样了呢?”她问。

话是说出了口，但她再不能支持她全身的虚软，她在近旁一张椅子上坐下了。

她听他的报告，她用心的听；但因为连日的失眠以及种种的忧烦，她的耳鼓里总是浮动着一种摇晃不去的烦响，听话有些不清明。黑的话虽则说得低而且常有断续，论理她应得每个字都听得分明；但她听着的话至多只是抓总的一点意思，至于单独的字她等于一个都不曾听着。这一半也因为提到了崔，她的黑黝黝的记忆的流波里重复浮起不少早经沉淀了的碎屑，不成形的当然，但一样有力量妨碍她注意的集中。她从不曾看起过崔，虽然当年他为她颠倒的时候她也曾经感到一些微弱的情意。他，是她打开始就看透了的。论品，先就不高，意志的不坚定正如他的感情的轻浮。同时她也从他偶尔为小事发怒的凶恶的目光中看出他内蕴的狠毒与残暴。蘩有好些地方不如崔，他从不为自己打算，不能丝毫隐藏或矫揉他的喜怒，不会对付人。他是乡下人说的一条“直头老虎”。但她正从他的固执里看出他本性的正直与精神的真挚，看出他是一个可以到底的朋友。这三四年来虽则因为嫁给了蘩遭受到无穷的艰苦，她不曾知道过一整天的安宁；虽则他们结婚的生活本身也不能说是满意，她却从不曾有一时间反悔过她的步骤。在思想上，在意见上，在性情上，她想不起有和蘩完全能一致的地方，但她对他总存着一些敬意，觉得为这样人受苦牺牲决不是无意义的。她看到崔那样无耻的卖身，卖灵魂，最后卖朋友，虽然得到了权，发到了财，她只是格外夸奖她当初准确的眼力，不曾被他半造作的热情所诱惑。每回她独自啃着铁硬的面包，她还是觉得她满口含着合理的高傲。可怜的黑，他也不知倒了哪辈子的霉，为了朋友不得不卑微的去伺候崔那样一个人。她想见他踞坐在一张虎皮椅上，手里拿着生杀无辜的威权，眼里和口边露着他那报复的凶恶与骄傲，接见手指僵成紫姜、嗓音干得发沙的黑。黑有一句话他有十句话，而且他的没有一字不是冠冕，没有一句不是堂皇，铁铮铮的理满是他的。但更呕人的是他那假惺惺！说什么他未尝不想回护老朋友，谁不知道我崔某是最讲交情的，但蘩的事情实在是太严重了，他的责任和良心都告知他只能顾义不顾亲，那有什么法子？除非蘩肯立刻自首，把他的伙伴全给说出来，自己从此回头，拿那一边的秘密献作进身的礼物——果然他肯那么来的话，他做朋友的一来为公家收罗人才，二来借此帮忙朋友，或许可以拼一个重大的肩仔，向上峰去为他求情，说不定有几分希望。好，他自己卖了朋友就以为人人都会得他那样的无耻！他认错了人了，恶鬼！果然蘩可以转到那一路的念头，那还像个人吗？还值得她的情爱，还值得朋友们为他费事吗？简直是放屁！喔！他那得意的神气！但这还不管他。他的官话本是在意料中。最可恼的是他临了的几句话，那是说到她的。什么同情，什么哀怜，他整个的是在狠毒的报复哪！说什么他早就看到她走上那条绝路，他这几年没有一天不可惜她的刚愎，现在果然出了乱子，她追悔也已太迟不是，但——这句话珰女士是听分明了的，很分明——但“珰女士何妨她自己请过来谈谈呢?”还有一句：“我这里有的是清静的房间！”这是他瞄准了她的高傲发了最劲的一支箭！珰女士觉得身子一阵发软，像是要晕。够高明的，这报复的手段！

…………

珰女士独自在昏黄的街边上走着。雪下得正密，风也刮得紧，花朵在半空里狂舞，满眼白茫茫的，街边的事物都认不清楚了。街上没有车，也没有人。她只听得她自己的橡皮鞋在半泥泞的雪地里嗖哑的声响。她的左手护着一件薄呢大衣的领口（那件有皮领的已到了押店里去），右手拿着一瓶牛奶，奶汁在纸盖的不泯缝处往外点点的溢出，流过手背往下滴，风吹上来像是细绳子缚紧了似的隐隐生痛，手指是早已冻木了的。孩子昨晚上整整的哭闹了一夜，因为她的奶也不知怎么的忽然的干了，孩子的小口再使劲也不中用，孩子一恼就咬，恨不得把这干枯的奶头给咬了去，同时小手脚四散的乱动，再就放开了口急声的哭，小脸小脖子全涨红了的。因为疼孩子就顾不得自己痛，她还得把一个已经咬肿了的奶头去哄他含着，希望他哭累了可以睡。因此她今晚又冒大雪出来多添一瓶奶。

她一个人在晦盲到了极度的街市上走着。雪花飘落在她的发上，打上她的脸，糊着她的眼眉。顶着一阵阵吼动的劲风她向前挪，一颗心在单薄的衣衫里火杂的跳。这是一个什么世界，冷砭入骨的冷，昏沉，泥泞，压得人倒的风雪！她一张口呼出一团白云似的热气，冲进雪的氛围，打一个转，一阵风来卷跑了。冷气顿时像毒心的抢入她的咽喉，向着心窝里直划，像一把锋利的刀。她眼前有三个影子，三道微弱的光芒在无边的昏瞀中闪动。一个是她的孩子，花朵似的一张小脸在绿叶堆里向着她笑，仿佛在说“妈妈你来!”但一转眼它又变了不满两月的一块肉在虚空的屋子里急声的哭。她自己的眼里也绽起了两大颗热泪。又一个是蘩。在黑暗的深处，在一条长极了的甬道的底里他站着，头是蓬的，脚是光的，眼里烧着火，他还是在叫喊，虽则声音已经细弱得像游丝，他还是在斗争，虽则毒蛇似的镣链已经盘绕着他的肢体……“珰，你怎么还不来?”她听他说。那两颗热泪笔直的淌了下来。再有一个是黑。她望着他的瘦小的身子在黑刺刺的荆棘丛里猛闯，满脸满手都扎得血醉醉的，但他还是向前胡钻，仿佛拿定了主意非得用血肉去拼出一条路来！再一掣眼他已经转过身来站在她的跟前，一个血人，堆着一脸的笑，他那独有的微弱的悱恻的笑，对她说：“珰，真的我一点也不累!”

玛女士打了一个寒噤，像是从梦魇里挣醒了回来。一辆汽车咆哮了过去，泥水直溅到她的身上，眼前只见昏暗。她一手还是抓紧着那冰冷的奶瓶，两条腿则还在移动，但早已僵得不留一些知觉。她一只手护紧她的胸口，护住她的急春着的心。这时候只要她一放松她自己，她立即可以挫落在路旁，像一捆货物，像一团土，飞出了最后的一星意识，达到了极乐的世界。但是她不，她猛一摇晃，手臂向上一抬，像是一只鸟豁动它的翅膀，抬起了头，加紧了脚步，向着黑暗与风雪冲去——一个新的决心照亮了她的灵府，她不愁没有路走，不怕没有归宿。最后的更高的酬报是在黑暗与风雪的那一边等候着。她不停顿的走着。

…………

她不停顿的走着。风越刮得紧，雪越下得密，她觉得她内心的一团火烧得更旺，大量的热气散布到四肢百骸，直到毫发的顶尖。“你们尽来好了。”一个声音在叫响。一种异常的精神的激昂占住了她的全人。你们尽来好了，可爱的风，可爱的雪，可爱的寒冷，可爱的一切的灾难与苦痛，我知道你们都是为了我才有的；我不怕，我有我的泼旺的火，可以克制你们一切的伎俩。你们不要妄想可以吓得我倒，压得我倒！我是不怕的，我告诉你们！她觉得她胸膛里汹汹的，嗓子里毛毛的，有一股粗壮的笑要往外冲，要带了她的身子往高空里提。这笑就可以叫一切的鬼魅抖战，她怒，心头一闪一闪的亮。

她将近走到寓所时，忽然瞥见乌黑一堆在一家门口雪泥揉泞的石级上寓着。她心里一动，但脚步已经迈过。“不要是人吧。”她飞快的转念，更不犹豫，她缩回三两步转向那一堆黑黑的留神的察看。可不是人吗？一块青布蒙着脑袋，一身的褴褛刺猬似的寓着，雪片斜里飞来，不经意的在点染这无名的一堆。“喂！你怎么了？”她俯身问。从梦里惊醒似的，一个破烂的头面在那块青布底下探了出来。她看出是一个妇人。“坐在这儿你不要冻死吗？”她又问。那妇人还是默默的不作声，在冥盲中玛女士咬紧了牙辨认那苦人的没人样的脸。喔，她那一双眼！可怜她简直不能相信在这样天时除了凶狠的巡捕以外还有人会来关心她的生死。她那眼里有恐惧，有极度的饿寒，有一切都已绝望了的一种惨淡的空虚。玛女士一口牙咬得更紧了。“你还能说话吗？”她问。那苦人点点头，眼里爆出粗大的水。她手臂一松开，露出她怀抱里——玛女士再也不曾意料到的——一个小孩。稀小的一个脸，口眼都闭着的。“孩子？——睡着了吗？”她小声问，心里觉得别样的柔软与悲酸。忽然张大了眼，那妇人——脸上说不清是哭是笑——“好小姐，他死了。”

一阵恶心，玛女士觉得浑身都在发噤，再也支撑不住，心跳得像发疯。她急忙回过脸，把口袋所有的洋钱毛钱铜子一起掏了出来，丢在那苦人坐着的身旁，匆匆的一挥手，咬紧了牙急步的向前走她自己的路。

…………

“人生，人生，这是人生。”她反复的在心里说着。但她走不到十多步忽然感到一种惊慌；那口眼紧闭着像一块黄腊似的死孩的脸已经占住她的浮乱的意识，激起一瞬瞬迷离的幻想。她自己的孩子呢？没有死吧？那苦女人抱着的小尸体不就是她自己的一块肉吗？她急得更加紧了脚步，仿佛再迟一晌她就要见不到她那宝贝孩子似的。又一转念间，她的孩子似乎不但是已经死，并且已经埋到了不留影踪的去处，她再也想不起它，她得到了解放。还有虌也死了，一子弹穿透他的胸脯打死了，也埋了，她再也想不起他，他得到了更大的解放。还有黑——

但她已经走到了她寓处的门口，她本能的停住了。她先不打门，身子靠着墙角，定一定神，然后无力的举起一支手在门上啄了两下。“黑也许在家。”她想。她想见他出来开门，低声带笑的向她说，“孩子还没有醒”。谁也没有像他那样会疼孩子。大些的更不说，三两个月大的他都有耐心看管。他真会哄。黑是真可爱，义气有黄金一样重，性情又是那样的柔和。他是一个天生的好兄弟。但珰女士第二次举手打门的时候——已经开始觉得兴奋过度的反响，手脚全没了力，脑筋里的抽痛又在那里发动。黑要是够做一个哥哥兼弟弟，那才是理想的朋友。天为什么不让他长得更高大些，她在哀痛或极倦时可以把脑袋靠着他的肩膀，享受一种只有小孩与女人享受得到的舒适。他现在长得不比她高，她只能把他看作一个弟弟，不是哥哥，虽则一样是极亲爱的。

但出来开门的不是黑，是房东家的人。珰女士急步走上楼，隐隐的有些失望。孩子倒是睡得好好的，捏紧了两个小拳头在深深的做他的小梦。她放下了买来的奶瓶，望着堆绣着冰花的玻璃窗，站在床前呆了一阵子。“黑怎么还不来？”她正在想，一眼瞥见了桌上一个字条，她急急的拿起看，上面铅笔纵横的写着——

> 来你不在。孩子睡得美，不惊他。跑了一整天，想得到的朋友处都去过。有的怕事，有的敷衍，有的只能给不主重的帮助。崔是无可动摇，传来的话只能叫你生气，他是那样的无礼。我这班车去××，希望能见到更伟大的上峰，看机会说个情讲个理，或许比小鬼们的脸面好看些也说不定。你耐心看着孩子，不必无谓躁急，只坏精神，无补益。我明晚许能赶回。黑。

她在床前的一张椅上坐下了，心头空洞的也不知在忖些什么。穷人手抱中那死孩的脸赶不去的在她的眼前晃着。她机械的伸手向台上移过水瓶来倒了一口水喝。她又拿起黑的字条，从头看了又看，直到每一个字都看成极生疏的面目，再看竟成了些怕人的尸体，有暴着眼的，有耸着枯骨的肩架的，有开着血口的，在这群鬼相的中间，方才那死孩的脸在那里穿梭似的飞快的泅着。同时金铁击撞和无数男女笑喊的繁响在她的耳内忽然开始了沸腾。

她觉得她的前额滋生着惊悸的汗点，但她向上举起的手摸着的只是鬓发上雪化了水的一搭阴凉。她叹了一口气，摇了摇头。“我这是疯了还是傻了?”她大声的说。“就说现在还没有，”她想，“照这样子下去要不了三五天我准得炸!”这是一个什么世界，哪儿都是死的胜利，听到的是死的欢呼，见到的是死的狂舞，一切都指向死，一切都引向死。什么时代的推移，什么维新，什么革命，只是愚蠢的人类在那里用自己骨肉堆造纪念死的胜利的高塔，这塔，高顶着云天，它那全身飞满的不是金，不是银，是人类自己的血，尤其是无辜的鲜艳的碧血!时间是一条不可丈量的无餍的毒蟒，它就是爱哺啜人类的血肉。

这世界，这年头，谁有头脑谁遭殃，谁有心肠谁遭殃。就说蘩吧，他倒是犯了什么法，作了什么恶，就该叫人直拉横扯的只当猪羊看待?还不是因为他有一副比较活动的头脑，一副比较热烈的心肠?他因为能思想所以多思想，却不料思想是一种干犯人条的罪案。他因为有感情所以多情感，却不知这又是一种可以成立罪案的不道。自从那年爱开张了他的生命的眼，他就开始发动了一种在别的地方或别的时间叫作救世的婆心。见到穷，见到苦，他就自己难受；见到不平，见到冤屈，他就愤恨。这不是最平常的一点人情吗?他因为年轻，不懂世故，不甘心用金玉的文章来张扬虚伪，又不能按住他的热心，躲在家里安守他的“本分”；他愈见到穷的苦的，他对于穷的苦的愈感到同情与趣味，他在城市里就非得接近城市的穷苦部分，在乡间也是如此，他一个人伏处在没有光亮四壁发霉的小屋里不住笔的写，写他眼里见到的，心里感到的，写到更深，写到天光，眼泪和着墨，文字和着心脏一致的热跳。直写到身体成病，肺叶上长窟窿，口里吐血，他还不停的写——他为什么了?他见到种种的不平，他要追究出一些造成这不平世界的主因，追究着了又想尽他一个人的力量来设法消除，同时他对于他认为这些主因的造成者或助长者不能忍禁他的义愤，他白眼看着他们，正如他们是他私己的仇敌——这也许是因为他的心太热血太旺了的缘故，但他确是一个年青人，而且心地是那样的不卑琐，动机又是那样的不夹杂，你能怪着他吗?好，可是这样的人这世界就不能容忍；就因为他在思想上不能做奴隶，在感情上不能强制，在言论上不作为一己安全的检点，又因为他甘愿在穷苦无告的人群中去体验人生，外加结识少数与他在思想与情感上有相当融洽的朋友，他就遭了忌讳，轻易荣膺了一个十恶不赦的头衔，叫人整个的无从声辩，张不到一个正当的告诉的门缝儿，这样送了命也是白来，如同一个蚂蚁被人在地上踏死，有谁来问信，有谁敢来问信——哼!这倒是一个什么世界!

玚女士一头想，在悲苦与恚愤中出了神，手里那个字条已经被挤捻成细小的末屑散落在身上都没有觉得。当然，她又继续想，当然，各人有各人的见解；虋的过错是他的径直，思想是直的，感情、行为全是直的，他沿着逻辑的墙围走路，再也不愿管这头里去是什么方向、有没有危险。但我说他“直”是因为我是深知他的，在有的人断章取义的看也许要说他固执、说他激烈、说他愚笨。也许这些案语都是相当对的，现在果然有飞来横祸惹上了身，要是没有救，惋惜他的人自然有，同时也尽有从苟全性命的观点来引以为戒的。且不说别人，就我也何尝在某一件事上曾经和他完全一致过。也许一半因为我是女性，凡事容易趋向温和，又没有坚强的理智能运用铁一般的逻辑律法取定一个对待人生的态度，也是铁一般的坚实。记得我每回和他辩论，失败的总是我，承认了他的前提就不能推翻他的结论，虽则在我的心里我从没有被他折服过。他见到穷苦，比方说，我也见到穷苦，但彼此的感想可就不同。我承认穷人的苦恼，但我不能说人不穷苦恼就会没有，种类不同罢了，在我看来苦恼是与生俱来不论贫富都有份儿的；方才那抱着死孩的穷人当然是苦恼，但谁敢说在风车里咆哮过去的男女们就能完全脱离苦恼？再有物质上的苦恼固然不容否认，精神上的苦恼也一样是实在。我所以只感到生的不幸，自认是一个弱者，我只有一个恻隐的心；自己没有什么救世的方案，我也不肯轻易接受他人的。我把我自己口袋里的钱尽数给了我眼见的穷苦，哪怕自己也穷得连一口饭都发生问题，我自忖也算尽了一个有同情心的生物的心，再有我只能在思索体念这些人们的无告，更深一层认识人生的面目，也就完了。他可不然：第一他把人生的物质的条件认是有无上的重要，所谓精神的现象十之有九是根据物质生活的；第二他把贫富的界限划的极度的严；第三他有那份辩才可以把人间百分之九十九的不幸与蹊跷堆放到财富支配得不均匀与不合公道的一个现象上去。他多见一份穷苦，他愈同情于穷苦；他愈同情于穷苦，他愈恨穷苦，愈要铲除穷苦。跟着穷苦的铲除，他以为人类就可以升到幸福的山腰，即便还不到山顶。这一来他的刀口就瞄准了方向。我不服他的理解，但我知道他的心是热的。我不信他的福音，但我确信他的动机是纯洁的。如今他为了他的一份热心，为了他的思想的勇往，在遭受了不白的冤枉！

我心里真害怕，这预兆不好。可怜的黑，为朋友害折了腿怕也是白费。最可恨是崔，他这回的威福怕是作定的了。他还饶不过我，竟想借此同时收拾我。哼，你做梦，恶鬼！我总有那一天睁大了眼看你也乖乖的栽跟斗，栽你自己都不相信！虋，我几乎愿意你死，愿意你牺牲，愿意你做一只洁白的羔羊，把你全身一滴滴无辜的血灌入淫恶的饕餮的时间的口！

…………

玛女士这样想着，觉得身子飘飘的仿佛在蔓草路上缓步的走着，一身的黑纱在风中沙沙的吹响。还有一个人和她相并的走着，那是黑，手抱着一束憔悴的野花——他们是走向纛的埋葬处。她眼前显出一块墓碑，上面有一行漆色未干的红字："这里埋着一只被牺牲的羔羊。"她在草堆里向那块碑石和身伏了下去，眼泪像是夏雨似的狂泻，全身顿时激成了一堆不留棱缝的坚冰。

一阵痛彻心肺的悲伤使她陷入了迷恍，她直挺在坐椅上有好一晌，耳内听得远处有羔羊的稚嫩的急促的啼声……啼的是床上睡醒了要吃她奶的两个月的孩子。等到她从迷恍中惊起匆匆解开了胸衣去喂的时候，那孩子已经哭得紫涨了一只小脸，声音都抽噎了。

…………

这一晚玛女士做了一个梦。

她坐在一个类似运动场的围圈的高座上，乌魆魆的挤满了看客。场子中间是一片荒土，有不少累累的小丘，有长着黄草，有长着青草的。风吹动着草根发出一种幽响，如同细乐。这样过了一晌她望见高台的那一边发动了热闹。一长队穿着艳色短服的人在台影中鱼贯的走出，沿着围栏复步的过来。她看出这些人肩头都扛着一根肥大的铁锄，纛是这中间的一个。这发现并不使她讶异，她仿佛本是专来看他表演的。但使她奇怪的是黑也在里面，一个瘦弱的肩胛被笨重的铁锄压成了倾斜——她奇怪因为分明黑是和她不仅同来并且同在看座上坐着的。这行列绕这围场走成了一个圆圈，然后在不知哪一边发出的吆喝声中他们都止了步，然后各自向场中心走去。再过一晌，这一些人自占定了一个地位，擎起了锄头，在又一声吆喝的喊响中，各自在身前的一块土上用力的垦，同时齐声开始了一种异样的歌唱；音调是悲壮如同战场上的金鼓，初起还是低缓，像是在远方的涛声，再来是渐次高翻的激昂，排山倒海似的，和着铁锄斗着坚土的铮铮，把整个的空间震成了不分涯涘的澎湃。锄头的起落也是渐次的加快，杂彩的衣袖舞成了耀眼的一片。初起纛和黑的身影还可勉强的辨认，随后逐渐的模糊，直到再也分不清楚，她望得眼球发酸都是无用。这样绵延了不知有多少时间，忽然一切声响和动作都一齐止息了，场中间每人的跟前都裂着一隙乌黑的坑口，每人身上的衣服也全都变了黑色，这时候全场上静极了，只听得风轻轻的拂过无数新掘的土坑，发出怡神的欢乐，在半空里回旋。这时候她正想转身问她同看的人这要的算是什么玩艺，猛然又听得一声震耳的吆喝，在这异响的激震中，场围中各个人都把锄头向空一撒手，砉的一声叫响，各自纵身向各自垦开的坑口里跳了下去，同时整个的天也黑压压的扑盖了下来……（未完）

徐志摩诗文全集

上

戴逸如 插图

北方联合出版传媒（集团）股份有限公司
春风文艺出版社
·沈　阳·

图书在版编目（CIP）数据

戴逸如插图徐志摩诗文全集：全2册／徐志摩著
—沈阳：春风文艺出版社，2014.5
（插图本现代文学经典）
ISBN 978－7－5313－4570－1

Ⅰ.①戴…　Ⅱ.①徐…　Ⅲ.①诗集—中国—现代 ②散文集—中国—现代 ③小说集—中国—现代　Ⅳ.①I216.2

中国版本图书馆CIP数据核字（2013）第309881号

戴逸如插图徐志摩诗文全集（上、下）

责任编辑　韩忠良　常　晶　姚宏越
责任校对　赵丹彤
装帧设计　马寄萍
幅面尺寸　170mm×240mm
字　　数　874千字
插　　图　62幅
印　　张　43.75
版　　次　2014年5月第1版
印　　次　2014年5月第1次

出版发行　北方联合出版传媒（集团）股份有限公司
　　　　　春风文艺出版社
地　　址　沈阳市和平区十一纬路25号
邮　　编　110003
网　　址　www.chinachunfeng.net
购书热线　024-23284402
印　　刷　沈阳新华印刷厂

ISBN 978-7-5313-4570-1　　定价（上、下）：68.00元

目　录

上

下

这是一个懦怯的世界

这是一个懦怯的世界：
　容不得恋爱，容不得恋爱！
披散你的满头发，
赤露你的一双脚；
　跟着我来，我的恋爱，
抛弃这个世界，
殉我们的恋爱！

我拉着你的手，
爱，你跟着我走；
　听凭荆棘把我们的脚心刺透，
　听凭冰雹劈破我们的头。
你跟着我走，
我拉着你的手，
　逃出了牢笼，恢复我们的自由！

　跟着我来，
　我的恋爱！
人间已经掉落在我们的后背——
看呀，这不是白茫茫的大海？
白茫茫的大海，
白茫茫的大海，
　无边的自由，我与你与恋爱！

顺着我的指头看，
那天边一小星的蓝——

　那是一座岛，岛上有青草，
　鲜花，美丽的走兽与飞鸟；
快上这轻快的小艇，
去到那理想的天庭——
　恋爱，欢欣，自由——辞别了人间，永远！

徐志摩像　闻一多绘

多谢天！我的心又一度的跳荡

多谢天！我的心又一度的跳荡，
这天蓝与海青与明洁的阳光，
驱净了梅雨时期无欢的踪迹，
也散放了我心头的网罗与纽结，
像一朵曼陀罗花英英的露爽，
在空灵与自由中忘却了迷惘：——
迷惘，迷惘！也不知来自何处，
囚禁着我心灵的自然的流露，
可怖的梦魇，黑夜无边的残酷。
苏醒的盼切，只增剧灵魂的麻木！
曾经有多少的白昼，黄昏，清晨，
嘲讽我这蚕茧似不生产的生存？
也不知有几遭的明月，星群，晴霞，
山岭的高亢与流水的光华……
辜负！辜负自然界叫唤的殷勤，
惊不醒这沉醉的昏迷与顽冥！

如今，多谢这无名的博大的光辉，
在艳色的青波与绿岛间萦回，
更有那渔船与航影，亭亭的黏附
在天边，唤起辽远的梦景与梦趣：
我不由得惊悚，我不由得感愧
（有时微笑的妩媚是启悟的棒槌！）
是何来倏忽的神明，为我解脱
忧愁，新竹似的豁裂了外箨，
透露内里的青篁，又为我洗净

障眼的盲翳，重见宇宙间的欢欣。

这或许是我生命重新的机兆；
大自然的精神！容纳我的祈祷，
容许我的不踌躇的注视，容许
我的热情的献致，容许我保持
这显示的神奇，这现在与此地，
这不可比拟的一切间隔的毁灭！
我更不问我的希望，我的惆怅，
未来与过去只是渺茫的幻想，
更不向人间访问幸福的进门，
只求每时分给我的不死的印痕，——
变一颗埃尘，一颗无形的埃尘，
追随着造化的车轮，进行，进行……

我有一个恋爱

我有一个恋爱，
我爱天上的明星，
我爱他们的晶莹：——
　人间没有这异样的神明！

在冷峭的暮冬的黄昏，
在寂寞的灰色的清晨，
在海上，在风雨后的山顶：——
　永远有一颗，万颗的明星！

山涧边小草花的知心，
高楼上小孩童的欢欣，
旅行人的灯亮与南针：——
　万万里外闪烁的精灵！

我有一个破碎的魂灵，
像一堆破碎的水晶，
散布在荒野的枯草里：——
　饱啜你一瞬瞬的殷勤。

人生的冰激与柔情，
我也曾尝味，我也曾容忍；
有时阶砌下蟋蟀的秋吟：——
　引起我心伤，逼迫我泪零。

我袒露我的坦白的胸襟，

献爱与一天的明星；
任凭人生是幻是真，
地球存在或是消泯：——
　大空中永远有不昧的明星！

去　吧

去吧，人间，去吧！
　我独立在高山的峰上；
去吧，人间，去吧！
　我面对着无极的穹苍。

去吧，青年，去吧！
　与幽谷的香草同埋；
去吧，青年，去吧！
　悲哀付与暮天的群鸦。

去吧，梦乡，去吧！
　我把幻景的玉杯摔破；
去吧，梦乡，去吧！
　我笑受山风与海涛之贺。

去吧，种种，去吧！
　当前有插天的高峰！
去吧，一切，去吧！
　当前有无穷的无穷！

为要寻一个明星

我骑着一匹拐腿的瞎马，
　　向着黑夜里加鞭；——
　　向着黑夜里加鞭，
我跨着一匹拐腿的瞎马。

我冲入这黑绵绵的昏夜，
　　为要寻一颗明星；——
　　为要寻一颗明星，
我冲入这黑茫茫的荒野。

累坏了，累坏了我胯下的牲口，
　　那明星还不出现；——
　　那明星还不出现，
累坏了，累坏了马鞍上的身手。

这回天上透出了水晶似的光明，
　　荒野里倒着一只牲口，
　　黑夜里躺着一具尸首。——
这回天上透出了水晶似的光明！

留别日本

我惭愧我来自古文明的乡国，
　我惭愧我脉管中有古先民的遗血，
我惭愧扬子江的流波如今溷浊，
　我惭愧——我面对着富士山的清越！

古唐时的壮健常萦我的梦想：
　那时洛邑的月色，那时长安的阳光；
那时蜀道的啼猿，那时巫峡的涛响；
　更有那哀怨的琵琶，在深夜的浔阳！

但这千余年的痿痹，千余年的懵懂：
　更无从辨认——当初华族的优美，从容！
摧残这生命的艺术，是何处来的狂风？——
　缅念那遍中原的白骨，我不能无恫！

我是一枚飘泊的黄叶，在旋风里飘泊，
　回想所从来的巨干，如今枯秃；
我是一颗不幸的水滴，在泥潭里匍匐——
　但这干涸了的涧身，亦曾有水流活泼。

我欲化一阵春风，一阵吹嘘生命的春风，
　催促那寂寞的大木，惊破他深长的迷梦；
我要一把倔强的铁锹，铲除淤塞与臃肿，
　开放那伟大的潜流，又一度在宇宙间汹涌。

为此我羡慕这岛民依旧保持着往古的风尚，

在朴素的乡间想见古社会的雅驯，清洁，壮旷；
我不敢不祈祷古家邦的重光，但同时我愿望——
愿东方的朝霞永葆扶桑的优美，优美的扶桑！

沙扬娜拉十八首

我记得扶桑海上的朝阳，
　黄金似的散布在扶桑的海上；
我记得扶桑海上的群岛，
　翡翠似的浮沤在扶桑的海上——
　　沙扬娜拉！

趁航在轻涛间，悠悠的，
　我见有一星星古式的渔舟，
像一群无忧的海鸟，
　在黄昏的波光里息羽优游，
　　沙扬娜拉！

这是一座墓园；谁家的墓园
　占尽这山中的清风，松馨与流云？
我最不忘那美丽的墓碑与碑铭，
　墓中人生前亦有与山峰与松馨似的清明——
　　沙扬娜拉！

（神户山中墓园）

听几折风前的流莺，
　看阔翅的鹰鹞穿度浮云，
我依着一本古松瞑睟：
　问墓中人何似墓上人的清闲？——
　　沙扬娜拉！

（神户山中墓园）

健康，欢欣，疯魔，我羡慕，
　你们同声的欢呼“阿罗呀喈”！
我欣幸我参与这满城的花雨，
　连翩的蛱蝶飞舞，“阿罗呀喈”！
　　沙扬娜拉！

（大阪庆典）

增添我梦里的音乐——便如今——
　一声声的木屐，清脆，新鲜，殷勤，
又况是满街艳丽的灯影，
　灯影里欢声腾跃，“阿罗呀喈”！
　　沙扬娜拉！

（大阪庆典）

仿佛三峡间的风流，
　保津川有青嶂连绵的锦绣；
仿佛山峡见的险巇，
　飞沫里趁急矢似的扁舟——
　　沙扬娜拉！

（保津川急湍）

废一关湍险，驶一段清涟，
　清涟里有青山的倩影；
撑定了长篙，小驻在波心，
　波心里看闲适的鱼群——
　　沙扬娜拉！

（保津川急湍）

静！且停那桨声胶爱，
　听青林里嘹亮的欢欣，
是画眉，是知更？像是滴滴的香液，
　滴入我的苦渴的心灵——

沙扬娜拉！

（保津川急湍）

“乌塔”：莫讪笑游客的疯狂，
舟人，你们享尽山水的清幽，
喝一杯“沙鸡”，朋友，共醉风光，
“乌塔，乌塔”！山灵不嫌粗鲁的歌喉——
沙扬娜拉！

（保津川急湍）

我不辨——辨亦无须——这异样的歌词，
像不逞的波澜在岩窟间吽嘶，
像衰老的武士诉说壮年时的身世，
“乌塔乌塔”！我满怀滟滟的遐思——
沙扬娜拉！

（保津川急湍）

那是杜鹃！她绣一条锦带，
迤逦着那青山的青麓；
啊，那碧波里亦与她的芳躅，
碧波里掩映着她桃蕊似的娇怯——
沙扬娜拉！

（保津川急湍）

但供给我沉酣的陶醉，
不仅是杜鹃花的幽芳；
倍胜于娇柔的杜鹃，
最难忘更娇柔的女郎！
沙扬娜拉！

我爱慕她们体态的轻盈，
妩媚是天生，妩媚是天生！
我爱慕她们颜色的调匀，

蝴蝶似的光艳，蝴蝶似的轻盈——
沙扬娜拉！

不辜负造物主的匠心，
她们流眄中有无限的殷勤；
比如熏风与花香似的自由，
我餐不尽她们的笑靥与柔情——
沙扬娜拉！

我是一只幽谷里的夜蝶：
在草丛间成形，在黑暗里飞行，
我献致我翅上美丽的金粉，
我爱恋万万里外的明星——
沙扬娜拉！

我是一只酣醉了的花蜂：
我饱啜了芬芳，我不讳我的猖狂：
如今，在归途上嘤嗡着小嗓，
想赞美那别样的花酿，我曾经恣尝——
沙扬娜拉！

最是那一低头的温柔，
像一朵水莲花不胜凉风的娇羞，
道一声珍重，道一声珍重，
那一声珍重里有蜜甜的忧愁——
沙扬娜拉！

破　庙

慌张的急雨将我
赶入了黑丛丛的山坳，
迫近我头顶在腾拿，
恶狠狠的乌龙巨爪；
枣树兀兀地隐蔽着
一座静悄悄的破庙，
我满身的雨点雨块，
躲进了昏沉沉的破庙；

雷雨越发来得大了：
霍隆隆半天里霹雳，
豁喇喇林叶树根苗，
山谷山石，一齐怒号，
千万条的金剪金蛇，
飞入阴森森的破庙，
我浑身战抖，趁电光
估量这冷冰冰的破庙；

我禁不住大声喊叫，
电光火把似的照耀。
照出我身旁神龛里
一个青面狞笑的神道，
电光去了，霹雳又到，
不见了狞笑的神道，
硬雨石块似的倒泻——
我独身藏躲在破庙；

千年万年应该过了！
只觉得浑身的毛窍，
只听得骇人的怪叫，
只记得那凶恶的神道，
忘记了我现在的破庙；
好容易雨收了，雷休了，
血红的太阳，满天照耀，
照出一个我，一座破庙！

自然与人生

风，雨，山岳的震怒：
　猛进，猛进！
显你们的猖獗，暴烈，威武，
　霹雳是你们的酣叫，
　雷震是你们的军鼓——
万丈的峰峦在涌汹的战阵里
　失色，动摇，颠簸；
　猛进，猛进！
这黑沉沉的下界，是你们的俘虏！
壮观！仿佛是跳出了人生的关塞，
凭着智慧的明辉，回看
这伟大的悲惨的趣剧，在时空
无际的舞台上，更番的演着：——
我驻足在岱岳顶巅，
在阳光朗照着的顶巅，俯看山腰里
蜂起的云潮敛着，叠着，渐缓的
淹没了眼下的青峦与幽壑：
霎时的开始了。骇人的工作。

风，雨，雷霆，山岳的震怒——
　猛进，猛进！
矫捷的，猛烈的：吼着，打击着，咆哮着；
烈情的火焰，在层云中狂窜：
恋爱，嫉妒，咒诅，嘲讽，报复，牺牲，烦闷，
　疯犬似的跳着，追着，嗥着，咬着，
毒蟒似的绞着，翻着，扫着，舐着——

猛进，猛进！
狂风，暴雨，电闪，雷霆：
烈情与人生！

静了，静了——
不见了晦盲的云罗与雾锢，
只有轻纱似的浮沤，在透明的晴空，
冉冉的飞升，冉冉的翳隐，
像是白羽的安琪，捷报天庭。

静了，静了，——
眼前消失了战阵的幻景，
回复了幽谷与冈峦与森林，
青葱，凝静，芳馨，像一个浴罢的处女，
忸怩的无言，默默的自怜。

变幻的自然，变幻的人生，
瞬息的转变，暴烈与和平，
刿心的惨剧与怡神的宁静：——
谁是主，谁是宾，谁幻复谁真？
莫非是造化儿的诙谐与游戏，
恣意的反复着涕泪与欢喜，
厄难与幸运，娱乐他的冷酷的心，
与我在云外看雷阵，一般的无情？

地中海

海呀，你宏大幽秘的音息，不是无因而来的，
这风和日丽，也不是无因而然的，
这些进行不歇的波浪，唤起了思想同情的反应——
涨，落——隐，现——去，来……
无数量的浪花，各各不同，各有奇趣的花样，——
一树上没有两张相同的叶子，
天上没有两朵相同的云彩。
地中海呀！你是欧洲文明最老的见证！
庞大的帝国，曾经一再笼卷你的两岸；
霸业的命运，曾经再三在你酥胸上定夺；
无数的帝王，英雄，诗人，僧侣，寇盗，商贾，曾经在你怀抱中得意，失志，死亡；
无数的财货，牲畜，人命，舰队，商船，渔艇，曾经沉入你无底的渊壑；
无数的朝彩晚霞，星光月色，血腥，血糜， 曾经浸染涂糁你的面庞；
无数的风涛，雷电，炮声，潜艇，曾经扰乱你安平的居处；
屈洛安城焚的火光，阿脱洛庵家的惨剧，
沙伦女的歌声，迦太基奴女被掳过海的哭声，
维雪维亚炸裂的彩色，
尼罗河口，铁拉法尔加唱凯的歌音……
都曾经供你耳目刹那的欢娱。
历史来，历史去；
埃及，波斯，希腊，马其顿，罗马，西班牙——
至多也不过抵你一缕浪花的涨歇，一茎春花的开落！
但是你呢——
依旧冲洗着欧非亚的海岸，

依旧保存着你青年的颜色，
(时间不曾在你面上留痕迹。)
依旧继续着你自在无罣的涨落，
依旧呼啸着你厌世的骚愁，
依旧翻新着你浪花的样式——
这孤零零的神秘伟大的地中海呀！

灰色的人生

我想——我想开放我的宽阔和粗暴的嗓音，唱一支野蛮的大胆的骇人的新歌；
我想拉破我的袍服，我的整齐的袍服，露出我的胸膛，肚腹，肋骨与筋络；
我想放散我一头的长发，像一个游方僧似的散披着一头的乱发；
我也想跣我的脚，跣我的脚，在巉牙似的道上，快活地，无畏地走着。
我要调谐我的嗓音，傲慢的，粗暴的，唱一阕荒唐的，摧残的，弥漫的歌调；
我伸出我的巨大的手掌，向着天与地，海与山，无餍地求讨，寻捞；
我一把揪住了西北风，问它要落叶的颜色，
我一把揪住了东南风，问它要嫩芽的光泽；
我蹲身在大海的边旁，倾听它的伟大的酣睡的声浪；
我捉住了落日的彩霞，远山的露霭，秋月的明辉，散放在我的发上，胸前，袖里，脚底……

我只是狂喜地大踏步地向前——向前——口唱着暴烈的，粗伧的，不成章的歌调；
来，我邀你们到海边去，听风涛震撼大空的声调；
来，我邀你们到山中去，听一柄利斧斫伐老树的清音；
来，我邀你们到密室里去，听残废的，寂寞的灵魂的呻吟；
来，我邀你们到云霄外去，听古怪的大鸟孤独的悲鸣；
来，我邀你们到民间去，听衰老的，病痛的，贫苦的，残毁的，受压迫的，烦闷的，奴役的，懦怯的，丑陋的，罪恶的，自杀的，——和着深秋的风声与雨声——合唱的“灰色的人生”！

毒　药

今天不是我歌唱的日子，我口边涎着狞恶的微笑，不是我说笑的日子，我胸怀间插着发冷光的利刃；

相信我，我的思想是恶毒的因为这世界是恶毒的，我的灵魂是黑暗的因为太阳已经灭绝了光彩，我的声调是像坟堆里的夜鸮因为人间已经杀尽了一切的和谐，我的口音像是冤鬼责问他的仇人因为一切的恩已经让路给一切的怨；

但是相信我，真理是在我的话里虽则我的话像是毒药，真理是永远不含糊的虽则我的话里仿佛有两头蛇的舌，蝎子的尾尖，蜈蚣的触须；只因为我的心里充满着比毒药更强烈，比咒诅更狠毒，比火焰更猖狂，比死更深奥的不忍心与怜悯心与爱心，所以我说的话是毒性的，咒诅的，燎灼的，虚无的；

相信我，我们一切的准绳已经埋没在珊瑚土打紧的墓宫里，最劲冽的祭肴的香味也穿不透这严封的地层：一切的准则是死了的；

我们一切的信心像是顶烂在树枝上的风筝，我们手里擎着这迸断了的鹞线：一切的信心是烂了的；

相信我，猜疑的巨大的黑影，像一块乌云似的，已经笼盖着人间一切的关系：人子不再悲哭他新死的亲娘，兄弟不再来携着他姊妹的手，朋友变成了寇仇，看家的狗回头来咬他主人的腿：是的，猜疑淹没了一切；在路旁坐着啼哭的，在街心里站着的，在你窗前探望的，都是被奸污的处女：池潭里只见些烂破的鲜艳的荷花；

在人道恶浊的涧水里流着，浮萍似的，五具残缺的尸体，它们是仁义礼智信，向着时间无尽的海澜里流去；

这海是一个不安静的海，波涛猖獗的翻着，在每个浪头的小白帽上分明的写着人欲与兽性；

到处是奸淫的现象：贪心搂抱着正义，猜忌逼迫着同情，懦怯狎亵着勇敢，肉欲侮弄着恋爱，暴力侵凌着人道，黑暗践踏着光明；

听呀，这一片淫猥的声响，听呀，这一片残暴的声响；
虎狼在热闹的市街里，强盗在你们妻子的床上，罪恶在你们深奥的灵魂里……

白旗

来，跟着我来，拿一面白旗在你们的手里——不是上面写着激动怨毒，鼓励残杀字样的白旗，也不是涂着不洁净血液的标记的白旗，也不是画着忏悔与咒语的白旗（把忏悔画在你们的心里）；

你们排列着，噤声的，严肃的，像送丧的行列，不容许脸上留存一丝的颜色，一毫的笑容，严肃的，噤声的，像一队决死的兵士；

现在时辰到了，一齐举起你们手里的白旗，像举起你们的心一样，仰看着你们头顶的青天，不转瞬的，恐惶的，像看着你们自己的灵魂一样；

现在时辰到了，你们让你们熬着，壅着，迸裂着，滚沸着的眼泪流，直流，狂流，自由的流，痛快的流，尽性的流，像山水出峡似的流，像暴雨倾盆似的流……

现在时辰到了，你们让你们咽着，压迫着，挣扎着，汹涌着的声音嚎，直嚎，狂嚎，放肆的嚎，凶狠的嚎，像飓风在大海波涛间的嚎，像你们丧失了最亲爱的骨肉时的嚎……

现在时辰到了，你们让你们回复了的天性忏悔，让眼泪的滚油煎净了的，让嚎恸的雷霆震醒了的天性忏悔，默默的忏悔，悠久的忏悔，沉彻的忏悔，像冷峭的星光照落在一个寂寞的山谷里，像一个黑衣的尼僧匐伏在一座金漆的神龛前；

…………

在眼泪的沸腾里，在嚎恸的酣彻里，在忏悔的沉寂里，你们望见了上帝永久的威严。

婴　儿

我们要盼望一个伟大的事实出现，我们要守候一个馨香的婴儿出世：——

你看他那母亲在她生产的床上受罪！

她那少妇的安详，柔和，端丽，现在在剧烈的阵痛里变形成不可信的丑恶：你看她那遍体的筋络都在她薄嫩的皮肤底里暴涨着，可怕的青色与紫色，像受惊的水青蛇在田沟里急泅似的，汗珠贴在她的前额上像一颗颗的黄豆，她的四肢与身体猛烈的抽搐着，畸屈着，奋挺着，纠旋着，仿佛她垫着的席子是用针尖编成的，仿佛她的帐围是用火焰织成的；

一个安详的，镇定的，端庄的，美丽的少妇，现在在阵痛的惨酷里变形成魔鬼似的可怖：她的眼，一时紧紧的阖着，一时巨大的睁着，她那眼，原来像冬夜池潭里反映着的明星，现在吐露着青黄色的凶焰，眼珠像是烧红的炭火，映射出她灵魂最后的奋斗，她的原来朱红色的口唇，现在像是炉底的冷灰，她的口颤着，撅着，扭着，死神的热烈的亲吻不容许她一息的平安，她的发是散披着，横在口边，漫在胸前，像揪乱的麻丝，她的手指间紧抓着几穗拧下来的乱发；

这母亲在她生产的床上受罪——

但她还不曾绝望，她的生命挣扎着血与肉与骨与肢体的纤微，在危崖的边沿上，抵抗着，搏斗着死神的逼迫；

她还不曾放手，因为她知道（她的灵魂知道！）这苦痛不是无因的，因为她知道她的胎宫里孕育着一点比她自己更伟大的生命的种子，包涵着一个比一切更永久的婴儿；

因为她知道这苦痛是婴儿要求出世的征候，是种子在泥土里爆裂成美丽的生命的消息，是她完成她自己生命的使命的时机；

因为她知道这忍耐是有结果的，在她剧痛的昏瞀中她仿佛听着上帝准许人间祈祷的声音，她仿佛听着天使们赞美未来的光明的声音；

因此她忍耐着，抵抗着，奋斗着……她抵拼绷断她统体的纤微，她要赎出在她那胎宫里动荡着的生命，在她一个完全美丽的婴儿出世的盼望中，最锐利最沉酣的痛感逼成了最锐利最沉酣的快感……

太平景象

“卖油条的，来六根——再来六根。”
“要香烟吗，老总们，大英牌，大前门？
多留几包也好，前边什么买卖都不成。”

“这枪好，德国来的，装弹时手顺。”
“我哥有信来，前天，说我妈有病。”
“哼，管得你妈，咱们去打仗要紧。”

“亏得在江南，离着家千里的路程，
要不然我的家里人……唉，管得他们
眼红眼青，咱们吃粮的眼不见为净！”

“说是，这世界！做鬼不幸，活着也不称心；
谁没有家人老小，谁愿意来当兵拼命？”
“可是你不听长官说，打伤了有恤金？”

“我就不稀罕那猫儿哭耗子的恤金！
脑袋就是一个，我就想不透为么要上阵，
砰，砰，打自个儿的弟兄，损己，又不利人。”

“你不见李二哥回来，烂了半个脑，全青？
他说前边稻田里的尸体，简直像牛粪，
全的，残的，死透的，半死的，烂臭，难闻。”

“我说这儿江南人倒懂事，他们不当兵；
你看这路旁的皮棺，那田里玲巧的享亭，

草也青，树也青，做鬼也落个清静。
比不得我们——可不是火车已经开行？——
天生是稻田里的牛粪！”
“喂，卖油条的，赶上来，快，我还要六根。”

卡尔佛里

喂，看热闹去，朋友！在哪儿？
卡尔佛里。今天是杀人的日子；
两个是贼，还有一个——不知到底
是谁？有人说他是一个魔鬼；
有人说他是天父的亲儿子，
米赛亚……看，那就是，他来了！
咦，为什么有人替他扛着
他的十字架？你看那两个贼，
满头的乱发，眼睛里烧着火，
十字架压着他们的肩背！
他们跟着耶稣走着；唉，耶稣，
他到底是谁？他们都说他有
权威，你看他那样子顶和善，
顶谦卑——听着，他说话了！他说：
“父呀，饶恕他们吧，他们自己
都不知道他们犯的是什么罪。”
我说你觉不觉得他那话怪，
听了叫人毛管里直淌冷汗？
那黄头毛的贼，你看，好像是
梦醒了，他脸上全变了气色，
眼里直流着白豆粗的眼泪；
准是变善了！谁要能赦了他，
保管他比祭司不差什么高矮！……
再看那妇女们！小羊似的一群，
也跟着耶稣的后背，头也不包，
发也不梳，直哭，直叫，直嚷，

倒像上十字架的是她们亲生
儿子；倒像明天太阳不透亮……
再看那群得意的犹太，法利赛，
法利赛，穿着长袍，戴着高帽，
一脸的奸相；他们也跟在后背，
他们这才得意哪，瞧他们那笑！
我真受不了那假味儿，你呢？
听他们还嚷着哪："快点儿走，
上'人头山'去，钉死他，活钉死他！"……
唉，躲在墙边高个儿的那个？
不错，我认得，黑黑的脸，矮矮的，
就是他该死，他就是犹大斯！
不错，他的门徒。门徒算什么！
耶稣就让他卖，卖现钱，你知道！
他们也不止一半天的交情哪：
他跟着耶稣吃苦就有好几年，
谁知他贪小，变了心，真是狗屎！
那还只前天，我听说，他们一起
吃晚饭，耶稣与他十二个门徒，
犹大斯就算一枚；耶稣早知道，
迟早他的命，他的血，得让他卖；
可不是他的血？吃晚饭时他说，
他把自己的肉喂他们的饿，
也把他自己的血止他们的渴，
意思要他们逢着患难时多少
帮着一点：他还亲手舀着水
替他们洗脚，犹大斯都有分，
还拿自己的腰布替他们擦干！
谁知那大个儿的黑脸他，没等
擦干嘴，就拿他主人去换钱——
听说那晚耶稣与他的门徒
在橄榄山上歇着，冷不防来了，
犹大斯带着路，天不亮就干，

树林里密密的火把像火蛇，
蜒着来了，真恶毒，比蛇还毒；
他一上来就亲他主人的嘴，
那是他的信号，耶稣就倒了霉，
赶明儿你看，他的鲜血就在
十字架上冻着！我信他是好人；
就算他坏，也不该让犹大斯
那样肮脏的卖，那样肮脏的卖！
我看着惨，看他生生的让人
钉上十字架去，当贼受罪，我不干！
你没听着怕人的预言？我听说
公道一完事，天地都得昏黑——
我真信，天地都得昏黑——回家吧！

一条金色的光痕

来了一个妇人，一个乡里来的妇人，
穿着一件粗布棉袄，一头紫棉绸的裙，
一双发肿的脚，一头花白的头发，
慢慢地走上了我们前厅的石阶：
手扶着一扇堂窗，她抬起她的头，
望着厅堂上的陈设，颤动着她的牙齿脱尽了的口。

她开口问了：得罪那，问声点看，
我要来求见徐家格位太太，有点事体……
认真则格位就是太太，真是老太婆哩，
眼睛赤花，连太太都勿认得哩！
是欧，太太，今朝特为打乡下来欧，
乌青青就出门；田里西北风度来野欧，是欧，
太太，为点事体要来求求太太呀！
太太，我拉埭上，东横头，有个老阿太，
姓李，亲丁末……老早死完哩，伊拉格大官官——
李三官，起先到街上来做长年欧——早几年
成了弱病，田末卖掉，病末始终勿曾好；
格位李家阿太老年格运气真勿好，全靠
场头上东帮帮，西讨讨，吃一口白饭，
每年只有一件绝薄欧棉袄靠过冬欧，
上个月听得话李家阿太流火病发，
前夜子西北风起，我野冻得瑟瑟叫抖，
我心里想李家阿太勿晓得哪介哩，
昨日子我一早走到伊屋里，真是罪过
老阿太已经去哩，冷冰冰欧滚在稻草里，

也勿晓得几时脱气欧，也呒不人晓得！
我也呒不法子，只好去喊拢几个人来，
有人话是饿煞欧，有人话是冻煞欧，
我看一半是老病，西北风野作兴有点欧——
为此我到街上来，善堂里格位老爷
本里一具棺材，我乘便来求求太太，
做做好事，我晓得太太是顶善心欧，
顶好有旧衣裳本格件吧，我还想去
买一刀锭箔；我自己屋里野是滑白欧，
我只有五升米烧顿饭本两个帮忙欧吃，
伊拉抬了材，外加收作，饭总要吃一顿欧！
太太是勿是？……嗳，是欧！嗳，是欧！
喔唷，太太认真好来，真体恤我拉穷人……
格套衣裳正好……喔唷，害太太还要
难为洋钿……喔唷，喔唷……我只得
朝太太磕一个响头，代故世欧谢谢！
喔唷，那末真真多谢，真欧，太太……

盖上几张油纸

一片，一片，半空里
　掉下雪片；
有一个妇人，有一个妇人，
　独坐在阶沿。

虎虎的，虎虎的，风响
　在树林间；
有一个妇人，有一个妇人，
　独自在哽咽。

为什么伤心，妇人，
　这大冷的雪天？
为什么啼哭，莫非是
　失掉了钗钿？

不是的，先生，不是的，
　不是为钗钿；
也是的，也是的，我不见了
　我的心恋。

那边松林里，山脚下，先生，
　有一只小木篋，
装着我的宝贝，我的心，
　三岁儿的嫩骨！

昨夜我梦见我的儿：

　叫一声“娘呀——
天冷了，天冷了，天冷了，
　儿的亲娘呀!”

今天果然下大雪；屋檐前
　望得见冰条，
我在冷冰冰的被窝里摸——
　摸我的宝宝。

方才我买来几张油纸，
　盖在儿的床上；
我唤不醒我熟睡的儿——
　我因此心伤。

一片，一片，半空里
　掉下雪片；
有一个妇人，有一个妇人，
　独坐在阶沿。

虎虎的，虎虎的，风响
　在树林间；
有一个妇人，有一个妇人，
　独自在哽咽。

无　题

原是你的本分，朝山人的胫踝，
这荆刺的伤痛！回看你的来路，
看那草丛中乱石间斑斑的血迹，
在暮霭里记认你从来的踪迹！
且缓抚摩你的肢体，你的止境
还远在那白云环拱处的山岭！

无声的暮烟，远从那山麓与林边，
渐渐的潮没了这旷野，这荒天，
你渺小的孑影面对这冥盲的前程，
像在怒涛间的轻航失去了南针；
更有那黑夜的恐怖，悚骨的狼嚎，
狐鸣，鹰啸，蔓草间有蝮蛇缠绕！

退后？——昏夜一般的吞蚀血染的来踪，
倒地？——这懦怯的累赘问谁去收容？
前冲？啊，前冲！冲破这黑暗的冥凶，
冲破一切的恐怖，迟疑，畏葸，苦痛，
血淋漓的践踏过三角棱的劲刺，
丛养中伏兽的利爪，蜿蜒的虫豸！

前冲；灵魂的勇是你成功的秘密！
这回你看，在这决心舍命的瞬息，
迷雾已经让路，让给不变的天光，
一弯青玉似的明月在云隙里探望，
依稀窗纱间美人启齿的瓠犀，——

那是灵感的赞许，最恩宠的赠与！

更有那高峰，你那最理想的高峰，
亦已涌现在当前，莲苞似的玲珑，
在蓝天里，在月华中，浓艳，崇高，——
朝山人，这异象便是你跋涉的酬劳！

残 诗

怨谁？怨谁？这不是青天里打雷？
关着，锁上，赶明儿瓷花砖上堆灰！
别瞧这白石台阶儿光润，赶明儿，唉，
石缝里长草，石板上青青的全是莓！
那廊下的青玉缸里养着鱼，真凤尾，
可还有谁给换水，谁给捞草，谁给喂？
要不了三五天准翻着白肚鼓着眼，
不浮着死，也就让冰分儿压一个扁！
顶可怜是那几个红嘴绿毛的鹦哥，
让娘娘教得顶乖，会跟着洞箫唱歌，
真娇养惯，喂食一迟，就叫人名儿骂，
现在，您叫去！就剩空院子给您答话！……

东山小曲

一

早上——太阳在山坡上笑，
太阳在山坡上叫：——
看羊的，你来吧，
这里有粉嫩的草，鲜甜的料，
好把你的老山羊，小山羊，喂个滚饱；
小孩们你们也来吧，
这里有大树，有石洞，有蚱蜢，有小鸟，
快来捉一会迷藏，豁一个虎跳。

二

中上——太阳在山腰里笑，
太阳在山坳里叫：——
游山的你们来吧，
这里来望望天，望望田，消消遣，
忘记你的心事，丢掉你的烦恼；
叫化子们你们也来吧，
这里来偎火热的太阳，胜如一件棉袄，
还有香客的布施，岂不是好？

三

晚上——太阳已经躲好，

太阳已经去了：——
野鬼们你们来吧，
黑巍巍的星光，照着冷清清的庙，
树林里有只猫头鹰，半天里有只九头鸟；
来吧，来吧，一起来吧，
撞开你的顶头板，唱起你的追魂调，
那边来了个和尚，快去要他一个灵魂出窍！

一小幅的穷乐图

巷口一大堆新倒的垃圾，
大概是红漆门里倒出来的垃圾，
其中不尽是灰，还有烧不尽的煤，
不尽是残骨，也许骨中有髓，
骨拗里还黏着一丝半缕的肉片，
还有半烂的布条，不破的报纸，
两三梗取灯儿，一半枝的残烟；

这垃圾堆好比是个金山，
山上满偻着寻求黄金者，
一队的褴褛，破烂的布裤蓝袄，
一个两个数不清高掬的臀腰，
有小女孩，有中年妇，有老婆婆。
一手挽着筐子，一手拿着树条，
深深的弯着腰不咳嗽，不唠叨，
也不争闹，只是向灰堆里寻捞，
向前捞捞，向后捞捞，两边捞捞，
肩挨肩儿，头对头儿，拨拨挑挑，
老婆婆捡了一块布条，上好一块布条！
有人专捡煤渣，满地多的煤渣，
妈呀，一个女孩叫道，我捡了一块鲜肉骨
　头，回头熬老豆腐吃，好不好？

一队的褴褛，好比个走马灯儿，
转了过来，又转了过去，又过来了，
有中年妇，有女孩小，有婆婆老，
还有夹在人堆里趁热闹的黄狗儿条。

先生！先生！

钢丝的车轮
在偏僻的小巷内飞奔——
“先生，我给先生请安您哪，先生。”

迎面一蹲身，
一个单布褂的女孩颤动着呼声——
雪白的车轮在冰冷的北风里飞奔。

紧紧的跟，紧紧的跟，
破烂的孩子追赶着铄亮的车轮——
“先生，可怜我一大化吧，善良的先生！”

“可怜我的妈，
她又饿又冻又病，躺在道儿边直呻——
您修好，赏给我们一顿窝窝头您哪，先生！”

“没有带子儿。”
坐车的先生说，车里戴大皮帽的先生——
飞奔，急转的双轮，紧追，小孩的呼声。

一路旋风似的土尘，
土尘里飞转着银晃晃的车轮——
“先生，可是您出门不能不带钱您哪，先生。”

“先生……先生！”
紫涨的小孩，气喘着，断续的呼声——

飞奔，飞奔，橡皮的车轮不住的飞奔。

飞奔……飞奔……
飞奔……飞奔……
先生……先生……先生……

石虎胡同七号

我们的小园庭，有时荡漾着无限温柔；
善笑的藤娘，袒酥怀任团团的柿掌绸缪，
百尺的槐翁，在微风中俯身将棠姑抱搂，
黄狗在篱边，守候睡熟的珀儿，它的小友，
小雀儿新制求婚的艳曲，在媚唱无休——
我们的小园庭，有时荡漾着无限温柔。

我们的小园庭，有时淡描着依稀的梦景；
雨过的苍茫与满庭荫绿，织成无声幽暝，
小蛙独坐在残兰的胸前，听隔院蚓鸣，
一片化不尽的雨云，倦展在老槐树顶，
掠檐前作圆形的舞旋，是蝙蝠，还是蜻蜓？——
我们的小园庭，有时淡描着依稀的梦景。

我们的小园庭，有时轻喟着一声奈何；
奈何在暴雨时，雨捶下捣烂鲜红无数，
奈何在新秋时，未凋的青叶惆怅地辞树，
奈何在深夜里，月儿乘云艇归去，西墙已度，
远巷薤露的乐音，一阵阵被冷风吹过——
我们的小园庭，有时轻喟着一声奈何。

我们的小园庭，有时沉浸在快乐之中；
雨后的黄昏，满院只美荫，清香与凉风，
大量的蹇翁，巨樽在手，蹇足直指天空，
一斤，两斤，杯底喝尽，满怀酒欢，满面酒红，
连珠的笑响中，浮沉着神仙似的酒翁——
我们的小园庭，有时沉浸在快乐之中。

雷 峰 塔

那首是白娘娘的古墓，
(划船的手指着野草深处)；
客人，你知道西湖上的佳话，
白娘娘是个多情的妖魔。

为了多情，反而受苦，
爱了个没出息的许仙，她的情夫；
他听信了一个和尚，一时的糊涂，
拿一个钵盂，把他妻子的原形罩住。

到今朝已有千百年的光景，
可怜她被镇压在雷峰塔底，——
一座残败的古塔，凄凉地，
庄严地，独自在南屏的晚钟声里！

月下雷峰影片

我送你一个雷峰塔影，
　　满天稠密的黑云与白云；
我送你一个雷峰塔顶，
　　明月泻影在眠熟的波心。

深深的黑夜，依依的塔影，
　　团团的月彩，纤纤的波鳞——
假如你我荡一支无遮的小艇，
　　假如你我创一个完全的梦境！

沪杭车中

　匆匆匆！催催催！
一卷烟，一片山，几点云影，
一道水，一条桥，一支橹声，
一林松，一丛竹，红叶纷纷。

　艳色的田野，艳色的秋景，
梦境似的分明，模糊，消隐——
　催催催！是车轮还是光阴？
催老了秋容，催老了人生！

难　得

难得，夜这般的清静，
　难得，炉火这般的温，
更是难得，无言的相对，
　一双寂寞的灵魂！

也不必筹营，也不必评论，
　更没有虚骄，猜忌与嫌憎，
只静静地坐对着一炉火，
　只静静地默数远巷的更。

喝一口白水，朋友，
　滋润你的干裂的口唇；
你添上几块煤，朋友，
　一炉的红焰感念你的殷勤。

在冰冷的冬夜，朋友，
　人们方始珍重难得的炉薪；
在这冰冷的世界，
　方始凝结了少数同情的心！

古怪的世界

从松江的石湖塘
上车来老妇一双，
颤巍巍的承住弓形的老人身，
多谢（我猜是）普渡山盘龙藤：

青布棉袄，黑布棉套，
头毛半秃，齿牙半耗：
肩挨肩的坐落在阳光暖暖的窗前，
畏葸的，呢喃的，像一对寒天的老燕；

震震的干枯的手背，
震震的皱缩的下颏：
这二老！是妯娌，是姑嫂，是姊妹？——
紧挨着，老眼中有伤悲的眼泪！

怜悯！贫苦不是卑贱，
老衰中有无限庄严；——
老年人有什么悲哀，为什么凄伤？
为什么在这快乐的新年，抛却家乡？

同车里杂沓的人声，
轨道上疾转着车轮；
我独自的，独自的沉思这世界古怪——
是谁吹弄着那不调谐的人道的音籁？

朝雾里的小草花

这岂是偶然，小玲珑的野花！
　你轻含着鲜露颗颗，
　怦动的，像是慕光明的花蛾，
在黑暗里想念焰彩，晴霞；

我此时在这蔓草丛中过路，
　无端的内感，惘怅与惊讶，
　在这迷雾里，在这岩壁下，
思忖着，泪怦怦的，人生与鲜露？

在那山道旁

在那山道旁，一天雾蒙蒙的朝上，
初生的小蓝花在草丛里窥觑，
我送别她归去，与她在此分离，
在青草里飘拂她的洁白的裙衣。

我不曾开言，她亦不曾告辞，
驻足在山道旁，我暗暗的寻思：
“吐露你的秘密，这不是最好时机？”
露湛的小草花，仿佛恼我的迟疑。

为什么迟疑，这是最后的时机，
在这山道旁，在这雾盲在朝上？
收集了勇气，向着她我旋转身去：——
但是啊！为什么她这满眼凄惶？

我咽住了我的话，低下了我的头：
火灼与冰激在我的心胸间回荡，
啊，我认识了我的命运，她的忧愁，——
在这浓雾里，在这凄清的道旁！

在那天朝上，在雾茫茫的山道旁，
新生的小蓝花在草丛里睥睨，
我目送她远去，与她从此分离——
在青草间飘拂她那洁白的裙衣！

五 老 峰

不可摇撼的神奇，
　　不容注视的威严，
这耸峙，这横蟠，
　　这不可攀援的峻险！
看！那巉岩缺处
　　透露着天，窈远的苍天，
在无限广博的怀抱间，
　　这磅礴的伟象显现！

是谁的意境，是谁的想象？
　　是谁的工程与搏造的手痕？
在这亘古的空灵中，
　　陵慢着天风，天体与天氛！
有时朵朵明媚的彩云，
　　轻颤的妆缀着老人们的苍鬓，
像一树虬干的古梅在月下
　　吐露了艳色鲜葩的清芬！

山麓前伐木的村童，
　　在山涧的清流中洗濯，呼啸，
认识老人们的嗔颦，
　　迷雾海沫似的喷涌，铺罩。
淹没了谷内的青林，
　　隔绝了鄱阳的水色袅渺，
陡壁前闪亮着火电，听呀！
　　五老们在渺茫的雾海外狂笑！

朝霞照他们的前胸，
　　晚霞戏逗着他们赤秃的头颅；
黄昏时，听异鸟的欢呼，
　　在他们鸠盘的肩旁怯怯的透露
不昧的星光与月彩：
　　柔波里，缓泛着的小艇与轻舸；
听呀！在海会静穆的钟声里，
　　有朝山人在落叶林中过路！

更无有人事的虚荣，
　　更无有尘世的仓促与噩梦，
灵魂！记取这从容与伟大，
　　在五老峰前饱啜自由的山风！
这不是山峰，这是古圣人的祈祷，
　　凝聚成这“冻乐”似的建筑神工。
给人间一个不朽的凭证——
　　一个“倔强的疑问”在无极的蓝空！

乡村里的音籁

小舟在垂柳荫间缓泛，
一阵阵初秋的凉风，
吹生了水面的漪绒，
吹来两岸乡村里的音籁。

我独自凭着船窗闲憩，
静看着一河的波幻，
静听着远近的音籁，
又一度与童年的情景默契！

这是清脆的稚儿的呼唤，
田场上工作纷纭，
竹篱边犬吠鸡鸣，
但这无端的悲感与凄婉！

白云在蓝天里飞行，
我欲把恼人的年岁，
我欲把恼人的情爱，
托付与无涯的空灵——消泯！

回复我纯朴的，美丽的童心：
像山谷里的冷泉一勺，
像晓风里的白头乳鹊，
像池畔的草花，自然的鲜明。

天国的消息

可爱的秋景！无声的落叶，
轻盈的，轻盈的，掉落在这小径，
竹篱内，隐约的，有小儿女的笑声。

呖呖的清音，缭绕着村舍的静谧，
仿佛是幽谷里的小鸟，欢噪着清晨，
驱散了昏夜的晦塞，开始无限光明。

霎那的欢迎，昙花似的涌现，
开豁了我的情绪，忘却了春恋，
人生的惶惑与悲哀，惆怅与短促——
在这稚子的欢笑声里，想见了天国！

晚霞泛滥着金色的枫林，
凉风吹拂着我孤独的身形；
我灵海里啸响着伟大的波涛，
应和更伟大的脉搏，更伟大的灵潮！

夜半松风

这是冬夜的山坡，
坡下一座冷落的僧庐，
庐内一个孤独的梦魂；
　在忏悔中祈祷，在绝望中沉沦；——

为什么这怒叫，这狂啸，
鼍鼓与金钲与虎与豹？
为什么这幽诉，这私慕？
烈情的惨剧与人生的坎坷——
　又一度潮水似的淹没了
这彷徨的梦魂与冷落的僧庐？

消　息

雷雨暂时收敛了；
　双龙似的双虹，
　显现在雾霭中，
　夭矫，鲜艳，生动，——
好兆！明天准是好天了。

什么！又是一阵打雷了，——
　在云外，在天外，
　又是一片暗淡，
　不见了鲜虹彩，——
希望，不曾站稳，又毁了。

青 年 曲

泣与笑，恋与愿与恩怨，
难得的青年，倏忽的青年，
前面有座铁打的城垣，青年，
你进了城垣，永别了春光，
永别了青年，恋与愿与恩怨！

妙乐与酒与玫瑰，不久住人间，
青年，彩虹不常在天边，
梦里的颜色，不能永葆鲜妍，
你须珍重，青年，你有限的脉搏，
休教幻景似的消散了你的青年！

谁 知 道

我在深夜里坐着车回家——
一个褴褛的老头他使着劲儿拉；
　　天上不见一个星，
　　街上没有一只灯：
　　那车灯的小火
　　冲着街心里的土——
　　左一个颠簸，右一个颠簸
　　拉车的走着他的踉跄步；

“我说拉车的，这道儿哪儿能这么的黑？”
“可不是先生？这道儿真——真黑！”
他拉——拉过了一条街，穿过了一座门，
转一个弯，转一个弯，一般的暗沉沉；——
　　天上不见一个星，
　　街上没有一个灯：
　　那车灯的小火
　　蒙着街心里的土——
　　左一个颠簸，右一个颠簸，
　　拉车的走着他的踉跄步；

“我说拉车的，这道儿哪儿能这么的静？”
“可不是先生？这道儿真——真静！”
他拉——紧贴着一垛墙，长城似的长，
过一处河沿，转入了黑遥遥的旷野；——
　　天上不露一颗星，
　　道上没有一只灯：

　　那车灯的小火
　　晃着道儿上的土——
　　左一个颠簸，右一个颠簸，
　　拉车的走着他的踉跄步；

“我说拉车的，怎么这儿道上一个人都不见？”
“倒是有，先生，就是您不大瞧得见！”
我骨髓里一阵子的冷——
那边青缭缭的是鬼还是人？
仿佛听着呜咽与笑声——
啊，原来这遍地都是坟！
　　天上不亮一颗星，
　　道上没有一只灯：
　　那车灯的小火
　　缭着道儿上的土——
　　左一个颠簸，右一个颠簸
　　拉车的跨着他的踉跄步；

“我说——我说拉车的喂！这道儿哪……哪儿有这么的远？”
“可不是先生？这道儿真——真远！”
“可是……你拉我回家……你走错了道儿没有！”
“谁知道先生！谁知道走错了道儿没有！”

我在深夜里坐着车回家，
一个不相识的褴褛他使着劲儿拉；
　　天上不明一颗星，
　　道上不见一只灯：
　　只那车灯的小火
　　袅着道儿上的土——
　　左一个颠簸，右一个颠簸，
　　拉车的跨着他的蹒跚步。

常州天宁寺闻礼忏声

有如在火一般可爱的阳光里，偃卧在长梗的、杂乱的丛草里，听初夏第一声的鹧鸪，从天边直响入云中，从云中又回响到天边；

有如在月夜的沙漠里，月光温柔的手指，轻轻的抚摩着一颗颗热伤了的砂砾，在鹅绒般软滑的热带的空气里，听一个骆驼的铃声，轻灵的，轻灵的，在远处响着，近了，近了，又远了……

有如在一个荒凉的山谷里，大胆的黄昏星，独自临照着阳光死去了的宇宙，野草与野树默默的祈祷着，听一个瞎子，手扶着一个幼童，哨的一响算命锣，在这黑沉沉的世界里回响着；

有如在大海里的一块礁石上，浪涛像猛虎般的狂扑着，天空紧紧的绷着黑云的厚幕，听大海向那威吓着的风暴，低声的，柔声的，忏悔它一切的罪恶；

有如在喜马拉雅的顶巅，听天外的风，追赶着天外的云的急步声，在无数雪亮的山壑间回响着；

有如在生命的舞台的幕背，听空虚的笑声，失望与痛苦的呼吁声，残杀与淫暴的狂欢声，厌世与自杀的高歌声，在生命的舞台上合奏着。

我听着了天宁寺的礼忏声！

这是哪里来的神明？人间再没有这样的境界！

这鼓一声，钟一声，磬一声，木鱼一声，佛号一声……乐音在大殿里，迂缓的，漫长的回荡着，无数冲突的波流谐合了，无数相反的色彩净化了，无数现世的高低消灭了……

这一声佛号，一声钟，一声鼓，一声木鱼，一声磬，谐音盘礴在宇宙间——解开一小颗时间的埃尘，收束了无量数世纪的因果；

这是哪里来的大和谐——星海里的光彩，大千世界的音籁，真生命的洪流：止息了一切的动，一切的扰攘；

在天地的尽头，在金漆的殿椽间，在佛像的眉宇间，在我的衣袖里，在耳鬓边，在官感里，在心灵里，在梦里……

在梦里，这一瞥间的显示，青天，白水，绿草，慈母温软的胸怀，是故乡吗？是故乡吗？
光明的翅羽，在无极中飞舞！

大圆觉底里流出的欢喜，在伟大的，庄严的，寂灭的，无疆的，和谐的静定中实现了！

颂美呀，涅槃！赞美呀！涅槃！

一家古怪的店铺

有一家古怪的店铺，
隐藏在那荒山的坡下；
我们村里白发的公婆，
也不知他们何时起家。

相隔一条大河，船筏难渡；
有时青林里袅起髻螺，
在夏秋间明净的晨幕——
料是他家工作的烟雾。

有时在寂静的深夜，
狗吠隐约炉捶的声响，
我们忠厚的更夫常见
对河山脚下火光上扬。

是种田钩镰，是马蹄铁鞋，
是金银妙件，还是杀人凶械？
何以永恋此林山，荒野，
神秘的捶工呀，深隐难见？

这是家古怪的店铺，
隐藏在荒山的坡下；
我们村里白头的公婆，
也不知他们何时起家。

不再是我的乖乖

一

前天我是一个小孩，
这海滩最是我的爱；
早起的太阳明赛如火炉，
趁暖和我来做我的工夫：
捡满一衣兜的贝壳，
在这海沙上起造宫阙；
哦，这浪头来得凶恶，
冲了我得意的建筑——
我喊了一声海，海！
你是我小孩儿的乖乖！

二

昨天我是一个“情种”，
到这海滩上来发疯；
西天的晚霞慢慢的死，
血红变成姜黄，又变紫；
一颗星在天空里窥伺，
我匐伏在沙堆里画字，
一个字，一个字，又一个字，
谁说不是我心爱的游戏？
我喊了一声海，海！
不许你有一点儿的更改！

三

今天，咳，为什么要有今天?
不比以前，没了我的疯癫，
再没有小孩时的新鲜，
这回再不来这大海的边沿!
头顶不见天光的方便，
海上只暗沉沉的一片，
暗潮侵蚀了沙字的痕迹，
却冲不淡我悲惨的颜色——
我喊一声海，海!
你从此不再是我的乖乖!

哀曼殊斐儿

我昨夜梦入幽谷，
　听子规在百合丛中泣血；
我昨夜梦登高峰，
　见一颗光明泪自天坠落。

古罗马的郊外有座墓园，
　静偃着百年前客殇的诗骸；
百年后海岱士黑辇的车轮，
　又喧响在芳丹卜罗的青林边。

说宇宙是无情的机械，
　为甚明灯似的理想闪耀在前？
说造化是真善美之表现，
　为甚五彩虹不常住天边？

我与你虽仅一度相见——
　但那二十分不死的时间！
谁能信你那仙姿灵态，
　竟已朝雾似的永别人间？

非也！生命只是个实体的幻梦：
　美丽的灵魂，永承上帝的爱宠；
三十年小住，只似昙花之偶现，
　泪花里我想见你笑归仙宫。

你记否伦敦约言，曼殊斐儿！

　今夏再见于琴妮湖之边；
琴妮湖永抱着白朗矶的雪影，
　此日我怅望云天，泪下点点！

我当年初临生命的消息，
　梦觉似的骤感恋爱之庄严；
生命的觉悟是爱之成年，
　我今又因死而感生与恋之涯沿！

同情是掼不破的纯晶，
　爱是实现生命之唯一途径；
死是座伟秘的洪炉，此中
　凝炼万象所从来之神明。

我哀思焉能电花似的飞骋，
　感动你在天日遥远的灵魂？
我洒泪向风中遥送，
　问何时能戡破生死之门？

一个祈祷

请听我悲哽的声音，祈求于我爱的神：
人间哪一个的身上，不带些儿创与伤，
哪有高洁的灵魂，不经地狱，便登天堂：
我是肉薄过刀山炮烙，闯度了奈何桥，
方有今日这颗赤裸裸的心，自由高傲！

这颗赤裸裸的心，请收了吧，我的爱神！
因为除了你更无人，给他温慰与生命，
否则，你就将他磨成齑粉，散入西天云，
但他精诚的颜色，却永远点染你春朝的
新思，秋夜的梦境；怜悯吧，我的爱神！

默　境

我友，记否那西山的黄昏，
钝氲里透出的紫霭红晕，
漠沉沉，黄沙弥望，恨不能
登山顶，饱餐西陲的菁英，
全仗你吊古殷勤，趋别院，
度边门，惊起了卧犬狰狞。
墓庭的光景，却别是一味
苍凉，别是一番苍凉境地：
我手剔生苔碑碣，看冢里
僧骸是何年何代，你轻踹
生苔庭砖，细数松针几枚；
不期间彼此缄默的相对，
僵立在寂静的墓庭墙外，
同化于自然的宁静，默辨
静里深蕴着普遍的义韵；
我注目在墙畔一穗枯草，
听邻庵经声，听风抱树梢，
听落叶，冻乌零落的音调，
心定如不波的湖，却又教
连珠似的潜思泛破，神凝
如千年僧骸的尘埃，却又
被静的底里的热焰熏点；

我友，感否这柔韧的静里，
蕴有钢似的迷力，满充着
悲哀的况味，禅悟的几微，

此中不分春秋，不辨古今，
生命即寂灭，寂灭即生命，
在这无终始的洪流之中，
难得素心人悄然共游泳；
纵使阐不透这凄伟的静，
我也怀抱了这静中涵濡，
温柔的心灵；我便化野鸟
飞去，翅羽上也永远染上
欢欣的光明，我便向深山
去隐，也难忘你游目云天，
游神象外的Transfiguration。

我友！知否你妙目——漆黑的
圆睛——放射的神辉，照彻了
我灵府的奥隐，恍如昏夜
行旅，骤得了明灯，刹那间
周遭转换，涌现了无量数
理想的楼台，更不见墓园
风色，再不闻衰冬吁喟，但
见玫瑰丛中，青春的舞蹈
与欢容，只闻歌颂青春的
谐乐与欢踪；——
轻捷的步履，
你永向前领，欢乐的光明，
你永向前引：我是个崇拜
青春，欢乐与光明的灵魂。

月下待杜鹃不来

看一回凝静的桥影，
数一数螺钿的波纹，
我倚暖了石栏的青苔，
青苔凉透了我的心坎；

月儿，你休学新娘羞，
把锦被掩盖你光艳首，
你昨宵也在此勾留，
可听她允许今夜来否？

听远村寺塔的钟声，
像梦里的轻涛吐复收，
省心海念潮的涨歇，
依稀漂泊踉跄的孤舟！

水粼粼，夜冥冥，思悠悠，
何处是我恋的多情友，
风飕飕，柳飘飘，榆钱斗斗，
令人长忆伤春的歌喉。

希望的埋葬

希望，只如今……
如今只剩些遗骸；
可怜，我的心……
却教我如何埋掩？

希望，我抚摩着
你惨变的创伤，
在这冷默的冬夜
谁与我商量埋葬？

埋你在秋林之中，
幽涧之边，你愿否，
朝餐泉乐的琤琮，
暮偎着松茵香柔？

我收拾一筐的红叶，
露凋秋伤的枫叶，
铺盖在你新坟之上——
长眠着美丽的希望！

我唱一支惨淡的歌，
与秋林的秋声相和；
滴滴凉露似的清泪，
洒遍了清冷的新墓！

我手抱你冷残的衣裳，

凄怀你生前的经过——
一个不幸的爱母，
回想一场空养的辛苦！

我又舍不得将你埋葬，
希望，我的生命与光明——
像那个情疯了的公主，
紧搂住她爱人的冷尸！

梦境似的惝恍，
毕竟是谁存与谁死；
是谁在悲唱，希望！
你，我，是谁替谁埋葬！

“美是人间不死的光芒”，
不论是生命，或是希望！
便冷骸也发生命的神光，
何必问秋林红叶去埋葬！

冢中的岁月

白杨树上一阵鸦啼，
白杨树上叶落纷披，
白杨树下有荒土一堆：
亦无有青草，亦无有墓碑。

亦无有蛱蝶双飞，
亦无有过客依违，
有时点缀荒野的暮霭，
土堆邻近有青磷闪闪。

埋葬了也不得安逸，
髑髅在坟底叹息；
舍手了也不得静谧，
髑髅在坟底饮泣。

破碎的愿望梗塞我的呼吸，
伤禽似的震悸着他的羽翼；
白骨放射着赤色的火焰——
却烧不尽生前的恋与怨。

白杨在西风里无语，摇曳，
孤魂在墓窟的凄凉里寻味：
“从不享，可怜，祭扫的温慰，
有谁存念我生平的梗概！”

叫化活该

“行善的大姑，修好的爷，”
　西北风尖刀似的猛刺着他的脸。
“赏给我一点你们吃剩的油水吧！”
　一团模糊的黑影，捱紧在大门边。

“可怜我快饿死了，发财的爷，”
　大门内有欢笑，有红炉，有玉杯；
“可怜我快冻死了，有福的爷。”
　大门外西北风笑说：“叫化活该！”

我也是战栗的黑影一堆，
　蠕伏在人道的前街；
我也只要一些同情的温暖，
　遮掩我的剐残的余骸——
但这沉沉的紧闭大门：谁来理睬；
街道上只冷风的嘲讽“叫化活该！”

一星弱火

我独坐在半山的石上，
　看前峰的白云蒸腾，
一只不知名的小雀，
　嘲讽着我迷惘的神魂。

白云一饼饼的飞升，
　化入了辽远的无垠；
但在我逼仄的心头，啊，
　却凝敛着惨雾与愁云！

皎洁的晨光已经透露，
　洗净了青屿似的前峰；
像墓墟间的磷光惨淡，
　一星的微焰在我的胸中。

但这惨淡的弱火一星，
　照射着残骸与余烬，
虽则是往迹的嘲讽，
　却绵绵的长随时间进行！

她是睡着了

　她是睡着了——
星光下一朵斜欹的白莲；
　她入梦境了——
香炉里袅起一缕碧螺烟。

　她是眠熟了——
涧泉幽抑了喧响的琴弦；
　她在梦乡了——
粉蝶儿，翠蝶儿，翻飞的欢恋。

　停匀的呼吸，
清芬，渗透了她的周遭的清氛；
　有福的清氛，
怀抱着，抚摩着，她纤纤的身形！

　奢侈的光阴！
静，沙沙的尽是闪亮的黄金，
　平铺着无垠，
波鳞间轻漾着光艳的小艇。

　醉心的光景，
给我披一件彩衣，啜一坛芳醴，
　折一枝藤花，
舞，在葡萄丛中，颠倒，昏迷。

　看呀，美丽！

三春的颜色移上了她的香肌，
　是玫瑰，是月季，
是朝阳里的水仙，鲜妍，芳菲！

　梦底的幽秘，
挑逗她的心——纯洁的灵魂——
　像一只蜂儿，
在花心恣意的唐突——温存。

　童真的梦境！静默；
休教惰断了梦神的殷勤；
　抽一丝金络，
抽一丝银络，抽一丝晚霞的紫曛；

　玉腕与金梭，
织缣似的精审，更番的穿度——
　化生了彩霞，
神阙，安琪儿的歌，安琪儿的舞。

　可爱的梨涡，
解释了处女的梦境的欢喜，
　像一颗露珠，
颤动的，在荷盘中闪耀着晨曦！

问 谁

问谁？呵，这光阴的播弄
　问谁去声诉，
在这冻沉沉的深夜，凄风
　吹拂她的新墓？

“看守，你须用心的看守，
　这活泼的流溪，
莫错过，在这清波里优游，
　青脐与红鳍！”

那无声的私语在我的耳边
　似曾幽幽的吹嘘，——
像秋雾里的远山，半化烟，
　在晓风前卷舒。

因此我紧揽着我生命的绳网，
　像一个守夜的渔翁，
兢兢的，注视着那无尽流的时光——
　私冀有彩鳞掀涌。

但如今，如今只余这破烂的渔网——
　嘲讽我的希冀，
我喘息的怅望着不复返的时光：
　泪依依的憔悴！

又何况在这黑夜里徘徊，

黑夜似的痛楚：
一个星芒下的黑影凄迷——
留连着一个新墓！

问谁……我不敢怆呼，怕惊扰
这墓底的清淳；
我俯身，我伸手向她搂抱——
啊，这半潮润的新坟！

这惨人的旷野无有边沿，
远处有村火星星，
丛林中有鸱鸮在悍辩，
此地有伤心，只影！

这黑野，深沉的，环包着大地；
笼罩着你与我——
你，静凄凄的安眠在墓底；
我，在迷醉里摩挲！

正愿天光更不从东方
按时的泛滥；
我便永远依偎着墓旁——
在沉寂里消幻——

但青曦已在那天边吐露，
苏醒的林鸟，
已在远近间相应喧呼——
又是一度清晓。

不久，这严冬过去，
东风又来催促青条：
便妆缀这冷落的墓宫，
亦不无花草飘摇。

但为你，我爱，如今永远封禁
　在这无情的地下——
我更不盼天光，更无有春信：
　我的是无边的黑夜！

为 谁

这几天秋风来得格外的尖厉：
　　我怕看我们的庭院，
　　树叶伤鸟似的猛旋，
　　中着了无形的利箭，
没了，全没了：生命，颜色，美丽！

就剩下西墙上的几道爬山虎：
　　它那豹斑似的秋色，
　　忍熬着风拳的打击，
低低的喘一声呜咽——
“我为你耐着！”它仿佛对我声诉。

它为我耐着，那艳色的秋萝，
　　但秋风不容情的追，
　　追，（摧残是它的恩惠！）
　　追尽了生命的余辉——
这回墙上不见了勇敢的秋萝！

今夜那青光的三星在天上，
　　倾听着秋后的空院，
　　悄悄的，更不闻呜咽；
　　落叶在泥土里安眠——
只我在这深夜，啊，为谁凄惘？

落叶小唱

一阵声响转上了阶沿，
（我正挨近着梦乡边；）
这回准是她的脚步了，我想——
　　在这深夜！

一声剥啄在我的窗上，
（我正靠紧着睡乡边；）
这准是她来闹着玩——你看，
　　我偏不张皇！

一个声息贴近我的床，
我说（一半是睡梦，一半是迷惘）：——
“你总不能明白我，你又何苦
　　多叫我心伤！”

一声喟息落在我的枕边，
（我已在梦乡里留恋；）
“我负了你！”你说——你的热泪
　　烫着我的脸！

这音响恼着我的梦魂，
（落叶在庭前舞，一阵，又一阵；）
梦完了，呵，回复清醒；恼人的——
　　却只是秋声！

雪花的快乐

假如我是一朵雪花，
翩翩的在半空里潇洒，
　我一定认清我的方向——
　飞扬，飞扬，飞扬——
这地面上有我的方向。

不去那冷寞的幽谷，
不去那凄清的山麓，
　也不上荒街去惆怅——
　飞扬，飞扬，飞扬——
你看，我有我的方向！

在半空里娟娟的飞舞，
认明了那清幽的住处，
　等着她来花园里探望——
　飞扬，飞扬，飞扬——
啊，她身上有朱砂梅的清香！

　那时我凭借我的身轻，
盈盈的，沾住了她的衣襟，
　贴近她柔波似的心胸——
　消溶，消溶，消溶——
溶入了她柔波似的心胸！

康桥，再会吧

康桥，再会吧；
我心头盛满了别离的情绪，
你是我难得的知己，我当年
辞别家乡父母，登太平洋去，
（算来一秋二秋，已过了四度
春秋，浪迹在海外，美土欧洲）
扶桑风色，檀香山芭蕉况味，
平波大海，开拓我心胸神意，
如今都变了梦里的山河，
渺茫明灭，在我灵府的底里；
我母亲临别的泪痕，她弱手
向波轮远去送爱儿的巾色，
海风咸味，海鸟依恋的雅意，
尽是我记忆的珍藏，我每次
摩按，总不免心酸泪落，便想
理箧归家，重向母怀中匐伏，
回复我天伦挚爱的幸福；
我每想人生多少跋涉劳苦，
多少牺牲，都只是枉费无补，
我四载奔波，称名求学，毕竟
在知识道上，采得几茎花草，
在真理山中，爬上几个峰腰，
钧天妙乐，曾否闻得，彩红色，
可仍记得？——但我如何能回答？
我但自熹楼高车快的文明，
不曾将我的心灵污抹，今日

我对此古风古色，桥影藻密，
依然能坦胸相见，惺惺惜别。

康桥，再会吧！
你我相知虽迟，然这一年中
我心灵革命的怒潮，尽冲泻
在你妩媚河身的两岸，此后
清风明月夜，当照见我情热
狂溢的旧痕，尚留草底桥边，
明年燕子归来，当记我幽叹
音节，歌吟声息，缦烂的云纹
霞彩，应反映我的思想情感，
此日撒向天空的恋意诗心，
赞颂穆静腾辉的晚景，清晨
富丽的温柔；听！那和缓的钟声
解释了新秋凉绪，旅人别意，
我精魂腾跃，满想化入音波，
震天彻地，弥盖我爱的康桥，
如慈母之于睡儿，缓抱软吻；
康桥！汝永为我精神依恋之乡！
此去身虽万里，梦魂必常绕
汝左右，任地中海疾风东指，
我亦必纡道西回，瞻望颜色；
归家后我母若问海外交好，
我必首数康桥，在温清冬夜
蜡梅前，再细辨此日相与况味；
设如我星明有福，素愿竟酬，
则来春花香时节，当复西航，
重来此地，再捡起诗针诗线，
绣我理想生命的鲜花，实现
年来梦境缠绵的销魂足迹，
散香柔韵节，增媚河上风流；
故我别意虽深，我愿望亦密，

昨宵明月照林，我已向倾吐
心胸的蕴积，今晨雨色凄清，
小鸟无欢，难道也为是怅别
情深，累藤长草茂，涕泪交零！

康桥！山中有黄金，天上有明星，
人生至宝是情爱交感，即使
山中金尽，天上星散，同情还
永远是宇宙间不尽的黄金，
不昧的明星；赖你和悦宁静
的环境，和圣洁欢乐的光阴，
我心我智，方始经爬梳洗涤，
灵苗随春草怒生，沐日月光辉，
听自然音乐，哺啜古今不朽
——强半汝亲栽育——的文艺精英；
恍登万丈高峰，猛回头惊见
真善美浩瀚的光华，覆翼在
人道蠕动的下界，朗然照出
生命的经纬脉络，血赤金黄，
尽是爱主恋神的辛勤手绩；
康桥！你岂非是我生命的泉源？
你惠我珍品，数不胜数；最难忘
骞士德顿桥下的星磷坝乐，
弹舞殷勤，我常夜半凭栏杆，
倾听牧地黑野中倦牛夜嚼，
水草间鱼跃虫嗤，轻挑静寞；
难忘春阳晚照，泼翻一海纯金，
淹没了寺塔钟楼，长垣短堞，
千百家屋顶烟突，白水青田，
难忘茂林中老树纵横；巨干上
黛薄荼青，却教斜刺的朝霞，
抹上些微胭脂春意，忸怩神色；
难忘七月的黄昏，远树凝寂，

像墨泼的山形，衬出轻柔暝色，
密稠稠，七分鹅黄，三分橘绿，
那妙意只可去秋梦边缘捕捉；
难忘榆荫中深宵清啭的诗禽，
一腔情热，教玫瑰噙泪点首，
满天星环舞幽吟，款住远近
浪漫的梦魂，深深迷恋香境；
难忘村里姑娘的腮红颈白；
难忘屏绣康河的垂柳婆娑，
婀娜的克莱亚，硕美的校友居；
——但我如何能尽数，总之此地
人天妙合，虽微如寸芥残垣，
亦不乏纯美精神；流贯其间，
而此精神，正如宛次宛士所谓
“通我血液，浃我心脏”，有“镇驯
矫饬之功”；我此去虽归乡土，
而临行怫怫，转若离家赴远；
康桥！我故里闻此，能弗怨汝
僭爱，然我自有说言代汝答付；
我今去了，记好明春新杨梅
上市时节，盼望我含笑归来，
再见吧，我爱的康桥。

恋爱到底是什么一回事

恋爱他到底是什么一回事？——
他来的时候我还不曾出世；
太阳为我照上了二十几个年头，
我只是个孩子，认不识半点愁；
忽然有一天——我又爱又恨那一天——
我心坎里痒齐齐的有些不连牵，
那是我这辈子第一次的上当，
有人说是受伤——你摸摸我的胸膛——
他来的时候我还不曾出世，
恋爱他到底是什么一回事？

这来我变了，一只没笼头的马，
跑遍了荒凉的人生的旷野；
又像那古时间献璞玉的楚人，
手指着心窝，说这里面有真有真，
你不信时一刀拉破我的心头肉，
看那血淋淋的一掬是玉不是玉；
血！那无情的宰割，我的灵魂！
是谁逼迫我发最后的疑问？

疑问！这回我自己幸喜我的梦醒，
上帝，我没有病，再不来对你呻吟！
我再不想成仙，蓬莱不是我的分；
我只要这地面，情愿安分的做人，——
从此再不问恋爱是什么一回事，
反正他来的时候我还不曾出世！

一个茶壶，一个茶杯，一个志摩，一个小曼。邵洵美绘

翡冷翠的一夜

你真的走了，明天？那我，那我，……
你也不用管，迟早有那一天；
你愿意记着我，就记着我，
要不然趁早忘了这世界上
有我，省得想起时空着恼，
只当是一个梦，一个幻想；
只当是前天我们见的残红，
怯怜怜的在风前抖擞，一瓣，
两瓣，落地，叫人踩，变泥……
唉，叫人踩，变泥——变了泥倒干净，
这半死不活的才叫是受罪，
看着寒伧，累赘，叫人白眼——
天呀！你何苦来，你何苦来……
我可忘不了你，那一天你来，
就比如黑暗的前途见了光彩，
你是我的先生，我爱，我的恩人，
你教给我什么是生命，什么是爱，
你惊醒我的昏迷，偿还我的天真。
没有你我哪知道天是高，草是青？
你摸摸我的心，它这下跳得多快；
再摸我的脸，烧得多焦，亏这夜黑
看不见；爱，我气都喘不过来了，
别亲我了；我受不住这烈火似的活，
这阵子我的灵魂就像是火砖上的
熟铁，在爱的锤子下，砸，砸，火花
四散的飞洒……我晕了，抱着我，

爱，就让我在这儿清静的园内，
闭着眼，死在你的胸前，多美！
头顶白杨树上的风声，沙沙的，
算是我的丧歌，这一阵清风，
橄榄林里吹来的，带着石榴花香，
就带了我的灵魂走，还有那萤火，
多情的殷勤的萤火，有他们照路，
我到了那三环洞的桥上再停步，
听你在这儿抱着我半暖的身体，
悲声的叫我，亲我，摇我，咂我；……
我就微笑的再跟着清风走，
随他领着我，天堂，地狱，哪儿都成，
反正丢了这可厌的人生，实现这死
在爱里，这爱中心的死，不强如
五百次的投生？……自私，我知道，
可我也管不着……你伴着我死？
什么，不成双就不是完全的"爱死"，
要飞升也得两对翅膀儿打伙，
进了天堂还不一样的要照顾，
我少不了你，你也不能没有我；
要是地狱，我单身去你更不放心，
你说地狱不定比这世界文明
（虽则我不信），像我这娇嫩的花朵，
难保不再遭风暴，不叫雨打，
那时候我喊你，你也听不分明，——
那不是求解脱反投进了泥坑，
倒叫冷眼的鬼串通了冷心的人，
笑我的命运，笑你懦怯的粗心？
这话也有理，那叫我怎么办呢？
活着难，太难，就死也不得自由，
我又不愿你为我牺牲你的前程……
唉！你说还是活着等，等那一天！
有那一天吗？——你在，就是我的信心；

可是天亮你就得走，你真的忍心
丢了我走？我又不能留你，这是命；
但这花，没阳光晒，没甘露浸，
不死也不免瓣尖儿焦萎，多可怜！
你不能忘我，爱，除了在你的心里，
我再没有命；是，我听你的话，我等，
等铁树儿开花我也得耐心等；
爱，你永远是我头顶的一颗明星：
要是不幸死了，我就变一个萤火，
在这园里，挨着草根，暗沉沉的飞，
黄昏飞到半夜，半夜飞到天明，
只愿天空不生云，我望得见天，
天上那颗不变的大星，那是你，
但愿你为我多放光明，隔着夜，
隔着天，通着恋爱的灵犀一点……

《翡冷翠的一夜》封面　江小鹣设计

呻吟语

我亦愿意赞美这神奇的宇宙，
我亦愿意忘却了人间有忧愁，
　　像一只没挂累的梅花雀，
　　清朝上歌唱，黄昏时跳跃；——
假如她清风似的常在我的左右！

我亦想望我的诗句清水似的流，
我亦想望我的心池鱼似的悠悠；
　　但如今膏火是我的心，
　　再休问我闲暇的诗情？——
上帝！你一天不还她生命与自由！

她怕他说出口

（朋友，我懂得那一条骨鲠，
难受不是？——难为你的咽喉；）
“看，那草瓣上蹲着一只蚱蜢，
那松林里的风声像箜篌。”

（朋友，我明白，你的眼水里
闪动着你真情的泪晶；）
“看，那一双蝴蝶连翩的飞；
你试闻闻这紫兰花馨！”

（朋友，你的心在怦怦的动：
我的也不一定是安宁；）
“看，那一对雌雄的双虹！
在云天里卖弄着娉婷。”

（这不是玩，还是不出口的好，
我顶明白你灵魂里的秘密；）
那是句致命的话，你得想到，
回头你再来追悔那又何必！

（我不愿你进火焰里去遭罪，
就我——就我也不情愿受苦！）
“你看那双虹已经完全破碎；
花草里不见了蝴蝶儿飞舞。”

（耐着！美不过这半绽的花蕾；

何必再添深这颊上的薄晕?)
"回走吧，天色已是怕人的昏黑，——
明儿再来看鱼肚色的朝云!"

偶　然

我是天空里的一片云，
偶尔投影在你的波心——
　　你不必讶异，
　　更无须欢喜——
在转瞬间消灭了踪影。

你我相逢在黑夜的海上，
你有你的，我有我的，方向；
　　你记得也好，
　　最好你忘掉，
在这交会时互放的光亮！

珊　瑚

你再不用想我说话，
　我的心早沉在海水底下；
你再不用向我叫唤，
　因为我——我再不能回答！

除非你——除非你也来在
　这珊瑚骨环绕的又一世界；
等海风定时的一刻清静，
　你我来交互你我的幽叹。

变与不变

树上的叶子说："这来又变样儿了，
你看，有的是抽心烂，有的是卷边焦！"
"可不是，"答话的是我自己的心：
它也在冷酷的西风里褪色，凋零。

这时候连翩的明星爬上了树尖；
"看这儿，"它们仿佛说，"有没有改变？"
"看这儿，"无形中又发动了一个声音，
"还不是一样鲜明？"——插话的是我的魂灵。

丁当——清新

檐前的秋雨在说什么?
　它说摔了她，忧郁什么?
我手拿起案上的镜框，
　在地平上摔一个丁当。

檐前的秋雨又在说什么?
　“还有你心里那个留着做什么?”
蓦地里又听见一声清新——
　这回摔破的是我自己的心!

我来扬子江边买一把莲蓬

我来扬子江边买一把莲蓬；
　手剥一层层莲衣，
　看江鸥在眼前飞，
　忍含着一眼悲泪——
我想着你，我想着你，啊小龙！

我尝一尝莲瓤，回味曾经的温存：——
　那阶前不卷的重帘，
　掩护着同心的欢恋，
　我又听着你的盟言，
“永远是你的，我的身体，我的灵魂。”

我尝一尝莲心，我的心比莲心苦；
　我长夜里怔忡，
　挣不开的恶梦，
　谁知我的苦痛？
你害了我，爱，这日子叫我如何过？

但我不能责你负，我不忍猜你变，
　我心肠只是一片柔：
　你是我的！我依旧
　将你紧紧的抱搂——
除非是天翻——但谁能想象那一天？

客 中

今晚天上有半轮的下弦月；
　　我想携着她的手，
　　往明月多处走——
一样是清光，我说，圆满或残缺。

园里有一树开剩的玉兰花；
　　她有的是爱花癖，
　　我爱看她的怜惜——
一样是芬芳，她说，满花与残花。

浓阴里有一只过时的夜莺；
　　她受了秋凉，
　　不如从前浏亮——
快死了，她说，但我不悔我的痴情！

但这莺，这一树花，这半轮月——
　　我独自沉吟，
　　对着我的身影——
她在那里，啊，为什么伤悲，凋谢，残缺？

三月十二深夜大沽口外

今夜困守在大沽口外：
　　绝海里的俘虏，
　　对着忧愁申诉；
桅上的孤灯在风前摇摆：
　　天昏昏有层云裹，
　　那掣电是探海火！

你说不自由是这变乱的时光？
　　但变乱还有时罢休，
　　谁敢说人生有自由？
今天的希望变作明天的怅惘；
　　星光在天外冷眼瞅，
　　人生是浪花里的浮沤！

我此时在凄冷的甲板上徘徊，
　　听海涛迟迟的吐沫，
　　心空如不波的湖水；
只一丝云影在这湖心晃动——
　　不曾参透的一个迷梦，
　　不忍参透的一个迷梦！

半夜深巷琵琶

又被它从睡梦中惊醒，深夜里的琵琶！
　　是谁的悲思，
　　是谁的手指，
像一阵凄风，像一阵惨雨，像一阵落花，
　　在这夜深深时，
　　在这睡昏昏时，
挑动着紧促的弦索，乱弹着宫商角徵，
　　和着这深夜，荒街，
　　柳梢头有残月挂，
啊，半轮的残月，像是破碎的希望，给他
　　头戴一顶开花帽，
　　身上带着铁链条，
在光阴的道上疯了似的跳，疯了似的笑，
　　完了，他说，吹糊你的灯，
　　她在坟墓的那一边等，
等你去亲吻，等你去亲吻，等你去亲吻！

决　断

我的爱：
再不可迟疑；
误不得
这唯一的时机。

天平秤——
在你自己心里，
哪头重——
砝码都不用比！

你我的——
哪还用着我提？
下了种，
就得完功到底。

生，爱，死——
三连环的迷谜；
拉动一个，
两个就跟着挤。

老实说，
我不稀罕这活，
这皮囊，——
哪处不是拘束。

要恋爱，

要自由，要解脱——
这小刀子，
许是你我的天国！

可是不死
就得跑，远远的跑；
谁耐烦
在这猪圈里捞骚？

险——
不用说，总得冒，
不拼命，
哪件事拿得着？

看那星，
多勇猛的光明！
看这夜，
多庄严，多澄清！

走罢，甜，
前途不是暗昧；
多谢天，
从此跳出了轮回！

最后的那一天

在春风不再回来的那一年，
在枯枝不再青条的那一天，
那时间天空再没有光照，
只黑蒙蒙的妖氛弥漫着，
太阳，月亮，星光死去了的空间；

在一切标准推翻的那一天，
在一切价值重估的那时间，
暴露在最后审判的威灵中，
一切的虚伪与虚荣与虚空：
赤裸裸的灵魂们匍匐在主的跟前；——

我爱，那时间你我再不必张皇，
更不须声诉，辩冤，再不必隐藏，——
你我的心，像一朵雪白的并蒂莲，
在爱的青梗上秀挺，欢欣，鲜妍，——
在主的跟前，爱是唯一的荣光。

起造一座墙

你我千万不可亵渎那一个字，
别忘了在上帝跟前起的誓。
我不仅要你最柔软的柔情，
蕉衣似的永远裹着我的心；
我要你的爱有纯钢似的强，
在这流动的生里起造一座墙；
任凭秋风吹尽满园的黄叶，
任凭白蚁蛀烂千年的画壁；
就使有一天霹雳震翻了宇宙，——
也震不翻你我“爱墙”内的自由！

望　月

月：我隔着窗纱，在黑暗中，
望她从巉岩的山肩挣起——
一轮惺忪的不整的光华：
像一个处女，怀抱着贞洁，
惊惶的，挣出强暴的爪牙；

这使我想起你，我爱，当初
也曾在恶运和利齿间捱！
但如今，正如蓝天里明月：
你已升起在幸福的前峰，
洒光辉照亮地面的坎坷！

白须的海老儿

这船凭空在海中心抛锚，
也不顾我心头野火似的烧！
那白须的海老儿倒像有同情，
他声声问的是为甚不进行？

我伸手向黑暗的空间抱，
谁说这缥缈不是她的腰？
我又飞吻给银河边的星，
那是我爱最灵动的明睛。

但这来白须的海老儿又生恼，
（他忌妒少年情，别看他年老！）
他说你情急我偏给你不行，
你怎么跳度这碧波的无垠？

果然那老顽皮有他的蹊跷，
这心头火差一点变海水里泡！
但此时我忙着亲我爱的香唇，
谁耐烦再和白须的海老儿争？

再休怪我的脸沉

不要着恼，乖乖，不要怪嫌
　　我的脸绷得直长，
　　我的脸绷得是长，
可不是对你，对恋爱生厌。

不要凭空往大坑里盲跳：
　　胡猜是一个大坑，
　　这里面坑得死人；
你听我讲，乖，用不着烦恼。

你，我的恋爱，早就不是你：
　　你我早变成一身，
　　呼吸，命运，灵魂——
再没有力量把你我分离。

你我比是桃花接上竹叶，
　　露水合着嘴唇吃，
　　经脉胶成同命丝，
单等春风到开一个满艳。

谁能怀疑他自创的恋爱？
　　天空有星光耿耿，
　　冰雪压不倒青春，
任凭海有时枯，石有时烂！

不是的，乖，不是对爱生厌！

你胡猜我也不怪，
我的样儿是太难，
反正我得对你深深道歉。

不错，我恼，恼的是我自己：
（山怨土堆不够高；
河对水私下唠叨。）
恨我自己为甚这不争气。

我的心（我信）比似个浅洼：
跳动着几条泥鳅，
积不住三尺清流，
盼不到天光，映不着彩霞；

又比是个力乏的朝山客：
他望见白云缭绕，
拥护着山远山高，
但他只能在倦疲中沉默；

也不是不认识上天威力：
他何尝甘愿绝望，
空对着光阴怅惘——
你到深夜里来听他悲泣！

就说爱，我虽则有了你，爱，
不愁在生命道上
感受孤立的恐慌，
但天知道我还想往上攀！

恋爱，我要更光明的实现：
草堆里一个萤火，
企慕着天顶星罗：
我要你我的爱高比得天！

我要那洗度灵魂的圣泉，
　　洗掉这皮囊腌臜，
　　解放内里的囚犯，
化一缕轻烟，化一朵青莲。

这，你看，才叫是烦恼自找；
　　从清晨直到黄昏，
　　从天昏又到天明，
活动着我自剖的一把钢刀！

不是自杀，你得认个分明。
　　劈去生活的余渣，
　　为要生命的精华；
给我勇气，啊，唯一的亲亲！

给我勇气，我要的是力量，
　　快来救我这围城，
　　再休怪我的脸沉，
快来，乖乖，抱住我的思想！

天神似的英雄

这石是一堆粗丑的顽石，
这百合是一丛明媚的秀色；
但当月光将花影描上石隙，
这粗丑的顽石也化生了媚迹。

我是一团臃肿的凡庸，
她的是人间无比的仙容；
但当恋爱将她偎入我的怀中，
就我也变成了天神似的英雄！

再不见雷峰

再不见雷峰，雷峰坍成了一座大荒冢，
　　顶上有不少交抱的青葱；
　　顶上有不少交抱的青葱，
再不见雷峰，雷峰坍成了一座大荒冢。

为什么感慨，对着这光阴应分的摧残？
　　世上多的是不应分的变态；
　　世上多的是不应分的变态，
发什么感慨，对着这光阴应分的摧残？

为什么感慨：这塔是镇压，这坟是掩埋，
　　镇压还不如掩埋来得痛快！
　　镇压还不如掩埋来得痛快，
发什么感慨：这塔是镇压，这坟是掩埋。

再没有雷峰，雷峰从此掩埋在人的记忆中：
　　像曾经的幻梦，曾经的爱宠；
　　像曾经的幻梦，曾经的爱宠，
再没有雷峰，雷峰从此掩埋在人的记忆中。

大帅（战歌之一）

“大帅有命令，以后打死了的尸体
再不用往回挪（叫人看了挫气），
就在前边儿挖一个大坑，
拿瘪了的弟兄们往里扔，
掷满了给平上土，
给它一个大糊涂，
也不用给做记认，
管他是姓贾姓曾！
也好，省得他们家里人见了伤心：
娘抱着个烂了的头，
弟弟提溜着一支手，
新娶的媳妇到手个脓包的腰身！”

“我说这坑死人也不是没有味儿，
有那西晒的太阳做我们的伴儿，
瞧我这一抄，抄住了老丙，
他大前天还跟我吃烙饼，
叫了壶大白干，
咱们俩随便谈，
你知道他那神气，
一只眼老是这挤；
谁想他来不到三天就做了炮灰，
老丙他打仗倒是勇，
你瞧他身上的窟窿！——
去你的，老丙，咱们来就是当死胚！”

“天快黑了，怎么好，还有这一大堆？
听炮声，这半天又该是我们的毁！
　麻利点儿，我说你瞧，三哥，
　那黑刺刺的可不又是一个！
　　嘿，三哥，有没有死的，
　　还开着眼流着泪哩！
　　我说三哥这怎么来，
　　总不能拿人活着埋！”——
“吁，老五，别言语，听大帅的话没有错：
　见个儿就给铲，
　见个儿就给埋，
躲开，瞧我的；嗷，去你的，谁跟你啰唆！”

人变兽（战歌之二）

朋友，这年头真不容易过，
你出城去看光景就有数：——
柳林中有乌鸦们在争吵，
分不匀死人身上的脂膏；
城门洞里一阵阵的旋风起，
跳舞着没脑袋的英雄，
那田畦里碧葱葱的豆苗，
你信不信全是用鲜血浇！
还有那井边挑水的姑娘，
你问她为甚走退像带伤——
抹下西山黄昏的一天紫，
也涂不没这人变兽的耻！

梅雪争春（纪念三一八）

南方新年里有一天下大雪，
我到灵峰去探春梅的消息；
残落的梅萼瓣瓣在雪里掩，
我笑说这颜色还欠三分艳！

运命说：你赶花朝节前回京，
我替你备下真鲜艳的春景：
白的还是那冷翩翩的飞雪，
但梅花是十三龄童的热血！

这年头活着不易

昨天我冒着大雨到烟霞岭下访桂：
　　南高峰在烟霞中不见，
　　在一家松茅铺的屋檐前
　　我停步，问一个村姑今年
翁家山的桂花有没有去年开的媚。

那村姑先对着我身上细细的端详：
　　活像只羽毛浸瘪了的鸟，
　　我心想，她定觉得蹊跷，
　　在这大雨天单身走远道，
倒来没来头的问桂花今年香不香。

“客人，你运气不好，来得太迟又太早：
　　这里就是有名的满家弄，
　　往年这时候到处香得凶，
　　这几天连绵的雨，外加风，
弄得这稀糟，今年的早桂就算完了。”

果然这桂子林也不能给我点子欢喜：
　　枝上只见焦萎的细蕊，
　　看着凄凄，唉，无妄的灾！
　　为什么这到处是憔悴？
这年头活着不易！这年头活着不易！

庐山石工歌

一

唉浩！唉浩！唉浩！
　唉浩！唉浩！
我们起早，唉浩，
　看东方晓，唉浩，东方晓！
唉浩！唉浩！
　鄱阳湖低！唉浩！庐山高！
　　唉浩，庐山高；唉浩，庐山高；
唉浩！庐山高！
　唉浩，唉浩！唉浩！
　　唉浩！唉浩！

二

浩唉！浩唉！浩唉！
　浩唉！浩唉！
我们早起，浩唉！
看白云低，浩唉！白云飞！
　浩唉！浩唉！
天气好，浩唉！上山去；
浩唉，上山去；浩唉，上山去；
　　浩唉，上山去！
浩唉！浩唉！……浩唉！
　浩唉！浩唉！

三

浩唉！唉浩！浩唉！
唉浩！浩唉！唉浩！
浩唉！唉浩！浩唉！
唉浩！浩唉！唉浩！
　太阳好，唉浩，太阳焦，
　　赛如火烧，唉浩！
大风起，浩唉，白云铺地；
　当心脚底，浩唉；
　　　浩唉，电闪飞，唉浩，大雨暴；
天昏，唉浩，地黑，浩唉！
　天雷到，浩唉，天雷到！
　浩唉，鄱阳湖低；唉浩，五老峰高！
　浩唉，上山去，唉浩，上山去！
浩唉，上山去！
　　唉浩，鄱阳湖低！浩唉，庐山高！
　唉浩，上山去，浩唉，上山去！
唉浩，上山去！
浩唉！浩唉！浩唉！
　　浩唉！浩唉！浩唉！
　浩唉！浩唉！浩唉！
浩唉！浩唉！浩唉！

西伯利亚

西伯利亚——我早年时想象
你不是受上天恩情的地域；
荒凉，严肃，不可比况的冷酷。
在冻雾里，在无边的雪地里，
有局促的生灵们，半像鬼，枯瘐，
黑面目，佝偻，默无声的工作。
在他们，这地面是寒冰的地狱，
天空不留一丝霞彩的希冀，
更不问人事的恩情，人情的旖旎；
这是为怨郁的人间淤藏怨郁，
茫茫的白雪里渲染人道的鲜血，
西伯利亚，你象征的是恐怖、荒虚。

但今天，我面对这异样的风光——
不是荒原，这春夏间的西伯利亚，
更不见严冬时的坚冰、枯枝、寒鸦；
在这乌拉尔东来的草田，茂旺，葱秀，
牛马的乐园，几千里无际的绿洲，
更有那重叠的森林，赤松与白杨，
灌属的小丛林，手挽手的滋长；
那赤皮松，像巨万赭衣的战士，
森森的，悄悄的，等待冲锋的号示，
那白杨，婀娜的多姿，最是那树皮，
白如霜，依稀林中仙女们的轻衣；
就这天——这天也不是寻常的开朗：

看，蓝空中往来的是轻快的仙航——
那不是云彩，那是天神们的微笑，
琼花似的幻化在这圆穹的周遭……

西伯利亚道中忆西湖秋雪庵芦色作歌

我捡起一枝肥圆的芦梗，
　　在这秋月下的芦田；
我试一试芦笛的新声，
　　在月下的秋雪庵前。

这秋月是纷飞的碎玉，
　　芦田是神仙的别殿；
我弄一弄芦管的幽乐——
　　我映影在秋雪庵前。

我先吹我心中的欢喜——
　　清风吹露芦雪的酥胸；
我再弄我欢喜的心机——
　　芦田中见万点的飞萤。

我记起了我生平的惆怅，
　　中怀不禁一阵的凄迷，
笛韵中也听出了新来凄凉——
　　近水间有断续的蛙啼。

这时候芦雪在明月下翻舞，
　　我暗地思量人生的奥妙，
我正想谱一折人生的新歌，
　　啊，那芦笛（碎了）再不成音调！

这秋月是缤纷的碎玉，

芦田是仙家的别殿；
我弄一弄芦管的幽乐，——
我映影在秋雪庵前。

我捡起一枝肥圆的芦梗，
在这秋月下的芦田；
我试一试芦笛的新声，
在月下的秋雪庵前。

在哀克刹脱（Exeter）教堂前

这是我自己的身影，今晚间
　倒映在异乡教宇的前庭，
一座冷峭峭森严的大殿，
　一个峭阴阴孤耸的身影。

我对着寺前的雕像发问：
　“是谁负责这离奇的人生？”
老朽的雕像瞅着我发愣，
　仿佛怪嫌这离奇的疑问。

我又转问那冷郁郁的大星，
　它正升起在这教堂的后背，
但它答我以嘲讽似的迷瞬，
　在星光下相对，我与我的迷谜！

这时间我身旁的那棵老树，
　他荫蔽着战迹碑下的无辜，
幽幽的叹一声长气，像是
　凄凉的空院里凄凉的秋雨。

他至少有百余年的经验，
　人间的变幻他什么都见过；
生命的顽皮他也曾计数；
　春夏间汹汹，冬季里婆婆。

他认识这镇上最老的前辈，

　看他们受洗，长黄毛的婴孩；
看他们配偶，也在这教门内，——
　最后看他们名字上墓碑！

这半悲惨的趣剧他早已经看厌，
　他自身臃肿的残余更不沾恋，
因此他与我同心，发一阵叹息——
　啊！我身影边平添了斑斑的落叶！

海　韵

一

“女郎，单身的女郎，
　你为什么留恋
　这黄昏的海边？——
女郎，回家吧，女郎！”
“啊不；回家我不回，
　我爱这晚风吹。”——
　在沙滩上，在暮霭里，
有一个散发的女郎——
　　　　徘徊，徘徊。

二

“女郎，散发的女郎，
　你为什么彷徨
　在这冷清的海上？
女郎，回家吧，女郎！”
“啊不；你听我唱歌，
　大海，我唱，你来和。”——
　在星光下，在凉风里，
轻荡着少女的清音——
　　　　高吟，低哦。

三

“女郎，胆大的女郎！
　那天边扯起了黑幕，
　这顷刻间有恶风波——
女郎，回家吧，女郎！”
“啊不；你看我凌空舞，
　学一个海鸥没海波。”——
　在夜色里，在沙滩上，
急旋着一个苗条的身影——
　　　　婆娑，婆娑。

四

“听呀，那大海的震怒，
　女郎，回家吧，女郎！
看呀，那猛兽似的海波，
　女郎，回家吧，女郎！”
“啊不；海波他不来吞我，
　我爱这大海的颠簸！”——
在潮声里，在波光里，
啊，一个慌张的少女在海沫里，
　　　　蹉跎，蹉跎。

五

“女郎，在哪里，女郎？
　在哪里，你嘹亮的歌声？
在哪里，你窈窕的身影？
　在哪里，啊，勇敢的女郎？”
黑夜吞没了星辉，
　这海边再没有光芒；

海潮吞没了沙滩，
沙滩上再不见女郎，——
　　　　再不见女郎！

苏 苏

苏苏是一个痴心的女子，
　　像一朵野蔷薇，她的丰姿；
　　像一朵野蔷薇，她的丰姿——
来一阵暴风雨，摧残了她的身世。

这荒草地里有她的墓碑，
　　淹没在蔓草里，她的伤悲；
　　淹没在蔓草里，她的伤悲——
啊，这荒土里化生了血染的蔷薇！

那蔷薇是痴心女的灵魂，
　　在清早上受清露的滋润，
　　到黄昏里有晚风来温存，——
更有那长夜的慰安，看星斗纵横。

你说这应分是她的平安？
　　但运命又叫无情的手来攀，
　　攀，攀尽了青条上的灿烂，——
可怜呵，苏苏她又遭一度的摧残！

又一次试验

上帝捋着他的须，
说“我又有了兴趣；
上次的试验有点糟，
这回的保管是高妙。”

脱下了他的枣红袍，
戴上了他的遮阳帽，
老头他抓起一把土，
快活又有了工作做。

“这回不叫再像我，”
他弯着手指使劲塑；
鼻孔还是给你有，
可不把灵性往里透！

“给了也还是白丢，
能有几个走回头；
灵性又不比鲜鱼子，
化生在水里就长翅！

“我老头再也不上当，
眼看圣洁的变肮脏，——
就这儿情形多可气，
那个安琪身上不带蛆！”

运命的逻辑

一

前天她在水晶宫似照亮的大厅里跳舞——
　　多么亮她的袜！
　　多么滑她的发！
她那牙齿上的笑痕叫全堂的男人们疯魔。

二

　　昨天她短了资本，
　　变卖了她的灵魂，
那戴喇叭帽的魔鬼在她的耳边传授了秘诀，
她起了皱纹的面又搽上了不少男人们的心血。

三

今天在城隍庙前阶沿上坐着的这个老丑，
她胸前挂着一串，不是珍珠，是男人们的骷髅；
　　神道见了她摇头，
　　魔鬼见了她哆嗦！

新催妆曲

一

新娘，你为什么紧锁你的眉尖，
　　（听掌声如春雷吼，
　　鼓乐暴雨似的流！）
在缤纷的花雨中步慵慵的向前：
　　（向前，向前，
　　到礼台边，
　　见新郎面！）
莫非这嘉礼惊醒了你的忧愁：
　　一针针的忧愁，
　　你的芳心刺透，
　　逼迫你热泪流，——
新娘，为什么紧锁你的眉尖？

二

新娘，这礼堂不是杀人的屠场，
　　（听掌声如震天雷，
　　闹乐暴雨似的催！）
那台上站着的不是吃人的魔王：
　　他是新郎，
　　他是新郎，
　　你的新郎；
新娘，美满的幸福等在你的前面，
　　你快向前，

到礼台边，
见新郎面——
新娘，这礼堂不是杀人的屠场！

三

新娘，有谁猜得你的心头怨？——
(听掌声如劈山雷，
鼓乐暴雨似的催，
催花巍巍的新人快步的向前，
向前，向前，
到礼台边，
见新郎面。)
莫非你到今朝，这定运的一天，
又想起那时候，
他热烈的抱搂，
那颤栗，那绸缪——
新娘，有谁猜得你的心头怨？

四

新娘，把钩消的墓门压在你的心上：
(这礼堂是你的坟场，
你的生命从此埋葬！)
让伤心的热血添浓你颊上的红光；
(你快向前，
到礼台边，
见新郎面！)
忘却了，永远忘却了人间有一个他：
让时间的灰烬，
掩埋了他的心，
他的爱，他的影，——
新娘，谁不艳羡你的幸福，你的荣华！

两地相思

一、他——

今晚的月亮像她的眉毛，
　这弯弯的够多俏！
今晚的天空像她的爱情，
　这蓝蓝的够多深！
那样多是你的，我听她说，
　你再也不用疑惑；
给你这一团火，她的香唇，
　还有她更热的腰身！
谁说做人不该多吃点苦？
　吃到了底才有数。
这来可苦了她，盼死了我，
　半年不是容易过！
她这时候，我想，正靠着窗，
　手托着俊俏的脸庞，
在想，一滴泪正挂在腮边，
　像露珠沾上草尖；
在半忧半愁半欢喜的预计，
　计算着我的归期；
啊，一颗纯洁的爱我的心，
　那样的专！那样的真！
还不催快你你胯下的牲口，
　趁月光清水似流，
趁月光清水似流，赶回家，

去亲你唯一的她!

二、她——

今晚的月光又使我想起,
　我半年前的昏迷,
那晚我不该喝那三杯酒,
　添了我一世的愁;
我不该把自由随手给扔,
　活该我今儿的闷!
他待我倒一片至诚,
　像竹园里的新笋,
不怕风吹,不怕雨打一样,
　他还是往上滋长;
他为我吃尽了苦,就为我,
　他今天还在奔波;
我又没有勇气对他明讲
　我改变了的心肠!
今晚月儿弓样,到月圆时,
　我,我如何能躲避!
我怕,我爱,这来我真是难,
　恨不能往地底钻;
可是你,爱,永远有我的心,
　听凭我是浮是沉;
他来时要抱,我就让他抱,
　(这葫芦不破的好,)
但每一回我让他亲——我的唇,
　爱,亲的是你的吻!

罪与罚（一）

在这冰冷的深夜，在这冰冷的庙前，
匍匐着，星光里照出，一个冰冷的人形：
是病吗？不听见有呻吟。
死了吗？她肢体在颤震。
啊，假如你的手能向深奥处摸索，
她那冰冷的身体里还有个更冷的心！
她不是遇难的孤身，
她不是被摈弃的妇人；
不是尼僧，尼僧也不来深夜里修行；
她没有犯法，她的不是寻常的罪名：
她是一个美妇人，
她是一个恶妇人，——
她今天忽然发觉了她无形中的罪孽，
因此在这深夜里到上帝跟前来招认。

罪与罚（二）

“你——你问我为什么对你脸红？
这是天良，朋友，天良的火烧，
好，交给你了，记下我的口供，
满铺着谎的床上哪睡得着？

“你先不用问她们那都是谁，
回头你——（你有水不？我喝一口。
单这一提我的天良就直追，
逼得我一口气直顶着咽喉。）

“冤孽！天给我这样儿：毒的香，
造孽的根，假温柔的野兽！
什么意识，什么天理，什么思想，
哪敌得住那肉鲜鲜的引诱！

“先是她家那嫂子，风流，当然：
偏嫁了个丈夫不是个男人；
这干烤着的木柴早够危险，
再来一星星的火花——不就成！

“那一星的火花正轮着我——该！
才一面，够干脆的，魔鬼的得意；
一瞟眼，一条线，半个黑夜：
十七岁的童贞，一个活寡的急！

“堕落是一个进了出不得的坑，

可不是个陷坑，越陷越没有底，
咒他的！一桩桩更鲜艳的沉沦，
挂彩似的扮得我全没了主意！

“现吃亏的当然是女人，也可怜，
一步的孽报追着一步的孽因，
她又不能往阉子身上推，活罪，——
一包药粉换着一身的毒鳞！

“这还是引子，下文才真是孽债：
她家里另有一双并蒂的白莲，
透水的鲜，上帝禁阻闲蜂来采，
但运命偏不容这白玉的贞坚。

“那西湖上一宿的猖狂，又是我，
你知道，捣毁了那并蒂的莲苞——
单只一度！但这一度！谁能饶恕，
天这蹂躏！这色情狂的恶屠刀！

“那大的叫铃的偏对浪子情痴，
她对我失贞，你说这事情多瘪！
我本没有自由，又不能伴她死，
眼看她疯，丢丑，喔！雷砸我的脸！

“这事情说来你也该早明白，
我见着你眼内一阵阵的冒火：
本来！今儿我是你的囚犯，听凭
你发落，你裁判，杀了我，绞了我；

“我半点儿不生怨意，我再不能
不自首，天良逼得我没缝儿躲；
年轻人谁免得了有时候蒙混，
但是天，我的分儿不有点太酷？

“谁料到这造孽的网兜着了你，
你，我的长兄，我的唯一的好友！
你爱箕，箕也爱你；箕是无罪的：
有罪是我，天罚那离奇的引诱！

“她的忠顺你知道，这六七年里，
她哪一事不为你牺牲，你不说
女人再没有箕的自苦；她为你
甘心自苦，为要洗净那一点错。

“这错又不是她的，你不能怪她；
话说完了，我放下了我的重负，
我唯一的祈求是保全你的家：
她是无罪的，我再说，我的朋友！”

《猛虎集》封面　闻一多设计

云 游

那天你翩翩的在空际云游，
自在，轻盈，你本不想停留
在天的那方或地的那角，
你的愉快是无拦阻的逍遥。

你更不经意在卑微的地面
有一流涧水，虽则你的明艳
在过路时点染了他的空灵，
使他惊醒，将你的倩影抱紧。

他抱紧的只是绵密的忧愁，
因为美不能在风光中静止；
他要，你已飞渡万重的山头，
去更阔大的湖海投射影子！

他在为你消瘦，那一流涧水，
在无能的盼望，盼望你飞回！

我等候你

我等候你。
我望着户外的昏黄
如同望着将来，
我的心震盲了我的听。
你怎还不来？希望
在每一秒钟上允许开花。
我守候着你的步履，
你的笑语，你的脸，
你的柔软的发丝，
守候着你的一切；
希望在每一秒钟上
枯死——你在哪里？
我要你，要得我心里生痛，
我要你的火焰似的笑，
要你的灵活的腰身，
你的发上眼角的飞星；
我陷落在迷醉的氛围中，
像一座岛，
在蟒绿的海涛间，不自主的在浮沉……
喔，我迫切的想望
你的来临，想望
那一朵神奇的优昙
开上时间的顶尖！
你为什么不来，忍心的？
你明知道，我知道你知道，
你这不来于我是致命的一击，

打死我生命中乍放的阳春，
教坚实如矿里的铁的黑暗，
压迫我的思想与呼吸；
打死可怜的希冀的嫩芽，
把我，囚犯似的，交付给
妒与愁苦，生的羞惭
与绝望的惨酷。
这也许是痴，竟许是痴。
我信我确然是痴；
但我不能转拨一支已然定向的舵
万方的风息都不容许我犹豫——
我不能回头，命运驱策着我！
我也知道这多半是走向
毁灭的路；但
为了你，为了你
我什么也都甘愿；
这不仅是我的热情，
我的仅有的理性亦如此说。
痴！想磔碎一个生命的纤微
为要感动一个女人的心！
想博得的，能博得的，至多是
她的一滴泪，
她的一阵心酸，
竟许一半声漠然的冷笑；
但我也甘愿，即使
我粉身的消息传到
她的心里如同传给
一块顽石，她把我看作
一只地穴里的鼠，一条虫，
我还是甘愿！
痴到了真，是无条件的，
上帝他也无法调回一个
痴定了的心，如同一个将军

有时调回已上死线的士兵。
枉然，一切都是枉然，
你的不来是不容否认的实在，
虽则我心里烧着泼旺的火，
饥渴着你的一切，
你的发，你的笑，你的手脚；
任何的痴想与祈祷
不能缩短一小寸
你我间的距离！
户外的昏黄已然
凝聚成夜的乌黑，
树枝上挂着冰雪，
鸟雀们典去了它们的啁啾，
沉默是这一致穿孝的宇宙。
钟上的针不断的比着
玄妙的手势，像是指点，
像是同情，像是嘲讽，
每一次到点的打动，我听来是
我自己的心的
活埋的丧钟。

春的投生

昨晚上，
再前一晚也是的，
在雷雨的猖狂中
春
投生入残冬的尸体。

不觉得脚下的松软，
耳鬓间的温驯吗？
树枝上浮着青，
潭里的水漾成无限的缠绵；
再有你我肢体上
胸膛间的异样的跳动；

桃花早已开上你的脸，
我在更敏锐的消受
你的媚，吞咽
你的连珠的笑；
你不觉得我的手臂
更迫切的要求你的腰身，
我的呼吸投射到你的身上
如同万千的飞萤投向光焰？

这些，还有别的许多说不尽的，
和着鸟雀们的热情的回荡，
都在手携手的赞美着
春的投生。

拜　献

山，我不赞美你的壮健，
海，我不歌咏你的阔大，
风波，我不颂扬你威力的无边；
但那在雪地里挣扎的小草花，
路旁冥盲中无告的孤寡，
烧死在沙漠里想归去的雏燕，——
给他们，给宇宙间一切无名的不幸，
我拜献，拜献我胸胁间的热，
管里的血，灵性里的光明；
我的诗歌——在歌声嘹亮的一俄顷，
天外的云彩为你们织造快乐，
　起一座虹桥，
　指点着永恒的逍遥，
在嘹亮的歌声里消纳了无穷的苦厄！

渺 小

我仰望群山的苍老，
　他们不说一句话。
阳光描出我的渺小，
　小草在我的脚下。

我一人停步在路隅，
　倾听空谷的松籁；
青天里有白云盘踞——
　转眼间忽又不在。

阔的海

阔的海空的天我不需要，
我也不想放一只巨大的纸鹞
上天去捉弄四面八方的风；
　　我只要一分钟
　　我只要一点光
　　我只要一条缝，
　像一个小孩爬伏
　在一间暗屋的窗前
　望着西天边不死的一条
缝，一点
光，一分
钟。

他眼里有你

我攀登了万仞的高冈，
荆棘扎烂了我的衣裳，
我向飘渺的云天外望——
　上帝，我望不见你！

我向坚厚的地壳里掏，
捣毁了蛇龙们的老巢，
在无底的深潭里我叫——
　上帝，我听不到你！

我在道旁见一个小孩：
活泼，秀丽，褴褛的衣衫；
他叫声妈，眼里亮着爱——
　上帝，他眼里有你！

在不知名的道旁（印度）

什么无名的苦痛，悲悼的新鲜，
什么压迫，什么冤屈，什么烧烫
你体肤的伤，妇人，使你蒙着脸
在这昏夜，在这不知名的道旁，
任凭过往人停步，讶异的看你，
你只是不作声，黑绵绵的坐地。

还有蹲在你身旁悚动的一堆，
一双小黑眼闪荡着异样的光，
像暗云天偶露的星晞，她是谁？
疑惧在她脸上，可怜的小羔羊，
她怎知道人生的严重，夜的黑，
她怎能明白运命的无情，惨刻？

聚了，又散了，过往人们的讶异。
刹那的同情也许；但他们不能
为你停留，妇人，你与你的儿女；
伴着你的孤单，只昏夜的阴沉，
与黑暗里的萤光，飞来你身旁，
来照亮那小黑眼闪荡的星芒！

车　上

这一车上有各等的年岁，各色的人：
有出须的，有奶孩，有青年，有商，有兵；
也各有各的姿态：傍着的，躺着的，
张眼的，闭眼的，向窗外黑暗望着的。

车轮在铁轨上碾出重复的繁响，
天上没有星点，一路不见一些灯亮；
只有车灯的幽辉照出旅客们的脸，
他们老的少的，一致声诉旅程的疲倦。

这时候忽然从最幽暗的一角发出
歌声：像是山泉，像是晓鸟，蜜甜，清越，
又像是荒漠里点起了通天的明燎，
它那正直的金焰投射到遥远的山坳。

她是一个小孩，欢欣摇开了她的歌喉；
在这冥盲的旅程上，在这昏黄时候，
像是奔发的山泉，像是狂欢的晓鸟，
她唱，直唱得一车上满是音乐的幽妙。

旅客们一个又一个的表示着惊异，
渐渐每一个脸上来了有光辉的惊喜：
买卖的，军差的，老辈，少年，都是一样，
那吃奶的婴儿，也把他的小眼开张。

她唱，直唱得旅途上到处点上光亮，

层云里翻出玲珑的月和斗大的星，
花朵，灯彩似的，在枝头竞赛着新样，
那细弱的草根也在摇曳轻快的青萤！

车　眺

一

我不能不赞美
这向晚的五月天；
怀抱着云和树
那些玲珑的水田。

二

白云穿掠着晴空，
像仙岛上的白燕！
晚霞正照着它们，
白羽镶上了金边。

三

背着轻快的晚凉，
牛，放了工，呆着做梦；
孩童们在一边蹲，
想上牛背，美，逞英雄！

四

在绵密的树荫下，
有流水，有白石的桥，

桥洞下早来了黑夜，
流水里有星在闪耀。

五

绿是豆畦，阴是桑树林，
幽郁是溪水傍的草丛，
静是这黄昏时的田景，
但你听，草虫们的飞动！

六

月亮在昏黄里上妆，
太阳心慌的向天边跑；
他怕见她，他怕她见，——
怕她见笑一脸的红糟！

再别康桥

轻轻的我走了，
　正如我轻轻的来；
我轻轻的招手，
　作别西天的云彩。

那河畔的金柳，
　是夕阳中的新娘；
波光里的艳影，
　在我的心头荡漾。

软泥上的青荇，
　油油的在水底招摇；
在康河的柔波里，
　我甘心做一条水草！

那榆荫下的一潭，
　不是清泉，是天上虹，
揉碎在浮藻间，
　沉淀着彩虹似的梦。

寻梦？撑一支长篙，
　向青草更青处漫溯，
满载一船星辉，
　在星辉斑斓里放歌。

但我不能放歌，

　悄悄是别离的笙箫；
夏虫也为我沉默，
　沉默是今晚的康桥！

悄悄的我走了，
　正如我悄悄的来；
我挥一挥衣袖，
　不带走一片云彩。

干着急

朋友，这干着急有什么用，
喝酒玩吧，这槐树下凉快；
看槐花直掉在你的杯中——
别嫌它：这也是一种的爱。

胡知了到天黑还在直叫
（她为我的心跳还不一样？）
那紫金山头有夕阳返照
（我心头，不是夕阳，是惆怅！）

这天黑得草木全变了形，
（天黑可盖不了我的心焦；）
又是一天，天上点满了银
（又是一天，真是，这怎么好！）

秋　虫

秋虫，你为什么来？人间
早不是旧时候的清闲；
这青草，这白露，也是兽：
再也没有用，这些诗材！
黄金才是人们的新宠，
她占了白天，又霸住梦！
爱情：像白天里的星星，
她早就回避，早没了影。
天黑它们也不得回来，
半空里永远有乌云盖。
还有廉耻也告了长假，
他躲在沙漠地里住家；
花尽着开可结不成果，
思想被主义奸污得苦！
你别说这日子过得闷，
晦气脸的还在后面跟！
这一半也是灵魂的懒，
他爱躲在园子里种菜，
“不管，”他说，“听他往下丑——
变猪，变蛆，变蛤蟆，变狗……
过天太阳羞得遮了脸，
月亮残阙了再不肯圆，
到那天人道真灭了种，
我再来打——打革命的钟！”

西 窗

一

这西窗
这不知趣的西窗放进
四月天时下午三点钟的阳光
一条条直的斜的羼躺在我的床上；

放进一团捣乱的风片
搂住了难免处女羞的花窗帘，
呵她痒，腰弯里，脖子上，
羞得她直飏在半空里，甜破了脸；

放进下面走道上洗被单
衬衣大小毛巾的胰子味，
厨房里饭焦鱼腥蒜苗是腐乳的沁芳南，
还有弄堂里的人声比狗叫更显得松脆。

二

当然不知趣也不止是这西窗，
但这西窗是够顽皮的，
它何尝不知道这是人们打中觉的好时光！
拿一件衣服，不，拿这条绣外国花的毛毯，
堵死了它，给闷死了它：
耶稣死了我们也好睡觉！

直着身子，不好，弯着来，
学一只卖弄风骚的大龙虾，
在清浅的水滩上引诱水波的荡意！
对呀，叫迷离的梦意像浪丝似的
爬上你的胡须，你的衣袖，你的呼吸……

你对着你脚上又新破了一个大窟窿的袜子发愣或是忙着送灵巧的手指到
　神秘的胳肢窝搔痒——可不是搔痒的时候
你的思想不见得会长上那拿把不住的大翅膀。

谢谢天，这是烟士披里纯来到的刹那间，
因为有窟窿的破袜是绝对的理性，
胳肢窝里虱类的痒是不可怀疑的实在。

三

香炉里的烟，远山上的雾，人的贪嗔和心机；
经络里的风湿，话里的刺，笑脸上的毒，
谁说这宇宙这人生不够富丽的？

你看那市场上的盘算，比那矗着大烟筒
走大洋海的船的肚子里的机轮更来得复杂，
血管里疙瘩着几两几钱，几钱几两，
脑子里也不知哪来这许多尖嘴的耗子爷？
还有那些比柱石更重实的大人们，他们也有他们的盘算；
他们手指间夹着的雪茄虽则也冒着一卷卷成云彩的烟，
但更曲折，更奥妙，更像长虫的翻戏，
是他们心里的算计，怎样到意大利喀辣辣矿山里去搬运一个大石座来站
　他一个足够与灵龟比赛的年岁，
何况还有波斯兵的长枪，匈奴的暗箭……
再有从上帝的创造里单独创造出来曾向农商部呈请
　创造专利的文学先生们，这是个奇迹的奇迹，

正如狐狸精对着月光吞噬她的命珠，
他们也是在月光勾引潮汐时学得他们的职业秘密。
青年的血，尤其是遭沸过的心血，是可口的：——
他们借用普罗列塔里亚的瓢匙在彼此请呀请的舀着喝。
他们将来铜像的地位一定望得见朱温张献忠的。

绣着大红花的俄罗斯毛毯方才拿来蒙住西窗的也不知怎的滑溜了下来，
　不容做梦人继续他的冒险，
但这些滑腻的梦意钻软了我的心
像春雨的细脚踹软了道上的春泥。
西窗还是不挡着的好，虽则弄堂里的人声有时比狗叫更显得松脆。
这是谁说的：“拿手擦擦你的嘴，
这人间世在洪荒中不住的转，
像老妇人在空地里捡可以当柴烧的材料?”

怨　得

怨得这相逢；
谁作的主？——风！

也就一半句话，
露水湿了枯芽。

黑暗——放一箭光；
飞蛾：他受了伤。

偶然，真是的。
惆怅？喔何必！

深　夜

深夜里，街角上，
梦一般的灯芒。

烟雾迷裹着树！
怪得人错走了路？

“你害苦了我——冤家！”
她哭，他——不答话。

晓风轻摇着树尖：
掉了，早秋的红艳。

季　候

一

他俩初起的日子，
像春风吹着春花。
花对风说“我要”，
风不回话：他给！

二

但春花早变了泥，
春风也不知去向。
她怨，说天时太冷；
“不久就冻冰。”他说。

杜 鹃

杜鹃，多情的鸟，他终宵唱：
在夏荫深处，仰望着流云，
飞蛾似围绕亮月的明灯，
星光疏散如海滨的渔火，
甜美的夜在露湛里休憩，
他唱，他唱一声“割麦插禾”——
农夫们在天放晓时惊起。

多情的鹃鸟，他终宵声诉，
是怨，是慕，他心头满是爱，
满是苦，化成缠绵的新歌，
柔情在静夜的怀中颤动；
他唱，口滴着鲜血，斑斑的，
染红露盈盈的草尖，晨光
轻摇着园林的迷梦；他叫，
他叫，他叫一声“我爱哥哥”！

黄　鹂

一掠颜色飞上了树，
“看，一只黄鹂！”有人说。
翘着尾尖，它不作声，
艳异照亮了浓密——
像是春光，火焰，像是热情。

等候它唱，我们静着望，
怕惊了它。但它一展翅，
冲破浓密，化一朵彩云；
它飞了，不见了，没了——
像是春光，火焰，像是热情。

秋　月

一样是月色，
今晚上的，因为我们都在抬头看——
看它，一轮腴满的妩媚，
从乌黑得如同暴徒一般的
云堆里升起——
看得格外的亮，分外的圆。
它展开在道路上，
它飘闪在水面上，
它沉浸在
水草盘结得如同忧愁般的
水底；
它睥睨在古城的雉堞上，
万千的城砖在它的清亮中
呼吸，
它抚摸着
错落在城厢外内的墓墟，
在宿鸟的断续的呼声里，
想见新旧的鬼，
也和我们似的相依偎的站着，
眼珠放着光，
咀嚼着彻骨的阴凉；
银色的缠绵的诗情
如同水面的星磷，
在露盈盈的空中飞舞。
听那四野的吟声——
永恒的卑微的谐和，

悲哀糅和着欢畅，
怨仇与恩爱，
晦冥交抱着火电，
在这幽绝的秋夜与秋野的
苍茫中，
“解化”的伟大
在一切纤微的深处
展开了
婴儿的微笑！

山 中

庭院是一片静，
听市谣围抱；
织成一地松影——
看当头月好！

不知今夜山中
是何等光景；
想也有月，有松，
有更深的静。

我想攀附月色，
化一阵清风，
吹醒群松春醉，
去山中浮动；

吹下一针新碧，
掉在你窗前；
轻柔如同叹息——
不惊你安眠！

两个月亮

我望见有两个月亮：
一般的样，不同的相。

一个这时正在天上
披敞着雀的衣裳；
她不吝惜她的恩情，
满地全是她的金银。
她不忘故宫的琉璃，
三海间有她的清丽。
她跳出云头，跳上树，
又躲进新绿的藤萝。
她那样玲珑，那样美，
水底的鱼儿也得醉！
但她有一点子不好，
她老爱向瘦小里耗；
有时满天只见星点，
没了那迷人的圆脸，
虽则到时候照样回来，
但这份相思有些难挨！

还有那个你看不见，
虽则不提有多么艳！
她也有她醉涡的笑，
还有转动时的灵妙；
说慷慨她也从不让人，
可惜你望不到我的园林！

可贵是她无边的法力，
常把我灵波向高里提：
我最爱那银涛的汹涌，
浪花里有音乐的银钟；
就那些马尾似的白沫，
也比得珠宝经过雕琢。
　一轮完美的明月，
　又况是永不残缺！
只要我闭上这一双眼，
她就婷婷的升上了天！

给——

我记不得维也纳，
除了你，阿丽思；
我想不起佛兰克府，
除了你，桃乐斯；
尼司，佛洛伦司，巴黎，
也都没有意味，
要不是你们的艳丽，——
玖思，麦蒂特，腊妹，
翩翩的，盈盈的，
孜孜的，婷婷的，
照亮着我记忆着幽黑，
像冬夜的明星，
像暑夜的游萤，——
怎教我不倾颓！
怎教我不迷醉！

一块晦色的路碑

脚步轻些，过路人！
休惊动那最可爱的灵魂，
如今安眠在这地下，
有绛色的野草花掩护她的余烬。

你且站定，在这无名的土阜边，
任晚风吹弄你的衣襟；
倘如这片刻的静定感动了你的悲悯，
让你的泪珠圆圆的滴下——
为这长眠着的美丽灵魂！

过路人，假若你也曾
在这人间不平的道上颠顿，
让你此时的感愤凝成最锋利的悲悯，
在你的激震着的心叶上，
刺出一滴，两滴的鲜血——
为这遭冤屈的最纯洁的灵魂！

枉然

你枉然用手锁着我的手，
女人，用口噙住我的口，
枉然用鲜血注入我的心，
火烫的泪珠见证你的真；

迟了！你再不能叫死的复活，
从灰土里唤起原来的神奇：
纵然上帝怜念你的过错，
他也不能拿爱再交给你！

生　活

阴沉，黑暗，毒蛇似的蜿蜒，
生活逼成了一条甬道：
一度陷入，你只可向前，
手扪索着冷壁的黏潮，

在妖魔的脏腑内挣扎，
头顶不见一线的天光，
这魂魄，在恐怖的压迫下，
除了消灭更有什么愿望？

残　春

昨天我瓶子里斜插着的桃花，
是朵朵媚笑在美人的腮边挂；
今儿它们全低了头，全变了相：——
红的白的尸体倒悬在青条上。

窗上的风雨报告残春的运命，
丧钟似的音响在黑夜里叮咛：
“你那生命的瓶子里的鲜花也
变了样；艳丽的尸体，谁给收殓？”

残 破

一

深深的在深夜里坐着，
当窗有一团不圆的光亮，
　风挟着灰土，在大街上
　　小巷里奔跑：
我要在枯秃的笔尖上袅出
一种残破的残破的音调，
为要抒写我的残破的思潮。

二

深深的在深夜里坐着，
生尖角的夜凉在窗缝里，
　妒忌屋内残余的暖气，
　　也不饶恕我的肢体：
但我要用我半干的墨水描成
一些残破的残破的花样，
因为残破，残破是我的思想。

三

深深的在深夜里坐着，
左右是一些丑怪的鬼影；
　焦枯的落魄的树木

　　在冰沉沉的河沿叫喊，
　　比着绝望的姿势，
正如我要在残破的意识里
重兴起一个残破的天地。

四

深深的在深夜里坐着，
闭上眼回望到过去的云烟：
啊，她还是一枝冷艳的白莲，
　斜靠着晓风，万种的玲珑；
但我不是阳光，也不是露水，
我有的只是些残破的呼吸，
　如同封锁在壁椽间的群鼠，
追逐着，追求着黑暗与虚无！

活 该

活该你早不来！
热情已变死灰。

提什么以往？——
骷髅的磷光！

将来？——各走各的道，
长庚管不着“黄昏晓”。

爱是痴，恨也是傻；
谁点得清恒河的沙？

不论你梦有多圆，
周围是黑暗没有边。

比是消散了的诗意，
趁早掩埋你的旧忆。

这苦脸也不用装，
到头儿总是个忘！

得！我就再亲你一口：
热热的！去，再不许停留。

卑　微

卑微，卑微，卑微；
风在吹，
无抵抗的残苇：

枯槁它的形容，
心已空，
音调如何吹弄？

它在向风祈祷：
“忍心好，
把我一拳推倒；

“也是一宗解化——
本无家，
任漂泊到天涯！”

“我不知道风是在哪一个方向吹”

我不知道风
是在哪一个方向吹——
我是在梦中，
在梦的轻波里依洄。

我不知道风
是在哪一个方向吹——
我是在梦中，
她的温存，我的迷醉。

我不知道风
是在哪一个方向吹——
我是在梦中，
甜美是梦里的光辉。

我不知道风
是在哪一个方向吹——
我是在梦中，
她的负心，我的伤悲。

我不知道风
是在哪一个方向吹——
我是在梦中，
在梦的悲哀里心碎！

我不知道风

是在哪一个方向吹——
我是在梦中，
黯淡是梦里的光辉。

哈 代

哈代，厌世的，不爱活的，
　这回再不用怨言，
一个黑影蒙住他的眼？
　去了，他再不露脸。

八十八年不容易过，
　老头活该他的受，
扛着一肩思想的重负，
　早晚都不得放手。

为什么放着甜的不尝，
　暖和的座儿不坐，
偏挑那阴凄的调儿唱，
　辣味儿辣得口破。

他是天生那老骨头僵，
　一对眼拖着看人，
他看着了谁谁就遭殃，
　你不用跟他讲情！

他就爱把世界剖着瞧，
　是玫瑰也给拆坏；
他没有那画眉的纤巧，
　他有夜鸮的古怪！

古怪，他争的就只一点——

一点“灵魂的自由”，
也不是成心跟谁翻脸，
认真就得认个透。

他可不是没有他的爱——
他爱真诚，爱慈悲，
人生就说是一场梦幻，
也不能没有安慰。

这日子你怪得他惆怅，
怪得他话里有刺，
他说乐观是“死尸脸上
抹着粉，搽着胭脂！”

这不是完全放弃希冀，
宇宙还得往下延，
但如果前途还有生机，
思想先不能随便。

为维护这思想的尊严，
诗人他不敢怠惰，
高擎着理想，睁大着眼，
抉剔人生的错误。

现在他去了再不说话。
（你听这四野的静），
他爱忘了他就忘了他！
（天吊明哲的凋零）

一九三〇年春

霹雳的一声笑，
从云空直透到地，
刮它的脸扎它的心，
说："醒吧，老睡着干么?"
…………

爱的灵感——奉适之

不妨事了，你先坐着吧。
这阵子可不轻，我当是
已经完了，已经整个的
脱离了这世界，飘渺的，
不知到了哪儿。仿佛有
一朵莲花似的云拥着我，
（她脸上浮着莲花似的笑）
拥着到远极了的地方去……
唉，我真不稀罕再回来，
人说解脱，那许就是吧！
我就像是一朵云，一朵
纯白的，纯白的云，一点
不见分量，阳光抱着我，
我就是光，轻灵的一球，
往远处飞，往更远处飞；
什么累赘，一切的烦愁，
恩情，痛苦，怨，全都远了；
就是你——请你给我口水，
是橙子吧，上口甜着哪——
就是你，你是我的谁呀！
就你也不知哪里去了：
就有也不过是晓光里
一发的青山，一缕游丝，
一翳微妙的晕；说至多
也不过如此，你再要多
我那朵云也不能承载，

你，你得原谅，我的冤家！……
不碍，我不累，你让我说，
我只要你睁着眼，就这样，
叫哀怜与同情，不说爱，
在你的泪水里开着花，
我陶醉着它们的幽香；
在你我这最后，怕是吧，
一次的会面，许我放娇，
容许我完全占定了你，
就这一晌，让你的热情，
像阳光照着一流幽涧，
透澈我的凄冷的意识；
你手把住我的，正这样，
你看你的壮健，我的衰，
容许我感受你的温暖，
感受你在我血液里流，
鼓动我将次停歇的心，
留下一个不死的印痕：
这是我唯一，唯一的祈求……
好，我再喝一口，美极了，
多谢你。现在你听我说。
但我说什么呢，到今天，
一切事都已到了尽头，
我只等待死，等待黑暗，
我还能见到你，偎着你，
真像情人似的说着话，
因为我够不上说那个，
你的温柔春风似的围绕，
这于我是意外的幸福，
我只有感谢，（她合上眼）
什么话都是多余，因为
话只能说明能说明的，
更深的意义，更大的真，

朋友，你只能在我的眼里，
在枯干的泪伤的眼里
认取。

　　我是个平常的人，
我不能盼望在人海里
值得你一转眼的注意。
你是天风：每一个浪花
一定得感到你的力量，
从它的心里激出变化，
每一根小草也一定得
在你的踪迹下低头，在
绿的颤动中表示惊异；
但谁能止限风的前程，
他横掠过海，作一声吼，
狮虎似的扫荡着田野，
当前是冥茫的无穷，他
如何能想起曾经呼吸
到浪的一花，草的一瓣？
遥远是你我间的距离；
远，太远！假如一只夜蝶
有一天得能飞出天外，
在星的烈焰里去变灰
（我常自己想）那我也许
有希望接近你的时间。
唉，痴心，女子是有痴心的，
你不能不信吧？有时候
我自己也觉得真奇怪，
心窝里的牢结是谁给
打上的？为什么打不开？
那一天我初次望到你，
你闪亮得如同一颗星，
我只是人丛中的一点，
一撮沙土，但一望到你，

我就感到异样的震动，
猛袭到我生命的全部，
真像是风中的一朵花，
我内心摇晃得像昏晕，
脸上感到一阵的火烧，
我觉得幸福，一道神异的
光亮在我的眼前扫过，
我又觉得悲哀，我想哭，
纷乱占据了我的灵府。
但我当时一点不明白，
不知这就是陷入了爱！
“陷入了爱”，真是的！前缘，
孽债，不知到底是什么。
但从此我再没有平安，
是中了毒，是受了催眠，
教运命的铁链给锁住，
我再不能踌躇：我爱你！
从此起，我的一瓣瓣的
思想都染着你，在醒时，
在梦里，想躲也躲不去，
我抬头望，蓝天里有你，
我开口唱，悠扬里有你，
我要遗忘，我向远处跑，
另走一道，又碰到了你！
枉然是理智的殷勤，因为
我不是盲目，我只是痴！
但我爱你，我不是自私。
爱你，但永不能接近你。
爱你，但从不要享受你。
即使你来到我的身边，
我许向你望，但你不能
丝毫觉察到我的秘密。
我不妒忌，不艳羡，因为

我知道你永远是我的，
它不能脱离我正如我
不能躲避你，别人的爱
我不知道，也无须知晓，
我的是我自己的造作，
正如那林叶在无形中
收取早晚的霞光，我也
在无形中收取了你的。
我可以，我是准备，到死
不露一句，因为我不必。
死，我是早已望见了的。
那天爱的结打上我的
心头，我就望见死，那个
美丽的永恒的世界；死，
我甘愿的投向，因为它
是光明与自由的诞生。
从此我轻视我的躯体，
更不计较今世的浮荣，
我只企望着更绵延的
时间来收容我的呼吸，
灿烂的星做我的眼睛，
我的发丝，那般的晶莹，
是纷披在天外的云霞，
博大的风在我的腋下
胸前眉宇间盘旋，波涛
冲洗我的胫踝，每一个
激荡涌出光艳的神明！
再有电火做我的思想
天边掣起蛇龙的交舞，
雷震我的声音，蓦地里
叫醒了春，叫醒了生命。
无可思量，呵，无可比况，
这爱的灵感，爱的力量！

正如旭日的威棱扫荡
田野的迷雾，爱的来临
也不容平凡，卑琐以及
一切的庸俗侵占心灵，
它那原来青爽的平阳。
我不说死吗？更不畏惧，
再没有疑虑，再不吝惜
这躯体如同一个财虏；
我勇猛的用我的时光。
用我的时光，我说？天哪，
这多少年是亏我过的！
没有朋友，离背了家乡，
我投到那寂寞的荒城，
在老农中间学做老农，
穿着大布，脚蹬着草鞋，
栽青的桑，栽白的木棉，
在天不曾放亮时起身，
手揽着泥，头戴着炎阳，
我做工，满身浸透了汗，
一颗热心抵挡着劳倦；
但渐次的我感到趣味，
收拾一把草如同珍宝，
在泥水里照见我的脸，
涂着泥，在坦白的云影
前不露一些羞愧！自然
是我的享受；我爱秋林，
我爱晚风的吹动，我爱
枯苇在晚凉中的颤动，
半残的红叶飘摇到地，
鸦影侵入斜日的光圈；
更可爱是远寺的钟声
交挽村舍的炊烟共做
静穆的黄昏！我做完工，

我慢步的归去，冥茫中
有飞虫在交哄，在天上
有星，我心中亦有光明！
到晚上我点上一支蜡，
在红焰的摇曳中照出
板壁上唯一的画像，
独立在旷野里的耶稣，
（因为我没有你的除了
悬在我心里的那一幅，）
到夜深静定时我下跪，
望着画像做我的祈祷，
有时我也唱，低声的唱，
发放我的热烈的情愫
缕缕青烟似的上通到天。
但有谁听到，有谁哀怜？
你踞坐在荣名的顶巅，
有千万人迎着你鼓掌，
我，陪伴我有冷，有黑夜，
我流着泪，独跪在床前！
一年，又一年，再过一年，
新月望到圆，圆望到残，
寒雁排成了字，又分散，
鲜艳长上我手栽的树，
又叫一阵风给刮做灰。
我认识了季候，星月与
黑夜的神秘，太阳的威；
我认识了地土，它能把
一颗子培成美的神奇，
我也认识一切的生存，
爬虫，飞鸟，河边的小草，
再有乡人们的生趣，我
也认识，他们的单纯与
真，我都认识。

跟着认识
是愉快，是爱，再不畏虑
孤寂的侵凌。那三年间
虽则我的肌肤变成粗，
焦黑熏上脸，剥坼刻上
手脚，我心头只有感谢：
因为照亮我的途径有
爱，那盏神灵的灯，再有
穷苦给我精力，推着我
向前，使我怡然的承当
更大的穷苦，更多的险。
你奇怪吧，我有那能耐？
不可思量是爱的灵感！
我听说古时间有一个
孝女，她为救她的父亲
胆敢上犯君王的天威，
那是纯爱的驱使我信。
我又听说法国中古时
有一个乡女子叫贞德，
她有一天忽然脱去了
她的村服，丢了她的羊，
穿上戎装拿着刀，带领
十万兵，高叫一声“杀贼”，
就冲破了敌人的重围，
救全了国，那也一定是
爱！因为只有爱能给人
不可理解的英勇和胆；
只有爱能使人睁开眼，
认识真，认识价值；只有
爱能使人全神的奋发，
向前闯，为了一个目标，
忘了火是能烧，水能淹。
正如没有光热这地上

就没有生命，要不是爱，
那精神的光热的根源，
一切光明的惊人的事
也就不能有。
　　　　　啊，我懂得！
我说“我懂得”我不惭愧：
因为天知道我这几年，
独自一个柔弱的女子，
投身到灾荒的地域去，
走千百里巉岈的路程，
自身挨着饿冻的惨酷
以及一切不可名状的
苦处说来够写几部书。
是为了什么？为了什么
我把每一个老年灾民
不问他是老人是老妇，
当作生身父母一样看，
每一个儿女当作自身
骨血，即使不能给他们
救度，至少也要吹几口
同情的热气到他们的
脸上，叫他们从我的手
感到一个完全在爱的
纯净中生活着的同类？
为了什么我甘愿哺啜
在平时乞丐都不屑的
饮食，吞咽腐朽与肮脏
如同可口的膏粱；甘愿
在尸体的恶臭能醉倒
人的村落里工作，如同
发见了什么珍异？为了
什么？就为“我懂得”，朋友，
你信不？我不说，也不能

说，因为我心里有一个
不可能的爱所以发放
满怀的热到另一方向，
也许我即使不知爱也
能同样做谁知道，但我
总得感谢你，因为从你
我获得生命的意识和
在我内心光亮的点上，
又从意识的沉潜引渡
到一种灵界的莹澈，又
从此产生智慧的微芒
与无穷尽的精神的勇。
啊，假如你能想象我在
灾地时一个夜的看守！
一样的天，一样的星空，
我独自在旷野里或在
桥梁边或在剩有几簇
残花的藤蔓的村篱边
仰望，那时天际每一个
光亮都为我生着意义，
我饮咽它们的美如同
音乐，奇妙的韵味通流
到内脏与百骸，坦然的
我承受这天赐不觉得
虚怯与羞惭，因我知道
不为己的劳作虽不免
疲乏体肤，但它能拂拭
我们的灵窍如同琉璃，
利便天光无碍的通行。
我话说远了不是？但我
已然诉说到我最后的
回目，你纵使疲倦也得
听到底，因为别的机会

再不会来，你看我的脸
烧红得如同石榴的花；
这是生命最后的光焰，
多谢你不时的把甜水
浸润我的咽喉，要不然
我一定早叫喘息窒死。
你的“懂得”是我的快乐。
我的时刻是可数的了，
我不能不赶快！
　　　　　　我方才
说过我怎样学农，怎样
到灾荒的魔窟中去伸
一支柔弱的奋斗的手。
我也说过我灵的安乐
对满天星斗不生内疚。
但我终究是人是软弱，
不久我的身体得了病，
风雨的毒浸入了纤微，
酿成了猖狂的热。我哥
将我从昏盲中带回家，
我奇怪那一次还不死，
也许因为还有一种罪
我必得在人间受。他们
叫我嫁人，我不能推托。
我或许要反抗假如我
对你的爱是次一等的，
但因我的既不是时空
所能衡量，我即不计较
分秒间的短长，我做了
新娘，我还做了娘，虽则
天不许我的骨血存留。
这几年来我是个木偶，
一堆任凭摆布的泥土；

虽则有时也想到你，但
这想到是正如我想到
西天的明霞或一朵花，
不更少也不更多。同时
病，一再的回复，销蚀了
我的躯壳，我早准备死，
怀抱一个美丽的秘密，
将永恒的光明交付给
无涯的幽冥。我如果有
一个母亲我也许不忍
不让她知道，但她早已
死去，我更没有沾恋；我
每次想到这一点便忍
不住微笑漾上了口角。
我想我死去再将我的
秘密化成仁慈的风雨，
化成指点希望的长虹，
化成石上的苔藓，葱翠
淹没它们的冥顽；化成
黑暗中翅膀的舞，化成
农时的鸟歌；化成水面
锦绣的文章；化成波涛，
永远宣扬宇宙的灵通；
化成月的惨绿在每个
睡孩的梦上添深颜色；
化成星系间的妙乐……
最后的转变是未料的；
天不遂我理想的心愿
又叫在热谵中漏泄了
我的怀内的珠光！但我
再也不梦想你竟能来，
血肉的你与血肉的我
竟能在我临去的俄顷

陶然的相偎倚，我说，你
听，你听，我说。真是奇怪，
这人生的聚散！

　　　　　　现在我
真，真可以死了，我要你
这样抱着我直到我去，
直到我的眼再不睁开，
直到我飞，飞，飞去太空，
散成沙，散成光，散成风，
啊苦痛，但苦痛是短的，
是暂时的；快乐是长的，
爱是不死的：

　　　　　我，我要睡……

草上的露珠儿

草上的露珠儿
颗颗是透明的水晶球，
新归来的燕儿
在旧巢里呢喃个不休；

诗人哟！可不是春至人间
还不开放你
创造的喷泉，
嗤嗤！吐不尽南山北山的璠瑜，
洒不完东海西海的琼珠，
融和琴瑟箫笙的音韵，
饮餐星辰日月的光明！
诗人哟！可不是春在人间
还不开放你
创造的喷泉！
这一声霹雳
震破了漫天的云雾，
显焕的旭日
又升临在黄金的宝座；
柔软的南风
吹皱了大海慷慨的面容，
洁白的海鸥
上穿云下没波自在优游；

诗人哟！可不是趁航的时候，
还不准备你

歌吟的渔舟！
看哟！那白浪里
金翅的海鲤，
白嫩的长鲵，
虾须和螯脐！
快哟！一头撒网一头放钩，
收！ 收！
你父母妻儿亲戚朋友
享定了稀世的珍馐。
诗人哟！可不是趁航的时候，
还不准备你
歌吟的渔舟！

诗人哟！
你是时代精神的先觉者哟！
你是思想艺术的集成者哟！
你是人天之际的创造者哟！
你资材是河海风云，
鸟兽花草神鬼蝇蚊，
一言以蔽之：天文地文人文；

你的洪炉是“印曼桀乃欣”，
永生的火焰“烟士披里纯”，
炼制着诗化美化灿烂的鸿钧；

你是高高在上的云雀天鹨，
纵横四海不问今古春秋，
散布着稀世的音乐锦绣；

你是精神困穷的慈善翁，
你展览真善美的万丈虹，
你居住在真生命的最高峰！

夏日田间即景（近沙士顿）

柳林青青，
南风熏熏，
幻成奇峰瑶岛
一天的黄云白云，
那边麦浪中间，
有农妇笑语殷殷。

笑语殷殷——
问后园豌豆肥否，
问杨梅可有鸟来偷；
好几天不下雨了，
玫瑰花还未曾红透；
梅夫人今天进城去，
且看她有新闻无有。

笑语殷殷——
“我们家的如今好了，
已经照常上工去，
不再整天无聊，
不再逞酒使气，
回家来有说有笑，
疼他儿女——爱他的妻；
呀！真巧！你看那边，
蓬着头。走来的，笑嘻嘻，
可不是他，（哈哈）！满身是泥！”

南风熏熏，
草木青青，
满地和暖的阳光，
满天的白云黄云，
那边麦浪中间，
有农夫农妇，笑语殷殷。

听槐格讷（Wagner）乐剧

是神权还是魔力，
搓揉着雷霆霹雳，
暴风、广漠的怒号，
绝海里骇浪惊涛；

地心的火窖咆哮，
回荡，狮虎似狂嗥，
仿佛是海裂天崩，
星陨日烂的朕兆；

忽然静了；只剩有
松林附近，乌云里
漏下的微嘘，拂扭
村前的酒帘青旗；

可怖的伟大凄静，
万壑层岩的雪景，
偶尔有冻鸟横空，
摇曳零落的悲鸣。

悲鸣，胡茄的幽引，
雾结冰封的无垠，
隐隐有马蹄铁甲
篷帐悉索的荒音。

荒音，洪变的先声，

鼍鼓金钲幕荡怒，
霎时间万马奔腾，
酣斗里血流虎虎；

是泼牢米修仡司（Prometheus）
的反叛，抗天拯人
的奋斗，高加山前
挚鹰刳胸的创呻；

是恋情，悲情，惨情，
是欢心，苦心，赤心；
是弥漫，普遍，神幻，
消金灭圣的性爱；

是艺术家的幽骚，
是天壤间的烦恼，
是人类千年万年
郁积未吐的无聊；

这沉郁酝酿的牢骚，
这猖獗圣洁的恋爱，
这悲天悯人的精神，
贯透了艺术的天才，
性灵，愤怒，慷慨，悲哀，
管弦运化，金革调合，
创制了无双的乐剧，
革音革心的槐格讷！

春

河水在夕阳里缓流，
暮霞胶抹树干树头；
蚱蜢飞，蚱蜢戏吻草尖尖，
我在春草里看看走走。

蚱蜢匍匐在钱花胸前，
钱花羞得不住的摇头，
草里忽伸出藕嫩的手，
将孟浪的跳虫拦腰紧搂。

金花菜，银花菜，星星澜澜，
点缀着天然温暖的青毡，
青毡上青年的情偶，
情意胶胶，情话啾啾。

我点头微笑，南向前走，
观赏这青透春透的园囿，
树尽交柯，草也骈偶，
到处是缱绻，是绸缪。

雀儿在人前猥盼亵语，
人在草处心欢面赧，
我羡他们的双双对对，
有谁羡我孤独的徘徊？

孤独的徘徊！

我心头何尝不热奋震颤，
答应这青春的呼唤，
燃点着希望灿灿，
春呀！你在我怀抱中也！

沙士顿重游随笔

一

许久不见了，满田的青草黄花！
你们在风前点头微笑，仿佛说彼此无恙。
今春雨少，你们的面容着实清癯；
我一年来也无非是烦恼踉跄：
见否我白发骈添，眉峰的愁痕未隐？
你们是需要雨露，人间只缺少同情。——
青年不受恋爱的滋润，比如春阳霖雨，
照洒沙碛永远不得收成。
但你们还有众多的伴侣；
在“大母”慈爱的胸前，和晨风软语，
听晨星骈唱，
每天农夫赶他牛车经过，谈论村前村后的新闻，
有时还有美发罗裙的女郎，来对你们
声诉她遭逢的薄幸。
至于我的灵魂，只是常在他囚羁中忧伤岑寂；
他仿佛是“衣司业尔”彷徨的圣羊。

二

许久不见了，最仁善公允的阳光。
你们现在斜倚在这残破的墙上，
牵动了我不尽的回忆，无限的凄怆。
我从前每晚散步的欢怀，

总少不了你殷勤的照顾。
你吸起人间畅快和悦的心潮，
有似明月钩引湖海的夜汐；
就此在荏苒临逝的回光，不但完成一天的功绩，
并且预告晴好的清晨，吩咐勤作的农人，
安度良宵。
这满地零乱的栗花，都像在你仁荫里欢舞。
对面楼窗口无告的老翁，
也在饱啜你和煦的同情；
他皱缩昏花的老眼，似乎告诉人说，
都亏这养老棚朝西，容我每晚享用暮景的温存；
这是天父给我不用求讨的慰藉。

三

许久不见了，和悦的旧邻居！
那位白须白发的先生，正在趁晚凉将水浇菜，
老夫人穿着蓝布的长裙，站在园篱边微笑。
一年过得容易，
那篱畔的苹花，已经落地成泥！
这些色香两绝的玫瑰的种畤在八十老人的跟前，
好比艳眼的少艾，独倚在虬松古柏的中间。
他们笑着对我说结婚已经五十三年，
今年十月里预备金婚；
来到此村三十九年，老夫人从不曾半日离家，
每天五时起工作，眠食时刻，四十年如一日；
莫有儿女，彼此如形影相随，
但管门前花草后园蔬果，
从不问村中情事，更不晓世上有春秋。
老夫人拿出她新制的杨梅酱来请我尝味，
因为去年我们在时吃过，曾经赞好。

四

那灰色墙边的自来井前，上面盖着栗树的浓荫，
　残花还不时地堕落，
站着一位十八九的女郎，
她发上络住一支藤黄色的梳子，衬托着一大股
　蓬松的褐色细麻，
转过头来见了我，微微一笑，
脂红的唇缝里，漏出了一声有意无意的“你好!”

五

那边半尺多厚干草，铺顶的低屋前，
依旧站着一年前整天在此的一位褴褛老翁，
他曲着背将身子承住在一根黑色杖上，
后脑仅存的几茎白发，和着他有音节的咳嗽，
　上下颤动。
我走过他跟前，照例说了晚安，
他抬起头向我端详，
一时口角的皱纹，齐向下颌紧叠，
吐露些不易辨认的声响，接着几声干涸的咳嗽。
我瞥见他右眼红腐，像烂桃颜色（并不可怕），
一张绝扁的口，挂着一线口涎。
我心里想阿弥陀佛，这才是老贫病的三角同盟。

六

两条牛并肩在街心里走来，
卖弄他们最庄严的步法。
沉着迟重的蹄声，轻撼了晚村的静默。
一个赤腿的小孩，一手扳着门枢，
一手的指甲腌在口里，

瞪着眼看牛尾的擦拂。

七

一个穿制服的人，向我行礼，
原来是从前替我们送信的邮差，
他依旧穿黑呢红边的制衣，背着皮袋，手里握着一迭信。
只见他这家进，那家出，有几家人在门外等他，
他捱户过去，继续说他的晚安，只管对门牌投信，
他上午中午下午一共巡行三次，每次都是刻板的面目；
雨天风天，晴天雪天，春天冬天，
他总是循行他制定的责务；
他似乎不知道他是这全村多少喜怒悲欢的中介者；
他像是不可防御的运命自身。
有人张着笑口迎他，
有人听得他的足音，便惶恐震栗；
但他自来自去，总是不变的态度。
他好比双手满抓着各式情绪的种子，向心田里四撒；
这家的笑声，那边的幽泣；
全村顿时增加的脉搏心跳，嘘欷叹息，
都是盲目工程的结果。
他那里知道人间最大的消息，
都曾在他褴旧的皮袋里住过，
在他干黄的手指里经过——
可爱可怖的邮差呀！

情死（Liebstch）

玫瑰，压倒群芳的红玫瑰，昨夜的雷雨，原来是你发出的信号——真娇贵的丽质！

你的颜色，是我视觉的醇醪；我想走近你，但我又不敢。

青年，几滴白露在你额上，在晨光中吐艳。

你颊上的笑容，定是天上带来的；可惜世界太庸俗，不能供给他们常住的机会。

你的美是你的运命！

我走近来了；你迷醉的色香又征服了一个灵魂——我是你的俘虏！

你在那里微笑，我在这里发抖，

你已经登上了生命的峰极。你向你足下望——一个无底的深潭！

你站在潭边，我站在你的背后，——我，你的俘虏。

我在这里微笑，你在那里发抖。

丽质是运命的运命。

我已经将你擒捉在手内！我爱你，玫瑰！

色，香，肉体，灵魂，美，迷力——尽在我掌握之中。

我在这里发抖，你——笑。

玫瑰！我顾不得你玉碎香销，我爱你！

花瓣，花萼，花蕊，花刺，你，我，——多么痛快啊——尽胶结在一起；一片狼藉的猩红，两手模糊的鲜血。

玫瑰，我爱你！

私　语

秋雨在一流清冷的秋水池，
一棵憔悴的秋柳里，
一条怯怜的秋枝上，
一片将黄未黄的秋叶上，
听他亲亲切切喁喁唼唼，
私语三秋的情思情事，情语情节，
临了轻轻将他拂落在秋水秋波的秋晕里，
一涡半转，跟着秋流去。
这秋雨的私语，三秋的情思情事，情诗情节，
也掉落在秋水秋波的秋晕里，
一涡半转，跟着秋流去。

小 诗

月，我含羞地说，
请你登记我冷热交感的情泪，
在你专登泪债的哀情录里；

月，我哽咽着说，
请你查一查我年表的滴滴清泪，
是放新账还是清旧欠呢?

夜

一

夜，无所不包的夜，我颂美你！
夜，现在万象都像乳饱了的婴孩，在你大母温柔的怀抱中眠熟。
一天只是紧叠的乌云，像野外一座帐篷，静悄悄的，静悄悄的。
河面只闪着些纤微，软弱的辉芒，桥边的长梗水草，黑沉沉的像几条烂醉的鲜鱼横浮在水上，任凭惫懒的柳条，在他们的肩尾边撩拂。
对岸的牧场，屏围着墨青色的榆荫，阴森森的，
像一座镂空的古墓。那边树背光芒，又是什么呢？
我在这沉静的境界中徘徊，在凝神地倾听……听不出青林的夜乐，听不出康河的梦呓，听不出鸟翅的飞声。
我却在这静谧中，听出宇宙进行的声息，黑夜的脉搏与呼吸，听出无数的梦魂的匆忙踪迹；
也听出我自己的幻想，感受了神秘的冲动，在豁动他久敛的羽翮，准备飞出他沉闷的巢居，飞出这沉寂的环境，去寻访。
黑夜的奇观，去寻访更玄奥的秘密——
听呀，他已经沙沙的飞出云外去了！

二

一座大海的边沿，黑夜将慈母似的胸怀，紧贴住安息的万象；
波澜也只是睡意，只是懒懒向空疏的沙滩上洗淹，
像一个小沙弥在瞌睡地撞他的夜钟，只是一片模糊的声响。
那边岩石的面前，直竖着一个伟大的黑影——是人吗？
一头的长发，散披在肩上，在微风中颤动；

他的两肩，瘦的，长的，向着无限的天空举着——
他似在祷告，又似在悲泣——
是呀，悲泣——
海浪还只在慢沉沉的推送——
看呀，那不是他的一滴眼泪？
一颗明星似的眼泪，掉落在空疏的海沙上，落在倦懒的浪头上，落在睡海的心窝上，落在黑夜的脚边——一颗明星似的眼泪！
一颗神灵，有力的眼泪，仿佛是发酵的酒酿，爆炸的引火，霹雳的电子。
他唤醒了海，唤醒了天，唤醒了黑夜，唤醒了浪涛——
真伟大的革命——
霎时地扯开了满天的云幕，化散了迟重的雾气，
纯碧的天中，复现出一轮团圆的明月，
一阵威武的西风，猛扫着大海的琴弦，开始，神伟的音乐。
海见了月光的笑容，听了大风的呼啸，也像初醒的狮虎，摇摆咆哮起来——
霎时地浩大的声响，霎时地普遍的猖狂！
夜呀！你曾经见过几滴那明星似的眼泪？

三

到了二十世纪的不夜城。
夜呀，这是你的叛逆，这是恶俗文明的广告，无耻，淫猥，残暴，肮脏——表面却是一致的辉耀，看，这边是跳舞会的尾声，
那边是夜宴的收稍，那厢高楼上一个肥狠的犹大，正在奸污他钱掳的新娘；
那边街道转角上，有两个强人，擒住一个过客，一手用刀割断他的喉管，一手掏他的钱包；
那边酒店的门外，麇聚着一群醉鬼，蹒跚地在秽语，狂歌，音似钝刀刮锅底——
幻想更不忍观望，赶快的掉转翅膀，向清净境界飞去。
飞过了海，飞过了山，也飞回了一百多年的光阴——
他到了“湖滨诗侣”的故乡。

多明净的夜色！只淡淡的星辉在湖胸上舞旋，
三四个草虫叫夜；
四围的山峰都把宽广的身影，寄宿在葛濑士迷亚柔软的湖心，沉酣的睡熟；
那边“乳鸽山庄”放射出几缕油灯的稀光，斜偻在庄前的荆篱上；
听呀，那不是罪翁吟诗的清音——

The poets who in earth have made us heir of truth a pure delight by heavenly lays!
Oh! Might my name be numbered among their,
The glady bowld end my untal days!
诗人解释大自然的精神，
美妙与诗歌的欢乐，苏解人间爱困！
无羡富贵，但求为此高尚的诗歌者之一人，
便撒手长瞑，我已不负吾生。
我便无憾地辞尘埃，返归无垠！

他音虽不亮，然韵节流畅，证见旷达的情怀，
一个个的音符，都变成了活动的火星，从窗棂里点飞出来！飞入天空，仿佛一串鸢灯，凭彻青云，下照流波，余音漉漉的惊起了林里的栖禽，放歌称叹。
接着清脆的嗓音，又不是他妹妹桃绿水（Doro thy）的？
呀，原来新染烟癖的高柳列奇（Coleridge）也在他家作客，三人围坐在那间湫隘的客室里，壁炉前烤火炉里烧着他们早上在园里亲劈的栗柴，在必拍的作响，铁架上的水壶也已经滚沸，嗤嗤有声：

To sit without emotion, hope or aim
In the loved presence of my cottage fire,
And bisties of the flapping of the flame
Or kettle whispering its faint under song,
坐处在可爱的将息炉火之前，
无情绪的兴奋，无冀，无筹营，
听，但听火焰，飐摇的微喧，

听水壶的沸响，自然的乐音。

夜呀，像这样人间难得的纪念，你保了多少……

四

他又离了诗侣的山庄，飞出了湖滨，重复逆溯着
　汹涌的时潮，到了几百年前海岱儿堡（Heidelberg）的一个跳舞盛会。
雄伟的赭色宫堡，一体沉浸在满目的银涛中，
　山下的尼波河（Nubes）在悄悄的进行。
堡内只是舞过闹酒的欢声，那位海量的侏儒今晚
　已喝到第六十三瓶啤酒，嚷着要吃那
　大厨里烧烤的全牛，引得满庭假发粉面的男客，
　长裙如云的女宾，哄堂的大笑。
在笑声里幻想又溜回了不知几十世纪的一个昏夜——
眼前只见烽烟四起，巴南苏斯的群山点成一座照彻云天大火屏，
远远听得呼声，古朴壮硕的呼声——
“阿加孟龙打破了屈次奄，夺回了海伦，现在凯旋
　回雅典了，希腊的人民呀，大家快来欢呼呀！
　——阿加孟龙，王中的王！”
这呼声又将我幻想的双翼，吹回更不知无量数的世纪，到了一个更古的
　黑夜，一座大山洞的跟前；
一群男女、老的、少的、腰围兽皮或树叶的原民，
　蹲踞在一堆柴火的跟前，在煨烤大块的兽肉。
　猛烈地腾窜的火花，照出他们强固的躯体，
　黝黑多毛的肌肤——
　这是人类文明的摇荡时期。
　夜呀，你是我们的老乳娘！

五

最后飞出气围，飞出了时空的关塞。
当前是宇宙的大观！

几百万个太阳，大的小的，红的黄的，放花竹
似的在无极中激震，旋转——
但人类的地球呢？
一海的星砂，却向哪里找去，
不好，他的归路迷了！
夜呀，你在哪里？
光明，你又在哪里？

六

“不要怕，前面有我。”一个声音说。
“你是谁呀？”
“不必问，跟着我来不会错的。我是宇宙的枢纽，我是光明的泉源，我是神圣的冲动，我是生命的生命，我是诗魂的向导；不要多心，跟我来不会错的。”
“我不认识你。”
“你已经认识我！在我的眼前，太阳，草木，星，月，介壳，鸟兽，各类的人，虫豸，都是同胞，
他们都是从我取得生命，都受我的爱护，我是太阳的太阳，永生的火焰；
你只要听我指导，不必猜疑，我叫你上山，你不要怕险；
我教你入水，你不要怕淹；我教你蹈火，你不要怕烧；
我叫你跟我走，你不要问我是谁；
我不在这里；也不在那里，但只随便哪里都有我。
若然万象都是空的幻的，我是终古不变的真理与实在；
你方才遨游黑夜的胜迹，你已经得见他许多珍藏的秘密——你方才经过大海的边沿，不是看见一颗明星似的眼泪吗？——那就是我。
你要真静定，须向狂风暴雨的底里求去；
你要真和谐，须向混沌的底里求去；
你要真平安，须向大变乱，大革命的底里求去；
你要真幸福，须向真痛苦里尝去；
你要真实在，须向真空虚里悟去；
你要真生命，须向最危险的方向访去；
你要真天堂，须向地狱里守去；

这方向就是我。
这是我的话，我的教训，我的启方；
我现在已经领你回到你好奇的出发处，引起游兴的夜里；
你看这不是湛露的绿草，这不是温驯的康河？
　愿你再不要多疑，听我的话，不会错的——我永远
　在你的周围。”

清风吹断春朝梦

片片鹅绒眼前纷舞，
　疑是梅心蝶骨醉春风；
一阵阵残琴碎箫鼓，
　依稀山风催瀑弄青松；

梦底的幽情，素心，
缥缈的梦魂，梦境，——

都教晓鸟声里的清风，
轻轻吹拂——吹拂我枕衾，
枕上的温存——，将春梦解成
丝丝缕缕，零落的颜色声音！
这些深灰浅紫，梦魂的认识，
依然黏恋在梦上的边陲，
无如风吹尘起，漫潦梦屐，
纵心愿归去，也难不见涂踪；

清风！你来自青林幽谷，
　　款布自然的音乐，
　　轻怀草意和花香，
　　温慰诗人的幽独，
　　攀帘问小姑无恙，
　　知否你晨来呼唤，
　　唤散，缘绻缱——
　　梦里深浓的恩缘！
　　任春朝富的温柔，

　　问谁偿逍遥自由？
只看一般梦意阑珊，——
诗心，恋魂，理想的彩云，——
一似狼藉春阴的玫瑰，
一似鹃鸟黎明的幽叹，
韵断香散，仰望天高云远，
梦翅双飞，一逝不复还！

你是谁呀?

你是谁呀?
面熟得很，你我曾经会过的，
但在哪里呢，竟是无从记起；
是谁引你到我密室里来的?
你满面忧怆的精神，你何以
默不出声，我觉得怅有些怕惧；
你的肤色好比干蜡，两眼里
泄露无限的饥渴；呀！他们在
迸泪，鲜红，枯干，凶狠的眼泪，
胶在睚帘边，多可怕，多凄惨！
——我明白了：我知晓你的伤感，
憔悴的根源；可怜！我也记起，
依稀，你我的关系像在这里，
那里，云里雾里，哦，是的是的！
但是再休提起；你我的交谊，
从今起，另辟一番天地，是呀，
另辟一番天地。再不用问你
——我希冀——“你是谁呀”?

青年杂咏

一

青年！
你为什么沉湎于悲哀？
你为什么耽乐于悲哀？
你不幸为今世的青年，
你的天是沉碧奈何天；
你筑起了一座水晶宫殿，
在“眸冷骨累”（melancholy）的河水边；
河流流不尽骨累眸冷，
还夹着些些残枝断梗，
一声声失群雁的悲鸣，
水晶宫朝朝暮暮反映——
映出悲哀，飘零，眸子吟，
无聊，宇宙，灰色的人生，
你独生在宫中，青年呀，
霉朽了你冠上的黄金！

二

青年！
你为什么迟徊于梦境？
你为什么迷恋于梦境？
你幸而为今世的青年，
你的心是自由梦魂心，

你抛弃你尘秽的头巾，
解脱你肮脏的外内衿，
露出赤条条的洁白身，
跃入缥缈的梦潮清冷，
浪势奔腾，侧眼波罅里，
看朝彩晚霞，满天的星，——
梦里的光景，模糊，绵延，
却又分明。梦魂，不愿醒，
为这大自在的无终始，
任凭长鲸吞噬，亦甘心。

三

　　青年！
你为什么醉心于革命，
你为什么牺牲于革命？
黄河之水来自昆仑巅，
泛流华族支离之遗骸，
挟黄沙莽莽，沉郁音响，
苍凉，惨如鬼哭满中原！
华族之遗骸！浪花荡处
尚可认伦常礼教，祖先，
神主之断片；——君不见
两岸遗孽，枉戴着忠冠、
孝辫、抱缺守残，泪眼看
风云暗淡，“道丧”的人间！
运也！这狂澜，有谁能挽，
问谁能挽精神之狂澜？

月夜听琴

是谁家的歌声，
和悲缓的琴音，
星茫下，松影间，
有我独步静听。

音波，震颤的音波，
穿破昏夜的凄清，
幽冥，草尖的鲜露，
动荡了我的灵府。

我听，我听，我听出了
琴情，歌者的深心。
枝头的宿鸟休惊，
我们已心心相印。

休道她的芳心忍，
她为你也曾吞声，
休道她淡漠，冰心里
满蕴着热恋的火星。

记否她临别的神情，
满眼的温柔和酸辛，
你握着她颤动的手——
一把恋爱的神经！

记否你临别的心境，

冰流沦彻你全身，
满腔的抑郁，一海的泪，
可怜不自由的魂灵？

松林中的风声哟！
休扰我同情的倾听；
人海中能有几次
恋潮淹没我的心滨？

那边光明的秋月，
已经脱卸了云衣，
仿佛喜声的笑道：
“恋爱是人类的生机！”

我多情的伴侣哟！
我羡你蜜甜的爱唇，
却不到黄昏和琴音
聊就了你我的神交？

人种由来

一

夏娃

“你是亚当吗，上帝
创造我来伴你的。
你从今后再不怕
荒凉，再不愁孤寂。
让我摸摸你的脸，
口边蓬蓬像树藓，
你喉头有个桃核，
你肌肉好多强健；
但是你胸前不如
我又嫩又软又肥——
我们原来两样的，
我又稀奇又欢喜。”

亚当

“你的声音很好听，
你的手怪招痒的。
你初来人地生疏，
等我慢慢指导你，
昨晚我在睡梦里，
上帝从我变出你；
你的肉是我的肉；
你我原来是一体，
不过我男你是女。”

夏娃

“我叫你夫你叫我妻，
千年万年不分离！
我觉得心头狂跳，
方才一阵清风过，
吹来树上鲜果味，
我想去——”

亚当

“谨记上帝的吩咐：
伊胜园里鲜果富；
樱桃梅李都可采，
独禁‘知识树’上果，
你须牢记在心头，
若然犯禁死无处。
如今我去折桑麻，
你在此地喂鸡鹅。”

二

蛇

“夏娃！”

夏娃

“谁啊？”

蛇

“原来你不认识我，
我是伊胜的圣蛇，
通天达地晓人事，
宇宙秘密无不知。
亚当是个蠢东西，
——嘻嘻！”

夏娃

“什么叫作‘嘻嘻’呢？

蛇

“等我好好教导你。
嘻嘻是个笑声气；
我笑亚当泰腐气，
一心皈依信上帝。
伊滕园里最珍奇，
莫如知识树上果：
你若偷采吃一枝，
宇宙密库顿开锁；
你的双眼会开放，
见红见紫见星光；
还有种种消息好，
吃了药儿便知晓——
嘻嘻！”

夏娃

“嘻嘻，多谢你，蛇儿，
是去采果儿吃也！”

三

亚当

“夏娃，替我搔搔背，
我有好东西给你。”

夏娃

“你有什么好东西。
蛇儿笑你泰腐气。”

亚当

“蛇儿专出坏主意，
千万不可轻信伊。
我给你个桑乌都，
甜里带酸很有味。”

夏娃

“乌都算什么东西，
我的苹果才稀奇；

今晚临睡吃下去，
明早张眼见天地！”

四

夏娃
“亚当！我见亮光了！
好一个美妙天地！
赶快睁开你眼皮，
你我准备见面礼！”
亚当
“你的疯话我不信，
哪有眼皮会开闭——
咳奇怪！果真两眼
有些发痒酸齑齑；
夏娃！夏娃！真稀奇，
果然是光亮天地！”
夏娃
“不成！慢点儿过来，
你我原来是裸体！
不好了！快躲起来，
那边来的是上帝！”

无儿

夜色
溟濛，
野鸽
在巢中，
窸窣，
翀毳，
蓬松。
这鸽儿的抖动，
恍似
小孩的嫩掌——
嫩又丰——
扪胸，
可爱的逗痒
茸茸；
“鸽儿呀！
休动休动，
我心忡忡，
我泪溶溶，
鸽儿呀，
休动休动，
无儿的我，
忍不住伤痛。”

康桥西野暮色

一个大红日挂在西天
紫云绯云褐云
簇族斑斑田田
青草黄田白水
郁郁密密鬋鬋
红辫黑蕊长梗
罂粟花三三两两

一大块透明的琥珀
千百折云凹云凸
南天北天暗暗默默
东天中天舒舒阖阖
宇宙在寂静中构合
太阳在头赫里告别
一阵临风
几声“可可”

一颗大胆的明星
仿佛骄矜的小艇
抵牾着云涛云潮
兀兀漂漂潇潇
侧眼看暮焰沉销
回头见伙伴来了

晚霞在林间田里
晚霞在原上溪底

晚霞在风头风尾
晚霞在村姑眉际
晚霞在燕喉鸦背
晚霞在鸡啼犬吠

晚霞在田陇陌上
陌上田陇行人种种
白发的老妇老翁
屈躬咳嗽龙钟
农夫工罢回家
肩锄手篮口衔菰巴
白衣裳的红腮女郎
攀折几茎白葩红英
笑盈盈翳入绿荫森森
跟着肥满蓬松的“北京”
罂粟在凉园里摇曳
白杨树上一阵鸦啼
夕照只剩了几痕紫气
满天镶嵌着星巨星细
田里路上寂无声响
榆荫里的村屋微泄灯芒
冉冉有风打树叶的抑扬
前面远远的树影塔光
罂粟老鸦宇宙婴孩
一齐沉沉奄奄眠熟了也

悲 观

一

青草地，
牛吃草，
摇头掉尾，
天上的青云白云，
　卷来卷去。

二

登山头，
望城里，
只见黑沉沉的屋顶，
　鳞次栉比，
街道上尘烟里，
　生灵挤挤。

三

教堂前，
钟声里，
白衣的牧师
和黑裙黑披的老妇女，
聚复散，散复聚。

四

歌舞场，
繁华地，
白的红的，黑的绿的，
高冠长裙，笑语依稀。

五

庙堂中，
柴堆里，
几块破烂的木头，
当年受香烟礼拜的偶像，
面目未朽，未朽！

六

战场上，
壕沟里，
枪炮倒在败草间，
到处残破的房间，
　肢体，血痕缕缕。

七

天灾国，
饥荒地，
草木尽稀，
小儿不啼，
黑灰色的空气。

八

心死国，
人荒境，
有影无形，
有声无气，
深谷里的子规，
见月不啼。

九

噫！
噫！

十

幻象破，
上帝死，
半夜梦醒睡已尽，
但这黑昏昏，阴森森，
　鬼棱棱……

十一

这心头，
压着全世界的重量，咳！全宇宙！
这精神的宇宙，
这宇宙的宇宙，
都是空，空，空，……

十二

休！
休！

威尼斯

我站在桥上，
这甜熟的黄昏，
远处来的箫声和琴音——点儿，线儿，
圆形，方形，长形，
尽是灿烂的黄金，
倾泻在波涟里，
澄蓝而凝匀。
歌声，游艇，
灯烛的辉莹，
梦寐似生，
——氤氲——
幻景似消泯，
在流水的胸前——
鲜妍，绻缱——
流，流，
流入沉沉的黄昏。

我灵魂的弦琴，
感受了无形的冲动，
怔忡，惺忪，
悄悄地吟弄，
一支红朵蜡的新曲，
出咽的香浓；
但这微妙的心琴哟，
有谁领略
有谁能听！

马　赛

马赛，你神态何以如此惨淡？
空气中仿佛糁透了铁色的矿质，
你拓臂环拥着的一湾海，也在迟重的阳光中，
　沉闷地呼吸；
　一涌青拨，一峰白沫，一声呜咽：
地中海呀！
　你满怀的牢骚，
　恐只有皤白的阿尔帕斯——永远自万尺高处冷眼下瞰——深浅知悉。

马赛，你面容何以如此惨淡？
　这岂是情热猖獗的欧南？
　看这一带山岭，筑成天然城堡，
　雄闳沉着，
　一床床的大灰岩，
　一丛丛的暗绿林，
　一堆堆的方形石灰屋——
　光土毛石的尊严，
　朴素自然的尊严，
　淡净颜色的尊严——
　无愧是水让（Cézanne）神感的故乡，
　廓大艺术灵魂的手笔！

　但普鲁罔司情歌缠绵真挚的精神，
　在黑暗中布植文艺复兴种子的精神，
　难道也深隐在这些岩片杂草的中间，
　惨雾淡沫的中间？

马赛，你惨淡的神情，
倍增了我别离的幽感，别离欧土的怆心；
我爱欧化，然我不恋欧洲；
此地景物已非，不如归去：
家乡有长梗菜饭，米酒肥羔；
此地景物已非，不堪存想。
我游都会繁庶，时有踯躅墟墓之感，
在繁华声色场中，有梦亦多恐怖；
我似见莱茵河边，难民麇伏，
冷月照鸠面青肌，凉风吹褴褛衣结，
柴火几星，便鸡犬也噤无声息；
又似身在咖啡夜馆中，
烟雾里酒香袂影，笑语微闻，
场中有裸女作猥舞，
场首有黑面奴弄器出淫声；

百年来野心迷梦，已教大战血潮冲破，
如凄惶遍地，兽性横行；
不如归去，此地难寻干净人道，
此地难得真挚人情，不如归去！

梦游埃及

龙舟画桨
　　地中海海乐悠扬；
浪涛的中心
　　有丑怪奋斗诟张；

一轮漆黑的明月，
滚入了青面的太阳——
　　青面白发的太阳：
太阳又奔赴涛心，将海怪
　　浇成奇伟的偶像；

大海化成了大漠：
开佛伦王的石像
　　危峙在天地中央；
张口把太阳吃了，
　　遍体发骇人的光亮；
钜万的黄人黑人白人
　　蠕伏在浪涛汹涌的地面；
金刚般的勇士
　　大淌步走上了人堆；

人堆里啾啾的怪响，
　　不知是悲泣是欢畅；
勇士的金盔金甲
　　烨烨生光，闪闪发亮
顷刻大火燔燔，火焰里有个

伟丈夫端坐：
　像菩萨，
　像葛德，
　像柏拉图，
坐镇在勇士们头颅砌成的
莲台宝座；

一阵骇人的金电，——
这人宝塔又变形为
　　大漠里清静静地
　　一座三角金字塔：
　　一个个金字，都是
　　放焰的龙珠；
塔像一只高背的骆驼，
　　驮着个不长不短的
人魔——他睁着怪眼大喊道：——
　　“奴隶的人间，可曾看出
　　此中的消息呀？”

地中海中梦埃及魂入梦

（埃及，古埃及！）
昨夜你古希的精灵，
洒一瓢黝黄的月彩，
点染我的梦境；

（埃及，古埃及！）
我梦魂在海上游行，
听波涛终古的幽骚，
终古不平之鸣；

（埃及，古埃及！）
我鼓梦棹上溯时潮，
逆湍险，访史乘的泉源，
邀游云间宫堡；

（埃及，古埃及！）
在尘埃之外逍遥，
解脱了时空的锁链，
自由的翔翱；

（埃及，古埃及！）
超轶了梦境的神秘，
超轶了神秘的梦境，
一切人生之谜；

（埃及，古埃及！）

颠破了这颠不破的梦壳，
方能到真创造的庄严地，
凝成人间千年万年，
凝不成的理想结晶体；

（埃及，古埃及！）
开佛伦王寂寞的偶像无恙！
开佛伦王寂寞的理想无恙！
开佛伦王寂寞的梦乡无恙！

（埃及，古埃及！）
尼罗河畔的月色，
三角洲前的涛声，
金字塔光的微颤，
人面狮身的幽影！
是我此日梦景之断片，
是谁何时断片的梦景？

《两尼姑》或《强修行》

一

门前几行竹，
后园树荫毵，
墙苔斑驳日影迟，
清妙静淑白岩庵。

庵里何人居？
修道有女师：
大师正中年，
小师甫二十。

大师昔为大家妇。
夫死誓节作道姑，
小师祝发心悲切，
字郎不幸音尘绝。

彼此同怜运不济，
持斋奉佛山隈里；
花开花落春来去，
庵堂里尽日念阿弥。

佛堂庄洁供大士，
大士微笑手拈花，
春慵画静风日眠，

木鱼声里悟禅机。

禅机悟未得，
凡心犹兀兀：
大师未忘人间世，
小师情孽正放花。

情孽放花不自知，
芳心苦闷说无词；
可怜一对笼中鸟，
尽日呢喃尽日悲。

长尼多方自譬解，
人间春色亦烟花：
筵席大小终须散，
出家岂有再还家。

二

繁星天，明月夜，
春花茂，秋草败，
燕双栖，子规啼，
蝶恋花，蜂收蕊——
自然风色最恼人，
出家人对此浑如醉。

门前竹影疏，
后圃树荫绵，
蒲团氤氲里，
有客来翩翩。

客来慕山色，
随喜偶问庵，

小师出应门，
腮颊起红痕。

红痕印颊亦印心，
小女冠自此懒讽经：
佛缘，
尘缘——
两不可相兼；
枯寂，
生命——
弱俗抑率真？

神气顿恍惚，
清泪湿枕衾。
幼尼亦不言，
长尼亦不问。

三

竹影当婆娑，
树荫犹掩映。
如何白岩庵，
不见修行人？

佛堂佛座尽灰积，
拈花大士亦蒙尘；
子规空啼月，
蜘网布庵门。

疏林发凉风，
荒圃有余薪；
鸦闹斜阳里，
似笑强修行！

笑解烦恼结（送幼仪）

一

这烦恼结，是谁家扭得水尖儿难透？
这千缕万缕烦恼结是谁家忍心机织？
这结里多少泪痕血迹，应化沉碧！
忠孝节义——咳，忠孝节义谢你维系
　　四千年史髅不绝，
却不过把人道灵魂磨成粉屑，
黄海不潮，昆仑叹息，
四万万生灵，心死神灭，中原鬼泣！
咳，忠孝节义！

二

东方晓，到底明复出，
如今这盘糊涂账，
如何清结？

三

莫焦急，万事在人为，只消耐心
　　共解烦恼结。
虽严密，是结，总有丝缕可觅，
莫怨手指儿酸、眼珠儿倦，
可不是抬头已见，快努力！

四

如何！毕竟解散，烦恼难结，烦恼苦结。
来，如今放开容颜喜笑，握手相劳；
此去清风白日，自由道风景好。
听身后一片声欢，争道解散了结儿，
　　消除了烦恼！

北方的冬天是冬天

北方的冬天是冬天！
满眼黄沙漠漠的地与天；
赤膊的树枝，硬搅着北风先——
一队队敢死的健儿，傲立在战阵前！
不留半片残青，没有一丝黏恋，
只拚着精光的筋骨；凝敛着生命的精液，
耐，耐三冬的霜鞭与雪拳与风剑，
直耐到春阳征服了消杀与枯寂与凶惨，
直耐到春阳打开了生命的牢监，放出一瓣的树头鲜！
直耐到忍耐的奋斗功效见，健儿克敌回家酣笑颜！
北方的冬天是冬天！
满眼黄沙茫茫的地与天；
田里一只困顿的黄牛，
西天边画出几线的悲鸣雁。

小花篮——送卫礼贤先生

我买一只小小的花篮，
杜陵人手编的兰花篮；

我采集一把青翠的小草，
从玫瑰园外的小河河边；

把那些小草装入了小篮：
小小的纪念，别有风趣可爱。

当年葛德自罗马归来，
载回朝旭似文化的光彩；

如今玫瑰园中清简的屋内，
贴近他创制诗歌的书案。
（rosen-garten在Weimer葛德制诗处）
留着个小小的纪念：非造像，
非画件，亦非是古代史迹；

一束罗马特产的鲜菜，
如今僵缩成一小撮的灰骸！

这一小撮僵缩的灰骸，
却最澄见他宏坦的诗怀！

我冥想历史进行之参差，
问何年这伟大的明星再来？

听否那黄海东海南海的潮声，
声声问华族的灵魂何时自由？

我自游槐马归来，不过一年，
那小篮里的鲜花，已成枯蜷；

我感怀于光阴造作之荣衰，
亦憬然于生生无已之循环；

便历尽了人间的悲欢变幻，
也只似微波在造化无边之海！

我是个无依无伴的小孩

我是个无依无伴的小孩，
无意地来到生疏的人间：

我忘了我的生年与生地，
只记从来处的草青日丽；

青草里满汜我活泼的童心，
好鸟常伴我在艳阳中游戏；

我爱啜野花上的白露清鲜，
爱去流涧边照弄我的童颜；

我爱与初生的小鹿儿竞赛，
爱聚沙砾仿造梦里的庭园；

我梦里常游安琪儿的仙府，
白羽的安琪儿，教导我歌舞；

我只晓天公的喜悦与震怒，
从不感人生的痛苦与欢娱；

所以我是个自然的婴孩，
误入了人间峻险的城围；

我骇诧于市街车马之喧扰，
行路人尽戴着忧惨的面罩；

铅般的烟雾迷障我的心府，
在人丛中反感恐惧与寂寥；

啊！此地不见了清涧与青草，
更有谁伴我笑语，疗我饥饲；

我只觉刺痛的冷眼与冷笑，
我足上沾污了沟渠的泞潦；

我忍住两眼热泪，漫步无聊，
漫步着南街北巷，小径长桥；

我走近一家富丽的门前，
门上有金色题标，两字“慈悲”；

金字的慈悲，令我欢慰，
我便放胆跨进了门槛；

慈悲的门庭寂无声响，
堂上隐隐有阴惨的偶像；

偶像在伸臂，似延似戏，
直骇我狂奔出慈悲之第；

我神魂惊悸慌张的前行，
转瞬间又面对“快乐之园”；

快乐园的门前，鼓角声喧，
红衣汉在守卫，神色威严；

游服竞鲜艳，如春蝶舞翩跹，
园林里阵阵香风，花枝隐现；

吹来乐音断片，招诱向前，
赤穷孩蹑近了快乐之园！

守门汉霹雳似的一声呼叱，
露出了我骇愧的两行急泪；

我掩面向僻隐处飞驰，
遭罹了快乐边沿的尖刺；

黄昏。荒街上尘埃舞旋，
凉风里有落叶在呜咽；

天地看似墨色螺形的长卷，
有孤身儿在踟蹰，似退似前；

我仿佛陷落在冰寒的阱锢，
我哭一声我要阳光的暖和！

我想望温柔手掌，偎我心窝，
我想望搂我入怀，纯爱的母；

我悲思正在喷泉似的溢涌，
一闪闪神气的光，忽耀前路；

光似草际的游萤，乍现乍隐，
又似暑夜的飞星，窜流无定；

神异的精灵！生动了黑夜，
平易了途径，这闪闪的光明；

闪闪的光明，消除了恐惧，
启发了欢欣，这神异的精灵；

昏沉的道上，引导我前进，
一步步离远人间进向天庭；

天庭！在白云深处，白云深处，
有美安琪敛翅羽，安眠未醒；

我亦爱在白云里安眠不醒，
任清风搂抱，明星亲吻殷勤；

光明！我不爱人间，人间难觅，
安乐与真情，慈悲与欢欣；

光明，我求祷你引致我上登
天庭，引挈我永驻仙神之境；

我即不能上攀天庭，光明，
你也照导我出城围之困；

我是个自然的婴儿，光明知否，
但求回复自然的生活优游；

茂林里有餐不罄的鲜柑野栗，
青草里有享不尽的意趣香柔……

悲 思

悲思在庭前——
不；但看
新萝憨舞，
紫藤吐艳，
蜂恣蝶恋——
悲思不在庭前。

悲思在天上——
不；但看
青白长空，
气宇晴朗，
云雀回舞——
悲思不在天上。

悲思在我笔里——
不；但看
白净长毫，
正待抒写
浩坦心怀——
悲思不在我的笔里。

悲思在我纸上——
不；但看
质净色清，
似在靦盼，
诗意春情——

悲思不在我的纸上。

悲思莫非在我……
　　心里——
　心如古墟，
　野草不株，
　心如冻泉，
　冻结活源，
　心如冬虫，
　久蛰久噤——
不，悲思不在我的心里。

铁 柝 歌

铁柝，铁柝，铁柝，——三更：
夜色在更韵里沉吟，
满院只眠熟的树荫，
天上三五颗冷淡的星。

铁索，铁索……逝水似的消幻，
只缕缕星芒，漫洒在屋溜间；
静夜忽的裂帛似的撕碎——
一声声，愤急，哀乞，绝望的伤惨。

马号里暗暗的腐稻一堆：
犬子在索乳，呶呶的纷哕；
僵附在墙边，有瘦影一枚，
羸瘪的母狗，忍看着饥孩——

"哀哀，我馁，且殆，奈何饥孩，
儿来，非我罪，儿毙，我心摧"……
哀哀，在此深夜与空院，
有谁同情母道之悲哀?

哀哀，更柝声在巷外浮沉，
悄悄的人间，浑浑的乾坤；
哀哀这中夜的嗥诉与哀呻，
惊不醒——一丝半缕的同情!

正愿人间的好梦睡稳!

一任遍地的嗥诉与哀呻，
乞怜于黑夜之无灵，应和
街前巷后的铁柝声声！

幻　想

一

天空里幻出一带的长虹，
一条七彩双首乔背的神龙；
一头的龙喙与龙须与龙髯，
淹没在埂奇河春泛之濑湍，
一头的龙爪，下踞在河北江南，
饮啜于长江大河，咽响如雷。
这彩色神明的巨怪，
满吸了东亚的大水，
昂首向坎坷的地面寻看，
吼一声，可怜，苦旱的人间！
遍野的饥农，在面天求怜，
求救渡的甘霖，满溢田田——
看呀。电闪里长鬣舞旋，
转惨酷为欢欣在俄顷之间！

二

天空里幻出长虹一带，
在碧玉的天空镶嵌，
一端挽住昆仑的山坳，
一端围绕在喜马拉雅之巉岩；
是谁何的匠心，制此巨采，
问伟男何在，问伟男何在？

披苍空普盖的青衫，
束此神异光明之带，
举步在浩宇里徘徊，
啊，踏翻，南北白头的高山，
霎时的雪花狂舞，雪花狂洒，
普化了东与西，洒遍了北与南，
丈夫！这纯澈无路的世界，
产生于一转之俄顷之间。

题西湖所摄照片之后

我是从悲伤沉闷中，
来到这天然的胜处，
此窟里潜行的流涧，
又见了树色与天光。

花 牛 歌

花牛在草地里坐
压扁了一穗剪秋萝

花牛在草地里眠
白云霸占了半个天

花牛在草地里走
小尾巴甩得滴溜溜

花牛在草地里做梦
太阳偷渡了西山的青峰

八月的太阳

八月天的太阳晒得黄黄的，
谁说这世界不是黄金？

小雀儿在树荫里打盹，
孩子们在草地里打滚。

八月天的太阳晒得黄黄的，
谁说这世界不是黄金？

金黄的树林，金黄的草地，
小雀们合奏着欢畅的清音；

金黄的茅舍，金黄的麦屯，
金黄是老农们的笑声。

山中大雾看景

这一瞬息的展露——
　是山雾，
　是台幕！
这一转瞬的沉闷，
　是云蒸，
　是人生？

　那分明是山、水、田、庐；
　又分明是悲、欢、喜、怒：
啊，这眼前刹那间开朗——
我仿佛感悟到了造化的无常！

一个噩梦

我梦见你——啊，你那憔悴的神情！——
　手捧着鲜花腼腆的做新人；
我恼恨——我恨你的负心，
　我又不忍，不忍你的疲损。

你为什么负心？我大声的诃问，——
　但那喜庆的闹乐浸蚀了我的恚愤；
你为什么背盟？我又大声的诃问——
　那碧绿的灯光照出你两腮的泪痕！

仓皇的，仓皇的，我四顾观礼的来宾——
　为什么这满堂的鬼影与逼骨的阴森？
我又转眼看那新郎——啊，上帝有灵光！——
　却原来，偎傍着我爱，是一架骷髅狰狞！

俘虏颂

我说朋友，你见了没有，那俘虏：
　拼了命也不知为谁，
　提着杀人的凶器，
　带着杀人的恶计，
　趁天没有亮，堵着嘴，
望长江的浓雾里悄悄的飞渡；

趁太阳还在崇明岛外打盹，
　满江心只是一片阴，
　破着褴褛的江水，
　不提防冤死的鬼，
　爬在时间背上讨命，
挨着这一船船替死来的接吻；

他们摸着了岸就比到了天堂：
　顾不得险，顾不得潮，
　一耸身就落了地
　（梦里的青蛙惊起，）
　踹烂了六朝的青草，
燕子矶的嶙峋都变成了康庄！

干什么来了，这“大无畏”的精神？
　算是好男子不怕死？——
　为一个人的荒唐，
　为几元钱的奖赏，
　闯进了魔鬼的圈子，

供献了身体，在乌龙山下变粪？

看他们今儿个做俘虏的光荣！
　身上脸上全挂着彩，
　眉眼糊成了玫瑰，
　口鼻裂成了山水，
　脑袋顶着朵大牡丹，
在夫子庙前，在秦淮河边寻梦！

秋 阳

这秋阳——他仿佛叫你想起什么。一个老友的笑容或是你故乡的山水。你看他多镇静，多自在，多可亲爱，在半枯的草地上躺着，在斑驳的树枝上挂着，在水面浮着。

你直想伸手去把他掬些在掌心里，朵着嘴去亲他一口。

要是你是一颗露水，低低的蹲在草瓣上，他就从东边的树荫里窜过来，一口噙住了你，叫你一肚子透明的思想显得分外透明。

要是你是一只长脊背的翠鸟翘着尾巴，从湖的这边飞掠到湖的那一边，（他）就从水面上跳起来在你的羽毛上飞快的印下几颗闪亮的金星。

不错，他是一个有心思有恩情的——好朋友。他不嫌农家的稻草，他一样摩挲长得不丰绽的鲜果。他想法儿去拜会你阁楼上的破旧零星。

你一个人坐在屋子里沉思的时候，他隔着窗户在跨着墙的青藤上含着最甜蜜的微笑望着你，意思说：“别愁，朋友，有我在陪着你哪。”

月亮也是有恩情的，但他的更来得殷勤，又好在不露痕迹。他不是一个戴银帽的当差高高的擎着片子说某人送札来了的那一套，他来就来了，不铺张的，也不让你觉得他轻盈的脚步，也不让你欠身起来让座。

真的，他来就来了，拿着满满的一团温暖揾在你的脸上，安在你的手上，窝在你的心里。“留着，别让，”他仿佛说，“这是你的，咱们家里有着哪!”

在花丛里寻香的蝴蝶，懂得他的无限的柔媚，你别淌眼泪，他要你把他窝在心里，留着。

为的是

女人：
我对你祈祷，
我对你礼拜，
我对你乞讨，
　　为的是……

女人：
我为你发痴，
我为你颓废，
我为你做诗，
　　为的是……

女人：
我拿你咒骂，
我拿你凌迟，
我拿你践踏，
　　为的是……

小诗一首

我羡慕
　　他的勇敢，
一点亮
　　透出黑暗！

他只有
　　那一闪的焰，
但不问
　　宇宙的深浅。

多微弱
　　他那点光，
寂寞的，在
　　黑夜里彷徨！

在病中

我是在病中，这恹恹的倦卧，
看窗外云天，听木叶在风中……
是鸟语吗？院中有阳光暖和，
一地的衰草，墙上爬着藤萝，
有三五斑猩的，苍的，在颤动。
一半天也成泥……
　　　　　　城外，啊西山！
太辜负了，今年，翠微的秋容！
那山中的明月，有弯，也有环；
黄昏时谁在听白杨的哀怨？
谁在寒风里赏归鸟的群喧？
有谁上山去漫步，静悄悄的，
去落叶林中捡三两瓣菩提？
有谁去佛殿上披拂著尘封，
在夜色里辨认金碧的神容？
这病中心情：一瞬瞬的回忆，
如同天空，在碧水潭中过路，
透映在水纹间斑驳的云翳；
又如阴影闪过虚白的墙隅，
瞥见时似有，转眼又复消散；
又如缕缕炊烟才袅袅，又断……
又如暮天里不成字的寒雁，
飞远，更远，化入远山，化作烟！
又如在暑夜看飞星，一道光
碧银银的抹过，更不许端详。
又如兰蕊的清芬偶尔飘过，

谁能留住这没影踪的婀娜？
又如远寺的钟声，随风吹送，
在春宵，轻摇你半残的春梦！

想象你的句

想象你的句
如同一支饱餐着风
开向海天澄碧处的
航船；
运用你的字
如同一只蝴蝶
在花香与露气间
舞动他的粉翅。

鲤　跳

那天你我走近一道小溪，
我说“我抱你过去”，你说“不”；
“那我总得搀你”，你又说“不”。
“你先过去”，你说，“这水多丽！”

“我愿意做一尾鱼，一支草，
在风光里长，在风光里睡，
收拾起烦恼，再不用流泪；
现在看！我这锦鲤似的跳！”

一闪光艳，你已纵过了水，
脚点地时那轻，一身的笑，
像柳丝，腰还在俏丽的摇；
水波里满是鲤鳞的霞绮！

火车擒住轨

火车擒住轨，在黑夜里奔：
过山，过水，过陈死人的坟；

过桥，听钢骨牛喘似的叫，
过荒野，过门户破烂的庙；

过池塘，群蛙在黑水里打鼓，
过噤口的村庄，不见一粒火；

过冰清的小站，上下没有客，
月台袒露着肚子，像是罪恶。

这时车的呻吟惊醒了天上
三两个星，躲在云缝里张望：

那是干什么的？他们在疑问，
大凉夜不歇着，直闹又是哼；

长虫似的一条，呼吸是火焰，
一死儿往暗里闯，不顾危险，

就凭那精窄的两道，算是轨，
驮着这份重，梦一般的累坠。

累坠！那些奇异的善良的人，
放平了心安睡，把他们不论；

俊的村的命全盘交给了它，
不论爬的是高山还是低洼，

不问深林里有怪鸟在诅咒，
天象的辉煌全对着毁灭走；

只图眼前过得，裂大嘴打呼，
明儿车一到，抢了皮包走路！

这态度也不错！愁没有个底；
你我在天空，那天也不休息，

睁大了眼，什么事都看分明，
但自己又何尝能支使运命？

说什么光明，智慧永恒的美，
彼此同是在一条线上受罪；

就差你我的寿数比他们强，
这玩艺反正是一片糊涂账。

泰　山

山！
你的阔大的巉岩，
像是绝海的惊涛，
忽地飞来，
　凌空
　不动，
在沉默的承受
日月与云霞拥戴的光豪；

更有万千星斗
　错落
在你的胸怀，
　述说
　隐奥，
蕴藏在
岩石的核心与崔嵬的天外！

你　去

你去，我也走，我们在此分手；
你上哪一条大路，你放心走，
你看那街灯一直亮到天边，
你只消跟从这光明的直线！
你先走，我站在此地望着你，
放轻些脚步，别教灰土扬起，
我要认清你的远去的身影，
直到距离使我认你不分明。
再不然我就叫响你的名字，
不断的提醒你有我在这里，
为消解荒街与深晚的荒凉，
目送你归去……
　　　　　　不，我自有主张，
你不必为我忧虑；你走大路，
我进这条小巷，你看那棵树，
高抵着天，我走到那边转弯，
再过去是一片荒野的凌乱：
有深潭，有浅洼，半亮着止水，
在夜芒中像是纷披的眼泪；
有石块，有钩刺胫踝的蔓草，
在期待过路人疏神时绊倒！
但你不必焦心，我有的是胆，
凶险的途程不能使我心寒。
等你走远了，我就大步向前，
这荒野有的是夜露的清鲜；
也不愁愁云深里，但须风动，

云海里便波涌星斗的流汞；
更何况永远照彻我的心底；
有那颗不夜的明珠，我爱你！

雁 儿 们

雁儿们在云空里飞，
　　看她们的翅膀，
　　看她们的翅膀，
有时候纡回，
　　有时候匆忙。

雁儿们在云空里飞，
　　晚霞在她们身上，
　　晚霞在她们身上，
有时候银辉，
　　有时候金芒。

雁儿们在云空里飞，
　　听她们的歌唱！
　　听她们的歌唱！
有时候伤悲，
　　有时候欢畅。

雁儿们在云空里飞，
　　为什么翱翔？
　　为什么翱翔？
她们少不少旅伴？
　　她们有没有家乡？

雁儿们在云空里彷徨，
　　天地就快昏黑！

　　天地就快昏黑！
前途再没有天光，
　　孩子们往哪儿飞？

天地在昏黑里安睡，
　　昏黑迷住了山林，
　　昏黑催眠了海水；
这时候有谁在倾听
　　昏黑里泛起的伤悲。

别拧我，疼

“别拧我，疼，”……
你说，微锁着眉心。

那“疼”，一个精圆的半吐，
在舌尖上溜——转。

一双眼也在说话，
睛光里漾起
心泉的秘密。

梦
撒开了
轻纱的网。

“你在哪里？”
“让我们死，”你说。

领　罪

这也许是个最好的时刻。
不是静。听对面园里的鸟，
从杜鹃到麻雀，已在叫晓。
我也再不能抵抗我的困，
它压着我像霜压着树根；
断片的梦已在我的眼前
飘拂，像在晓风中的树尖。
也不是有什么非常的事，
逼着我决定一个否与是。
但我非得留着我的清醒，
用手推着黑甜乡的诱引：
因为，这是我唯一的机会，
自己到自己跟前来领罪。
领罪，我说不是罪是什么？
这日子过的有什么话说！

难 忘

这日子——从天亮到黄昏，
虽则有时花般的阳光，
从郊外的麦田，
半空中的飞燕，
照亮到我疲劳的眼前，
给我刹那间的舒爽，
我还是不能忘——
不忘旧时的积累，
也不分是恼是愁是悔，
在心头，在思潮的起伏间，
像是迷雾，像是诅咒的凶险：
它们包围，它们缠绕，
它们狞露着牙，它们咬，
它们热火般的煎熬，
它们伸拓着巨灵的掌，
把所有的忻快拦挡……

她在那里

她不在这里，
　　她在那里：——

她在白云的光明里：
　　在淡远的新月里；

她在怯露的谷莲里：
　　在莲心的露华里；

她在膜拜的童心里：
　　在天真的烂漫里；

她不在这里，
　　她在自然的至粹里！

荒凉的城子

我眼前暗沉沉的地面，
　　我眼前暗森森的诸天。
她，——我心爱的，哪里去了，——那女子
　　她的眼明星似的闪耀？
我眼前一片凄凉的街市。
我眼前一片凄凉的城子。
灾难后的城子，只剩有
　　剐残的人尸。

黎明时我忧忡忡的起身，
　　打开我的窗棂，
进来的却不是光明，进来的
　　是鲜明的爱情。
树枝上的鸟雀已经苏醒起
　　我倾听他们的歌音；
他们各自呼唤着他们的恋情；
　　就只我是孤身。

这是生命与快乐的时辰，
　　我在我心里说话。
各个的生物有他的欢欣，
　　在阳光中过他的生活，
他们在各个同伴的眼内寻着。
　　光明，那怜惜的光明，
这是相互怜惜的时候，这是
　　相互爱恋的光阴。

说话呀！荒凉的城子！说话呀！
　　凄凉中的寂静！
她，我挚爱的，哪里去了，
　　她，认识我的魂灵？
那热情的眼如今在哪里？
　　曾经对着我的眼含情的凝睇？
那亲吻我的香唇如今在哪里？
　　在哪里，那酥胸曾经我的
　　　胸怀偎依？

说话呀你我灵魂的灵魂：
　　我心里的情怀已经默起，
告诉我，在那毁灭与恐怖的日子
　　你遁迹在哪里？
看呀，我的手臂依旧抱着你，
　　抱着你是抱着天体，
看呀，我的心愿依旧靠傍着你，
　　我的心愿充塞着大地。

我不禁在忧伤中悲诉，
　　我离开了窗前，我转过身去，
我向着楼梯，走出门去
　　走上空虚的街去，
在忧伤中放声的哀恸，
　　可怜再没有人责我的过戾
谁嘲讽我的软弱，更有
　　谁怜悯我的眼泪？

在车中

这回爬上乌拉尔的高冈，哈哈，
紫色的黄昏罩，三千里路的松林！
这边是亚细亚，那边是欧罗巴——
巨蟒似的青烟蜒，蜒上了乌拉山顶。

回望你那从来处的东——啊东方！
那一顶没有颜色的睡帽——西伯利亚，
深林住一个焦黄的老儿头——啊老黄，
你睡够了啊，为什么老是这欠哈？

再看那欧罗巴：堪怜的破罗马。
拿破仑的铁蹄，威廉皇的炮弹花；
莱茵河边的青荇：一个折烂了的玩偶之家！
阿尔帕斯的白雪，啊，莫斯科的红霞！

醒！醒！

和蔼的春光，
充满了鸳鸯的池塘；
快辞别寂寞的梦乡，
来和我摸一会鱼儿，折一枝海棠。

远　山

远山上有一抹的停云，
紧偎着个玲珑的尖峰。
那尖峰是你在我的心中，
我的恩情是偎着你的云。
江天里激起一柱的惊涛，
在风光中翻成晶莹的珠雨。
那江水是我那风和光是你，
我为你翻飞为你嘶啸。

《诗刊·志摩纪念号》封面　张光宇设计